삶을 위한 죽음의 미학

Ästhetik des Todes für das Leben

삶을 위한 죽음의 미학

1판 1쇄 인쇄 2019. 5. 27.
1판 1쇄 발행 2019. 6. 1.

지은이 이창복

발행인 고세규
편집 임지숙 | 디자인 박주희
발행처 김영사
등록 1979년 5월 17일(제406-2003-036호)
주소 경기도 파주시 문발로 197(문발동) 우편번호 10881
전화 마케팅부 031)955-3100, 편집부 031)955-3200 | 팩스 031)955-3111

값은 뒤표지에 있습니다.
ISBN 978-89-349-9566-1 13850

홈페이지 www.gimmyoung.com 블로그 blog.naver.com/gybook
페이스북 facebook.com/gybooks 이메일 bestbook@gimmyoung.com

좋은 독자가 좋은 책을 만듭니다.
김영사는 독자 여러분의 의견에 항상 귀 기울이고 있습니다.

이 도서의 국립중앙도서관 출판시도서목록(CIP)은 서지정보유통지원시스템 홈페이지
(http://seoji.nl.go.kr)와 국가자료공동목록시스템(http://www.nl.go.kr/kolisnet)에서
이용하실 수 있습니다.(CIP제어번호 : CIP2019016640)

죽음을
노래한
✕
불멸의
명작

Ästhetik
des Todes für
das Leben

삶을
위한
죽음의
미학

이창복

김영사

나의 아내에게
Meiner Frau

차 례

1장 　인류 문화 속의 다양한 죽음의 모습

: 산다는 것은 곧 죽음을 배우는 것이다.

2장 　고대 게르만시대의 영웅서사문학에서 나타난 죽음

: 오늘 죽는다 해도 영웅의 명예는 남아 있다.

3장 　중세를 지배한 숭고한 메시지, 메멘토 모리

: 인간은 죽음의 종이다. 세상을 지나 영원과 신으로 가는 자신의 길을 인식하라.

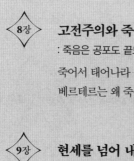

삶은 죽음을 위한 연습이다

일요일 오후면 나는 아내와 함께 운동 삼아 양재천 둑길을 걷는다. 그날은 때 이른 추위에 쌀쌀해진 어느 늦가을이었다. 사람들에게 가을의 낭만을 즐기라고 그랬는지 길 위엔 낙엽이 치워지지 않은 채 수북이 쌓여 있었고, 발밑에 밟힌 낙엽이 바삭하며 부서지는 소리가 신음처럼 들려왔다. 가볍게 스치는 미풍에 낙엽이 계속해서 춤추듯 너울거리며 내려왔다. 정말 아름다웠다. 순간 나는 혼자 중얼거렸다. "나도 저 낙엽처럼 아름다웠으면 좋겠네!" "어렵죠, 그게 마음대로 되나요." 아내가 알아듣고 건넨 말이다. 우리는 말없이 걸었다. 어디선가 아침을 열어줄, 그러나 여기에선 먼 아파트 너머로 지는 해가 주변을 황금색으로 물들이더니 이내 진보랏빛 땅거미로 덮여갔다. 그 순간에 나는 떨어지는 낙엽처럼, 지는 해처럼, 어언 삶의 마지막 문턱에 와 있는 나 자신을 느끼고, 삶과 죽음의 경계선을 넘어야 할 두려움, 지나온 삶에 대한 후회, 그리고 앞으로의 짧은 시간을 더 보람 있게 보내야 한다는 상념에 사로잡혔다.

향수병을 앓는 사람들이 고향으로 돌아가며 기뻐하듯이, 나는 낙엽에서 가을의 향수를 보았다. 낙엽들은 봄에 새 생명으로 다시 피어나기 위해서 자연의 품속으로 돌아간다. 그들의 대 안식일을 축하하려고 생성의 근원으로 향해가는 것이다. 나에게 서서히 죽어가는 가을의 모습은 꽃 피고 활기찬 봄의 모습보다 더 풍요롭고 위대하게 보였다. 자연은 죽음과 삶의 알을 한 둥지에 품고 있는 것일까. 나는 낙엽에서, 가을의 죽음에서 죽음과 생성의 신비를 예감했다. 절로 라이너 마리아 릴케Rainer Maria Rilke(1875~1926)의 시 〈가을날〉의 한 구절이 떠오른다.

주여 때가 왔습니다.
여름은 참으로 위대했습니다.
당신의 그늘을 해시계 위에 내리시고
벌에는 바람을 일게 하여 주십시오. (…)
그리고 나뭇잎이 흩날리는 가로수 길을
무거운 마음으로 소요할 것입니다.[1]

나는 자연스럽게 삶과 죽음에 대해 생각하게 되었다. 모든 생명체가 그렇듯 인간은 죽음과 함께 잉태하고 태어난다. 삶은 다만 죽음을 향한 순례이고, 그 끝은 죽음이다. 그런데 죽음은 내가 살아온 세상, 내가 사랑하는 사람들과의 영원한 이별이라는 의미에서 두렵고, 존재의 사멸이라는 의미에서 우리에게 삶의 허무를 주며, 삶의 최후 순간에 겪어야 할 고통이나 사후세계의 불확실성에서 공포감을 일으킨다. 자연과학에 근거한 유물론적 관점에서 볼 때, 죽음은 유기물에서 무기물로 환원되는 생물학적·화학적 변화일 뿐이라고 말할 수 있다. 그렇지만 인간의 죽음은 꼭 그렇지만은 않다. 사람은 나이 들수록 죽음에 대해 사유하게 되고, 그럴

수록 죽음은 삶보다 더 신비로운 것으로 다가오기 때문이다.

하지만 사람은 누구나 죽음에 대해 말하길 꺼려 하고, 자신에게 아직 닥쳐오지 않은 죽음을 삶의 필연적 존재로 받아들이려 하지 않으며, 대체로 자신과는 무관하고 추상적인 것으로 외면한다. 그런데 죽음은 순서가 없고, 내일을 기약할 수 없다. 우리는 가까운 사람들이나 대중매체를 통해서 때로는 아름답고 추한, 때로는 존경스럽고도 혐오스런 다양한 삶과 죽음의 모습을 보게 된다. 뿐만 아니라 죽음 앞에 선 호스피스 환자의 고통과 공포, 그리고 떠나보낼 사람들의 슬픔도 경험한다. 그러면서 이 모든 것들은 우리에게 삶과 죽음에 대한 성찰의 시간을 준다. 죽음은 정말 우리의 삶을 허무하고 무의미하게 만드는 것일까? 그렇지 않다면, 과연 죽음은 우리의 삶에 어떤 의미를 가지고 있는 걸까? 삶의 마지막 순간에서 인간다운 죽음을 맞이하려면 어떻게 해야 하는가?

만일 인간 모두가 자신의 종말을 미리 안다면, 세상은 대혼란의 비극적 참상으로 빠져들 것이다. 신은 인간에게 죽음을 형이상학적으로 생각하게 하는 능력을 주었다. 그래서 내일 죽을지언정 모레를 생각한다. 이것이 신이 인간에게 준 가장 큰 지혜다. 존재의 '안과 밖'처럼 늘 인간과 함께 존재하는 죽음에 대해 알고, 어떻게 죽어야 할지를 앞서 생각하고 준비하라는 교훈이다. 죽음을 통해서 삶의 진리와 가치를 터득해야 한다. "어떻게 죽어야 할지를 배우면 어떻게 살아야 하는지도 알게 된다"는 루게릭병을 앓았던 모리 슈워츠 교수의 말은 죽음이 단지 슬프거나 두려운 것이 아니고, 죽음에 대해 배우는 것이 삶에 대해 배우는 일임을 깨닫게 해준다.[2]

독일의 실존주의 철학자 마르틴 하이데거Martin Heidegger(1889~1976)가 말했듯이, 인간은 죽음을 인간의 "현존재를 존재시키는 존재방식"으로서 현존재와 함께 "끝을 향한 존재Ein Wesen zum Ende"[3]로 받아들이는 현명함을 가져야 한다. 인간은 "세상에 던져진 존재"로서 죽음을 현존재로 인식해야 한다는 것이다.[4] 다시 말해서 죽음은 자기존재의 의무이지 낯선 힘의 전횡이 아니다. 만일 죽음이 없다면, 인간에게서 현존재의 의미와 가치가 없어지고 만다. 인간은 죽기 때문에 비로소 존재한다는 것을 알아야 한다. 따라서 죽음은 곧 삶의 가치와 소중함을 가르쳐준다. 죽음이 있기에 우리는 더 값진 삶을 살 수 있다. 그런데 죽음에 이르기까지 모든 인생은 각자의 삶을 통해서 자기만의 결실을 맺는다. 그 결실이란 어떤 식으로든 살다가 갔다는 세상에 남긴 내 삶의 흔적이다. 아무리 죽음이 모든 것을 파멸시켜도 삶의 흔적만큼은 남게 마련이다.

이제 우리는 후에 남길 삶의 흔적이 무엇일지 심중하게 생각할 때이다. 그래야 우리는 죽음을 현실적으로 받아들이게 되고, 지금 이 순간이 매우 소중하고 감사하다는 것을 알 것이며, 매 순간을 충실하게 살 것이다. 때문에 죽음을 기억하면 삶이 풍요로워진다. 고통과 고난이 인생에 더 없이 소중한 선물이라면, 죽음은 생명의 담보물이며 윤리적 사고와 도덕적 행위의 근원이다. 범신론의 창시자인 네덜란드의 철학자 바루흐 스피노자Baruch Spinoza(1632~1677)의 말이 의미 있게 다가온다. "죽음은 자연의 법칙이다. 우리는 필연적인 죽음을 슬퍼할 필요가 없으며, 오히려 (죽음에 근거한) 최고의 선, 최고의 덕은 하느님에 대한 사랑이며 또한 인간에게도 지고한 행복이다."

우리는 결코 사후세계를 알 수도 경험할 수도 없다. 삶이 존재하는 곳에 죽음은 존재하지 않고, 죽음이 존재하는 곳에 삶이 존재하지 않기 때문이다. 다만 우리는 죽음을 입적入寂(불교)이니, 선종(천주교)이니, 승천(개신교)이니 하면서 종교에 따라서 달리 부른다. 그러나 이것들은 모두가 아름답고 숭고한 죽음을 의미한다. 그것은 현세의 삶에 달려 있다. 아름답게 죽기 위해서는 아름다운 삶을 살아야 한다. 천상병 시인의 시 〈귀천〉(1989)의 한 구절이 이를 말해준다.

> 나 하늘로 돌아가리라.
> 아름다운 이 세상 소풍 끝내는 날,
> 가서, 아름다웠더라고 말하리라……5

삶이 죽음에 내맡겨진 '소풍이 끝나는 날'이 아니라, 성숙한 삶이 아름다운 죽음을 맞이하는 '소풍 끝내는 날'이 아름답다고 읊은 시인의 마음이 더없이 아름답다. 원철 스님은 기약 없는 죽음이 언제 닥치더라도 의연하게 맞이할 수 있는 삶을 이렇게 말했다. "내가 감당할 괴로움이 있으니 그런대로 살 만한 세상이라 했고, 해서 오늘 죽어도 좋고, 내일 죽으면 더욱 좋다." 김수환 추기경은 "태어나는 자는 울지만 주위 사람들은 웃고, 죽어가는 자는 웃지만 주위 사람들은 우는 삶을 살아야 한다"는 감사하는 말로써 세상과 작별했다. 괴테Johann Wolfgang Goethe는 임종의 시간에 "더 많은 빛을"이란 말을 남겨서 죽음을 극복한 의연한 모습을 보여주었다.

산자는 죽은 자의 눈을 감겨주지만, 죽음은 산자의 감겨진 눈을 뜨게 한다. 죽음이 두렵고, 신비하고 불가사의하기에 삶도 그러하다. 그러니 삶을 두려워하는 자는 죽음을 두려워하지만, 아름다운 삶을 사는 자는 그 죽음 또한 아름다울 것이다. 이 삶을 사랑하고 감사하는 자는 죽음을 사랑하고 감사할 것이다. 우리가 이 세상에서 어떻게 죽어야 할지를 배워야 한다는 것은 "우리가 죽음을 가슴에 품고, 죽음에 안기면서 우리가 사랑하는 사람과 그렇게 살아왔듯이 그 사랑 속에서 사랑이 베푸는, 아니 바로 그 죽음이 베푸는 안식과 평화와 위로를 누릴 수 있어야 한다"6는 것이다.

그런데 갑자기 한 질문이 엄습해온다.

너는?

팔십을 넘은 지금, 나는 여전히 죽음이 두렵다. 아니, 죽음에 이르는 길이 더 무섭다. 내 삶이 죽음을 맞이하기에 여전히 성숙하지 못하다는 것이다. 죽음에 이르는 길 또한 내 삶의 한 부분임에 분명하니 성숙한 삶을 위해 더욱 노력해야겠다. 소크라테스의 말처럼 "인생에서 가장 소중히 여겨야 할 것은 단지 사는 것이 아니라 훌륭하게 사는 것"이기 때문이다. 그래야 내일이 밝게 진지하게 다가올 것이다. 죽는 것을 배워야겠다. 그러니 배우면서 죽어야겠다.

이 책의 출판을 위해 남다른 관심을 가지고 많은 수고를 하신 김영사의 모든 분들께 큰 감사를 드린다.

개포동 서재에서
2019년 봄날

문학이 노래하는 삶을 위한
죽음의 찬가

인간에게는 오직 세 사건만이 있다. 태어나는 것, 사는 것, 죽는 것. 인간은 태어나는 것을 느끼지 못하고 죽는 것을 참고 견디어야 한다. 그러나 인간은 이 두 사건 사이에 고정되어 있는 사는 것을 흔히 망각한다. 죽음은 삶의 끝이기 때문에, 죽음과 내세에 대한 감정이 무의식적으로 우리의 삶에 스미게 마련이다. 그래서 인간은 때로는 합리적·사변적, 때로는 감정적·감상적으로 죽음과 그 의미에 대해서 숙고하게 된다.

'사람은 죽는다.' 누구나 일상에서 흔히 말하는 진부한 표현이다. '사람'이란 부정대명사에는 너와 나, 너희와 우리 모두가 포함되어 있다. 따라서 우리 모두는 '죽어야 할 운명'을 공유한다. 마르틴 하이데거는 십여 세기를 지배해왔던 죽음에 대한 형이상학적 관념론을 사실적 존재론으로 전환시키는 데에 이 말을 사용했다.[1] 비록 근현대에 와서 죽음의 개념을 삶의 한 존재현상으로서 사실적으로 강조·해석하려는 성향이 깊지만, 사실 인간과 죽음의 관계는 어느 시대를 막론하고 '삶 안에 있는 필연적인 현상'으로 일관되게 관찰되어 왔다.

우리는 언제 어디서나 죽음과 만난다. "모든 인간에겐 태어난 순간에 하나의 화살이 쏘아진다. 그 화살은 날고 또 날아서 죽음의 순간에 그에게 이른다"고 말한 장 파울Jean Paul(1763~1825)의 말이 진지하게 느껴진다. 우리는 살면서 다양한 죽음을 보지만 간접적일 뿐이다. 우리가 경험하는 것은 사랑하는 사람들과 이별하는 슬픔과 고통, 죽음의 침상에서 느끼는 공포와 전율이다. 그래서 인간은 의식적이든 무의식적이든 간에 죽음을 외면한 채 터부시하고, 한 걸음 더 나아가 자신과는 무관하게 삶에 부재한 것처럼 형이상학적으로 생각해버린다. 그러나 죽음은 항상 우리에게 하나의 질문을 던진다. 죽음이 우리의 삶을 끝내는 것이라면, 그 이후에 오는 것은 무엇이냐는 것이다. 이것은 인간의 의식으로는 경험할 수 없는 내세와 영혼의 불멸에 대한 질문이다. 그래서 인간의 죽음은 예부터 불가사의하고 매혹적이었다.

그렇기 때문에 '인간의 삶과 죽음'은 철학자들, 신학자들, 시인들, 예술가들, 심리학자들, 의학자들에게 언제나 관심 있는 큰 주제였으며, 그들의 연구 결과들은 수세기에 걸쳐 죽음에 대한 의미의 발전과 변화를 보여주었다. 그런데도 인간의 삶과 죽음은 어느 시대를 막론하고 동일한 현상의 사건들이고, 다른 것이 있다면 그것은 시대의 종합적 사조에 의해 달라지는 '죽음의 의미'일 뿐이다. 표현의 차이는 있다 해도 '죽음의 의미'는 일관되게 인간의 삶과 긴밀한 관계에서, 즉 '삶과 죽음의 일치'에서 해석되고 있다. 마르틴 루터가 "죽음은 사람들의 믿음을 연마하고 점점 더 완전하게 만든다"고 말했듯이, 그가 생각하는 죽음에는 신에 대한 믿음을 강화함으로써 인간의 삶을 형성하는 생명력이 점화되고, 삶과 죽음의 형이상학적 일치가 나타난다. 괴테는 예기치 않은 빙켈만Johann Joachim Winckelmann(1717~1768)의 죽음을 "그의 때 이른 죽음은 내 삶의 가치에 대한 관심을 날카롭게 했다"고 말했다. 희곡작가이자 소설가인 막스 프리쉬Max Frisch(1911~1991)도《일기 1946~1949》에서 "우리가 죽어야 할 운명이라는 것에 대한 의식은 하나의 귀중한 선물인데, 그것은 죽어야 할 운명 자체가 아니라 우리의 현존을 비로소 인간적이고 모험적으로 만든다는 것에 대한 우리의 의식"이라고 말했다. 이 말들은 삶과 죽음의 보이지 않는 관계와 그 의미를 암시한다.

모든 생물 가운데에서 인간만이 죽음에 대해서 알고, 자신도 죽어야만 한다는 것을 안다. 삶이 죽음의 개념에 속해 있듯이, 죽음도 마찬가지로 삶의 본질과 개념에 속해 있고, 그 하나는 언제나 다른 것, 반대되는 것에 의해서만 충족된다는 사실을 알고 있다. 더 자세히 말해서 "죽음 없이 우리가 살고 있다는 것을 알지 못했을 것이다"[2]라는 명제는 철학이나 문학이나 예술과 불가해하게 연결되어 있다.

그런데 '역사의 본질은 변화'이고, 변화 없이 역사의 발전이 없듯이 "변화 없이 인간에게도 불멸이 없다"라고 하는 하만Johann Georg Hamann(1730~ 1788)의 말이 의미 있게 다가온다. 그렇다면 인간에게서 최대의 변화는 삶이 죽음으로 넘어가는 것이기에, 그 변화의 목적은 윤리적으로 정화된 모습에서 나타나는 인격의 지고한 전개와 그런 삶의 형성이어야 한다. 죽음의 감정은 전적으로 인간의 생명감에서 떠오를 수 있다. 다시 말하면 인간의 생명감은 죽음의 감정이 되고, 그 반대로도 이해할 수 있다. 삶이 활동과 창조를 의미하듯 죽음도 비로소 창조적인 생명력을 얻는다. 생명은 사라지지만 죽음이 깨어나서 새로운 삶을 우리에게 가르쳐준다. '죽어라, 그리고 태어나라Stirb und Werde'의 심오한 명제가 사학死學과 연관된 모든 학문 분야의 근저에서 흐른다.

철학은 죽음에 대한 지식의 종류와 출처에 대해서 묻고 '죽음이란 무엇인가?' 즉, 죽음의 논리적 의미해석을 위해 노력한다. 죽음에 대한 신학적 해석은 현세의 삶과 연계해서 종교적 영역에 속하는 영생과 불멸의 문제를 다루면서 죽음에 새로운 생명의 의미를 부여한다. 이 두 학문은 삶과 죽음의 변증법적 관계를 규명한다. 심리학은 죽음과 죽음의 두려움에 대한 인간의 심리적 상태를 연구의 대상으로 삼고 있다.

그러나 문학은 위의 학문과는 궤를 달리한다. 문학작품은 죽음의 개념 추구나 심리적 분석이 아니라 죽음에 이르기까지의 삶과 그 삶이 끝나는 죽음의 현상을 문학이 가지고 있는 언어의 특이한 표현력으로, 때론 허구적·감각적·감성적으로 형이상학이 아닌 사실적 영역에서 가시화한다. 이렇게 가시화된 것은 어떻게, 어떤 죽음을 맞이해야 할지를 사유케 한다.

죽음 후에 무엇이 오는가는 아무도 모르기 때문에, 죽음은 허구적으로 채워질 수밖에 없는 빈자리로 남아 있다. 다시 말해서 그 빈자리를 가시적으로 실감나게 만드는 것은 문학만이 할 수 있는 영원한 창조적 도전이다. 작가들은 수세기에 걸쳐 여러 방법으로 이에 도전해왔다. 죽음에 관해서 말하는 문학작품은 어느 학문이나 예술보다도 가장 깊이 있게 허구와 메타포의 무한한 가능성으로 죽음을 가시화하고 인간의 삶을 들여다보게 하기 때문이다. 이런 맥락에서 휴고 폰 호프만슈탈Hugo von Hofmannsthal(1874~1929)은 "작가는 죽음에 대해서, 삶의 찬양에 대해서 무엇인가를 말해도 되는 유일한 사람들이다"[3]라고 말했다. 토마스 만 Thomas Mann(1875~1955)은 시인과 죽음의 관계를 이렇게 말했다. "시인들은 늘 죽음과 친밀한 관계에 있다. 정말로 삶과 친밀한 자는 또한 죽음과 친밀한 자이기도 하기 때문이다. (…) 지상에서 죽음 없이 시를 쓰기란 어려웠을 것이다."[4]

작가는 죽음에 이르는 삶의 과정과 죽는 순간의 묘사를 통해서 죽어가는 사람의 시각에서 독자에게 환상을 만들어줄 수 있으며, 죽음을 간접적으로 독자에게 전한다. 이때 환상은 암시적이든 명시적이든 이전부터 경험으로 답할 수 없는 삶과 죽음에 대해 사유케 한다. 즉 하나는 죽어가는 사람이 무엇을 인지하고 생각하고 느끼느냐는 것이고, 또 하나는 그의 존재는 육체적 죽음의 시작과 함께 끝나느냐는 것이다. 그리고 그 같은 사유가 우리의 현존재에 주는 의미는 무엇이냐는 것이다. 문학작품은 인간의 현존재와 삶을 모든 것의 중심에 두고, 우선적으로 육체적인 것이 아니라 정신적인 의미에서 죽음의 진정하고도 깊은 본질을 삶과의 관계에서 나타낸다. 문학작품에서 죽음에 대한 생각은 동시에 삶에 대한 생각이며, 인간이 죽음에 대해 말하는 곳에, 인간은 언제나 무의식적으로 삶에 대해 말하고, 삶의 의식도 함께 표현되고 있다. 이런 의미에서 죽음의 문제는 결국 존재의 전체를, 즉 삶과 죽음을 수용하고 있는 정신적·윤리적 태도로 휴머니티의 이상을 실현하려는 삶의 노력을 의미한다. 바로 죽음은 "전체 인류를 위한 최선의 교육기관"[5]이라는 하만의 주장이 시대를 넘어서 죽음에 대한 새롭고 깊은 이해를 보여준다.

이런 맥락에서 이 책은 문학적으로 형성된 죽음이 삶에 어떤 의미로 작용했느냐를 고대와 중세로부터 근현대에 이르기까지 일관성 있게 설명하는 것이 목적이다. 그래서 철학이나 신학이 추구하는 소위 "죽음이란 무엇인가?"라는 추상적·개념적 질문보다는 비록 허구일지라도 문학작품에서 표현된 죽음의 다양한 형태를 통해서 사유할 수 있는, 사실적인 상징성을 지닌 구체적·심미적 질문에 대한 연구를 목표로 삼고 있다. 문학의 한계를 넘어서 철학, 종교, 심리학, 예술 등에서의 죽음에 대한 관찰은 오직 한 시대의 사조를 더 잘 파악해서 이미 문학작품에서 얻어진 것을 더 강화하고 확고히 하기 위한 것일 뿐이다. 이런 전제 아래서 문학 외의 다른 학문적 시각에서의 죽음에 대한 관찰을 개괄적이나마 별도의 장에서 간략히 서술하였다. 다만 아쉬운 것이 있다면, 죽음과 연관된 연구 분야가 워낙 광범위하기 때문에, 한 시대를 대표하는 소수의 작가들과 작품들만을 다룰 수밖에 없다는 것이다. 그렇지만 이 연구가 우리나라의 독문학에서 적어도 최초로 시도되었다는 점에서, 그리고 다른 분야의 학문에서도 유사한 시도의 동기를 부여할 수 있으리라는 기대 면에서 의미가 크다.

과학과 의학의 발달로 우리는 이제 얼마나 오래 사느냐보다 얼마나 잘 사느냐는 삶의 질을 중요시하게 되었다. 그만큼 웰빙Wellbeing에 못지않게 웰다잉Welldieing에 대한 관심도 높아지고 있다. 따라서 자살과 고독사의 문제, 존엄사와 안락사의 문제, 호스피스 제도에 대한 문제 등이 사회적 관심사가 되면서, 비록 미숙한 단계에 있다 해도 이 문제들의 해결을 위한 학문적 연구가 이루어지고 있다.

그렇지만 한 가지 안타깝게 주목해야 할 사실은, 20세기에 들어서며 독일의 유대인 수용소에서의 대량학살과 두 번의 세계대전에서의 기계화된 대량살인을 겪으며 지난 세기들에서 볼 수 있었던, 죽음을 미학적으로 승화시킨 예전의 묘사들이 사라졌다는 것이다. 게다가 현대에서 증가하는 대도시화, 대규모의 의료화와 같은 요소들에 의해서 죽음은 일상의 문화에서 밀려나고, 삶과의 관계에서 갖는 본연의 의미를 상실해갔다. 죽음에 대한 상상과 묘사는 부분적으로 그로테스크하고 진부해졌다.

그렇기 때문에 죽음에 대한 문학적·예술적 연구는 결코 중단되어서는 안 된다. 노벨문학상 수상자인 독일의 여류작가 넬리 작스Nelly Sachs(1891~1970)가 "죽음은 나의 스승"이라고 말한 것처럼, 인간의 덕목은 죽음에 대한 성찰에서 비롯되기 때문이다. 죽음이 삶을 지배하는 것이 아니라, 삶이 죽음의 심오한 의미를 수용함으로써 성숙해지도록 죽음은 우리에게 사유의 자극과 동기를 주어야 한다. 문학의 허구적 이야기들이 주는 다양한 죽음의 간접경험을 통해서 우리는 우선 죽음과 친숙해져야 하고, 내 죽음의 문제에 대해 사색하고 성찰해야 함은 물론, 앞서 산 사람과 동시대 다른 사람들의 죽음에 대한 사유와 지혜도 학습해야 한다. 그리고 그들의 죽음이 내게 끼친 삶의 의미를 함께 깨달을 수 있어야 한다. 이것이 이 책의 더없는 바람이다.

1장

인류 문화 속의
다양한 죽음의 모습

고대인은 죽음을 어떻게 형성했는가? 인류는 이 질문에 대한 대답을 찾기 위해 철학, 문학, 심리학, 종교, 미술 등 다양한 분야와 방식으로 죽음의 모습을 연구하고 그려냈다. 최초의 '죽음의 문화'는 애니미즘에 뿌리를 둔 원시 및 고대종교에서 비롯되었다. 이후 생각 속에 머물던 추상적인 죽음이 화가들에 의해 시각화한 조형예술의 한 형태가 되었고, 죽음과 삶의 문제가 철학적 영역에서 논의되었다.

인류는 죽음을 어떻게 형성했는가

종교Religion는 라틴어 religio(경건 또는 신에 대한 두려움)에서 나왔다. 인간이 태초부터 자연의 위력 앞에서 공포를 느끼고 절대자의 힘에 의지하려는 나약한 존재였음을 암시한다. 신과 자연과 인간의 관계에서 인간은 종교와 신을 만들고, 신은 자연과 인간을 창조했다. 처음부터 인류는 종교적인 존재이기에 종교를 가지지 않았던 민족과 사회는 존재하지 않는다. 종교는 민족과 사회의 선의 가치기준을 결정하는 중요한 요소이고, 그 종교적 토양은 한 민족과 사회의 특성을 결정하는 가장 중요한 요소이기 때문이다.

다시 말해서 종교는 인류의 시작과 함께 생겨났다. 원시시대는 수렵채집시대였고, 모계사회였으며, 구전된 전설이며 종교의 전 단계라 할 수 있는 신화의 발생시대였다. 원시시대 종교의 특징은 오늘날 종교의 가장 큰 요소인 선악의 개념이 없고, 죽은 후의 내세에 대한 약속이나 기대가 없다는 것이다. 죽음은 단지 긴 잠일 뿐이다. 창시자나 경전이 없으니 개념의 차이로 종교 간의 갈등과 분열이 생기지 않는다.

수천 년에 걸쳐 원시종교의 토양에서 국가와 민족의 단위로 발전한 고대종교가 탄생한다. 수렵채집시대는 농경시대로 발전하고, 모계사회는 노동력이 필요한 힘의 사회, 즉 부계사회로 바뀐다. 그래서 전쟁이 일어나고 노예제도가 생긴다. 선과 악이 인식되고, 지배자는 권력을 유지하기 위해서, 피지배자는 고통에서 탈출하기 위해 절대자에 의존하려는 기원과 내세에 대한 갈구 등이 생긴다. 그러나 한 가지 공통점은 육체를 떠난 영혼은 언제든지 다시 돌아올 수 있다고 믿는 영혼 회귀적 영생에 대한 믿음이다. 이런 의미에서 고대 이집트 종교는 육체를 떠난 영혼은 언제든지 다시 돌아올 수 있다고 믿으며 영원한 삶을 누리려 했던 영혼 회귀적 영생을 위한 종교이다. 영원한 삶을 누리려 했던 파라오들의 미라와 피라미드, 또는 사자 머리를 한 여자와 매의 머리를 한 남자의 동상이 이에 대한 예를 보여준다. 고대 이집트 종교는 애니미즘Animism의 토양에서 벗어나지 않는다[1]는 것을 영국의 문화인류학자인 E. B. 타일러Edward Burnett Tylor[2]가 이론적으로 정립했다.

그리스·로마의 종교도 애니미즘의 토양에 속한다. 그리스·로마의 종교는 모두 그리스신화에 뿌리를 두고 있으며, 로마의 종교는 그리스 종교의 대부분을 그대로 받아들였다. 그리스 종교의 특징은 바로 신의 인격화이다. 이는 여러 신을 모시는 다신교적 성격을 가진다. 신들이 인간의 모습뿐만 아니라 인간과 같은 희로애락의 감정과 인간성을 가졌기 때문에 신과 인간의 관계가 친근했다. 반면에 인간은 원시종교에서의 절대적인 신인 자연 숭배적 개념과는 달리 자연 이상의 힘을 가진 신에 가장 가까운 존재로, 자연과 동격 내지 그 이상의 존재로 상승된다. 이것은 모든 것을 인간 중심으로 생각하는 헬레니즘Hellenism의 모태가 되었고, 신과 인간의 중간 존재인 예수가 후일에 그리스·로마에서 받아들여질 수 있는 토양이 된다.

이와는 반대로 철저한 유일신교로 기독교의 뿌리인 유대교는 신의 인간적인 면을 철저히 배격하고 인간의 절대적 복종을 요구한다. 이것을 바탕으로 헤브라이즘Hebraism이 생긴다. 헬레니즘과 헤브라이즘은 유럽의 정신적 전통을 형성한 2대 조류인데, 헬레니즘이 이성적·과학적·미적인 데 반해 헤브라이즘은 의지적·윤리적·종교적이다. 서양문화는 끊임없이 두 사상의 마찰과 대립에서 이루어진다. 기독교가 전파된 약 1000년의 중세는 헤브라이즘의 지배로 현세의 허무주의에 근거한 각종 종교적 파행과 부패가 지배했던 암흑의 시대였다. 14세기 말부터 시작한 르네상스 운동은 그리스·로마 시대의 인간중심 사상인 헬레니즘, 즉 인간중심의 휴머니즘의 부활이다.

'죽음의 문화'가 애니미즘에 뿌리를 둔 원시 및 고대종교에서 비롯되었다는 것은 우리의 이목을 끌기에 충분하다. 위에서 지적했듯이, 원시 및 고대종교에서 죽음은 잠과 비유된다. 때문에 살아 있는 사람과 얼마 전에 죽은 사람 사이의 본질적인 차이가 존재하지 않는다. 다만 죽은 자는 스스로 움직이고 말하는 것이 가능하지 않듯 잠자는 사람도 불가능할 뿐이다. 그러나 이것은 표면적인 현상일 뿐이며, 죽은 자는 산자처럼 그의 주변에서 일어나는 것을 듣고 보며, 사람들이 그에게 하는 좋은 일과 나쁜 일을 느끼고, 여전히 무덤에서 움직이고 자신에 대해 많은 것을 알고 있다. 이는 '살아 있는 시체' 또는 '살아 있는 죽은 자'라는 죽음에 대한 최초의 견해로서, 애니미즘에 뿌리를 둔 영혼 불멸설에 대한 믿음에서 나온 것이다. 영혼은 인간 안에 있는 '제2의 나'의 그 어떤 무엇으로서[3] 인간의 생명보다 더 오래 살아남아서 그와 꼭 닮은 모상으로, 또는 그림자 모습으로 살아 있는 사람에게 꿈에서처럼 나타날 수 있다. 죽음에 대한 이같은 견해는 죽음이 생명의 해체를 의미하는 것이 아니라 변화된 상태,

즉 하나의 변형이라는 것이며, 이 변화에는 새로운 삶으로의 출발점이 있다는 것이다. 이 견해는 그리스·로마 신화에서 자주 사용된 테마로 발전했을 뿐만 아니라, 기독교적 사학死學의 기본 틀을 예정해주고 있다고 할 수 있다.

영혼은 결국 승천 아니면 지옥으로 가는 여행을 떠나야 한다. 그런데 영혼은 죽음의 순간에 즉시 시체에서 떠나지 않고 약 3일을, 최소한 매장이나 부패가 시작할 때까지 시체의 바로 옆에 계속해 머물고 싶어 한다. 영혼과 시체와의 관계에서 영혼의 여행이 성공하느냐는 시체의 취급에 달려 있다. 더 정확히 말하자면, 어떤 시체를 취급함에 있어서, 특히 올바른 장례에서 부족함이 있다면 영혼은, 즉 '살아 있는 시체'로서 죽은 사람은 불안하게 방황할 수밖에 없다. 이런 경우에 영혼은 유가족들에게 해를 끼치고, 그들을 죽게 하거나 아니면 최소한 병들게 한다. 전염병에 의한 사망도 이런 차원에서 최초의 설명이 될 수 있다. 특히 폭력이나 계략에 의해 억울하게 죽은 그런 사람들의 영혼이, 동화나 전설에서처럼 무서운 재앙으로 다시 돌아온다.

영혼의 여행길은 순탄하거나 아니면 다양한 장애물들이 놓여 있어 순탄치 않다. 영혼은 태양의 길을 따르고, 무지개나 은하수는 연결의 길이 된다. 다른 한편으로 영혼의 길은 험난하고 황폐한 지역을 통해 가파르고 깊은 곳을, 소름끼치는 심연을 지나간다. 죽은 자의 영혼은 죽음의 강 위를 배를 타고 건너야 한다. 물이 내세를 현세에서 분리하기 때문이다. 이집트의 룩소에 있는 신전의 많은 벽화가 이것을 말해준다. 페르시아인에 의하면 이 강은 유가족들의 눈물로 불어나고, 그래서 큰 장애가 된다. 강위에 다리 하나가 놓여 있고, 그 옆에서 심판이 이루어진다. 이 같은 상상들은 민족적·지리적 특성의 차이에 의해 다양하게 나타난다. 유가족들은 두려운 사자들의 위협적인 회귀로부터 안전하길 바란다. 그래서 영혼의 여행을 위한 준비가 필요한 관습으로 남게 된다. 이것이 추도관습이나 장례문화의 시초이다.

내세는 현세의 삶이 아무것도 변하지 않는 상태에서 계속된다는 생각과 이전 삶의 반대 현상으로 보답받는다는 생각으로 분류된다. 즉 현세에서 억압당하고, 가난하고, 불행했던 자는 권력과 부를, 행복과 환희를 누린다. 이런 경우에 죽은 사람들은 대부분 형식적인 재판을 거치게 된다. 내세는 지하에, 자상에, 지상 위에 존재한다. 지하세계는 무덤이나 지옥에 있고, 지상에 위치한 사자의 세계는 서쪽에 있으며, 대부분이 물로써 살아 있는 사람들과 갈라놓고, 그렇지 않으면 길이 없거나 산악지대 같은 곳이어서 접근하기 어려운 곳에 있다. 죽음의 신비성과 죽음에 대한 공포의 경험 때문에 이 주제는 물론 논의에 끝이 없다. 하지만 사람들은 그와 같은 문화 안에서도 죽음에 대한 상이한 태도와 죽음의 많은 의미를 관찰할 수 있다. 죽음은 그리스·로마의 고대종교나 철학에서 전체적 파멸과 함께 구원도 의미한다. 사람들은 죽음을 하나의 자연스런 사건으로서 뿐만 아니라 하나의 벌로서 관찰한다. 한편으로 생명은 죽음으로 끝나고, 다른 한편으로 새 생명이 죽음에서 생긴다. 고로 죽음은 진정한 생명의 전제이다. 그러니까 죽음의 신비에 대한 열거 또는 경험은 새로운 창조를 야기한다.[4] 원시 및 고대종교에서 이미 긴 시간에 걸쳐 형성된 죽음의 문화는 근현대에 이르는 종교적·철학적·미학적 개념과 논리의 근원을 제시하고 있다.

성서에서 본 죽음과 죽음 이후

유대교(BC 3000년경)에 뿌리를 둔 기독교(BC 2000년경)와 이슬람교(BC 1400년경), 불교(BC 2563년경), 유교(BC 2552년경), 힌두교와 같은 근현대 종교는 창시자와 경전을 가지고 있으나, 유독 유대교만 창시자가 없다. 유대인은 야훼 하느님을 유일하게 믿고, 그에 의해 선택된 민족이라고 생각하기 때문이다. 유대교는 유대민족의 종교로 민족전통에 근거하며, 오늘날 시온이즘의 바탕이다. 시나이에서 하느님으로부터 전해받은 율법서(토라Torah)인 모세 5경, 이스라엘 왕들과 선지자들에 대한 기록으로 역사책에 가까운 예언서인 네비임Neviim, 이스라엘의 역사를 비롯해서 경건한 시문학과 지혜문학에 대한 기록들인 성문서 케투빔Ketubim이 유대인 경전인 히브리어 성서 타나크Tanakh(구약성서에 해당함—필자주)를 구성하는 3대 요소로서 유일신을 믿는 유대교의 기틀을 이룬다.

히브리 성서는 유대인의 건국신화와 유사하다. 나아가 히브리 성서가 유대인을 하나로 묶는 주춧돌이라면, 탈무드는 예로부터 유대인 사이에서 구전되어온 것을 수집 편찬한 것으로 유대정신의 기둥을 이룬다. 유일신을 주장하는 유대교는 다신교적 신앙에 뿌리를 둔 로마의 신들을 거부하고 예수도 부인했다. 유대인은 스스로가 하느님의 선택을 받은 민족이기 때문에 언젠가 메시아가 강림하여 그들을 영생의 나라로 인도해줄 것이라고 굳게 믿는다. 그래서 모세 5경을 비롯한 유대교경전의 말씀은 그들에겐 신의 말씀이고 약속의 말씀이며, 유대교는 신앙이라기보다 추호의 의심이 없다고 믿는 진리이며 길이다. 2000년이 넘는 소위 디아스포라Diaspora(그리스어로 이주, 이산)라는 민족적 고난의 역사에도 불구하고 세계의 어느 곳에 있든 유대민족을 하나로 묶어주는 정체성은 바로 그들이 믿는 종교에서 나온다.

로마제국의 콘스탄티누스 대제는 313년에 밀라노 칙령에 의해 기독교를 공인하고 태양신을 숭배했던 자신이 기독교도로 개종했다. 이로써 기독교가 로마제국의 국교가 되었다. 유대교는 예수에 의해 기독교라는 종교로서 유일신 사상을 세계에 전하게 된다. 기독교 신앙은 예수의 죽음과 악에 맞선 선의 승리를 상징하는 부활에 토대를 두고 있다. 신앙의 핵심은 다른 종교와는 달리 구세주 메시아가 겪는 죽음의 고통과 희생에 의한 인류의 구원이다. 그런데 유대교에서 죽음의 문제가 '이에는 이, 눈에는 눈'이라는 인과응보의 범주에 있다고 본다면, 기독교와 유대교에서의 죽음의 문제는 다를 수밖에 없다. 그 다름의 핵심에는 구약성서에서의 '아담의 죽음'과 신약성서에서의 '예수의 죽음'에 대한 다양한 해석이 중요하게 작용한다. 따라서 구약성서와 신약성서에서 죽음이 신학적으로 어떻게 해석될 수 있으며, 우리에게 무엇을 말해주고 있느냐는 것이 중요하다.[5]

구약성서에서는 인간의 창조와 죽음이 정의된다. 야훼는 최초의 인간인 아담과 이브를 흙으로 만들고 선악을 구별할 수 있는 인식의 열매인 사과를 따먹지 말라는 계명을 내린다.

그러나 아담은 금단의 열매를 따먹고 에덴동산에서 지상의 육체로, 시간 속의 삶으로 추방되며, 자손의 번식과 생존을 위해 죽을 때까지 땀 흘려 일해야 하는 운명에 빠진다. 결국 그는 죽음으로 다시 흙으로 돌아간다. 그의 죽음은 하느님의 계율을 어긴 죗값의 결과이다. 아담의 원죄는 하느님에 대한 불순종에서 기인한 것으로, 인류의 역사에서 일어난 최초의 '윤리적 붕괴'[6]다. 원죄 후에 일어난 죄의 첫 예는 카인의 아벨 살인이다. 그것은 '사회적 범죄'였다. 후자는 갑작스런 때 이른 죽음을 야기하며, 그 죄는 다양한 형태로 태고에서부터 계속해서 인간에게서 일어나며 죽음을 불러일으킨다.[7] 결국 "한 사람이 죄를 지어 이 세상에 죄가 들어왔고 죄는 또한 죽음을 불러들인 것처럼, 모든 사람이 죄를 지어 죽음이 온 인류에게 미치게 되었다."(로마서 5:12)

구약성서는 인간의 영혼과 육체의 관계에 대해 생각하게 한다. 야훼는 에덴동산에서 아담의 육체를 만들고, 그것에 영혼을 불어넣는다. 영혼은 육체에서 비로소 시작하며 육체는 영혼과 함께 계속해 산다. 이렇게 영혼과 육체는 일치한다. 육화肉化된 인간은 죄보다 이전에 존재한다. 그렇다면 아담의 원죄 이전에 죽음은 인간에게 아무런 힘이 없었거나, 비록 육체가 처음부터 죽음에 속했다 해도 인간은 죽음에 굴복당하지 않았을 것이다. 죽음은 오직 인간이 금단의 열매를 따 먹을 때에만, 즉 인간이 죄를 지을 때에만 인간에게 왔기 때문이다. 그런데 인간은 땅의 먼지로 만들어졌기 때문에 육체적이고, 죄는 오직 육체의 인간이 심판받는 죽음의 이유가 된다. 이로써 인간은 불멸의 특권을 상실하고 죽어야 할 운명으로 떨어진다. 그 결과 죽음은 인간의 본성에 주어졌고 그의 주변세상을 지배하게 된다. 그러한 인간의 죽음은 궁극적으로 영혼이 아니라 육체만이 죽는 것이기 때문에, 육체는 영혼의 장식물일 뿐이다. 그런데 우리가 가진 특권이 "우리에 대한 하느님의 사랑"(요한1서 4:10)이라면, 그것은 하느님의 사랑이 인간의 삶의 근원과 깊이 연관되어 있음을 말해주며, 그렇기에 죽음은 영혼이 죽어야 할 육체와 시간 속의 삶에서 '해방'되어 본래의 고향으로 돌아가는 사건이 된다. 이런 이유에서 구약에서의 죽음은 '이에는 이, 눈에는 눈'이라는 죄에 대한 인과응보로서 일어난다. 그 극단적인 예가 "세상이 죄로 인해 막판에 이르고 무법천지가 되어버려서 인간을 땅에서 다 쓸어버린" '노아의 방주'이다.(창세기 6:5~22)

그래서 구약성서는 저승에 대한 묘사가 다양하게 나온다. 저승은 대체적으로 하늘과 반대되는 개념으로 지상[8] 내지 지하의 세계에 국한되고,[9] 지하의 물[10]이나 웅덩이[11] 등으로 표현되고 있으며, 저승에서의 삶이 비판적으로 묘사되고 있다. 비록 인간이 다시 먼지가 된다 해도(창세기 2:19) 저승에서 죽은 자들이 지상에서의 생활을 그대로 영속하도록 접시, 주전자, 항아리, 등잔, 의자, 침대, 그밖에도 금속의 무기들, 기구들, 장식품들, 온갖 종류의 보석들이 무덤에 안치된다. 그러나 지하에서 죽은 자들에게 바빌론 왕이 무시당하듯이(이사야 14:10), 그들은 모두가 평등하다. 이렇게 볼 때 구약성서는 애니미즘에 뿌리를 두고 있다. 구약성서는 죽음과 저승의 영속을 강조하지만, 결국 후일에 세계종말론에서 하느님이 죽음을 영원히 없애버리고(이사야 25:8), 죽은 자가 잠에서 깨어난다는(다니엘 12:2) 메시아의 강림을 통한 구원의 메시지를 예언적으로만 전달하고 있을 뿐이다. 이 모든 것이 야훼와 인간(유대인)의 직접 대화 형식에서만 이루어졌을 뿐이다. 그렇기 때문에 유대교는 구원의 메시지를 기다리는 종교라 할 수 있다.

신약성서에서 죽음의 문제는 구약성서의 그것과는 전혀 다른 의미를 가지고 있다. "성서에 기록된 대로 첫 사람 아담은 생명이 있는 존재가 되었지만 나중의 아담(예수를 의미함—필자 주)은 생명을 주는 영적 존재가 되었다.(고린도전서 15:45) 아담은 죄로 인한 죽음을 세상에 들여왔고, 예수는 자신의 죽음으로 세상을 구원한다.(고린도전서 15:21) 죽음은 최초의 인간에 의해서 지배가 시작되었다. 그는 인간의 죽어야 할 본성을, 말하자면 하느님에게서 떨어진 결과로 그의 삶을 통해서 죽음의 몰락으로 들어가는 운명의 공동체를 그의 후손들에게 전하게 되었다. 이 운명에 묶여서 모든 이들은 죄를 지어 죄인이 되고, 그렇기 때문에 죽음 앞에 피할 수 없이 서 있다. 원죄의 짐이 모든 시대의 수많은 인간의 죄로 증가했다는 것이다. 그것으로 인해서 내세의 삶에 대한 희망이 사라진 출구 없는 절망적 상태가 번성한다. 당연히 사람들은 인간의 현존을 '길게 이어진 죽음'으로, '죽음에 이르는 병Krankheit zum Tode'[12]으로, 또는 '종말을 향한 존재Sein zum Ende'[13]로 표현했다.

그러나 그리스도가 우리의 구원자로서 죄 없이 스스로 죽음을 받아들임으로써 구약성서에서 야훼의 말로 전달된 구원의 메시지는 예수의 죽음으로 비로소 구체화된다. 따라서 기독교에서의 죽음은 각별히 중요한 의미를 지닌다. 인간이 죽음을 통해서 지상의 육체에서 해방되어 죄악의 상태에서 빠져나온다면, 인간은 더 이상 사멸에 굴복하지 않는 변화된 육체로 계속해서 살 수 있게 된다. 신약성서에서의 죽음은 세상에서의 삶과 영원한 삶 사이의 상태이다. 즉 현세와 내세의 분기선이다. 죽음은 잠으로 비유된다. 그런데 죽음은 구약성서에서 계시된 것처럼 하느님에 의해 정해진 인간의 죽어야 할 운명의 결과이기 때문에 예수의 재림에 이르기까지 중지되지 않는다. 그러나 그리스도는 죽음을 "마지막으로 물리칠 원수"(고린도전서 15:26)로 여기고, 베드로나 바울로가 그랬듯이, 죽은 자들을 소생시킴으로써[14] 죽음에 대한 지배와 승리를 예시한다. 그는 스스로 죄를 짓지 않았음에도 모든 인간의 죄를 짊어지고 죽음으로써 아담에 의한 죄와 죽음과의 태초 관계를 없앤다. 그리고 그의 부활로 죽음의 힘을 소멸하고, 죽음의 허무함을 없애며, 인간에게 죽음 후에 영생으로 부활하게 된다는 믿음을 준다. 기독교에서 죽음 없이 부활은 불가능하며, 부활 없는 죽음은 무의미하다. 그러므로 죽음과 부활은 기독교 신앙과 윤리의 근간을 이룬다.

기독교 교의학Dogmatik은 죽음이 인간 존재 안에서의 의미에서, 다시 말해서 하느님과 인간 사이의 관계 안에서 이해되어야 한다는 것을 전제한다. '죽음은 하느님 앞에 있는 인간인 나에게 무엇을 의미하는가?' '하느님은 죽음을 통해서 무엇을 말하고 무슨 작용을 하는가?'라는 질문과 다름 아니다. 이 질문은 다음 세 가지 면에서, 즉 하느님 본래의 창조의지와 질서 면에서, 심판의 체험으로서 하느님의 법칙 면에서, 그리고 구원의 은혜로서 복음 면에서 대답될 수 있다. 왜 생물체는 늙어가고 죽는지, 그것은 생물학에서 해결되지 않은, 아마도 해결할 수 없는 문제로 남아있다. 마찬가지로 신학은 인간의 죽음에 대한 원인에 대해서가 아니라 의미에 대해서 묻는다.[15]

구약성서와 신약성서에서 살펴보았듯이, 성서신학에서 죽음은 하느님 최초의 의지와 질서로 이해되고 있다. 인간의 생명은 죽음에서 끝난다. 인간이 늙는 것, 죽는 것은 임신과 함께 시작한다. 생명 자체는 처음부터 죽음을 잉태하기 때문이다. 그렇게 우리는 죽음을 향해 가면서 모든 생명의 종말로서 죽음이 절대로 넘을 수 없는 경계임을 알게 된다. 그런데 죽음은 꼭 노인에게만 해당되지 않는다. 인생의 한가운데에서도 온다. 인간은 언제 어떻게 어디서 죽게 될지 아무도 모른다. 죽음의 필연성과 다양한 우발성은 인간을 무기력하게 만들고, 상호간의 삶뿐만 아니라 우리가 우리를 인간으로 경험하는 바로 그 모든 것을 파괴한다. 죽음은 하느님이 주신 인간존재의 적이며 파괴자이다. 그래서 죽음에 대한 공포는 모든 순간에 존재한다.

자연과학적 측면에서 볼 때 죽음은 한낱 유기물이 무기물로 변하는 화학반응일 뿐이다. 이 지식 앞에서는 영혼불멸의 어떤 이론도 있을 수 없으며, 하물며 심령을 다루는 초심리학적 현상들도 생길 수 없다. 그러나 동·식물의 죽음과 인간의 죽음은 본질적으로 다르다. 어떤 피조물도 인간처럼 죽어야 할 자신의 운명에 대해서 알고 있고, 자신의 죽음을 지식으로 맞이하고 선취하지 못하기 때문이다. 물론 죽음은 인간에게도 생물학적이며 자연적인 것이다. 비록 "아브라함이 백발이 되도록 천수를 누리는" 만족스런 삶을 살았다 해도 그는 "세상을 떠났다".(창세기 25:8) 우리는 죽음에서 피조물의 유한성과 한계성을 경험한다.

하느님은 스스로 창조한 인간의 죽음에 두 가지 의미를 부여했다. 즉 창조자와 인간 사이의 존재적 차이와 예속관계이다. 오직 하느님만이 영생할 수 있기 때문에, 죽음에 의한 피조물의 유한성과 한계성에서 창조자와 인간 사이의 존재적 차이가 생긴다. 죽음은 하느님과 인간 사이에 넘을 수 없는 엄격한 경계를 보여준다.

인간에게 부여된 죽음이 하느님의 뜻인 것처럼, 하느님은 언제든지 생명을 걷어갈 수 있다. 반대로 인간은 죽음을 통해서 자신을 피조물로서 인식하면서 하느님을 우리의 창조자로서, 우리 생명의 주인으로서 존경하며, 또한 원하면 언제나 우리의 생명을 주고 가져가는 자로서 경외감을 가진다. 이렇게 죽음은 하느님과 인간 사이를 예속관계로 만든다. 죽음은 하느님의 태초 의지와 질서에 의해 인간에게 내려진 소명이기에, 인간은 오직 죽음을 통해서 하느님에게 갈 수 있고, 하느님의 삶에 참여할 수 있다. 예수는 이 소명을 실천한 최초의 예이다. 그러기 위해서 인간은 '땅에 떨어져 죽을 밀알처럼'(요한 12:24), 자신의 삶을 희생해야만 한다. 이 희생은 창조주에 대한 믿음을 전제로 한다. 믿음은 우리가 매일 죽음에 직면해 살면서 "하느님께서는 (…) 어려운 고비에서 우리를 건져내 주셨고

(…) 앞으로도 건져내 주시리라는 희망"(고린도전서 8~10)을 주고, 그를 찬양하게 한다. 오직 죽음에서만 인간은 하느님과 함께 있으며, 그렇게 믿음과 죽음은 함께 짝을 이룬다.

인생에서 하느님에 대한 신뢰에는 언제나 자신과 세상에 대한 신뢰가 섞여 있다. 자신의 삶을 희생하는 데에는 하느님에 대한 믿음이 전제되듯이, 사랑 역시 희생을 전제로 한다. 사랑은 희생을 위한 준비이며 힘이기 때문이다. 사랑은 죽음으로 없어지지 않는다. 사도 요한이 "벗을 위하여 제 목숨을 바치는 것보다 더 큰 사랑은 없다"(요한 15:13)고 말하듯이, 다른 사람을 위한 육체적 사망에 대한 준비에서 비로소 희생은 완전하게 된다. 예수가 그러하다. 그가 인간을 위해 바친 사랑은 그의 죽음에서 비로소 완전히 실현된다.[16] 믿음과 죽음이 서로 짝을 이루듯이, 사랑과 죽음도 서로 짝을 이룬다. 무엇을 위해 죽는다는 것은 우선적으로 감수하는 것이며, 행위가 아니다. 죽는 행위에의 소명은 인간에 대한 하느님의 최초 의지에 속한다. 그 소명은 그리스도처럼 인간이 믿음과 사랑을 실천함으로써 하느님에게 갈 수 있고, 하느님의 삶에 참여할 수 있는 창조의 은혜이다.[17]

신약성서에서 최후의 심판은 인간의 죽음을 완전히 다른 의미에서 해석하게 한다. 바울로는 로마서에서 아담의 원죄가 세상에 죄와 죽음을 불러들였고 온 인류에게 미치게 했으며(로마서 5:12), "죄의 대가는 죽음"이라고 규정하고 있지만, 그보다 더 큰 의미로 "그리스도와 함께 사는 영원한 생명"(로마서 6:23)을 알린다. "영원한 생명"과 연관해서 우리가 알아야 할 것은 인간의 죽음이 "죄의 대가" 외에도 그 죄에 대한 하느님의 분노에서 비로소 세상으로 왔다는 것이다. 예수와 그의 제자들이 지상의 재판으로 죽게 되었듯이, 인간은 죽음 후에 하느님의 심판을 받아야 한다. 이로써 인간의 '일차적 죽음', 즉 인간의 생물학적 죽음은 아직 자연스러운 하느님의 질서로서 순수한 죽음이 아니라, 그것은 죄인들의 죽음일 뿐이다. 예수는 단 한 번의 죽음으로써 인류의 구원을 위한 희생을 완성하고 "생명을 주는 영적 존재"(고린도전서 15:45)가 되었다. 예수 죽음의 '일회성'에서 죽음의 진지함이 절정을 이룬다. 즉 예수 죽음의 '일회성'에서 인간 죽음의 일회성이 강조되고 있다. "인간이 한 번 죽고 그 후에 심판을 받게 되어 있기 때문에"(히브리서 9:17), "그리스도의 심판대 앞에 나가는 날에는 우리가 육체에 머물러 있는 동안에 한 일들이 숨김없이 드러나서 잘한 일은 상을 받고 잘못한 일은 벌을 받게 된다".(고린도후서 5:10) 그렇기 때문에 우리는 살아 있는 동안에 "낙심하지 말고 꾸준히 선을 행해야 한다".(갈라디아 6:9) 판결은 그리스도 앞에서 숨김없이 밝혀진 자신의 행위에 따라서, 양심의 고해에 의해서 이루어진다. 그래서 죽는 것에 대한 공포는 우리 죄인들에게 창조자뿐만 아니라 재판관에 대한 공포가 된다. 예수의 죽음과 같은 인간 죽음의 '일회성'에서 그리고 살아 있는 양심에서 비로소 인간의 죽음은 생물학적 의미에서의 단순한 사멸이나 종말과 구별된다. 기독교 교의학은 인류의 원죄로부터 자연스런 죽음이 유래했다는 이론을 고수하면서, 그리고 육체적 죽음과 하느님의 심판에 의한 죽음을 나란히 제시하면서, 우리로 하여금 죽음의 의미를 윤리적으로 새롭게 해석하게 한다.

그렇다면 죽음의 의미는 윤리적으로 어떻게 새롭게 해석될 수 있느냐는 것이다. 예수의 죽음과 부활에 의해서 인간의 죽음은 새로운 의미를 가지게 된다. 인간은 죄의 대가로 죽을 수밖에 없지만, 그 죽음은 죄와 떨어질 수 없이 결합된 삶을 끝나게 해주고, 최후의 심판을 통해 예수처럼 부활의 가능성을 주기 때문이다. 그래서 최후의 심판은 하느님이 우리를 구원하는 은혜의 행위가 된다. 하느님은 최초의 인간인 아담의 배신으로 인한 실낙원의 비극에 인간을 홀로 버려두지 않고, 외아들인 그리스도를 이 세상에 보내서 우리로 하여금 새로운 생명을 얻게 한다.(요한1서 4:9) 그것은 우리에게 보여준 하느님의 사랑이다.(요한1서 4:8)

그리스도는 우리가 죽어야 할 운명을 자신이 지고, 우리와 함께 죽음의 고통을 당했으며, 우리의 죽음을 자기의 죽음으로 만들었다. 그러나 죽음이 그를 소유할 수 없기 때문에 그는 부활을 통해서 "죽은 자들로부터 최초로 태어난 사람"(골로사이 1:18)으로서 죽음의 나라에서 돌아왔다. 그럼으로써 그는 "다시는 죽는 일이 없어 죽음이 다시는 그를 지배하지 못하리라는 것"(로마서 6:9)을 보여준다. 죽음은 더 이상 그에게 힘이 없다.

바울이 고린도서에서 무엇보다도 "가장 중요한 것"을 전한다. "나는 내가 전해받은 가장 중요한 것을 여러분에게 전해드렸습니다. 그것은 그리스도께서 성서에 기록된 대로 우리의 죄 때문에 죽으셨다는 것과 무덤에 묻히셨다는 것과 성서에 기록된 대로 사흘 만에 다시 살아나셨다는 것과 그 후에 여러 사람에게 나타나셨다는 사실입니다."(고린도전서 15:3~5) 그의 증언은 그리스도의 희생적 죽음, 매장, 부활이며, 거기에 그 시대에 살고 있는 야고보나 제자들에게 나타난 증거도 제시한다.(고린도전서 15:7) 여기에서 최초의 인간 아담과 그리스도와의 비교가 설명된다.(고린도전서 15:21~22) "만일 죽은 자가 부활하는 일이 없다면 그리스도께서도 다시 살아나셨을 리가 없다"(고린도전서 15:13)는 바울로의 결론은 그리스도의 부활을 의심하는 고린도 사람들의 회의적 질문(고린도전서 15:12)에 대한 훌륭한 대답이 될 것이다. 여기에 예언자 이사야의 말이 이것을 증명한다. "죽음을 영원히 없애버리시리라."(이사야 25:8) 바울로는 그 정당성을 외친다. "죽음아, 네 승리는 어디 갔느냐?"(고린도전서 15:55) 그리고 깊은 감동에서 예수 그리스도를 통하여 우리에게 승리를 주신 하느님께 감사하고 그를 찬양한다.(고린도전서 15:57)

이로써 그리스도에게서 일어난 것이 우리에게서도 일어날 수 있음이 예언된다. 그러나 여기서 자세히 설명해야 할 것은, 어떻게 부활한 자가 우리를 죽음에서 생명으로 다시 데리고 오느냐이다. 아담의 죄는 하느님의 계명을 따르지 않은 불순종이다. 때문에 죄를 극복할 수 있는 것은 무엇보다도 절대적 순종이다. 그것을 그리스도가 보여준다. 그는 "당신의 것을 다 내려놓고 종의 신분을 취하셔서 우리와 똑같은 인간이 되셔서" 죄 없이 "십자가에 달려서 죽기까지 순종하셨다."(필립보서 2:7~8) 이렇게 그는 이 같은 순종을 최초의 인간 아담의 불순종에 대치시킨다. 그의 순종은 우리를 구원하기 위한 희생의 죽음에서 극에 이른다. 그러면서 그는 우리가 그와 함께 있을 때나 지금이나 "더욱 순종하여 두렵고 떨리는 마음으로 (우리) 자신의 구원을 위해서 힘쓸 것"(필립보 2:12)을 요구한다. 이 요구는, 인간의 불순종이 죽음을 초래했듯이, 인간은 순종을 통해서 다시 생명의 원천과 합쳐지고, 죽음에서 떨어져 나오거나 생명을 새로 얻게 된다는 순종을 통한 구원의 메시지이다. 이 안에서 죽음의 신비스런 변화가 완성된다. 죄를 극복한 인간은 비로소 죽음의 지배를 극복하게 되고, 죽음의 독침이 죄라면, 이제 그 독침은 이미 죽음에서 빠져나갔다. 이 말에 맞게 바울로는 외친다. "죽음아 네 독침은 어디 있느냐?"(고린도전서 15:55) 우리의 죽음은 그리스도의 부활을 통해 독침을 잃을 것이다. 최초의 아담과는 달리 이젠 그리스도에게서 순종과 구원의 은혜가 표현된다.

세례의 의미가 이 같은 내용을 더욱 상징적으로 나타낸다. 즉 세례를 받은 자는 그리스도 예수와 하나가 되어 이미 예수와 함께 죽었고, 그분과 함께 묻혔다는 것이다.(로마서 6:3~4) 여기에 그 당시의 세례 방법에 대한 암시가 있다. 세례를 받는 사람은 물속에 잠기고, 말하자면 물에 묻힌다. 그래서 그리스도의 죽음과 부활이 세례를 통해서 우리와 함께 작용하고 "예전의 우리는 그분과 함께 십자가에 못 박혀서 죄에 물든 육체는 죽어버리고 이제는 죄의 종살이에서 벗어나서"(로마서 6:5, 6:11) 새로운 생명으로 변해야 한다. 그리스도의 죽음에 우리가 참여함으로써 그리스도의 부활은 우리를 죽음에서 소생시킨다. 세례를 받는 것은 하느님의 첫 선물로 성령을 받고 하느님의 자녀가 되는 것이다.(로마서 8:23) 여기서 다시금 죽음은 힘을 잃는다. 그것은 바로 세례가 우리에게 성부와 성자와 함께 삼위일체를 이루는 바로 예수를, 죽은 자들 가운데서 다시 살리신 분의 성령을 불어넣어 주어서, 우리 안에 있는 그 성령이 우리의 죽을 몸까지도 살려줄 것이기 때문이다.(로마서 8:11) 그럼으로써 우리는 부활의 길에 있고, 영원한 인생을 우리의 유한적인 삶 속에서 실현할 수 있는 변화를 일으킨다. 이것을 바울로는 "심오한 진리의 하나"로 이렇게 말했다. 우리는 "죽지 않고 모두 변할 것입니다."(고린도전서 15:51) 즉 그리스도에 의해서 감화된 존재는 자기 자신 안에 있는 "낡은 인간의 죽음"을 의미한다.[18]

기독교인의 삶은 그리스도의 죽음을 통해서 우리 인간에 있는 '낡은 인간의 죽음'에 언제나 새롭게 몰두하는 데에 의미가 있다. 우리는 예수와 함께 죽었다가 살아난 사람으로서 하느님을 위한 정의의 도구로 사용되어야 하며(로마서 6:13), 그래서 육체를 따라 살면 죽고 성령의 힘으로 육체의 악한 행실을 죽이면 산다(로마서 8:13)고 로마서와 고린도서는 가르친다. 그렇다면 첫째로 부활에 참여하는 사람은 행복하고 거룩하며, 둘째로 그들에게는 죽음이 아무런 세력도 부리지 못한다.(요한묵시록 20:6) 육체의 죽음은 일회적이고, 실패한 죽음은 어떤 것으로도 보상될 수 없다. 그래서 부활은 전적으로 현세에서의 삶에 달려 있다.

'낡은 인간'에서 벗어나려는 기독교인의 요구는 처음에 육체의 죽음에서 이루어진다. 만일 육체의 죽음이 단지 무無로 가는 출구일 뿐이라면, 그리고 현존재의 파괴나 해체일 뿐이라면, 그 죽음은 복음에서 약속된 구원이 아닐 것이다. 생명의 원천인 하느님을 부정하는 삶을 사는 자는 아담 이래로 죄로 인해 정해진 죽음의 운명에서 벗어날 수 없고, 최후의 심판에서 끔찍한 '제2의 죽음'을 면할 수 없다. 그리스도의 구원 없이 나타난 '제2의 죽음'은 불행한 자를 결코 다시 풀어주지 않기 때문이다. "하느님이 그리스도를 내세워 하늘과 땅의 만물을 당신과 화해시켜주셨고, 십자가에 흘리신 예수의 피로써 평화를 이룩하셨듯이"(골로사이 1:20~23), '제2의 죽음'에서의 구원은 오직 현세에서 '순종'과 '화해'와 '평화'의 삶을 살아갈 때 비로소 가능하다.

우리가 그리스도의 참모습을 보고 "우리도 그리스도와 같은 사람이 되는 것"(요한1서 3:2)에서, 즉 그의 죽음과 부활을 우리의 인간적인 것에서, 그리고 현실세계에서의 삶에서 실현함으로써 우리는 죽음에 초연해지고 자유로워지며, 부활한 자와 비슷하게 된다. 그러니까 변용된 인간은 그리스도의 변용을 보여주어야 한다. 거기에는 그리스도의 훌륭함이 나타나고 인간에겐 불사의 한 형태가 부여된다. 그리스도 안에서 하느님의 훌륭함이 빛나듯이, 그리고 그의 부활이 우리에게 불멸을 보여주듯이, 우리도 하느님의 아들로서 우리 마음속에 있는 하느님의 훌륭함과 불멸을 우리의 인간적인 것에서 실현해야 한다. 그래야만 죽음의 마지막 효과가 우리에게 변용된 창조를 약속할 것이다. 그리스도의 변용에서 인간의 변용이 생겨난다.[19] 우리가 죄를 짓고 있거나, 죄에서 완전히 벗어나지 못하는 한, 죽음은 우리에게 동시에 삼중의 의미를, 즉 신의 최초 의지와 질서로서, 그의 심판의 표현으로서, 최종적인 구원의 은혜로서의 의미를 가진다.[20] 그러니까 기독교의 윤리는 인간의 삶을 현세에서 완성하려는 데 지향한다. 그래서 야훼는 우리에게 지금 양심과 반성을 불러일으키는 질문을 하고 있다. "너는 어디 있느냐? 어쩌다가 이런 일을 했느냐?"(창세기 3: 9, 13)

철학과 심리학에서 죽음의 이해

자연의 법칙이 지배했던 원시시대에 죽음은 생명의 유기적 활동의 정지일 뿐, 삶과 죽음에 대한 아무런 개념이 없었다. 바로 그런 개념이 없는 무지에 대한 이의異義에서 영혼의 계속적인 삶에 대한 생각들이 시작했다. 인간이 인식능력을 가지기 시작하면서 인간의 죽음은 다른 생명체의 단순한 죽음과 대조를 이룬다. 더 자세히 말해서 처음으로 인간에게서 싹트기 시작한 문화가 죽음을 악으로 만들었고, 깊은 생각이 죽음에 공포를 주었으며, 두려움을 낳게 했다. 이 두려움은 내세와 영생에 대한 생각을 불러일으키는 근원이 되었다. 피타고라스는 '영혼 윤회설'을 통해 삶을 유한하고 고통스러운 것으로 규정하고, 죽음을 이 한계와 고통의 끝임과 동시에 영혼이 영생하는 새로운 세계로 가는 전환의 계기로 보았다. 죽음 자체를 긍정적으로 평가했다.[21] 이와 맥락을 같이 해서 소크라테스는 죽음은 인간이 인식할 수 없는 비존재이지만, 우리의 영혼이 한 곳에서 다른 곳으로 전환하고 이동하는 것이라고 정의했다.[22] 역사적으로 가장 오래된 죽음에 대한 질문은 처음으로 플라톤에 의해서 제기되었다. 플라톤은 영혼의 불멸을 처음으로 논리적으로 인식하고 증명하려 했다. 즉, 죽음은 영혼이 최초에 속해 있는 영원한 것에 대한 인식에서 비로소 본래의 삶을 살기 위해, 영혼이 육체에서 벗어나는 순간으로 나타나며, 불멸의 것에 참여하려는 노력으로 이해된다. 플라톤은 그의 대화록《파이돈 Phaidon》에서 "철학자의 인생은 죽음에 대한 끊임없는 관찰이다"라고 말한다. 그리고 키케로는 플라톤의 생각을 받아들인다. "모든 현자들의 삶은 죽음에 대한 숙고이다Tota philosophorum vita est commentatio mortis." 이 명제는 이천 년을 넘게 유지해왔다.

그러나 죽음 이후의 삶에 대한 지식은 결국 종교적 확신에 근거한 논리적 수단으로써 변호되고, 관념론의 도움으로 해설되고 있다는 것을 우리는 인식하게 된다. 그리스 철학자 체논Zenon von Kition(354~262)이 창시한 스토아학파는 순수 소재적 일원론의 의미에서 죽음을 해석한다. 영혼은 불의 소재로서 유기체를 구성하는 원소의 하나이다. 개인의 영혼이라는 불 소재가 신의 불 소재로 되돌아가면서 죽음에는 원소들이 혼합하는 돌이킬 수 없는 변화가 일어난다. 스토아학파는 유기적 유물론 또는 범신론의 입장에서 금욕과 극기를 통하여 자연에 순종하는 현인賢人의 생활을 이상으로 내세우면서 삶 속에서 죽음을 생각하고, 체념적·명상적 인생관을 유지해왔다. 이 같은 인생관은 후일에 기독교 사상과 결합해서 후기의 스토아학파에서는 윤리적 문제가 중심을 이룬다. 즉 죽음을 불가피한 사건으로서 합법적으로 정리된 전체 창조물의 범위에서 파악하고, 그래서 두려움 없이 그것을 받아들이는 것은 현명한 자에 대한 윤리적 요구로 간주된다는 것이다.[23]

초기 기독교시대와 중세는 죽음을 기독교의 도그마에 대한 논증과 방어의 작업 안에서 다루었다. 그 후 새 시대에 도래한 합리주의는 죽음을 배제한 독자적 삶을 부정함으로써 죽음과 삶의 관계를 합리적 영역으로 구체화시킨다. 프랑스의 사상가이며 《수상록Essais》의 저자인 몽테뉴는 "철학한다는 것은 곧 죽는 것을 배우는 것이다"[24]라고 했다. "나는 생각한다. 고로 나는 존재한다cogito ergo sum"라는 명제를 자신의 철학적 기초로 삼은 근대 실존철학의 아버지라 할 수 있는 프랑스의 철학자 데카르트는 죽음을 외적 원인에 의해 야기된 육체적 메커니즘에 불과한 것으로 관찰했다. 즉 그는 육체와 영혼의 관계를 '물질적 실체res extensa'와 '사유적 실체res cogitans'로 이해하고, 이 관계에서 자연은 다름 아니라 물질세계의 모든 현상들이 사물의 마지막 구성요소들인 입자들로 돌아가는 규칙적 메커니즘으로 이해했다. 이 같은 그의 견해는 19세기까지 계속해서 학문에 중요한 영향을 주었다. 독일의 수학자이자 물리학자이며 철학자이고 신학자인 라이프니츠Gottfried Wilhelm von Leibniz(1646~1716)는 데카르트의 이론을 그의 《단자론Monadologie》과 접목시켰다. 그는 죽은 원자에 신성神性을 형성하는 세계의 무한한 중심단자인 살아 있는 단순한 단자들을 대입한다. 이 단자론에서 우주질서는 신의 뜻에 따라 움직이는 '신의 예정조화' 속에 있다. 이 '예정조화설'은 변신론에 이용되었으며, 반면에 죽음은 죽은 단자, 즉 유기체의 사멸로 보았다.

　이와는 대조적으로 죽음은 독일 관념론의 완성자인 헤겔Georg Wilhelm Friedrich Hegel(1770~1831)의 철학에서 중심 위치를 차지한다. 헤겔은 자연, 역사, 정신의 모든 세계는 끊임없이 변화하고 발전하여 가는 과정이며, 이 과정은 정반과 정반합을 기본으로 하는 관념의 변증법적 전개원리로 설명될 수 있다고 주장하였다. 이는 헤겔의 변증법 논리의 3단계로서, 곧 하나의 주장인 정正에 모순되는 다른 주장인 반反이 더 높은 종합적인 주장인 합合에 통합되는 과정을 말한다. 헤겔은 정신적 삶을 위해서 죽음은 절대로 불가피한 전제라고 주장한다. 그런데 헤겔은 "인간은 삶의 습관으로 죽는다"[25]고 말함으로써 죽음을 두 가지 상반된 의미에서, 즉 피할 수 없는 자연적인 것과 부정적인 것으로 간주한다. 전자의 자연적 의미에서 죽음은 개체가 스스로 실현한 자유의 마지막 표명이다. 그러나 후자의 부정적 의미에서 실현된 자유의 마지막 표명은 바로 존재하는 것의 종결을, 즉 죽음을 의미한다. 그러니까 인간의 자의식에는 죽음의 의식이 속해 있다는 것이다. 의식은 부정적인 것을 직접 보면서 진리를 얻는다. 즉 정신의 절대적인 힘은 유한한 존재의 보편성인 자연적인 죽음의 부정적 현상을 직시하고 극복함으로써 죽음을 통해서 진실한 본질로서의 자기존재를, 즉 "죽음 속에서 자신을 유지하려는 삶"의 진리를 획득하는 수단이 된다.[26] 헤겔은 정신의 힘에 의해서 죽음을 극복하려는 이상적 관념론의 절정을 이룬다.

헤겔의 이상론은 독일의 비관주의 철학의 대표자인 쇼펜하우어Arthur Schopenhauer(1788~1860)에 의해 비판되기 시작한다. 그는 자기 스스로를 비이성적으로, 악한 것으로 관찰하고, 이런 존재의 충동에서 구원되는 것을 오직 자기파멸과 비존재의 상태, 즉 열반을 통해서만 가능하다고 보았다. 이런 점에서 그의 철학은 불교의 구원론과 포괄적으로 일치한다고 볼 수 있다. 반면에 그는 기독교를 부인했다. 그는 삶과 죽음을 자연의 피상적인 현상, 즉 "삶의 본래적 결과"로 보았다. 열반의 상태에서 그런 피상적 상태는 의미를 상실한다. 쇼펜하우어는 죽음을 '철학의 본질적이고 고무적인 창조력'으로 보고, "죽음 없이 철학하기란 어려울 것이다"라고 말했다. 그는《의지와 표상으로서의 세계Die Welt als Wille und Vorstellung》에서 말한다. "우리의 삶이란 매 순간 연기되고 있는 죽음이다. (…) 매번의 숨결은 지속적으로 파고 들어오는 죽음에 저항하고 있는 것이다. (…) 마침내 죽음이 승리하게 되어 있다. 우리는 태어나면서부터 이미 죽음에 귀속되어 있기 때문이다. 죽음은 자신의 전리품을 삼키기 전에 단지 잠시 동안만 그것을 가지고 유희하고 있는 것일 뿐이다."[27]

덴마크의 실존주의 철학자 키르케고르Søren Aabye Kierkegaard(1813~1855)는 현존재는 논리적 체계로 설명될 수 없다며 헤겔의 관념론에 반대한다.[28] 그의 주 저서인《양자택일Entweder-Oder》(1843)에서 죽음을 언제나 반복되는 "마지막 잠"으로 보고, 존재의 한 형태로 이해한다. 쇼펜하우어의 영향을 받은 독일의 실존주의 철학자인 니체Friedrich Wilhelm Nietzsche(1844~1900)도 기독교의 '노예도덕Sklavenmoral'과 '주인도덕Herrenmoral'을 내세에 대한 신앙에 현세의 긍정을 대립시키고, 신을 대신하는 초인사상을 강조한다.[29] 그는 전통적인 도덕을 비판하고 기만적인 학문을 폭로한다. 그는 삶과 죽음을 대립의 이분법으로 보지 않고, 다만 "살아 있는 것은 일종의 죽음일 뿐, 그것도 아주 기이한 방식에 다름 아니다"라고 주장한다.

쇼펜하우어의 생각에 가까운 막스 셸러Max Scheler(1874~1928) 역시 신앙과 지식을 날카롭게 구분하면서 근대 인간은 죽음의 존재를 근본적으로 부정한다는 사실을 사회학적으로 새로이 해석을 시도한다. 죽음의 확실성은 선험적-직관적인 것으로 증명된다. 죽음은 인생 과정 자체의 한 순간이며, 종말은 단지 그 순간의 현실화를 나타내기 때문이다. 그것은 늙어가는 것을 인지하는 데에서, 생명력 있는 움직임에서 증명된다. 영생을 증명하려는 모든 시도는 부인된다. 철학자이며 사회학자이기도 한 짐멜Georg Simmel(1858~1918)은 사람에게 죽음은 처음부터 삶 속에 함께하고 있으며, 여기서 깊은 인생의 과제는 성숙한 죽음을 맞이하는 것이라고 보았다. 그러나 사람들에게 죽음은 그들의 내면과는 관계없이 갑자기 엄습하는 강력하고 낯선 힘으로 나타난다.

짐멜의 이 같은 생각은 하이데거에서 존재론적으로 변했다. 즉, 현존재는 죽음에서 그의 종말을 가지고 있지 않다. 인간은 "세계 안에 내던져진 존재Geworfnes In-der Welt-Sein"[30]이며, 그 "끝이 곧 죽음이다." 그 끝은 현존재가 존재하는 한 아직 오지 않은, 그러나 현존재와 항상 함께 존재하는 존재 가능한 실존에 속하며, "현존재의 가능한 전체성을 규정해준다."[31] 따라서 죽음은 "종말을 향한 존재Sein zum Ende"[32]이다. 아직 존재하지 않는 것은 언제나 존재 가능하면서, 그것은 죽음에서 추월할 수 없는 마지막 존재의 가능성을 발견한다. 그래서 현존재는 죽음에서 비로소 본래의 것으로 존재한다. 현존재는 죽음에 의해서 이해되며, 오직 죽음을 향해 앞서 달려가는 데에서 현존재가 처음으로 전체로서 나타나게 되기 때문에, 죽음은 동시에 현존재의 극단적인 이해의 가능성이다. 야스퍼스 Karl Jaspers(1883~1922)는 죽음의 문제성을 하이데거의 존재론을 더욱 견고하게 하는 데서 풀고, 여러 가지 모습으로 죽음에 처해 있는 인간에게 가해지는 위협을 강조한다. 죽음은 간과할 수 없는 최후의 경계상황이다. 비록 이웃의 죽음에서 알게 된다 해도, 죽음은 궁극적으로 파악할 수 없는, 우리가 부딪쳐 좌초하는 벽으로 남아 있다. 오직 죽음에 대한 용기만이 적절한 태도로서 남아 있으며, 그 용기를 견디는 것만이 자기 존재의 확증으로서 남아 있다. 오스트리아 태생인 영국의 철학자 비트겐슈타인 Ludwig Josef Johann Wittgenstein(1889~1939)은 "사람은 죽음을 체험하지 못한다"[33]고 단언한다. 인간은 존재하는 한 죽음을 체험할 수 없고, 죽음을 체험하는 한 인간은 더 이상 존재하지 않기 때문이다.

위에서 살펴보았듯이 헤겔의 이상적 관념론이나 하이데거의 실존주의적 유물론을 대표로 해서 죽음에 대한 수많은 철학자들의 사유는 현세와 내세의 삶, 육체와 영혼, 자연과 정신의 상호작용 관계를 통해서 다양하게 형성되었다. 그럼에도 불구하고 그들이 제시하고 있는 공통적인 것은, 죽음이 체험할 수 없는 불가사의한 것이기 때문에 그들의 해석은 자의적인 허구에 근거한 것이며, 그들의 진정한 관찰은 삶의 현실에 뿌리를 두

고 있다는 것이다.[34]

하이데거가 죽음에 대한 인식을 그의 실존주의 철학을 바탕으로 새롭게 제시한 것과 때를 같이해서 정신분석의 창시자이며 신경과 의사인 지그문트 프로이트Sigmund Freud는 그의 주 저서인《쾌락원칙의 저편에서 Jenseits des Lustprinzips》(1920)에서 새로운 충동역학의 원칙을 제시하고, 인간행동을 삶의 충동인 에로스Eros의 리비도Libido[35]와 죽음 또는 파괴의 충동인 타나토스Thanatos의 데스트루도[36]라는 두 기본 충동들의 대립으로 설명한다.[37] 사랑의 쾌락 배후엔 죽음의 충동이 깃들어 있다. 이 두 에너지의 대립은 파괴될 수 없는 원칙으로 언제나 변증법적 관계를 형성하면서, 삶의 충동 이면에는 항상 죽음의 충동이 존재한다는 인식을 프로이트는 처음으로 정신분석학적으로 이론화한다.[38] 심리학은 대체로 죽음과 죽음의 고통에 대한 인간의 심리를 연구 대상으로 삼는다. 그래서 프로이트의 연구에 의해서 죽음의 공포에 대한 심리학적 연구는 뒤늦게야 관심을 갖기 시작했다. 이미 19세기 말에 미국에서는 미국의 심리학자 그랜빌 스탠리 홀Granville Stanley Hall(1844~1924)과 칼린 스코트 Colin Scott가 이 분야에서 두각을 나타냈다. 20세기에 들어와서 H. 파이겔 Feigel(1959)[39], R. 홀턴Hulton(1965)[40], R. 카스텐바움Kastenbaum, R. 아이젠 베르크Aisenberg(1972)[41], P .T. 코스타Costa(1977)[42]와 최근에 비트코브스키Joachim Wittkowski(1978)[43]는 죽음의 공포와 두려움에 대한 연구 결과를 제공했다.

죽음에 대한 공포는, 죽음과 죽는다는 것이 위협의 자극으로 체험되는 경우에 그 자극에서 끝내 벗어날 수 없다는 데에서 생긴다. 결국 사람은 누구나 필연적으로 죽기 때문에, 죽음에 대한 공포는 바로 인간의 존재에 대한 기초적 공포로서, 나아가 사회적 공포로서 관찰된다.[44] 그러나 죽음의 체험 불가능성, 그 개념의 다양성과 이론적인 불충분 내지 개념적인 불일치와 중복 등에서 죽음에 대한 공포와 두려움의 감정은 심리학적 사학 연구에서 파악하기 어려운 다의적 현상들의 하나이고, 그 연구에 오늘날까지 방법론적으로 부담을 주었다. 죽음에 대한 공포는 순전히 죽음에 대해 느끼는 인간의 심리적 상태 그 자체이기 때문에 공포의 정도는 죽음과 전혀 관계될 수 없다. 그래서 W. 훅스Fuchs는 "죽음에 대한 공포의 차원은 허구"라고 말한다.[45] 또한 죽음에 대한 두려움은 죽지 않으려는 인간의 표현일 수도 있다.

비록 철학자들이나 심리분석학자들에 의해서 죽음 앞에서의 두려움이 인간의 보편적인 흥분 감정이고 존재적 경험이라고 주장되었다 해도, 우리는 지금까지 이 감정의 발생조건들과 작용들에 대해서 확실한 것을 별로 알지 못한다. 죽음에 대한 공포와 두려움의 개념은 심리학적 사학 연구의 맥락에서 볼 때 오늘날까지도 논리 정연한 이론으로 정리되지 않았고, 다만 이론적 시작을 밝히는 유치한 단계에 있다. 쇼론Choron(1964) 교수를 모범으로 해서 R. 카스텐바움과 R. 아이젠베르크는 우선적으로 죽음에 대한 두려움을 죽는 것의 시점과 환경들에 대한 두려움, 죽음 후에 무엇이 오는가에 대한 두려움, 더 이상 존재하지 않고 완전히 없어진다는 것에 대한 두려움의 세 유형으로 구별했다.[46] 그러면서 심리학적 사학 연구는 죽음의 공포와 불안에서 우리는 무엇을 이해하고, 우리가 죽음을 두려워한다면, 도대체 무엇을 두려워하는 것이며, 그 감정은 어떻게 퍼지고 무슨 역할을 하는가 등등의 질문들에 관심을 기울이고 있다. 또한 종교적 인간은 내세에 대한 굳은 믿음에서 죽음에 대한 두려움을 초월할 수 있다는 신앙심과 죽음에 대한 두려움의 관계를 설명한다.[47]

아름다운 죽음, 추한 죽음

"예술은 죽음이 접근할 수 없는 가상이다."[48] 이 가상 속에서 죽음은 작가의 자유로운 창작 의지에 의해서 예술적으로 형상화되고 또한 고유한 의미를 지닌다. 그래서 죽음에 대한 미학적 관찰은 현실적 사건으로서가 아니라 예술의 상이한 매체들을 통해서 가시화된 허구적 사건으로서의 죽음에 대한 관찰이다. 죽음은 불가사의하고 매혹적인 것이기에, 예부터 예술가들은 죽음에 깊이 몰두해왔고, 수세기에 걸쳐 죽음에 대한 상이한 견해들을 묘사해왔다. 따라서 예술 매체들은 비록 매체상의 차이가 있다 해도, 죽음, 슬픔, 두려움을 시대에 맞게 형성하고 있는 공통점을 가지고 있다.[49] 그런데 고전문학에 있어서 미학은 우미, 숭고, 기지 같은 아름다움의 구조를 해명하는 학문이지만, 근대로 올수록 고전문학의 규범으로 지배해왔던 아름다움의 미학은 다양한 그로테스크한 형식으로 나타나는 추醜의 미학으로 변화하고 발전하면서 아름다움과 추한 것은 서로 떨어질 수 없는 상관개념으로 작용한다.

이 두 미학적 개념은 죽음의 표현에도 해당한다. 다시 말해서 죽음, 슬픔, 두려움의 형상화는 고대에서 시작해서 낭만주의에 이르러 아름다움의 극치를 이루고, 사실주의를 시작으로 근현대에 올수록 아름다움 대신에 추의 표현을 통해서 이루어진다. 그렇기 때문에 죽음에 대한 미학적 고찰은 곧 아름다운 죽음과 추한 죽음에 대한 고찰이다.[50] 따라서 여기서 연구되어야 할 것은 어떻게 죽음이 독일문학에서 시대적 특성에 맞게 미학적으로 형성되었으며, 어떤 의미를 가졌느냐이다. 이것은 다음 장들에서 상술될 이 책의 기본주제이기 때문에, 여기서는 윤곽적인 설명에 그칠 수밖에 없음을 밝혀둔다.

죽어가는 사람에게 사후에 무엇이 오는가는 오늘날까지 말해지지 않고 있다. 때문에 죽음은 문학에서 허구적으로 채워질 수밖에 없다. 죽음처럼 볼 수 없는 것, 잡을 수 없는 것을 가시적으로 묘사하고 실감나게 만드는 것은 영원한 창조적 도전이다. 작가들은 수세기에 걸쳐 여러 가지 방법으로 이에 도전해왔다.

죽음은 고대신화에서 21세기에 이르기까지 수많은 의인화, 메타포 그리고 상징에 의해서 묘사되었다. 우선 고대의 죽음 개념은 그리스신화에서 나온다. 낮의 여신인 닉스Nyx는 죽음Thanatos과 잠Hypnos의 쌍둥이를 가진다. 일찍이 플라톤이 죽음과 잠의 유사성을 "잠은 짧은 죽음이지만, 죽음은 영원한 잠이다"라고 말한 절미한 은유적 의미는, 초기 낭만주의의 대표 시인인 노발리스Novalis(1772~1801)의《밤의 찬가Hymnen an die Nacht》(1800)에서 죽음이 잠으로 표현된 데에서 절정을 이룬다. 이는 후기 낭만주의에 이르기까지 큰 영향을 주었으며, 나아가 기독교의 부활에 대한 종교적 사유와도 깊게 연관되었다.

중세에서 죽음의 의인화는 일상 세계와 밀접하게 연관되었다. 그래서 죽음의 모습은 그림이나 시에서 횃불을 거꾸로 든 소년으로 묘사되었으며,[51] '풀 베는 사람Schnitter', '큰 낫으로 풀 베는 사람Sensenmann'(죽음의 신을 뜻함), '낫으로 벌초하는 사람Mäher'으로 나타난다. 고대에서 중세와 바로크에 이르기까지 죽음은 '허무Vanitas'를 일으키는 근원이며, 죽음과 삶의 허무는 해골을 통해 표현되었고, 17세기 바로크시대의 시인들이나 작가들은 해골을 무섭고 역겨운 형상으로 표현하는 경향을 보였다. 그러나 18세기 계몽주의시대에 레싱Gotthold Ephraim Lessing(1729~1781)은 이 같은 동시대의 경향을 잘못된 것으로 반박했다. 《고대인은 죽음을 어떻게 형성했는가?Wie die Alten den Tod gebildet?》(1769)라는 논문에서 레싱은 해골이 죽음의 섬뜩함 외에도 "어떤 다른 것"을 표현하고 있음을 강조한다.

> 고대예술작품들은 해골들을 표현하고 있다. 그러나 이 해골들이 정말 죽음을 표현하는 것일까? 정말로 해골이 바로 죽음을, 죽음의 의인화된 추상개념인 죽음의 신성함을 표상해내고 있는 것일까? 왜 해골은 단순히 해골만을 표현할 수 없는 것일까? 왜 또한 어떤 다른 것이 아닐까?[52]

그 밖에도 레싱은 그 시대의 작가들이 "죽음을 잠의 쌍둥이 형제"[53]로 표현하고 있는 고대인의 의도를 잘못 파악하고, 단지 죽음을 무시무시한 해골로, 끔찍한 것으로 표현하고 있는 동시대적 경향을 비판한다. 로마의 카피톨 언덕에 있는 건축물의 한 부조에서 고대인이 횃불을 거꾸로 들고 있는 젊은이의 모습으로 죽음을 표현하고 있는 데에서 레싱은 죽음과 사랑이 동시에 표현되어 있다고 강조한다. 어께엔 날개가 있고, 왼발을 오른발 위에 포개고 깊이 생각하는 자세를 하고, 오른손으로 얼굴을 괴고, 왼손은 나비화환으로 장식되었고, 거꾸로 든 횃불을 시체의 가슴 위에서 끄는 젊은이는 의인화된 사랑이며 죽음이라는 것이다. 죽음 자체는 무섭고 끔찍한 것이지만, 오히려 "죽음은 모든 공포로부터 벗어나길 바랐던 끝"으로서 해방과 평온함을 가져다주기 때문에, "죽음은 결코 끔찍한 것이 아니라는 것"⁵⁴이다. 레싱은 고대인이 형상화한 죽음에서 추한 면보다 아름다운 면을 미학적으로 추구한 최초의 시인이었다.

요한 고트프리트 헤르더Johann Gottfried von Herder(1744~1803)는 많은 반향을 불러일으킨 레싱의 논문이 발표된 지 5년 후인 1774년에 같은 제목으로, 즉《고대인은 죽음을 어떻게 형성했는가?Wie die Alten den Tod gebildet?》를 발표하고, 그 역시 당시의 문학에서 나타난 죽음의 추한 묘사를 비평했다.⁵⁵ 헤르더의 생각에 레싱의 논문은 시대에 뒤떨어졌지만 그래도 예술사적 연구의 성격을 지녔고, 고대인은 죽음을 섬뜩하고 무서운 해골로만 형상화하지 않았으며 오히려 잠의 쌍둥이로서, 횃불을 거꾸로 들고 있는 날개 달린 젊은이로서 형상화했다는 점에서 중요했다. 헤르더도 레싱처럼 죽음을 이렇게 정의한다.

엄격한 진실은 소름 끼치는 그림들에 위배된다. 그 그림들 중에서 다수는 죽음을 생각하게 하고, 그리고 그들 중에서 다수는 죽음을 수도원제도의 유물에서 보기까지 한다. 만일 우리의 시인들이 언제까지나 단말마의 고통에 대해서, 눈 풀림, 으르렁거리는 숨소리, 경직, 경악, 그리고 경련, 두려움, 이글거리는 열화에 대해서, 마치 죽음에 대해서처럼 노래한다면, 그것은 환상과 언어의 오용이다. (…) 나는 독자에게 그가 어쩌다 체험한 조용한 죽음의 경우들을 숙고할 시간을 준다. 메마른 해골은 어디에 있었는가? 히죽히죽 비웃으며 살을 갈기갈기 찢는 큰 낫을 든 유령은 어디에 서 있었나? 환자가 자신의 침상에서 싸웠던 환영들은 어디에 있었는가? 이것은 남의 눈에 띄지 않는 엄숙하고 평온한 안락사의 순간이며, 더이상 소생의 어떤 소음도 더는 방해하지 않는 평온의 순간이고, 그 후에 조용하고 신성한 면사포가 성스러운 얼굴 위로 내려앉는 순간이다. (…)

고대인은 죽음을 햇불을 거꾸로 들고 있는 젊은이의 모습으로 표현하고 있다.
거꾸로 든 햇불을 시체의 가슴 위에서 끄는 젊은이는 의인화된 사랑이며 죽음이다.

그러니까 공포의 대상이 아니라, 삶을 끝낸 자, 거꾸로 햇불을 든 젊은이, 그것이 죽음이다!

결국 레싱의 저술은 '고대인은 어떻게 죽음을 형성했는가'가 아니라, '새 시대의 사람들이 어떻게 죽음을 형성해야 하는가'라는 문제를 목적으로 삼고 있다. 즉 예술가들이 끔찍스런 해골을 기피하고, 좋은 그림만을 다루려는 것은 잘못된 것이며,[56] 고대인이 죽음을 해골로 또는 햇불을 든 정령으로 표현한 데에서 새로운 미학적 규범을 찾아야 한다는 것이다. 레싱의 저서가 관철시키려 했던 미학적 규범은 시인이나 화가가 죽음을 추하지 않게 오히려 아름답게 묘사해야 한다는 것을 말한다. 더 정확히 말해서 레싱의 연구는 죽음의 미美에 새롭게 접근하기 위한 변론으로 끝난다.

이 같은 레싱의 미학적 규범은 헤르더에서 낭만주의와 사실주의를 거처 표현주의에 이르기까지 수많은 작가들에 의해서 그리고 작품들로 이어진다. 계몽주의시대에서 죽음의 공포를 극복하려는 욕구가 교회에 의해서 충분히 충족되지 않았고, 따라서 죽음의 공포가 이 시대에 특별히 커지기 시작했기 때문에,[57] 우선 죽음의 미학적 형상화는 죽음의 공포를 극복하기 위한 또 하나의 기능을 가지게 되었다.

레싱을 이해한 헤르더 역시 고대 그리스인의 죽음의 모습에서 경악과 공포를 진정시키는 힘을 인식하고, 경악과 전율, 두려움과 지옥 불에 관해 노래하는 당시의 시인들을 비난했다. 장 파울도 이런 시인들을 비판했다. 그는 1790년 11월 15일의 일기에 결코 아름답게 묘사하지 않은 죽음의 환상은 그의 문학적 발전에 결정적인 영향을 주었다고 말했다. 후일에, 비더마이어시대에는 "죽음의 목가적 분위기"[58]가 널리 퍼지게 되었고, 이때 장 파울은 그의 작품《아우엔탈에서 젊은 여선생 마리아 부츠의 즐거운 삶Leben des vergnügten Schulmeisterlein Maria Wutz in Auenthal》에서 두려움을 방지하기 위해 죽음을 미학적으로 형성하였음을 보여준다.[59] 그 밖에도 18~19세기에는 비록 강도와 표현이 다르기는 하지만 죽음에 긍정적인 의미를 주려는 미학적 형상화의 경향이 변함없이 존재한다.

레싱과 헤르더의 논문에서 추한 죽음의 모습에 대한 미학적 비평은 전적으로 죽음에 대한 계몽주의적 사고에 근거를 두고 있다. 죽음에 대한 두려움은 전반적으로 계몽주의가 터부시하고 반대했다. 계몽주의자의 시각에서 볼 때, 두려움은 오성을 마비시키고, 나아가 경험, 지식, 통찰을 방해하기 때문이다. 죽음의 두려움에 맞서는 용기 내지 극복은 개체의 지성적 그리고 도덕적 성숙함에서 나오는 것이지, 결코 국가와 교회가 그 두려움을 없애주지 않는다는 것이다. 그럼에도 불구하고 죽음의 두려움에 대한 개화된 논쟁은 개인의 경험에 의존한다. 헤르더처럼 레싱은 죽음의 섬뜩한 모습들에 반대하는 "엄격한 진리"에 호소한다. 아마도 병은 공포를 일으킬 수 있다. 그러나 "죽었다는 것은 아무런 공포를 가지고 있지 않다. 그리고 죽는다는 것이 죽은 존재로 가는 발걸음에 지나지 않는 한, 죽는 것 또한 어떤 공포를 가질 수 없다. (…) 죽음은 모든 공포로부터 벗어나길 바랐던 끝이다."[60] 계몽주의 사람들의 생각에는 자연스러운 죽음도 죄의 인과응보라고 보는 기독교의 교의는 죽음의 공포를 무한히 증대시켰음이 분명했다. 죽음을 벌로 생각하는 것, 그것은 계시 없이 전적으로 이성만을 필요로 했던 계몽주의 사람들의 생각에는 떠오를 수 없었기 때문이다.[61] 그래서 기독교적 신은 인간의 감정으로서는 결코 이해할 수 없고 접근할 수도 없는 추상적인 신이요, 동시에 생명력을 잃은 계몽주의적·합리적 신에 지나지 않는다.

기독교에 근거한 '죽음을 기억하라memento mori'가 중세와 바로크시대의 예술과 문학을 지배했다는 사실은 죽음의 두려움을 불러일으킨다는 의미에서 비난되어 마땅하다. 레싱은 기독교가 죽음의 미학적 형상화를 예술에서 추방한 "잘못 이해된 종교"라고 공격한다.

아름다움과 이성은 동시에 죽음에 대한 두려움을 줄이는 기능을 가진다. 그럼에도 불구하고 개화된 18세기에 죽음의 두려움은 실제로 수그러들지 않았다. 헤르더가 그의 논문(1786) 제2원고에서 말하고 있듯이 "그리스인과 로마인이 '쓴' 죽음의 기억을 '감미롭게' 만들거나 몰아냈다는 사실을 알고 있으나"[62] 더 중요한 것은 헤르더가 죽음에 대한 아름답지 않은, 두려움을 일으키는 생각들이 인간의 심리 저변에 실재하고 있다는 것을 인식하고 있었다는 사실이다. 이런 의미에서 볼 때 레싱과 헤르더가 주장한 죽음의 미학적 규범은 이미 절대적 이성 중심의 계몽주의적 담론을 모순적인 것으로 암시하고 있다.

헤겔이 그리스의 고전적 예술형식을 절대적이고 완전한 것으로 정의하고 있듯이, 독일 고전주의 문학은 고대 희랍예술과 문학의 창조적 수용에서 꽃피어날 수 있었다. 특히 1755년 고대 미술 연구의 선구자 빙켈만이 발표한《회화와 조각예술에 있어서 그리스 작품의 모방에 관한 고찰Gedanken über die Nachahmung der griechischen Werke in der Malerei und Bildhauerkunst》에서 그리스의 고대예술을 '고상한 단순함과 조용한 위대함'으로 해석한 빙켈만의 새로운 고대 예술관이 독일고전주의의 미학적 기초를 이룬다. 즉 고대그리스의 예술관은 내면적인 미와 외면적인 미를 종합적으로 보고 정신과 육체 간의 조화를 찾는 것이며, 이는 후일에 괴테와 프리드리히 실러Friedrich Schiller(1759~1805)의 고전주의 작품에서 비로소 예술적 형태를 얻게 된다. 이런 관점에서 볼 때 괴테와 실러도 레싱과 헤르더가 이미 논문에서 밝힌 고대인의 섬뜩한 죽음에 대한 미학적 형성을 자신들의 문학에 수용하고 있다. 괴테는《시와 진실Dichtung und Wahrheit》에서 이와 연관된 생각을 밝히고 있다.

고대인이 죽음을 잠의 형제로 인정하고, 이 둘을 (…) 바꾸어도 같다고 상상했던 생각의 아름다움이 우리를 매료시킨다. 여기서 우리는 이제 비로소 아름다움의 승리를 매우 축하할 수 있었고, 모든 종류의 추한 것을, 그것이 결코 세상에서 추방될 수 없기 때문에, 예술의 영역에서 오직 우스운 것의 영역으로 쫓아낼 수 있었다.[63]

실러의 시《그리스의 신들Die Götter Griechenlands》도 그리스 고대 예술에 뿌리를 둔 죽음에 대한 레싱의 미학적 규범을 수용하고 '소름 끼치는 해골(죽음)'을 아름답게 해석하고 있다.

그때만 해도 소름 끼치는 해골이
죽어가는 자의 침대 앞으로 나서지 않았다.

한 번의 키스가 마지막 생명을 입술에서 앗아갔으니,

수호신은 그의 횃불을 조용히 그리고 슬프게

거꾸로 들었다. 아름답고 밝은 모습들은

필연성을 두고 농담하고 진지한 운명은 온화하게

부드러운 인간애의 면사포를 통해 바라본다.[64]

고대 예술에서 나타난 죽음의 아름다운 환상을 잘 묘사하고 있다. 실러는 여기서 죽음을 '횃불을 거꾸로 든 수호신'으로 미화했으나 10년 후인 1797년《문학연감Musen-Almanach》에서 발표한 2행의 격언 시에서 반대되는 사실을 대립시킨다.

그(죽음)는 그의 꺼져가는 횃불과 함께 사랑스럽게 보이지만

여러분, 죽음은 그렇게 미학적이지 않습니다.[65]

이는 고대 예술에서 나타난 죽음의 아름다운 환상과 추악한 사실의 차이를 지적하고 있다. 죽음에 대한 '아름다운', '온화한', '밝은', '부드러운' 같은 형용사는 죽음의 '필연성'과 '진지한 운명'과 대조를 이룬다. 실러는 '소름 끼치는' 죽음을 '아름답고 밝은' 모습으로 보고 궁극적으로 인간애라는 이상을 표현한다.

개인적인 것, 구체적인 것은 실러에게는 삶에 대한 성찰을 통해 이상화되고, 괴테에게는 자연과의 비유를 통해 형상화된다. 즉 실러에게는 형상이 이념이 되지만, 괴테에게서는 이념이 자연스럽게 형상화된다. 그래서 실러의 시는 사상적이고 괴테의 시는 자연적·비유적이다. 괴테에겐 죽음이 아직도 경험할 수 있는 영역에서, 더 이상 경험할 수 없는 영역으로의 경계 넘기 현상이다. 그것은 지고 다시 뜨는 태양에 비

유된다. 만년의 괴테와 나눈 중요한 대담을 정리한 에커만Johann Peter Eckermann(1792~1854)은 이미 1824년 괴테의 말을 이렇게 기록했다.

> 사람이 75세나 되면 (…) 죽음에 대해서 생각하지 않을 수 없다네. 이 생각은 나를 아주 평온하게 한다네. 우리의 정신은 전혀 파괴되지 않는 본성의 존재이며, 그것은 영원에서 영원으로 계속 영향을 끼치고 있다고 굳게 믿네. 그것은 태양과 같아서, 우리의 세속적인 눈에는 가라앉는 것처럼 보이지만, 실제로는 계속해서 빛나고 있다네.[66]

위의 글에는 내세와 영혼의 불멸에 대한 괴테의 명백한 신념이 담겨 있다. 《젊은 베르테르의 슬픔Die Leiden des jungen Werthers》에서 베르테르는 로테에게 "우린 다시 보게 될 거예요"[67]라고 말한다. 괴테의 《친화력 Wahlverwandtschaften》의 마지막 문장은 이렇게 끝난다.

> 그렇게 사랑하는 이들은 나란히 영면한다. 평화가 그들 위에 떠돈다. (…) 그들이 장차 다시 함께 깨어난다면 얼마나 다정한 순간이 될 것인가.[68]

내세에서의 재회에 대한 베르테르의 확신은 괴테 자신의 희망이면서, 한 개인의 느낌을 넘어서 고전주의시대 전체의 느낌을 반영하는 토포스Topos이기도 하다. 괴테의 불멸의 비극 《파우스트 I부Faust 1. Teil》에서 파우스트는 "내가 한순간을 향하여, 멈추어라!/ 너 정말 아름답구나!"(V.1699f.)라고 말할 때, 자신의 생명을 메피스토에게 내줄 것을 약속한다. 아름다움과 죽음이 이루는 조화의 극치이다. 그러나 괴테는 그 가능성이 꾸준히 노력하는 현세의 삶에 있음을 강조한다. 《파우스트 II부》의 끝부분에서 천사들은 "파우스트의 불멸의 혼을 인도하며" 말한다.

언제나 열망하며 노력하는 자,
그자를 우리는 구원할 수 있노라.(V.11936~11937)

구원과 불멸에 대한 그의 표현법은 기독교적이라 할 수 없다. 고대 그리스인이 죽음을 아름답게 형상화하는 방식은 고전주의 작가들에 의해서 비기독교적·이상적·현실적으로 재해석되었다. 죽음의 두려움에 대한 생각을 괴테가 문학에서 많이 사용하지 않은 것은 의도적이었다. 비록 죽음의 두려움에 대한 언급이 드물다 해도, 괴테와 실러는 두려움에 대단히 민감했음을 적지 않은 예들이 말해준다. 실러는 죽음을 구속력이 없는 난폭하며 무섭고 파괴적인 것으로 표현했다.[69] 실러의《간계와 사랑Kabale und Liebe》에서 여주인공 루이제는 자살을 결심할 때 아버지의 놀람을 달래기 위해 말한다.

그것은 말 주변에 놓여 있는 공포일 뿐이에요. 사라져라, 공포여.[70]

괴테는 1768년, 정확히 19세의 학생이었을 때 라이프치히에서 중병을 앓고 죽음을 더 깊게 생각하게 되었다. 그뿐만 아니라 그는 아내와 아들, 누이, 친구이며 군주인 카를 아우구스트에게서, 그리고 헤르더, 실러, 비일란트 같은 친한 작가들에게서, 말하자면 가장 가까운 주위 사람들을 통해 많은 죽음을 경험했다. 루이제 백작부인의 죽음을 보며 괴테는 에커만에게 이렇게 말했다.

죽음은 분명히 아주 이상한 것이어서, 사람들은 온갖 죽음의 경험에도 불구하고 (…) 가능한 것으로 여기지 않으며, 죽음은 언제나 어떤 믿음을 줄 수 없고 예기치 않은 것으로서 들어온다. 죽음은 어떤 의미에서 갑자기 사실이 되는 불가능성이다. 그리고 우리에게 알려진 존재에서 우리가 전혀 아무것도 알지 못하는 다른 존재로의 이행은 무엇인가 매우 폭력적이어서, 남아 있는 사람들에게 가장 깊은 충격 없이는 떠나가지 않는다.[71]

괴테는 유기체의 파멸이 불러일으키는 놀람과 충격의 아픔이 두려웠기 때문에 의식적으로 관 속에 있는 죽은 자를 보길 피했다. 죽음의 파멸은 괴테에게서 진정한 놀람과 충격을 야기했지만, 괴테의 비서 크라우터의 말에 의하면 괴테는 언제나 그러하듯 그의 고통을 자기 안에 가두어 두었다.

괴테는 이 두려움을 라이프니츠의 단자론에 근거해서 극복한다. 즉 단자들은 영혼이 불어넣어진 원자와 같으며, 인간 영혼의 원자는 다른 동물들의 원자와 다르기 때문에 단자들의 조직이 개편되는 죽음의 순간에 인간 영혼의 원자는 교육을 통해서 죽음을 극복할 수 있는 가능성을 가진다. 그럼으로써 인간은 죽음에 대한 두려움을 제거할 수 있는 방법을 가지게 된다. 이미 레싱이 이해했듯이 '아름다운' 죽음의 묘사와 수용은 두려움을 막기 위한 수단이었다. 괴테와 실러는 희랍정신의 재발견과 생산적 수용이라는 면에서 레싱의 죽음에 대한 미학적 규범을 인간 삶의 조화와 완성의 단계로 더 발전시켰다. 고전주의에 이르러서 죽음과 인도주의 사상이 비로소 짝을 이룬다.

이제 독일낭만주의는 고전주의의 인도주의 생각을 범신론적 우주감정과 내적으로 연결시켜 수용한다. 19세기 초에 북유럽에 뿌리를 두고 일기 시작한 낭만주의는 처음엔 18세기의 낙관적인 합리주의를 거부하는 데서 시작했다. 루소의 자연회기 사상에 의한 문명비판과 질풍노도와 감상주의가 낭만주의 운동을 불러일으키는 토대가 되었고, 칸트Immanuel Kant(1724~1804)의 순수이성비판을 통한 사상의 혁명과 대륙을 뒤흔든 프랑스 혁명은 박애적·종교적 사색을 심화시켰고, 낭만주의자로 하여금 정신과 사랑, 문학과 환상을 중요시하게 했다. 이런 맥락에서 볼 때, 낭만주의는 유럽문화의 통일을 이룬 중세의 기독교와 바로크 문화와 밀접한 관계를 갖는다. 특히 죽음과 삶, 밤과 낮, 현실과 초현실 등 바로크 문학의 대립적 명제가 낭만주의 문학에서도 근본적 근저를 이루기 때문이다. 따라서 낭만주의 문학에서는 전통적인 규범이나 일상의 제한성을 뛰어넘어 환상적인 것, 불가사의한 것, 비밀에 싸인 것, 병적인 것과 죽음 등이 그 문학의 핵심적 개념을 이룬다. 그래서 죽음, 밤, 초현실 등이 찬미되고, 꿈, 동화 같은 상상의 세계가 현실세계와 결합된다. 낭만주의의 핵심적 체험으로 간주되고 있는 죽음의 체험도 죽음을 제한적 종말로 보지 않고 오히려 삶의 제한성에서 해방되어 영생의 계기로 보는 것이다. 독일 낭만주의의 대표적인 시인 노발리스의《밤의 찬가》에서 이러한 죽음의 체험이 시적으로 잘 구현되어 있다.

《밤의 찬가》는 노발리스의 어린 신부 소피 폰 퀸의 사랑과 죽음의 체험에서 만들어졌다. "사랑의 결합이 삶과 죽음의 경계를 넘어 계속된다는 것에 대한 믿음은 그에겐 소피 체험의 결실이며, 또한 이 믿음은 강렬한 느낌에서 그리고 모든 지상의 경계를 뛰어넘는 강한 동경에서 다른 낭만주의자들에게도 생겼다."[72] 사랑이 죽음을 넘어서 그녀와 영원히 재결합하게 하는 힘이 된다. 그리고 이 시에서 밤은 개체를 해체시켜서 전체에 환원시켜주는 보다 깊은 삶의 영역으로서 그것은 만물의 근원이자 재생의 힘이 되어 있다. 새벽을 잉태한 밤은 부활을 전제한 그리스도의 죽음과 연결된다. 이로써 죽음을 극복한 그리스도의 사랑은 여인에 대한 사랑과 같게 표현되고, 이 일치는 노발리스의 가장 깊은 체험이고 확신이다.

이렇게 해서 19세기부터 문학이나 미술에서 에로스가 유혹하는 여자 혹은 죽음의 천사로서 죽음의 미학적 형상화에 작용하게 되었다.[73] 낭만주의 문학은 여성의 죽음에 대한 상상들과 결합해서 고대인이 형성한 죽음의 미학적 형상화를 극대화한다. 그러나 18세기 말 노발리스의 《밤의 찬가》는 헤르더와 실러와는 근본적으로 다르지 않지만, 이들보다는 더 과격하게 새로운 의미에서 죽음을 예찬한다. 즉 고대인은 죽음의 정령을 환상 속에서 현실을 미화하기 위한 것으로 생각한 반면에, 노발리스의 이 시는 무엇보다도 죽음에 대한 '말할 수 없는' 또는 '무서운' 공포에 관해서 말한다. 고대 죽음의 정령은 이 시의 제5장에서 이렇게 묘사된다.

그러나 유일한 하나의 생각이
즐거운 축제의 식탁에 무섭게 다가와서
마음들을 격렬한 놀라움에 휩싸이게 했다.
여기에는 신들마저도 불안한 마음들을
감미로운 위안으로 채워줄 방법을 알지 못했다.
이 괴물의 길은 신비에 찼고
그의 분노는 어떤 탄원과 선물로도 진정될 수 없었다.
이 즐거운 잔치를 공포와 고통과 눈물로 중단시킨 것은
바로 죽음이었다.

고대인의 죽음의 미학적 형성에는 신과 인간과 자연 사이의 조화적 일치가 없다. 그래서 죽음은 신들마저도 해법을 찾지 못하는 '분노의 괴물'이고, 인간의 즐거운 잔치를 공포와 고통과 눈물로 중단시킨다. 그러나 노발리스는 죽음 정령의 고전적 모습을 그리스도의 모습으로 새롭게 해석해서, 죽음에 대한 공포를 없앨 뿐만 아니라 새로운 '죽음에 대한 동경'을 창조한다.

그대는 오래전부터 우리 무덤 위에
깊은 명상에 잠겨 서 있는 젊은이:
그대는 어두움 속 위안의 표시—
보다 높은 인간성의 기쁜 시작.
우리를 깊은 슬픔에 잠기게 했던 것이
달콤한 동경으로 우리를 이제 그곳으로부터 끌어준다.
죽음에서 영원한 삶이 알려졌다.

그대는 죽음, 우리를 비로소 건강하게 한다.

비록 죽음의 공포가 낭만주의 문학에서 제시되고 있다 해도, 노발리스의 작품에서와 같이 죽음에 대한 미학적 형성은 죽음에 대한 공포를 줄이려는 예술적 내지 문학적 수단으로 여전히 남아 있다. 그래서 프랑스 문화사가 필리프 아리에Philippe Ariès는 19세기를 '아름다운 죽음의 시대Die Zeit der schönen Tode'[74]라고 불렀다. 즉 죽음은 '추하게도, 공포를 자아내지도 않게' 나타난다는 것이다. 그러나 그는 19세기의 '아름다운 죽음'이 사실적 죽음이 아니라 다만 문학의 허구적 아름다움으로 포장된 죽음, 즉 예술의 한 환상임을 강조한다.

죽음은 아름다우며, 죽은 자 역시 아름답다. (…) 그러나 이 찬양은 그것이 포함하고 있는 모순을 우리에게 숨길 수 없다. 이 죽음은 더 이상 죽음이 아니다. 그것은 예술의 한 환상이다. 죽음은, 그것을 슬픔에서, 묘지 위에서, 인생에서 그리고 예술 또는 문학 등에서 밖으로 널리 알려져 있음에도 불구하고 숨기길 시작했다. 죽음은 아름다움 속에 숨겨져 있다.[75]

그러나 19세기 후반기의 근현대 문학에서는 두려움을 일으키는 추한 죽음의 새로운 미학이 오랫동안 계속되어왔던 고전주의적·이상적 미학에 대한 공격으로서 나타나기 시작했다. 고대인은 죽음의 공포를 극복하기 위해서 죽음을 미화시켰다. 18세기에는 철학과 신학이 오랜 세월 지배해왔던 원죄의 처벌에 대한 공포를 이성의 힘으로 수그러들게 했고, 지옥에 대한 믿음은 구속력을 잃었다. 자기 자신의 죽음에 대한 생각과 연관해서 지나간 세기에 강했던 내세에서의 영혼 구제에 대한 두려움은 약해졌다.[76] 대신 다른, 새로운, 아마도 더욱더 강한 공포가 들어왔다. 즉 낭만주의가 집중적으로 묘사했던 아름다운 죽음에 대한 문학적 환상이나 동경은 힘을 상실해가고, 그 자리에 대부분 부조리하고 반발을 불러일으키며 비인간적으로 묘사되는 추한 죽음의 공포가 근대 문학에서 특징처럼 나타나게 된다. 여기서 죽음이 어떤 부드러운 것, 위안적인 것 또는 구원적인 것으로 묘사되는 경우는 드물다. 죽음의 미학적 상승은 사실주의 문학의 시작과 함께 사라지기 시작했다.

아리에는 죽음의 공포를 본질적으로 헤어짐의 공포와 자율성과 개성 상실의 공포로 분석한다. 즉 전자는 가까운 친척들, 친구들, 애인으로부터의 헤어짐에 대한 두려움이며, 후자는 자기 자신과 그의 주변세계를 자유로운 의지로 조정하고 지배할 수 있는 자율적 능력을 상실하는 것에 대한 두려움이다. 죽음은 이 두 가지 공포를 불러일으키는 파악할 수 없는, 어두운 본성을 전형적으로 나타낸다.[77] 그래서 죽음의 본질에는 '죽음의 공포Todesfurcht'와 낭만주의의 미학적 형상화의 주제였던 '죽음의 동경Todessehnsucht'이 공존하듯이, 죽음에는 추하고 아름다운 묘사가 나란히 존재한다.[78]

그렇지만 19세기 사실주의 문학에서 아직도 두려움을 야기하는 추한 죽음의 미학은, 대부분이 아름다운 죽음을 그만큼 더 빛나게 나타나도록 하기 위한 수단으로 사용되었다. 그것은, 뮐러-자에델Walter Müller-Seidel이 지적했듯이[79] 독일 고전주의와 사실주의 작가들이 여전히 '아름다운' 언어를 사용했기에 가능했다. 고트프리트 켈러Gottfried Keller(1819~1890)나 테오도르 폰타네Theodor Fontane(1819~1898)는 죽음에 대한 표현에서 여전히 고전주의와 낭만주의의 문학적 전통에 갇혀 있다는 것을 보여준다.

그러나 19세기 말 사실주의적 경향이 짙어짐에 따라 죽음에 대해 아름답게 말하는 문학적 규범이 점점 약화되었다. 몇몇 작가들이 죽음에 대한 낭만주의의 미학적 형상화 경향에서 벗어나지 못했다고 해도, 그 시대에 나타난 데카당스나 팽 드 시에클Fin de siècle(19세기 말엽에 사회 및 예술 전반에 걸친 퇴폐적 몰락 인상이 나타난 시대적 현상을 일컫는 말)의 영향으로 환멸을 느끼게 하는 추한 죽음의 모습들이 근대문학에서 중요한 위치를 차지한다. 휴고 폰 호프만슈탈은《672일째 밤의 동화Das Märchen der 672. Nacht》에서 처음으로 추한 죽음의 모습을 보여준다. 여기서 부유한 상인의 아들은 동화처럼 아름다운 죽음을 꿈꾸지만, 실제로는 공포로 초라해진 모습으로 죽는다. "마지막에 그는 가래를 흘렸고 피를 토했다. 이빨과 잇몸이 드러나고, 그에게 낯설고 나쁜 인상을 줄 정도로 혀가 뒤틀려져 일그러진 모습으로 죽었다."[80] 아르투어 슈니츨러Arthur Schnitzler(1903~1958)의 단편소설《사망Sterben》은 죽음에 대한 새로운 면을 보여준다. 이야기의 주인공은 마지막에 호텔 방에서 '길게 뻗은 채 발을 넓게 벌리고' 시체로 발견된다. "입에서 한 줄기 피가 턱 위로 흘러내렸다. 입술은 경련하는 듯 보였다. 그리고 눈꺼풀도 역시."[81]

호프만슈탈에서 시작된 아름다운 죽음과 추한 죽음의 대립은 근대문학에서 더 자주 발견된다. 토마스 만의 소설《부덴브로크가의 사람들 Buddenbrooks》(1901)은 한 가정의 멸망사로 유명하다. 늙은 요한 부덴브로크는 확고한 자신감과 기업정신을 가진 시민계급의 전형적인 인물로서 그의 죽음은 '좋은' 죽음으로 묘사된다. 이에 반해 그의 아들 토마스 부덴브로크는 42세의 병약한 남자로, 이빨 수술의 결과로 길에서 갑자기 죽는다. 그의 객사는 상원의원의 품위와 그의 아름다운 외모를 파괴하는 '진부하고 추한' 죽음으로 묘사된다.

> 그는 얼굴을 박고 쓰러졌고, 그 아래로 곧 피바다가 번지기 시작했다. 그의 모자는 한 구간 차도 아래로 굴러떨어졌다. 그의 모피는 진흙과 눈 녹은 물이 튀겨 더럽혀졌다. 윤이 나는 흰 가죽 장갑을 낀 그의 손은 웅덩이 속으로 뻗은 채 놓여 있었다.[82]

토마스가 죽은 후에 회사는 망했고, 15세가 된 아들 하노는 학교나 사회에 대한 불안감에서 구역질마저 느끼고는 친구 카이에게 햄릿처럼 고백한다.

> 난 자고 싶어. 그리고 아무것도 말하고 싶지 않아. 난 죽고 싶어, 카이. (…) 아니야. 난 아무 쓸모가 없어. 난 아무것도 바라는 게 없어. (…) 난 망하는 가문에서 태어났어.[83]

작품의 인물들이 젊고 데카당스적일수록 죽음에 대한 토마스 만의 문학적 어투는 더욱 차갑고 무미건조해진다. 그는 독자에게 하노의 죽음에 대해 일절 말하지 않고, 다큐멘터리식 몽타주 기법의 형태로 간접적으로만 티푸스에 걸려 급사한 것으로 알린다.[84] 그리고 만의 유명한 소설《베니스에서의 죽음Der Tod in Venedig》에서 베니스는 아름다우나 콜레라가 만연하는 죽어가는 도시이며, 동시에 오물과 악취의 장소이기도 하다. 미소년 타치오에 대한 사랑으로 인한 주인공 구스타프 아셴바흐의 죽음은,

비록 그것이 지나치게 미학적으로 이야기된다 해도 분명히 타락하고 품위를 잃은 한 시민의 죽음이다.

토마스 만은 《부덴브로크가의 사람들》의 죽음을 프로토콜식으로 무미건조하게 서술하고 있어, 그 서술의 냉랭함은 사망 환경의 냉기를 보여주었다. 1910년대의 고트프리트 벤Gottfried Benn(1886~1956)과 특히 라이너 마리아 릴케를 거쳐서 20세기의 많은 작가들은 그 냉기를 주제로 삼고, 그 냉기가 일으키는 공포를 추함의 새로운 변화로 문학작품에 유입시켰다.[85]

의사이며 시인인 26세의 벤은 1912년에 9개의 시들로 구성된 연작시 《시체 공시장Morque》을 발표했다. 이때 독일의 아우구스부르크의 한 신문은 "정신적 순결이라곤 찾아볼 수 없는 무절제한 환상이 드러나고 있다. 한없이 추한 것에 대한 구역질나는 욕망"이라고 혹평하는가 하면, 다른 한편으로는 "임상 서정시"라고 비평함으로써, 이 시들에 대한 반응은 양극적이었다.[86] 《시체 공시장》에 있는 시 〈남자와 여자가 암 병동을 지나가다Mann und Frau gehen durch die Krebsbaracke〉에서 제목이나 시 안에서 나오는 여자의 자궁과 유방에 대한 말은 남녀의 애정관계를 연상시킨다. 그런데 실상은 전혀 그렇지 않다. 암이 크게 번진 여성의 자궁과 유방은 망가져 있고 침대들은 악취를 풍긴다. 이불 아래에서는 최고로 구역질나는 것이 나타난다.

오세요, 이 이불을 조용히 들추어봐요.
보세요, 이 비계 덩어리와 썩은 체액을,
그것은 한때 어떤 남자에겐 대단한 것이었고
도취며 고향이라 일컬어졌다오.[87]

사랑과 죽음의 도취에 대한 아름다운 문학적 환상을 이 시는 암과 시체의 부패라는 충격 수단을 통해서 사람과 죽음의 추한 면모를 제시한 다.[88] 이 같은 추함의 적나라한 가시화는, 혐오스럽고 공포를 일으키는 해 골이나 부패까지도 우리를 무한한 것과 일치시키고 그것으로 되돌려주 기 때문에 동경의 대상이어야 하며, '훌륭한 부패는 왕관'이라는 낭만주 의의 그것과는 현저하게 다르다.[89]

라이너 마리아 릴케의《말테 라우리츠 브리게의 수기Die Aufzeichnungen des Malte Laurids Brigge》(1910)라는 소설에서 릴케는 파리의 대도시에서 마 치 공장의 생산품처럼 큰 병원에서 치러지는 이름 모르는 사람들의 대 량 죽음을 개개인의 '고유한 죽음'과 비유하면서 현대 문명을 비판한다.[90] 죽음의 공포는 릴케의《말테의 수기》에서 중심 주제이다.[91] 그리고 여기 에는 무엇보다도 죽음의 공포를 불러일으키는 추한 죽음이 있다. 과거에 는 신이 인간의 삶과 죽음을 결정지었다면, 말테가 보기에 현대에는 그것 을 병원이 대신한다.

> 대도시의 익명성은 죽음의 익명성을 수반하게 되었다. 시골이나 소도시
> 에서는 죽음이 사회적인 사건이라면 대도시에서는 공공에 의해서 거의
> 인식되지 못하는 것이다. 집이 아닌 병원에서 죽는 것이 점점 일반화됨으
> 로써 죽음은 사람들의 의식에서 점점 멀어지고 테마 자체가 터부시되어
> 왔다.[92]

빠른 대도시화는 죽음을 점차적으로 공공생활의 무대 뒤로 몰아내고 약품과 병원들의 익명성에 위임한다. 이렇게 변화된 사회적 상황과 연관 되어 죽음에 대한 무서움은 새로운 의미를 지니게 된다. 즉 공장에서 대 량생산된 상품처럼 '죽음의 병원화'에 의해 가속화되는 죽음의 익명화, 대량화, 터부화 현상에 대한 무서움이다. 이것은 18세기와 19세기의 문학

에서 나타난 죽음의 공포와는 다른 새로운 것이다. 대도시에서의 낯선 죽음이나 하찮은 죽음조차도 공공에 의해서 거의 인식되지 못한 채 대도시와 병원에서 죽는 '근대의' 죽음이다. 죽음은 입을 벌리고 찡그러진 모습으로 얼굴을 '흉하게 만들고' 공포를 만든다. "매 시간 치는 시계 소리에 고함 지르고/ 그들은 외롭게 병원들의 주변을 돌면서/ 두려움에 찬 채 들어갈 날을 기다렸다."[93]

말테는 대도시 파리에서의 추한 죽음에 울스가르드의 소박한 시골에서 겪은 할아버지의 '고유한' 죽음을 대비시킨다. 대도시 파리에서의 죽음은 대량적이고 일상화되어 그 충격을 잃어버렸지만, 할아버지의 죽음은 울스가르드 농장을 지배하고, 모든 익숙한 질서를 뒤흔들어놓는다. 그의 죽음은 주변사람들에게 충격과 새로운 성찰의 계기를 주고, 말테도 할아버지의 '고유한' 죽음의 의미를 성찰한다.

이제 더 이상 아는 사람도 없는 고향을 생각해보면 예전에는 사정이 달랐던 게 틀림없다. 예전에는 열매 속에 씨앗이 들어 있듯이, 죽음 또한 자신들 속에 내재한다는 사실을 알고 있었다(혹은 그렇게 예감했다).[94]

파리에서와는 달리 시골인 울스가르드에서는 말테의 할아버지뿐만 아니라 "모두가 자신의 죽음을 가졌다."[95] 그는《기도 시집 Das Stundenbuch》에서 고유한 죽음에 대한 생각을 이렇게 표현하고 있다.

오 주여, 모든 이에게 자신의 고유한 죽음을 주소서.
사랑과 의미와 고난을 지녔던
그의 삶에서 생겨나는 죽음을.
우리는 껍데기와 잎사귀에 지나지 않기 때문입니다.

모든 이가 자신 속에 지니고 있는 위대한 죽음은
모든 것의 중심이 되는 열매입니다.[96]

할아버지의 죽음은 충만된 인생의 끝에 서 있다. 곧 삶의 완성이자 존재의 최종적인 열매로서의 죽음이다. 이로써 릴케는 19세기에 점점 더 이념화되고 통속화된 죽음의 '추한' 형상화 경향 속에서도 근대문학이 죽음의 고전주의적·이상주의적 미학을 수용하는 작지만 새로운 출현을 보여준다.

그러나 젊은 릴케가 시도했던 사랑과 죽음에 대한 낭만적 방법들은 그 시대에 벤보다 더 보수적인 작가들에게도 의심스럽게 나타난다. 죽음에 대한 추의 미학이 여전히 현대문학에 이르기까지 지배적으로 작용하기 때문이다. 이런 현상은 근대 독일의 역사적·사회적 변화와 무관하지 않다. 독일의 유대인 수용소에서의 홀로코스트나 기계화된 대량살인을 초래한 두 번의 세계대전 이후에, 또한 이미 《말테의 수기》에서 잠깐 언급했듯이, 증가하는 도시화, 입원, 의료화와 같은 요소들에 의해서 죽음은 일상의 문화에서 밀려나게 되었고, 죽음의 의미를 내포한 예전의 묘사들은 불가능하게 보였다. 죽음에 대한 상상과 묘사는 추상적이 되었고, 또한 그로테스크하고 진부하게 되었다.

그럼에도 불구하고 죽음에 대해 예술적으로 몰두하는 경향은 결코 중단되지 않았다. 영화나 TV 같은 영상매체나 문학과 예술은 삶과 죽음, 죽음의 공포와 슬픔의 생각을 미학적으로 표현하기 위해서 계속해서 받아들이고 사유해왔다. 그러나 근현대에 다가올수록 죽음에 대한 문학적 논쟁들은 흔히 역사적 대참사의 참혹상과 죽음의 두려움, 미래에 대한 회의를 내포하고 있을 뿐만 아니라, 죽음에 대한 보고들은 육체적 붕괴의 세부적인 것은 물론, 사망의 의학적·기술적 환경을 독자에게 사실적으로 묘사했다. 이때에도 죽음에 대한 미화는 터부시되고, 오히려 병과 죽음에 대한 '아름답지 않은' 담론이 문학에서 언급된다. 추한 죽음의 형상화, 부조리 또는 비인간적인 것이 삶의 마지막 결과로서 나타난다.

그러나 그 담론에서 중요한 것은 사후의 삶이 아니라 언제나 현세의 삶이 우선한다는 것이다. 여기서 죽음에 대한 현재의 토론들은 '죽음에 대한 낭만적인 동경'에서 멀리 벗어나지만, 그래도 죽음을 인도적인 자기실현의 가능성으로서 이해하고 미화하려는 경향을 보인다. 예를 들어 결핵과 늑막염을 앓다가 심부전으로 죽은 오스트리아의 작가 토마스 베른하르트Thomas Bernhard(1931~1989)는 그의 자서전적 보고라 할 수 있는 《호흡Der Atem. Eine Entscheidung》(1978)에서 중환자를 고무호스들과 철사들에 매달린 꼭두각시로 생생하게 묘사함으로써 '좋은' 죽음에 대한 동경과 중환자 병동의 냉기와 고독 속에서 느낀 죽음의 질에 대한 회의에서 벗어나지 못한다. "우리는 태어나는 순간부터 죽는다"[97]는 것을 그는 알고 있기 때문에, 그에게 중환자 병동은 세상과 인간의 존재조건들의 모습일 뿐이다. 그런데 죽음의 미학은 죽음과 그 뒤에 오는 것에 대한 아름다운 묘사를 배제할 수 없다. 따라서 현대의 '좋지 않은', 기계화된 익명의 죽음에 대한 폭넓은 비판은 그 비판에 못지않게 죽음을 아름답게 형상화하고 있는 낭만주의적 모습들을 새롭게 그리고 활기 있게 만든다. 그렇지만 이것은 낭만주의시대의 '죽음에 대한 동경'과는 관계가 없다.

근대문학이 죽음을 추하고 공포스럽게 표현하는 이면에는 전통적으로 지녀온 죽음의 고전적·이상적 의미도 동시에 새롭게 제시되었다. 18세기 후반에 작가들이 전래된 죽음의 의미와 공포에 계몽주의의 논증과 고전주의의 아름다움의 모범을 대립시키기 시작한 이래, 계속해서 변화하는 사회적·이념적 상황에서도 근대문학은 계몽주의의 비판적 성향과 고전주의의 휴머니즘적 충동을 계속해서 추구해왔다. 그러나 그 구상과 표현은 근본적으로 바뀌었다. 다시 말해서 죽음의 추함이 미학적으로 형성되면서 이제 공포를 일으키는 추함의 묘사는 새로운 의미에서 계몽적이고 교화적인 질을 얻는다. 그래서 점점 더 이념화되고 통속화된 19세기의 문학작품들에 비해서 근대문학은 점점 더 많이 고전주의적·이상주의적 미학을 수용해갔다.

　이미 앞에서 언급했듯이 어느 시대를 막론하고 그 시대의 문학작품들에서 가장 필연적이고 자연스럽게 나타나는 주제는 죽음의 공포와 삶의 의지 사이의 긴밀한 연상聯想 관계이다. 아름다운 죽음이든 추한 죽음이든 간에 이 테마의 미학적 형성은 대체로 시간성, 감정, 성찰, 가시성의 개념들을 통해서 설명된다.[98] '시간성'은 죽음의 허무성과 피할 수 없이 연관되어 있다. 늙어 감은 모든 인간이 육체적·정신적으로 서서히 붕괴되어 가는 것이며, 인간을 자연스러운 죽음에 이르게 한다. 그 죽음은 우리를 유한적 존재로 만들고, 남아 있는 가까운 사람들에게 허무함을 안겨준다. 남아 있는 사람들에겐 죽은 사람과 함께하는 미래가 없기 때문에, 그들의 생각은 과거의 기억으로 돌아간다. 또한 다른 사람의 죽음은 남아 있는 사람 자신의 과거를 회상케 한다. 그래서 문학에서 이야기된 죽음의 사건은 현재와 기억 사이에서 이루어진다. 이렇게 문학에서 시간 묘사는 과거, 기억, 허무를 전달하기 위한 방법으로 사용된다.[99]

　우리는 가까운 사람의 죽음을 처음에 슬퍼한다. 그런 후에 인생의 유한성에 대한 성찰을 불러일으킨다.[100] 주관적 감정(슬픔)에 의해 야기되는 객관적 성찰은 근본적으로 반대되는 인간의 두 가지 반응이지만, 그럼에도 불구하고 서로 연관되어 있다. 이 두 가지의 상이한 인간적 특성은 문학작품에서 언어의 다양한 표현 수단을 통해서 죽음 → 슬픔 → 허무 → 자기 성찰로 발전하는 불가분한 관계에서 가시화되고 있기 때문이다.

　다시 말해서 죽음과 슬픔의 특성은 구체적인 가시성을 통해, 즉 가시적 메타포들에서 나타날 뿐만 아니라 시각적으로도 미화된다.[101] 낭만주의 미학으로 형상화된 죽음은 자율성과 개성의 손실에 대한 공포를, 그리고 노발리스의 작품에서처럼 친숙하고 사랑하는 사람들과의 헤어짐에 대한 공포를 주제로 삼고 있다. 그런데 죽음은 사랑하는 사람들을 갈라놓지 않고, 오히려 일치시킨다는 기대에서 시간 속에서의 '자아 해체'와 '죽음에의 동경'을 가지게 한다. 이렇게 죽음의 공포에 대한 대답으로 낭만주의에서의 죽음의 아름다운 묘사는 영원히 계속되는 합일의 환상을 발전시킨다. 밤, 지하의 공간들, 호수나 바다, 불, 무엇보다도 사랑이 낭만주의시대의 중요한 메타포들이다. 죽음의 공포들은 알아볼 수 없게 이들 메타포들의 아름다움 속에 숨어 있다.

이와는 달리 사실주의 문학에서 죽음은 미화되지 않으며, 생생하게 묘사된 죽음은 파멸한 인생처럼 무의미하게 나타난다. 표현주의 문학에서는 대도시화, 문명화, 세계전쟁 등의 역사적·사회적 격동 속에서 병원에서나 전선에서의 추한 죽음에 대한 공포와 혐오감을 일으키는 메타포들이 중요한 역할을 한다. 중요한 것은 멸시당하고 죽음으로 내몰린 동물들이 근대문학, 특히 표현주의 문학에서 당시 사회에서 인간 존재의 상태에 대해 자주 사용되는 메타포가 되었다는 것이다.[102] 프란츠 카프카Franz Kafka(1883~1924)의 《변신Die Verwandlung》에서 게오르그 잠자는 어느 날 아침에 무서운 해충으로 변하고 흉측한 모습으로 죽는다. 하녀가 죽어 누워 있는 게오르그를 보고 외친다.

한번 와 보세요, 그놈은 뒈져버렸어요. 완전히 뒈져서 저기 누워 있어요![103]

그리고 하녀는 그를 빗자루로 쓰레기처럼 옆으로 쓸어 내버린다. 카프

카의 소설《소송Prozeß》에서 사람들은 마지막에 요제프 K를 '개처럼' 도
살했다.

'개처럼!' 하고 K는 말했다. K에게는 모욕만이 죽은 후에 남아 있는 것
같았다.[104]

베르톨트 브레히트Bertolt Brecht(1898~1956)의 첫 극작품《바알Baal》
(1918)에서 죽어가는 바알을 지켜보는 한 남자는 "쥐 한 마리가 뒈진다"
고 생각한다. 하지만 마지막 장면에서 바알은 "나는 쥐가 아니야"[105]라고
말한다. 바알의 말은 그가 실제로 당면한 상태에 대한 절망적인 방어일
뿐이다. 쥐는 당시에 널리 퍼진 추함의 전형적인 메타포였다. 추한 죽음
을 표현하기 위해 즐겨 사용되었다. 게오르크 하임Georg Heim(1887~1912)
의 시《오펠리아Ophelia》에서 쥐들은 물위에 떠다니는 시체의 머리카락
속에 둥지를 틀고, 고트프리트 벤의 시《아름다운 청춘Schöne Jugend》에서
는 한 아가씨의 횡격막에 둥지를 튼다. 그리고 아가씨의 간, 콩팥, 피를
먹고 살면서 아름다운 청춘을 보냈던 쥐들도 재빨리 죽는다.

다른 놈들(쥐들)은 간과 콩팥을 먹고 살았고,
차가운 피를 마시면서
여기서 아름다운 청춘을 보냈다.
그리고 아름답고 재빨리 그들의 죽음도 다가왔다.[106]

죽음의 문제는 예나 지금이나 여전히 문화적 토론의 주요 주제이다.
그 예로 1979년 독일의 본에서 1750년과 1850년 사이의 비석문화의 변
화에 대한 전시회가 열렸는데, 전시회 제목이 레싱의 '고대인은 죽음을

어떻게 형성했는가'였다.[107] 이미 고대인이 죽음의 의미를 아름답게 형상화했듯이 이 전시회는 낭만적·비더마이어적 죽음의 예찬을 어떻게 현대적으로 재수용하고 해석할 수 있느냐는 것을 목적으로 삼았다. 각계의 학자들, 전문가들, 특히 순수문학의 작가들은 아름다운 죽음과 양질의 임종에 대해 논쟁하고 해명을 찾으려고 했다. 지금까지 대략적으로 살펴본 죽음의 미학적 형성이 일률적으로 제시하고 있는 가장 중요한 것은, 죽음은 언제나 존재적 테마 영역으로, 즉 아름다운 죽음을 전제하는 새로운 삶의 문제로 넘어간다는 것이다. 소크라테스가 죽음을 정의한 명언이 여전히 유효하다. 인생에서 가장 소중히 여겨야 할 것은 단지 사는 것이 아니라 훌륭하게 사는 것이다.

다양한 죽음의 얼굴

공동묘지의 비석들과 수도원 담이나 교회 등에 그려진 '죽음의 무도 Totentänze' 중 가장 오래된 것으로 프랑스 오베르뉴에 있는 대수도원 교회 라 셰즈 듀La Chaise Dieu의 프레스코 화(1400년경)를 들 수 있다. '죽음의 무도'는 1348년 유럽을 휩쓸었던 대유행병 페스트로 인한 죽음의 공포로부터 생겨났다. 실제로 파리(1424), 바젤(1440), 울름(1440), 뤼베크(1463), 베를린(1484)에서 볼 수 있는 '죽음의 무도' 그림들은 페스트 참상과의 관계에서 창작되었다.[108] 그 그림들은 시체들 또는 해골들로 의인화된 죽음이 모든 계층을 대표하는 살아 있는 자들과 무덤 주위에서 덩실덩실 춤을 추는 것으로 이루어져 있다. 죽음은 산사람에게 춤을 권유하고, 그들이 거부해도 춤출 것을 강요한다. 죽음의 막강한 힘이 사람과 추는 춤으로 표현되고 있다.[109]

'죽음의 무도'는 죽음의 의인화를 통해서 생각 속에서만 머물러 있던 추상적인 죽음을 화가들에 의해서 시각화한 조형예술의 한 형태이다. 그래서 '죽음의 무도'의 주제는 야코브 포겔Jakob Vogel이 슈바벤 지방의 '죽음의 무도'에 대한 연구에서 말했듯이, 미술가들에 의해서 연관성 있는 그림의 연속으로 만들어진 죽음에 대한 그림 시리즈와 미술가들이 그 그림들에 부여한 의미로 제한된다.[110]

중세에는 십자군 전쟁과 페스트, 종교개혁과 농민전쟁이 서로 뒤엉켜 광란했던 시대로, 죽음은 일상생활의 무대에 잘 알려진 모습이었다. 그래서 죽음에 대한 생각은 다른 어떤 세기보다 중세 사람들의 환상에 가장 큰 영향을 끼쳤다. '죽음의 무도'의 개념은 13세기 말에서 14세기 초에 등장한 시와 회화에서 비롯되어 중세 후기에 이르러 전성을 이루었으며, 계속해서 매우 뿌리 깊은 예술적 주제로서 그림에서뿐만 아니라 문학, 음악에서도 다양하게 20세기까지 계속해서 남아 있다. 한 가지 예로 19세기에 괴테는 〈죽음의 무도Der Totentanz〉(1813)라는 발라드를 썼고, 카미유 생상스Camille Saint-Saëns(1835~1921)의 교향시 〈죽음의 무도〉는 프랑스의 상징주의 시인 앙리 카자리스Henri Cazalis의 시를 바탕으로 죽음에 대한 상징성을 왈츠 리듬으로 표현했다. 이 곡은 요한 리스트에 의해 피아노곡으로 작곡되기도 했다. 그리고 피겨 여왕 김연아가 2009년 생상스의 〈죽음의 무도〉로 세계빙상 선수권 대회에서 1위를 차지한 것으로도 유명하다.

죽음의 무도는 기독교와 깊은 관계를 가지며, 기독교 예술로서 중세 그림들에서 유래했다. 그 춤의 최초 형식은 죽은 사람들의 춤을 표현한 것으로 기독교적 교의와 민속적 상상이 융합되어 있다. 즉, 기독교적 의미에서 구원받지 못한 불쌍한 영혼들이 공동묘지 위에서 정죄하는 의미를 가지며, 또한 밤에 추는 춤에 대한 민속적인 상상에, 즉 그 당시 세간에 널리 퍼진 죽음에 대한 인간의 상상에 기초한다.

중세 사람들은 페스트 이전에는 죽음과 친밀했고 죽음을 기대했다. 일반적으로 사람들은 죽음을 사전에 알기에 서서히 '좋은 죽음'을 맞이할 수 있는 시간을, 소위 '죽음의 방법Ars moriendi'을 알기 위한 시간을 가질 수 있었다. 그러나 페스트가 온 나라와 도시들에 창궐했던 시기에는 달랐다. 이제 문제가 되는 것은 예기치 않은, 갑작스럽게 찾아든 죽음이었다. 최후의 심판을 믿고 있는 독실한 기독교인은 이 죽음을 두려워했었다. 부활과 영생에 대한 희망이 아니라 언제 닥칠지 모르는 죽음의 공포가 사람들을 엄습한다. 바로 '죽음의 무도'는 그림으로 표현된 '죽음을 기억하라Memento mori'에 불과하며, 다른 말로 표현해서 지속적인 죽음의 준비에 대한 경고이자 권유인 것이다. 그리고 생명이 얼마나 허무한지, 현세의 삶의 영광이 얼마나 헛된 것인지도 일깨워준다. 따라서 '죽음의 무도'에는 '죽음을 기억하라', '죽음의 방법', '세계의 경멸', '허무', '죽음의 교훈서'와 같은 종교적 참회문화가 스며 있다. 다시 말해서 '죽음의 무도'는 근본적으로 제때에 참회를 권하는 감명적인 그림의 설교로 이해되어야 한다. 중세기의 '죽음의 무도'에 대한 일련의 그림들이 이 같은 동기를 전파하는 역할을 했고, 독일어권에서는 처음에 도미니크회 수도사들에 의해서 넓게 퍼졌다. 그림들은 인쇄술의 향상으로 그 이후의 시대에 필사본, 목판 인쇄본, 일면 인쇄본으로 발전되었다.[111]

그림의 내용은 시대에 따라서 달리 표현된다. 처음에는 모든 계급을 대표하는 죽어가는 자들이 반쯤 부패한 시체들과 교대로 죽음의 피리소리에 맞추어 춤을 추면서 윤무에 합류한다. 죽어가는 자들의 독백이라 할 수 있는 짧은 시나 설교는 독일어로 옮겨져서(1360년, 뷔르츠부르크) 죽어가는 자들과 죽은 자들 사이의 대화가 되었다. 르네상스 이후에 그 대화는 죽음과 인간 사이의 대화가 되었고, 거기에 각 사회 계층의 풍자가 섞이게 되어 마침내 죽음은 시대에 따라 다양하게 상징적 의미를 가지면서 예술적으로 발전하게 되었다.[112]

중세 이전의 시대에서는 죽음의 막강한 힘이 기독교와는 달리 표현되

Ms. 코톤 팁의 《죽음》
복수의 여신처럼 표현된 죽음.
죽음의 위협적인 힘이 성서가 아닌 신화에 근거하고 있음을 말해준다.

고 있다. 예를 들면 삶에 반대되는 의미에서 11세기에 Ms. 코톤 팁Cotton Tib의 그림《죽음Der Tod》에서 죽음은 박쥐의 날개와 머리카락이 뱀인 메두사의 머리를 가진 복수의 여신처럼 표현되어 있다. 이 그림은 죽음이 가진 위협적인 힘이 성서가 아니라 아직 신화에 근거하고 있음을 말해준다.[113] 그러나 중세에서는 죽음이 기독교와의 깊은 관계에서 묘사되고 있다. 죽음의 공포가 대단히 컸던 중세 기독교는 죽음에서 새로운 삶의 가능성을 찾으려 했다. 그래서 기독교의 예술은 이미 일찍이 '죽음의 극복'을 그 주제로 삼고 있었다.

중세의 '죽음의 무도' 그림들에서 죽음은 전능의 힘을 가지고 인간 위에 군림해서 활과 창과 풀 베는 낫으로 모든 계급의 사람들을 대량으로 학살한다. 예를 들면 클루송에 있는《죽음의 승리Der Triumpf des Todes》(1485)에서 중앙의 해골은 묵시록(14:14)에서 묘사되었듯이[114] 검은 외투를 걸치고 왕관을 쓰고 승자처럼 모든 계층의 사람들 위에 우뚝 서 있으

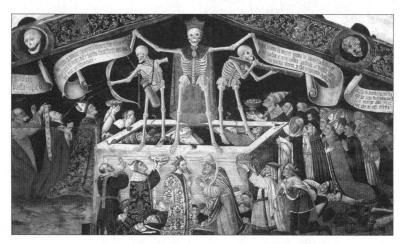
이탈리아 클루송에 있는 《죽음의 승리》(1485)
승자처럼 단상 위에 우뚝 서 있는 해골들은 인류를 심판하고 승리하는 죽음의 의인화이다.

며, 양 옆의 두 해골은 활과 총을 사람들을 향해 겨누고 있다. 이들은 모두
가 3중의 해골 모습으로 인류를 심판하고 승리하는 죽음의 의인화이다.[115]

육체적 죽음의 의인화는 죽음의 희생자들 모습에서 나온다. 우선 죽은
사람들은 그 시대의 의상을 입고 발가벗거나 염포에 싸인, 아니면 그것도
없는 모습으로 나타난다. 그것은 십자군 전쟁이나 다른 전쟁으로 인한 당
시의 풍습에서 생긴 것이다. 원정에서 전사한 지배자를 가끔 고향으로 운
반해야 할 필연성이 생겼다. 그래서 사람들은 시체를 푹 삶아서 장거리
운반을 위해 준비했다. 보니파츠 8세Bonifaz VIII 교황이 1300년에 매장에
관한 그의 칙서에서 이 야만적인 풍습을 금지했을 때 사람들은 다른 방
법으로, 즉 뇌와 복부를 절개해서 내장을 제거하고 육체에서 피를 빼고
방부제를 채워 넣어 고향에 전달하기 위해 미라로 만들었다. 복부 절개와
피부 아래에 앙상하게 드러난 골격을 한 미라의 형태를 볼 때 그때부터
죽음의 의인화가 이루어졌다.[116]

《여인들의 죽음의 무도》(1499)
묵시록에 나오는 세상의 종말을 암시하는 페스트, 전쟁, 기아, 죽음의 네 기사 중
말을 탄 기사의 모습이 바로 죽음을 의인화한 것이다.

묵시록에는 세상의 종말을 암시하는 페스트, 전쟁, 기아, 죽음의 네 기
사들이 나온다.《여인들의 죽음의 무도Dance macabre des femmes》(1499)에
서 나오는 말을 탄 해골은 네 기사들 중에서 죽음의 의인화인 것이다.(묵
시록 6:1, 8)[117] 그는 왼손으로 관을 들고 있고, 오른손으로 창과 화살을 들
고 사냥감을 겨냥하는 모습을 하고 있다. 게다가 지옥을 암시하는 괴물의
입 속에서 겁에 질린 표정을 한 인간은 묵시록에서 지옥의 복수를 암시
한다. 복부의 갈라진 상처는 미라가 된 죽음의 의인화를 상징한다.

《카를 4세Karl VI의 카드놀이에서 죽음의 타로카드Todestarockkarte aus
dem Kartenspiel Karl VI》(1450년경)에서도 죽음은 큰 낫을 들고 풀 베는 말
탄 기사로 묘사되었다. 죽음은 큰 낫을 휘둘러 모든 계급의 사람들을, 교
황이나 황제, 승려나 귀족, 노인이나 젊은이를 구별하지 않고 베어버린
다. 또한 1485년의《죽음의 무도Danse macabre》(파리)에서 황제와 마주한
죽음은 곡괭이와 삽, 교황과 마주한 죽음은 묵시록의 죽음 기사처럼 관을

《죽음의 무도》(1485, 파리)
황제의 죽음 상대는 곡괭이와 삽을, 교황의 죽음 상대는 관을 들고 있다.

들고 있다. 이 관은 황제와 교황이 죽음이나 '죽음의 무도'에 소환될 때 필요한 베개와도 같다. 교황과 마주한 죽음을 보면 복부를 절개해서 내장을 제거한 흔적이 뚜렷하다.

독일에서 방랑악사는 죽음과 특별한 관계를 가지고 있다. 회개하는 기색이 없는 망자들은 그들이 살아 있을 때 아무리 품위와 위엄이 있었다 해도 밤에 공동묘지에서 방랑악사의 피리소리에 맞추어 이미 썩어버린 시체와 함께 강제로 괴로운 춤을 무덤 위에서 추어야만 한다. 세계적으로 유명한《바젤의 죽음의 무도Baseler Totentanz》(1440)에서는 두 명의 해골들이 납골당 앞에서 북을 치고 피리를 불면서, 춤을 추며 죽어가는 자들을 차례로 죽음으로 가도록 강요하는 장례 오케스트라로 묘사되고 있다. 무덤 위에서의 이 춤이 얼마나 강제적이고 괴로운가를《하르트만 쉐델의 세계 연대기Hartmann Schedels Weltchronik》(1493)에서 나온 유명한 목판화가 보여준다. 죽은 사람들은 무덤 속에서 인생의 짐에서 벗어나 쉬는 대신에

위) 《바젤의 죽음의 무도》(1440)
우) 《하르트만 쉐델의 세계 연대기》
(1493)에 나오는 목판화
죽음을 맞이한 사람들은 인생의 짐을 벗어던지고 쉬는
것이 아니라 죽음의 피리소리에 맞춰 괴로운 춤을 춘다.

죽음의 피리에 맞추어 춤을 추어야 한다. 그러니까 방랑악사의 죽음 역시
다른 죽음들과 똑같이 무자비한 것이다.[118]

　위 그림들을 요약해볼 때 중세에서 '죽음의 무도'는 죽음이 풀 베는 사
람, 사냥꾼, 방랑악사, 무덤 파는 사람 등의 모습으로 막강한 힘을 가지고
모든 계급의 사람들 위에 군림해서 그들을 자신의 희생자로 만드는 집단
사망의 상징적 의미를 가지고 있다. 그러나 '죽음의 무도'는 점차로 몇 개
의 쌍으로 해체되고, 그림들에선 황제나 교황 외에도 자신의 죽음에 강하
게 반항하는 일반 사람들의 생명을 빼앗는 죽음이 등장한다.

　르네상스 이전에 이미 시작된 인문주의에서는 요하네스 폰 테플
Johannes von Tepl(1350~1414)에 의해 밤베르크에서 출판된《보헤미아의 농
부Ackermann aus Böhmen》(1400)의 마지막 목판화를 통해 죽음에 대한 세 개
의 새로운 관점을 엿볼 수 있다. 아내를 슬퍼하는 홀아비와 죽음 사이의

요하네스 폰 테플의 《보헤미아의 농부》(1400)
작품의 마지막 목판화로 죽음에 대한 새로운 관점을 보여준다.

논쟁에서 인간은 죽음에 반항하고, 죽음을 범죄자로 고발한다. 반면에 죽음은 이 세상의 지배자라며 막강한 힘을 자랑한다. 마침내 하느님이 심판한다. "원고에게는 명예를, 죽음에게는 승리를 주노라!"[119]

죽음은 신의 세계질서를 위한 하인일 뿐이고, 자연의 필연성이지만 그는 승리를 가지고 있다. 모든 사람은 죽기 때문이다. 그러나 죽음에 반항하는 인간은 명예를 지니고 있으며, 죽음에 대한 그의 투쟁은 순수한 인간성의 변호이며 주장이다. 그런데 1461년에 인쇄된 《보헤미아의 농부》에 실린 두 개의 목판화는 중세의 변화되어가는 죽음의 생각을 잘 보여준다. 한 목판화에서는 말을 타고 가는 죽음이 화살과 활로 무장하고 도망가는 야생동물의 뒤를 추격하듯이, 말을 타고 도망가는 사람들을 겨냥하고 있다. 또 다른 죽음은 큰 낫으로 사람들의 무리를 풀 베듯이 죽이려 한다. 죽음의 전능한 힘과 여러 방법으로 예기치 않게 생명에 종말을 가져다주는 인간 사냥꾼의 모습이 상기된다. 죽음의 무자비함과 무서운 힘이 인상 깊게 묘사되어 있다. 그러나 마지막 목판화에서는 농부의 모습이

《보헤미아의 농부》(1461)의 목판화
죽음의 무자비한 힘(좌), 인간과 죽음의 화해(우)를 그렸다.

평범한 사람의 모습으로 바뀐다. 이 목판화는 인간과 죽음을 파트너로서 푸르게 자라는 생명의 나무 옆에 세워둠으로써, 이 둘은 하느님의 전능과 은혜 아래에서 생명의 나무처럼 영원히 공존해야 함을 상기시킨다.[120]

초기 르네상스의 인문주의, 즉 휴머니즘에서 인간은 인간의 나약함과 한계성을 상기시키는 죽음의 생각에 대항하고, 그 죽음을 관할하는 신의 냉혹함으로부터 인간을 변호한다. 따라서 인간은 강한 존재의식에서 삶을 충족시켜야 하는 책임 속에서 죽음을 맞이하려 한다. 인간이 선과 악 사이에서 어떻게 살아왔는지는 임종의 시간에 결정된다. 인간은 영혼을 데려가려고 기다리는 천사와 악마 사이에 있다. 위에서 사제, 천사 그리고 성자들의 무리가 죽어가는 사람을 긍휼히 여기고 구원을 기원하며, 그리스도의 십자가를 보여줌으로써 죽음이 극복될 수 있다는 희망을 준다. 반면에 아래에서 악마들은 죽어가는 사람으로 하여금 하느님에게 분노를 일으키도록 헛되이 시도한다. 이렇게 1470년에 독일의 울름에서 그려진 그림은 인간이 어떻게 죽어야 할 것인가를, 즉 '죽음의 방법Ars moriendi'을 보여준다.[121]

르네상스의 인문주의시대에서 '죽음의 무도'의 동기는 인간과 죽음이란 중심 주제에서 중세의 그것과는 달리 새로운 변화를 나타낸다. 중세 시대의 죽음이 사회계층을 대표하는 집단적 의미를 가진다면, 이 시대에는 작가들의 개인적 죽음의식에서 나오는 '죽음과 개인'과의 만남이 '죽음의 무도'의 그림 내용으로 나타나게 되었다. 이 결정적인 새로운 변화는 중세 사람들의 삶과 정신을 지배했던 옛 격언 "인생의 한가운데서 우리는 죽음에 싸여 있다Media vita mortui sumus"에 대한 새로운 이해를 통해서 온다. 다시 말해서 새로운 변화란, 사람들이 더 이상 풀 베듯이 생명을 뺏어가는 악의적인 죽음의 희생자가 아니라는 인식의 변화이다. 이제 사람들은 그 죽음의 무자비함을 두려워하거나 도피하지 않고, 오히려 죽음을 우리 안에서 보고, 우리 삶의 한가운데서, 우리의 일 속에서, 모래시계를 들고 시간이 다 될 때까지 기다리는 죽음의 모습에서 억제할 수 없는

〈죽음의 방법〉(1470, 울름)
인간이 어떻게 죽어야 할 것인가를 보여주는 그림

삶을 위한 죽음의 미학

허무감을 불러일으킨다.

　이 변화는 독일 르네상스 시대의 빛나는 초상화가 한스 홀바인Hans Holbein(1497~1543)에 의해서 비롯된다. 홀바인의 소위 '죽음의 무도'는 중세의 미술가들이 노래를 동반한 단순한 윤무의 형태에서 존재와 소멸의 상관성을 표현한 중세의 '죽음의 무도'의 전통을 깨뜨린다. 그는 그의 '죽음의 무도'를 그 시대의 사회적 상황들과 특징들을 비판하고 풍자하는 일련의 독자적인 극적 장면들로 구성했다. 그는《죽음의 그림들Bilder des Todes》(1525)에서 죽음을 인간의 일상생활로 옮기면서 우리에게 최고로 개성화된 그림을 보여준다. 그리고 그 장면들은 죽음의 환상에서 우리에게 참회할 것을 경고하고 지상존재의 허무를 일깨워준다. 예를 들어 기도시간에 정부의 세속적인 사랑 노래를 엿듣기 위해 그쪽으로 몸을 돌리는 수녀의 그림을 볼 수 있다. 그 사이에 기다리고 있는 여자 모습의 죽음이 그녀에게 생명의 불빛을 끈다. 일상의 삶에서, 일에서 그리고 죄 한가운데서, 심지어 남녀의 에로스에서 표현된 죽음의 그림들은 다음 시대에 계속 작용해서 죽음의 묘사에 모범이 되었다.

　한스 홀바인과 함께 알브레히트 뒤러Albrecht Dürer(1471~1528), 뒤러의 제자인 한스 제발트 베함Hans Sebald Beham(1500~1550)과 바르텔 베함Barthel Beham(1502~1540) 형제, 우르스 그라프Urs Graf(1485~1527), 그리고 한스 홀바인의 제자인 하인리히 알데그레버Heinrich Aldegrever(1502~1555)가 르네상스 전성기의 유명 화가들이었다. 한스 홀바인의《죽음의 그림들》처럼 H. 알데그레버도 이미 1541년에 죽음의 무도 장면을《죽음의 힘Macht des Todes》이라는 제목으로 보여준다. 그는 아담과 이브의 원죄와 관련된 두 개의 동판화에서 '죽음은 죄의 값'이라는 성서적 의미를 받아들이지만 중세와는 달리 제2의 죽음을 가져다줄 수 있는 영원한 재판에 대한 공포나 구원에 대한 희망이 표현되지 않고, 죽음은 에덴동산에서 사멸

한스 홀바인의 《죽음의 그림들》(1538, 리옹)
죽음을 인간의 일상으로 옮겨 '죽음의 무도'를 풍자적으로 그려내고 있다.
수녀는 정부의 세속적인 사랑의 노래를 듣고, 여윈 모습의 죽음이 생명의 불을 끈다.

적인 인간의 삶으로 함께 추방된 아담과 이브의 동반자일 뿐이다. 그때부
터 인간은 발자국마다 죽음을 동반한다. 또 하나의 동판화에서 죽음은 즉
시 살생의 행위를 하지 않고 농사를 짓기 위해 나무뿌리를 캐는 아담을
돕는다. 이렇게 죽음은 보는 사람에게는 단지 일상에서 죽음의 현존을 알
리는 그림으로서만 묘사되었을 뿐이다. 이어지는 다른 그림들에서는 갑
자기 나타난 죽음에 아무런 준비 없이 직면하게 된 개인이 묘사되고 있
다. 《죽음과 주교Tod und Bischof》에서 죽음은 주교에게 춤을 추며 다가온
다. 그리고 그는 승리한 생명의 시간을 상징하듯 모래시계를 높이 들고
있다. 또 다른 그림 《두 죽음의 모습들과 대 수도원장Zwei Todesgestalten und
ein Abt》에서 이 세상을 떠날 준비가 되어 있지 않은 대수도원장은 두려움
에 가득차서 그의 의자를 꼭 붙들고 앉아 있고, 두 죽음의 모습이 그를 잡
고 있다. 한 죽음은 그에게서 직책의 권위인 대수도원장의 홀장笏杖을 빼
앗고, 반항하는 자에게 마지막 시간을 알리는 모래시계를 보여준다.[122] 이

하인리히 알데그레버의 《죽음의 힘》(1541)
좌) 파라다이스로부터 죽음의 세계로의 추방
우) 죽음과 함께 곡괭이질하는 아담과 이브

렇게 중세 죽음의 전능한 힘은 허무를 일깨우고, 언제 올지 모르는 죽음에 대비하라는 윤리의식을 고양시키는 데 머문다.

한스 제발트 베함이나 우르스 그라프 같은 르네상스 전성기의 뉘른베르크 화가들은 죽음을 손에 모래시계를 들고 있는 날개 달린 크로노스 Chronos(제우스 신의 아버지)의 모습으로 즐겨 묘사하고, 바로 인간 옆에 있게 해서 허무와 죽음을 묘사한다.

특히 베함 형제는 에로스Eros(성애)와 타나토스Thanatos(죽음)를 조형미술의 주요 주제로 수용했다. 그들은 아주 선정적인 그림들에서 모든 살아있는 것의 허무를 암시적으로 나타냈다. 동생 바르텔 베함의 동판화와 거의 유사하고 뒤러의 '아담과 이브' 동판화의 구성에서 영감을 얻은 제발트 베함의 동판화《죽음과 함께 아담과 이브Adam und Eva mit Tod》는 원죄에 대한 그의 새로운 생각을 나타낸다. 이 그림들의 일치점은 사과이다. 이브뿐만 아니라 아담도 사과를 잡고 있어 원죄의 공범이 된다. 사과는

하인리히 알데그레버의 《죽음의 힘》(1541)
좌) 죽음과 주교
우) 두 죽음의 모습과 대 수도원장

모든 모습들, 즉 태초의 부모, 뱀(죄)과 죽음을 마치 전기시설의 메인 스위치처럼 연결시킨다. 이 그림의 가장 독창적인 착상은 인식의 나무이다. 땅으로부터 해골(죽음)이 사과나무처럼 위로 자라고, 그의 팔은 가지로 번진다. 잎 모양의 칼을 손에 들고 있다. 그것은 게루빔Cherubim(성경에 나오는 동물의 발과 날개가 있는 천사)의 화염검(하느님이 아담과 이브를 에덴에서 내쫓고, 생명나무를 지키도록 한 불 칼)을 연상시키고, 그렇게 미래에 낙원에서의 추방을 예견시킨다.

제발트 베함의 그림《소녀와 죽음Das Mädchen und der Tod》에서는 여성스럽게 활짝 핀 소녀의 나체가 그녀 뒤로 정부처럼 갑자기 넉살스럽게 다가오는 날개 달린 죽음과 대치해 있다. 제발트의 또 다른 동판화《오, 시간이 다 되었다O, die Stunde ist aus》(1548)에서도 날개를 단 죽음의 천사인 해골이 뒤에서 다가오지만 침대의 여인은 알아차리지 못한다. 그러나 그 죽음은 히죽히죽 웃으면서 개가를 부르고 모래시계를 높이 들고 있

에로스와 타나토스를 주제로 수용한 제발트 베함의 그림
좌)《죽음과 함께 아담과 이브》(동판화)
우)《소녀와 죽음》

다. 젊음도 아름다움도 사라질 수밖에 없다는 것을 보여준다. 그런데 이
목을 끄는 것은 노골적으로 노출된 여인의 음부와 요강이다. 여기서 인생
의 허무에 대한 경고는 에로스에서 강조되고 있다.

　제발트의 동생 바르텔도 인간이 낙원에서 추방된 이래로 인간에게 주
어진 죽음을 다양한 형태로 표현한다. 바르텔은 잠들어서 죽은 듯한 아기
에게 막 젖을 먹이려는 어머니를 보여준다. 아기 옆에 있는 해골은 아이
의 죽음을 연상시킨다. 바르텔의 그림은 죽음을 더욱 진지하게 다루고 있
다. 아기는 인생의 시작을, 해골은 종말을 암시한다. 그리고 해골을 베고
자는 잠은 죽음의 형제로 여겨진다. 다른 그림은 그 구성이 놀랍다. 아이
가 베개로 베고 있는 해골들의 피라미드 위에 다른 아이가 죽은 듯이 누
워 있고, 그의 머리는 네 번째 해골과 같은 방향을 하고 있어 죽음을 연상
시킨다. 아이 옆에는 모래시계가 서 있다.[123]

　예술가들은 중세 후기의 '죽음의 무도'가 지녔던 허무를 16세기 이후

에도, 즉 바로크시대에도 계속해서 그림들의 주제로 받아들여 사유한다. 대부분의 그림들이 이야기하는 주제는 죽음과 죽음에 직면한 청춘의 아름다움에서 에로스의 적으로 나타나는 '허무의 생각Vanitas-Idee'이다. 바로크시대에 사람들은 개인주의화 경향이 더욱 두드러진다. 중세의 '메멘토 모리Memento mori'는 여전히 그 시대를 지배한다. 또한 영생에 대한 믿음도 컸지만, 사람들은 죽음을 홀로 대면하게 되면서 죽음에 대한 공포를 더욱 크게 느끼게 된다. 30년 전쟁(1618~1648)으로 독일은 다시 초토화되었고 민생은 비참해졌다. 허무감은 극대화되었다. 사람들은 인간적인 허약함을 화려한 외양 속에 감추려 했다. 그래서 독일정신사에서 이 시대는 대립적 에너지가 가장 심하게 충돌했던 때였다. 세속과 신, 현세와 내세, 삶에의 욕구와 죽음에의 동경, 무상과 영원 사이의 긴장이 이 시대의 인간을 속박하

아이와 죽음을 소재로 한 바르텔 베함과 제발트 베함의 그림

고 있었다.[124] 모든 예술은 과장과 우의화를 고유한 표현 양식으로 가진다.

　바로크시대의 '죽음의 무도' 역시 일반적으로 우의적 내지 상징적 동기들의 축적과 지나친 과장을 통해서 나타난다. 이 시대 대부분의 그림은 원죄나 낙원으로부터의 추방 등의 묘사를 특징으로 나타내며, 무엇보다도 승리하는 죽음에 대해 풍부하게 그려져 있다. 요한 바이하르트 폰 발바조르Johann Weichard von Valvasor(1641~1693)는 1682년 신앙심 고양을 위한 대작《인간의 죽음의 극장Theatrum mortis humanae》을 발간한다. 이 그림 책은 3부로 되어 있다. 제1부만이 죽음의 무도에 관한 것이고, 제2부는 역사적 인물들의 죽음을 주제로 한 다양한 죽음의 형태를 그렸으며, 제3부에는 노인, 아이, 승려, 기사, 부자, 걸인에 이르는 사회 각층의 모든 이들이 죽음의 악마로부터 고통당하는 42개의 그림들이 있다. 표지의 첫 동판화 제목은《죽음의 승리Triumpf des Todes》인데, 다음의 모든 그림들과 연관이 있는 원죄와 낙원으로부터의 추방을 주제로 삼고 있다. 이목을 끄는 것은 이 그림이 바로크시대의 특징적 표현 양식인 대립적 구조로 구성되었다는 것이다. 즉 죽음의 승리와 영생에 대한 믿음이 동시에 대립되어 있다. 화면의 대부분을 폐허가 차지하고, 아치형으로 트인 곳에서 이상한 축제행렬이 밀려온다. 아담과 이브가 인식의 나무에 묶여서, 말을 탄 해골들에 의해 죽어야 할 새로운 운명으로 쫓겨난다. 이 무리들 위에 죽음의 왕이 개선장군의 모습으로 모래시계와 낫을 들고 아담과 이브의 뒤를 따라 죽음의 나라로 들어온다. 그림의 앞면에는 두 사람이 인간에게 다가올 죽음에 대한 암시로서 무덤을 파고 있다. 그런데 허무를 상징하는 폐허와 대조를 이루면서 오른쪽에는 영원한 삶의 희망을 표현하는, 네모진 뾰쪽탑 모양의 오벨리스크가 서 있다. 그 밖의 중요한 장면으로서 폐허와 오벨리스크 사이에 아벨에 대한 카인의 형제 살해가 묘사되고 있다. 분명해진 것은, 죽음이 세상에 들어왔다는 것뿐만 아니라, 최초 인간

요한 바이하르트 폰 발바조르의 《죽음의 승리》(1862)
원죄와 낙원으로부터의 추방을 주제로 삼고 있다.

부부의 아들인 카인에게서 발생한 폭력행위가 죽음과 함께 들어왔다는
것이다. 이어지는 그림들은 모든 형태의 죽음을 묘사한다. 그러나《인간
의 죽음의 극장》의 그림들은 한편으로는 죽음의 한계 없는 힘과 승리를
묘사하고 있는 반면, 다른 한편으로는 수녀들이 최고의 황홀경에서 그들
의 신랑인 그리스도와 결혼하기 위해서 죽음을 고대할 때나 수도승들이
승방에서 죽음을 최고의 행복으로 볼 때처럼, 바로크시대의 특이한 종교
적 경향을 알려준다. 이 모든 것은 바로크시대의 죽음의 기쁨에 대한 예
들이다.[125]

　　18세기 계몽주의 이후에 '죽음의 무도'는 새롭고 놀라운 변화를 보인
다. 지나간 시대의 '죽음의 무도'를 지배했던 종교적 내용은 점점 더 사라
지고, 때로는 완전히 제거되기까지 한다. '죽음의 무도'에 대한 생각의 세
속화가 더 심해진다. 죽음은 더 이상 종교적 의미에서가 아니라 사회에
대한 풍자와 비판의 의미를 가진다.

　　요한 루돌프 쉘렌베르크Johann Rudolf Schellenberg(1740~1806)가 홀바인
화풍으로 죽음의 현상들을 그렸다. 한 동판화에서는 프리드리히 대제와

요한 루돌프 쉘렌베르크가 홀바인 화풍으로 그린 죽음의 현상
(왼쪽부터) 《수도원의 폐지》, 《방해된 사랑》, 《기만당한 기대》

볼테르와 함께한 무리의 사람들이 넋을 놓고 묘비를 바라보고, 그 묘비 위에는 죽음이 낫을 들고 히죽히죽 웃으면서 서 있다. 비문에는 "메멘토 모리"가 쓰여 있어 그들의 죽음을 예언하고 있다. 다른 그림 《방해된 사랑Gestörte Liebe》은 여전히 죽음의 전통에 머물러 있다. 기쁜 기색이 완연한 죽음은 그물을 펼치고, 그 안에 죽게 될 한 쌍이 걸려 있다. 그 다음의 그림 《기만당한 기대Getäuschte Erwartung》에서는 화려하게 옷을 입은 로코코 부인이 그녀의 연인과 만난다. 기대에 부풀어 그녀는 그에게 팔을 내밀지만, 정교하게 탑처럼 올린 머리 모양 아래에서 한 해골이 히죽히죽 웃고 있고, 젊은 연인은 너무 늦게 죽음을 알아차린다. 모두가 사회적 일상에 대한 풍자들이다.

괴테가 그의 방대한 격언집인 《원칙과 성찰Maximen und Reflexionen》 (1840)에서 18세기의 "매우 존경할 만한 예술가"라고 칭찬한 다니엘 호도비에츠키Daniel Chodowiecki(1726~1801)의 작품들은 시대 비판적 성향을 더 많이 띠고 있다. 〈아이Das Kind〉라는 동판화에서 죽음은 어떤 경우에도 그의 힘을 행사하지 않고, 오히려 죽음의 원인이 암시적으로 표현되고

다니엘 호도비에츠키의 《죽음의 무도》(1791)
좌) 〈아이〉 우) 〈위병〉

있다. 즉 어린아이의 너무 이른 죽음이 잠들어서 아기를 돌보지 못한 보모의 부주의에 책임이 있다는 것이다. 아이러니하게도 죽음은 그 젖먹이에 동정심을 가지고 있으며, 그를 안고 둥실둥실 떠 사라지면서 부드럽게 입에 키스한다. 또 다른 그림 〈위병Schildwache〉은 아마도 나폴레옹 혁명의 희생에 대한 비판에서 그려졌다. 여기에서도 죽음은 직접 죽이지 않고, 폭력성이 드러남에도 불구하고 다음 시기에 가능한 한 많은 희생자를 찾기 위해서 근무 중인 병사와 교대할 뿐이다.

거의 60년 후에 알프레드 레텔Alfred Rethel(1816~1859)이 드레스덴의 민중봉기를 계기로 창작한 목판화 연속작품들인《1848년의 또 하나의 죽음의 무도Auch ein Totentanz aus dem Jahre 1848》는 죽음의 무도의 동기 변화를 나타낸다. 그 민중봉기가 군대의 무력행사로 인해서 비참하게 진압되는 것을 보고 레텔은 혁명전쟁의 바리게이트 위에서 죽음을 민중의 선동자로 등장시킨다. 자유, 평등, 공화국 만세를 외치면서 시청으로, 시장으로 돌진하는 군중에게 죽음은 칼을 던지면서 "군중이여, 이 칼은 너의 것

알프레드 레텔의 《1848년의 또 하나의 죽음의 무도》
죽음이 혁명전쟁의 바리게이트 위에서 민중의 선동자로 등장한다.

이다"라고 외친다. 그 후에 곧 그는 우리에게《친구로서의 죽음Der Tod als Freund》이란 제목으로 아름답고 조화로운 죽음의 그림을 전한다. 석양이 성스럽게 비치는 높은 종루에서 백발의 종루지기는 기도를 하기 위해 주름진 손을 무릎 위에 놓고 팔걸이 의자에 앉아 영면한다. 얼마나 그는 인생 순례자들의 죽음을 종을 쳐서 애도했는가! 이제 죽음이 자비롭고 친한 친구로서 진지하고 엄숙하게 그를 도우려 한다. 죽음은 지친 노인에게 행복한 평안과 영원한 평화를 가져다줄 것을 알기 때문이다.

친구로서의 죽음에 관한 레텔의 친근한 생각은 이미 호도비에츠키의 〈아이〉에서 죽음이 어린아이에게 키스하는 장면과 일치한다. 비록 죽음이 여전히 해골의 모습으로 표현되고 있지만, 죽음의 모습은 더 이상 공포와 경악을 불러일으키지 않고, 친구의 모습으로 인간 가까이에서 표현된다. 이렇게 죽음은 이미 중세 "죽음의 무도"의 근원적인 성향에서 완전히 멀어졌다.

인간과 죽음의 친숙한 관계는 그 후 다음 세기들에서 조형미술의 주요

알프레드 레텔의 《친구로서의 죽음》
아름답고 조화로운 죽음의 모습이 그려지고 있다.

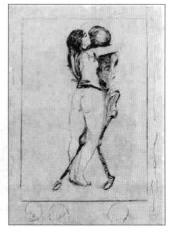

에드바르트 뭉크의 《소녀와 죽음》(1894)
'에로스와 죽음'의 결합이 표현되고 있다.

주제가 되었다. 이미 허무를 암시적으로 알리고 있는 베함 형제의 성애적 경향은 젊은 여인의 육체와 남자해골 사이의 사랑관계로, 더욱 노골적인 내용으로 발전한다. 낭만주의에서는 죽음의 유혹과 에로티시즘을 즐기는 병적인 심리상태도 등장한다. 다른 사람, 특히 사랑하는 이의 죽음을 달콤하고 아름답게 보는 죽음의 미화가 이 시대를 지배한다. 이 시대 죽음의 주 동기는 더 이상 모든 살아 있는 것의 허무가 아니라 '에로스와 죽음'의 결합이다. 그것이 19세기의 표어이다. 에드바르트 뭉크Edvard Munch의 동판화 《소녀와 죽음 Das Mädchen und der Tod》(1894)에서 젊은 여자는 기꺼이 죽음의 키스에 몰입하고, 죽음은 뼈뿐인 메마른 다리를 그녀의 사타구니 사이에 깊이 밀어 넣는다. 그리고 뭉크는 둘러싸고 있는 액자 살 위에 정자와 태아의 머리를 그려 넣으면서 보는 사람의 상상 속에서 육체적 붕괴의 순간을 미래의 존재와 연결한다. 제발트 베함의 그림 《소녀와 죽음》이 변화된 내용으로 연상된다.

19세기 후반에서 20세기 초반에는 '죽음의 무도'의 중세기적 생각이 다시 살아나 미술가들의 작품에 영향을 주었다. 19세기 중후반에 죽음의 공포timor mortis가 재등장한다.[126] 물론 이는 중세 말에 크게 부각되었던 죽음의 공포와 같은 성격일 수는 없다. 이런 현상은 놀랍게도 우리의 시대에도 해당한다. 그것은 양대 세계대전이 20세기에 수많은 예술가들로 하여금 '죽음의 무도'를 동기로 받아들이도록 했기 때문이다. 다시 말해서 중세에서 페스트가 떼죽음의 상상을 불러일으켰고, 젊고 생기발랄한 인간의 생명을 예기치 않게 빼앗어갈 수 있다는 생각을 하게 했듯이, 세계전쟁을 체험한 근현대인에게 죽음은 극복할 수 없는 무서운 공포로 다가온다. 그들은 죽음을 아예 막연한 무의식 상태로 받아들일 수밖에 없었다. 그래서 우리 세기의 예술가들이 특히 홀바인 시대 이전의, 즉 중세 후기 시대의 '죽음의 무도'에 매료되었던 것이다. 그것은 작가들이 '죽음의 무도'의 중세기적 비전을 자신의 작품에서 새롭게 표현하려고 한 데서 알 수 있다.

중세 후기 시대에 바젤의 도미니카 수도원 옆에 있는 공동묘지 담 안쪽에 그려진 '죽음의 무도' 그림들은 메멘토 모리, 즉 죽음은 지위를 막론하고 언제나 갑자기 생명을 빼앗어갈 수 있다는 경고이다. 이 그림들은 1965년 도시 주민들에 의해 파괴되었다. 독일의 유명한 목판화가 합 그리스하버Hap Grieshaber는 바젤의 '죽음의 무도' 그림을 모범으로 40편의 목판화를 창작했고, 그것에 《바젤의 죽음의 무도Der Totentanz von Basel》라는 제목을 부여했다. 드레스덴에 있는 출판업자 루돌프 마이어Rudolf Mayer에게 쓴 편지에서 그는 이 연속작품을 "생애의 가장 위대한 예술 계획"이라고 표현했다. 또 다른 예를 든다면, 베를린의 예술가 클라우스 로자노브스키Klaus Rosanowski(1934~현재) 역시 목재 대신 리놀륨을 쓰는 그의 철판식 인쇄 연속작품인 《역시 죽음의 무도Auch Totentanz》를 창작해서 중세 후기의 '죽음의 무도'를 현대의 베를린으로 옮겨 놓았다. 이 그림도

'메멘토 모리'를 주제로 삼고 있다. 기술과 의학이 아무리 발전한다 해도, 의사가 인간의 수명을 연장할 수는 있으나 불사를 줄 수는 없다. 의사에게도 죽음의 관문들은 넘을 수 없는 빗장이다. 죽음이 승리하느냐, 죽음을 정복하느냐Mors triumphans, mors devicta는 질문에 500년 전부터 내려오는 '죽음의 무도'의 그림들이 대답을 줄 수 없다. 이 문제는 각자가 스스로 결정해야 한다.

기독교 신앙에 근거하고 중세기의 전염병을 배경으로 해서 죽음과 임종에 가까운 사람 사이의 춤을 회화적으로 표현한 '죽음의 무도'는 '메멘토 모리'와 '바니타스'를 교훈으로 삼는다. 이 교훈은 시대적 사조와 함께 조금씩 변해갔지만, 결과적으로 현재까지 인간의 삶과 예술에 계속해서 영향을 주고 있다. 해골만큼 죽음을 직접적으로 암시하고 죽음에 대한 숙고를 불러일으키는 효과적인 매체가 없기 때문에 인간은 해골로 상징된 죽음을 벽화나 그림으로 형상화한 예술형태로 죽는 것과 죽음에 과감히 맞섰다. 여기서 '죽음의 무도'가 사회적·윤리적 의미를 가지게 된다. 즉 보다 좋은 삶을 위한 노력이 죽음에 대한 적극적인 숙고로 이어질 수 있다. 때문에 죽음에 대한 관찰은 궁극적으로 인생에 대한 성찰로 연결된다. 이런 의미에서 '바니타스'는 결국 인간의 삶과 죽음에 대한 시각적 성찰이라 할 수 있으며, '메멘토 모리'는 곧 '삶을 기억하라Memento vita'에 근원하고 있다. '죽음의 무도'는 그 후 수세기가 지나면서 일반적인 '삶의 무도Lebenstanz'로 새롭게 해석되었다.[127]

2장

고대 게르만시대의
영웅서사문학에서 나타난 죽음

전사들의 영웅심과 호전성은 죽음에서 나온다. 게르만시대의 영웅들은 명예를 지키고 사후의 명성을 보증할 수 있는 싸움에서 훌륭한 죽음을 맞이하고자 한다. 불가피한 비극적 운명에 의해 주어진 죽음에 용감하게 반항하는 자의적 죽음은 영웅적 정신을 찬미하며, 죽음을 통해 자아실현과 자아존속을 성취한다. 즉 게르만인의 영웅서사문학은 죽음에 승리하는 격조 높은 노래이다.

죽음에 승리하는 격조 높은 노래

고대 게르만족은 라인강과 도나우강 지역으로 공격해오는 로마인과의 싸움에서, 그리고 4세기 말경에 시작해서 10세기 초에 이르기까지 몇 차례에 걸친 민족 이동을 통해서 지중해 문화와 기독교 문화를 만나게 되었다. 게르만족은 처음에는 완성된 문자나 서적문화를 발전시키지 못했으나, 고대 기독교라는 새로운 종교를 맞이하면서 그리스문자와 로마문자를 이용해 고유한 고트문자를 만들어 사용하게 되었다.

고대인이 그러했듯이 게르만족은 번개나 천둥을 동반한 폭풍 같은 자연의 힘에 두려움을 느끼며 살았기 때문에, 어디에나 위험이 도사리고 있고 악령이나 신이 존재한다고 믿었다. 그래서 기독교가 유입되기 이전의 고대 게르만문학은 위험이나 악령에서 자신을 보호하기 위한 종교적인 제례의식에서 비롯되었다. 제물을 바칠 때 외우는 주문이나 신탁, 헌시나 격언들은 환상적인 효과를 내기 위해서 언어의 음조와 춤과 몸짓을 동반했고, 원시적인 시문학 형태로 발전했다.[1] 이렇게 해서 격언, 수수께끼, 주

술문, 신화 시 같은 '신의 노래'가 원시적인 문학형식으로 초기 게르만족에게 이미 존재했다.

다른 한편으로 전사들의 삶을 그린 영웅의 노래가 생겨났다. 끊임없는 전쟁으로 인해 게르만족의 농경문화와 전사문화는 씨족문화와 귀족, 왕 사이의 충성관계에 기반을 둔 종사從士문화였다. 귀족 지배계층의 지도자들은 강력한 힘을 가지고 등장했다. 그들이 가장 중시했던 가치는 충성, 명예, 용기, 복수였다. 그들의 용감한 행동은 추종자들의 의식 속에 깊은 인상을 주었다. 영웅서사문학Heldenepos의 시대가 시작된 것이다. 영웅서사문학은 대부분이 구전되어 왔기 때문에 상당 부분이 소실되었으나, 몇몇의 시들은 덴마크를 경유해서 북구北歐로 이입되어 1270년경 고대 아일랜드어로 된《에다Edda》²라는 변형된 형태로 보존되었다.《에다》는 독일과 북구의 신화에서 나온 16편의 '신의 노래들'과 독일 영웅들의 전설이나 작품을 소재로 한 24편의 '영웅들의 노래들'로 구성되었다.³

《에다》는 아일랜드의 전설과 함께 기독교와 아직 접촉하지 않은 고대 게르만족의 일상생활이나 전사문화의 모습을 대중적 언어로 뚜렷이 보여주어, 게르만족의 세계관과 신관에 대해 해명해준다. 즉《에다》에서 '신의 노래들'의 핵심이라 할 수 있는 방대한 교훈시인《뵐루스파Völuspá》는 세계 역사를 예시하고 밝혀내는 뵐바Völva라는 〈여자 예언자의 계시Weissagung der Seherin〉 시가 전체의 윤곽을 이룬다. 이 시는 후기 게르만족의 시각에서 본 세계 및 제신諸神의 역사를 밝혀주고 있다. 그 내용은 다음으로 요약된다.

"모래도 바다도 짠 파도도 없었던 태곳적에 신들은 미드가르트Midgard라는 푸른 대지를 창조했고, 태양과 별들의 행로를 배열했다. 거센 여신들의 운명이 인간의 삶을 결정했다. 그러나 초기의 행복은 오래가지 않았고, 불행과 전쟁이 닥쳐왔다. 게르만족 최고의 신이며 전쟁과 사자들

의 신이기도 한 오딘Odin[4]은 미래에 대한 지식을 얻기 위해 눈을 운명의
여신 노르넨쿠엘Nornenquell에게 저당잡힐 수밖에 없었다. 그리고 광명의
신 발드루Baldur는 악의에 찬 록키Locki의 간계에 빠지고 제신은 몰락하
게 된다. 자연의 카오스적인 위력이 신들과 싸우게 되면서 오딘이 전사한
다."[5] 그는 발할Walhall(전사한 사람들의 혼령이 사는 곳—필자 주)에 머물면
서 그곳으로 영웅적으로 전사한 용사들을 데리고 온다. 오딘의 죽음과 함
께 세계는 몰락한다.

> 태양이 꺼지고,
> 육지는 바닷속으로 가라앉는다.
> 밝은 별들이
> 하늘에서 떨어져 내린다.

그러나 다시금 새로운 땅이 물에서 솟아나고, 부활한 신들이 새로운
발할을 짓게 되고, 행복한 태고가 새로이 부활한다.

> 다시금 아름답기 그지없는
> 금빛 식탁이
> 초지草地에 나타난다.
> 이는 태고 전에 그들 자신의 것이었노라.[6]

이 노래는 세계의 이전시대와 종말시대, 새로운 시대의 시작에 대한
초기 게르만시대 사람들의 생각을 알려준다. 이 시에서 나타난 세계는 투
쟁의 세계였다.《에다》에 수록된 다음의 시는 게르만인의 일상과 죽음에
대한 생각을 말해준다. 즉 가정과 자신에게 진실해야 할 뿐만 아니라 갑

작스런 위기에 대비해야 하고, 우정과 덕성을 지녀야 하며, 무엇보다도
사후의 명예를 중요시해야 한다는 것이다.

비록 크지는 않더라도
집이란 좋은 것.
집에서는 모두가 주인이로다.
끼니마다 식사를 간청해
먹어야 하는 자의 마음은
찢기는 듯 아프도다.

그의 무기를 놓아두고
남자는 한 발자국도 들판에
나가서는 안 된다.
바깥에서 언제 투창을
필요로 할지는 아무도
확실히 모른다.

만약 그대가 굳건히 신뢰하고
그대에게서 선한 것을 바라는
한 친구가 그대에게 있으면
그와 생각을 주고받으며,
그에게 선물을 갖추어주며,
종종 그를 방문할지어다.

소유물은 사멸하고,

혈족도 사멸하니,

그대 자신도 그들처럼 사멸하리라.

하지만 용감한 자가 얻는

사후명성은

결코 사멸하지 않으리라.[7]

이 시에서 특히 중요한 것은 '용감한 자'의 '사후명성'에 대한 불멸을 강조한 것이다. 이 같은 죽음에 대한 생각은 게르만족이 이동하는 격동의 몇 세기에 생긴 발라드풍의 영웅 노래들을 지배했다. 그중 800년경 쓰인 《힐데브란트의 노래Hildebrandslied》는 오늘날까지 남아 있는 제일 오래된 영웅문학의 본보기다. 전사 힐데브란트는 군주를 따라 망명길에 오르나 그의 아들 하두브란트는 그대로 남아 있다. 30년 후 힐데브란트가 나라를 되찾기 위해 공격해왔을 때, 그는 자신의 아들과 결투할 수밖에 없는 운명에서 싸울 것인지 명예를 버릴 것인지의 기로에 서게 된다. 《힐데브란트의 노래》는 이렇게 시작한다.

나는 전하는 이야기를 들었노라.

힐데브란트와 하두브란트가 두 군대들 사이에서

일대일로 대결하였음을.

아버지와 아들은 전투준비를 하고,

두 용사들이 결투를 위해 말을 달릴 때

갑옷을 차려입었고, 대검을 찼노라.[8]

미완성 상태로 유일하게 남아 있는 《힐데브란트의 노래》는 아버지가 아들을 죽였을 것이라는 추측만을 주고 있다. 이 작품에서 기독교의 영향을 배제할 수 없기 때문에, 순수 이교도적이라 할 수는 없다. 하지만 그 안에는 전적으로 게르만인의 특성을 지닌 이교도적이고 영웅적인, 거칠고 태곳적인 삶의 분위기가 있다. 즉 힐데브란트와 하두브란트의 부자처럼 고대 영웅들의 괴로움에 찬 슬픈 결투가 노래 안에 살아 있다. 이렇게 영웅문학에는 무자비한 운명이 펼쳐지지만, 거기에는 싸워야 하는 윤리와 전사의 명예가 근본을 이룬다. 힐데브란트가 자신이 아버지임을 밝혔음에도 아들은 훈족의 간교한 계략이라며 그 말을 믿지 않는다. 아버지는 자신을 경멸하고 의심하는 아들에게 무사로서 명예를 훼손당했다고 느끼고, 그와의 싸움을 피할 수 없게 된다. 냉혹하고 고난에 찬 칼부림으로 아버지는 아들을 죽인다. 죽음에 대한 경멸, 죽음에 대한 의지, 무엇보다도 영웅적인 명예심은 부자간의 결투에서 그들 모두에게 이루어진다.

이렇듯 투쟁의 세계에서 고대 게르만인의 인생관은 영웅적이다. 그들의 생활신조와 생활관리도 영웅적이며, 죽음도 영웅적이다. 부자간의 결투에서 일어나는 모든 것은 '재앙의 운명'으로 힐데브란트의 눈앞에 서 있다. 운명의 여신들은 인간의 현존과 죽음을 결정하는 규약을 정하고, 인간의 생명을, 전사들의 운명을 조정하기 때문이다. 모든 것을 지배하는 여신들의 신탁에는 아무도 대적할 수 없고, 그것을 다른 방향으로 돌리지 못한다. 그들의 신탁은 신들까지도 지배해서 신들도 인간처럼 굴복해야 한다. 그래서 죽음이라는 운명의 여신에 무기력하게 지배당하지 않고 오히려 자의적 행동으로 대항하는 것이 바로 고대 게르만인의 영웅적 생각이다. 다시 말해서 죽음의 운명을 회피하지 않고 윤리적 요구에 따라 운명에 맞선 행동이 '영웅'을 만든다.[9] 그러나 자식을 죽인 아버지의 삶은 앞으로 더 이상 의미가 없다.

슬프도다. 전능하신 신이여, 힐데브란트가 말했다.

고통의 운명이 시작되었나이다.

육십여 년을 나라 밖에서 헤매었던 나는

언제나 창으로 국민을 지키는 군대에 섞여 돌아다니며

어떤 성城에서도 죽임을 당하지 않았건만

이제 내 아들이 내 몸에 칼을 꽂으려 하니

아들의 칼에 쓰러지거나, 내가 아들을 죽이는 살인자가 되어야 하다니.[10]

재앙의 운명은 사람을 결국 죽음으로 몰고 간다. 고대 게르만인이 삶에서 유일하게 알고 있는 것은 곧 죽음이다. 그들은 유일하게 죽음을 부동의 법칙으로 받아들인다. 이렇게 초기 게르만인의 생명감은 가장 깊은 곳에 존재하는 명예로운 죽음의 감정이다.

아버지 힐데브란트의 탄식처럼 고대 게르만인의 기본적인 생활 분위기는 비극적이다. 《에다》가 한 예다. 이 시에서 현세의 모든 소유물이나 혈족도 사멸하지만 '용감한 죽음'이 주는 '사후 명성'은 불멸로 칭송된다. 《에다》의 동 고트족 전설인 《함디어의 노래Hamdirlied》도 죽음 후에 남는 영웅의 명예를 강조한다.

오늘 우리가 죽는다 해도

영웅의 명예는 우리에게 남아 있다.[11]

그의 어머니 구드룬도 《구드룬의 노래Gudrunslied》에서 아들의 명예를 칭송한다.

우린 훌륭하게 싸웠노라. 우리는 나뭇가지 위의 독수리처럼

우리에 의해 쓰러진 시체들 위에 앉아 있다.

높은 명예를 우리는 쟁취했노라, 우린 오늘 아니면 내일 죽는다 해도.

이렇게 비극적·영웅적인 기본감정은 고대 게르만인의 '영웅 노래'들을 지배하고 있다.[12] 일찍부터 죽음은 영웅들에게 생생히 느껴지는 확실한 운명으로, 피할 수 없는 발걸음으로 살아 있다. 그런데 죽음은 예견할수 없게 갑자기 영웅들에게 닥쳐오는 것이 아니라, 오히려 그들이 의식적으로 용기를 가지고 싸우지 않으면 안 되는 필연적인 운명의 힘으로 다가온다. 그렇기 때문에 게르만인은 죽음을 내세적·형이상학적으로 관찰하는 데에는 큰 의미를 두지 않는다. 다만 가혹한 숙명론만이 게르만인의 세계관에 내재할 뿐이다. 그러나 그 숙명론은 그들의 삶을 마비시키거나 포기하지 않게 하고, 오히려 다가오는 죽음의 운명에 영웅적으로 맞서게 하는 힘이 된다. 만일 그들이 죽음에서 벗어날 수 없다면, 죽음에 반항할수밖에 없다. 그래서 죽음으로 돌진하면서 죽음을 극복하는 주인공이 되려 한다. 결국 그들은 매순간마다 죽음을 바로 찾아가면서 적으로서 파괴하고 승리한다.

이렇듯 영웅의 노래들에서는 진실과 명예, 기꺼이 맞이하는 죽음 따위의 개념들이 지배적이다. 특히 게르만인은 죽음에서 인생의 결정적인 순간을 본다. 영웅은 죽음에서 비로소 그의 훌륭한 힘을 보이며, 죽음의 고통에서 자기존재의 강인함을 증명하고, 그것을 성숙한 영웅정신으로 완성하기 때문이다. 이 같은 자기 자신을 넘어선 윤리적·육체적 강인함은 죽음에서 나온다. 숙명적인 죽음은 자유로운, 자의적인 죽음이 되어, 전사의 영웅적 행위와 사후의 명예를 보장해준다. 불멸의 추억을 보증하는 사후 명예는 죽음의 숙명론과 함께 죽음을 영웅적으로 맞이하고 명예롭게 극복하는 원동력이 되기 때문이다. 《함디어의 노래》와 비슷하게 에다 풍의 영웅 노래 《하바말Hávamál》은 죽을 운명의 인간에게 어떻게 성공적이고 명예스러운 삶을 살 수 있는가를 충고하는 내용이다. 북방의 신 오딘과 관계된 165연의 이 노래는 3부로 구성되었는데, 1부는 다음의 유명한 시구로 끝난다.

짐승은 죽는다.
친구들은 죽는다.
마찬가지로 사람도 죽는다.
그러나 난 하나를 안다.
영원히 죽지 않는다는 것을.
모든 죽은 자에 대한 심판이 말해주듯이.[13]

영웅적 죽음에는 게르만인의 내세에 대한 생각이 더욱 강하게 작용한다. "오직 싸움에서 죽음에 대항해서 영웅적으로 죽는 자만을 전쟁의 여신들Walkuren(북구의 신화에 나오는 전쟁의 여신으로 전사자들을 그들의 혼령을 모시는 발할로 인도한다—필자 주)은 발할로, 수백 개의 장엄한 문이 있는 신들의 홀로, 그리고 오딘의 하늘 성으로 인도한다. 북 게르만인의 상상 속에서 그 홀은 큰 창과 방패로 장식된 전사자들의 홀과 일치한다. 전사자가 그곳으로 들어오고 오딘에 의해 선발되어 영접받는 전몰용사들의 무리로 (…) 받아들여진다. 영원한 기쁨과 영웅적 행동이 그곳에서 영웅에게 오라고 손짓한다. 그렇게 죽음은 그에게 (…) 운명의 여신의 힘에서 벗어난, 영웅적으로 상승된 삶으로 향한 입구이다. 또한 영웅은 최후의 파멸로 빠져든다. 즉 그는 제2의 영웅의 죽음을 맞는다. 이미 기독교 신앙의 영향을 받은 '신의 노래'《뵐루스파》는 여기서 다시금 전 세계의 부활과 개혁을 약속한다."[14]

《힐데브란트의 노래》에서 아버지는 죽은 아들의 시체 옆에서 탄식하며 '신'을 외친다. 그런 행위는 영웅문학에서 영웅적 행위가 아니다. 결정적인 순간에 신을 증인이자 조력자로 불러들이는 것은 이 시가 기독교의 영향을 받은 것으로 생각할 수 있다. 사후의 영원한 명예를 생각하는 영웅들의 죽음은 죽음과 맞서 승리하며 부활하는 예수의 죽음과 유사하다고 할 수 있다. 이는 기독교적인 것이 게르만족의 영웅적 소재와 융합된 것을 말해준다. 즉 이교도적·영웅적 노래들에는 영웅 정신이 기독교 신앙과 섞여 있다.[15] '제2의 영웅의 죽음'은 기독교 최후의 심판을 통해서 부활한 영혼의 영생과 상징적으로 연관되어 있다고 볼 수 있다.

게르만 민족의 영웅노래들은 악셀 올릭Axel Olrik이 지적했듯이, 영웅적인 죽음을 불러일으키는 고대 게르만족의 화강암 덩어리처럼 강한 민족성을 보여준다.

그들이 서로 충돌할 때면, 쪼개지거나 부서질 수 있으나 구부러질 수 없다. 그들은 생명 유지를 별로 중요하게 여기지 않고, 확실한 목적을 정하고, 모든 것을 그들이 미리 정해놓은 선을 과감히 지키려 한다. (…) 그것을 도외시하거나 옆으로 피하는 것은 그들에게는 생각할 수 없다. 그래서 싸움에서 그들은 한 사람이 죽거나 두 사람 모두가 죽는 결말을 지어야 한다. 이것이 전사들의 영웅적 행동이다.[16]

이렇게 영웅들은 오래전부터 그들의 영웅적인 죽음에 대해 알고 있다. 그들은 인생에서 '죽음의 길'을 의식하고, 뜻에 따라 걸어가기 때문에, 죽음을 웃으면서 감수하고, 영웅의 최고 명예를 지키려 한다. 그들은 '오딘의 손님'으로 오딘이 있는 발할에 갈 수 있는 사후 명성도 확신한다.[17] 영웅적 인생의 절정은 죽음에 대한 확실한 행위에 있다. 바로 여기서 우리는 그 시대의 정신을 본다.

《니벨룽겐의 노래Nibelungenlied》 역시 영웅 정신으로 충만하고, 강제적 죽음을 자유로운 죽음으로 상승시키는 의지가 울리고 있다. 이 작품은 가장 오래된 고대 게르만 문학에 비해서 비극적인 것을 서정적 · 감상적으로 약화시킨다. 그래서 이런 기분들이 죽음의 노래들에서 발견될 수 있다 해도[18] 마지막 장면들에서는 지대한 호소력을 지닌 죽음의 감정이 살아 있다. 다시 말해서 부르군트족의 섬멸을 다룬《부르군트의 노래 Burgundenlied》제2부가 그것을 증명한다. 엣첼Etzel의 궁정으로 가는 부르군트 전사들 모두는《에다》에서의 영웅들처럼, 말을 타고 죽음의 길을 간다는 것을 안다. 그들은 죽음에 내맡겨졌지만, 오히려 스스로 죽음을 선택하고 무조건 행진해 간다. 섬멸전에서 비장하게 죽는 전사들에서 그 시대의 죽음에 대한 생각이 다시 한번 나타난다. 즉, 전사들이 숙명적인 죽음의 공포를 극복하고 사후의 명예를 더 중요하게 여기게 하는 영웅적 · 호전적 · 반항적 생각인 것이다.

그 힘은 죽음에서 나온다. 그래서 고대와 중세에서 죽음은 사람들이 실제로 마주하고 있는 살아 있는 하나의 힘으로, 운명의 여신처럼, 즉 신화적 인물처럼 작용한다. 그러나 고대 게르만인의 죽음에 대한 생각에는《니벨룽겐의 노래》가 그러하듯이, 아직 중세시대만큼 크게 기독교적 영향이 스며 있지 않다. "영웅들은 아무도 신성에 대한 경외심이나 그들 영혼의 구원에 대한 생각을 가지고 죽지 않는다.[19] 영웅의 명예를 지키고 사후의 명성을 보증할 수 있는 싸움에서 훌륭한 죽음, 그것이 게르만 전사의 최고 순간이다. 이렇듯 영웅의 전 생애는 위엄 있는 종말로서의 죽음을 목표로 삼는다. 불가피한 비극적 운명에 의해 주어진 죽음에 용감하게 반항하는 자의적 죽음은 영웅적 정신을 찬미하며, 자아실현과 죽음을 넘어선 자아존속을 성취한다. 즉 영웅들의 생애에는 죽음과 명예를 위한 의지가 서로 녹아 있다. 그래서 죽음의 문제는 대체로 삶의 문제가 된다. 죽음에서 삶이 높게 승화되고, 그런 숭고한 감정을 고대 게르만인의 영웅서사문학은 우리에게 전한다. 그 문학은 죽음에 승리하는 격조 높은 노래이다. 핵심은 영웅적인 격조 높은 감정, 영웅적인 자유로운 죽음을 통한 삶의 승화이다.[20]

중세를 지배한 숭고한 메시지, 메멘토 모리

중세 문화를 보면 죽음의 생각에서 큰 변화가 일어난다. 그리스도에 의한 죽음의 극복에 대한 상징은 전 중세시대에 남아 있다. 그러나 중세 후기의 죽음은 중세 전성기처럼 종교적으로 체험되지 않고, 현실적·개인적으로 체험된다. 죽음의 문제가 점점 더 인간의 인식범위로 넘어오면서, 젊은 아내를 일찍 데려간 죽음에 항의하는 '보헤미아의 농부'처럼, 인간에겐 죽음에 대항해서 싸울 가능성이 주어졌다. 르네상스에서 삶과 죽음이 대결의 새로운 형태로 계속 발전할 수 있는 가능성을 열어주었다.

메멘토 모리의 기초를 이루는
기독교적 죽음 생각

죽음은 우리가 살아 있는 한 존재하지만, 다만 우리는 이웃 사람들의 죽음에서 간접적으로 죽음의 존재를 인식할 뿐이다. 그래서 죽음을 '현존하는 부재'로 정의한다. 우리는 죽음을 터부시하고, 부재로 몰아낼 수 있지만, 죽음은 어디에서나 삶의 은밀한 파트너로서 현존한다. 그런데 실제로 죽음을 말하고 경험하는 것은 시대에 따라 다르다. 특히 중세시대의 죽음에 대한 생각은 다른 어느 시대보다 고유한 특징을 가지고 있다.

독일문학에서 중세기는 12~15세기를 말한다. 이때 일어난 엄청난 역사적 사실들, 예를 들면 1096년부터 13세기까지 계속된 십자군 전쟁, 1348년에서 1350년 사이에 독일이나 인근 나라의 도시들에서 창궐했던 페스트, 전 유럽에 퍼진 나병, 14세기에 시작한 대기근 등 수많은 재앙들은 사람들을 죽음으로 몰아넣었고, 엄청난 죽음의 공포로 사로잡았다. 한 예로 바젤에선 1만 4,000명, 파리에선 5만 명, 플로렌츠에선 6만 명, 베니스에서는 무려 10만 명, 독일의 프란치스코 수도원에서는 3만 명의 수도사들이 짧은 시간에 페스트로 급사했다.[1] 그래서 중세는 암흑의 시대라 불린다. 사람들은 죽음의 참상을 직접 경험하며, 예고도 없이 자신에게 닥쳐올지 모르는 죽음에 직면해서 인생의 허무함에 빠져들고, 내면적으로 자신의 육체와 영혼이 의지할 수 있는 어떤 위대하고 형이상학적인 힘을 갈망하게 되었다.

이렇게 죽음은 중세에서 어느 시대보다 더 강하게 인간의 생각과 의지와 감정을 지배했다. '죽음을 기억하라'는 전체 중세문학의 일관된 주제와 동기였다. 이 죽음의 모토는 이미 1070년경 알레만족의 승려 노케르 폰 츠비팔텐Noker von Zwiefalten의 시《죽음을 기억하라Memento mori》에서, 그리고 거의 100년 후(약 1150~1160) 그 시대의 도덕주의자이자 귀족 출신의 평신도였던 하인리히 폰 멜크Heinrich von Melk의 작품《승려의 삶Priesterleben》과《죽음의 경고von des tôdes gehugde》에서 울리고 있다. 이것은 중세 독일문학에서 '메멘토 모리'가 죽음에 대한 대표적 토포스였음을 말해준다.[2]

중세 전성기의 죽음에 대한 생각과 감정의 근원은 성서에, 무엇보다도 신약성서에 있다. 신약성서에 나타난 그리스도의 죽음은 그리스 고대문화나 고대 게르만시대의 '영웅적인 죽음'을 근본적으로 바꾸어놓는 새롭고도 충격적인 것이었다. 성서적 의미에서의 죽음은 죄의 대가이며, 그리스도의 죽음은 인류의 구원을 위한 부활을 전제하고 있어 새로운 영생을 보증하기 때문이다. 이 기독교적 죽음의 생각은 중세기 내내 계속되었고, 15세기까지 상승되었다. 그래서 개인의 종말론이 죽음, 최후의 심판, 천국, 지옥의 개념들로 규범화되어 그 시대 사람들의 의식 속에 사실처럼 현존하게 되었다.

그러나 이미 중세 이전인 9세기경에 풀다Fulda의 성 에메람 수도원에서 작성된 것으로 기록되어 있는 104행으로 구성된 시 〈무스필리Muspilli〉

(세계의 화재라는 뜻—필자 주)는 기독교 구원의 역사와는 달리 세계의 멸망과 인간의 최후를 충격적으로 묘사하고 있다.

그가 죽어야만 하는 그날이 온다. 그때 영혼이 길을 떠나고 육체가 남으면, 한 무리는 하늘의 별들에서 오고, 다른 무리는 지옥의 불에서 온다. 그들은 영혼을 두고 싸운다. 어떤 무리에게 영혼이 싸움의 대가로 주어지는 결정이 날 때까지 근심 속에서 영혼은 참고 견디어야 한다. 만일 사탄의 무리가 그 영혼을 싸워 얻는다면, 영혼을 지체 없이 고통만이 기다리는 곳으로, 불과 어둠으로 끌고가기 때문이다. 그것은 실로 무서운 심판이다. 그러나 하늘에서 한 무리가 영혼을 데리러 오고, 그 영혼이 천사들에게 주어지면, 그 무리는 빨리 하늘나라로 데리고 올라간다. 그곳에는 죽음이 없는 삶, 어둠이 없는 빛, 걱정이 없는 집이 있다. 그곳에선 누구도 병으로 더는 고생하지 않는다.[3]

지상생활에서의 인간행동이 영혼을 지옥 불 아니면 천국의 행복으로 데리고 가는 싸움의 결말을 결정한다. 최후의 심판은 성서에서의 예언자 엘리아스와 악마 사이의 싸움으로 나타나고, 상처 입은 예언자의 피가 땅에 떨어져 세계를 불바다로 만들어 전체 인류를 재판한다. 이것은 중세 이전에 기독교적 종말론이 처음으로 문학적으로 표현된 대표적 예이다.

구약성서에서 말하는 원죄와 죽음의 관계는 신약성서에서 그리스도의 희생을 통해서 죽음과 구원의 관계로 상승된다. 죄의 대가는 죽음이지만 죽음에 의한 구원은 죄의 속죄에 달려 있다(로마서 6:23)는 죽음에 대한 새로운 신학적·형이상학적 해석은 사도 바울의 작품이다. 성 아우구스티누스St. Augustinus는 스스로 지나치게 죄의 감정에 사로잡혀서 괴로워하고 냉혹하게 죄의 깊은 의미를 생각하고 속죄할 것을 불변의 신념으로 강조했다. 그 이래로 죄와 죽음에 대한 상상은 벌의 의미와 함께 천년 동안 인류의 죽음에 대한 생각을 엄청나게 압박하고 지배해왔다.

아우구스티누스는 죽음의 지배가 어떻게 전 세계로 퍼져 나갔는가를 설명한다. 그는 네 가지 죽음의 종류를 제시한다. 첫째는 영혼이 죄의 대가로 육체에서 떠나는 '육체의 죽음'이다. 그다음 육체적 죽음 이후에 영혼이 최후의 심판으로 신에게서 떨어져나갈 때의 '영혼의 죽음'이다. 이때 살아 있을 때 선행을 행한 자는 천국으로 가고, 죄지은 자의 영혼은 육체와 다시 합쳐져서 소위 묵시록이 말하는 지옥의 불바다에 던져져 영원한 벌을 견뎌야만 하는 제2의 죽음(묵시록 20:14)을 맞이한다. 이것이 세 번째의 죽음인 '영원한 죽음'으로 전체 중세시대 사람들에겐 가장 두렵고 소름끼치는 죽음에 대한 생각이었다. 네 번째 죽음은 '정신적 죽음'이다. 이 죽음은 살아 있는 동안에 신을 보지 못하고, 이미 영혼이 신에게서 완전히 떨어져 나간 사람의 죽음을 의미한다. 그 결과 영혼은 영원한 고통을 겪어야 한다. 세 번째와 네 번째 죽음의 종류는 오로지 부정한 사람들에 해당한다. 이러한 죽음과 죄에 대한 생각은 중세 기독교 윤리의 강력한 구조를 위한 기초를 형성했다.[4]

사람은 누구나 죽는다. 모든 사람들은 최후의 심판 앞에 선 피고와 같으며, 스스로 죽음에 대해 책임을 져야 한다. 그래서 죽음에 대한 환상은 도덕적 방향으로 안내되고, 올바른 삶을 산 자는 영원한 삶을 살게 된다. 이로써 죽음은 새로운 의미를 갖는다. 삶은 죽음으로, 죽음은 그들에게 새로운 삶으로, 영생으로 가는 입구가 된다. 그 반대의 경우도 마찬가지이다. 똑같은 강도로 죽음의 양면성이 처음으로 형이상학적으로 분명히 나타난다. 때문에 죽음은 현세에서 선행의 원천이 되며 기독교적 미덕의 학교로 찬양된다. 현세의 삶은 짧고 임시적이다. 그래서 죽음의 감정은 이제 내세의 영생으로 지향하는 인간에게 올바른 삶을 형성해준다. 중세문학에서 일관되게 흐르는 '죽음을 기억하라'는 죽음 후에 최후의 심판을 위해 신의 뜻에 따라 살라는 경고인 것이다.

아우구스티누스는 《참회록Confessions》(397~400)에서 '죽어가는 삶과 살아 있는 죽음'[5]에 대해 말한다. 이 말은 중세의 죽음에 대한 기독교적 관조와 기독교 윤리의 기초를 이루었다. 인간의 자연적인 죽음 역시 죄의 대가라는 것을 처음으로 찾아냈던 기독교는 죽음의 공포를 무한히 증대시킬 수밖에 없었다. 죽음에 대한 공포는 어느 시대보다 더 강하게 중세에서 죽음의 생각과 감정을 지배했고, 니체의 의미에서 '유럽의 병'이 되었다. 이렇게 해서 기독교는 죽음의 밝은 옛 모습인 고대 그리스의 아폴로적인 명랑한 생각을 몰아내어 죽음을 무섭고 어두운 모습으로 바꾸어 놓았다. 다시 말해서 기독교에 의한 중세의 '어두운 죽음'은 고대 그리스 문명이 지녔던 《일리아스》와 《오디세이아》의 저자 호메로스가 그린 영웅들의 '밝은 죽음'을 몰아냈다. 중세의 인간은 신을 볼 수 없는 '영원한 죽음'을 가장 무거운 벌로 받아들였기 때문이다.

삶에서 죽음을 강조한 아우구스티누스보다 훨씬 이전에 죽음에서 삶을 강조한 사람들이 있었다. 이들은 죽음을 기독교에서처럼 죄의 대가로 보지 않고 자연적인 사건으로 받아들였다. 고대 그리스시대에 아테네의 3대 비극 작가인 유리피데스Euripides는 "삶이 죽는 것인지 아닌지 도대체 누가 아는가, 그러니 우리가 죽는다고 말하는 것, 그 안에 삶이라는 것이 있다"고 주장했다.[6] 이어서 플라톤은 "철학자의 인생은 죽음에 대한 끊임없는 관찰이다"라고 말했다. 성서적 죽음이 육체로부터 영혼의 분리이듯이, 예부터 철학자들은 죽음을, 영혼을 육체와 시간의 속박에서 해방 및 분리시키는 것으로 보고, 죽음에서 오직 영원한 것들만 생각해 인간에게서 보다 더 높은 것을 만들어내는 것을 목적으로 삼았다. 즉 철학자들의 삶은 죽음을 향해 성숙해지는 것이다. 이들에겐 성숙한 존재가 전부였다.[7] 플라톤적 죽음의 의미는 고대문화를 통해 중세 전체에 퍼졌다. 이제 중세에서 내세적이고 생명을 적대시하는 기독교의 무서운 죽음에 대한 관찰은 육체적·사실적·철학적 죽음에 대한 관찰과 함께 발전했다.

이렇게 중세기 죽음의 생각은 종교적이건 철학적이건 간에, 현세와 내세 사이의 엄청난 긴장에서 나타난다. 신과 세계가 대립해 있다. '신의 나라civitas Dei'와 '인간의 나라civitas mundi', 선과 악이 대립해 있다.[8] 기독교 구원의 역사와 관련되어 있는 죽음은 철학적 죽음의 의미와의 관계를 부인할 수 없다. 그리스도의 부활이 "살아서 믿는 사람은 영원히 죽지 않을 것이다"(요한 3:16)라는 신약성서의 말을 증명하고 있다. 그리스도의 부활이 죽음을 파괴한다. '살아서 믿는 사람'의 영혼은 죽지 않는다. 부활에 대한 믿음은 죽음의 공포를 압도한다. 죽음은 파괴되고 극복된다. 그렇기에 인간은 속세의 나라에서 영원한 나라로, 영겁의 벌에서 행복으로 돌아가려고 노력한다. 철학 역시 '죽음을 기억하라'에 기독교적 부활의 의미를 수용하고 있다. 지상의 존재는 다만 일시적일 뿐이며, 그 삶은 사이비이기 때문에, 그 삶을 끝내는 죽음은 새로운 삶이 된다. 때문에 사람들은 죽음을 기대하고 열망해야 한다. 죽음이란 그 자체가 무서운 것이 아니라, 우리의 두려움이 비로소 죽음을 공포로 만드는 것이므로, 우리는 현세에서 선을 행함으로써 죽음을 극복할 수 있다. 기독교에서의 신비적 죽음의 열망이 철학에서의 정신적·사변적 죽음의 열망과 일치한다. 즉 철학자들의 삶 역시 죽음을 향해 성숙해지는 것이다.

신과의 합일을 위한
몰아적 신비주의와 교화적 정관주의

중세기를 대표하는 토포스 '죽음을 기억하라'의 토대는 죄의 대가로서의 죽음, 천국과 지옥의 입구로서의 죽음, 이 셋이 하나가 되는 데 있다. 중세에서 영혼의 구원에 대한 문제가 전적으로 기독교에 근거하고 있기 때문에, 기독교는 중세에서 삶의 힘이었다. 그러나 그보다 더욱 강한 것은 당시 사람들의 정신생활을 지배했고, 그들의 세계관에 깊은 영향을 주었던 교회였다. 초기 중세 독일어(11, 12세기경) 시대에 클루니 교단[9]의 엄격한 신앙생활과 혹독한 금욕적, 세계 부정적 개혁운동의 영향 아래에서, 교회는 사람들에게 제2의 죽음으로 인한 두려움과 공포를 고조시키고, 그들을 신의 은혜와 그 은혜의 중계자인 교회에 의존케 했다. 성직자들에 의해 편찬된 11, 12세기의 교리문답식의 문학작품은 이 세계에 적대적·금욕적 기분의 전달자였다. 이 작품들에 흐르는 '죽음을 기억하라'는 곧 '영혼을 걱정하라'는 의미에서 금욕적인 이상과 뉘우침을 위한 문학적 경고로 사용되었다.

거의 100년 후에 스스로를 신의 종이라 불렀던 중세의 작가인 하인리히 폰 멜크는 '죽음을 기억하라'를 그 시대의 생활방식에 반하는 공격적인 견해에서 새롭게 해석한다. 날카로운 관찰의 재능을 가진 하인리히 폰 멜크는 1160년경에 그의 시 〈죽음의 경고〉에서 얼마나 소름 끼치게 죽음이 아름다웠던 육체를 파괴하는지를 지독한 조소로 생생하게 묘사한다. 아름다운 기사 부인은 금방 죽은 남편의 썩어가는 시체 앞으로 안내되고, 아들은 아버지의 다시 열린 무덤 앞에 안내된다. 부인은 시체의 썩은 모습을, 그의 빠져나가는 머리카락을, (한때는 사랑의 노래를 불렀던) 그의 부패된 혀, 한때는 아름다웠던 수염을, (한때는 그녀를 포용했던) 굳은 팔과 손을, 발과 다리를, 부푼 배를, 썩은 냄새를 감지하고 인식한다.

오 슬프도다, 이 비참한 죽음을
그리고 모든 이들의 끔찍스런 죽음을.
그것이 너를, 인간을, 너의 허무함을 경고한다.[10]

이 시에서 주검에 대한 흉측스런 모습을 통해서 세속적인 기쁨이 덧없다[11]는 인생의 허무가 강조되고 있다. 그리고 그 이면에는 더 큰 감동적인 힘과 더 높은 윤리적 생각에서 생기는 종교적 감정이 숨 쉬고 있다. 뿐만 아니라 그는 독일의 문학적 죽음에 대한 관찰에 매우 새로운 동기를 끌어들이고, 그것을 통해서 다른 측면으로부터 죽음의 문제를 심화시킨다. 주검의 끔찍한 부패는 전능한 죽음에 대한 공포를 불러일으키고, 인간에게 죽음의 위협적인 심리적 작용을 심화시킨다.[12] 남편과 아버지의 시체로 상징된 지상의 비참하고 허무한 광경은 사람들에게 자성과 후회를 불러일으킨다. 사람은 죽음이 그를 갑자기 엄습하기 전에 바로 뉘우치고, 은혜로운 죽음을 위해 노력해야 한다는 것이다.

예수가 죽음을 더 이상 두려워하지 않았기에, 첫 천년 동안에 기독교의 예술가들에게는 죽음의 무서움이 없었다. 그래서 죽음의 무서운 모습들은 이 시대의 문학작품들이나 그림들에서 찾을 수 없다. 그러나 이제 죽음은 예술에서 정복할 수 없는 승자로 나타난다. 사람들은 죽음과 부패를 가능한 한 사실적으로 눈앞에 가져와서 온갖 죽음의 공포를 상승시키고, 다시금 가차 없이 급사시키는 죽음의 전능 앞에 무기력을 드러낸다. 이 영향으로 죽음에 대한 묘사도 변했다. 이제 죽음에 대한 예수의 승리나 가련한 죽음의 파멸은 첫 천년에서처럼 더 이상 예술에서 형성되지 않았다.

이 같은 죽음에 대한 인식의 변화에서 이제 문학작품들과 그림들은 죽음에서 무덤과 부패를 즐겨 묘사했다. 그래서 세속적인 소재는 정신적 의미를 가질 수 있었고, 도덕적으로 유용하게 사용될 수 있었다. 트리어 지방의 학식 높은 성직자 람프레히트Lamprecht의《알렉산더의 노래 Alexanderlied》(1120~1140)가 그의 체념 윤리학과 함께 이것을 증명한다. 이 노래에서 이교도 알렉산더 대왕은 중세의 가장 위대한 세계 정복자이자 지배자이지만, 사후엔 오직 7피트의 무덤만이 남아 있다는 진지한 교훈이 이 시의 마지막에 울리고 있다. 이는 중세의 중심 테마인 '모든 것이 허무하고, 모든 것이 허사로다vanitatum vanitas, et omnia vanitas'라는 진리를 가장 생생하게 증명한다. 이 허무의 감정은 내세에 대한 동경과 세계경멸의 원천이며, 현세의 금욕적인 삶의 원동력으로 작용했고, 바로크시대에 정신세계와 생활에 지대한 영향을 주었다.

비록 허무의 감정이 현세적 삶의 화려함이나 즐거움, 권력의 덧없음을 보여주기 위한 클루니파의 경고일 수도 있으나,[13] 다른 한편으론 죽음에 대한 교의학적·신학적 관조가 세속적인 공간에서 새로운 세계관으로 바뀌면서 생겨나고 있음을 말해준다. 즉 영혼의 구원에 대한 걱정과 갈망은 언제나 변함없이 중심에 있지만, 클루니파가 주장하는 금욕적인 이상과 그 안에 내포된 과장된 요구들은 서서히 힘을 상실해갔다. 비록 세속적인 것에서 나쁜 것, 일시적인 것을 본다 해도, 그것들을 정화시키고 미화시키려는 다른 정신적 태도가 다시 힘을 얻는다. 클루니파에 의해 거부되고 적대시된 현세는 이 새로운 힘으로 극복되고, 인간의 현존을 의미 있게 만드는 과제를 제시한다.[14] 이렇게 해서 클루니 수도원의 속세에 대한 적대적·금욕적 요구는 뒤로 물러나게 되고, 현세를 긍정하는 삶의 이상이 문학에 들어오게 되며, 궁정기사문학이 싹트기 시작했다.

기사계급이 궁정의 새로운 사회계급이 되었다. 성직자처럼 높은 계급은 아니지만, 그들에게도 전사 혹은 신의 투사로서의 역할이 주어졌다. 그들은 세속적 계층에서 살면서 세상에서 명예를 지키고, 신의 호의를 간직하는 의무와 과제를 가지고 있었다. 세계와 신 사이의 긴장이 아니라 지상의 행복과 삶을 신의 은혜와 선물로 받아들이려 했던 기사의 윤리관이었다. 그들은 의무를 지키고 성취하는 것이 그들의 존재를 신성하게 하며, 그들의 영혼이 신에 의해 구원될 것이라고 생각했다. 이 인식이 기사들의 삶과 죽음을 설명해준다. 그들은 신과 자아를 인식하기 위해 노력한다. 그래서 궁정기사문학은 일반적인 철학과 세상 경험을 통해서 윤리적·종교적 교양과 교훈을 전달하려는 도덕적 과제를 가진다.

그래서 중세 독일어 시대의 전성기(1150~1250)에서 궁정작가들은 독자들을 가르치려 했다. 그들은 전설에서 나타난 기사들의 용기, 사랑, 모험과 위험을 소재로 하는 이야기들을 상징적 언어로 형상화했다. 거기엔 기독교 정신으로 살아온 기사들의 모범적인 죽음이 있다. 목사 콘라드Konrad 의《롤랑의 노래Rolandslied》(1170)[15]에서 롤랑의 죽음이 이를 말해준다.

롤랑은 카를 대제의 신하로서 이교도와의 무자비한 싸움에 참가해서 모범적인 모습을 보여준다. 이교도 왕 사라고사Saragossa의 계략으로 카를 대제가 회군할 때 이교도의 군대가 뒤에 남아 있던 롤랑의 군대를 습격한다. 그는 치명상을 입고 죽어가면서 멀리까지 들리는 나팔 올리판트 Olifant를 불어 위기를 알리고, 카를 대제의 군대가 되돌아와 이교들을 섬멸한다. 그의 죽음은 결과적으로 모범적이고 훌륭하게 죽어가는 영웅의 이야기가 되었다. 그는 장갑을 벗고 신에게 내민다. 한 천사가 그것을 받아들인다. 이로써 그는 이교도들을 개종시키기 위해 싸워야 하는 그의 의무를 천사에게 돌려준다. 롤랑은 팔을 벌리고 땅위에 쓰러졌다. 그의 영혼을 위해, 프랑스 사람들과 황제의 일을 위해 롤랑의 기도가 이어지고, 모두가 아브라함의 품속에 받아들여지길 바라는 기도가 따른다.

> 그는 오른쪽으로 누웠다.
> 머리를 떨어뜨리고 손을 펼쳤다.
> 그는 전능한 자에게 자신의 영혼을 맡긴다.
> 성 미하엘, 성 가브리엘, 성 라파엘과 함께
> 그는 영원한 행복을 가진다.[16]

십자군으로서 이교도와의 싸움과 죽음은 믿는 자에게 축복받은 영원한 구원을 가져온다. 롤랑은 신의 성스러운 순교자로서, 죽음을 통해서 천국의 고향으로, 파라다이스로 안내된다. 지상의 죽음은 하늘의 삶으로 가는 입구이다.

하르트만 폰 아우에Hartmann von Aue(1165~1215)의 서사시《이바인 Iwein》(1205)에서 이바인은 경솔한 살인을 통해서 불법으로 한 여인의 사랑을 얻게 되나 신의 은총으로 자신의 잘못을 뉘우치고 기사로서의 의무와 명예를 회복한다.

진심으로 있는 힘을 다해

진실로 선한 것을 추구하는 사람은

신과 인간의 은총을 얻을 것이니.[17]

궁정기사문학의 대표 작가인 하인리히 폰 펠데케Heinrich von Veldeke
(1150~1210), 하르트만 폰 아우에, 볼프람 폰 에셴바흐Wolfram Eschenbach
(1170~1220), 고트프리트 폰 슈트라스부르크Gottfried von Straßburg(12세기
말~13세기 초)의 서사시에서 나오는 주인공들은 오류와 혼미에서 절제와
질서로, 죄의 어둠에서 구원의 밝음으로 치유되는 사람들이다. 그들에게
서 속세의 향락은 세계고로 변화하고, 세계경험은 죽음에 대한 관찰로 변
한다. 그것은 그 시대의 모든 변화를 의미한다. 중세에서 죽음은 (롤랑의
죽음처럼) 숨겨진 무의식적 사건이 아니라 공개적이고 의식儀式적이다. 죽
어가는 자는 임박한 죽음을 알고, 죽어가면서 자기 죽음의 주도권을 행사
하며, 생명을 반납하는 기도에서 정점을 이루는 죽음과의 친밀성을 보여
준다.

죽음을 친구로 보기 위해 사람은 죽음을 준비하고, 죄를 회개하고 고
해해야 한다. 죽음과 죽음의 출현은 인간과 기독교의 기사에게 내세로 향
하게 하는 계기가 된다. 중요한 것은 기독교적인 삶을 영위하고 신을 섬
기는 일이다. 사람은 죽어야만 한다는 것을, 그리고 그 후에 그가 가야 할
곳을 알기 때문이다. 그렇지만 덕성이 있는 사람은 죽음을 지나치게 두
려워할 필요가 없다. 회개하는 자는 두려움 없이 죽을 수 있기 때문이다.[18]
중세 기사들의 서정문학은 종교적 생활을 통한 치유의 가능성을 강조하
고 동시에 부패한 궁정세계에 대해 비판한다.

중세 전성기에는 궁정기사 서사시 외에 궁정연애시Minnesang(민네장)와
영웅서사시가 대표적인 문학 장르였다. 궁정연애시의 주된 줄거리는 궁

정기사와 귀족부인 사이의 사랑이다. 그 사랑은 기사의 존재를 증명하고 기사의 도덕적 완성을 의미하는 결정적인 요소였다. 중세의 연애시에서 사랑은 더 이상 직접적으로 묘사되지 않고 여러 가지로 상징적으로 나타난다. 프리드리히 폰 하우젠Fridrich von Hausen(1150?60~1190)은 여인의 아름다움을 신의 기적으로 보고, 여인에 대한 사랑을 신에 대한 사랑과 비유하면서 신과의 일체를 기원한다.

> 나는 하느님께서 여인들 중에서
> 아름다움의 기적을 이룩할 줄을 잘 알고 있다.
> 이것이 (바로) 그녀에게서 나타나고 있으니
> 그는 그녀의 모습으로 구현시켰다.
> 이로 인해서 내 견디어내어야 할 고통,
> 언제나 기꺼이 감내하리오만,
> 내 그녀 곁을 떠나고 싶지 않는
> 나의 소망 이루어지면 좋으리.[19]

발터 폰 데어 포겔바이데Walther von der Vogelweide(1170~1230)도 여인의 아름다움을 신의 창조로 찬양한다.

> 신은 그녀의 뺨에 세심한 주의를 기울였고,
> 저토록 귀한 색깔로 그것을 채색했네,
> 저렇게 순수한 빨간색으로, 저렇게 순수한 흰색깔로,
> 여기서는 장밋빛을 발하고, 저기서는 백합꽃 색채로다.
> 만약 죄악이 아니라면, 감히 말하고 싶어라.
> 진짜 하늘과 총총한 대웅좌보다도

더 열렬하게 그녀를 응시하길 나는 갈망한다네.[20]

많은 연애시의 작가들은 여인에 대한 사랑을 신에 대한 인간의 사랑으로, 애인과의 합일은 곧 신과의 합일로 승화시킨다. 하르트만 폰 아우에의 소설《에레크Erec》(1190)에서 기사 에레크의 아내 에미테Emite와 볼프람 폰 에셴바흐의《티투렐Titurel》에서 그의 아내 지구네Sigune는 마치 피에타Pieta′(예수의 시체를 안고 슬퍼하는 마리아 상)처럼 죽은 애인을 품에 안고 슬퍼하며 평생을 고독 속에서 삶을 마친다. 감각적인 사랑은 도덕적으로 강화시키는 힘이며[21] 죽음은 사랑의 관계를 신과의 관계로 만든다.

그러나 사랑에 대한 감정의 새로운 변화가 나타난다. 종교적·형이상학적 사랑의 감정이 현실적이고 감각적으로 묘사된다. 하인리히 폰 모룽겐Heinrich von Morungen(1150~1222)의《이별가》는 지금까지 궁정시가에서는 유례를 찾아보기 어려운 연인의 육체가 거리낌 없이 개방적으로 언급되고 있다.[22]

아, 그가 나를 그토록 뚫어져라
관찰했어라!
그는 내 옷을 벗기고
적나라하게 가련한 나를 응시하고 싶어 했다네.
그래도 내 기분 나쁘지 않았다는 게
너무도 신기하였어라.
그때 날이 밝아 왔다네.[23]

고트프리드 폰 슈트라스부르크에 의해서 사랑의 죽음은 완전히 현실의 미학적 카테고리로 들어온다. 그는 현세의 아름다움만을 생각하고,

그의 서사시의 테마는 사랑의 힘이다.[24] 그리고 그 사랑은 고통이 함께 수반되는 운명적인 인간의 사랑이다. 그의 서사시 《트리스탄과 이졸데 Tristan und Isolde》(1211~1215)가 그것을 말해준다. 사랑의 묘약을 모르고 마신 트리스탄과 이졸데에게 하녀 브랑게네가 놀라 외친다.

아, 트리스탄과 이졸데,
이 음료는 당신 두 사람의 죽음입니다![25]

하녀는 한 쌍의 연인에게 음료의 비밀을 알렸으나, 그녀의 외침에 트리스탄은 주저 없이 대답한다.

지금 그것이 죽음이던 삶이던 간에
이젠 신이 지배한다. 트리스탄이 말했다.
그것(사랑의 묘약—필자 주)은 나를 고통 없이 중독시켰다.
그 죽음이 어찌될 것인지 나는 알지 못한다.
이 죽음, 그것은 내 맘을 즐겁게 하고
기쁨을 주는 이졸데가
언제나 그렇게 나의 죽음이어야 한다면,
나는 영원한 죽음을 기꺼이 맞이하련다.[26]

트리스탄과 이졸데는 모든 방해에도 불구하고 함께 사랑하며 살고, 트리스탄을 따라 이졸데도 죽는다. 삶과 죽음은 사랑에서 신비의 일치로 결합된다. 기독교가 말하는 천국의 영생을 위한 죽음의 동경과는 전혀 다르다. 그 당시(중세 전성기)의 다른 시인들과는 달리 신성 모독적인 세속화의 엄청난 현상이 정말 놀랍게도 고트프리트 폰 슈트라스부르크의 작품에서 나타난다. 말하자면 죽음에 대한 종교적 생각의 세속화 현상으로서 세속적 사랑이 그려진다. 이런 의미에서 고트프리트는 홀로 시대를 앞서 가는 자였다. 그는 트리스탄과 이졸데의 사랑이 독자들에게 삶의 양식으로 영원히 살아 있을 것을 프롤로그에서 강조한다.

> 그곳에서 고귀한 마음은 온갖 양식을 발견한다.
> 그렇게 그들 두 삶의 죽음은 살아 있다.
> 우리는 그들의 삶에 대해 읽고, 그들의 죽음에 대해 읽는다.
> 그리고 양식처럼 우리에게 생기를 준다.
> 그들의 삶과 죽음은 우리의 양식이다.
> 그들의 삶을 살면, 그들의 죽음도 계속 살아 있다.
> 그래서 그들은 죽었지만 살아 있다.[27]

고트프리트는 삶을 아름다운 선물로서 경탄하면서 바라보는 현세의 인간으로서 내세의 신적인 것을 뒤로 밀어낸다. 그는 궁정사회의 법칙과 관습을 파괴하고, 전설이나 성서에 기초한 '죽음을 기억하라'는 중세의 모토를 인간적 영역에서 새롭게 바꾸어놓았다.[28]

영웅서사시는 죽음을 전혀 다르게 다룬다. 근본적으로 죽음을 거의 언급하지 않는다. 어두운 운명의 의미에서 영웅들은 비탄 없이 싸움에서 죽는다. 게르만시대의 초기형태로 되돌아가는 영웅서사시는 《롤랑의 노래》에서처럼 싸움의 형이상학적·신학적 근거를 알지 못한다. 다른 사람을 죽음으로 이끄는 동기들은 분노, 증오, 질투, 복수 같은 자명한 것에 있다. 죽음으로 이끄는 유일한 것, 즉 영웅의 영웅적 행위가 관심이 있는 것이지 그의 죽음 자체가 아니다. 《니벨룽겐의 노래Nibelungenslied》가 그 예이다. 이 작품은 '게르만의 기원전 현실을 소재로 한, 신들에 대한 개념이 없는 이교도적 영웅서사시'[29]이다. 게르만족 대이동 시대를 무대로 부르쿤트족의 운명이 전개된다. 이미 괴테가 이 영웅서사시 인물들의 행동에서 "지배적인 신의 흔적은 하나도 없다"고 지적했듯이 '고뇌와 명예, 모욕, 훼손된 명망, 집단 내에서의 위엄'[30]은 이 서사시의 중심 주제를 이루고, 주인공들은 자신의 사회적 명망을 지키기 위해 기꺼이 죽음을 감수한다. 즉 그들은 자아실현을 위해 파멸한다. 그들에게 주어진 운명을 완수하기 위해 수많은 죽음이 발생한다. "아, 얼마나 많은 귀중한 전사들이 분명한 죽음을 향해 그들 앞에 누워 있었다니!"라고 《니벨룽겐의 노래》의 시인이 외쳤듯이 병사들의 죽음은 내세에 대한 전망이 없는 무자비한 죽음이다. 비록 지그프리트처럼 주인공들이 그리스도 교인으로 죽는다해도, 그들은 병사들처럼 기독교적 죽음을 맞이하지 않는다.[31]

중세 전성기의 "죽음을 기억하라(메멘토 모리)"는 다음으로 정리할 수 있다. 무릇 문학작품이 인생의 해설이라면 그것은 죽음의 해설이기도 하다. 중세시대의 죽음에 대한 생각은 그 시대의 문학작품에서 나타난 죽음에 대한 생각과 일치한다. 죽음의 공포를 경험했고 처음으로 소름 끼치는 죽음의 모습만을 보았던 중세에서 죽음은 크고 놀라운 영향을 지닌 힘이었다. 그래서 이 시대의 죽음에 대한 반항, 죽음에 대한 증오는 어디에도 없었다. 오히려 그리스도 희생의 죽음을 통한 구원을 믿는 신앙이 지배적이었다. 죽음의 확실성 옆에는 구원의 확실성이 있었다. 거의 대부분의 사람들은 오직 하늘의 고향에 대한 동경만을 느낀다. 시선은 죽음을 넘어서 천국을 지향한다. 그러나 그들에게서 영혼의 구원에 대한 불안과 공포 또한 충격적으로 터져 나온다. 그래서 그들은 전능한 기독교의 교의에 의지하고, 그것에 대한 믿음에서 죽음의 극복이 생겨난다. 이렇게 중세 전성기에서 사람들은 누구나 죽음의 의미에 대한 형이상학적 해석을 얻으려고 노력했다.

교회는 언제나 신의 중개자로서 사람들을 구원의 길로 인도하고, 그들의 시선을 죽음을 넘어서 최고의 선으로 향하게 하며, 신을 향한 정신적 고양에서, 그의 은혜에 대한 믿음으로 죽음의 공포를 물리친다. 그래서 교회의 테두리 안에서 믿는 자들에게 구원의 공동체의식이 생기고, 따라서 죽음의 극복은 대체로 개인적 경험이 아닌 그리스도 교인으로서 신 앞에 서서 모두가 함께 책임을 지는 공동체의 경험이 된다. 오직 이 공동체에서 중세의 사람들은 죽음을 극복한다. 따라서 이 시대는 신학적·윤리적·기독교적 삶의 개념을 가졌기 때문에, 사람들은 교의학적 입장에서 삶과 죽음을 보고, 철학적 입장에서 전체의 폭넓은 죽음의 문제를 보지 않았다. 그래서 철학 자체는 여기서 신학의 하녀였다.

영혼의 구원과 죽음의 상호관계는 현세에 대한 허무감에서 나온다. 중세 전성기에서 '죽음을 기억하라'는 의미는 세상의 허무함을 올바로 이해하고, 기만적인 속세에서 자신의 영혼을 지키라는 경고이다. 그래서 중세 독일의 연애시 가인들은 현세의 기쁨과 죽음의 고통을 대립시키고, 지칠 줄 모르게 '모든 것이 허무하다vanitas vanitatum'는 생각을 불러일으키며, 참회와 귀환을 재촉한다. 그러니까 죽음 자체나 죽음의 형이상학적 의미 때문에 사람들이 죽음에 대해서 심사숙고하는 것이 아니라, 죽음이 가장 놀랍고도 뚜렷하게 현세의 허무함을 구체화하기 때문이다. 그래서 그 시대가 신神 인식 외에 그토록 열렬히 얻으려고 노력했던 자아인식은 이 허무함의 인식이 되고, 죽음의 인식이 된다. 죽음과 허무함이 모든 시인들 생각의 중심에 있다.

죽음이 현세의 허무함을 없애준다. 인간은 죽음과 죽음의 불가피성을 알고 있지만, 중세의 사람들에게 죽음은 갑자기 숙명적으로 찾아오는 것이 아니라, 그전부터 알고 있는 그런 죽음이다. 더 자세히 말해서 그것은 언제나 익숙하게 삶 속에서 고려된 죽음이다. 그들은 죽음에서 주어진 확고한 것, 사실적인 것을 본다. 죽음 자체는 근본적인 '문제'가 되지 않는다. 사람들은 현세에서 살면서 죽음의 그림자로 덮인 현존의 고통을 충분히 느낀다. 그래서 사람들은 속세에서 벗어나고 극복할 힘을 원한다. 바로 인생 과제의 충실한 이행은 영혼의 영원한 평화를 보장하기 때문이다. 그런 의미에서 현세는 내세를 향한 전 단계이다. 중세 전성기의 작품들은 죽음을 최고의 윤리적 요구로 받아들이고, 죽음의 순간에 누구나 감수하지 않으면 안 되는 세상과의 이별을 제때에 준비할 것을 호소력 있게 표현하고 문학적으로 형성한다.

이렇게 중세 전성기의 죽음은 인간의 삶에서 위대한 힘으로 작용한다. 그런데 '죽음을 기억하라'는 중세의 대표적인 모토는 현세의 가치평가와의 연관 속에서 이루어지는 죽음에 대한 시대적 관찰과 함께 변한다. 특히 중세 후기에는 죽음이 구체적 모습으로 묘사되고 있다. 그 시대는 인간을 위협하는 죽음을 생각을 통해서만 파악하려 하지 않고 사실적으로 보고 느끼려 했기 때문이다. 14세기, 대략 1350년 이후에 죽음의 개인적 알레고리가 조형미술과 문학에 나타난다. 죽음이 마치 자발적으로 행동할 수 있는 것처럼 묘사되었고 이에 비해서 인간은 무기력하고 속수무책이었다. 죽음에 대한 해학 또는 죽음의 노골성은 이제 형상화되었다. 죽음은 무상의 익명으로 된, 그러나 편재하는 구역질나는 모습이 되었다. 중세 전성기에서 교회와 기독교 교의에 의해 형성된 보편적이고 초개인적인 죽음의 공동경험은 종교개혁과 르네상스에 와서 비로소 죽음의 개인적 경험으로 변했다. 중세 절정기에서 시작해서 중세 후기에 이르기까지 죽음은 (죽음의 무도가 보여주듯이) 현존의 세속적인 요소가 되면서 종교적 관계들에서 벗어난다.[32]

결론적으로 말해서 중세 전성기는 현세의 허무함, 제2의 죽음에 대한 두려움, 내세에 대한 동경에서 생기는 엄청난 긴장이 그 당시 사람들의 생활이나 생각에 어느 시대보다도 강하게 작용했던 시대였다. 그래서 그 시대에 죽음은 교의와 교회의 테두리 안에서 개인적이 아니라 공동의 형태로 형성되고 체험된다. 무엇보다도 중요한 것은 중세기 전체를 통해서 일관된 죽음에 대한 생각, 죽음의 경험, 죽음의 감정은 다음의 세 가지 사실에 근거하고 있다. 즉 죽음은 죄의 대가이고, 죽음은 영겁의 벌로 향한 입구임과 동시에 영원한 행복을 향한 입구라는 기독교 교의에 근거하고 있다는 사실이다.[33]

죽음 생각의 세속화

중세 전성기의 궁정기사계급이 붕괴하면서 그 문화도 쇠퇴하게 되었다. 중세 후기에는 시민계급이 부상하면서 도시가 문화생활의 중심지가 되었다. 그러나 시민문학은 아직 존재를 확실하게 표현할 단계에 이르지 못했다. 시대의 변화와 함께 정치적·사회적·정신적 긴장이 커졌으며, 더구나 계속해서 유럽을 휩쓸었던 페스트로 인한 죽음의 공포로 사람들은 더욱 교회에 의존하게 되었고, 신부들에게서 정신적 지도와 영적인 위로를 얻으려 했다. 소시민은 삶의 기쁨과 의지를 찾을 수 있는 신앙심과 교훈을 갈망했고, 교회는 그러한 시민들을 인도하기 위해 개혁을 추구하고 사제직의 새로운 형식을 발전시키는 등 종교의 내면화를 초래했다.

중세의 종교철학을 대표하는 스콜라 철학은 토마스 폰 아퀴나스Thomas von Aquinas(1225~1274)에 이르러 완성되었고, 그 영향으로 14세기에는 신비주의가 번성했다. 15세기에는 이탈리아의 영향으로 초기 인문주의 현상이 독일에서 일어나기 시작해서 새로운 인간상과 세계상이 발전했다.

서서히 그러나 불가피하게 기사의 도덕적 기풍은 시민도덕에 의해 물러났다. 그리고 중세 후기 문학은 도시의 서기, 귀족, 선생, 수공업자, 수도승과 수녀 등에 의해 육성되었다. 빠르게 쇠퇴해간 기사문학의 요소는 시민계급에 의해 민중본Volksbuch, 민요Volkslied, 장인가Meistergesang 등으로 전승되었고, 부활절이나 성탄절과 같은 교회의 축제의식과 연관된 종교극과 사육제극 등은 당시에 부상하는 시민계급의 정신을 반영했다. 대체로 중세 후기 문학은 시민의 삶에 종교적 윤리의식을 운율에 포장해 불어넣어주었고, 그들을 교육하고 경고하고 훈계하려 했다. 그래서 이 시대의 문헌들은 소위 교훈문학이라는 특색을 가지고 있지만 그만큼 비예술적이다.[34]

비록 14세기와 15세기는 정신사에서 크게 일치하고 있는 것으로 파악되고 있다 해도, 이 두 세기 사이에는 여러 고유한 특징이 있다. 즉 14세기에서는 처음으로 신비주의가 지배적이었다면, 15세기에서는 주로 시민을 중심으로 한 인문주의시대가 시작된다. 그렇지만 신비주의는 여전히 15세기 초의 소시민적 시대에서에도 영향력을 잃지 않고, 르네상스에서 낭만주의에 이르기까지 변화하는 시대적 사조의 흐름 속에서 내면화된 종교적 감정으로 남아 있었다.

죽음에 대한 생각과 경험에서도 이런 변화가 의미 있게 일어났다. 다시 말해서 14세기를 표현하는 신비주의에서 죽음에 대한 생각은 여전히 가톨릭 교의의 궤도에서 움직였고, 교회의 영향을 받고 지배되었다. 그러나 이미 14세기에서 15세기로 넘어가는 전환기에 처음으로 죽음에 대한 개인의 감정이 서서히 나타났다. 요하네스 폰 테플의《보헤미아의 농부》(1400)에서 '농부와 죽음과의 논쟁'이 좋은 예이다. 이 책은 그 시대의 죽음에 대한 생각이나 경험을 변화된 윤리적 세계관에서, 즉 시민적이고 현세적인 공간에서 새롭게 나타내는 선구자이다.

스토아 철학이 지배했던 중세기에는 죽음에 대한 개인의 자주적이고 사변적인 생각과 발상이 그렇게 많지 않았던 반면, 최후심판을 통해 영혼을 구원한다는 기독교의 교의적 신앙이 삶과 죽음의 생각을 지배했다. 그러나 이 생각은 새롭게 부상하는 시민의식과 여전히 위협적인 끔찍한 전염병으로 인한 대량사망을 통해서 크게 변한다. 죽음은 영생으로 가는 입구가 아니라 '죽음의 무도'에서처럼, 모든 이의 생명을 매일 매시간 위협하는 거대한 힘으로 나타나고, 그 폭력은 인간의 삶을 억압하고 마비시킨다. 죽음은 사냥꾼처럼 먹이를 잡고, 풀 베는 사람처럼 잔인하고 탐욕스럽게 대지를 누빈다. 페스트와 검은 죽음이 사방에서 광란한다. 그렇게 생명을 위협하는 자극적인 사건들과 충격들은 중세 후기의 군중을 크게 동요시키고 죽음에 대한 숙고를 강력히 불러일으키기에 충분했다.

그래서 사람들은 교회에 더 깊게 빠져들었다. 그러나 다른 한편으로 삶의 현실은 더욱 교훈적 사슬에 묶이게 되었고, 죽음의 엄청난 공포는 최후의 심판과 연계되어 영혼을 위협했다. 참회하지 않은 죄인의 급작스런 죽음은 영혼을 영원한 죽음으로 데리고 가기 때문에 사람들은 참회와 고행으로 신과 화해하려 했다. 종교민요《최후의 날이 오면Wenn der Jüngste Tag will werden》이 이를 말해준다.

최후의 심판의 날이 되면 별들은 지구 위로 떨어지고,
나무들은 몸을 굽히고, 숲새들은 노래하고,
사랑하는 하느님은 커다란 무지개를 타고 오신다.
"그대들 사자들이여, 부활해야 할지니!
그대들은 하느님의 심판을 받아야 한다!
그대들은 앞으로 걸어 나가라,
거기에는 사랑스런 천사들이 앉아 있도다!

그대들은 길을 따라 걸어 나가라!"
사랑하는 하느님이시여, 저희 모두를 자비로 거두어주소서.[35]

13~14세기를 특징지었던 신비주의는 신과의 합일을 위해서 명상과 혹독한 고행의 생활을 요구했다. 영혼의 구원과 영원한 최후의 날에 대한 질문은 인간에게 죽음에 대한 공포를 더 잔인하게 심화시켰고, 인간은 죄에 대한 정화의 준비도 없이 최후의 심판대에 세워지고, 천국과 지옥의 양자택일 앞에 놓여 있다고 여겼기 때문이다. 그래서 이미 하인리히 폰 모룽겐Heinrich von Morungen이 민네장에서 표현했던 세속적인 사랑은[36] 신비주의에서 전적으로 종교적인 사랑으로 넘어간다. 40년을 수녀로 살았던 메히틸트 폰 마그데부르크Mechthild von Magdeburg(1207~1282)는《신성이 흐르는 불빛Das fließende Licht der Gottheit》에서 그리스도를 신랑으로 결합하는 성애적 은유 속에서 신과의 합일을 나타냈다. 위대한 신비주의자 세 사람 가운에 마지막 신비주의자인 하인리히 조이제Heinrich Seuse(1295~1366)는 항상 못이 박힌 십자가를 등에 지고 다님으로써 고난을 통해 영혼을 맑게 하려고 노력했다.[37] 그는 고난 속의 명정에서 쓴《영원한 지혜의 서Das Büchlein der ewigen Wahrheit》의 21장에서 '죽음의 방법'을, 즉 '어떻게 사람들이 죽는 것을 배워야 하는가', 또는 '어떻게 준비되지 않은 죽음이 만들어지는가'를 우리에게 보여준다. 사람은 육체적·정신적으로 죽는다. 생물학적인 육체적 죽음은 스스로 오기 때문에 자연적인 것으로 어떤 교훈도 필요 없다. 그러나 준비되지 않은 죽음으로부터 스스로를 보호해야 하기 때문에, '영혼의 구원의 길'을 현세의 삶에서 찾아야 할 교훈이 필요하다고 그는 가르친다.

신비주의자들은 죽음과 허무에서 전율과 공포를 느끼지만, 반면에 죽음의 다른 면인 천국을 더욱 깊게 통찰하고 체험한다. 허무함은 죽음에 대한 사랑과 죽음의 극복을 가능하게 하는 세계경멸의 원천이 되고, 죽음은 그들에게 육체와 영혼의 '분리'이며 동시에 죽음 뒤에 오는 최고의 행복과 축복으로 예감되는 신과의 '일치'인 것이다. 그래서 죽는 날은 '가장 사랑스런 날'이며 죽음은 친구, 형제, 영혼의 구원자로 나타난다. 그것은 살아 있을 때 죽음을 신과의 합일을 위한 내면의 파멸로서, 신 안에서의 정신적 파멸로서 포용하는 자에게만 가능하다. 다시 말해서 메히틸트 수녀나 신비주의자 하인리히 조이제처럼 죽음을 그리스도의 죽음에서 체험하길 원하는 자에게만 가능하다.[38]

'죽음과 함께 생명은 시작한다'는 성 아우구스티누스의 말처럼 '죽음은 영원한 생명으로 가는 문이며 통로'라는 것이 중세의 죽음에 대한 감정이다. 이제 신비주의자들은 이 감정을 신과의 완전한 합일을 위한 감정으로 체험하고, 살아 있는 동안 세속적인 충동을 육체적 고통으로 버리려고 노력하는 신과 닮은 삶을 추구했다. 신비주의는 죽음을 대상화하지 않고, 언제나 죽음 한가운데 있으면서 죽음 속으로 파고들어가 싸우지 않고 포용하려고 노력한다. 신비주의는 이전의 어느 때보다 전적으로 끊임없이 죽음을 깊이 체험한다.

그러나 바로 여기에서 죽음에 대한 생각의 변화가 일어난다. 죽음에 대한 사실주의적 관찰이 나타난다는 것이다. 수도원장이며 신학 교수였던 에크하르트 폰 호흐하임Eckhard von Hochheim(1260~1328)은 인간 영혼의 신神 체험을 인간의 이성적 인식 즉 실존적 영역에서 설명하려 했다. "영혼은 존재에 대한 이성적인 인식이다. 따라서 언제나 신이 있는 곳에 영혼이 있고, 영혼이 있는 곳에 항상 신이 있다."[39] 그의 제자인 요하네스 타울러Johannes Tauler(1300~1361)는 스승의 이성적 신비주의를 실천적 이론으로 변화시켰다.[40]

15세기에 신비주의적 특색은 서서히 사라졌다. 그러나 이미 14세기에 있었던 현세와 내세 사이의 긴장은 더 분명하게 표출되었고, 일반인의 세속적인 죽음의 감정도 신비주의와 크게 구별되었다. 일반인의 죽음 감정은 죽어가는 개인의 고유한 삶과 종교적 체험에서 달리 표출되기 때문에 각양각색으로 나타났다. 이런 죽음에 대한 세속적인 태도는 중세기처럼 윤리적 의무를 가지고 있는 죽음의 특징을 인식하고 그것을 과제로 파악하는 힘을 가지고 있지 않았다. 게다가 허무의 의식은 어느 때보다도 지속적으로 그 시대의 사람들을 사로잡았다. 이제 허무는 '세계 경멸적'인 신비주의적 허무와는 반대로 '세계 비관적'인 암울한 분위기의 원천이 되었다. 발터 램Walter Rehm은 중세 후기를 이렇게 규정한다. "중세기 말경에 인생의 기본 색조는 쓰라린 우울증이다. (…) 15세기는 심한 우울증과 철저한 비관주의의 시대이다."[41] 이것은 앞 세기에 비해서 이 시대가 더 깊고 더 완전하게 속세로 진입하고 적응했다는 것이며, 철저한 신 중심의 내세지향적 생활에서 현세지향적 생활로 이전했다는 것을 의미한다. 사람들은 신의 품에서 서서히 떨어져 나가서 세상과 더 가까이 결합되었다.[42] 여기에는 부와 복지를 이룩한 시민계급이 함께 작용했고, 이런 사회적 변화는 중세 전성기에서는 상상할 수 없는 방법으로 죽음의 생각에 영향을 끼쳤다.

그것은 사람들이 정신적인 것에서 구체적인 것, 즉 볼 수 있는 것을 중시하게 된 데서 기인한다. 이제 사람들은 죽음에서 주검의 부패를 생각한다. 죽음의 유한성과 주검의 부패성은 당시 발견된 인쇄술로 인해서 책과 그림으로 널리 일반화된다. 이런 현상은 중세 전기나 전성기에서는 생각할 수도 없었다. 세상을 경시하는 생각은 다시 다양하고 더 깊은 의미를 얻는다. 여기서 사람들은 오직 죽음의 현세적인 면만을 보고, 죽음을 인생과 세상에서 바라본다. 이는 그들이 죽음을 신비주의자처럼 내세로부터 위로하는 것으로서, 고통을 끝내주는 것으로서 보지 않기 때문이다.

내세에 대한 전망은 대체로 인간을 점점 더 그릇된 길로 빠져들게 한 것처럼 보인다. 여기에는 세상의 기쁨도 신의 기쁨도 없다. 사람들은 죽음의 저편에서 행복이 인간을 기다리고 있다는 확신을 가지고 있지 않다. 내세는 중세 전성기와 신비주의에서처럼 영혼의 고향이 아니라 낯선 나라이다. 이것은 15세기 초에 생긴 죽음에 대한 사실적 관찰이며 변화된 느낌이다. 이제 사람들은 죽음에 대해 더 이상 깊이 생각하지 않고, 관습적이고 판에 박힌 표현들로 묘사하려 한다. 모두가 죽음에 대해서 숙명적으로 말한다. 사람은 죽음을 피할 수 없다는 것을 모두가 알고 있기 때문에, 죽음에 대해서 말하는 것은 아무런 의미가 없으며, 다만 죽음을 흔한 범례로써 도식적으로 부르고 열거할 뿐이다.

죽음의 무도나 그 시대의 그림들에서, 특히 중세 후기 독일(오스트리아와 스위스)의 그림들이나 조각들에서 죽음에 대한 표현은 저속하고 거칠며, 동시에 복잡하고 부자연스러우며, 비상飛上도 웅대함도 없다. 죽음의 무도에서 가장 심하게 타락한 모습이 나타난다. 사람들은 오직 죽음의 바깥쪽만을, 지상적인 면만을 보기 때문에 죽음이 육체를 파괴하는 것과 같은 거친 소재를 원한다. 한 죄인의 귀의歸依를 이야기하는 15세기의 도덕적 소책자인 《거울 책Spiegelbuch》에서 무덤 속에 있는 아름다운 처녀의 소름 끼치는 시체의 모습은 어떻게 사지가 차례로 썩어가고 인간의 아름다움이 사라지는지를 말해주고, 이어서 경고한다. "너희 모두는 나처럼 된다."[43]

신과의 합일을 위해서 죽음을 하나의 숙명으로, 신의 선물로, 성스럽게 느끼는 신비주의자들의 죽음에 대한 사랑과 동경은 사라져가고, 죽음은 최후의 심판의 힘으로서 그리고 벌을 주는 집행자로서 군림한다. 그래서 이 시대는 죄의 심판에 대한 공포를 이전보다 더 강하게 체험한다. 특히 새로운 사회계급의 대표자로 부상한 상인들처럼 부의 축적과 안일한 삶을 열렬히 추구할수록, 그만큼 더 죽음과 최후의 심판에 대한 두려움이 증가한다. 두려움은 한편으로는 사람들을 자신에 대한 성찰과 참회로 이끌지만, 다른 한편으로는 자신들의 악으로 인해서 지옥 불에 빠진다는 불안한 감정으로 억압된다. 그들은 자기 자신의 힘으로 생각할 수도, 살 수도, 구원도 얻을 수 없다는 두려움에서 어느 때보다도 자신들을 보증하고 보호해주는 종교적·심리적 의지를 필요로 한다. 그래서 교회의 지배는 끊임없이 심해진다. 이는 인쇄술의 발달로 성직자들의 고해와 설교가 쉽게 겁먹은 영혼에게 전파되고 또한 구원의 욕구를 충족시킬 수 있었기 때문이다. 바로 이런 상황에서 영혼을 구해준다는 명분으로 교황과 성직자 계급의 사람들은 서약, 기부, 면죄부 등을 통해서 재물을 치욕적인 방법으로 약탈했다.[44]

그러나 이런 종교적 부패현상에 반대하는 운동으로서 전체 중세를 지배하는 '죽음을 기억하라'는 소리가 다른 의미로 새롭게, 강하게 교회와 종교계층에서 울려왔다. 인간은 살아가면서 죄를 지을 수밖에 없고 또한 죽음이 갑자기 오기 때문에, 참회할 준비에 대한 욕구를 가져야 하며, 그럼으로써 나쁜 죽음에서 보호되길 소망해야 한다. 이미 토마스 폰 켐펜 Thomas von Kempen(1380~1471)은 1424년에 자필로 쓴 기도서《그리스도의 모방De imitatione Christi》제1권 23장에서 죽는 것에 대해 가르쳤고, 미리 죽는 것에 준비하는 자를 칭찬했다.[45] 이 시대의 죽음의 무도, 종교의 노래, 수난극 들은 이 같은 생각에서 생겨난 것이다.

갑자기 강제로 섬뜩하게 죽는 것은 사람들에게 매우 놀랍게 작용하지만, 동시에 무디게도 작용한다. 죽음에는 예외가 없다. 태어난 모든 것은 죽음을 향해 가고, 세상의 모든 즐거움은 허무하다. 그러니 사람들은 언제나 지옥에서 구원받기 위해 죽음을 생각해야 한다. 심사숙고하지 않고 죽음의 어두운 힘에 점령된 시대는 신비주의에서처럼 죽음의 깊은 뜻을 얻으려고 노력하지 않는다. 그 시대는 끔직스런 죽음의 사실을 자신에게 받아들이고, 바로 그 사실과 연관된 다음의 위협적인 것들에서 자신을 가능한 한 보호하기 위해 해야 할 일을 충분히 알고 있다. 사람들은 모두가 자신의 죽음에 대처할 방법을 찾는다. 신비주의가 그리스도에 대한 사랑과 신과의 일치에 대한 기대에서 행복한 죽음을 맞이하는 데 반해서, 중세 후기의 사람들은 외적인 영향을 통해서, 즉 성직자의 도움을 통해서 죽음에 대처하려 한다. 전자에겐 내면에서 스스로 구원의 길을 찾는 내적 성숙함이 있으나, 후자에겐 외적 도움으로 비로소 내면의 성숙 과정이 이루어진다.

1440년경에 요하네스 구텐베르크Johannes Gutenberg에 의해 발견된 금속활자 인쇄술은 문학에 일대 변혁을 일으켰고, 1455년경에는 《구텐베르크 성서》가 출판되었으며, 죽음의 문제에 대한 많은 책들도 출간되었다. 이 책들은 경건하게 죽는 법을 가르치려 했고, 사제의 도움으로 준비가 되어 있는, 신에 귀의하는 좋은 죽음을 맞이하게 하려 했다. 사람들도 돌연한 죽음 앞에서 참회하지 않고 비기독교적 종말을 맞지 않도록 죽는 것을 배우려고 애썼다. 이런 것들이 죽음의 무도나 종교극들과 함께 끝나가는 중세 후기의 인쇄물에서 큰 자리를 차지하고 있다는 것은 정신사적으로 중요하다.[46] 르네상스에 이를 때까지 이 책들은 크게 전파됐다.

중세기 말엽 죽음의 감정은 예전처럼 윤리적이고 형이상학적이 아니다. 신에 의존하지 않고, 오히려 세계고로 되어 개인의 내적 정화를 통한 구원의 노력과 연관되었다. 독일의 종교개혁자 마르틴 루터Martin Luther는 각자가 홀로 죽음 앞에 서 있다고 주장했다. 죽음을 신적 차원이 아닌 개인적 차원에서 생각하고 경험하려는 새 시대의 요구였다.

중세 전성기와 후기를 나란히 놓는다면, 죽음의 생각에서 큰 변화를 볼 수 있다. 그리스도에 의한 죽음의 극복에 대한 상징은 전 중세 시대에 남아 있다. 그러나 중세 후기의 죽음에 대한 생각의 변화란 중세 전성기처럼 죽음이 종교적·전체적으로 체험되지 않고, 현실적·개인적으로 체험된다는 데에 있다. 신과 세계는 더 이상 조화를 이루지 못하고, 죽음은 오직 더 심한 세상살이에 대한 벌로서 나타날 뿐이다. 그래서 두려움은 더 깊어지고, 죄의 대가로서 죽음에 대한 교의는 잔인하게 사람들을 속박한다. 죽음의 극복은 오직 개인에게 주어지고, 개인은 삶과 죽음 사이의 대결에 홀로 임할 수밖에 없다. 죽음의 문제가 점점 더 인간의 인식범위로 넘어오면서, 젊은 아내를 일찍 데려간 죽음에 항의하는 보헤미아의 농부처럼, 인간에겐 죽음에 대항해서 싸울 가능성이 주어졌다. 비록 그 시대의 사람들이 이미 싹트기 시작한 그 가능성을 몰랐을 뿐만 아니라 실천할 수 없었다 해도, 그 가능성은 자의식과 고대예술에서 인간의 존엄과 위대함을 찾으려는 새로운 세대인 르네상스에서, 삶과 죽음의 대결의 새로운 형태로 계속 발전할 수 있었다. 이것이 전체 중세 문학의 토포스인 '죽음을 기억하라'가 주는 정신사적 의미이다.

르네상스시대와
새로운 인식의 태동

르네상스의 인문주의자들은 세상과 인생의 허무함이나 죽음의 공포를 불러일으키는 중세의 낡은 신앙과 교회를 날카롭게 공격하고, 세상의 피조물과 인간의 아름다움이나 위대함을 탐닉하기 시작한다. 이 변화를 볼 수 있는 작품이 바로 사랑하는 부인을 데려간 죽음을 신의 법정에 피고인으로 소환시킨 농부의 이야기인 요하네스 폰 테플의 유일하고도 탁월한 산문작품인 《보헤미아의 농부》이다. 보헤미아의 농부는 죽음에 반항하는 최초의 인간이다. 요하네스 폰 테플은 죽음에 대한 생각을 교회의 교의학적 속박에서 벗어나 새로운 인문주의 개념으로 발전시킨다.

죽음에 대한 인간의 최초 고발
《보헤미아의 농부》

르네상스의 개념은 중세가 붕괴되면서 태동한 16세기의 새 시대에 찬란했던 고대 그리스·로마의 이념과 정신뿐만 아니라 문화적 업적들을 재생하려는 노력으로 특징짓는다. 이미 중세에서 유럽은 고대를 되돌아보았으나, 르네상스는 중세 후기에 이르러서야, 즉 암흑의 중세기인 14세기 중반에서야 비로소 나타났다. 그리고 '르네상스'란 표현은 19세기에 와서 사용되기 시작했다.

알프스 남쪽의 북 이탈리아의 도시들에서 시작해서 르네상스의 예술가들과 학자들은 그들의 개혁적인 회화, 건축, 조각, 문학과 철학에 영향을 끼쳤고, 비록 표현에서 다소의 차이는 있어도, 알프스 북쪽 나라에도 영향을 끼쳤다. 이탈리아의 단테 알리기에리Dante Alighieri에서 영국의 윌리엄 셰익스피어William Shakespeare에 이르는 유명한 작가들이 이 시기에 속한다. 예를 들자면 플라톤주의를 대변했던 사람으로 플로렌츠의 코시모 메디치Cosimo Medici는 '미와 감각의 숭배'를 견지하는 메디치 가문의

사상으로 르네상스를 부흥시켰다.[1]

인문주의의 창시자라 할 수 있는 대표적인 작가들로는《신곡Göttliche Komödie》을 펴낸 단테를 비롯해서 연애시《라우라에게 바치는 소네트 Sonette an Raura》를 쓴 프란체스코 페트라르카Francesco Petrarca, 단편소설 집《데카메론Decameron》으로 유명한 조반니 보카치오Giovanni Boccaccio가 있다. 이들의 작품들은 오늘날에도 세계문학 대열에 자리 잡고 있다. 그리 고 미술 분야에서는《최후의 만찬Abendmahl》을 그린 레오나르도 다 빈치 Leonardo da Vinci, 식스티나Sixtina의 천장 프레스코의 화가인 미켈란젤로 부 오나로티Michelangelo Buonarroti, 라파엘로 산치오Raffaello Sanzio를 들 수 있 다. 그리고 유럽에서는 최초의 현대 소설이라 할 수 있는《유토피아Utopia》 의 작가인 영국의 토마스 모어Thomas More와 셰익스피어,《수상록Essias》 의 작가이며 철학자인 프랑스의 미셸 드 몽테뉴Michel De Montaigne,《돈키 호테Don Quihote》의 스페인 작가 미켈 데 세르반테스Miguel de Cervantes가 있다.[2]

르네상스의 기본 사상은 인문주의이고 최대의 사건은 마르틴 루터 Martin Luther의 성서번역과 종교개혁이다. 위에 열거된 인물들은 유럽에 인문주의를 전파한 주역들이다. 인문주의는 천년 동안 계속되어온 사회 계층의 차별과 신분질서의 속박을 깨뜨리고, 새롭게 인간과 세계의 발견 을 이념으로 삼았다. 타고난 귀족의 신분적 기득권과 승려계급의 특권 은 거부되었고, 인간은 오직 인간으로서 새롭게 발견되어야 했다. "죄의 식은 세속화된 세계고로 변화되었고, 신에 대한 헌신은 자아숭배로, 종교 의 절대성에 대한 요청은 미학적인 것의 자율성으로 대치되었다."[3] 자의 식의 발전을 위해 인문주의자들은 고대 그리스·로마시대의 사상과 예술 에 눈을 돌리고, 그것에서 자체 내의 완결된 삶과 문화의 세계를 보고, 전 인全人과 인간의 정신적·윤리적 힘을 형성하는 데 기여했다. 교회 대신에

예술을 통한 인간의 전체적 파악이 가능하게 되었다.[4]

이렇듯 유럽 국가들이 인간과 세계의 새로운 발견을 위해 세속적·학문적 분야에 관심을 집중시키고 있는 데 반해서 독일의 정신생활은 신에 대한 믿음과 종교적 교파 간의 격렬한 대결로 특징지어졌다. 고대문화와 기독교문화를 조화시키려 노력했던 네덜란드의 가장 뛰어난 인문주의자 에라스무스 폰 로테르담Erasmus von Rotterdam을 제외하고 대부분의 독일의 작가들, 예를 들어《바보선Das Narrenschiff》의 작가인 제바스티안 브란트Sebstian Brant, 프란체스코 수도원 승려로서 루터를 신랄하게 풍자하고 공격하기 위해《큰 바보 루터에 대하여Von dem großen Lutherischen Narren》(1522)를 쓴 토마스 무르너Thomas Murner, 수많은 사육제극과 골계작품으로 유명한 한스 작스Hans Sachs 등은 종파싸움을 풍자하는 골계문학을 발전시켰으나 다른 나라들에서 성행한 이 시기의 위대한 정신적 운동에는 미치지 못했다.《파우스트 박사Doktor Fust》의 민중본도 다만 르네상스 정신의 문제성만이 반영되었을 뿐이다. 이탈리아의 유명한 미술가처럼 독일의 회화 부문에서는 알브레히트 뒤러가 있다.

독일에서 인문주의는 마르틴 루터의 종교개혁으로 인하여 오히려 소홀해졌다. 그는 인간존재의 유일하고도 확실한 근거를 신 안에서 발견하고, 성서에 계시된 대로 신의 은총과 구제에 대한 믿음에서 생활해야 한다고 주장했다. 그에게는 모든 지혜가 성서에 포함되어 있기 때문에 루터는 인문주의적 이성에 대한 믿음을 통렬히 비난했다. 세속적인 문화와 탐미적인 생활 이념이 점점 더 큰 비중을 차지하게 된 이 시대에도 독일에서는 종교의 주된 문제가 큰 관심사였으며 학문, 예술, 문학, 정치는 종교적·종파적 목적을 위한 투쟁의 도구가 되었다. 이러한 현상은 중세적이다. 따라서 독일에서는 중세와 르네상스라는 새 시대의 충돌이 유럽의 다른 나라들보다 심했다.

중세와 인문주의의 충돌은 이미 14세기부터 싹트기 시작했다. 다시 말해 인문주의자들은 세상과 인생의 허무함이나 죽음의 공포를 불러일으키는 중세의 낡은 신앙과 교회를 날카롭게 공격하고, 세상의 피조물과 인간의 아름다움이나 위대함을 탐닉하기 시작함으로써 중세와 인문주의의 대결 양상이 나타났다. 이렇게 해서 중세는 르네상스라는 새로운 세계의 확산으로 서서히 해체되었다. 그리고 죽음과 인문주의 생각은 새로운 체험으로 변해갔다. 이 변화는 독일어 지역의 동쪽에서 나온 요하네스 폰 테플의 유일하고도 탁월한 산문작품인 《보헤미아의 농부Der Ackermann aus Böhmen》(1400; 이 책은 1460년경에 밤베르크에서 인쇄됨—필자 주)에 있는 농부와 그의 아내를 갑자기 뺏어간 죽음 사이의 논쟁에서 가장 분명하게 나타났다. 옛것과 새것, 교회와 세계, 금욕과 세계긍정 사이의 대립이 어디에서도 이 논쟁에서보다 더 상징적으로, 더 감명 깊게 표현되고 있지 않다.[5]

저자인 요하네스 폰 테플은 1400년경에 아마도 사츠Saaz 지방의 공증인이자, 인도주의자인 카를 4세의 사무장인 박식한 요한 폰 노이마르크트Johann von Neumarkt의 주변 무리에 속해 있던 사람이다. 높은 교양을 지닌 정력적인 남성이었던 그는 이탈리아에서 북쪽으로 밀려와 보헤미아에서 1400년경 인문주의 문화 최초의 전성기를 가져왔고 새로운 정신적 · 예술적 · 윤리적 · 종교적 사조의 선구자였다. 그의 작품 《보헤미아의 농부》가 이를 말해준다. 이 작품에서 농부와 죽음 사이의 논쟁은 두 시대의 전환점에 있는 경계석처럼 새로운 세기의 문턱에 우뚝 서서 보헤미아의 초기 인문주의 성향으로 그 시대의 정신을 앞서 나갔다. 그러나 그 시대는 장래를 멀리 내다보고 변화를 느끼기에는 아직 익숙하지 못했기 때문에, 이 책의 인문주의 성향은 별다른 주의를 끌지 못했고 거의 알려지지도 이해되지도 않았다. 하지만 그것은 앞을 비추는 횃불처럼, 새 시대의 사자使者처럼, 중요한 의미를 가졌다. 대략 100년 후에야 비로소, 즉 종교

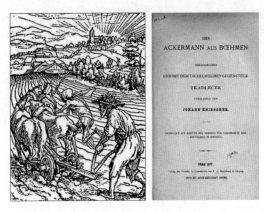

요하네스 폰 테플의 《보헤미아의 농부》 본문 삽화(좌)와 책 표지(우)

개혁시대에서 《보헤미아의 농부》의 작가와 가장 유사한 세계관이 서서히 생겨나기 시작했다.

죽음에 대한 개념의 변천사에서 볼 때, 이 작품은 최초로 인간과 죽음 사이의 논쟁이라는 매우 중요한 사건을 다루면서 다른 어떤 작품보다 매우 새롭고 경탄할 만한 가치를 보여준다. 그것은 '죽음의 무도'가 중세의 정신에서 나온 것처럼, 새 시대의 정신에서 나온 죽음에 대한 반항적 생각이 독일 정신사에서 처음으로 예술적 구성양식으로 형성되었다는 것이다.

14세기와 15세기에서 낡은 것과 새것 사이의 끈질긴 싸움, 낡은 것이 일시적으로 여전히 지배적이던 죽음에 대한 생각을 둘러싼 싸움, 이 싸움을 바로 《보헤미아의 농부》가 소재와 동기로 삼고 있어 두 개의 시대, 두 개의 세계관, 두 개의 정신적 자세가 대립하고, 서로 충돌한다. 이로써 《보헤미아의 농부》는 정신사적으로 매우 중요한 위치를 차지하게 된다. 이 작품은 세계 부정과 세계 긍정 사이의 대규모 정신적·윤리적 싸움의 상징적 표현이 되고, 사람들이 '인류의 삶과 죽음을 둘러싼 전쟁'이라고 말했던 인문주의와 종교개혁으로 진행된 싸움의 상징적 표현이 된다. 이

렇게 이 작품에서는 중세와 근대가 상충한다.[6]

《보헤미아의 농부》에서 농부는 사랑하는 젊은 부인 마르가레타 Margareta가 산욕으로 죽자 죽음을 피고로서 법정에 소환시키고, 죽음을 관할하는 신의 냉혹함에 대항한다. 이로써 이 작품에서 감히 죽음을 고발한다는, 당시에는 상상도 할 수 없는 미증유의 일이 상징적으로 나타난다. 그것은 죽음이 제소당한 옛 독일의 첫 재판이다. 보헤미아의 농부는 죽음에 반항하는 최초의 인간이라는 데에서 이 작품의 중요성이 있다.[7]

농부와 죽음은 신 앞에서 강렬한 언어로 논쟁을 벌인다. 농부는 자신의 쟁기가 '깃털로 만든 것', 즉 '펜'이라고 말함으로써 죽음과의 대화에서 자신이 작가이고 인문주의적 인간의 대변자라는 것을 암시해주고 있다(Kap. III 참조). 여기에서 중요한 것은 삶과 죽음이 추상적·일반적 알레고리의 현상으로 대립하지 않고, 농부이며 작가라는 구체적인 직업과 사회적 지위를 지닌 한 인간 혹은 개인의 삶과 죽음의 알레고리 현상으로 대립하고 있다는 점이다.

이 작품은 모두 34장으로 구성되었다. 32장까지 농부는 홀수의 장에서, 죽음은 짝수의 장에서 서로 교차적으로 논쟁을 벌이고, 33장에서 신이 판결을 내린다. 마지막 34장은 농부가 죽은 아내의 영혼 안식을 기원하는 것으로 끝난다. 이미 첫 세 장은 아내의 죽음에 대한 농부의 격앙된 항의를 보여준다. 말하자면 첫 장에서부터 농부는 죽음을 피고로 지명하고, 증오에 가득 찬 격앙된 저주의 말로 소송을 시작한다.

모든 사람들을 전멸시키는 성난 자여, 온 세계의 해로운 합법성이여, 모든 인간의 무서운 살인자여, 그대 죽음이여, 그대에게 저주가 있어라! 그대의 창조자이신 신은 그대를 증오하고, 더없는 재앙이 그대에게 머물고, 엄청난 불행이 그대와 함께 살지어다. 영원히 명예는 완전히 빼앗길지어다! 그대가 떠도는 곳에 두려움, 곤경 그리고 비탄이 그대에게서 떠나지 말라. 고뇌, 비애 그리고 근심이 어디에서나 그대와 동반하라. (⋯) 파렴치한 악한이여, 그대의 나쁜 기억이 끝없이 살아 지속할지어다. 그대가 사는 곳에 언제나 전율과 공포가 그대에게서 떠나지 말지어다.[8]

여기서 농부는 죽음이 마치 인간이며 가장 역겨운 범죄자인 듯이 무진 장한 욕설로 죽음에 주어진 이름들을 열거한다. "파렴치한 악한, 파렴치한 살인자, 사악한 악마의 이름, 나쁜 사람, 파괴자, 사악한 죽음, 모든 사람들의 적, 신과 우리 모두의 적인 소름 끼치는 죽음, 악의적으로 슬픔을 만드는 자, 강도, 도둑놈, (⋯) 최고위 악당, 위선자, 기만적인 재판관"[9] 등 이런 이름들에서 죽음에 대한 농부의 부정적 통찰력이 죽음을 현세의 고통에서 해방시키는 자라는 중세 전성기의 죽음에 친화적인 생각과 크게 다른 것을 말해준다. 신비주의에서 죽음은 사랑스럽고 달콤한 죽음, 순수한 죽음이라 불렸다. 그러나 사람들은 내면에서 항상 죽음과 거리를 두고 자제해야만 한다고 의식했다. 작가는 이 의식을 대담하게 표출해서 인간이 독자적으로 자유롭게 죽음의 길을 막을 수 있다는 것을 보여준다. 원고로서 농부는 죽음을 공안을 해칠 수 있는 범죄자로, 모든 피조물을 사냥하고 도둑질하고 살인하는 자비와 이성이 없는 살아 있는 악마로 형성한다. 그리고 농부는 모든 정신적·시간적 공간에서 행사하는 죽음의 엄청난 행위를 꾸짖고, 그를 마치 파문하려는 듯이 고소하는 유일한 자가 된다. 대체로 당시의 사람들은 죄로 인한 죽음에서 벌을 인식하고 신과 모든 성인들에게 구원의 도움을 청했다. 그러나 농부는 죽음의 잔혹한 지배에서 부정을 느끼고 이에 대항한다.[10]

'죽음'과 '인간', 두 개의 모습이 교차하는 논쟁 속에서 대립해 있다. 제3장에 이어서 제5장에서는 죽음에 대한 엄청난 원망과 저주가 절정에 이른다. 농부는 스스로 "나는 농부라 불린다"라고 말함으로써 태초의 성서적 인간을 상기시킨다. 원죄로 인해서 죽어야 하는 운명을 가지고 에덴동산에서 쫓겨난 후에 땀 흘려 전답을 경작해야만 했던 첫 사람은 아담이다.(창세기 3:17~19) 이런 의미에서 농부는 아담의 후예답게 무엇을 얻기 위해 싸워야 하고, 높은 곳을 향해 노력해야 한다. 아담의 인간으로서 그는 죽음도 조소적으로 인식할 수 있다.[11]

이 농부는 아내의 죽음으로 겪어야 하는 고통의 부당함에 대해서 고소한다. 이 고소에는 다양한 비탄의 소리가 울린다. 바로 이 비탄의 소리로 끝나는 제1장이 그것을 증명한다. "손이 묶인 채 나와 모든 이들에게서 너(즉, 죽음—필자 주)에 대해 진지하게 비탄의 소리가 나온다!" 죽음은 모든 인간에게 적으로 나타난다. 아담의 인간으로서 농부가 인류를 대표하는 상징성을 가진다면, 그의 외침은 전 인류의 공동체를 향한, 실로 모든 세계를 향한 외침이며, 그의 고소는 살아 있는 전 인류가 공동의 원고로서 인간과 자연의 일을, 그보다 더한 신의 일을 처리하기 위한 태초의 파괴자인 죽음에 맞선 '보편적인 세계파문소송절차'[12]라 할 수 있다. 여기엔 상상할 수 없는 죽음에 대한 새로운 생각이 내재해 있다.

농부가 대화를 시작할 때 격해진 흥분과 분노는 서서히 잔잔해지고, 실질적인 논쟁으로 발전한다. 이미 7장에서 농부는 죽음을 "죽음 님herre Tot"이라고 부른다. 농부는 그의 대상자인 죽음에게 어떻게 자신의 고통을 줄일 수 있고, 그의 논쟁을 화해 방향으로 바꿀 수 있을지 가르침을 얻고자 한다며 죽음에게 묻는다. "어떻게 내가 내 상처를 잊거나 아니면 내 마음의 큰 고통을 견딜지 나에게 가르쳐주오."(Kap. XIX.) 그는 죽음이 그의 최고 보물인 아내를 약탈해버렸다는 것도, 게다가 그녀를 다시 요구할 수 없다는 것도 안다. 그럼에도 불구하고 그는 죽음에게 재판 과정에서 그의 고통에 대한 보상을 요구한다. 누가 이전에 죽음에게 그런 대항을 했겠는가? 농부도 죽음에 대해서 알고 있다. "너희에 대해서 아무도 어떤 좋은 일을 기대할 수 없다. 비행을 저지른 후에 너희는 아무도 만족시키려 하지 않고, 죄악을 누구에게도 보상하려 하지 않는다."(Kap. XIII.) 또한 그는 죽음이 그렇게 이행하려 하지 않을 뿐만 아니라 그것을 거부할 것을 이미 예감한다. 그래서 그는 죽음과 함께 죽음을 포함한 모든 세계의 재판관이라는 신 앞에 가려 한다.

이 같은 농부의 의지는 죽음에 대한 가장 극단적이고 강력한 최후의 반항을 의미한다. 만일 신이 농부의 복수를 거절하거나 도움을 주지 않는다 해도, 그래서 자신이 멸망한다 할지라도, 그는 스스로 복수하려고 할 것이기 때문이다. 여기서 중세에서와 다른, 오히려 르네상스의 태동이라 할 수 있는 신에 대한 농부의 새로운 생각이 나타난다. 중세에서처럼 죽음은 죄의 대가이고, 신은 죄를 심판하는 재판관이라는 신과 죽음의 친화적 관계는 농부에게서 처음으로 죽음이 신의 피조물을 파괴하는, 적대관계로 변한다. 죽음은 신의 적이며, 모든 피조물의 적이다. 죽음은 악마와 비슷하게 악의 육체적 구현이며, "악마의 본질"을 가지고 있다. 그래서 농부는 죽음에 반항해서 하늘에 외친다. "신은 너희에게서 영원히 힘을 박탈하고, 먼지처럼 사라지게 하라!"(Kap. V.) 이 외침은 인간의 존엄에 대한 감정의 새로운 파토스에서 흘러나온 것이다. 《보헤미아의 농부》의 작가는 이런 방법으로 전례 없이 죽음과 신을 본질적으로 대립시킨다. 종교개혁만큼이나 확고하며 경건한 신앙으로 신은 그의 피조물인 인간에게 최고의 파괴자이자 신의 피조물들의 적인 죽음에게 복수하라는 훌륭한 생각을 갖게 한다.

자비로우신 신, 막강하신 주님은 나로 하여금 너희에게 복수하게 하라, 불쾌하게 슬픔을 만드는 자여! (…) 그대 사악한 죽음, 모든 사람들의 적이여, 신이 영원히 증오할지어다!

농부의 탄식과 비탄의 요구에는 가장 귀중한 아내를 잃은 슬픔뿐만 아니라 죽음과 삶에 대한 불안이 내포되어 있다. 다시 말해서 죽음이 전능한 창조주 외에 제2의 독자적인 힘으로 공공연하게 기분에 따라 인간 위에 군림하는 것에 대한 두려움이다. 이 같은 회의는 이미 중세에서도 반복해서 제기되었지만, 농부에게서 처음으로 논리정연하게 표현되었다.[13] 만일 신이 죽음의 활동을 허용한다면, 죽음은 신의 현명하고 질서 있는 지배에 대해서 반대되는 행동을 하고, 신의 지상 지배를 파괴한다는 것이다. 때문에 신은 죽음의 행동을 멈추게 해야 하고, 그의 적인 죽음을 박멸해야 한다.

하늘나라 종들의 군주시여, 나로 하여금 엄청난 손실을, 큰 피해를, 불길한 우울함을 잊게 해주오! 동시에 내가 큰 악한에, 죽음에 복수하게 해주오. 신이시여, 모든 비행의 복수 자시여!

이제 죽음은 농부의 주장을 반박한다. 죽음도 농부처럼 지금까지 그렇게 강력한 항의와 반항이 한 번도 없었다는 것을 안다. 농부의 고소에 대해 냉정하고 조소적으로, 그리고 날카롭게 모욕적인 상처를 주면서 자신을 방어한다. 예를 들어, 군주가 '우리, 신의 은총으로 독일 황제인 빌헬름'이라고 자신에 대한 존칭으로 복수형을 사용했듯이, 죽음의 존재에 대해 묻는 농부의 질문에 죽음도 자신을 "우리, 죽음, 공기와 바다가 흐르는 지상의 주인이며 막강한 자"라고 복수형으로 말하며 인간 위에 군림하는 막강한 힘을 자랑한다. 중세 '죽음의 무도'에서의 해골처럼 죽음은 그의 전능을 주장하고, 늙거나 젊거나, 신분이 높거나 낮거나 간에 모든 사람들을 같게 만든다. 죽음에 대항할 인간도 아무런 방법도 지혜도 학문도 없다. 죽음에 저항한 농부도 죽음에서 벗어나지 못한다. 그럼으로써 죽음은 신의 뜻에 따라 쓸데없는 모든 것을 뿌리째 뽑아 없애는 '벌초기'로서의 의미 있는 직무를 수행한다고 주장하고, 죽음에게 신의 피조물을 파괴하는 죄가 있다는 농부의 비난을 일축한다. 오히려 13세기 말경에 신비주의자들이 주장했듯이, 죽음은 인간을 많은 고난과 고통에서 구원해주는 자임을 강조한다.[14] 그리고 그는 신처럼 세계를 정리하는 최고 최강의 원칙을 대신한다고 말한다. "삶은 죽음 때문에 만들어졌다. 삶이 없다면 우리는 없을 것이며, 우리의 일도 없을 것이다. 그래서 세계질서도 없을 것이다." 즉 신의 뜻에 따라 모든 생명은 죽어야 하기 때문에 신은 죽음을 지상의 주인으로 임명했다는 것이다. 이렇게 죽음은 중세교회의 세계관을 옹호하는 자로서 삶이 무가치하고 모든 현세적 존재가 비참하다는 생각을 표방한다. 나아가 죽음은 신에 의해 위임된 지상의 주인으로서의 지배권을 주장하면서 인간과 주종 관계라고 주장한다. 이렇게 죽음은 농부의 비난을 얼음처럼 차가운 조소와 격정적인 저주의 소리로 논박하나, 마침내 죽음 역시 진정하게 되고, 경직된 태도를 버리고 조언과 도움과 대안을 찾으려 한다. 이제 죽음은 금욕적인 아우구스티누스적 세계경멸의 관점에서 현명하게 달래는 선생의 자세로 말한다.

> 모든 현세의 사랑은 고통이 될 수밖에 없다. 고통은 사랑의 끝이고, 기쁨의 끝은 슬픔이다. 기쁨 후에 불쾌감이 오고, 의지의 끝은 불만이다. 그런 끝을 향해 모든 살아 있는 것들은 달려간다.[15]

항상 새롭게 죽음은 그의 필연성과 불가피성을 주장한다. 그리고 농부도 그것을 결코 파괴할 수 없다는 것을 알고 있다. 그럼에도 불구하고 왜 농부는 아내의 죽음을 항의했을까?《보헤미아의 농부》의 작가는 "존재했거나 또는 계속 존재하게 될 모든 인류는 존재에서 비존재로 가야만 한다"고 말한다. 다시 말해서 죽음은 자연의 법칙에 따라 변함없이 작용한다는 것이다. 이제 여기에는 중세의 기독교적 생각과의 날카로운 대립이 있다. 죽음이 죄의 대가로서 형사재판관적 성격을 가진다는 것은 아우구스티누스 이래로 가톨릭의 교의였다. 그러나 아우구스티누스와 그 이후로 이 교의는 신의 처벌 질서보다는 자연 질서에 더 근거한 이단적 견해와 대립한다. 즉 죽음은 원래부터 인간의 특성이며, 육체의 죽음은 대체로 인간 존재의 물질적·자연적 변화의 결과라는 것이다. 비로소 가톨릭 교의에서 이탈해서 새로운 세계관, 즉 인간윤리의 자연주의적 요소에 근거를 둔 르네상스의 세계관이 태동한다.

하지만 르네상스적 죽음의 견해는 중세의 엄격한 교회의 교의에서 벗어나지 못하고, 그 안에서 대립해 있다.《보헤미아의 농부》의 작가는 죽음을 자연법칙에 의해 독립적이고 독자적으로 활동하는 힘으로 보았지만, 그 이면에는 성서적으로(창세기 22:17; "그것(즉 산악과)을 따먹는 날, 너는 반드시 죽는다.") 죽음은 신의 피조물이고, 신으로부터 부여받은 강력한 지배권을 행사한다는 것을 알고 있다. 작가에게서 인간과 세계를 지배하는 이원론이 상충한다. 우선 작가는 아우구스티누스나 교회처럼, 죽음을 원죄의 대가로서 그리고 인간의 운명에 대한 신의 형사재판 같은 처벌질서의 성격으로 받아들인다. 이 경우에 죽음은 금욕적인 생각과 비관적·조소적 회의를 가진 세계부정자로서 행사하고, 따라서 중세의 금욕주의와 '세계경멸'의 생각과 밀접하게 일치한다. 아우구스티누스 외에 중세에 가장 큰 영향을 주었던 고대 로마시대의 스토아학파에 속한 공리공론적 도덕철학자 루키우스 안나이우스 세네카Lucius Annaeus Seneca는 초기 기독교정신에 가장 가까이 닮은 그의 철학을 통해서 영혼과 육체의 구별을 강조하고 "인간은 육체에 구속되어 있지만 올바른 이성에 의해 인간답게 살아가며, 죽음으로써 노예 상태로부터 벗어난다"고 주장한다. 두 철학자들은 죽음에 친화적이다.

《보헤미아의 농부》의 제20장에서 죽음은 세네카의 이론을 근거로 중세의 세계관을 지지하면서 괴로운 삶에서 벗어나고 싶은 중세의 비관적인 기분으로 자신을 변론한다.

> 죽어야 할 것의 죽음을 아무도 슬퍼해서는 안 된다는 그의(세네카를 뜻함—필자 주) 책을 너는 읽지 않았느냐? 그것을 몰랐다면 알아야 한다. 인간은 태어나자마자 곧 죽어야만 하는 축배를 마신다. (…) 짧은 말로 끝맺는다면 모든 인간은 우리(죽음—필자 주)에게 죽어야 할 의무가 있고, 죽음을 물려받았다.

계속해서 죽음은 삶과의 관계를 표면적이고 부정적으로만 파악한다. 즉 "삶은 죽음을 위해서 창조되었다"는 것이다. "모든 기쁨은 슬픔이 되고, 모든 쾌락은 고통이 되듯이, 모든 생명은 죽음이 된다." 죽음은 신으로부터 위임된 힘을 오직 자연의 질서에 의해서 집행할 뿐이다. "살아 있는 모든 존재는 우리에 의해서 변할 수밖에 없다."[16] 이 모든 것은 중세를 지배했던 죽음의 우울한 토포스인 '죽음을 기억하라'의 다양한 표현이다. 모든 것은 죽음을 통과해야만 한다. 그렇지만 죽음은 그런 지상의 변화를 살아 있는 존재에서 죽은 존재로의 이월로 본다. 그는 파괴와 멸망만을 보고, 확실한 새로운 것을, 영원한 변화를, 부활을 보지 못한다.[17]

제22장에서도 죽음은 언제 어디서나 일어날 수 있는 지상적인 것의 파멸을 보여주면서 '죽음의 무도'에서처럼 '죽음을 기억하라'를 설교한다. 제24장에서는 세상에 대한 죽음의 적대적 태도와 지상적인 것에 대한 조

소적 경멸은 절정으로 치닫고, 죽음은 냉소적으로 인간과 육체의 허약함, 불결함, 무가치함, 죽음의 필연성을 묘사한다.

동시에 죽음의 변론에서 중세의 허무감도 절정에 이른 것처럼 보인다. 제26장과 제30장에서 허무감은 더욱 강력한 언어와 그림으로 설명된다. 세상에서 모든 권력자와 학자는 아무도 죽음을 피하지 못한다. 그러니 인간의 지혜와 학문은 아무런 소용이 없다. 모든 사람들은 사라져야만 하지만, 죽음은 자신의 일을 장엄하게, 자신 있게, 위대하게 끝낸다. "우리 죽음은 여전히 여기서 주인으로 남는다."

마지막 결론의 장인 제32장에서, 죽음은 다시 한번 간략하고 감명 깊게 그의 비관적인 세계관, 인간관, 인생관을 모두 요약한다.

> 땅과 그 위의 모든 것은 변하기 쉽게 만들어졌다. (…) 모든 사람들은 선보다 악으로 더 치우쳐 있다. (…) 모든 사람들은 그들의 행위를 포함해서 공허함으로 충만하다.

그렇게 죽음은 세계를 죽음의 땅으로 본다. 그렇기 때문에 인간은 죽음이 그들을 이 간난艱難의 땅 세계로부터 구원할 때, 그에게 감사해야 한다는 것이다. 하지만 인간은 죽음을 언제나 적으로 질책할 뿐, 소위 인간에 대한 동정과 그의 노획물에 친구로서 접근하려는 죽음의 선행을 인식하지 못한다. 이렇게 죽음에게 세계는 악의적이다. 이런 이유로 죽음은 농부의 부인을 자기에게로 데려왔다고 변론한다. 이 같은 죽음의 절박한 변론은 농부의 항의를 강력하고 충격적인 설교를 통해서 제압하고 물리치려는 죽음의 내적 긴장과 호소의 반증이라고도 할 수 있다. 여기에서 《보헤미아의 농부》의 작가가 생각하는 죽음에 대한 인식이 두 개의 세계관과 상충한다는 것이 계속해서 암시된다.

다시 죽음에 대한 농부의 항변이 계속되고, 그의 생각이 더욱 심화되어 나타난다.

> 너희에겐 자비란 없다. 너희는 저주하는 데 익숙하다. 너희는 모든 곳에서 무자비하다. 너희가 사람들에게 베푸는 그런 선행을, 사람들이 너희에게서 받는 그런 자비를, 너희가 사람들에게 주는 보답을, 너희가 사람들에게 역사할 때 그런 종말을 너희에게 보내라. 죽음과 삶보다 더 권능하신 분이시여. (…) 너희는 인간의 적이다.

농부가 사랑하는 아내를 잃은 고통 속에서 맞이한 죽음의 모습은 부정적이고 적대적일 수밖에 없다. 이는 인간에 대한 친화를 강조하는 중세적 죽음의 주장과는 상반된다. 즉, 그에게 죽음은 결코 영원으로, 새로운 삶으로 가는 문도, 안내자도, 통로도, 끝도 아니다. 《보헤미아의 농부》의 작가는 홀아비가 된 농부가 생각하는 죽음이 전부가 아니라는 것을 알고 있다.[18] 그는 죽음이 인간에게 적이고 동시에 친구라는 이중적 특성을 알고 있다. 그래서 작가는 농부의, 아니 확대된 의미에서 인류의 죽음에 대한 적대감을 극복할 어떤 희망을 보여주어야 한다. 그는 죽음의 마지막 말에서 암시적으로 울리는 희망을 교회의 도그마에 얽매이지 않은, 세속적·평신도적 신앙의 경건함에서 보여준다. 이 죽음의 말에서 작가는 '자신의 고유한 종교적 고백'을 알린다.

> 하지만 악에서 돌아와 선을 행하라. 평화를 찾고 항상 행하라. 지상의 모든 것에 사랑과 순결과 순수한 양심을 가져라.

작가의 종교적 고백은 중세를 지배했던 신 개념과는 다른, 세계에 개방된 새로운 것이다. 인간과 세계에서 신적인 것의 변호자로서 《보헤미아의 농부》의 작가는 중세를 지배해왔던 낡은 죽음의 의미와 싸운다. 우선 그는 신이 표면상으로 죽음의 옳지 않은 선택을 왜 허락하는지를 묻고, 농부의 입을 통해서 찌르는 듯 조소적인 말로 신과 죽음의 선택을 비아냥거린다.

우리는 올바르게 심판한 죽음에 칭찬과 명예를 전하고, 말하자! 그러니까 신의 재판은 거의 올바르지 않다고.

여기서 죽음에 대한 생각은 중세와 새로운 세계 사이의 차이와 변화가 자세히 파악된다. 중세 전성기에서 사람들은 교회 안에서 교의적으로 경건하게 신을 인식하는 것으로 만족했다. 그들에겐 신과 죽음은 이원론이 아니라 하나이고 죽음은 신이 보낸, 신과 일치하는 존재의 특성을 지녔기 때문이다. 따라서 죽음의 힘은 절대적이고, 인간을 속세의 고통에서 구해주는 친화적인 힘이다. 그러나 농부는 죽음을 냉엄하게 고소한다. 그에게 죽음은 우선적으로 신의 창조물을 파멸하기에, 신이 파멸시켜야만 하는 독자적·적대적 힘을 의미하기 때문이다. 그래서 농부는 오직 신에 대한 개인의 경건한 믿음에서 죽음에 반항할 수 있고, 마침내 죽음을 극복하려 한다. 농부는 진지하게 죽음에게 교훈과 충고를 하려 한다. 죽음과의 철학적·도덕적 논쟁 과정에서 농부는 비록 육체적으로 굴복한다 해도 정신적·종교적 승자가 될 수 있는 그의 새로운 세계관을 밝힌다.

죽음에 대한 이 평가는 삶에 대한 새로운 평가에 해당한다. 제25장과 제31장이 그 근거다. 농부는 인간과 지상의 모든 것은 언제나 죽음에 빠져드는 혐오스러운 것이라는 죽음의 주장을 부인한다. 그런데 죽음은 인간을 가장 사랑스런 피조물로 창조한 신까지도 비방한다. 그러나 농부는 인간을 신의 뜻에 의해 완성된 신과 가장 유사한 피조물로 보고, 인간이 지닌 신성을 강조하면서, 중세 전성기의 금욕적인 자기경멸과 자기비하를 신앙생활로 삼는 사람들에게 아주 새로운 윤리적 생활감정을 인식시킨다. 다시 말해서 신은 자신과 같은 모습으로 인간을 만들었기 때문에 인간은 가장 존경받을 만한, 가장 완전무결한, 가장 자유로운 신의 작품이라는 것이다. 이제 신성은 어디서나 지상적인 것에서 인식될 뿐만 아니라 인간 내면에 존재해 있음으로써 형이상학적 내세에서 구체적 현세로 옮겨간다. 그럼으로써 신성은 인간을 육체뿐만 아니라 육체의 아름다움도 신성하게 보고, 존경하고, 자신을 비하하지 않는 새로운 인간으로 만든다. 이렇게 새로 탄생한 인간은 신 안에서 기쁘게 살 수 있는 현세의 삶에 대해 확신을 가지며, 신처럼 선하게 창조되었기 때문에 고상한 품위를 지닌다. 에른스트 카시러Ernst Cassirer(1874~1945)가 지적했듯이, 여기서 아직 싹트지 않은 인간애의 새로운 생각이 드러난다.[19] 윤리적으로 확고한 책임을 의식하는 낙관주의가 죽음의 비관주의에 대립해 있다.[20]

이제 죽음은 더 이상 인간과 삶에 존재하는 영원한 신적 가치를 파멸시키는 힘을 가지고 있지 않다. 죽음은 삶을 파괴할 수 있을지는 모르나, 영생을 파괴할 수 없다는 말을 농부에게 할 수 없다. 생명은 죽음의 것이다. 육체는 땅에 속하고, 영혼은 신에 속한다. 죽음은 지상의 모든 것을 변화시키며, 모든 것은 죽음을 통해 가야 한다. 그러나 죽음은 무의 존재가 아닌 새로운 존재로 변화시킨다. 모든 것은 영원하며, 모든 파멸에는 분명히 새로운 출생을 위한 싹이 놓여 있다. 농부는 죽음에 반론을 제기한다.

나는 어릴 적부터 신은 모든 사물을 선하게 창조했다는 것을 듣고 읽고 배웠다. 지상에 살고 있는 모든 존재는 끝나야 한다는 것을 너희는 말한다. 그래서 플라톤과 다른 예언들은 말한다. 모든 사물에는 파괴가 있고, 다른 출생이 있으며, 모든 사물은 부활을 위해 만들어졌다고.[21]

이미 위에서 언급했듯이, 죽음은 신의 세계질서를 유지하기 위해 지상의 모든 불필요한 것을 뿌리째 뽑아야 하는 임무를 신으로부터 받고 지상에 보내졌다고 생각한다. 그러나 여기서 죽음이 파멸해야 할 대상은 오직 물질적·육체적 한계에 제한되어 있음이 전제된다. 죽음은 새로운 생명을 만들지 않는다. 그는 신으로부터 그에게 부여된 현세를 오직 '사망의 영역terra morientium'으로만 바라볼 뿐이다. '삶은 오직 죽음 때문에 존재한다.'(Kapa. 22.) 그리고 인류는 새로운 인생에 자리를 마련해주기 위해서 무덤으로 들어갈 뿐이다. 이 같은 죽음의 세계관은 어디서나 삶이 아니라 죽음을, 영원한 생성이 아니라 영원한 소멸만을 본다. 죽음은 오직 파괴하려 할 뿐이며, 창조하려 하는 것이 아니기 때문에 그의 행위는 반신적이다. 그래서 농부는 개인이 아니라 인류 전체의 고통에서 외친다. "그는(죽음—필자 주) 마음을 슬프게 하고, 당신의 모든 지상의 지배를 건드리면서 바꾸어놓는다. (…) 죽음은 삶의 끝이고, 현존재의 끝이며, 무 존재의 시작이다." 이 외침은 영원에 대한 희망을 거의 잃어버린 14, 15세기의 분위기를 나타낸다.

그래서 《보헤미아의 농부》의 작가는 현세의 삶과 동시에 영원한 삶에 대한 믿음을 불러들인다. 그는 플라톤의 관념철학을 대표하는 '죽어라, 그리고 태어나라'란 명제를 형이상학적이 아니라 오직 종교적·기독교적 해석과 파악으로, 현세에서 죽음과 부활을 보여준 그리스도를 끌어들인다. 죽음은 자신의 생명파괴 행위가 새 생명을 창조한다는 신의 섭리를 인식할 수 없다. 죽음은 다만 신으로부터 위임된 임무만을 실행할 뿐이다. 그러나 농부는 죽음을 영원한 생성과 부활의 인식에서, 즉 죽음이 삶을 파괴할 수 없다는 종교적 의식에서 극복하려 한다. 그는 부활의 본질을 형이상학적 의미에서 보지 않고, 그리스도의 소생에서 인간에게 나타난 현실적·일회적 부활을 본다. 이것은 다름 아닌 경건한 신앙을 통한 인간의 현실적 삶의 윤리화를 의미한다.

그리스도는 그의 부활을 통해 죽음을 극복한 최초이자 최선의 모범이다. "죽음아, 너의 승리는 어디 갔느냐? 죽음아, 너의 독침은 어디 있느냐?"(고린도전서 15:55)라는 성경 말씀은 그리스도가 죽음을 파괴하고 승리했음을 말해준다. 그리스도에 대한 믿음에서, 인류에 대한 사랑을 위해 희생한 그리스도의 죽음을 통해 농부는 죽음의 공포를 극복한다. 그에게 죽음은 더 이상 내세로 가는 이월도, 문도, 시작도 아니다. 그리스도가 그랬듯 죽음의 무기력은 증명됐다. 이제 인간도 그리스도에 대한 믿음에서 죽음을 극복해야 한다. 그리스도가 구세주로서 상징적으로 묘사되는 한 생명이 승리한다. 죽음은 농부에게 구원, 즉 신과의 접근을 이루게 할 수 없다. 인간은 오직 자기 자신을 통해서만 신에게 갈 수 있기 때문이다.[22]

여기서 처음으로 개인적 체험에 기초를 둔 윤리적 삶에 대한 문제가 제시된다. 인간은 굳건한 신앙에 기초한 윤리적 삶을 자기 삶의 목적으로 삼을 때, 신과 인간의 자유롭고도 올바른, 인격적인 관계가 생긴다. 여기서 경건함의 의미가 새롭게 나타난다. 즉 경건함은 모든 교회의 중계 없이, 성인숭배 없이 신으로 가는 길이라는 것이다.[23] 따라서 인간은 전력을 다해서 삶에 적대적인 죽음의 힘에 맞서야 한다.

나는 너희를 언제나 증오하고, 번거롭고 불쾌히 여긴다. 나는 너희에게서 등을 돌리고, 아무런 좋은 말도 하지 않겠다. 모든 신의 피조물은 언제나 너희에 반대해서 작용한다. 하늘, 땅, 지옥에 있는 모든 것은 너희를 시기하고 미워한다.

농부는 죽음에서, 마르틴 루터가 '죽음의 악마화Verteufelung des Todes'를 주장한 것보다 100년 앞서 악마적·반신적 사탄의 모습을 본다. 그리고 죽음이 농부에게 삶을 형성하는 힘으로서 내재해 있지 않기 때문에, 농부는 죽음과 싸울 수 있다. 비로소 농부는 신의 변호자로서 죽음과의 거대한 세계재판에 나서서 신을 모르는, 신을 거역하는 죽음을 고소하는 윤리적 힘을 찾는다. 이미 《보헤미아의 농부》의 작가에겐 아우구스티누스가 주장한 죽음은 죄의 대가라는 옛날의 의미는 퇴색했다. 처음으로 그리스도가 그의 적인 죽음을 굴복시킨 후에, 죽음에 대한 공포, 또는 제2의 죽음과 영원한 영겁의 벌에 대한 두려움은 작가의 생각에서 의미를 상실했다. 그는 오직 농부의 죽은 부인의 영혼 구원만을 요구할 뿐이다.

화해시키는 자여, 나의 가장 사랑하는 아내의 영혼을 받아주오. 영원한 안식을 그녀에게 주시고, 당신의 은총의 이슬로 그녀를 씻어주오.

《보헤미아의 농부》 작가의 죽음에 대한 생각은 교회의 교의학적 속박에서 벗어나 새로운 인문주의개념으로 발전한다. 작가는 농부의 문제를 인류 전체로 확대한다. 모든 사람들은 죽음의 냉혹함을 체험하기 때문에, 농부가 최초로 죽음에 맞서고, 죽음을 두려워하지 않는 의연한 자세는 모든 사람들에게 요구된다. 작품에서 농부와 죽음은 각자의 세계를 상이하게 주장하고 있지만, 여기서 농부의 죽음에 대한 생각은 인간이 감히 어떤 항의도 하지 않는 '죽음의 무도'에서 나타난 중세의 낡은 생각과 구별된다. 농부를 통해서 작가는 인간이 개인적으로 죽음에 맞서 현혹되지 않고 굳게, 끝까지 투쟁해야 하는 남자다운 생각과 신념을 요구한다. 이제 제33장에서 신은 화해시키는 자로서 죽음과 농부의 논쟁을 완전하게 정리해서 판결을 내린다.

너희 둘 다 잘 싸웠다. 따라서 원고에게는 명예를, 죽음에게는 승리를 주노라! 모든 인간은 죽음에게 생명을, 우리 지상의 육체에게 영혼을 부여할 의무를 지고 있기 때문이다.[24]

모든 인간은 죽는다. 그래서 죽음은 표면적으로 언제나 승자다. 대신 인간은 명예를 지녀야 한다. 신과 가장 닮게 창조된 인간은 내면에 신성을 지니고 있으나, 그것은 안에서나 밖에서나 늘 죽음에 위협받고 있다. 그래서 인간은 죽음의 힘에 맞서 싸움으로써 자기 자신의 의미를 인식하고 존재의 가치를 의식해야 한다. 이것은 다름 아닌 윤리적 싸움으로, 이 싸움에서 인간은 신성을 자기 안에 가질 수 있다. 이것은 죽음과의 싸움을 통한 자아실현이고 자아상승이다. 여기엔 중세의 세계관과는 다른 새로운 인식, 즉 "삶이 죽음을 위해 있는 것"이 아니라, 삶이 진정한 삶 자체가 되기 위해서 죽음을 필요로 한다는 인식이 내재해 있다.

밖으로는 죽음이 승리하고, 안으로는 인간이 승리한다. 농부는 내면의 신성에 대한 믿음에서 그의 파괴자이며 부정자인 죽음을 물리친다. 그리스도가 인류에 대한 사랑으로 죽음을 물리쳤듯이, 농부는 아내의 죽음으로 인한 고통 대신에 그녀의 죽음을 그의 사랑으로 극복할 수 있어야 한다. 농부는 간결하지만 아주 위대하게 말한다.

그녀가 나에게 사랑스런 죽음이라면, 내 기억에서 언제나 살아 있다.

사랑은 오래 계속되고 죽음을 극복한다. 부활의 의식이 농부에게서 흐르고, 그에게 생명의 힘을 준다. 하지만 여기서 강조하는 것은 인간이 죽음을 극복하기 위해 어떤 수단으로, 어떤 정신에서 그가 죽음에 대치해 있느냐는 것이다. 중요한 것은 전체적인 인간적·윤리적 자세이다. 새로운 인문주의 이상이 여기서 처음으로 힘 있게 나타난다.

종교개혁이 만들어낸
죽음의 새로운 시각

루터는 1483년 11월 10일 광부 한스 루터의 아들로 아이스레벤에서 태어나 1546년 2월 18일에 그곳에서 사망했다. 그의 아버지는 1484년 하르츠 근방의 만스펠트로 이주했고, 루터는 그곳에서 5세 때 천민학교를 다녔다. 1497년에는 마그데부르크에서 대성당 부속학교를 다녔으며, 1498~1501년 아이제나하에서 학교를 다녔다. 1501년부터 루터는 에르푸르트 대학에서 공부했다. 그는 1505년 초에 석사학위를 획득했고, 그해 5월에 법학 공부를 시작했다. 같은 해 7월 17일 에르푸르트에 있는 아우구스티누스 수도원에 수도승으로 들어갈 때, 놀랍게도 그의 바로 옆에 벼락이 떨어졌다. 그때 그는 벼락을 신의 심판으로 여기고 신의 뜻을 진지하고도 엄숙하게 받아들이는 삶을 살 것을 맹세했다.

그 뒤 그는 신학 공부를 시작했고, 1507년에 신품성사神品聖事를 받았다. 1508년부터는 비텐베르크 대학에서 도덕철학을 강의했다. 1509년부터 그는 다시 에르푸르트 대학에서 강의를 했으며, 1511년 마지막으로 비텐

르네상스 시기 종교개혁을 이끈 마르틴 루터의 초상화(1529)

베르크로 이주했다. 1512년 그는 박사학위를 받음으로써 성서학 교수직을 얻는다. 그 후 수년 동안 모든 율법존중주의에 반대하고 오로지 신앙에 근거를 둔 종교개혁을 위한 신학의 기초를 쌓았다.

그의 교회에 대한 핵심적인 비판은 무엇보다도 면죄부에 대한 것이었다. 그가 면죄부에 반대해서 1517년 발표한 95편의 테제는 종교개혁의 첫 시작을 알렸다. 1520년 중간에 교황 레오 10세로부터 전달된 파문협박문서에 의해 루터는 1521년 초 파문당했고, 이후 국외로 추방당했다. 그는 친구들의 도움으로 바르트부르크에 임시로 머물게 되었고, 그때 성서번역을 시작했다. 1522년 이미 신약성서가 나왔고, 1534년 구약성서도 출판되어서 성서 전체가 독일어로 번역되었다. 그는 성서를 작센 왕실의 통치하에 있는 독일 중동부 지역 서민계층의 독일어로 번역함으로써 광범위한 서민계층의 민중교본으로 만들었으며, 나아가 민중언어로써 미천한 사람들의 생각과 사상세계를 표현하려 노력했다. 그의 성서는 신속히 대중성을 얻게 되고, 오래 유지할 수 있었을 뿐만 아니라 독일어의 새로운 문어를 형성하는 데 결정적으로 기여했다. 그래서 루터성서는 구어로 된 예술작품으로서 독일어 표준어가 형성되기 이전의 수세기 동안 언어 형성에 큰 영향을 주었다. 이런 의미에서 괴테는 독일 사람들이 루터에 의해서 처음으로 한 민족이 되었다고 말했다. 헤겔은 루터의 모국어 성서번역을 그 당시에 "일어날 수 있었던 최대의 혁명들 중에 하나"로 보았고, "루터는 성서를 독일어로 번역하지 않았다면 그의 종교개혁을 완성하지 못했을 것이다"라고 말했다.[25]

비텐베르크 대학시절부터 루터는 혁명적인 생각으로 신을 새롭게 이해하기 시작했고, 복음신앙에 대한 연구에 몰두했다. 마침내 그는 모든 해답의 근거를 신앙에서 찾게 되었다. 루터는 존엄한 신과 죄 많은 인간이라는 대립명제를 통해서 깊이 감동받았으며, 로마서를 공부하면서 죄지은 인간은 오직 신앙을 통해서만 구원될 수 있다는 확신에 이르게 되었다. 좋은 행위라고 해서 인간을 죄악의 상태에서 벗어나게 할 수 없고, 오직 신앙과 신의 은총을 통해서만 인간은 구원될 수 있다는 것이다. 루터는 모든 지혜가 성서에 있다고 보았다. 그래서 그는 구원의 문제에 있어서 다른 인문주의자들과는 달리 이성을 '악마의 창녀'라고 주장하면서 인문주의적 이성에 근거한 믿음을 통렬하게 비난했다.[26]

죄의식이 루터를 자비로운 신과 구원의 확신을 위한 싸움에 몰아넣었다. 그는 죄를 아담의 원죄처럼 형이상학적 의미에서의 불행으로만 인식하지 않았기 때문이다. 그에게 죄는 인간의 행위에 의한 "신이 정한 윤리적 질서와의 개인적 단절에" 있었다. 즉 신과 인간 사이의 간격은 형이상학적이 아닌 윤리적 간격이다.[27] 여기서 죽음은 성서적 의미의 한계를 넘어서 새로운 윤리적·현실적 의미와 가치를 얻는다.

'죽음은 죄의 대가'라는 중세 기독교를 지배했던 성 아우구스티누스의

임종을 앞두고 침상에 누워 있는 루터의 모습(16세기, 백목화, 베를린 독일역사박물관 소장)

교리는 아우구스티누스 수도원에 수도승으로 신앙생활을 했던 루터에게
도 마찬가지였다. 죽음은 죄에 의한 신의 분노에서 당연한 것이다. 죄의
대가가 죽음이다. 그리고 죄가 있는 곳에 죽음도 따라야 한다. 하지만 신
에 의해 정해진 불가항력적인 불행으로 파악되었던 중세의 죽음에 대한
이 인식은 이제 루터에 의해서 성 바울st. Paul의 가르침에 따른 의미에서
새롭게 윤리적으로 구축되었다. 즉 인간은 아담의 원죄에 의한 형이상학
적 의미의 죄 때문이 아니라, 개인적으로 죄를 짓고 그 벌로서 죽음을 감
수해야 한다. 아무도 인간을 그런 개인적인 죄와 죽음의 곤경에서 구할
수 없다. 오직 인류를 대신해 죽은 그리스도의 죽음과 부활만이 인간을
죄와 죽음의 곤경에서 구할 수 있다. 그리스도의 죽음은 인간의 죄를 없
애준다. 죽음이 없다면, 죄는 결코 사라지지 않을 것이다. 그리스도는 우
리에게 죄가 죽음에 의해 교살될 것임을 가르쳐준다. 이는 '죽음은 죄의
대가'와 상반된다.[28]

루터는 한 탁상연설에서 죽음의 근원에 대해서 말했다. "우리가 죽는

다는 것은 신의 뜻입니다. 그러나 그분은 그것을 기뻐하지 않으십니다."[29] 비록 죽음이 오직 신의 섭리에 의한 것이라 해도, 그 섭리의 본뜻에 의하면 인간이란 피조물은 죽기 위해서 만들어지지 않았다는 것이다. 곧 루터에게 죽음은 신의 섭리를 거역하는 것으로, 그는 죽음에서 그리스도와 신의 뚜렷한 적을 본다. 《보헤미아의 농부》에서 농부가 중세에서 처음으로 죽음을 인간과 신의 적으로 고발한 충격적인 생각은 루터에게서 확실한 의식으로 굳어지면서 거의 상투어가 되었다. 그래서 죽음은 모든 그리스도교 사람들에게 '가장 큰 최후의 적'이 되었다. "그 이유는 다른 모든 사람들이 죽음을 향해 재촉해 가고, 우리가 분명히 그 모든 사람들에게서 벗어나 있다 해도, 죽음은 여전히 남아서 우리를 붙잡고 있기 때문이다."[30]

그래서 그리스도는 우리의 구세주로 군림한다. 언제나 루터는 죽음의 생각을 그리스도의 죽음 극복을 전하는 고린도전서와 연결한다. "그리스도는 죽음의 적이고, 반대로 죽음은 그리스도의 적이다. (…) 그리스도는 그런 적대관계를 행동으로 증명했기 때문이며, 그때 그는 죽음을 아무것도 더는 그에게 반항할 수 없도록 짓밟았기 때문이다."[31] 그리스도에 의해서 죽음은 극복되고 파괴된다. 그리스도처럼 기독교인도 죽음의 승자가 된다. 그런데 기독교인이 알아야 할 것은 "지상의 어떤 도움도 우리가 타고난 죽음에 반항하지 못하며, 우리는 다른 사람들처럼 죽음을 견디고 고통당해야 한다"[32]는 것이다. 즉 인간의 힘으로 죽음을 극복하는 것은 불가능하다. 때문에 그리스도에 대한 신앙이 절대적 전제이다. 신앙이 없는 곳에, 양심은 불안해하고 겁을 먹는다. 14, 15세기에서 죽음의 충격은 너무나 컸기 때문에 그리스도를 통한 죽음의 극복에 대한 확신은 거의 사라졌다. 비로소 루터가 이 확신을 다시 불러일으키고, 그리스도의 승리 행위를 일반적인 의식과 믿음의 중심에 두었다.[33] 보헤미아의 농부처럼 루터도 죽음을 인간이 싸워야 할 적으로 평가했다.

루터는 처음으로 죽음을 나와의 관계에서 신神질서의 파괴자로 파악했고, 그래서 싸워야 할 적으로 생각했다. 그는 영원한 구원의 의미에서 어떻게 죽음과 싸워야 할 것인가를, 다시 말해서 어떻게 현실 속에서 '바른 죽음을 맞이할 것인가ars moriendi'를 배워야 한다고 강조한다. 그는 중세 후기의 사람들이 지나치게 죽음의 공포 속으로 빠져들어 깊은 사고 없이 죽음에 너무 많은 시간과 공간을 허용했던 것을 경고한다. 이 같은 인간의 어리석음에서 사람이 죽음을 깊이 생각하면 할수록 죽음은 그만큼 더 강한 힘으로 두렵고 위험하게 다가오기 때문이다. 그것은 위협적일 뿐 결코 유용하지 않다. 우리는 이런 죽음의 모습을 우리의 의식 속에서 쫓아내야 한다. 그래서 사람은 삶 속에서 죽음을 생각해야 하고, 죽음의 생각 속에 있는 자신을 연마할 때 비로소 죽음에 대한 올바른 생각에 가까이 다가갈 수 있다.[34] 루터는 1519년에 쓴 올바른 죽음을 위한 준비에 대한 강연문에서 이렇게 밝힌다. 그러나 그의 가르침은 근본적으로 그 당시나 이전의 죽음에 대한 책들과 구별된다.[35] 우선 그는 죽음의 끔찍스런 모습에 대해서 말한다. 그리고 어리석고 겁먹은 영혼은 그런 죽음의 끔찍스런 모습을 가슴에 지니고, 신을 잊어버리고 복종하지 않게 된다는 것을 말한다. 그래서 그리스도는 신앙으로 무장한 기독교의 기사처럼 죽음과 싸웠다. 마찬가지로 기독교인 각자는 그리스도에게서 힘을 얻어 자유롭고 당당하게 신 앞에 나서기 위해 스스로 죄와 악마와 죽음에 맞서 싸워야 한다. 각자는 신 앞에서 스스로 책임을 져야 하듯이, 죽음 앞에서도 책임을 져야 한다. 루터는 한 탁상연설에서 죽음 앞에서 스스로 자신을 지킬 것을 요구한다.

우리는 모두가 죽게 되어 있습니다. 그리고 아무도 다른 사람을 대신해 죽지 않을 것입니다. 반대로 각자는 악마와 죽음과 싸우기 위해 갑옷을 입고 무장을 해야만 합니다. (…) 우리는 그들(다른 사람—필자 주)을 위해서 싸움도 언쟁도 할 수 없습니다. 각자는 그의 성체 위에서 자신을 보고, 적들과 함께, 악마와 죽음과 함께 뒤섞여 홀로 그들과 싸워야만 합니다.[36]

위의 글에서 죽음의 극복에 대한 루터의 새로운 생각이 나타난다. 이는 중세에서처럼 전체적으로 체험되는 죽음의 극복이 아니라, 경건한 기독교 신앙에 바탕을 둔 인격에서 비로소 체험되는 개인의 죽음 극복이다.[37] 이 경우 죽음이 지닌 공포는 더 이상 기독교인을 놀라게 하지 않는다. 루터는 거의 모든 설교나 탁상연설에서, 죽음은 신을 경외하는 경건한 자에겐 오직 새로운 생명으로 가는 입구일 뿐이며, 영화를 위해 다시 깨어나는 잠일 뿐이라고 전도한다. "우리는 죽음을 향해 갈 수밖에 없습니다. 그러나 그리스도 안에서 죽음은 짧은 잠일 뿐입니다."[38] 이 잠에서 우리는 이 삶의 모든 고난과 불행에서 벗어나 그리스도가 그의 영원한 영광과 기쁨으로 우리를 깨우고 부를 때까지, 안락한 침대에서처럼 편안하게 짧은 순간을 쉬어야 한다.[39] 그렇게 루터에게서 죽음의 문제는 삶의 문제, 부활의 문제로 변한다.

그러나 신을 부인하는 자는 새 생명을 보지 않고 허망한 죽음만을 본다.[40] 반복해서 루터는 죽음에서 아무런 끔찍함도 소름 끼치는 것도 느끼지 않는 불경한 사람을 위해 죽음의 공포를 생생하게 묘사한다. 믿지 않는 자는 죽음에 굴복한다. 하지만 믿는 자는 죽음을 극복한다. 죽음의 극복은 루터가 지칠 줄 모르게 전도하는, 신앙심이 강한 인간의 죽음에 대한 경멸이다. 죽음에 대한 경멸은 루터 신앙의 핵심이다. 그리스도는 죽음을 무시한다. 죽음은 그에겐 웃음거리이다. 그렇게 기독교인도 죽음에 대항해야 한다고 루터는 설교한다.

지금 죽음이 독실한 기독교인에게 온다면 그들은 이렇게 말합니다. "어서 오너라, 사랑하는 죽음이여, 무슨 좋은 것을 가져오는가? 너는 여기서 무엇을 찾는가? 내 옆에 누가 있는지 너는 알지 못하는가? 그리스도는 나의 정의시다. 여보게, 이리 와서 내게서 그것을 가져가게, 네가 그것을 내게서 가져간다면, 나는 너를 따르겠다. 그러나 너는 그렇게 하지 못할 것이다. 그러니 기독교인은 죽음에 반항한다.[41]

루터의 이 말은 중세에서는 들을 수 없는 아주 새로운 소리이며, 루터가 체험하고 완전히 자기 것으로 만든, 성 바울의 가르침에 따른 소리이다. 루터는 1545년 5월 31일 청중을 가장 열광시킨 설교에서 성 바울이 전한 그리스도의 죽음에 대한 승리, 생명의 승리를 환호한다.[42] "죽음아, 너의 승리는 어디 갔느냐? 죽음아, 너의 독침은 어디 있느냐? 지옥아, 너의 승리는 어디 있느냐?" 루터는 이 말을 설교에 자주 인용했다. 그리고 "그리스도는 나의 생명이고, 죽음은 나에게 이득이며", 또한 죽음은 "기독교를 믿는 모두에게 유익한 것"이라고 설파한다. 그들은 그만큼 일찍 새 삶으로 가기 때문이다. 죽음은 그리스도인에게 이득일 뿐, 그들은 죽음에서 아무것도 잃지 않는다. 그럼에도 죽음은 그들에게 죽을 것을 명한다.[43]

루터의 세례교리는 대부분 그의 죽음에 대한 숙고에 기초한다. 사람은 언젠가는 죽지만, 언제일지 아무도 모른다. 다만 기다릴 뿐이다. 그래서 사람은 영원히 살 것처럼 일해야 하는 반면, 지금 죽을 수 있다는 생각도 해야 한다. 아무것도 확실하지 않다.[44] 이렇게 사람은 내일을 모른 채 살아가야 한다. 만일 신이 인생의 시간을 알려준다면, 우리는 모든 관계에서 훨씬 더 나빠질지도 모른다. 그런데 우리는 미래를 전혀 알 수 없음에도 불구하고 죽음을 생각하지 않고 악으로부터 떠나지 않는다.[45] 사람은 인생에서 죽음을 익혀야 하고, 항상 생각해야 한다. 죄 지은 사람이나 믿는 사람이나 모두가 언제 올지 모르는 죽음의 선고를 받았기 때문이다.[46] 이때 기독교인은 믿음에서 죽음을 경멸하고, 그리스도처럼 죽음이 부활을 전제한 달콤한 잠으로 볼 수 있지만, 신을 믿지 않는 자는 생명의 위험에서 떨고, 절망하고, 겁먹고, 어리석은 바보가 되어 영원한 죽음만을 생각한다. 우리 모두에겐 다시 깨어날 때 죽음의 나락으로 떨어질지, 죽음을 지나 낙원으로 갈지를 결정하는 최후심판의 날에 대한 두려움이 있다.[47] 인간이 현세에서 반신적인 것, 반윤리적인 것에 대항해 싸우기 위해 노력할 때, 인간은 최후심판의 날 뒤에 오는 영생의 평화와 행복을 얻을 수 있다. 여기에는 죽음의 극복보다 죽음에 대한 경멸이 우선하며, 죽음에 대한 승리 자체보다 승리를 위한 싸움이 더 강조된다. 이것은 루터의 종교개혁에서 가장 중요한 죽음의 모습을 이루는 윤리적 수용을 위해 싸우는 힘이다. 이 죽음의 모습은 계몽주의와 고전주의에서 다시 활성화된다.

루터는 악마의 시험과 싸웠듯이 죽음과도 싸운다. 루터는 "죽음으로 인한 공포로 거의 죽을 뻔했던 생각을 자주 했다"고 고백한다.[48] 루터는 죽음에 대한 의식을 항상 가졌고, 아우구스티누스처럼 인생이 죽음을 향해 가는 발걸음이라고 했다. 즉 "우리 삶은 죽음으로 둘러싸여 있다"는 것이다. 이제 루터는 이 명제를 갱신한다. "우리 죽음은 삶으로 둘러싸여 있다." 루터도 죽음의 심연을 전율하면서 느낀다. 그러나 그는 구세주의 죽음에서 소생과 부활을 통한 구원을 더 강하게 느낀다. 루터는 세례성사를 상징적으로 죽는 것과 다시 태어나는 것으로, 죄의 죽음과 부활로 느끼고 해석했다.[49] 루터에게 죽음은 그것이 아무리 강하다 해도, 언제나 다시 새롭게 은혜가 충만한 부활의, 극복의, 승리의 체험으로 받아들여진다. 루터는 어디서나 죽음에서 부패가 아니라 생명을 본다. 그래서 그의 죽음에 대한 생각은 중세 후기와 가장 심한 대립을 이루는, 새로운 생명에의 기쁨에서, 세계에 대한 호감에서, 세계의 신성화에서 특징을 나타낸

루터가 바울의 성서를 연구하고 교수로 지냈던 비텐베르크 성의 교회

다.[50] 다시 말해서 그의 죽음에 대한 생각은 윤리적 행위와 의무를 실현하는 기초를 이룬다.

루터의 사학 개념은 철저하게 신약성서, 특히 성 바울의 가르침에 기초한다. 루터는 바울의 성서를 연구했을 뿐만 아니라 비텐베르크에서 신학교수로 강의할 때 주제로 선택하기도 했다. 그는 1515년에서 1516년까지 성 바울이 '로마인에게 보내는 편지Römerbrief'를, 1517년에는 '갈라디아인에게 보내는 편지Galaterbrief'를, 1517년과 1518년에는 '히브리인에게 보내는 편지Hebräerbrief'를 연구했다.[51] 이 편지에는 최후의 심판에 대한 두려움이 현세와 내세의 존재 중심에 있다. 인간의 죄를 처벌하는 신은 사후의 인간 영혼을 낙원, 연옥, 지옥으로 구분해서 판결하기 때문이다.[52] 이 두려움이 루터의 죽음에 대한 생각의 중심을 이룬다.[53] 이 두려움의 극복을 위해서 루터는 스스로에게 죄지은 인간이 신과의 관계에서 다시 정상으로 될 수 있도록 어떻게 해야만 하느냐에 대해서 묻는다. 처음에 루터는 자기회의와 처벌하는 신에 대한 깊은 공포에 빠졌다.[54] 하지만 성서는 권위 있는 힘을 가지고 있기 때문에, 인간은 신 앞에서 오로지 자신의 신앙을 통해서 정당해야 한다고 루터는 주장한다. 그는 자신의 주장을 '로마인에게 보내는 편지'에서 확인한다. "사람은 율법을 지키는 것과는 관계없이 믿음을 통해서 하느님과 올바른 관계를 맺는다고 우리는 확신합니다." 루터에게는 교회의 '율법'이 아니라 개인의 '믿음'이 변신론의 핵심을 이룬다. 믿음이 있는 자에게 신은 처벌하는 신이 아니라 구원의 자비로운 신이다. 루터는 한 교리문답서에서 묻는다.

"하나의 신을 가진다는 것은 무엇을 말하는가, 또는 신이란 무엇인가?" 그는 대답한다. "신이란 사람이 그것에서 모든 선을 갈망하고, 온갖 고통 속에서 그것에 호소해야 하는 그 무엇인 것이다. 그러니까, 마음의 신뢰와 믿음만이 그 무엇을 신으로뿐만 아니라 우상으로 만든다고 내가 자주 말했듯이 '신을 가진다'는 것은 바로 그를 진심으로 신뢰하고 믿는다는 것을 의미한다. (…) 내가 말하노니, 네 마음이 애착하고 기대하는 것, 그 것이 본래 너의 신이다.[55]

루터에 의한 신의 정의는 죄짓고 버림받은 인간을 변호하고 구원하는 신이다. 원래 루터는 신이 올바른 재판관처럼 인간을 심판하는 처벌의 정당성을 이해했다. 그것은 루터가 성 바울의 로마서에 집중적으로 몰두할 때까지, 그를 자기절망으로, 그리고 처벌하는 신에 대한 깊은 두려움으로 몰고 갔다. 그러나 루터가 생각하는 신의 용서는 오로지 신의 자비를 믿는 자들에게서 나타난다. 참회하며 믿는 자들에게 그들의 죄는 더해지지 않고, 오히려 자비롭게 용서된다. 신의 정의는 곧 자비이다. 그런데 신의 자비는 신만이 베풀 수 있고, 인간의 업적으로는 불가능하다. 루터는 예수 그리스도의 죽음만이 신의 자비를 대신해서 인류를 구원하는 행위라고 해석한다. 오로지 예수의 희생을 통한 구원의 믿음에서 죄인들에게 신의 변호와 구원이 주어진다.[56] 그래서 루터의 포괄적인 신학은 '오로지' 또는 '오직 -만이'라는 뜻의 라틴어 형용사인 '솔라Sola'를 체계적으로 사용한 다섯 개의 문구로 요약된다. 더 자세히 말해서 '오직 예수 그리스도만이solus Christus', '오직 은혜를 통해서sola gratia', '오직 믿음을 통해서 sola fide', '오직 성서만이sola scriptura', 그리고 '오직 신만이 명예이다soli Deo gloria'라는 문구들이다.[57]

죽음에 대한 경멸을 루터는 신앙뿐만 아니라 로마의 고대문화에서도 발견했다. 그래서 그에겐 로마의 정치가이며 학자인 키케로가 소중했고 존경스러웠다. 이교도인 키케로는 "나중에 우리는 아무것도 아닌 것이 되거나 아니면 행복 하게 될 것"이라고 말했기 때문이다. 여기서 루터는 자신에게는 무섭고 소름 끼치는 죽음을 이교도들은 왜 아름다운 것으로 생각하는지 그 이유를 묻는다. 말하자면 고대의 가난한 이교도들은 영원한 생명에 대해서 아무것도 알지 못했고, 죽음에 대해서도 별로 신경을 쓰지 않았지만, 어떻게 죽음을 기독교인 못지않게 진지하고 높게 생각했느냐는 것이다. 그러나 우리가 아는 것은, 오늘날 기독교인은 죽음에 관해서 말할 때 고대의 이교도보다 더 많이 두려워하고 심하게 놀란다는 것이다.[58] 영혼의 불멸은 루터에게 영생에 대한 다른 표현일 뿐이다. 이런 의미에서 키케로가 말하는 영혼의 불멸은 루터의 영생과 일치하는 것으로, 이는 루터가 키케로의 이 구절을 기독교적으로 새롭게 해석한 것이라 할 수 있다.[59]

죽음에 반항할 수 있다는 것, 죽음에서 자유롭다는 것, 그 위에 서 있다는 것, 그것은 새로운 의식이다. 그것은, 기독교인은 신앙을 통해서 정신적으로 만물의 주인이 될 정도로 고귀해지고, 그 어떤 것도 그의 행복을 해칠 수 없으며, 오히려 그것이 생명이건, 사망이건, 죄이건, 경건이건 간에, 모든 것은 그가 행복해지도록 도와야만 하고, 죽음과 고통도 기독교인에

게 도움이 되고, 행복을 위해 유용해야만 한다는 새로운 의식인 것이다.[60]

루터가 예수 그리스도에 대한 경건한 신앙에서 찾고 발견한 것, 즉 죽음을 악마로 보고 적대시하고 경멸하려는 루터의 정신은 당시의 여러 학문적·정신적 분야에 큰 영향을 주었다. 우선 루터의 생각은 16세기 문학의 소재와 내용에 강하게 작용해서, 문학은 종교개혁을 위한 새로운 힘으로 나타났다.[61] 따라서 당시의 죽음에 대한 생각도 새롭게 형성되었다. 게다가 인쇄술의 발견으로 죽음에 대한 문학적, 조형 예술적 형성이 급격히 증가하고, 새로운 세기의 첫 10년에 절정에 이르게 되었다. 이제 죽음의 생각은 공공의 깨어 있는 의식이 되었을 뿐만 아니라, 종교적 영역에서와 마찬가지로 세속적인 영역에서도 개개인의 깨어 있는 의식 속으로 들어왔다. 그래서 "각자는 자기 나름대로 악마와 죽음과 싸울 무장을 하고 준비가 되어 있어야 한다"는 죽음에 대한 루터의 생각이 문학에서 비유적으로 형성되었다.

많은 연극에서 죽음은 형사재판관적인 막강한 위력으로 인간에 군림했던 중세 후기의 모습과는 달리, 악마의 동료로서 그리스도에 의해서 파멸되는 모습으로 등장했다. 문학작품들은 중세의 '죽음의 무도들'에서의 죽음을 민속경연대회에서의 모습으로 만들었고, 죽음은 의인화되어 살아 있는 사람들과 함께 어울렸다. 골계적 성향을 지닌 연극에서 중세를 지배했던 죽음의 위력은 일반인의 의식에서 점점 사라져 가고, 죽음은 격하되고, 점점 더 우스꽝스러운 모습으로 저속하게 표현되어 마치 그리스도에게 속아서 힘을 빼앗긴 어리석은 허풍선이 같은 허약한 모습으로 나타난다. 대표적인 예로 중세의 성극聖劇들, 한스 작스의 〈사육제극Fastnachtsspiel〉을 비롯해서 토마스 무르너, 요한 피샤르트Johann Fischart(1546~1590)의 풍자적 성격을 띠고 있는 작품들과 키리아쿠스 스판겐베르크Cyriacus Spangenberg(1528~1604)와 외르크 비크람Jörg

제바스티안 브란트의 《바보선》
기독교적 구제의 신앙을 외면하고 바보 세상의 어리석음에 빠진 인간을 상징화한다.

Wickram(1520~1562), 제바스티안 브란트의 익살극을 들 수 있다. 특히 브란트의《바보선Das Narrenschiff》(1494)이 대표적인 작품이다. 이 작품에서 새로운 시대의 상징으로 바보상이 그려진다. 이는 기독교적 구제의 신앙을 외면하고 바보 세상의 어리석음에 빠져버린 인간을 상징화한 것으로, 특히 종교개혁이 활발했던 시대에 성행했던 풍자였다. 이 시기의 십여 년 동안 바보상은 오직 구원불가능한 자들을 상징하는 것이 되었다. 이 작품에서 풍자는 타락한 세계를 보여준다. 세상에 현혹된 사회 각층을 대표하는 바보들은 어리석음의 강을 통해서 고통으로 가득 찬 가짜 천국을 향해 나아가지만 헛일이다. 이로써 브란트는 동시대인의 신앙결핍과 도덕적으로 타락한 세계를 보여주고 비판하면서 참된 깨달음을 주려 했다.[62]

이들 작가들은 연극에서 죽어가는 많은 사람들을 다루었다. 그러나 죽음의 생각은 루터 교리의 한계를 벗어나지 않았다. 죄가 지배하는 곳에 죽음 또한 존재하며, 죽음은 죄의 대가이자 경건한 자를 삶과 사망의 고통에서 해방시킨다는 것이다. 그래서 죽음은 신앙이 깊은 사람에겐 기쁨이

자 선이고, 나쁜 사람에겐 더는 죄를 짓지 않는 용기를 돌려줌으로써 인간은 그리스도를 통해서 구원되고 부활한다는 것이다. 이것이 바로 루터의 믿음이고 경건한 믿음에 뿌리를 둔 죽음의 극복이다. 결국 신앙이 죄인을 구하며, 죽음이 신의 사랑 앞에서 도망가야만 한다는 것이다. 한스 작스는 "네가 죽는 것을 올바로 배웠다면, 그것은 모든 예술 위의 한 예술일 것이다"라고 말했다. 외르크 비크람도 죽음을 위해 준비가 되어 있어야 한다고 강조했다. "우리 모두는 전적으로 죽음의 지배에 있기 때문에, 허무한 죽음에 지나치게 놀라는 것은 쓸데없는 두려움이다." 이는 죽음을 극복해야 한다는 루터의 소리이고 그의 강한 신앙이다. 이들은 좋은 '죽음을 맞이하는 법ars moriendi'을 작품 속에서 비유적으로 형성하고 가르치려 했다.[63]

하지만 작가들은 또한 죽음에 대한 16세기의 정직하고도 객관적인 생각을 구체화한다. 다시 말해서 이들의 죽음에 대한 생각에서 그리스도의 은혜를 통한 죽음의 극복에 대한 종교개혁자 루터의 깊은 고뇌보다 세상에 대한 경멸의 모습이 더 강하게 나타난다. 16세기 후기의 드라마에서 죽음의 파괴는 양보할 수 없는, 아주 당연한 상속물로 작용한다. 여기서 비록 죽음의 악마화가 루터와 연관해서 분명하게 관찰될 수 있지만, 다른 한편으로 그것은 인간의 정신과 윤리적 의지를 통해서 죽음에 대한 승리를 비유적으로 나타내려는 작가들의 문학적 의도다. 여기에는 그리스도의 은혜를 통한 죽음의 극복보다는 인간의 정신과 윤리적 의지를 통한 죽음의 극복을 더 강하게 나타내려는 감정이, 다시 말해서 인생을 긍정하는 르네상스적 기본 감정이 죽음에 대한 감정보다 더 강하게 나타났기 때문이다.

16세기의 사육제극이나 익살극 같은 작품들에서 죽음과 악마가 죄인의 영혼을 가지고 싸울 때, 죽음으로 가는 발걸음은 우스꽝스럽게 묘사된다. 이때 나타나는 조소와 해학에는 '실용적인 시민정신과 인간의 약점에 대한 통찰'[64]에 근거한 죽음의 극복을 위한 파토스가 숨어 있다. 즉 사람들은 루터의 죽음 극복에 대한 확신에 의존하지 않으면서도 죽음의 폭력을 견디고 극복할 수 있다는 것이다.[65] 이 시대의 극작품들, 종교시들, 개신교의 종교개혁적 찬송가들은 루터적 신앙의 토대에서 여전히 부활에 대한 믿음과 죽음에 대한 승리가 계속 작용하지만, 여기에는 루터처럼 죽음과 싸우는 노력도 없고, 죽음의 파멸과 부활에 대한 환호와 승리도 없다. 여기에는 그 시대 삶의 근본적 감정과 죽음의 감정이 동시에 울리고 있다. 비로소 르네상스 시대에서 삶과 죽음의 새로운 생각이 중세의 죽음과 먼 모습으로 옮겨간다. 이 모든 것에서 사람들은 죽음이 실제로 16세기에서 일상적인 삶의 모습이 되었다는 것을, 그리고 죽음이 옛 시대의 품위를 잃었다는 것을 인식한다. 종교개혁이 시작하는 시대에서와는 달리, 늦은 16세기에서는 죽음의 모습도 더는 위대하거나 대단한 특징을 지니지 않는다. 바로 바로크시대이다.

1556년의 《보헤미아의 농부》의 농부가 그랬듯이, 외르크 비크람의 도덕 시 《길 잘못 든 순례자Irreitend Pilger》에서도 홀아비 아르놀트Arnold는 가장 사랑하는 아내를 뺏어간 죽음에게 해명을 요구하며 싸운다. 여기까지는 《보헤미아의 농부》의 논쟁 시와 일치한다. 그러나 끝 부분에서 차이가 분명해진다. 즉 논쟁 시에서 보헤미아의 농부는 의식적으로 죽음을 인간과 신의 적으로 공격하지만, 죽음이 그에게 거역할 수 없는 힘을 나타낼 때, 싸움을 포기하고 신에게 자신의 축복받은 종말과 영원한 기쁨을 간청한다. 그러나 순례자 아르놀트는 신에게 자신의 뜻에 반해서 죽음과 싸웠던 죄에 대한 용서를 구한다. 다시 말해 농부는 온갖 겸허함으로 신 앞에 머무는 반면에, 순례자는 죽음에 대한 자신의 공격을 탓한다. 즉 그의 아내의 죽음은 다만 그의 세속생활에 대한 벌일 뿐이라는 것이다. 여기서 보헤미아의 농부에서 보이는 신과 세계에 대한 경건은 순례자에게서 시민계급사회의 좁은 도덕적·윤리적 풍습에 동화되어 세속화한다.

철학한다는 것은 죽음을 배우는 것

루터의 종교개혁과 함께 르네상스시대의 인문주의는 또 다른 하나의 중
요한 사조이다. 종교개혁시대의 독일 사람들에겐 무엇보다도 종교가 아
주 중요했기 때문에, 당시 죽음은 전체적으로 철학적 사변을 위한 동인이
아니었다. 그러나 다른 한편으로 그 세기에 인문주의자들은 죽음의 문제
를 철학적으로 관찰하기 시작했다. 유명한 독일의 철학자이자 신학자이
며 수학자인 니콜라우스 쿠사 Nicolaus de Cusa(1401~1464)는 중세 후기에
서 새 시대로 넘어가는 과도기의 인문주의자로서 예수의 죽음과 부활의
신비를 삶의 개념과의 관계에서 규명하고, 처음으로 죽음을 오직 소멸로
서만 관찰했다. 쿠사의 이런 관찰은 놀랍게도 《예정 조화설》로 계몽주의
의 시작을 알린 고트프리트 빌헬름 라이프니츠보다 200년 이상이나 앞
섰다. 스위스 출신이면서 독일 정신의 진수로 간주되는 의사이자 철학자
였던 파라켈수스 폰 호엔하임 Paracelsus von Hohenehim(1493~1541) 역시 죽
음을 비종교적·형이상학적 삶의 개념에서 새롭게 관찰하였다. "그는 육

설교하는 루터를 그린 루카스 크라나하의 동판화

체, 영혼, 착하고 악한 정신 사이의 신비스런 관계를 관찰했다. 세계와 우리가 그 세계의 주위 속에서 그 세계로부터 바라보고 파악하는 모든 것은 오직 반쪽 부분일 뿐이다."[66] 다른 반쪽 부분은 형이상학적 삶의 개념이 의식적으로 존재하는 영역으로 영생·본질·모태의 영역이라 할 수 있다. 삶은 영원하고 지속적이다. 다만 죽음은 존재의 가상에서 본질로 이월하는 것으로, 본질은 남아 있고 가상은 중지한다. 인간의 죽음은 순간적 삶의 끝에 불과하며, 다른 한편으로는 본질, 모태로의 귀의이다. 그렇다면 지상의 자연적인 인간은 흙에서 나왔기 때문에 흙 또한 인간의 어머니이다. 인간은 다시금 흙으로 돌아가야만 하고, 그 속에서 지상의 자연적인 육신을 잃을 수밖에 없다. 그래서 최후의 심판 일에 새롭게 변용된 천상의 육신으로 다신 한번 태어난다.[67] 그것은 결국 자기 자신의 영원한 생명의 실현이며, 그럼으로써 인간은 내면으로 신의 존재를 의식하게 된다.

쿠사와 파라켈수스의 관찰에서 그리스도의 죽음에 의한 구원과 영생의 기독교적 개념은 교회의 교의학적 구속에서 벗어나기 시작해서 순수한 형이상학적·철학적 개념으로 서서히 변하고 또 관찰된다. 철학자들은 그리스·로마의 고대 사상을 받아들임으로써 영혼불멸에 대한 기독교적 도그마를 공격하고, 죽음을 새롭게 조명한다. 하지만 죽음에 대한 종교적·철학적 두 개념은 새로운 것을 전혀 의식하지 못할 정도로 계속해서 서로 명확하게 구분되지 않고 뒤죽박죽되었다. 마르틴 루터와 함께 아우구스티누스 수도원의 수사였으며 대학자인 에라스무스 폰 로테르담 Erasmus von Rotterdam(1466~1536)이 대표적이다. 즉 에라스무스는 인간의 이성과 의지를 신의 선물로 생각하고, 정신이야말로 신성의 불꽃이기 때문에 인간은 이미 올바른 길을 의식하고 있다고 믿는다. 그는 박식한 신앙심에서 신과 대면할 수 있는 가능성을 발견했던 것이다. 반면 루터에 의하면 신은 모든 이성을 초월해 있기 때문에, 인간의 구원은 오로지 경건한 신앙 속에만 있으며, 인간의 이성과 의지는 신 앞에서 무력할 뿐이고, 다만 인간을 불성실하게 만든다.[68] 하지만 에라스무스는 죽음을 전적으로 철학적으로만 생각하지 못했다. 루터가 그랬듯이 그에게 있어서도 죄의 대가가 죽음이라는 기독교의 근본교리에서 벗어나지 못하고, 영혼의 미래를 가장 중요하게 생각했다. 육체가 사라지는 것은 자연법칙이다. 육체는 폭력적인 죽음 없이도 죽어야만 한다. 그러나 영혼이 죽는다는 것은 불행의 절정이라고 에라스무스는 《편람Enchiridion》(1503)에서 말한다.[69]

세바스티안 프랑크Sebastian Franck(1499~1542)는 문헌학적 성서 해석을 거부하고 인간에게서 불가해하게 살아 있는 신적 정신의 지배를 믿었다.[70] 영겁의 벌, 죽음, 악마, 증오는 인간 안에 놓여 있다. 그것은 인간이 스스로 사랑을 증오로, 생명을 죽음으로, 신을 악마로 전도시키기 때문이다. 하지만 신은 정반대이다. 아담이 신의 계명을 어기고 자의로 금단의 열매를 먹었을 때 생명이 죽음이 되었듯이, 인간은 자유로운 의지로 악을 범하고 죽음을 초래한다는 것이다. 가일러 폰 카이저베르크Geiler von Kaiserberg(1445~1510)는 죽음은 선하지도 악하지도 않지만 악한 자에겐 잔인하게, 착한 자에겐 선하게 작용한다는 양면성을 주장한다.[71] 인간은 사물에 악의 성격과 선의 성격을 준다. 여기서 이 모든 것들은 죽음에 대한 철학적 관찰이 교리문답식 교의학적인 틀과 속박에서 벗어나는 것이 얼마나 어려운가를 말해준다.

루터는《서간문Sendbrief》에서 영혼은 육체와 함께 죽는다고 가르쳐 영생을 부정하는 아리스토텔레스를 추종하는 거만한 이교도들을 질책했다. 루터의 불멸에 대한 믿음은 유럽의 휴머니즘에 큰 영향을 주었고 많은 학자들, 예를 들면 독일의 루터 신학자이며 인문주의자인 필립 멜랑흐톤Philipp Melanchthon(1497~1560)과 스위스의 홀드리히 츠빙글리Huldrych Zwingli(1484~1531), 마찬가지로 영국의 수상이자 최초의 현대적 국가소설인《유토피아》(1516)의 저자 토마스 모어와《수상록Essais》의 저자인 프랑스의 미셸 몽테뉴[72]는 종교개혁의 선구자들로 활동했다. 신에 의한 인간과 세계의 구원예정설을 주창한 프랑스 신학자 장 칼뱅Jaen Calvin(1509~1564)도 영혼의 불멸을 믿는 그 시대의 교의학적인 죽음에 대한 생각을 심화시킨다. 메디치 가문 출신이고 면죄부로 루터의 종교개혁을 불러일으킨 레오 10세Leo X(1475~1521)는 1513년에 영원의 불멸과 인격의 보호를 위한 교황칙서를 공포하기까지 했다. 그리고 프로테스탄트와 가톨릭 사이의 알력을 심화시켜 종교전쟁의 불꽃을 당긴 트리엔트 공의회Concilio di Trento(1545~1563)[73]는 종교개혁에 반발하여 프로테스탄트를 이단으로 규정하고, '죽음은 죄의 벌'이라는 가톨릭 교의를 재확인했다. 최후심판에서 구원될 수 있다는 환상이 교회로부터 풀려나서 회의와 체념이 되어간다면, 교회는 권위와 도그마의 위력을 상실할 수밖에 없기 때문이다.

그런데 신앙에 대한 자유투쟁은 시민들에게 종교적·정치적 자유에 대한 의미를 일깨워주었다. 사람들은 트리엔트 공의회에서 다시 새롭게 결의된 죽음의 벌에 대한 교의에 반항했다. 이 같은 반항은 비록 약했지만 눈에 보이지 않게 느린 변화를 가져왔다. 이 변화에는 사람들의 정신 속에 잠재해 있는 고대그리스·로마시대의 명예로운 죽음에 대한 정신과 자연주의적 삶의 관찰이 작용했다. 그것은 중세적, 그리고 가톨릭교회의 교의적 죽음에 반한 철학적·비교의학적 관찰이다. 비로소 죽음에 대한 자연스런 생각이 가능해졌다. 성서에 의한 죽음의 처벌 질서는 자연의 질서로 발전했다. 영국의 경험주의를 개척한 철학자이며 작가인 프랜시스 베이컨Francis Bacon(1561~1626)이 "죽는 것은 태어나는 것과 마찬가지로 자연스러운 것이다"라고 했듯이, 사람들은 죽음을 죄의 대가로서 그리고 다른 세계로의 이행으로서 관찰하는 대신 자연의 질서로 보려 했다. 죽음의 자연스런 근대적 세속화 현상이었다.[74]

이제 몽테뉴는 감각과 쾌락의 긍정에서 출발하는 에피쿠로스Epikouros (BC 341~270)의 철학을 받아들이고, 죽음을 경험적 자연과학의 바탕에서 합리적·철학적 방법으로 새롭게 관찰했다. 처음에 그는 항상 죽음을 생각함으로써 죽음과 친숙해지려고 애썼다. 그러나 그러한 노력이 헛된 것임을 곧 깨닫는다. 확실한 것은 현재의 삶이며, 죽음은 우리가 인생을 즐기는 것을 방해할 뿐이기 때문이다. 그래서 그에게서 죽음은 사탄처럼 인간에게 폭력을 행사하는 혐오적인 힘처럼 삶에 작용해서도, 연관되어서도 안된다. 즉 죽음은 죽음에만 존재해야 하기 때문에, 인간의 삶과 아무런 관계가 없다. 죽음이 삶의 질을 결정하는 것이 아니라 삶이 죽음의 질을 결정한다는 것이다. 말하자면 좋거나 나쁜 죽음의 모습은 좋거나 나쁜 삶에 의해 결정된다. 여기에 윤리적 삶의 필연성을 전제하고 있는 몽테뉴의 도덕관이 있다. 이러한 도덕관은 기독교의 도덕관과는 정반대이다.

몽테뉴는 고대문화와 자신의 삶의 지혜를 연결했다. 그는 역사적 인물들의 임종에 대한 보고들을 수집하고 이를 통해서 죽음의 문제를 더 깊게 파악하려 했다. 그에게는 "철학한다는 것은 죽는 것을 배우는 것이다." 이 명제가 그의 《역사서Geschichtliche Schriften》 제1권 19장[75]의 제목이라는 것이 이것을 말해준다. 그는 이 장에서 죽음을 중세의 세계 도피적 의미에서가 아니라, 처음으로 이론적으로 세속적인 영역 안에서 표현된 새로운 의미에서 이야기한다. 여기서 그에게 죽는 것을 배우는 것은 사는 것을 배우는 것이며, 삶을 더 깊이 이해하고, 더 자유롭게 파악하는 것이다. 이것은 죽음 위에 군림하고 죽음의 공포에서 자유로워지는 것을 의미한다. 그에게 있어서 "죽음에 대해 심사숙고하는 것은 자유에 대해 심사숙고하는 것이다."[76] 그에게 "삶은 그 자체가 악도 선도 아니다. 선과 악이 누구를 그 안에 두느냐에 따라서 선의 공간도 악의 공간도 된다."[77] 세바스티안 프랑크도 역사에서 어떤 모습도 죽음보다 더 많은 주의를 끌지 못한다는 생각에서 말했다. "만일 내가 작가라면, 나는 사람들에게 죽는 것을 가르쳐야 하고, 사람들이 사는 것을 배워야 하는 죽음의 여러 가지 방법들로 한 목록을 만들었을 것이다."[78] 죽음은 여기서 실제로 삶 속으로 돌아오고, 삶의 의미는 죽음 자체 안에 놓여 있다. "삶이 우리의 현존을 결정하고 우리의 모든 것이기 때문에 삶을 경시하는 생각은 우스운 것이다." 이것은 삶의 현세주의에 치우친 몽테뉴의 죽음에 대한 생각에서 다시 인식된다. 몽테뉴도 현세적인 것을, 또한 죽음과 죽음의 공포를 극복하기 위해서 불변의 자연법칙을 인식하는 것을 철학의 지고한 과제로 받아들인다. 인간에게 자연은 삶의 임무를 완성할 수 있는 본보기이기 때문이다. 어머니인 자연은 인간에게 말한다.

너희가 왔던 것처럼 이 세상에서 가거라. 너희가 죽음에서 삶으로 걸어온 바로 그 길을 너희는 다시 공포와 전율 없이 삶에서 죽음으로 되돌아 가라. 너희의 죽음은 우주질서의 한 부분이고, 세계 생명의 한 부분이다. (…) 내가 때때로 너희를 즐겁게 하기 위해 사물의 훌륭한 관계를 방해해야 하는가? 죽음은 너희의 창조의 조건이다. 죽음은 너희의 고유한 존재의 한 부분이다. 너희는 죽음 안에서 너희 자신 앞으로 달아난다.[79]

이것은 이 시대에 아주 새로운 소리이다. 죽음 안에서의 삶의 내재성에 대한 의식을 몽테뉴는 철학적으로 명료하게 정리한다. 현존재는 삶과 죽음의 공동소유물이며, 죽음은 다만 전체의 한 부분일 뿐이라는 것이다. 그래서 인간이 삶에서 만드는 최선의 작품은 최선의 죽음을 맞이한다. 예를 들어 이탈리아의 계관시인이자 인문주의자인 프란체스코 페트라르카는 죽은 애인 라우라Laura를 잊지 못해 페트라르카 시풍petrarchismo의 소나타에서 그녀의 생전과 사후의 아름다움을 찬양한다. 그는 라우라를 피로에 지쳐 잠자는 아름다운 여인처럼 묘사한다. 아름다운 그녀의 죽음은 단테의 《신생La vita nuova》이나 《신곡》에서 평온 속에서 경건하게 죽음을 맞이한 단테의 애인 베아트리체의 죽음에서 다시 나타난다. 그리고 괴테는 메디치가에서 세습적으로 내려오는 임종 시간의 명랑한 분위기에 감동했다. 이 같은 아름다운 죽음에 대한 관찰은 고대문화의 정신에서, 플라톤적 기독교의 정신에서, 그리고 아주 자유롭고 세속적인 숙고에서 나온 새로운 죽음의 극복에 대한 것이다.[80]

루터와 몽테뉴는 삶의 긍정자들이자 죽음의 대가들이다. 이 두 사람은 다 같이 죽음의 공포를 없애고, 죽음의 극복을 가르치려 한다. 그리고 두 사람은 인격을 의식하는 자들이기도 하다. 다만 몽테뉴는 인간의 도덕적 독립을 받아들이는데 루터보다 한 걸음 더 나갔다. 그는 전적으로 종교를 도덕으로 보고, 인도주의 정신에서 생활태도를 결정하는 도덕적 이성의

지의 자율성을, 특히 인생가치의 자율성을 종교의 초월적 영역으로부터 완전히 분리한다. 그러나 그 시대는 여전히 종교적 의식의 지배에서 벗어나지 못했기 때문에, 세속적인 죽음에 대한 관찰은 순수하게 윤리적·철학적 입장에서 불가능했다. 이런 시대적 상황에서 몽테뉴는 죽음에 대한 이성 지배적 관찰과 죽음의 극복에서 선구자인 것이다. 후일에야 비로소 유럽 전체의 정신적 계층이 이 선구자를 이해하고 그의 죽음에 대한 윤리적·철학적 관찰을 확대시켰다.

루터는 초월적 영역과 분리한 몽테뉴의 죽음에 대한 생각을 수용하지 않았다. 어느 시대를 막론하고 죽음을 극복하려는 의지는 분명히 있었지만, 루터처럼 그렇게 강하고 성공적으로 관철되지 않았다. 최소한 독일에서는 몽테뉴와는 달리, 루터의 죽음 극복에 대한 생각은 스토아적·도덕철학적 뿌리에서가 아니라 종교적인 뿌리에서 나왔다. 물론 중세 전성기에서도, 신비주의에서도 죽음을 극복하려는 노력은 있었다. 그러나 루터의 종교개혁적 죽음의 극복은 신비주의의 그것과 근본적으로 구별된다. 즉 신비주의는 죽음과 신을 루터처럼 구분하지 않고, 죽음에서 악마를 보지 않으며, 죽음에서 신적인 것을 본다. 그리고 죽음 자체에서, 죽음에의 몰두에서 죽음을 극복한다. 신비주의자에게 죽음은 신의 선물이며 영생으로 가는 문이기 때문이다.[81]

반면에 루터와 그의 세기는 죽음이 모든 것의 종말을 의미하는 중세와는 달리 죽음에 대한 생각을 더 깊게 그리고 멀리 밀고 나갔다. 르네상스 시대에는 삶에 대한 새로운 인식이 점점 강하게 부상하기 시작했다. 삶은 고유한 가치를 가지고 있기 때문에, 의무이고 과제이며 사명이라고 사람들은 생각했다. 그래서 사람들은 인생에서 죽음의 우세에 저항하게 되고, 죽음의 '노예'가 아니라 '주인'이길 원한다. 어디서나 사탄처럼 폭력을 행사하는 죽음의 혐오적인 힘은 인간의 삶과, 특히 진정한 기독교인과는 아무런 관계가 없어야 한다. 말 그대로의 의미에서, 죽음의 문제는 전혀 더 이상 중요하게 파악되지 않는다. 그 세기는 내면적으로 죽음을 멀리하고, 죽음을 악마로 만든다. 그래서 《보헤미아의 농부》에서처럼 그 세기에는 감히 죽음에 싸움을 선포하는 첫 걸음을 내딛는 최고로 긴장된 힘이 출현한다. 죽음을 혐오스러운 것으로 만들고, 사악하고 위험한 존재로 낙인찍는 것은 중세에서는 결코 생각할 수도 없는 것이다. 이제 죽음과의 집요한 싸움에서 죽음의 극복이 나오고, 거기에서 죽음을 악마로서, 파괴되어야 할 마지막 적으로서 받아들이는 모습이 나온다. 이 같은 죽음의 극복은 죽음에 대한 경멸이 된다. 인간은 강한 신앙심에서 존엄성을 느껴야 하며, 그럼으로써 죽음을 경멸하고, 죽음의 공포를 막으려 한다. 그리고 이것은 루터나 베이컨이나 몽테뉴의 목적이기도 하다.[82]

루터는 죽음이 도덕적·스토아적으로 생각된 것을 종교적으로 이해한다. 루터와 그의 시대는 요하네스 폰 테플의 《보헤미아의 농부》에서처럼 죽음의 의미와 권리를 인정하지 않았다. 또한 죽음을 세계질서의 반신적 방해자로서 그렇게 깊게 느끼지도 않았다. 반대로 죽음은 죄의 대가일 뿐이며, 죽음은 경건한 기독교 신앙으로 살아가는 자의 삶에 아무런 피해도 줄 수 없다. 사람들은 죽음을 인생을 방해할 수 없는 것으로 멸시했다. 죽음과 보헤미아의 농부와의 논쟁에서 내린 신의 판결은 "죽음은 승리를, 인간은 명예를 가지라"는 것이다. 이 신의 결정은 루터에게서 오직 신만이 승리와 명예를 가진다는 것으로 변한다. 이것이 인도주의자 몽테뉴와 종교개혁자 루터와의 차이이다. 그러나 두 사람에게는 새로운 삶의 의지와 새로운 죽음에 대한 경멸이 분명하게 나타난다.[83]

죽음은 인간의 일시적인 삶을 쓰러뜨릴 수 있지만, 영혼의 영원한 삶을 파괴할 수 없다. 영원한 삶에 대한 루터의 확신, 말하자면 그의 삶의 개념은 철두철미하게 종교적으로 기초되어 있으며, 마찬가지로 죽음에 대한 그의 승리는 언제나 가시적이고 살아 있는 모습과 힘으로서 그리스도 부활과 연관되어 있다. 그리스도는 죽음을 능가하는 사람이고, 그의 죽음과 고통도 나에게 도움이 되어야만 하며, 행복을 위해 유용해야만 한다고 루터는 생각한다. 죽음이 자신에게 봉사하길 원하는 것, 그것은 바로 죽음을 원하고 받아들이는 힘인 것이다. 그 이유는 인간은 전적으로 자기 자신을 실현하고 주장하기 위해서, 그리고 인간존재의 권리를 인정하지 않으려는 죽음을 부인하는 인간의 진정한 본성을 보여주기 위해서, 죽음을 필요로 하기 때문이다. 다시 말해서 삶은 오직 죽음을 통해서 완성된다. 이것을 철학적으로 의식하지 못한 채 루터는 오직 종교적으로 암시한다. 즉 죄와 그 대가로서의 죽음은 우리에게 믿음을 연마하고 실행할 이유를 주며, 그 믿음은 하루하루 완전하게 되어 마침내 존재하는 모든 것이 육체와 영혼이 기독교적이 되고, 기독교인은 굳건한 믿음으로 신과 하나가 된다. 그것은 신앙을 통해 죽음을 극복하는 힘이며 승리의 감정이다.

사람은 어느 시대 누구를 막론하고 죽음 앞에서 전율을 느끼고 세상과의 이별을 슬퍼하게 마련이다. 죽음의 공포와 불가피성은 전혀 예측하지 못한 깊은 울림으로 모든 시대를 사로잡고, 그 시대의 사람들을 괴롭게 한다.[84] 이 같은 현상은 시대에 따라 상이한 특징을 나타낸다. 중세를 지배했던 '죽음을 기억하라'의 감정은 죽음에 대한 비탄이나 세상에 대한 분노를 심화시켰으나, 다른 한편으로 그 감정은 인생과 삶의 아름다움에 속해 있는 것들을 자극하고 일깨운다. 사람들은 인도주의가 싹터가는 새 시대에 인생을 즐기고 인간의 아름다움과 신성을 추구하는 중요한 변화를 본다. 이제 '죽음을 기억하라'는 죽음의 감정은 이전 세기들에서처럼 더 이상 지배적으로 앞으로 밀치고 나가지 못하고, '삶을 기억하라 Memento vivere'는 새로운 감정으로 발전한다. 비록 이 새로운 감정이 여전히 기독교에 기반을 두고 있지만, 인간 자체가 사물의 척도가 되는 새로

운 인도주의의 감정이 성공적으로 대두하고, 불가피하게 죽음에 대한 생각도 새롭게 나타난다.[85]

에른스트 카시러는 르네상스시대에서 "인간애의 이상은 자신 안에 있는 자율성의 이상을 포함하고 있다"[86]고 말한다. 이 시대의 인간 내재적 자율성의 이상은 곧 인간본성의 존엄을 뜻한다. 이 새로운 인도주의의 의식이 죽음에 대한 생각의 변화를 일으킨다. 새로운 인도주의의 사람들은 삶의 의미와 불멸을 느끼기 때문에, 죽음이나 허무한 생각에서 유난히 슬퍼하지 않고 침착한 태도를 가져야 한다는 것이다. 그들에게 삶이 의무이듯이 죽음도 의무이다. 삶의 의식이 그 시대를 지배하기 때문에, 그들은 삶 속에서 죽음을 받아들이고 극복해야만 한다. 그것은 삶 속의 긴장이다. 즉 중세의 신비주의가 죽음에 대한 동경을 가졌다면, 삶의 의식이 지배하는 16세기의 죽음은 처음으로 긴장을 의미한다.

삶 속에 내재한 이 죽음의 긴장은 전적으로 그리스도에 대한 믿음에서, 다시 말해 기독교 신앙의 중심을 이루는 그리스도의 죽음에 대한 승리의식에서, 개인적으로 겪은 구원의 체험에 의해서 해결된다. 이것은 도덕적 인간의 이성에 근거한 죽음의 극복의식과 동시에 종교적 신앙에 근거한 죽음의 극복의식을 의미한다. 이것은 이 시대의 동일한 개성적 인간감정의 세속적이고 종교적인 양면이다. 그렇게 사람들은 죽음에서 삶을 고집한다. 어디서나 죽음의 극복에 대한 의지가 지배한다. 다만 인문주의자들은 형상을 통해서, 새로운 세계인식을 통해서, 위대한 도덕적 인물을 통해서 죽음을 극복하려 하고, 종교개혁자들은 정서의 내면성과 새로운 신神인식, 위대한 종교적 인물을 통해서 죽음을 극복하려 한다.[87]

삶 속에서 죽음을 극복하려는 의지는 또한 극복되어야 할 삶의 긴장이다. 이 삶의 긴장은 16세기에 이어 17세기의 시작에서 힘찬 생명감으로 발전하지만, 그러나 그 후에 점차적으로 도덕적 기품Ethos과 열정Pathos

을 상실해간다. 긴장이 풀린다. 사람들은 인간의 허약함을 외상의 화려함
으로 감추려 하고, 세상에 대한 깊은 불안과 회의에서 생기는 허무주의
Vanitas vanitatum(헛되고 헛되도다)와 염세주의는 점차로 확대되어간다. 바
로크시대(1600~1700)의 전조가 나타나기 시작한 것이다.[88]

5장

생의 무상을 노래한
바로크 서정시

바로크시대는 종교개혁과 독일 계몽주의 사이의 17세기를 일컫는 시기로 불안과 충돌의 시대이다. 이 시대의 죽음의 문제는 르네상스시대보다 더 주관적이며 정신적으로 표현하려는 성향을 보인다. 현세의 삶에서 느끼는 죽음에 대한 공포는 내세의 영원한 삶을 가능하게 하는 죽음에 대한 동경으로 변한다. '허무주의' '모든 것이 헛되고 헛되도다'라는 것이 바로크시대의 라틴어와 독일어 시들의 기본 동기로 작용한다.

기독교적 죽음의 기쁨

바로크시대는 종교개혁과 독일 계몽주의 사이의 17세기를 일컫는 시기이다.[1] 이와 같이 숙명적으로 중간에 위치한 바로크시대에는 종교개혁의 지대한 여파와 자연과학의 발달에서 커져가는 합리적이고 이성적인 견해 사이에서 대립적 에너지가 연속적으로 충돌했다. 그래서 이 시대는 정신적 긴장이 지대했던 불안의 시대였다. 게다가 30년 종교전쟁은 민중의 생활을 비참하게 만들었고, 반면에 문화적 주도권은 시민계급에서 궁정으로 넘어가서 루이 14세의 전형을 따라 절대군주를 중심으로 바로크의 상류사회가 형성되었고, 사치스러운 생활양식이 전개되었다. 인간은 새로운 지식과 경험을 통해서 자연의 지배자로 느꼈다. 그러나 전쟁이나 전염병으로 인한 죽음과 삶의 파국은 인간으로 하여금 그의 존재적 존엄을 의심하고 번민하게 했다. 그리고 인간은 이 격동의 시대에서 모든 지상적인 것의 '무상Vanitas'을 맛보게 되었고, 삶에의 욕구와 죽음에의 불안, 무상과 영원 사이의 긴장 속에 묶여 있었다. 따라서 이 시대에는 인간의 삶과 죽음의 문제가 어느 시대보다도 심각한 상호관계 속에서 대두되었다. 즉 죽음의 극복에 대한 문제는 인간의 내면적 불안에서 생겼으며 인간은 죽음과 삶을 점점 더 심각한 문제로 받아들였다.[2]

17세기는 어느 세기보다도 종교적이었다. 그래서 죽음과 종교와의 관계 역시 매우 깊었다. 이 시대의 죽음에 대한 생각에는 기독교적 신앙과 철학적 이성의 충돌이 불가피했고, 이 같은 충돌은 모든 생활영역에서 삶의 감정을 부정과 긍정에서, 즉 반명제와 합(合)에서 결정하는 가장 날카로운 대립으로 발전했다. 이것은 바로크시대의 본질적인 특징이 되었다. "삶과 죽음, 존재와 파멸, 사랑과 증오, 기쁨과 고통, 감정과 오성, 아름다움과 부패, 행복과 불행" 등 가장 격정적인 삶의 긍정에 가장 깊은 부정이 대립해 있다.[3] 궁극적으로 죽음에 대한 증오와 사랑도 대립해 있다. 그러나 죽음에 대한 감정이 삶에 대한 감정을 완전히 그 안에 수용하고 있어서 바로크시대의 삶에 대한 감정은 바로 죽음에 대한 감정이라고 말하지 않을 수 없다. 삶과 죽음의 반명제는 바로크시대 예술의 공통된 토포스가 되었다.

바로크시대에서 죽음의 문제에 대한 생각은 르네상스시대보다 더 주관적으로 그리고 정신적으로 표현하려는 성향을 가진다. 그래서 죽음의 테마가 16세기에는 드라마에서 지배적으로 다루어졌다면, 바로크시대에는 그 자리를 서정시가 대신하게 된 것은 당연하면서도 매우 중요하다. 죽음의 생각은 시대와 함께 변하기 마련이다. 위에서 언급했듯이, 중세와 르네상스와 계몽주의 사이에 있는 바로크시대의 특징은 초기의 종교적인 것에서 후기의 이성적인 것으로 지향하는 변화이다. 이 변화는 죽음의 테마 영역에서도 나타난다.

벤츠라프-에게베르트F. W. Wentzlaff-Eggebert는 이 변화과정을 같은 성향의 시인들 그룹에 따라서 3단계로 구분했다. 첫째 단계는 확고부동한 신

양심에 의해서 죽음의 문제를 단순화한 내세지향적 시인들의 그룹이고, 둘째 단계는 신앙에서 자의식적, 스토아주의의 윤리적 인생관으로의 전이를 통해서 죽음의 문제에 대한 해결가능성을 찾으려는 시인들의 그룹이다. 마지막으로 이성의 인식력으로 삶과 죽음의 문제를 현세적으로 규정하려는 시인들의 그룹이다.[4] 그러나 이들 모두가 문학을 통해서 죽음의 문제를 다루고 있지만, 누구도 올바른 대답을 주지 못한다.

첫째 그룹에는 파울 게르하르트Paul Gerhardt(1607~1676)와, 요한 리스트Johann Rist(1607~1667), 필립 폰 체젠Philipp von Zesen(1619~1689), 요한 헤르만Johann Hermann(1585~1647), 고트프리트 아르놀트Gottfried Arnold(1666~1714) 같은 시인들이 속해 있다. 그들은 루터의 모범에 따라서 개신교 및 가톨릭교회의 많은 찬송가를 작사한 17세기 종교서정시의 시인들이었다. 그들은 종교개혁 이후에 죽음의 문제를 관찰하는 데에 있어서 루터의 영향을 가장 많이 받은 시인들로서 마르틴 루터의 주장처럼 죽음과의 싸움에서 승리를 거두었다고 생각했다. 그래서 죽음의 공포에 영향을 받지 않은 것처럼 보인다. 그 대표적인 시인은 파울 게르하르트이다.

루터는 종교개혁이라는 위대한 틀 속에서 인류 전체를 위해 죽음의 문제와 싸웠다면, 파울 게르하르트는 신구교 간의 30년 전쟁이란 어두운 배경에서 개인 자신을 위한 죽음과 싸웠다. 그러나 이 두 사람은 신에 대한 확고한 신앙을 바탕으로 신의 전사로서 죽음과의 싸움에 맞서려는 의지 부분에서 일치한다. 파울 게르하르트는 거의 100년 전에 루터가 싸웠던 투쟁을 17세기에 같은 방법으로 계속했다. 그래서 그는 두 세대들을 연결하는 간과할 수 없는 모범이 되었다.[5] 루터처럼 그의 삶은 이미 깊은 신앙에 의한 죽음의 극복을 의미한다. 신앙은 곧 그의 삶이라 할 수 있을 정도로 그는 신앙심이 깊었다. 그의 의식엔 현세와 내세의 구분이 없었다. 이 같은 신앙을 근거로 그는 17세기에 의식된 현세지향적 세계관과는 전혀 관계없는 단순한 죽음의 견해에 이른다. 그는 인생의 끝에서 죽음이 아니라 새로운 삶을 본다. 그는 죽음을 새로운 삶으로 가는 문으로, 신으로 가는 길로 볼 뿐이다. 그의 시《일일 저녁의 찬가Täglicher Abendgesang》의 제4연과 제5연에서는 이렇게 죽음이 찬양된다.

육신은 이제 바삐 휴식을 취하려고
옷과 신발을 벗는다.
이는 죽어야 할 운명의 모습.
이 운명의 옷을 나는 벗어 던지니: 그 대신
그리스도는 나에게 명예스럽고
훌륭한 의상을 입혀 주리라.

머리와 발과 손들은
이제 일이 끝나게 되었다고 기뻐한다.
마음이여, 기뻐하라,
너는 이 지상의 비참함과
죄스런 일로부터 자유로워질 테니까.[6]

그는 헌신적인 신앙으로 신의 위대함과 은총을 인간 앞에 드러내기 위한 삶을 산다. 이 헌신적인 신앙은 신의 전능이 자연의 존재와 변화에서 자신에게 나타나는 기쁨을 안다. 그러나 그의 깊은 신앙은 이 기쁨과 함께 예수 수난의 고통도 이해한다. 이 고통으로 인해서 그의 신앙은 더욱 깊어진다. 이제 그가 죽음을 생각한다 해도, 그 죽음은 이미 현세에서 신에 귀속해 있는 인간에겐 아무런 의미가 없다. 그는 그의 삶에서 죽음의 공포를 알지 못하기 때문이다. 그래서 그가 아내의 죽음뿐만 아니라 아들의 죽음도 조용히 받아들이는 것은 조금도 놀라운 일이 아니다. 그들의 죽음에 대한 시에서 그는 자신의 심정을 이렇게 표현했다.

너는 내 것이고, 내 것으로 남아 있지만,
(누가 나에게 달리 말할 것인가?)
그래도 너는 나만의 것이 아니라네.
영원한 날들의 주님
그분이 너에 대한 가장 많은 권리를 가지시니,
그분이 너를, 오 내 아들이여, 나의 뜻을
내 마음을, 소원의 충만함을
내게서 요구하고 높은 곳으로 데려가네.
(…)
나는 내 아들을 그리워하네.
그리고 그를 나에게 주신 그분은
그의 옥좌 옆에 가까이
천국에서 살길 바라네.
나는 말하네: 아 슬프도다, 내 빛은 사라진다.
신은 말하네: 환영한다, 사랑하는 아이야,
난 너를 내 옆에 두고
네가 영원히 풍족하게 즐기길 바라네.[7]

그는 오직 루터의 변호론[8]에 근거한 확고한 신앙인으로서 죽음에 대응하고 죽음의 힘을 거의 속수무책으로까지 약화시켰다. 그래서 죽음을 내용으로 하는 그의 대부분의 노래들은 〈즐거운 죽음 맞이Freudige Empfang des Todes〉, 〈기독교의 기쁨 노래Christliche Feudenlied〉 같은 제목이다.[9] 이 같은 죽음에 대한 확신에서 죽음을 향한 경멸뿐만 아니라 그가 죽음에서 찾은 수많은 아름다운 생각들과 모습들이 생겨난다. 그의 그리스도 수난의 날 노래인《오, 피와 상처투성이인 머리여O, Haupt voll Blut und Wunden》는 그리스도 죽음의 사건을 가장 잘 묘사하고 있다.

오, 피와 상처투성이인 머리여,
고통과 경멸로 가득하도다,
오 머리여, 조롱하려고
가시 면류관으로 묶여 있도다.
오 머리여, 다른 때에는
최고의 명예와 장식품으로 꾸며졌으나,
이젠 몹시 비방받으며
그댄 나에게서 인사를 받네! (1연)

(…)

나 여기 그대 옆에 서 있으리니,
정녕 나를 멸시하지 말지어다!
그대 심장이 부서질 때
난 그대에게서 떠나지 않으리;
마지막 죽음의 한숨을 쉬며
그대의 심장이 죽어갈 때,
그땐 난 그대를
내 팔과 품속에 안으리라. (6연)

그는 예수의 죽음과 가까이 마주해 있기 때문에 자신의 죽음에 홀로 마주해 있지 않다. 그래서 이 시는 이렇게 끝난다.

제9연과 마지막 제10연의 놀라운 구절들은 죽음의 순간에 영혼이 구원된다는 확신에 대한 감격을 나타낸다.

내가 언젠가 떠나야만 할 때면,
나에게서 떠나지 않는다;
내가 죽음을 견뎌야만 할 때면,
당신은 그때 나타나신다.
내 마음이 가장 불안해질 때면,
당신의 두려움과 고통의 힘으로
온갖 두려움에서 나를 끌어내신다. (9연)

나 죽을 때 수호하고
위로하기 위해 내게 나타나주오.
그리고 그대의 십자가 고통 속에 있는
그대 모습 내게 보여주오!
그때 나는 그대를 바라볼 것이며,
그때 나는 두터운 믿음으로
그대를 내 가슴에 꼭 껴안으리라:
그렇게 죽는 자, 그는 편히 죽으리. (10연)[10]

"편히 죽으리"라는 죽음에 대한 확신에서 그는 시인으로서 최후로 인간이 변하는 기적의 순간을 아름다운 '기독교적 죽음의 모습'으로 묘사한다.

네가 죽음을 알면, 고난이란 없으며,

모든 두려움은 너덜너덜해진다.

(…)

죽음은 금빛의 하늘 문이고

엘리아의 불 수레이다.

그것에 태워 나를 하느님은 천사들의 합창을 향해

재빨리 데리고 갈 것이다.[11]

_〈기독교적 죽음의 기쁨〉(18연)

파울 게르하르트는 이 시들에서 죽음의 두려움으로부터의 완전한 해방과 확실한 내세에의 신앙을 노래하고 있다. 그는 〈기독교적 죽음의 기쁨Christliche Todesfreude〉에서 말한다. 죄가 지워지고, 죽음이 극복된 곳에 도대체 왜 죽음의 두려움이 인간을 엄습하느냐는 질문이 이 시에서 울리고 있다. 죽음은 실로 나를 고통의 질곡에서 해방시키는 그것이고, 하느님에게로 가는 '금빛의 하늘 문'이며 '엘리아의 불 수레'이다.

그는 17세기에 가장 위대한 개신교 찬송가 작가이다. 그 외 필립 폰 체젠, 요한 헤르만, 고트프리트 아르놀트도 찬송가를 작곡한 시인들이다. 죽음의 문제에 대한 이들의 생각은 내세지향적 신앙에 있다는 데에서 유사하다. 그리고 그들의 내세지향적 신앙에는 루터의 신비주의의 영향이 스며 있다.

그러나 마르틴 오피츠Martin Opitz(1597~1639), 테오발트 호크Theobald Hock, 게오르그 벡컬린Georg Weckherlin과 지그문트 폰 비르켄Siegmund von Birken(1627~1681), 요한 클라이Johann Klai(1616~1656), 게오르크 필립 하르스되르퍼Georg Philipp Harsdörfer 같은 뉘른베르크파의 시인들, 그리고 프리드리히 폰 로가우Friedrich von Rogau(1604~1655) 등의 시인들은 죽음의

문제를 작사한 찬송가 시인들의 지나친 종교적 제한에서 벗어나 현세지향적 관점에서 넓게 보았다. 특히 오피츠, 호크, 벡컬린은 외국의 모범에서 벗어나 처음으로 독일적인 시를 창작하기 시작하면서 새로운 내용과 형식을 추구했다. 죽음의 문제도 이 같은 새로운 창작의욕과 형식추구에서 새로운 의미를 지니게 되었다.[12] 즉 이들은 죽음의 문제를 현세지향적 믿음으로 그들의 문학에 수용하기 시작했다. 따라서 주로 종교적 영역에 속해 있었던 죽음의 문제도 문학적 영역으로 확대되었다. 비록 그들이 직업적으로 시를 썼다 해도, 그들은 종교개혁시대의 기독교 교의와 루터 신앙과의 깊은 관계를 부인할 수 없다. 그들은 현세와 내세 사이에 있는 죽음의 문제에 문학적 표현과 새로운 내용을 부여하는 토대를 넓혀가려 했다. 그러나 그들은 시인으로서 죽음의 문제에 가까이 접근하려 했으면서도 그들의 서정시는 죽음의 생각을 완전히 담아낼 수 없었다. 그들은 과거를 돌아보고, 긴 전쟁을 통해서 매일처럼 죽음의 힘과 냉혹함을 경험했다. 그래서 루터의 변호론에서 죽음에 맞설 수 있는 힘과 죽음으로부터의 구원을 볼 수밖에 없었다.[13]

마르틴 오피츠는《독일 시학서 Das Buch von der Deutschen Poeterey》(1624)라는 시 이론서를 완성했고,《독일시 Teutsche Poemata》(1624)를 발표해서 거의 모든 문학 장르에 걸쳐 모범을 보여주었다.[14] 오피츠에게서도 죽음에 대한 생각은 점점 더 강해져 갔지만, 다른 한편으로 그는 죽음의 문제에 거리를 두고 무관심하기도 했다. 오피츠가 내세에 대한 생각, 죽음 그리고 부활에 전념할 수 있었던 것은 그의 신에 대한 "박식함이나 도덕"의 소치였다.[15] 죽음에 관해서 오피츠가 알고 있는 것은, 죽음은 확실하며, 인간의 힘으로는 피할 수도 극복할 수도 없다는 사실이다. 그러나 오피츠는 인간으로서 죽음을 극복하려는 시도를 스토아학파의 고통 극복론[16]에서 찾는다. 오피츠, 호크, 벡컬린, 플레밍 같은 시인들은 모두가 인도주의적 스토아주의의 고대문화를 기독교적, 객관적 경건성과 일치시키면서 그들의 문학에 수용한 바로크 초기의 증인들이다. 그러나 이들에게서 스토아주의적인 것이 조용히 울리고 있지만, 그것은 아직 그들의 전형적인 문학양식에서 나타나지 않는다. 스토아 철학의 합리적인 휴머니티는 더 많은 기독교의 금욕적 긴장에 의해서 서서히 물러나고, 영적인 것이 문학의 역동적 표현을 통해서 점점 더 강하게 나타나면서 모든 현존의 신비적·비합리적인 것에 대한 감정이 문학작품의 중심으로 오게 된다.

죽음을 경멸하는 스토아주의의 교훈은 오피츠에게서 기독교 신앙과 죽음의 극복에 대한 반항과 함께 흐른다. 그는 스토아주의를 수용하고 있으나, 그것은 아직 개인적 생활관이 되지 않았고, 다만 자기 자신을 인간으로 인식하게 하고 시인에게 주어진 과제를 보게 했을 뿐이다. 그렇게 스토아주의의 교훈은 아직 그에게 심오한 의미를 갖지 않는다. 그 자신도 죽음에 대한 개인적인 입장을 아직 모른다. 자연의 모든 사물들의 유한성에 대한 인식에서, 다시 꽃피우기 위해서는 죽어야만 한다는 인식에서, 그는 끝을 생각하고 경건해야 한다고 끊임없이 경고한다. 오피츠는 죽음의 문제에서 기독교적·인도주의적 스토아주의를 심화시켰을지도 모른다. 현자처럼 그는 삶과 죽음 위에 서 있으려 한다. 그는 죽음의 불변성을 감수한다. 죽음은 인간이 태어나기도 전에 이미 선택되었기 때문에, 인생은 오직 죽음을 향해 계속해 가는 발걸음일 뿐이다. 이것은 인생의 의무이다. 어떤 인간도 그 의무에서 벗어날 수 없다. 그러나 이성적인 자는 '우리 인간이 바로 여기 지상에서 순례자일 뿐이라는 것'을 안다. 오피츠는 이미 "모든 인생 과정은 죽음이다Tota vita discendum est mori"라는 세네카의 의미를 알았다. 바로 여기에 시인이며 철학자인 오피츠가 생각하는 인생의 의미가 놓여 있다. 즉 그는 죽어야 할 운명에서 이성적인 현자로서 지상의 편력을 끝낼 날을 기다리면서, 그의 인생을 충만하게 함으로써 죽음의 고통과 공포를 극복할 수 있다고 생각했다. 그러니까 오피츠는 기독교적 정신에서라기보다는 스토아적 정신에서 죽음을 극복하려 한다.[17] 그럼에도 불구하고 오피츠의 불멸에 대한 희망은 기독교적 관조와 융합되었음을 부인할 수 없다. 이렇게 오피츠의 죽음에 대한 생각에는 종교적인 것이 없어서는 안 되지만, 이 생각을 이끄는 것은 인간현존의 중심문제와 연관된 객관적이고 합리적인 생각의 명료함이다.[18] 죽음은 그를 격정적으로 자극하지도, 충격적인 체험을 불러일으키지도 않는다. 다만 죽을 수 있다는 감정, 즉 평온하고 조용한 죽음의 극복과 내세에 대한 동경은 이미 그리피우스의 죽음에 대한 자의식적, 스토아주의의 윤리적 생각을 연상시킨다.

　파울 게르하르트와 기타의 찬송가 작사시인들은 내세지향적인 확고한 신앙으로 죽음의 두려움을 극복한다. 그들은 자신을 죽음에 내세우고, 죽음을 인간을 고통에서 구원하는 자비로운 해방자로 보고, 단순하고 경건한 언어로 죽음을 묘사한다. 그럼으로써 그들은 현세의 삶에서 느끼는 죽음에 대한 공포는 내세의 영원한 삶을 가능하게 하는 죽음에 대한 동경으로 변한다. 그중 누구보다도 파울 게르하르트는 죽음에 대한 동경을 루터의 종교개혁적인 싸움을 통해서라기보다는 루터의 변호론에 근거한 신앙에의 헌신을 통해서 보여준 대표적인 작가이다.

모든 것이 헛되고도 헛되도다

바로크 시인들의 제2그룹에는 파울 플레밍Paul Fleming(1609~1640)과 안드레아스 그리피우스Andreas Grypius(1616~1664)를 비롯한 쾨니히베르크 Königberg파 시인들과 그리고 신 신비주의자들이라 할 수 있는 예수회파인 야코브 발데Jakob Balde(1604~1668), 개신교 신자인 다니엘 폰 체프코Daniel v. Czepko(1605~1660), 개종자인 요한 쉐플러Johann Scheffler(1624~1677), 종교적 열광자 퀴리누스 쿨만Quirinus Kuhlmann(1651~1689)과 프리드리히 폰 슈페Friedrich v. Spee(1591~1635)가 속해 있다. 이미 오피츠와 뉘른베르크 파 시인들(클라이, 하르되르퍼, 비르켄)이 죽음을 문학적 창작의 동기로 삼으면서 오로지 신앙의 힘에 의존하는 경향은 약해지고, 이성의 기능을 신앙의 힘보다 높이 두었다. 그래서 합리적인 힘이 제2그룹에서, 특히 파울 플레밍과 안드레아스 그리피우스에 속하는 시인들에게서 생기고, 죽음은 냉정하고 자기 비판적인 방법으로 표현되었다.

그들은 죽음을 자연법칙으로 보았다. 그들은 휴머니즘의 교육을 받은

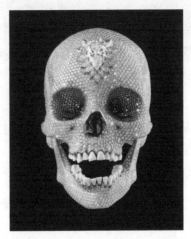

8601개의 다이아몬드와 사람의 치아를 결합해 만든 해골.
허무와 삶의 사치, 현세의 영화를 동시에 표현하고 있는 바로크시대의 대표적인 작품이다.

사람들로서 (스토아 학파의) 금욕적이고 또한 (에피쿠로스 학파의) 향락적인 인생교훈에 대한 강렬한 성찰을 통해서 죽음의 공포를 감추려고 했다. 그들의 시에서 죽음은 도덕적 생활태도와 신앙을 강화하고 가르치는 수단을 위한 테마가 되었다.[19]

이들 중에서도 파울 플레밍과 안드레아스 그리피우스는 강한 윤리적 삶의 태도와 기독교적 구원의 도그마로 삶의 고통과 죽음의 공포를 견디게 하는 정신력을 그들의 작품에서 보여준다. 특히 후년의 안드레아스 그리피우스는 언어적 기교가 있는 시에서 신비한 내세의 생각을 특징적으로 나타낸다. 일찍이 그의 시는 내세에 대한 높은 기대를 표현하기 위해서 현세의 삶을 평가 절하하는 성향을 가진다. 그래서 '허무주의'가, 즉 '모든 것이 헛되고 헛되도다vanitas vanitatum'라는 것이 그의 라틴어와 독일어 시들에서 기본 동기로 작용한다.

글로가우에서 목사의 아들로 태어난 그리피우스는 일찍이 신교도 박해,

도시의 방화, 부모의 이른 사망, 버려진 아이들의 불행한 운명 같은 30년 전쟁의 처참함을 체험했다. 그는 그 체험을 시에 수용한다.[20] 그의 시 〈조국의 눈물, 1636년에Tränen des Vaterlandes, anno 1636〉[21]가 이를 말해준다.

우리는 이제 철저하게, 정녕 가차 없이 몽땅 망했도다.
뻔뻔스런 민족의 무리들, 광란하는 나팔소리,
피로 살찐 대검이며, 뇌성을 치는 대포들,
이 모든 것들은 많은 사람들이 어렵게 쟁취한 것을 앗아갔노라.

옛날의 정직함과 미덕은 죽어버렸고,
교회는 황폐하였으며, 강한 자들은 목이 잘려졌고,
처녀들은 능욕을 당했으니, 어디든 우리가 쳐다보기만 하면,
그곳에는 화염과 흑사병이 있고, 여기 보루와 성벽 사이엔 살육과 죽음.

저기 시가와 성곽 사이엔 언제나 선혈이 흘러내리네.
우리 강들이 저렇게 많은 엄청난 시체들의 홍수를
천천히 흘려보내기 벌써 6년의 세 곱절이 되었네.

죽음보다 더 강한 것에 대해서 나는 아직 함구하고 있지만,
(너, 슈트라스부르크는 잘 알고 있겠지) 그 무서운 기근을
그리고 영혼의 재산이 많은 사람들에게서 강탈당하였음을.

이 시에서 그리피우스가 소년시절에 겪은 참혹한 전쟁체험이 자서전적 자기묘사형식으로 표현되고 있다. 이때의 어두운 체험은 평생 동안 그와 함께하면서 그의 삶에 대한 생각을 한편으로는 암울한 멜랑콜리로 빠

뜨렸으나, 다른 한편으로는 경건주의로 발전시켰다. 그리고 그는 이 체험을 재현하기 위한 수단으로 수사학적이고 비장한 모든 언어를 사용했다. 죽음의 문제에 직면한 그는 놀래서 뒤로 물러나지 않고, 올바른 해답을 찾으려는 내적인 욕구에서 창작했다.[22] 결국 죽음의 문제는 그에게 매일 언제나 새로운 관심으로 다가오는 정신적 내용이 되었고, 죽음의 신비에 대한 탐구는 이미 그의 생존 시에 특별한 각인을 주었다.

그리피우스는 죽음의 문제에 다각적인 방향에서 접근해 갔다. 그는 해부학을 공부했을 뿐만 아니라 고대철학에 대한 연구를 통해서 죽음에 대한 생각의 모든 단계들을 자신의 소년시절의 체험과 연결해서 체득했다. 그리고 그는 네덜란드의 레이든 대학에서 수학할 때 이미 생활감정과 기독교신앙에 대한 생각을 그의 철학연구와 결합했다. 이것은, 카를 피에토르Karl Viëtor가 지적했듯이, 죽음의 문제에 대한 그의 생각에 중요하게 작용한다.[23] 자세히 말해서 독일의 정치적, 도덕적 붕괴에 대한 강한 인상에서 네덜란드에서 얻은 개신교의 깊은 신앙과 고대의 학문적 견해들은 새로운 경험으로서 그에게 큰 영향을 주었다. 그는 이 경험들을 통해서 세상과 삶의 의미를 개인의 윤리적·도덕적 관점에서 보는 새로운 견해를 얻는다. 그것은 바로 그가 30년 전쟁과 두 번에 걸친 페스트로 인한 가족들의 죽음에서 생긴 '인생의 무상함'에 대한 의식이다. 그는 이 허무의식을 통해서 욕망과 정열의 지배에서 벗어나 최고의 선에 이르는, 다시 말해서 죽음의 운명을 극복할 수 있다는 내면의 확신에 이른다. 이런 내면의 변화에서 허무에 대한 생각은 그의 시의 주제로 강하게 나타난다.

만사가 허무로다

네가 어딜 보아도 세상의 허무만을 볼 뿐이로다!

이 사람이 오늘 지은 것, 저 사람이 내일 허물 것이니;

지금 도시들이 서 있는 곳은 들판이 될 것이며,

그 위에서 한 목동이 가축들과 노니리라.

지금 화려하게 꽃피는 것, 곧 짓밟혀버릴 것이며, (5행)

지금 저토록 뻐기며 우쭐거리는 것, 내일이면 재와 유골이 되리니.

영원한 것 아무것도 없으며, 광석도 대리석도 그렇다네.

지금 행복이 우리를 반길지라도, 곧 병고가 우레같이 울리리라.

고귀한 행적의 명성은 꿈처럼 사라짐에 틀림없도다.

도대체 시간의 유희를 경박한 인간이 극복해야 하는지? (10행)

오, 우리가 값지다고 우러러보는 것, 이 모든 것이 무엇이란 말인가!

순전한 공허함이요, 그림자요, 먼지와 바람이며,

다시 찾지 못하는 한 송이 들꽃에 지나지 않지 않은가!

그럼에도 아직도 영원한 것을 어느 한 인간도 눈여겨보려고 하지 않다니![24]

제목이 주제를 말해주고 있고, 그 제목을 다시 반복하는 첫 행은 그 주제를 더욱 무게 있게 만든다. 그리고 우리는 이 제목이 "사람을 교육하여 지혜를 깨치게 하고/ 슬기로운 가르침을 깨닫게 하려는" 설교자 솔로몬의 잠언(1장, 2절)이라는 것을 쉽게 알 수 있다. '세상의 허무vanitas mundi'는 기독교적 전래에서 자주 표현된 생각으로 소나타 형식의 이 시에서 간결하게 나타난다. 그러면서 과연 '모든 것이 허무한 것인가?'라는 하나의 질문이 아주 조용히 울린다. 다시 말해서 시작 문장은 허무의 개념을 '세상의auf Erden'란 단어를 통해서 현세의 범주 안으로 제한하면서 말해지지 않았지만, 지구의 저편에는 '허무'가 없는 세상이 생각될 수 있지 않느냐는 질문이 암시적으로 제시되고 있다. 그 외에도 "네가"로 시작하는 첫 문장은 허무가 바로 '너에 관한 문제다tua res agitur'를 강조하면서, 허무라는 순전히 추상적인 것을 인간의 체험영역으로 끌어들인다. 그러한 '너Du'는 주변을 둘러보고, 보인 전경은 허무의 가시적 예들로 이어진다. 2~9행에 이르는 예들의 반복은 일반적인 사실을 묘사하기 위한 바로크 문학의 통례적 수단이다. 평화로운 가축들과 뛰노는 아이들의 아름다운 생명과 목가적 풍경은 결국 폐허가 되고, 제2행과 제5행에서 '오늘'과 '내일', '지금'과 '곧', 그리고 '화려한 꽃', '뻐기며 우쭐대는' 육체, '고귀한 행적의 명성'과 행복은 시들음, '재와 유골', '꿈' 그리고 '병고'와 대치되고, '광석도 대리석'도 사라진다. 허무가 소나타형식의 단조로움에서 벗어나서, 내용상으로는 허무에 대한 예들의 누적과 날카롭게 대립된 반명제, 즉 바로크 서정시의 엄격한 기본구조에서 나타난다.

이제 제10행은 두 번째 질문으로 인간의 존재와 존속에 대한 기본문제를 날카롭게 묻는다. 그리고 보통의 소나타의 틀에서 약간 벗어나면서 이 시는 두 부분으로 분류된다. 1행에서 질문의 장이 있는 10행까지가 이 시의 1부를 이루면서 지상적인 것의 허무를 반명제Antithetik(2, 3, 4, 5, 6, 8행)의 구조로 나타내고, 11~14행은 2부를 이루면서 영원한 것(14행)에 대한 질문에 대답한다. 인간의 삶은 "시간의 유희"이고(10행) 인간은 행운의 여신의 노리갯감이다. 주제는 "우리가 값지다고 우러러보는 것"을 말하고, 그것이 완전한 공허함이요, 아무것도 아닌 무無임을 강조한다. 그것을 느껴야 할 주체는 '우리' 즉 '인간'임을 밝힌다. 그리고 가장 중요한 정점인 마지막 대답(14행)이 따른다. 즉 인간은 "영원한 것을 눈여겨볼 수" 있다는 것이다. 그러니까 인간은 역시 영원으로 가는 입구를 가지고 있다.

인간은 그것을 관찰할 수 있음에도 불구하고 원하지 않는다. 그런데 '영원한'이란 낱말은 '허무한'이란 낱말의 반대이다. 인간이 "만사가 허무로다"라고 말하면서도 영원한 것을 눈여겨보려 하지 않는다는 것은 인간이 자신을 허무의 영역에만 내맡긴다는 것을 의미한다. 이제 그것은 잘못으로 나타난다. 그리피우스는 '우리가 값지다고 우러러보는 것'을 다른 차원에서 말한다. 첫 행의 "네가 어딜 보아도 세상의 허무만을 볼 뿐이로다!"는 14행의 "영원한 것"으로 연결된다. 허무 속에서 영원을 보아야 한다는 것이다. 인간은 영원한 것을 관찰할 수 있기 때문에, 영원한 것, 불멸의 것, 신적인 것으로 가는 입구를 가지고 있다. 그러나 인간은 아직 원하지 않으며, 말하자면 아직 그곳으로 뚫고 들어가려 하지 않고, 그럼으로써 인간의 잘못으로 인식되는 공허함 즉 허무의 영역에 머물러 있다.[25] 모든 것이 허무한 세계에 대한, 무엇보다도 바보스런 현혹 속에서 영원한 것으로 지향하려 하지 않는 인간 자체에 대한 냉정하고도 경멸적인 판단이다.

전체 시를 통해서 "지금" 즉 현세와 "곧" 즉 미래에 올 "영원한 것"의 반명제가 흐른다. 그러면서 이 시는 이 반명제의 예들에서 영원한 것을 볼 수 있는 인간이 되어야 한다는 것을 경고한다. 그래서 이 시는 교훈시이다. 이 시 전체에서 지상의 허무에 대한 그리피우스의 탄식이 무겁게 울리고 있다. 이 탄식은 인간 그리피우스가 한 대상의 사라짐을 슬퍼할 만큼 현세의 모든 것에 대한 그의 사랑과 동시에 허무함도 알기 때문에 괴로움을 겪어야 하는 내적 긴장을 말해준다. 한 시인의 내적 긴장이 여기서처럼 집중적으로 표현되기는 드물다. 그의 무상함에 대한 탄식은 개인을 넘어서 전체 바로크 문학의 위대한 창작이라 할 수 있다. 그리피우스 이전의 서정시는 다만 찬송가와 라틴어 송가 외에는 없었다. 그래서 그의 시는 무상한 삶의 감정을 순결한 소나타형식으로 표현한 바로크시

대의 대표적 작품이다.[26]

이렇게 그리피우스는 독일 바로크 시인 가운데 예외적 인물이었다. 죽을 때까지 성실한 루터교인이었던 그에게 루터의 신앙은 죽음에 대한 그의 모든 생각의 기초가 된다. 루터의 생각에 의하면 죽음은 죄의 대가이고, 죽음에서의 구원은 신의 은총이다. 청소년기에 엄청난 고통을 경험했던 그에게 죽음은 고통으로부터의 구원자이다. 쇼펜하우어가 "우리는 죽음으로써 삶의 고통에 대해서 우리를 위로하고, 삶의 고통으로써 죽음에 대해서 우리를 위로한다"[27]고 말했듯이, 죽음은 인간을 구원하고, 인간은 죽음을 수용한다.

그러나 그리피우스에게 루터의 생각은 죽음의 고통을 없애 줄 수 있으나, 죽음을 극복할 수 있는 것은 아니었다. 그렇지만 그는 레이든 대학에서 이미 연마한 철학적 지식을 통해서 고통에서 윤리적 가치를 볼 수 있었고, 그럼으로써 현세의 고통을 참아내고, 죽음에 맞서려는 내면의 도덕률에 입각한 인생관을 갖게 되었다. 그것은 그리피우스가 레이든 대학시절에 습득한 스토아철학의 영향에서 현세의 기쁨은 무가치하다는, 다시 말해서 엄격하게 철학적으로 정리된 금욕적 인생관이다. 바로 여기에 그리피우스 문학의 핵심적 주제인 '세상과의 등짐'이 근거하고 있다. 그리고 그것을 더욱 심하게 만들었던 것은 그의 강한 비관주의이다. 루터교의 인식에서 죄를 짓지 않아야 한다는 그의 신앙심과 윤리적 삶의 자세는 그를 스토아주의의 금욕적인 삶 속으로, 다시 말해서 '세상을 외면한 삶'으로 빠져들게 한다. 그의 깊고 진지한 윤리관은 그의 우울한 세계관을 지배한다. 이 세계관에서 인생은 하나의 '문제'이며, 그 문제의 핵심적인 테마는 바로 '허무'이다. 예를 들어 그는 자신의 서정시에서 인간의 삶을 연기, 먼지, 바람, 꿈, 안개, 진흙 등에 비교하고, 어디서나 세상에 대한 경멸과 혐오감을 느끼게 한다. 그러나 그의 서정시는 지상의 모든 아름다운 것, 화려한 것의 공허함을 탄식하지만, 그에 못지않게 언제나 영원을 갈망한다. 그는 허무한 세상과 그리고 시간성이 지배하지 않고 영원이 지배하는 영역을 그리워하는 인간으로서 이중으로 괴로워한다.

그의 시 〈세상의 부정Verleugnung der Welt〉은 이에 대한 좋은 예이다. 그리피우스는 이 시에서 세상의 모든 영화는 물론 학문까지도 허무하다는 생각과 연관해서 죽음을 말한다. 삶과 허무, 고통과 무상에 대한 어둡고 진지한 노래는 '삶'은 삶이 아니라 '죽음'이라는 것을 인지시키고, 살아 있는 것은 죽어야만 하기 때문에 허무한 세상 후에 영원한 것을 얻기 위해서 죽어야만 하는 당연성을 설명한다.

나는 세상에 대해 무엇을 묻는가? 세상은 불길에 활활 타오르리라.
나는 다양한 화려함에서 무엇을 존중하나? 죽음이 모든 것을 낚아챈다.
오히려 거짓된 안개, 학문은 무슨 도움이 되는가?
사람의 마술작업은 미친 환상
쾌락은 정말로 빠른 꿈에 지나지 않고,
아름다움은 눈雪 같으니; 이 삶은 죽음이로다.(1연 1~6행)

이 모든 것이 나에게 구역질나게 한다. 그래서 나는 죽음을 원하노라.
아무리 아름답고, 강하고 부유하다 해도, 아무것도 남아 있을 수 없기 때문이지.(2연 7~8행)

특히 이 시의 5연은 특별한 의미를 가진다.

몰아낼지어다. 영원히 밝은빛이여, 짙은 안개의 먼지를,
세상의 눈먼 욕망과 미친 환상을,

덧없는 탐욕과 재물의 꿈을

그리고 나에게 죽기 전에 올바로 죽는 것을 가르칠지어다!

나로 하여금 지상의 무상함을 올바로 이해토록 할지어다!

내 마음을 풀어 놓아주고 그 굴레를 가져가라!(5연 25~30행)[28]

바로크시대에 향상된 심리학과 그에 따른 심리관찰의 영향으로 이제 인간은 자기 자신과 세계를 주관적으로 그리고 개인적으로 느끼게 된다. 따라서 이미 16세기에 시작한 교회의 후견자적 역할은 점점 약해져 갔다. 이제 인간은 자율적 체험을 통해서 자기의 신비스런 존재와 본질의 해석을 위해 노력한다. 그럼으로써 죽음에 대한 생각도 기독교의 교의학적 범위를 넘어서 철학적 세계관에서 세속적으로 심화되어 나타난다. 이제 죽음은 종교적 신앙고백의 형식에서가 아니라 우리의 현실적인 삶과 더욱 가까운 관계에서 문학작품의 중심테마로 수용된다. 위의 시에서 '세상과의 등짐'은 이미 죽음의 의식에서 나온 최초의 반응으로서 '죽음에의 동경'을 나타내고 있을 뿐만 아니라("나는 죽음을 원한다"), 죽음에서 "올바로 죽는 것Ars moriendi", "지상의 무상함을 올바로 이해"하는 것을 배울 수 있는 도덕적·윤리적 가치를 인식하고 있음도 암시한다. "그리고 나에게 죽기 전에 올바로 죽는 것을 가르칠지어다!" 동시에 이 인식은 현세에서의 도덕적·윤리적 삶을 확고히 하려는 내면의 강한 자아의식에서 나온 것이다. "이 삶은 죽음이고"(1연 6행), 죽음의 가치는 그에게서 비로소 삶의 가치가 된다.

더 자세히 말해서 죽음과 연관된 종교적 감정이나 힘은 삶과 세계에서 주관적으로 얻은 개인의 자의식 형태에서, 즉 인간의 오성에 의해서 비로소 더 자유롭게 세속화된 교양으로서의 가치가 나타난다고 빌헬름 딜타이Wilhelm Dilthey(1833~1911)는 지적했다.[29] 바로 삶과 죽음에 대한 격렬한 질문 안에서 종교의 윤리적 교의와 인간의 합리적 생각이 서로 연결되고 일치한다. 종교적 의미에서 '지상의 무상함'에 대한 올바른 이해와 현세적 의미에서 '죽음의 기술'의 일치가 울리고 있다.

일찍이 프리드리히 폰 로가우도 말한다. "죽을 수 있다는 것은 가장 위대한 예술이다."[30] 죽음 앞에서 올바로 죽는 것, 그것을 사람들은 배워야 한다. 그리피우스 역시 '죽는다는 것은 무엇인가'에 대한 사색에 완전히 젖어들었다. 우리는 죽음과 함께 태어났기 때문에, 우리의 삶을 말하는 것, 우리의 죽을 운명을 말하는 것은 죽음뿐이다. 우리는 피할 수 없이 죽음을 향해 갈 수밖에 없기 때문에 '죽기 전에 올바로 죽는 것', 즉 우리가 죽음에 성숙해진다는 것, 바로 그 안에 현존에서의 죽음의 의미가 놓여 있다. 다시 말해서 현세에서 올바로 살려고 하고, 그래서 죽음이 우리에게 주는 보증을 얻으려고 하는 자는 언제나 죽음을 생각해야만 한다.[31] 여기에 '죽음을 기억하라'는 중세 명제의 중요성이 강조되고 있다. 그리고 그리피우스 역시 이 의식에 사로잡혔다. 이것은 바로크시대를 이전의 르네상스시대와 분리하는 최초의 새로운 것이다.[32]

그리피우스에게 죽음에 대한 공포와 죽음으로부터의 해방은 루터교의 신앙에 근거하고 있음은 분명하지만, 그것은 같은 시대의 신비주의자들과는 차이를 두고 있다. 발데, 쉐플러, 다니엘 폰 체프코와 쿨만과 같은 신비주의자들은 죽음을 통해서 하느님과 일치한다고 생각하기 때문에 죽음과의 만남은 그들에겐 어떤 두려움도 주지 않는다. 이미 중세 초기에 마이스터 에크하르트가 인간의 영혼과 그의 근원과의 신비한 합일unio mystica을 가르쳤고, 그의 제자들인 타울러와 조이제가 그것을 계속 전파한 이래로, 신비주의는 바로크시대에 와서 하나의 신앙처럼 '죽음의 치유 방법remedia Mortis'으로서 새롭게 평가되고 경험된다. 여기서 개인의 경건성의 깊이가 죽음의 공포를 극복할 수 있는 가능성으로서 가장 분명하게 나타난다. 그리스도와 인간의 영혼이 사랑으로 하나가 되는 것은 오직 죽음의 문을 통과한 후에야만 생길 수 있다. 이 둘의 신부 같은 합일은 바로크의 서정시들에서 찬미되고, 이 찬미에서 죽음은 바로 이 사랑의 합일에 대한 동경을 충족시키는 중개자와 조력자로서 나타난다.

바로크시대에서 죽음에 대한 사랑과 동경은 독특한 표현을 가진다. 즉 죽음에 대한 사랑은 죽음의 에로틱이 된다. 사람들은 죽음의 에로틱을 중세 수녀의 신비주의에서 발견한다. 수녀들은 오래전부터 신비적인 것을 성애적인 것을 통해서 표현하려는, 다시 말해서 신에 대한 사랑을 신부다운 상상에서 느끼려 했기 때문이다. 이는 후일에 독일 바로크시대에서 비로소 종교적으로 승화되었다. 종교적 에로틱은 어디서나 나타나고, 죽음의 체험을 부풀린다. 사람들은 종교적 에로틱에서 사랑과 죽음의 긴밀한 관계를 예감한다. 그러나 바로크시대는 종교적 에로틱에서 처음으로 죽음에의 욕망과 기쁨만을 원하며, 낭만주의에 와서 비로소 사랑과 죽음의 신비에 찬 일치가 이루어진다. 종교적 에로틱이 말해주듯이 몰아적 신비주의 문학은 죽음을 두 세계 사이의 다리로 생각한다. 인생을 통한 인간의 길은 죽음으로 나 있으며, 죽음을 통하는 길은 신으로 나 있다. 이미 현세에서 인간의 영혼은 신과의 일치를 위해 준비할 수 있다. 신이 주신 인생은 신이 원하는 죽음에서 영원한 삶으로 해방될 수 있다.

그러나 이 같은 신비주의적 모습이나 파울 게르하르트의 작품에서처럼 내세에 대한 굳은 신앙에서 나오는 행복한 정서의 평온과 순종은 그리피우스에게서는 찾을 수 없다. 비록 그리피우스가 전적으로 주관적인 감정체험을 통해서 신을 열정적으로 찾고, 세계를 무시하는 허무의 감정에서 묵시록적 특색을 보여주고 있다 해도, 그에게 죽음은 영혼이 신과의 성스러운 합일에 이르는 문이 아니다. 그가 죽음에 대해 바라보는 것은 고난 없는 삶이다. 즉 그는 죽음의 가치를 죽음이 현세의 고뇌를 견디려는 투쟁의 고통에서 인간을 해방시키는 데에서 본다. 그러나 신비주의자는 이 현세의 고뇌를 내세에 대한 신앙에 의해서 이미 부인하고 있기 때문에, 그것을 알지 못한다. 여기서 그리피우스와 신비주의자 사이에서 죽음에 대한 가치개념의 차이가 생긴다. 그리피우스는 죽음을 삶의 가치로 받아들인다.[33] 즉 그리피우스는 "죽음의 문제를 기독교의 신앙과 개인의 도덕적 책임의 합에서 풀려고 했다."[34] 그리고 죽음의 문제를 다루고 있는 그의 서정시들은 현세에서 죽음을 그 시대의 경고자로서 알리는 인간의 목소리이다.

현세지향적 죽음의 인식

바로크의 제3시인 세대라 할 수 있는 바로크 후기의 대표적인 시인들은 다음과 같다. 크리스티안 호프만 폰 호프만스발다우Christian Hofmann von Hofmannswaldau(1617~1679), 다니엘 카스퍼 폰 로엔슈타인Daniel Casper von Lohenstein(1635~1683)과 요한 크리스티안 귄터Johann Christian Günther (1695~1723)이다. 이들은 죽음의 문제를 이미 그리피우스가 그러했듯이, 커져가는 죽음에 대한 공포를 줄이려는 시도로서 그들의 작품에 수용하고 있다. 그러나 매일 다가오는 죽음의 위협을 약화시키기 위해서는 이들도 이전의 바로크 시인과 마찬가지로 루터교의 구원신앙에 귀의한다. 다만 이들은 죽음의 문제를 이성의 인식력으로 보다 현세적으로 이해하려는 데에서 차이점을 보인다. 중요한 것은 이성적으로 강조된 죽음에 대한 관찰이 호프만스발다우에서 시작했다는 것이다. 이 같은 관찰은 로엔슈타인을 거처서 귄터에서 죽음에 대한 가장 강한 자의식과 현세지향성이 심화되어서 18세기의 계몽주의로 넘어가는 시기의 시인들에게 큰 영향을 주었다.

호프만스발다우는 다니엘 카스퍼와 함께 소위 제2 슐레지엔파Zweite Schlesische Schule 시인들의 대표주자였으며, 매너리즘Manierismus(르네상스와 바로크 사이의 과도기 언어표현 양식) 문학의 특징인 독일 마리니 문체 Marinismus(17세기 이탈리아 시인 마리노에서 유래한 것으로 지나치게 과장된 문체를 뜻함)의 개척자이기도 하였다.[35] 그는 죽음의 문제에 이성적으로 접근하면서도 그 문제를 매너리즘을 통해서, 즉 수사학적 장식과 언어적 유희를 통해서 누구보다도 잘 나타낸 시인이었다. 따라서 죽음의 문제를 해결하려는 그의 모든 시도들은 바로크 후기 시대를 대표하고 있다고 할수 있으며, 이런 의미에서 죽음에 대한 그의 서정시 연구가 요구된다.

그는 젊은 시절이나 노년 시절에 결코 루터교의 깊은 신앙에 대한 의식을 부인하진 않았다. 이 종교적 근본 분위기는 전 생애에 걸쳐 그의 문학에서 나타났다. 비록 그가 젊은 시절의 지나친 종교적 사유와 감정을 시작詩作의 방해 요소로 보고 배제하려 했다 해도, 깊은 신앙에 뿌리를 둔 내세와 영원에 대한 생각은 그의 내면세계를 지배했다. 현세에 대한 생각이 느슨해지자 그 생각은 죽음의 경계를 넘고, 내세적인 것으로, 영원에 대한 상상으로 올라간다. 그의 모든 시에서 죽음은 시간성의 끝으로, 영원으로 가는 통로로 나타난다. 그는 현세를 긍정하는 동시에 현세를 부정하고 포기하기 위해 싸워야 했다. 이 같은 현세와 내세 사이의 내적 갈등에서 나오는 숙고는 그의 시 〈세상Die Welt〉에서처럼, '영원한 변화의 이 세상에 무엇이 존재하는가'라는 질문으로 표현된 허무의 인식에서 시작한다.

세상과 그의 유명한 광체들은 무엇인가?
세상과 그의 모든 화려함은 무엇인가?

간결한 경계들 안에 있는 보잘것없는 허상,

검은 구름으로 덮인 밤에 치는 빠른 번개,

고뇌의 엉겅퀴들이 푸르른 다채로운 들, (5행)

병으로 가득 찬 아름다운 병원,

모든 인간이 고용살이하는 노예의 집,

썩은 냄새로 설화석고를 덮어씌운 무덤.

그것은 그 위에 우리 인간이 집을 짓는 땅이고

육신이 우상으로 여기는 것이다. (10행)

오라, 영혼이여, 오라, 이 세계의 원이 넓어질 때

더 멀리 보는 것을 배워라!

그와 같은 잠깐의 찬란함을 네게서 닦아내고,

그것들의 쾌락을 무거운 짐으로 여겨라:

그러면 너는 영원과 아름다움이 너를 껴안는 (15행)

이 항구에 쉽사리 도달하리라.[36]

호프만스발다우는 일찍이 바로크 문학작품에서 볼 수 없었던 매너리
즘으로 현세와 내세 사이의 바로크적 반명제를 잘 나타낸다. 이 시의 시
작 문장에서 현세의 "광체들"과 "화려함"을 묻는 두 번이나 반복된 질문
들(1~2행)은 이미 독자들로 하여금 이 시가 말하려는 것을 예감케 한다.
제시된 질문들은 수많은 모습들(3~10행)을 통해서 대답되면서 그 모든
것이 허무한 것임을 암시적으로 강조한다. 그러나 영혼은 더 멀리 보기
위해 소환된다(11행). 멀리 보기란 "잠깐의 찬란함"과 그 "쾌락"을 "무거
운 짐"으로 여기고 내세의 "영원과 아름다움"에 이르기 위한 인간의 자
세, 즉 이성적 인식시도를 의미한다.[37] 따라서 이 시의 질문들은 반복되는

허무의 이성적 인식을 통해 근본적으로 종교적 내용을 넘어서 윤리적 · 도덕적 생각을 끌어낸다. 현세, 죽음 그리고 내세 사이의 긴장은, 비록 해결을 찾지 못한다 해도, 죽음의 문제를 심화시키는 인생문제의 기본상황으로서 그에게 평생 동안 존재한다. 두 개의 기초에, 즉 신앙심과 윤리적 의식에 하나의 새로운 결정적인 요소가 나타난다. 죽음을 이성적으로 인식하려는 의지이다.[38]

그래서 마리니문체 연가의 대가였던 호프만스발다우는 여인의 아름다움에 대한 장황한 묘사에서 남는 것은 무상함뿐이라는 알레고리에 빠진다. 그는 그것을 소나타 형식의 시 〈아름다움의 무상함 Vergänglichkeit der Schönheit〉에서 이렇게 표현했다.

창백한 죽음이 그의 차가운 손으로
마침내 서서히 네 가슴 주위를 어루만져 주리니,
입술의 사랑스런 산호색은 점차 희미하게 사라져 가리라.
어깨 위의 따뜻한 눈雪은 차가운 모래로 될 것이며,
눈眼의 감미로운 섬광, 네 손의 힘들은
사람들에게 스며들고, 그들은 허무하게 사라져버린다.
머리는 지금 금빛의 윤기를 지닐 수 있지만,
결국엔 세월이 조야한 리본으로 지워버린다.
가지런히 놓인 발, 사랑스런 몸짓,
그것들은 먼지가 되기도 하고, 전혀 가치 없게 되리니,
이는 아무도 더는 네 화려함의 신성에 희생하지 않기 때문이다.
이것 그리고 이것보다 더한 것이 기어이 멸망할 수밖에 없다.
오로지 너의 마음만이 모든 시간을 극복할 수 있으니,
자연이 그것을 다이아몬드로 만들었기 때문이지.[39]

이 시에서는 죽음에 대한 생각이라기보다는 육체의 죽음 자체가 중심 역할을 한다. 아름다운 육체는 죽음의 음산한 손으로 무덤의 먼지와 부패의 곰팡이가 되고, 그래서 생명의 어두운 면이 생생해진다. 호프만스발다우는 바로크의 미술이 고난과 죽음, 공포와 에로스를 탐닉하면서 묘사한 것을 글로서 표현한다. 즉 그는 무덤과 부패물을 불러냄으로써 가장 아름다운 육체의 허무를 가장 물질적인 형태에서 의식하게끔 죽음의 문제를 표현한다. 그러면서 죽어야 할 운명을 교훈으로 강조한다. 이미 그의 시 〈세상〉에서 세상은 다만 "검은 구름 낀 밤에 치는 빠른 번개"이며, "썩은 냄새로 설화석고를 덮어씌운 무덤"으로 묘사되었다. 세상은 죽음의 무대이다. 그는 인간의 삶과 행복의 무상을, 게다가 세상 모든 것의 허상을 슬퍼하고, 오직 파멸시키는 죽음만이 진정한 것이라고 인식한다. 시 〈아름다움의 무상함〉에서처럼 어디에나 죽음이 있다. 우리의 "가슴"에, "머리"에, "손"에, "발"에, 심지어 "사랑스런 몸짓"에까지 있다. 언제나 죽음은 반려자로 있어서, 인생은 다만 '긴 죽음'일 뿐이다. 그래서 안드레아스 그리피우스가 세상의 허무가 "나에게 죽기 전에 올바로 죽는 것을 가르칠지어다!"[40]라고 외친 것처럼, 호프만스발다우도 강조한다. "인간이여, 죽는 것을 배워라, 아 놀라운 예술이며 설명할 수 없는 작품을." 그리고 그는 시 〈죽음Der Tod〉을 썼는데, 발터 렘은 죽음에 대한 바로크시대의 모든 생각을 요약한 것 같다고 이 시를 평가했다.[41]

경건한 사람들의 죽음이란 무엇인가?
인생에 대한 열쇠,
나쁜 시간의 경계석,
오래된 포도나무의 수면 주酒,
전쟁과 다툼 후에 평화,

태양을 향한 안내자,

조국으로 가는 육교,

온갖 기쁨의 떠오름,

위대한 손의 충동,

빛을 위한 부싯깃,

저세상으로 가는 비상

낙원의 심판,

모든 것을 떨어뜨리는 일격,

모든 괴로움의 퇴장,

모든 고난 앞의 한 그루 나무;

무엇을 난 더 말해야 하나?

이 모든 것이 죽음이로다.[42]

죽음은 이 시에서 다시금 현세와 미래 사이로 옮겨진다. 그러나 이 시의 시작 문장의 질문인 "경건한 사람들의 죽음이란 무엇인가?"에서 인간의 '경건'이 우선적으로 강조되고 있다. 그가 이 시에서 '죽음 자체'에 대한 질문이 아니라, 죽는다는 것의 작용과 의미에 주의를 기울였다는 것은 그에게 있어서 특이하다. 그의 시 〈세상〉에서 '세상을 멀리 보기 위해 영혼이' 강조되었듯이[43] 이 시에서 인간의 '경건'은 단순히 죽음의 의식에서 나온 유일한 반응이라기보다는 이 세상에서 도덕적 행위를 가능하게 하는 현세긍정의 요인으로서, 즉 영원한 죽음에 반하는 수단으로서 나타난다. 따라서 이 시의 전체내용을 포괄하는 '경건'은 호프만스발다우에게 죽음의 생각에 맞서는 두 개의 개념으로, 즉 영혼과 미덕으로 나타난다. 〈한 고결한 친구의 죽음에 대하여Auf den Tod eines vornehmen Freundes〉라는 장례 시에서 영혼과 미덕은 경건이 가진 불멸의 요소들로 묘사된다.

아무것도 존속할 수 없을 때, 그러면 결국엔 무엇이 남아 있나?
두 단어가 아직 여기에 있으니, 미덕과 영혼이다.
그들은 시간을 뚫고 나아가 무덤의 지옥을 피하고,
죽어야 할 운명에 예속되지 않는다.[44]

영혼은 육체가 아닌 요소로서 신과 신앙과 관계된다면, 미덕은 죽음을 극복할 수 있는 현세의 윤리적·도덕적 삶의 자세와 관계된다. 이성적 생각이 종교적 감성을 지배하고 이성이 죽음 문제의 해석에 절대적인 힘으로 작용한다. 그의 이성은 죽음에서 구원자(예: "태양을 향한 안내자", "저세상으로 가는 비상" 등)와 파괴자(예: "낙원의 심판", "모든 것을 떨어뜨리는 일격" 등)를 동시에 본다. 또한 이성은 그로 하여금 그의 죽음의 의식에서 인간적 존재의 부족함과 수명의 한계를 인식케 한다. 그에게 이성은 나이 들어감에 따라서 영혼과 미덕의 가치를 능가하고 그리고 죽음에 대해서 어떤 감정의 비등을 용납하지 않는 정신적 힘을 의미한다. 따라서 죽음은 물리적으로는 피해갈 수 없으나, 정신적으로는 이성에 의해서 자연법칙으로 분류될 수 있게 된다. 이같이 흩어지지 않은 이성의 관점에서 모든 감정의 비등은 죽음의 경험에서 질식되고, 따라서 이전의 신비주의적 죽음체험과 도취적인 부패묘사는 이성적으로 묘사된다.

호프만스발다우는 이성적인 죽음에 대한 생각을 불확실한 죽음에 대한 사변을 위해 사용하지 않고, 그리피우스처럼 고통의 극복을 가볍게 하기 위해 사용한다. 예수가 죽음에서 구원한다는 단순한 믿음에서 죽음 앞에서 안정을 찾는다. 그렇지만 이제 그에게서 이성적인 죽음의 인식에 대한 확신은 매우 강하게 발전해서, 죽음의 본성을 분명하게 밝히고 동시에 결론에 이른다. "죽음은 자연의 일반적인 발걸음이다."[45] 죽음을 불가피한 자연법칙으로서 인식한다는 것, 이것이 호프만스발다우의 죽음에 대한 관찰에서 제일 중요한 것이다. 자연법칙으로서의 죽음에 대한 견해는 강한 인간의 에토스와 루터교의 구원론에 대한 믿음으로 된 이성적 죽음의 관찰에 기인한다.

인간의 죽음도 포함한 모든 현세의 허무에 대한 이성적 인식을 통해서 그의 생애는 세 단계로 분류된다.[46] 더 자세히 말해서 호프만스발다우는 젊은 시절에 최고의 행복을 '미덕'에서 보았다. 그리고 활동이 왕성했던 장년기에 그는 그 행복을 '현세의 기쁨'에서, 즉 '관능적 쾌락'에서 경험했다. 마지막 생애의 시기 동안에 그는 그것을 '죽음'에서 경험했다.[47] 지금은 백세시대라고 하지만 당시에는 50세를 넘기 어려웠다. 호프만스발다우는 스스로 노년기에 들어섰다고 생각하고 죽음에 직면한 생각을 그의 시 〈50세에 접어들면서 가지는 생각Gedanken bey Antretung des fünfzigsten Jahres〉의 5연 마지막 두 행에서 의미 있는 말로 표현한다.

> 병고가 나를 번거롭고 싫증나는 존재로 만들지 않게 도와주시고
> 아침이 나를 울게 만들지라도 저녁에는 내가 웃음 짓게 하소서.
> (5연 30~31행)

사람은 울면서 태어나지만 죽을 때는 웃으면서 죽어야 한다는 교훈이 울린다. 김수환 추기경의 말이 연상된다. "태어나는 자는 울지만 주위 사람들은 웃고, 죽어가는 자는 웃지만 주위 사람들은 울어야 하는 삶을 살아야 한다." 살아 있는 동안에 윤리적·도덕적 삶을 통해 웃으면서 죽음을 맞이할 수 있는 초연함이 강조되고 있다. 동시에 이 시의 마지막 연은 죽음의 관문을 통해 영혼이 영원한 빛으로 안내되길 바라는 강한 희망과

믿음으로 끝난다. 죽음은 "병고"로 인한 "번거롭고 싫증나는 존재"로부터 해방시키고, 그래서 위로와 행복을 가져다준다.

> 그렇다면 나를 선택한 무리에게로
> 짧은 하룻밤을 통해 빛 속으로 인도해주오.
> 나는 허영과 거만한 사치로 꾸며낸
> 성대한 장례를 원하지 않소이다.
> 내가 나의 비석 위에 원하고 있는 글귀란
> 오직 이것뿐이로다. 알맹이는 달아나고, 껍질만 묻혀 있다. (9연 50~55행)[48]

다니엘 카스퍼 폰 로엔슈타인은 이성의 인식력으로 현세를, 그리고 굳은 신앙으로 내세를 관찰한다는 데에서 호프만스발다우의 죽음에 대한 생각과 유사하다. 그가 청소년 시절에 겪었던 30년 전쟁의 고통과 어머니와 누이동생의 죽음은 그로 하여금 현세의 허무를 호프만스발다우보다 더욱 객관적이고 가시적으로 표현하게 했다. 그의 서정시에서는 죽음에 대한 생각보다는 육체의 죽음 자체를 충격적으로 묘사한다. 무덤 안의 먼지와 부패의 곰팡이가 생기고 악취를 풍기는 것이 자세히 묘사되고, 사람들은 구더기가 시체를 파먹는 부패과정을 본다. 이미 니클라우스 마누엘Niklaus Manuel(1484~1530), 한스 발둥Hans Baldung(1484~1545) 같은 16세기의 화가들이 썩은 냄새를 화폭에 불어넣은 것을 이제 다니엘 카스퍼와 같은 시인들이 서정시에 끌어들여 언어예술로 표현한다.

인생은 호박이다

이 삶은 하나의 호박, 그 껍질은 살과 뼈이고,

그 씨들은 정신, 벌레에 파 먹힌 상처는 죽음이다;
노년의 봄은 꽃들을 아름답고 붉게 색칠하고,
여름에, 즙॥이 처음으로 가장 잘 끓어오른 때면,

노란 열매 위엔 벌써 딱정벌레들이 기어 다니며,
물러진 호박덤불은 썩고, 육체는 재와 똥이 된다.
그렇지만 인간의 씨앗인 정신은 온갖 고난에서 남아 있고,
벌레와 죽음과 병에 찔리지 않는다.

정신은 스스로 여전히 새로운 열매가,
썩지 않는 육체가 곰팡이, 재 그리고 흙에서
하늘에 있는 저 위대한 삶으로 자라나게 한다.

도대체 왜 내 친구는 눈물로 다시금
죽은 부인을 찾는가? 영혼은 묻혀 숨겨지지 않을지니,
정신은 또한 육체를 저곳에서 더 아름답게 갖게 되리라.

희망의 구조는 무너짐이고, 꽃은 썩어가는 과즙,
우리의 용기가 우리에게서 피어나는 들판은 얼음, 탁한 모래이다.
사람이 명예의 목적을 자세히 관찰할 때면,
흙, 모래 그리고 관은 우리에게 그토록 많은 수고를 하였노라.[49]

특징적인 것은 각 연마다 육체의 부패에 대한 충격적인 묘사에 이어서 영혼의 영생에 대한 확고한 믿음이 다양하게 묘사되고 있다는 점이다. 다시 말해서 이성에 치우친 생각을 통해서 죽음의 확고부동함을 부패의 육

체적 법칙으로 설명하려는 새로운 시도는 언제나 영원에 대한 욕망을 일깨우는 믿음으로 귀결된다. 이 시는 죽음의 어둠이 신앙에 의한 구원의 명료함으로 대체되고 있다.[50] 결국 다니엘 카스퍼에서도 호프만스발다우에서처럼 궁극적인 죽음의 극복은 죽음에 대한 합리적 인식에 의해서가 아니라 확고한 신앙에 의해서 이루어진다. 이런 의미에서 이 시는 세속화된 인간이 갈망했던 영원을 신앙의 형태에서 생각하는 개인적인 신앙고백의 노래이다.[51]

이 시는 허무와 영원의 대립적 긴장관계를 나타낸다. 이 관계에서 죽음은 신앙에 의해서 무덤의 어둠에서 영원한 빛으로 가는 기적의 문이며, 그것은 인간의 이성에 의해 삶에서 이루어진다는 것을 전제한다. 따라서 이 시에서는 죽음에 대한 정렬적인 긍정과 삶 속에서의 이성이 나란히 강조되고 있다. 이것은 바로크의 본질적인 것이다. 어디서나 흥망성쇠와 무상함을 보는 17세기와 그 시대의 인간은 죽음에서도 변화를 보지만, 또한 불변도, 인간의 변용도 본다. 즉 죽음의 인식은 삶을 더 깊게 이해하도록 가르친다. 그래서 바로크의 인간과 그의 생활양식 역시 죽음에 의해 전제되고, 인간은 자신을 자신의 방법으로 완성하기 위해서, 즉 본질적이 되기 위해서, 언제나 죽음을 필요로 한다. 하나의 토대에 깊이 뿌리를 둔 죽음과 삶의 일치가 이 시에서 잘 가시화되었다. 바로크시대에서 죽음은 인간 삶의 본질을 향상시키려는 소망에 대한 힘으로서 긍정적으로 수용된다.

삶과 죽음의 성숙

우리는 바로크시대의 서정시에서 나타난 죽음에 대한 생각과 문제들을 파울 게르하르트, 안드레아스 그리피우스 그리고 호프만스발다우로 대표되는 세 시인들의 세대로 구분해서 살펴보았다. 대체로 바로크 시인들은 죽음을 현세와 내세의 삶 사이의 중개자로 본다. 특히 이 시대의 신新신비주의자들에게는 죽는 것이 인생의 짐으로부터의 해방이 된다는 믿음에서 죽음에 대한 공포는 이제 동경으로 변한다. 교회찬송가의 시인인 파울 게르하르트는 죽음의 공포에 영향을 받지 않는다. 바로크시대의 가장 유명한 시인인 안드레아스 그리피우스의 큰 테마는 '승리하는 죽음'일 뿐만 아니라, '극복할 수 있는 죽음'이다. 그는 죽음의 문제 해결을 도덕적·윤리적 인격의 가치와 기독교적 신앙과의 합에서 찾았다. 호프만스발다우는 죽음을 이성적으로, 현세지향적으로 관찰하고, 피할 수 없는 자연법칙으로 수용한다. 그래서 호프만스발다우의 등장으로 비록 느리더라도 계몽주의시대를 미리 알리는 새로운 성향이 일기 시작했다.[52]

바로크 문학 역시 죽음의 문제해결 가능성에 대한 질문에 어떤 분명한 대답을 주지 않았다. 그러나 바로크 문학은 어느 시대보다도 더 다각적이고 진지하게 삶과 죽음의 문제를 윤리, 이성 그리고 신앙의 합을 통해서 해결 가능성을 찾으려 했고, 그래서 오늘날까지 여전히 높게 평가된다.[53]

16세기 르네상스시대에도 죽음은 중요한 테마였다. 그때는 죽음의 극복에 대한 의지가 죽음에 대한 동경을 압도했다. 그런데 17세기에는 위에서 언급된 세 요소들, 즉 윤리, 이성, 신앙의 합을 추구하는 죽음의 문학적 변용을 통해서 이미 생존 시에 죽음의 공포에 대한 극복을 이룬다. 그래서 죽음에 대한 동경은 17세기에서는 보다 더 많은 시민을 사로잡지 못한다. 수많은 '죽음의 가요들Sterbelieder', '죽음의 노래들Sterbegesänge', '장례의 노래Begräbnislieder', '비문들Grabschriften', '장례 설교집' 들이 바로크시대에 창작되었다는 사실이 이를 증명한다.

죽음 없는 삶과 삶 없는 죽음은 생각할 수 없다. 이 둘은 이웃해 있으며, 서로 예속되어 있고, 서로 전제한다. 이렇게 죽음은 인간이 태어나서부터 가장 깊게 삶을 형성하는 원칙으로 우리와 함께 살고 있다. 죽음과 종말을 생각하는 것, 삶 안에 있는 죽음의 내재성을 예감하는 것, 죽음에 성숙해지는 것, 그것은 바로크적 세계 파악의 형식이다. 의연하게 죽는다고 말할 수 있는 것은 인간의 성숙된 최후를 말하는 것으로, 호프만스발다우가 말했듯이, 인간의 최후 "예술"이다[54]. 그래서 인간은 태어나자마자 이 예술을 배우기 시작해야만 한다. 아니면 인간은 실패한다. 그러니까 '죽음의 기술Ars moriendi'은 바로크시대에 이르러 비로소 새로운 깊이와 의미를 가진다.

15세기에도 인간은 자신의 지옥과 죽음에 대한 공포와 고통에서 죽는 것을 배우려 했다. 그런데 그 당시엔 죽음이 인간에게 낯선 것이었으며, 사람들은 표면적인 교리문답식의 수단을 통해서 죽는 것을 배우려 했다.

〈허무〉(정물화)
죽음과 부패를 표현한 그림. 17, 18세기 삶의 허무 의식은
르네상스시대의 정렬적인 삶의 기쁨을 허약함으로 바꾸어놓았다.

그러나 바로크시대에서 사람들은 죽음을 배우는 것이 아니라, 내면에서
자기 자신과 함께 존재하는 것으로 인식하고, 삶과 죽음의 두 문제를 동
시에 극복할 수 있는 인생의 결실로 받아들인다. 사학死學의 역사에서 죽
음이 자신의 삶의 창조를 위해 존재한다는 개념으로 개인이 아닌 사회
전반을 지배한 것은 바로크시대에서 처음으로 비롯되었다. 동시에 이것
에서 바로크시대의 대표적인 반명제의 합, 즉 죽음의 확실성에서 나타나
는 현세적 삶의 의지와 내세적 영원에 대한 동경의 합을 이룬다. 다시 말
해서 죽음에의 반항과 죽음에의 동경이라는 두 개의 근원적으로 상반된
견해들의 합이 형성된다. 이 합의 정신적 내용은 곧 삶과 죽음의 두 문제

를 극복할 수 있게 하는 인간의 윤리성, 이성 그리고 신앙이다.[55] 비록 죽음은 영원히 풀리지 않는 비밀로 남아 있다 해도, 죽음은 성숙한 삶을 만들고, 삶은 성숙한 죽음을 만든다. 성숙한 존재, 바로 그것이 바로크 문학이 추구했던 전부이다.

인간에게 죽음은 배울 수 있는 것이 아니다. 다만 인간은 실제로 자기 자신의 죽음을 항상 마음속에 지니고 함께 살아 갈 때 비로소 인간의 삶은 성숙해지고, 죽음은 인생의 결실로 나타난다. 파스칼이 생각했듯이, 완성으로 나타난다.[56] 이런 생각은 바로크시대에서 비롯된 것이다. 즉 바로크시대에 와서 처음으로 죽음의 공포는 생존 시에 문학적 죽음의 변용을 통해서 극복될 수 있는 경지에 이른다. 인간 모두는 죽음을 피하려 한다. 하지만 그들은 모두가 죽음으로 돌아갈 수밖에 없다. 인간은 죽는 것을 배우지 않으면 결코 사는 것을 배울 수 없다. 따라서 죽음은 창조적인 변화이고 무상한 파괴가 아니라는 의식에서 삶의 성숙과 죽음의 성숙이 일치한다. 이것이 바로크의 가장 깊고 은밀한 영혼의 기초이다. 그러니까 우리는 죽음 앞에서 도망갈 필요가 없다. 우리가 현세적인 것을 올바로 인식하게 된다면, 죽음을 기쁨으로 맞이하게 될 것이다. 이것이 바로크시대를 지배했던 전형적인 죽음의 생각이다.

아름다운 죽음을 향한
계몽주의 정신

계몽주의는 특유의 낙관주의를 통해 세계는 허무한 것이 아니라 삶의 가치가 있는 가장 좋은 세계이며, 인간은 이 세상에서 교화될 수 있고, 미덕을 통해 행복을 얻을 수 있다고 보았다. 죽음에 대한 양질의 논쟁을 제공한 레싱의 《고대인은 죽음을 어떻게 형성했는가?》는 죽음을 무서운 해골이 아니라, '횃불을 거꾸로 든 젊은 수호신'으로, '잠의 쌍둥이 형제'로, '사랑'으로 아름답게 묘사함으로써 사람들은 죽음을 일종의 행복한 영속으로 생각하게 된다. 이제 인류는 아름다운 죽음을 위해 삶을 성찰한다.

이성과 합리주의에 의한
허무주의의 극복

허무주의가 지배했던 17세기를 지나 18세기로 들어서면서 망아적인 도
취 상태에서 벗어나 감정이 아니라 이성, 경험 그리고 인식이 이 세기
의 정신적 성격으로 각인되기 시작한다. 이것은 이미 프랑스와 영국에
서 시작한 계몽주의의 영향으로 가능했다. 계몽주의는 프랑스의 합리주
의와 영국의 경험주의에 근거를 두고 있다. 합리주의는 일찍이 데카르
트의 '성찰'에 근거를 둔 철학에서 비롯되었다. "나는 생각한다. 고로 존
재한다cogito ergo sum"로 대표되는 그의 철학은 중세의 신앙 대신에 명
확한 인간정신을 강조한다. 그는 이성이 결정적인 인식논거가 되고, 오
성이 사물의 보편타당성을 인식하는 질서정연한 원칙을 제시하는 비
판적 합리주의의 창시자가 되었다. 데카르트가 철학적 기초를 형성했
다면, 입헌 국가를 주장한 샤를 드 세꽁다 몽테스키외Charles de Secondat
Montesguieu(1689~1755)의 요구는 정치에 큰 영향을 주었으며, 포괄적 지
식을 다룬 백과사전파인 달랑베르Jean Le Rond d'Alembert(1717~1783)와 디

드로Denis Diderot(1713~1784)는 실증주의적이고 계몽주의적인 입장에서 지식의 전달뿐만 아니라 새로운 비판적 사고방식을 전파했다. 특히 볼테르Voltair(1694~1778)는 계몽주의를 전파하는 데 가장 큰 역할을 했다. 그들은 이성을 인간적 생활의 전제조건으로 선언하고, 지금까지 종교적 신앙이 지배했던 영역을 이성이 대신하게 되었다.

영국에서는 토마스 홉스Thomas Hobbes(1588~1679), 존 로크John Locke (1632~1704), 데이비드 흄David Hume(1711~1776)의 계몽철학이 사고와 판단과 직관의 전제조건으로, 그리고 인식의 원천으로 경험과 지각을 제시하고 민중계몽도 선도했다. 특히 로크는 사회계약으로서의 국가에 대한 연구를 통해서 이제까지의 모든 형이상학적이고 이데올로기적인 제약에서 인간을 해방시키고, 개인은 국가와 교회 그리고 신분에 앞서 존재한다고 가르쳤다. 따라서 인간의 감각과 감각적인 사유에 근거한 경험이 유일한 인식의 원천이라고 주장하는 경험론이 지금까지 지배해왔던 형이상학, 존재론, 신학을 거부하고, 자연과학의 발전에 크게 영향을 끼쳤다.[1]

독일의 계몽주의는 프랑스의 합리주의와 영국의 경험주의의 영향을 받았다. 그러나 이 두 영향이 미치기 전에 독일에서도 고트프리트 빌헬름 라이프니츠의 위대한 철학체계가 구상되었지만, 그 당시엔 이해되지 못하고 있다가, 그 후에 철학자 크리스티안 볼프Christian Wolff(1679~1754)에 의해 일반화되었다. 볼프는 오성문화인 계몽주의의 일반적 관념을 창조했다. 이제 이성은 칸트가 지적했듯이 '이상을 창조하는 힘'도 아니며, '인간과 신에게 통용되는 영원한 진리의 영역'도 아니고, 다만 비판적 기능이었다.[2] 인간의 사고는 자유로워지고 구체적이 되었으며, 더 이상 체계에 얽매이지 않고 삶의 현실을 오성의 법칙에 의해서 분석했다. 따라서 분석적인 정신은 전통적인 틀을 깨뜨렸고, 모든 것을 이성적으로 새롭게 검증하고, 이성으로 존재의 당위성을 증명하려 했다. 이같이 이성의 유용성과 도덕적 개선을 지향하는 계몽주의는 이성의 불빛이 비춰지지 않은 과거와 아직 성숙되지 않은 인간 상태를 경멸적으로 회고하는 진보적이고도 낙관적인 신념을 주었다. 계몽주의자들은 이런 낙관주의에 가득 차 있었다. 그래서 칸트는 일찍이 그의 역사철학서 《계몽주의란 무엇인가?Was ist Aufklärung?》(1784)에서 계몽주의를 이렇게 정의했다.

> 계몽주의란 인간 스스로가 묶여 있던 미성숙 상태로부터의 해방이다. 미성숙 상태란 자신의 오성을 다른 사람의 도움 없이는 사용할 수 없는 상태이다. 이러한 미성숙 상태는 그 원인이 오성의 결핍에 있는 것이 아니라 다른 사람의 도움 없이 스스로 오성을 사용할 수 없는 결단과 용기의 결핍에 있으므로 스스로 묶여 있는 자업자득의 상태이다. 용기를 가져라! 네 본래의 오성을 사용할 수 있는 용기를 가져라. 이것이 계몽주의의 표어이다.[3]

유럽 계몽주의의 주도적 인물이었던 볼테르는 그 시대를 철학의 세기라고 불렀다. 비합리적이고 파악할 수 없는 형이상학은 그 시대에 낯설게 되고, 계몽주의자들은 해결할 수 없는 수수께끼 같은 문제들을 냉철한 오성과 체험의 법칙에 의해 밝힐 수 있다고 보았다.

죽음의 문제도 예외일 수 없다. 바로크시대의 죽음의 문제들, 즉 신적인 것, 내세적인 것과 같은 죽음 뒤에 있는 설명할 수 없는 것들은 현세적인 의미에서 파악할 수 있는 것으로 받아들여진다. 이 세상의 삶의 가치는 이성적 생각의 중심에 서 있고, 모든 평가의 규범을 주기 때문이다. 중세에서 죽음에 대한 생각의 근간을 이루었던 허무는 더 이상 삶의 경시를 통한 윤리적·도덕적 힘으로 작용하지 않는다. 계몽주의의 특유한 낙관주의에 의해서 세계는 허무한 것이 아니라 삶의 가치가 있는 가장 좋은 세계이며, 그렇기 때문에 인간은 이 세상에서 교화될 수 있고, 미덕을 통해서 행복을 얻을 수 있다. 그런데 미덕은 이성을 통해서 얻을 수 있다. 이성에 근거한 행복을 미덕의 실행으로 얻을 수 있다는 것, 하나의 삶을 노력으로 얻기에 더 이상 유심론적이 아니라 세속적인 새로운 인간 교육의 이상을 스스로 현실화시키는 것, 바로 이것을 실행하도록 계몽주의는 교육하고 지도했다.[4] 그래서 라이프니츠 이래로 계몽주의는 결국엔 행복론, 즉 행복주의로 이해된 세속화된 최고의 선에 대한 교훈이다. 그 시대의 모든 정신은 낙천주의와 행복론에 의해 유지되고, 다시 한번 17세기에 마지막 절정에 이르렀던 기독교의 초자연주의에 반대해서 현세에서 삶의 가치를 찾는다. 삶은 자기 자신 안에 의미를 가지며, 인간은 절대적인 것을 더 이상 영원에서 찾지 않고, 현세에서 인간의 행복과 일반적인 축복에서 찾는다.

그렇지만 그것은 계몽주의가 내세의 희망을 포기하려 하거나 포기할 수 있으리라는 것은 아니다. 다만 계몽주의가 죽음의 생각이나 내세의 문제를 바로크시대의 그것과는 다른 근원에서, 즉 라이프니츠의 단자론인 예정조화설에서 찾고 있기 때문이다. 예정조화설에는 세상을 창조하여 유지시키는 신과 모든 사물의 생성 근원이 조화롭게 결합된다. 그래서 원인과 결과를 토대로 하여 전개되는 자연의 외적 역학은 모든 것을 다스리면서, 그 속에 존재하는 정신적이고도 이성적인 힘과 일치한다. 물질과 정신, 창조물과 창조자, 세계와 인간, 인간과 신이 조화롭게 일치하는 것을 라이프니츠는 '단자Monade'라고 불렀다.[5] 그에 의하면 단자는 존재의 최소단위로서 단일체의 영혼이며, 이 영혼은 영원히 불멸하고 변화하지 않는다. 바로 라이프니츠의 '단자론Monadologie'에 합리주의의 불멸신앙이 근거하고 있다. 이는 그가 출생과 죽음이란 인간육체의 가장 큰 두 변화를 오직 근원적이고 영원히 살아 있는 단자들의 중간 현상에서만, 다시 말해서 개체의 현존에서 형태변화만을 볼 뿐 시작과 끝을 보지 않는 데 기인한다. 그러니까 죽음은 새로운 형성을 위한 근원으로의 회기일 뿐이다. 죽음은 하늘의 섭리라 할 수 있는 자연법칙에 의해서 지고한 행복의 단계로 옮기는 통로일 뿐, 바로크에 비해서 아무런 자기가치도, 아무런 고유의미도 가지고 있지 않다. 죽음은 다만 육체적이고 심리적인 행위로 여겨지고, 내세, 영생, 최후의 심판과 같은 기독교에 근거한 죽음의 형이상학적 의미를 상실한다. 즉 계몽주의의 죽음에 대한 생각에서 교의학적인 것은 거의 모두가 사라져버렸다.

증가하는 탈기독교화, 세속화 그리고 과학의 발달로 인한 산업화는 죽음의 생각에 매우 깊이 작용했다. 그 변화에서 특별히 특징적인 것은, 갑작스런 죽음도 기독교적으로 관찰해서는 안 되며, 죽음이란 다만 존재의 파괴일 뿐, 올바른 사람에겐 형벌이 아니라는 것이다. 죽음은 썩지 않는 영혼의 능력에 아무런 피해를 줄 수 없기 때문이다. 여기서 기독교적 인생 내지 내세개념은 라이프니츠을 통해서 점점 더 철학적으로 관찰되고 세속화됨으로써 보편적인 생각으로 일반사회에 퍼지게 되었다. 세속적인 생각은 종교적인 생각을 몰아내고, 믿음은 이성으로 대체되었다. 종교와 신학의 자리에 철학과 철학적으로 구축된 윤리와 도덕이 들어왔다. 도덕과 이성은 독자적이 되었고, 종교와 미덕은 서로 뒤섞여 일체가 되었다. "사실적인 것에 대한 생각을 신적 인과관계에서 고양하는 것, 완성을 향해 덕 있는 노력을 하는 것, 이것이 계몽주의의 종교이다."[6]

계몽주의의 기본 생각은 '죽음에 대한 숙고moritis medidatio'가 아니라 '삶에 대한 숙고Vitae medidatio'이다. 이것은 기독교에 대한 회의가 증가하는 데에서 생긴 것으로, 인간의 실생활에 뿐만 아니라 전통적인 죽음의 관습에도 많은 영향을 주었다. 임종의 침상에서 받아쓰게 된 유언장은 점차로 세속적 문서로 발전하면서 18세기 중엽부터 사자들을 칭송하는 장황한 미사여구는 사라졌다. 국가는 공공의 청결과 공익을 위해 사자들의 매장장소에도 영향을 주었다. 18세기 후반에는 성직자와 교회창립자를 제외하고 묘지는 위생적인 이유로 교회에서 도시와 떨어진 시외로 옮겨짐에 따라 성묘는 의식적 행위가 되었다. 또한 의학의 발달로 죽음의 생물학적 과정에 관심이 커지고, 시신의 해부학적 실험에 대한 두려움도 사라졌다.[7]

이런 계몽주의시대의 새로운 풍습은 합리적으로 세속화된 기독교의 의미에서 파악되고, 죽음을 생활 속의 한 현상으로서 경험하게 한다. 계몽주의시대의 '합리주의는 독자적이고 창조적인 힘으로 환상을 배척'[8]하고, 현세의 삶에서 조화와 최고의 선을 위한 노력으로 성숙한 존재를 향해 단계적으로 성장하는 데에 행복이 있다고 보았다. 독일계몽주의시대의 대표적 철학자이며 수학자인 크리스티안 볼프는 그의 계몽주의 책들 중 하나인《행복추구를 위한 인간의 행동과 허용에 대한 이성적 생각Vernünftige Gedanken von der Menschen Tun und Lassen zur Beförderung ihrer Glückseligkeit》에서 이 같은 생각을 이성적으로 가르치고 있다. 또한 영국의 신플라톤주의자인 샤프츠베리Shaftesbury(1671~1713)나 라이프니츠는 자연에서 이 지고한 행복에 이를 수 있는 수단과 방법이 있다고 상세하게 가르친다.[9]

만일 볼프가 인생에 대한 이성적인 생각을 행복의 촉진을 위해 제공한다면, 이제 바르톨트 하인리히 브로케스Barthold Heinrich Brockes(1680~1747)는 어떻게 사람이 지상의 즐거움을 마지막으로 즐긴 후에 죽을 수 있는지를 증명하려 한다. 그는 볼프와 샤프츠베리의 영향으로 바로크적 죽음의 생각을 합리주의로 바꾼 사람이다. 그에게 자연은 소멸과 생성이 지배하는 영원한 변화였으며, 하나의 예술작품이었다. 그는 죽음의 필연성과 불가피성을 이 자연의 변화에서 말한다. "우리의 사망은 변화이고 변용이며 개선이다."[10] 현세에 이어서 하늘의 기쁨이 오고, 행복이 상승된다. 따라서 18세기의 철학적·교육적 서정시는 매우 드물게 죽음의 문제에 몰두한다. 바로크시대의 사람들은 내세에 대한 확고한 신앙에서 영혼의 불멸에 관심을 두지 않았고, 오히려 죽음에 관심을 두었다. 이제 그것은 반대가 되었다.

프리드리히 폰 하게도른Friedrich von Hagedorn(1708~1754), 빌헬름 루드비히 글라임Wilhelm Ludwig Gleim(1719~1803), 요한 페터 우츠Johann Peter Uz (1720~1796)와 독일의 젊은 계몽주의 극작가이며 평론가인 고트홀트 에프라임 레싱과 같은 시인들은 죽기 전에 스쳐가는 순간을 찬미하고 청춘을 즐기려는 사람들처럼, 죽음을 유희적으로 그리고 진지함 없이 그들의 아나크레온풍의 서정시에 수용한다. 그들의 시는 로코코의 장난기 있는 시대정신을 잘 반영하고 있다. 글라임의 경박한 두 개의 시 〈죽음에 붙여 An den Tod〉와 〈죽음의 생각Todesgedanken〉은 이에 대한 좋은 예이다.

죽음에 붙여

죽음이여, 너도 사랑에 빠질 수 있는가?
도대체 왜 너는 내 아가씨를 데리고 가는가 (…)
죽음이여, 넌 아가씨를 어찌할 셈인가?
입술 없는 이빨로
넌 그녀에게 정녕 키스도 할 수 없다.

죽음의 생각

나는 아직 죽지 않았다.

그리고 내가 언젠가 죽는다면,

사람들은 나를 묻을 것이고,

그러면 나는 썩어야만 할지니,

다시는 춤도 출 수 없으리라.

이제, 나는 아직 썩지 않았기에,

내가 아직 장미를 꺾어야 함은,

나는 여전히 향기를 맡기 때문이지;

이제, 나는 아직 썩지 않았기에,

나는 여전히 아가씨와 키스해야 함은,

내가 여전히 키스를 느끼기 때문이지;

이제, 나는 아직 썩지 않았기에,

나는 포도주를 소비할 수밖에 없어라.

나는 무덤에서도 목마르게 되는 것일까?[11]

이 시에는 죽음이 농담조로 조롱되고 있다. '죽음과의 농담'은 죽음을 내면적으로 진지하게 체험하지 않고 있다는 것을 증명한다. 그런 '죽음과의 농담'은 그 후에 경건한 사람들의 반대도 불러일으켰다.

계몽주의가 시작하는 17세기 말에 이성에 근거한 계몽된 객관적 신앙 외에 네덜란드의 캘빈주의와 영국의 청교도주의에 영향을 받아 경건주의가 생겨났다. 비록 경건주의는 바로크의 신비주의의 철학적·사변적 수준에까지는 이르지 못했다 해도, 조심스러운 자기분석과 이웃사랑의 실제적 도움에 관심을 기울였고, 경건주의자들은 개인의 경건성과 감동적인 영혼 및 우정 숭배를 중시했다. 소박한 마음의 깊은 신앙은 계몽된 이성적 신앙에 굳게 맞서 있다. 죽음의 생각은 믿음이 두터운 겸허함으로 충만해서, 현세의 허무함을 불러일으키고 무덤 옆에서 현명하게 자신의 죽음을 일찍 일깨워준다. 그러나 이것은 합리적 형식에서 나타난 바로크의 여운들이다. 1736년에 죽은 첫 부인 마리아네 비쓰Mariane Wiß의 죽음에 대한 알브레히트 폰 할러Albrecht von Haller(1708~1777)의 긴 추도시의 마지막 연은 그런 정신자세를 이미 예시하고 있다.

나 지상에서 그리도 사랑했으나
못다 사랑한 완전한 자여!
이제 당신은 얼마나 사랑스러워지겠소.
천상의 빛이 당신을 둘러싸고 있으니.
우러나오는 바람이 나를 엄습한다오.
오, 내 소망을 거절하지 마오!
오, 팔을 날 위해 활짝 벌려주오!
영원히 당신 것이 되려고 서둘러 가려 하오![12]

할러는 죽음의 저쪽에서 영원한 행복을 본다고 생각하여 진정한 기독교인으로서 의연하게 죽음을 바라본다. 그러나 그에게 죽음은 바로크 시대에서처럼, 영혼과 신과의 합일을 위한 것이 아니라, 사랑했던 아내와의 합일을 위한 것으로 '못다한 사랑'을 위한, '완전한 자'로서의 완성을 위한, 행복을 위한 수단일 뿐이다. 그리스도의 사랑은 인간의 사랑으로 대치된다. 여기서 정신사적으로 중요한 것은 합리적 정신이 경건주의의 체험 형태 안에서 작용한다는 것이다. 즉 죽음은 합리적인 동기에서 나오고, 죽음에 대한 경멸과 극복은 종교적 내면에서가 아니라 오로지 인간의 삶에 대한 숙고에서 나온다는 것이다. 계몽주의의 자유로운 사람들의 눈에는 죽음은 무서운 것을 가지고 있지 않다. 그들은 라이프니츠 철학의 의미에서 행복을 생각하기 때문이다. "자연에는 어떤 죽음도 없다; 죽음은 새로운 상태의 탄생이다." 그러니까 그들은 죽음을 유심론적-경건주의의 감정에서 고난의 종식자로서가 아니라, 바로크에서와 유사하게 영원한 법에 따라서 모든 것을 전환시키고, 세우고, 파괴하는 보다 높은 차원으로 변화시키는 자로서 오직 찬양하면서 맞이할 수 있다. 라이프니츠 철학에 근거한 마르틴 크리스토프 비일란트Martin Christoph Wieland(1733~1813)의 위대한 교훈시 〈사물들의 자연Natur der Dinge〉에서 이성적인 현자는 죽음을 보다 높은 빛에서 바라보기 때문에 자연의 사자使者는 우리의 손을 잡고, 우리를 친구로서 행복한 나라로 안내한다는 것을 밝히고 있다.

> 오 죽음이여! 너 달콤한 죽음이여! 오직 바보만이 너를 기피한다!
> 너는 피조물을 그의 목적으로 들어올리고,
> 너는 우리를 신에게로 그리고 우리의 행복으로 데려온다.[13]

바로크문학에서 특징적으로 나타난 영웅적·도덕적 극기주의의 긴장은 이성의 강조를 통해서 풀려서 계몽주의시대의 문학에 수용된다. 그것은 죽음에 의한 허무감에서 나타난 세상에 대한 경시이고, 영혼불멸의 신앙에서 나타난 죽음에 대한 경멸이다. 그래서 이성에 근거한 냉철한 죽음에 대한 이 시대의 관찰에는 아직도 긴장으로 충만한 감정에서 나오는 바로크적 영향이 남아서 작용하고 있다. 다시 말해서 계몽주의시대에서도 죽음의 문제와 함께 죽음 이후의 삶의 문제가 진지하게 다루어졌다는 것을 시인하지 않을 수 없다. 그래서 이 시대의 문학에서도 불멸이 언제나 맨 앞에 온다는 것은 놀라운 일이 아니다. 그러나 이렇듯 계몽주의시대의 합리주의와 경건주의에 바로크적 영향이 작용하고 있다 해도, 실제로 이 시대를 지배한 것은 인간이나 종교를 도덕적·이성적으로 관찰한 정신이다.

요한 크리스티안 귄터Johann Christian Günther는 현세와 내세 사이를 오가면서 죽어야 할 운명과 삶 속에서 죽음에 성숙해져야 한다는 계몽주의적 생각을 그의 서정시에 나타낸 18세기의 대표적인 서정시인이다. 그의 시 〈영혼의 불멸Der Seelen Unsterblichkeit〉에서 그는 영혼의 불사에 대한 믿음을 이렇게 밝히고 있다.

우리의 믿음은 교회묘지를 지나
삶으로 길을 터준다.
세상에 인사할 수 있는 자,
허무하게 세상과 작별할 것을 배우나니,
정신은 죽어야 할 운명에서 벗어남을
그가 믿기 때문이로다.

자, 이제 나는 내 사지를 눕힐
준비가 되었노라;
이는 죽음의 쓴맛이
우리를 가시밭길 지나
쾌락의 잔치가 차려지는
하늘의 장미 밭으로 안내하기 때문이로다.[14]

그리고 죽음에 가까이 왔다는 예감에서 쓴 그의 시 《저녁 생각Abendgedanken》의 마지막 행은 간결하고도 날카롭게 끝난다. "좋은 죽음은 최고의 인생행로이다."[15] 이 시들에서 우리는 지상에서 죽음에 대해서 성숙해져야만 한다는 지혜가 숨 쉬고 있으며, 또한 개화된 새 시대에서도 영혼의 불멸에 대한 사려 깊은 관찰이 스며 있다. 이런 새로운 지혜와 관찰에는 바로크적 긴장이 느껴지지만, 그보다는 이성에 근거한 스토아적 태연함이 더 크게 작용하고 있다. 더 자세히 말해서 바로크시대에서 죽음은 인생의 허무를 고조시키고, 그것은 세상으로부터의 도피에 대한 자극이 된다. 그러나 이제 계몽주의시대에서 죽음은 비로소 흘러가는 인생의 짧은 순간을 신적인 자연이 보여주는 "쾌락의 잔치"나 "하늘의 장미 밭"에서처럼 즐기게 하는 요청이 된다. 모든 것은 세상의 기쁨과 동시에 경건을 호흡한다. 즉 '죽음의 기술Ars moriendi'을 가르친다. 더 이상 삶과 죽음이 대립하는 바로크적 죽음의 감정이 살아 있지 않고 다만 멀리서 울리고 있을 뿐이며, 죽음은 더 이상 지배적으로 중심에 있지 않고, 대신에 새로운 이성이 지배한다. 정서가 아니라 이성이 신에 대한 인식을 이끈다. 그리스도와 인간을 구원하는 그의 십자가의 죽음은 직접적인 위로의 힘을 잃는다. 그 배후에는 영혼은 구원 없이도 불멸하며, 그리스도의 죽음은 필요하지 않을지도 모른다는 생각이 숨어 있다.[16]

계몽주의자들이 합리적인 관찰로 초감각을 거부하는 곳에 이성적 태도는 보존되어 있지만, 언제나 냉혹한 격정이 계몽주의자들을 사로잡는다. 즉 시인은 평안과 행복을 지상에서 찾지 못한다고 생각하는 고독이 죽음의 예감 위에 놓여 있다. 프리드리히 카를 카지미르 폰 크로이츠 Friedrich Carl Casimir von Creuz(1724~1770)의 유명한 시 〈잠에 붙여서An den Schlaf〉에는 고독의 감상적 기분이 스며 있음을 알게 된다.

새들은 자기가 선택한 나무들에서 쉬고,
안전함이 그들의 보금자리를 둘러싼다.
지나친 명예욕은 잠들고, 인색과 욕망은 환상에 빠져 있다:
그리고 오직 내게서; 오, 안식이여, 그대는 여전히 내게서 달아나는가?[17]

젊은 나이에 죽은 요한 프리드리히 폰 크로네크Johann Friedrich von Cronegk (1731~1757)는 〈라우테(칠현금)에 붙여서An die Laute〉의 마지막 연에서 다가온 자신의 죽음을 이렇게 표현한다.

내 나이에는 즐거움이 없지 않고,
농담과 노래가 없지 않다네!
죽음은 오직 죽으면서 모든 것이 달아나는
바보에게만 어려우니라.[18]

이들은 서서히 합리적인 계몽주의의 끝에 이르게 되고, 이런 감정은 마티아스 클라우디우스Mathias Claudius(1740~1815)와 프리드리히 G. 클롭슈토크Friedrich G. Klopstock(1724~1803)와 함께 후일에 '질풍노도Sturm und Drang'에 영향을 주게 된다. 크로네크는 "너희는 죽는 것을 배워라, 하지만 처음에 너희가 어떻게 살아야 할지를 배워라"는 실용주의 원칙 아래서 사람은 잘 죽기 위해서 현명하게 살아야 한다는 것을 강조한다.[19] 여기에 크리스토프 마르틴 비일란트도 "죽는 것을 아는 자만이 언제나 만족스럽게 살 수 있다"고 말했다. 레싱은 그의 《필로타스, 하나의 비극Philotas, Ein Trauerspiel》에서 죽음에 대한 생각을 말한다.

죽는다는 것을 아는 인간, 그 인간은 그가 생각하는 것보다 더 강하다! (…) 십 년을 산 자는 죽는 것을 배우는 십 년의 시간을 가졌다. 사람은 십 년 안에 배우지 못한 것을 이십 년 안에, 삼십 년 안에 그리고 더 많은 시간에도 배우지 못한다.[20]

이렇게 죽음에 대한 생각은 교육적인 이성적 사고에서 흘러나오는 것이지, 임종의 직접적인 충격이나 바로크적 감정의 격동에서 흘러나오지 않는다. 위의 예문들이 하나같이 말하고 있는 교훈, 즉 죽는 것을 배우는 데에 올바른 삶의 지혜와 현명함이 있다는 것은 바로크시대의 영생을 위한 죽음에의 동경과는 아무런 관계가 없다. 이 차이는 무엇보다도 불멸에 대한 믿음에서 생긴다. 중세와 바로크시대에서 '죽는 것을 배우라 Memento Mori'가 현실의 삶에 주는 윤리적 가치는 바로 종교적 감정과 도그마에 근거한 내세의 영생에 있다. 반면에 계몽주의에서 불멸의 문제는 라이프니츠의 철학에서 생긴다.

라이프니츠의 단자론에 의하면 출생과 죽음은 경계가 아니라, 영원히 살아 있는 단자의 삶 속에 있는 전환점일 뿐이다. 다시 말해 '형태의 변화'일 뿐이고, 시작과 끝이 아니라는 것이다. 출생은 둘러싼 것을 벗고 나오는 것이고, 죽음은 단지 애벌레가 번데기가 되는 변화일 뿐이다. 죽음은 '소멸annihilation'이 아니고, 출생은 '창조creation'가 아니다. 다만 '죽어라, 그리고 태어나라'는 자연 법칙의 현상일 뿐이다. 식물의 죽음은 동물을 부양한다. 그렇지만 땅 속에서 다시 동물의 육체는 해체되고, 새롭게 식물의 세계를 소생시킨다. 자연은 헌신과 자기희생을, 상호간의 양보와 적응을 인간에게 가르친다. 인간도 그의 삶을 전체에게 희생한다. 어떤 물질도 없어지지 않는다. 부패조차도 더 좋은 것으로 가는 길이며 이행일 뿐이다. 그럼으로 '출생은 죽음이고, 죽음은 출생이다'. 모든 것은 살아 있고, 끊임없는 변화를 통해서 언제나 생명으로 다시 돌아온다. 레싱도 자연에서의 끊임없는 변화를, 생성과 소멸의 긴밀한 관계를 찬미한다. 이런 레싱을 당시 루터 이론의 대표자이며 레싱의 적수였던 요한 멜히오르 괴체Johann Melchior Goeze(1717~1786)는 자신의 논문에서 비판했다. 레싱은 1778년에 괴체의 논문에 대한 반박문《반-괴체Anti-Goeze》를 내고, 제4장에서 묻는다.

육체적인 것에서의 모든 운동은 발전하고 파괴하며, 삶과 죽음을 가져온다. 즉 모든 운동은 이 피조물에게는 죽음을 가져오면서 저 피조물에게는 생명을 가져온다. 운동은 죽음도 아니고 운동도 아닌 것인가? 아니면 차라리 죽음이고 운동인 것인가?[21]

레싱은 자연에서는 아무것도 죽지 않으며, 모든 몰락은 새로운 생성을 의미한다는 법칙을 인지한다.

스스로가 형이상학적 환상을 싫어했던 샤프츠베리는 독일 철학자 라이프니츠의 이론에 감명을 받아 자기 자신의 변신론을 앞서 생각하게 되었다. 그가 자연법칙에 의한 죽음의 합리적인 생각에서 '죽음에 대한 경멸'을 느낀 것은 정신사적으로 중요하다.[22] '죽음에 대한 경멸'은 영혼의 불멸과 연관된다. 어느 시대보다도 계몽주의에서 이 문제가 언제나 중요하고도 냉철하게 관찰되었다. 사실 종교사적으로 주의를 끌고 있는 것은, 합리주의가 죽음과 연관해서 영혼의 불멸을 어떻게 이해하느냐이다. 이 경우에 영혼의 불멸은 기독교에서 말하는 내세의 영원한 생명의 개념이 세속화된 반대개념으로서 신과 미덕 외에 합리주의의 도덕적·윤리적 사고의 근원이다. 문학사가인 헤르만 헤트너Hermann Hettner(1821~1882)에 의하면 가장 졸렬한 사색의 특징은 언제나 종교와 관계된 문제들에만 관심을 기울인다는 것이다.[23] 합리주의자들에게 죽음은 인간이 삶에서 얻기 위해 노력할 만한 모든 가치의 최고로서 선을 위한, 완성을 위한, 행복을 위한 수단일 뿐이다.[24] 현세에서 행복하게 되기 위해 그리고 그 완성을 향해 노력하는 인간에게 영혼은 영원하다.

왜냐하면 계몽주의에서 영혼은 인간의 정신 혹은 인간의 가치를 높이는 윤리적·도덕적 에토스로 인식되기 때문이다. 영혼은 인간의 품위와 명예를 영속시킨다. 슐레겔 형제의 아버지이며 시인인 요한 아돌프 슐레겔Johann Adolf Schlegel(1721~1793)은 영혼이 실제로 죽음에 의해서 죽어버린다면, 미덕도, 의무도, 명예도 없을 것이므로 영혼은 죽을 수 없다는 확실한 이성적 신념을 제시한다. 죽음은 신성한 영혼을 파괴할 수 없다는 것이다. 그렇게 그 시대의 합리주의적인 신학자, 철학자, 작가들은 그들의 변신론과 죽음, 더 나아가서 불멸에 대해서 언제나 냉정하게 이성적으로 관찰한다. 그래서 불멸의 문제는 언제나 인간의 삶과 연관해서 반복적으로 증명되었다. 사람이 죽음을 깊이 응시하는 곳에, 죽음이 주는 삶의 깊은 의미가 나타난다. 샤프츠베리는 죽음에 대한 감상적인 생각을 비웃고, 죽음 후의 상태에 관심을 두지 않았고, 레싱도 현재의 삶이 무엇을 의미하는지를 이해하려 했다. 바로 죽음을 경멸하고, 이성을 통한 죽음과 죽음의 공포를 극복하려는 이 새로운 의지는 완전히 다른 사색적·철학적 분위기에서 죽음을 파악하려는 그 시대의 특징적 성향이었다. 이런 의미에서 이 모든 것은 내세에서의 영생을 위해 죽음을 경멸하지 않고 사랑하려는 바로크적 성향과는 무관하다. 그리고 17세기에 비해서 하나의 완전한 가치 전환이다.

계몽주의시대의 사람들 역시 죽음의 공포를 느끼는 것은 당연하다. 프랑스의 도덕주의의 선구자인 미셀 드 몽테뉴가 오래전에 '죽는 것을 배워야 한다'는 것을 설파했듯이, 그들은 죽음의 공포에서 벗어나고 극복하기 위해 죽음에 몰두했다. 그래서 계몽주의는 인생의 어두운 면과 죽음의 신비스런 힘들에 대한 관심이 적었다. 그만큼 바로크적 죽음에 대한 동경은 낯설었다. 계몽주의는 명료한 것, 밝은 것, 분명한 질서를 원한다. "죽음은 계몽주의의 사람들에게 불가사의한 것이 아니다. 죽음은 삶의 비극적 배경이 될 수 없고, 삶을 지배할 수도 없다. 죽음이 삶과 관계될 수 있는 경우는 죽음에 대한 투쟁이 종교적, 형이상학적이지 않고 오직 정신적·윤리적·철학적인 때이다. 삶 속에 있는 죽음의 내재성이나 죽음을 맞이할 성숙한 준비에 대해서 의식적으로 말하는 것은 합리주의에서는 불합리한 것이고, 죽음이 내세의 새로운 삶을 형성한다는 것을 계몽주의는 인정하지 않는다. 이것은 교의학적 의미에서 볼 때, 바로크시대의 죽음 극복이 아니라 죽음에 대한 경멸을 의미한다. 계몽주의의 죽음에 대한 숙고와 그 극복은 완전히 세속화되었다는 데에서, 그리고 종교적 분위기와 교의학적 특징들로부터 완전히 벗어났다는 데에서, 수세기에 걸쳐 내려온 기독교적 죽음의 근본을 뒤흔들었다. 때문에, 기독교와 기독교인은 이 비교의학적 해결을 어떤 경우에도 인정하지 않고, 합리주의적 죽음의 생각에 대한 당혹감을 나타냈다."[25]

삶과 죽음에 대한 인식의 시대적 차이와 부조화는 종교개혁 이후에 처음으로 고전주의에 와서 새롭게 넓어지고 깊어진 합리적 인식에서 일치와 조화를 이룬다. 그러나 계몽주의가 고전주의로 가는 길을 결정적으로 넓혀준다. 여기에 특히 레싱의 죽음에 대한 새로운 생각이 큰 영향을 끼친다. 레싱은 죽음에 대한 승리의 신념을 그의 논문《고대인은 죽음을 어떻게 형성했는가?》에서 이렇게 표현했다. "죽음은 결코 어떤 섬뜩한 것이 아니다. 죽는 것이 죽음을 향한 발걸음에 불과하다면, 죽는 것 역시 결코 어떤 섬뜩한 것이 아니다."[26] 레싱의 이 신념은 고전주의와 일치하는 것으로, 죽음의 인식을 더욱더 정신적인 단계로 끌어올리고, 죽음의 합리적 가치를 새로운 정신생활의 발전에 이바지하게 했다. 계몽주의는 이어지는 세기들에 결정적으로 작용하는 새로운 죽음의 인식과 체험의 시효를 이룩했다는 데에 의미가 있다.

죽음은 아름답고 평온한 것
《고대인은 죽음을 어떻게 형성했는가?》

1979년, 본에서 1750년과 1850년 사이의 비석에 대한 전시회가 열렸다. 그 전시회의 제목이 바로 레싱의 논문 제목인 '고대인은 죽음을 어떻게 형성했는가'였다. 그 이유는 레싱의 논문이 1970년대에 이르기까지 예술, 철학, 심리학, 의학 등 죽음과 관련된 각 분야의 학자들에게, 특히 순수문학의 작가들에게 죽음에 대한 토론에 있어 임종에 대한 양질의 논쟁을 제공한다는 의미에서였다.[27] 실제로 이 얇은 논문은 죽음에 대한 레싱의 느낌과 그의 시대의 정서를 가장 독특하게 표현해내고 있다. 그의 논문에 의해 형성된 고대인의 죽음 상像은 동시대인에게서 큰 반향을 일으켰을 뿐만 아니라, 죽음의 이상理想 상이 되어 괴테와 실러가 관심을 가진 이래로 계속해서 독일작가들의 관심을 사로잡았다.[28]

이 논문은 18세기 계몽주의 중반에 이르기까지 지배적이었던 죽음의 개념에 반하는 새롭고 흥미로운 논쟁을 일으켰다. 중세 후기에서 바로크시대에 이르기까지 죽음은 주검과 해골 등을 통한 무시무시하고 섬뜩

18세기 중후반 독일의 대표적 계몽주의 작가
고트홀트 에프라임 레싱(1729~1781)

한 것으로 표현되면서 허무가 현세의 삶을 지배했다. 그러나 이에 반해서
레싱은 고대에서 나타난 죽음의 의인화를 '횃불을 거꾸로 들고 있는 젊
은 수호신의 모습'으로, 그리고 '잠의 형제'로 관찰함으로써[29] 죽음을 아
름다운 것, 평온한 것으로 강조했다. 이것은 죽음의 개념 사史에서 중요한
변화이다.

　레싱의 이 생각은 요한 요아힘 빙켈만의 영향을 많이 받았다. 실제로
레싱은 자신의 논리를 위해 빙켈만을 많이 인용했다. 그리스 예술을 절대
적인 전형으로 삼았던 빙켈만은 고대예술에서, 특히 조형예술에서 '고귀
한 단순성과 고요한 위대함'[30]을 발견하고, 우리가 위대해질 수 있는 유
일한 방법은 고대 사람들을 모방하는 것이라고 말했다. 그는 고대 사람들
의 작품 속에서 지극히 아름다운 자연뿐만 아니라 '이상적인 미'까지도
발견했다.[31] 그래서 빙켈만은 고대의 비문들이나 석상들의 돌에 새겨진
글들에서 죽음의 수호신을 '사랑의 신Amor'으로 확인했고,[32] 이 '사랑의

신'을 두 개의 모습으로, 즉 죽은 자에 대한 슬픔의 모습으로서 횃불을 거꾸로 든 수호신의 모습과 잠의 의인화로서의 모습으로 설명했다. 빙켈만은 이 두 수호신들을 '형제'로 표현했으나, 죽음이 어떻게 형성되었는지를 그는 설명하지 않았다. 레싱은 이것을 비판했다. 그렇지만 비록 빙켈만이 이 테마에 깊은 주의를 기울이지 않았다 해도, 죽음의 새로운 해석에 하나의 길을 열었다는 것은 확실하다.

그러나 레싱은 이 길을 가지 않았다. 그는 마지막까지 해골을 죽음의 적절한 우의적 표현으로 받아들였고, 이 생각은 고대문화에 대한 별다른 의심 없이 그 시대에 전파되었기 때문이다. 《회화와 조각예술에 있어서 그리스 작품의 모방에 관한 고찰Gedanken über die Nachahmung der griechischen Werke in der Malerei und Bildhauerkunst》(1755)에서 해골은 오직 '죽음의 모습'으로서 아주 명료하게 나타나 있다.[33] 말하자면 죽음은 여기서 레싱이 생각하는 죽음의 의인화로 표현되지 않고, 모든 사람이 죽음에서 갖는 모습으로 표현되었다는 것이다. 비록 레싱이 빙켈만을 직접 지적하지 않았다 해도, 그는 자신의 논문 《고대인은 죽음을 어떻게 형성했는가?》에서 자신과 빙켈만과의 차이점을 강하게 강조했다.

빙켈만의 죽음에 대한 생각이 레싱의 그것과 이미 놀라울 정도로 유사하다는 것은 확실하다. 다만 레싱은 '고대인에게 아름다움은 조형예술의 최고의 법칙'[34]이었기 때문에, 그들에게서 혐오스러운 것과 섬뜩한 것은 표현되지 않았다는 것을 빙켈만에게서 수용했다. 빙켈만의 미학 이론 수용은 헬레니즘시대의 유명한 조각들의 예를 통해서 회화와 문학 사이의 차이를 이론적으로 논술한 레싱의 《라오콘Laokoon》의 기본 전제가 되었다. 레싱이 《라오콘》에서, 고대 예술작품에서 나타난 진정한 예술가는 '아름다움을 그의 최초이며 최후의 의도'[35]로 삼는 예술가라고 언술하고 있다는 것이 이를 말해준다. 그러나 이 두 사람 사이에는 차이가 있다. 빙켈만은, 고대예술에 나타난 해골을 그 당시의 로코코풍의 '오늘을 즐겨라-테마Carpe diem-Thema'[36]에서 표현했다. 즉 죽음은 피리소리, 권주가, 사랑의 노래에 따라 춤추는 해골로서, 인생의 기쁨을 위한 고무적인 대조로 인용되었다. 빙켈만은 고대예술에서 나타난 죽음의 그림인 해골을 다만 죽음의 섬뜩함을 줄이기 위한 것으로 보았다.[37] 횃불을 거꾸로 든 죽음의 수호신을 잠의 의인화로, 형제로, 사랑의 신으로 설명한 빙켈만의 생각을 레싱은 학문적으로 그리고 미학적으로 완성한다.

레싱이 이 논문을 쓴 것은 그를 비판한 문헌학자 크리스티안 아돌프 클로츠Christian Adolph Klotz의 견해를 '경멸적으로'[38] 생각하고 방어하려는 의도에서였다. 클로츠는 고대 예술가들이 죽음을 무서운 주검과 해골로 묘사하지 않고 '횃불을 거꾸로 든 젊은 수호신'으로 '잠의 쌍둥이 형제로'[39] 묘사한 레싱의 주제를 반박했다. 그래서 레싱은 문학과 조형예술에서 반박할 수 있는 증거자료들을 수집했다. 그는 고대예술에 나타난 해골을 나쁜 인간의 영혼들을 상징하는 '애벌레'와 '유령'으로서 설명한다.[40] 레싱은 클로츠의 비판을 반박했을 뿐만 아니라 범위를 넓혀 클로츠와 같이 생각하는 동시대의 생각을 비판했다. 레싱은 다음과 같이 죽음에 대한 자신의 의견을 제시하고 있다.

나는 고대의 예술가들이 죽음을 해골로 생각하지 않았다고 주장했다. 그리고 나는 그것을 계속해 주장했다. (…) 사람들은 고대 작품들에서 형성된 것보다 더 많은 것을 가지고 있는 것이 아닐까?[41]

《고대인은 죽음을 어떻게 형성했는가?》는 서문에 이어서 클로츠를 반박하는 내용의 '동기', 이 논문의 주 내용인 '연구', 그리고 '검토'로 형식상 명료하게 구성되었다. 동기 부분에서 레싱은 고대인이 해골에서 형성

레싱의 책 《고대인은 죽음을 어떻게 형성했는가?》(1769)의 표지와
이 책에 수록된 횃불을 거꾸로 든 죽음의 정령과 여인상.
레싱은 여인상을 통해 죽음이 공포가 아닌 사랑임을 상징한다.

한 '더 많은 것'을 해명하려는 자기논리의 전개를 위해 더 구체적인 질문
을 던진다.

이 고대예술 작품들은 해골들을 표현하고 있다. 그러나 이 해골들이 정말
죽음을 표현하는 것일까? 정말로 해골이 바로 죽음을, 죽음의 의인화된
추상개념인 죽음의 신성함을 표상해내고 있는 것일까?[42]

이 논문은 바로 '죽음의 의인화된 추상개념인 죽음의 신성함'을 계몽
적 현세주의 개념에서 학문적으로 그리고 미학적으로 설명한 것이라 할
수 있다. 빙켈만이 알바니아의 궁전에 있는 묘비에서 '잠이 거꾸로 든 횃
불에 의지하면서 형제인 죽음 옆에 묘사되고 있는 것'[43]을 인지했다는 사
실을 레싱은 본문에 해당하는 '연구' 앞부분에서 지적했다. 이와 연관해

서 레싱은 고대인의 죽음에 대한 새로운 해석을 시도했다. 그에 의하면 고대인은 죽음을 무서운 주검이나 해골이 아니라, 빙켈만이 지적했듯이 횃불을 거꾸로 들고 있는 아름다운 젊은이의 모습을 한 죽음의 수호신으로 '잠의 쌍둥이 형제'라는 밀접한 관계에서 표현하고 있다. 그래서 레싱은 이 논문의 표지에 이 같은 내용의 그림을 실었고 손수 이에 대해 설명하고 있다.

여기에 다른 것들 중에서 날개 달린 소년이 보인다. 그는 깊이 생각하는 자세로 왼발을 오른발 위에 포갠 채 시체 옆에 서 있다. 오른손으로 얼굴을 괴고 시체의 가슴 위에 놓여 있는 거꾸로 든 횃불에 의존해 있다. 횃불을 아래로 향해 움켜쥐고 있는 그의 왼손은 나비 화환으로 장식되어 있다. 벨로리는 이 인물을 사랑이라고 말하는데, 사랑이 횃불을(말하자면 이것은 격정) 죽은 사람의 가슴 위에서 *끄고* 있다. 그리고 이 모습이 바로 죽음이다![44]

레싱은 이 죽음의 수호신 모습을 사랑의 표현으로 해석했다. 일찍이 빙켈만도 횃불을 거꾸로 든 소년을 사랑의 표현으로 보았지만, 사랑이 우선적으로 표현된 반면에 잠이나 죽음은 부차적으로만 설명되었다. 클로츠도 수호신을 로코코풍의 달콤한 사랑으로 표현했다. 레싱은 "그렇기 때문에 그런 사랑은 사랑이 아니다"[45]라고 비난했다. 레싱은 위의 예문에서 지적하고 있듯이, 횃불을 거꾸로 들고 죽은 자의 가슴 위에서 불을 *끄는*, 즉 인간의 가슴속의 격정을 *끄는* 소년의 모습이 사랑이라 할 수 있다는 것이다. 레싱은 죽은 이의 가슴 위에서 "꺼진, 거꾸로 든 횃불보다 더 분명하게 삶의 종말을 나타낼 수 있는 것이 무엇인가?"[46]라고 물으면서, '날개 달린 소년'이 죽음의 공포와 고통을 없애주고, 잠의 형제로서 안식을 주는 곧 죽음의 상징으로서 '사랑'이라고 주장한다. 또한 화환 위의 나비는 '육체에서 떠난 영혼의 모습'을 상상케 한다.[47]

이렇게 고대인은 죽음을 주검이나 해골을 통해서 무섭고 섬뜩하게 표현하지 않고, 사랑으로 표현했다. 다시 말해서 고대인은 죽음을 모든 육체적 고통에서의 해방으로, 영혼의 안식으로 생각했다는 것이다. 고대의 시인은 오직 죽음만을 생각할 뿐, 죽음의 소름 끼치는 모습은 그들에게 다가오지 않기 때문이다. 이런 의미에서 레싱은 죽음을 다음과 같이 설명한다.

죽음은 결코 섬뜩함을 지니고 있지 않다. 그리고 죽는 것이 죽음을 향한 발걸음에 불과한 것이라면, 죽는 것은 결코 섬뜩한 것이 아니다. 다만 이렇게 저렇게 죽는 것, 바로 지금, 이런 상태에서 이런저런 의지에 따라 욕설과 가책으로 죽는 것은 섬뜩할 수 있고 또 섬뜩한 것일지도 모른다. 그렇다면 죽는 것은, 그리고 죽음은 섬뜩함을 불러일으키는 것일까? 결코 그렇지 않다. 죽음은 이 모든 섬뜩함으로부터 벗어나고 싶은 끝이다. 그리고 언어가 이 두 가지 상태, 즉 불가피하게 죽음으로 귀착하는 상태와 죽음 자체의 상태를 동일한 말로 표현할 경우, 이는 오직 언어의 빈곤에서 생긴 문제일 뿐이다.[48]

이 인용문에서 죽음은 새로운 의미를 표현하고 있다. 레싱에 있어서 '죽음은 죽음의 모든 섬뜩함으로부터 벗어나고 싶은 끝'이라는 것이 그의 죽음에 대한 주개념이며, 따라서 문학적 메타포에 의해 암시된 죽는 것의 고통은 단지 이 주개념에 위배되는 부수 현상이나 상황으로 가볍게 처리되었다.[49] 만일 죽음의 주개념이 문학에서 표현의 다양성과 정확성을 상실한 채 '동일한 말로 표현될 경우', 이것은 작가들의 언어 능력의 빈곤에서 생긴다고 레싱은 주장한다. 실제로 레싱은 미술과의 관계에서 거리를 두었다. 자신이 기술한 고대 기념물들을 대부분 제2의 사람에 의해 만들어진 삽화들로 알게 되었던 레싱은, 직접 눈으로 보는 것보다 책에서 본 삽화들을 더 중요하게 여겼다. 따라서 이 논문에 인용된 동판화들은 실제로 간략하게 묘사되었다. 문학과 미술의 차이에 대해서, 그리고 당시의 잘못되고 편협한 세계관의 한계와 모순을 이렇게 언술한다.

> 다른 한 사람은 고대 장사꾼이고 또 다른 한 사람은 고고학자이다. 전자는 고대의 파편들을 물려받았고, 후자는 정신을 물려받았다. 전자는 거의 그의 눈으로만 생각하고, 후자는 그의 생각으로 본다.[50]

'고대의 장사꾼'과 '고대의 전문가'를 서로 대치시키면서 레싱은 고대 연구를 무가치한 시시한 것으로 제한한다면, 그것은 중요하지 않다고 생각했다. 고대의 '파편들'이 아니라 '정신을 물려받은' 고고학자들은 고대 정신을 현세에 소생시키는 일을 알고 있다. 따라서 레싱은 조형예술 작품에 있는 죽음의 수호신을 명백하게 파악하려 하지 않고, 그보다 수호신이 지닌 이념의 화신이나 암호를 본다. 그래서 조형미술에 나타난 죽음의 동기는 훨씬 더 분명하게 문학적 토포스로 변한다. 실제로 고대문학은 해골보다 더 많은 죽음의 끔찍한 모습들을 묘사하고 있다. 문학적으로 묘사된 해골이나 주검의 물리적 현상은 죽어가는 사람의 고통과 전율을 나타낼 뿐이며, 그것이 죽음 자체는 아니기 때문이다. 이와 연관해서 레싱은 말한다. "죽는 것의 종류는 무한하지만, 오직 하나의 죽음만이 있을 뿐이다."[51] 그리고 레싱은 하나의 "죽음의 종류"를 고대 그리스의 "호머의 언어"를 빌려 '케르Κηρ'와 '타나토스Θανατος'로 구분했다. 고대 로마인도 마찬가지로 죽음을 '레툼letum'과 '모르스mors'로 구분했다. 즉 그리스어의 'Κηρ'는 라틴어의 'letum'에, 'Θανατος'는 라틴어의 'mors'에 해당한다. 사전적으로 'letum'은 몰락이나 파괴를 의미하는 것으로 "특별한 죽음의 종류"로 해석되며, 반면에 'mors'는 일반적 의미에서의 죽음이다. 레싱은 그리스어 'Κηρ'를 "가끔 슬픔을 야기할 수 있는 죽어야만 하는 필연성으로, 즉 때 이른, 폭력적인, 치욕적인, 시간적으로 부적당한 죽음으로 이해했다." 반면에 그는 'Θανατος'를 'Κηρ'와는 무관한 "자연적인 죽음"으로 이해했다.[52]

죽음의 두 영역에 대한 예리한 분석에서 레싱은 작가들이 죽음을 오직 끔직한 측면에서, 즉 'Κηρ'의 의미에서 묘사하고 있는 것을 비판한다. 이는 죽음이 그리스인에겐 결코 섬뜩한 것을 의미하지 않는다는 그의 논문 《고대인은 죽음을 어떻게 형성했는가?》의 근본 전제에 모순되기 때문이다. 해골로서의 죽음의 묘사는 레싱에게 역겨운 모습이었다. 고대 예술가들이 죽음을 횃불을 거꾸로 든 젊은 수호신의 아름다운 모습으로 형상화했듯이, '자연적인 죽음'은 섬뜩함이 없이 아름다울 수 있다. 즉, 아름다운 것이 조형예술의 대상이 되어야 하듯이, 죽음도 아름다운 표현의 대상이어야 한다는 것이다.

그러나 죽음에 대한 이 자연스럽고 조화적인 상상은 기독교의 세계관에 의해서 파괴되었다. 지상의 존재가 오직 곰팡이와 부패에 불과하다는 기독교의 교의는 삶의 기쁨과 삶의 활발한 변화를 이루려는 인간의 의지를 무력화했다. 이는 고대의 현실지향적인 삶의 감정에 호감을 가졌던 레싱의 생각에 위배되었다. 그는 계시종교의 모순성과 부딪쳤다. 그리고 그는 가차 없이 이성과 계시 사이의 모순을 폭로했다.[53] 죽음은 죄의 대가라는 사도 바울의 개념과 연관해서 "자연적인 죽음까지도 죄의 결과요 대가이며(로마서 6:23), 그래서 죽음의 공포를 무한히 증가시킬 수밖에 없었다는 것을 인간에게 처음으로 일러주었던 종교"[54]는 '계시'없이 '이성'만으로는 생각할 수 없다는 것이다.[55] 따라서 진정한 종교는 인간을 그런 상상에, 그럼으로써 절망에 내맡길 수 없다고 그는 주장한다. 그리고 레싱은 그가 지금까지 종교적 문제들에 했던 가장 대담한 표현으로 그 논문을 끝낸다.

> 오직 잘못 생각된 종교만이 우리를 아름다운 것에서 멀어지게 할 수 있다. 그리고 종교가 우리를 어디서나 아름다운 것으로 다시 데리고 간다면 그것은 진정한, 올바로 이해된 진정한 종교이다.[56]

무엇이 '올바로 이해된 진정한 종교'인가를 결정하는 것은 이제 더 이상 루터의 정신이나 성서에 근거한 도그마가 아니라 미학이라는 결론으로 이 논문은 끝난다. 이런 레싱의 종교관은 죽음의 공포를 없애는 종교로서, 그리고 현실적 삶에서 아름다움을 창조하는 종교로서 기독교 이념을 현실적으로 개혁하려는 의도를 가진다. '우리를 아름다운 것에서 멀어지게 할 수 있다'는 잘못 생각된 종교에 대한 비판에서 "흉측스러운 해골을 포기하고 더 좋은 죽음의 모습을 소유하라"는 레싱의 요구는 매우 효과적인 호소로서 대중에게 전파되었다. 따라서 사람들은 죽음을 깊이 생각하지 않으려 했고, 영혼의 영생에 대해서도 말하지 않고, 다만 고대인의 아름다운 죽음의 형상을 통해서 삶의 아름다움을 찾으려 했다.[57]

그 시대에 환영받은 레싱의 의도는 그 당시뿐만 아니라 그 후의 예술가나 철학자들에게도 영향을 주었다. 《라오콘》에서 '고대인은 죽음을 잠의 형제'로 인정했고 '아름다운 것을 조형 예술에서 최고의 법칙'[58]으로 삼고 혐오스러운 것, 끔찍스러운 것을 표현하지 않았다. 이 기본주제를 괴테는 감격적으로 받아들여서 혐오스러운 것에 대한 '아름다움의 승리'를 예술에서 칭송하게 되었다고 말했다.[59] 실러는 《그리스의 신들Die Götter Griechlands》에서 죽음을 횃불을 거꾸로 든 아름다운 소년의 모습으로 표현한 레싱의 해석을 기독교와는 관계없이 순수 문학적으로 수용하고 있다.

그 당시에는 소름 끼치는 해골이

죽어가는 이 앞으로 나서지 않았고, 한번의

키스가 마지막 생명을 입술에서 앗아갔으며,

수호신은 횃불을 거꾸로 들었다.

지하세계의 준엄한 판결의 저울조차

인간의 자손이 들고 있었고,

트라이카인의 깊은 정 넘치는 비탄은

복수의 여신들을 감동시켰다.[60]

《그리스의 신들》은 레싱과 헤르더의 영향에서 생겼다. 이들의 영향으로 고대문명에 관심을 갖게 된 실러는 그리스인이 그들의 신들을 숭고한 인간으로 묘사하고, 그래서 그 인간은 신들에 접근할 수 있다는 것을 인식한다. 이 시의 초안 24행은 이것을 말해준다.

올림포스의 시민에게, 대리석이 칭송하는

저 신에게, 나는 다다를 수 있고,

한때 높은 교육자를 닮을 수 있었다.

네 옆에 있는, 죽어야만 하는 인간을 낳는 자의

지고한 정신은 무엇인가?

오직 벌레들의 일인자, 가장 고상한 자일 뿐이다.

신들은 더욱 인간적이 되었기에,

인간은 더 신적이었다.[61]

실러는 이 시로 기독교에 대해서 다신교를 변호한다는 비난을 받기도 했지만, 그리스의 신들은 '철학자들의 신'이 아니며, "다만 그리스신화의 사랑스런 특징들이 일종의 상상으로 요약된 것임을 밝힌다."[62] "이 신들은 실러에 있어서 삶의 충만함, 영감, 사랑 그리고 높은 기품으로 충만한 창조의 총체적 개념이었다. 이들은 아름다운 세상에의 참여에 대한 신화의 우회적 표현이었으며, 이들은 신의 현현, 즉 현세에서의 완전함의 현재를 의미했다."[63] 신들의 인간화와 인간의 신격화의 목적은 삶의 아름다움과 완전함을 현세에서 실현하는 것이다. 실러의 현세주의적 이상은 그리스인의 죽음에 대한 새로운 해석을 통해서 현세에서 삶의 아름다움과 완전함을 실현하려는 레싱의 계몽주의적 의지와 일치한다.

빙켈만과 레싱이 역사적으로, 사회적으로, 예술적으로 중요한 고대문화를 새롭게 해석한 것은 이론적, 예술적 분야에서 이룩한 최초의 성공이라 할 수 있다. 레싱은 이 논문에서 계몽의 책임을 수준 높게 보여주었다. 이 같은 사실은 헤르더가 레싱의 학문적 가치와 공로를 높이 평가하고, 레싱의 논문과 같은 제목의 책《고대인은 죽음을 어떻게 형성했는가 Wie die Alten den Tod gebildet》(1786)를 저술했다는 것이 말해준다. 헤르더는 여기서 레싱에 이어서 고대의 죽음에 대한 학술적 분석과 논증을 심화시켰고, 또한 〈레싱-추도사〉에서 레싱의 천재적 생각을 상기했다. 레싱처럼 헤르더 역시 잠을 죽음의 형제로서 깊이 느꼈다. 초기의 한 시에서 '잠과 죽음'의 관계가 언급된다.

오라, 오 그대 죽음의 모습이여, 부드러운 잠이여, 네 깃털을 내 위에 펼쳐라.[64]

그러나 헤르더는 레싱처럼 고대의 죽음을 사랑스런 모습으로 수용하고 있지만, 잠과 죽음의 관계를 레싱처럼 미학적 영역에 두지 않고 종교적 영역에 두고 있다는 데에 차이를 보인다. 그래서 그는 죽음의 생각에 끼친 기독교의 우울한 영향에 대한 레싱의 비난을 부당하다고 반박했다.

레싱이 고대인의 죽음을 잠의 형제로, 횃불을 거꾸로 든 수호신으로, 그리고 아름다운 것으로 해석한 데에는 불멸과 행복한 영속으로의 영혼의 이행에 대한 문제가 내재해 있다. 그런데 이 문제에 대한 헤르더의 미학적 해결은 계몽주의자이며 현세주의자인 레싱의 윤리관에 근거를 두고 있다. 이미 이전에 샤프츠베리가 보상을 위해서 행한 미덕이나 죽음에 대한 공포에서 또는 삶에 대한 동경에서 행한 미덕은 고결하지 않다[65]고 했듯이, 레싱도 미덕이 보상을 위해서가 아니라 선을 위해서 실행되어야 한다고 보았다. 이 실행을 위한 노력에서 인간의 존재와 삶은 죽음을 넘어서 다른 삶의 형태에서 충족될 수 있다는 것이다. 결국 이것은 미학적 도덕에 뿌리를 둔 레싱의 죽음에 대한 관찰의 결과이다. 다시 말해서 사람은 죽음을 최대의 악으로, 파멸로 생각하지 않고 다른 곳으로의 영혼 이행으로, 아마도 일종의 행복한 영속으로 생각하고, 죽음을 아름답게 맞이할 수 있게 된다는 것이다.

궁극적으로 레싱은 샤프츠베리와 라이프니츠로 돌아가서 죽음과 삶, 자연과 인간의 완전하고 행복한 조화를 원한다. 그 완전한 조화를 추구하는 레싱의 이상은, 비록 그의 시대에는 불완전했다 해도, 후일에 고전주의에서 완성을 이루는 새로운 인도주의에 근거한 이상을 형성했다는 데에서 큰 의미를 가진다.

결론적으로 레싱은 이 논문으로 죽음에 대한 고대와 근대의 개념적 대립을 변증법적으로 승화시킨다. 우선 그는 고대의 죽음을 계몽주의 정신에 맞게, 다시 말해서 도덕적 자율의 권리와 자기권리의 의식에 근거한 새로운 인도주의 이상에 맞게 이념화한다. 그것은 그의 작품들에서 성공적으로 표현되고 있다. 특히 그의 비극 《에밀리아 갈로티Emilia Galotti》 (1756)가 좋은 예이다. 절대군주 체제인 아탈리아의 소공국에서 곤차가

왕자의 성희롱 희생물이 될 위기에 처한 육군 대령 갈로티의 딸 에밀리아는 차라리 아버지의 품에서 죽길 원하고, 아버지는 그녀를 살해한다.[66] 에밀리아의 비극적인 죽음은 시민계층이 폭정의 무자비한 횡포에 대항해서 자신들의 도덕적 고결함과 인륜적 독립성을 지키려는 이념을 변호한다. 그래서 괴테는 그녀의 죽음을 "전제정치의 횡포에 대항해서 도덕적으로 생겨난 반대운동의 결정적인 진보였다"고 평했고, 실러도 "소금으로 가득 찬, 그리고 교훈의 바늘로 가득 찬 비극"[67]이라고 말했다.

합리적인 시대에서 죽음은 근본적으로 대중적으로, 철학적으로, 그리고 윤리적으로 숙고되었다. 즉 죽음을 해골이 아니라, '횃불을 거꾸로 든 젊은 수호신'으로, '잠의 쌍둥이 형제로', '사랑'으로 아름답게 묘사함으로써 사람은 죽음을 일종의 행복한 영속으로 생각하고, 죽음을 아름답게 맞이할 수 있게 된다는 것이다. 결국 이것은 도덕에 뿌리를 둔 레싱의 죽음에 대한 미학적 관찰의 결과이다.

이 미학적 관찰은 그의 종교관으로 확대된다. 레싱은《인류의 교육 Erziehung des Menschengeschlechts》에서 계시와 이성을 대립적으로 보지 않았다. 그에게서 계시는 인류의 발전을 보다 빠르게 촉진시키는 것을 도울 뿐이다. 그리고 이성의 진리는 새로운 단계에서 형성된 계시의 진리이며, 그 진리의 형성은 그것이 인류에게 도움이 되어야 할 때만 꼭 필요한 것이다.[68] 이렇게 레싱은 고대의 아름다운 죽음의 형상화를 통해서 전래적 기독교 이념을 현세적으로, 철학적으로 그리고 미학적으로 변용했다.

감상주의와
질풍노도시대의 죽음

독일문학에서 계몽주의와 고전주의 사이에 있는 짧은 과도기는 이성중심의 합리적인 계몽주의에 반기를 들고 나온 시대로서 '질풍노도' 또는 '천재시대'라 불린다. 영국에서는 에드워드 영과 토마스 그레이에 의해 감상주의운동이 시작되었다. 특히 에드워드 영은 독일의 감상주의시대에 큰 영향을 미쳤다. 이 시대를 지배했던 공통적인 추진력이 있다면, 그것은 이 시대의 시인들 모두가 마음속 깊이 숭고하게 지녔던 부활의 기독교적 신앙이다.

천재적 영감과 자연적 충동

역사는 변화이다. 그리고 새 정신은 옛것에 저항한다. 독일문학에서 계몽주의와 고전주의 사이에 있는 짧은 과도기는 이성중심의 합리적인 계몽주의에 반기를 들고 나온 시대로서 '질풍노도' 또는 '천재시대'라 불린다. 계몽주의의 억압에 반대해서 젊은이에게 새로운 용기를 준 첫 번째 시인은 프리드리히 고트리프 클롭슈토크Friedrich Gottlieb Klopstock였다. 요한 게오르크 하만, 루드비히 크리스토프 하인리히 횔티Ludwig Christoph Heinrich Hölty(1747~1776), 요한 고트프리트 헤르더, 크리스티안 프리드리히 다니엘 슈바르트Christian Friedrich Daniel Schubart(1739~1791), 젊은 괴테와 실러, 야콥 미하엘 라인홀트 렌츠Jacob Michael Reinhold Lenz(1751~1791), 요한 카스파르 라바터Johann Kaspar Lavater(1741~1801), 프리드리히 막시밀리안 클링거Friedrich Maximilian Klinger(1752~1831) 같은 질풍노도주의자들은 자기들의 모범을 천재에서 찾고, '천재적'이라는 새로운 단어를 썼다. 천재는 결박을 풀어버리는 거인이어야 했다. 열광적인 기독교도인 라바터는 '영감에 차 있는 것이 천재성'이라고 규정하고, 천재는 이성이나 규칙에 얽매이지 않고 무의식적·자연적 충동에 따라야 한다고 했다.[1] 따라서 18세기는 이전의 시대들처럼 그 세기의 얼굴을 각인하고 지배하는 일치성과 통일성을 가질 수 없었다. 자유롭게 상반되는 정신적 흐름들이 나타나고, 동시에 존재하면서 서로 충돌한다. 이 흐름들 중에서 가장 두드러지게 상충하는 것은, 지나치게 종교적이었던 지나간 시대를 비판하는 이성중심의 합리적 의식과 이것을 천재적 영감이나 자연적 충동으로 파괴하려는 비합리적 의식이다. 18세기에 계몽주의가 여전히 전체 영역에 남아 있는 반면, 질풍노도의 작가들을 중심으로 경건주의와 감상주의가 생겼다. 합리적인 것이 비합리적인 것과 상충하면서 이 두 개의 정신적 기본자세는 긴장 속에서 그들의 길을 계속해 나갔다. 계몽주의에서 하나의 길이 고전주의의 절정으로 향해 갔고, 천재시대의 감상주의에서 다른 하나의 길이 낭만주의의 절정으로 향해 갔다.[2]

괴테는 18세기의 변혁을 자서전격인 《시와 진실Dichtung und Wahrheit》에서 "내가 태어난 문학시대는 이전의 문학시대에 대한 저항으로 전개되었다"고 표현했다. 괴테와 헤르더가 슈트라스부르크에서 1770년에 만난 이후 질풍노도의 모습을 나타내기 시작했을 때, 그들은 젊은 남자들이었다. 즉 질풍노도는 젊은이의 운동이었다.[3] 그것은 계몽주의가 합리적 규칙을 신봉하는 것에 대항한 운동이었고, 개인주의와 창작의 자립을 위한 변론이었다. 그 기치는 자연, 감정, 격정이었고, 그 궁극적인 목표는 정치적·도덕적·미적 자유였다. 문학은 그들의 의식을 열정적으로 표현하기 위한 최선의 수단이었다. 그들은 반항적 의식을 연극으로, 해방된 감정을 내면화된 서정시로 표출했다.[4]

질풍노도 운동에는 외국의 영향이 크게 작용했다. 서정시인 클롭슈토크는 그의 깊은 종교적 경험에서 나온 주제와 언어로 계몽주의의 억압에 반대한 독일 최초의 직업시인이었으며, 질풍노도의 선구자였다. 프리드리히 레오폴드Friedrich Leopold(1750~12819) 형제들과 슈톨베르크Christian Graf zu Stolberg(1748~1821), 호머의 번역자인 요한 포스Johann Heirich Voss(12751~1825), 목사의 아들인 횔티L. C. H. Hölty 같은 대학생 시인들의 그룹인 '괴팅겐 하인Der Göttinger Hain'은 클롭슈토크를 모범으로 삼고 열렬히 존경했다.

클롭슈토크는 영국의 청교도주의 시인 존 밀턴John Milton(1608~1674)을 가장 위대한 문학적 모범으로 삼았다. 그는 밀턴의《실락원Paradise lost》(1667~1674)에서 받은 깊은 감동에서 종교서사시《메시아Mesia》(1748~1773)를 창작함으로써 종교적이고 경건주의적인 기본 감정을 대담하고 격정적인 언어로 표현한 산문작가로서 높게 평가되었다. 또 나아가 계몽주의의 억압에 반대하는 당시의 젊은 시인들에게 용기와 새로운 희망을 주었다. 헤르더는 임종의 침상에서 아들 빌헬름에게 이 세상에서 찾을 수 있는 가장 고상한 것으로 에워드 영Edward Young(1683~1765)의《비탄, 또는 삶, 죽음, 불멸에 대한 밤의 생각들The complaint, or night thoughts on life, death and immortality》(1742~1745)이나 구약성서에 앞서 클롭슈토크의 송가《메시아》를 읽게 했다[5]는 사실은 그 시대의 젊은 시인들에게 클롭슈토크가 얼마나 큰 감명과 영향을 주었는가를 말해준다. 그의 송시들은 신과 자연, 우정과 사랑, 자유와 조국, 죽음과 영원 같은 위대한 주제를 가진다. 따라서 그의 송시들은 괴테, 실러, 프리드리히 횔더린Friedrig Hölderdlin(1770~1843)에게도 좋은 본보기가 되었다. 괴테의《젊은 베르테르의 슬픔Die Leiden des jungen Werthers》중의 한 장면이 이 같은 사실을 말해준다.

우리는 창가로 다가갔다네. 저 멀리서 천둥소리가 울려왔고, 대지에 단비가 쏴쏴 소리 내며 내리고 있었으며, 비길 데 없는 신선한 향기가 따스한 바람을 타고 우리에게로 불어왔다네. 로테는 팔꿈치를 받치고 서서 주위 경치를 뚫어지게 바라보고는 하늘을 우러러보고 내게로 시선을 돌렸네. 나는 그녀의 눈에 눈물이 가득한 것을 보았지. 그녀는 자기 손을 내 손 위에 올려놓더니 "클롭슈토크!" 하고 말했다네. 나는 곧 그녀의 마음속에 떠오른 저 장엄한 송가(클롭슈토크의 대표적인 장편 송시《봄의 축제Die Frühlingsfeier》를 말함—필자 주)를 상기해 보았네. 그러고는 그녀가 이런 암호로 내게 쏟아 넣은 감정의 홍수 속에 잠기게 되었네.[6]

영국에서는 에드워드 영과 토마스 그레이Thomas Gray(1716~1771)에 의해 감상주의 운동이 시작되고, 이는 독일에서 큰 반향을 일으켰을 뿐만 아니라 깊은 신앙에 뿌리를 둔 독일의 경건주의와 함께 작용했다. 프랑스에서는 자연으로의 귀환을 주장한 장 자크 루소Jean Jascque Rousseau (1712~1778)가 독일의 질풍노도 운동에 결정적인 추진력을 주었다. 그 결과 프랑스에서는 혁명이 준비되었고, 독일에서는 루소의 학설이 영적이고 정신적인 영역에서 더 많은 효과를 발휘하여 질풍노도라는 문학혁명이 일어나게 되었다. 영과 루소와 클롭슈토크의 영향을 받은 질풍노도의 작가들은 천재적 영감과 억제할 수 없는 내면의 격정으로 계몽주의의 완고하고 사려 깊은 이성의 벽을 무너뜨리고, 비이성적인 것을 감상주의적 문학을 통해서 나타냈다. 그들은 모든 합리적 의식을 넘어서 자기 자신의 마음에 신비스럽게 속삭이는 영혼의 소리에 귀를 기울이며, 오직 감정을 통해서 진리를 체험하려 했다.

독일의 감상주의시대에 큰 반응을 주었던 에드워드 영의《밤의 생각》은 삶과 죽음과 불멸에 대한 그의 생각을 널리 퍼지게 했다.[7] 에드워드 영은 종교적으로 자아를 새롭게 체험하고 발견할 것을 요구한다. 그래서 인간은 마음속에 있는 영혼의 소리를 깊게 엿듣고, 영혼의 모든 것을 이해하고 영혼과 친숙해지기 위해 모든 힘을 경주해야 하며, 그럼으로써 자신에 대한 경외심을 가져야 한다고 말한다.[8] 루소는 '삶은 곧 느끼는 것과 같은 의미'라는 것을 강조하고, '자연으로 돌아가라'는 그의 외침이 유럽을 뒤흔들고 있을 때, 그의 '자연'이란 말은 조금도 장식 없이 질풍노도의 사람들에게 울려 퍼졌다. 젊은 작가들은 과열된 격정에 도취되어 스스로 거인인 양 구름과 뇌우, 태양까지도 문학적 유희의 대상으로 삼았고, 낡은 모든 것을 전복시키려 했다. 그래서 합리주의에서 오랫동안 억제되었던 감정이나 환상 같은 영혼의 힘이 다시 밀려나와서 인간을 사로잡고 변화시켰다. 지나친 감정, 감동, 도취가 문학을 지배하고, 문학은 위대한 종교적 감정과 내면의 감격을 형성해서 생생하게 가시적으로 표현했다.

이런 맥락에서 죽음은 새로운 의미를 가지고 생겨났다. 계몽주의시대의 합리주의는 죽음을 종교적 체험으로 느끼지 않은 대신에 오성과 이성을 바탕으로 삶과 죽음에 대해서 배웠고 연구했다. 이제 질풍노도시대는 죽음을 그의 상승된 감정의 힘으로 체험하고 느끼길 원했다. 그래서 사람들은 어둠과 신비스런 비밀들로 둘러싸인 죽음을 철저히 체험하려 했다. 비로소 질풍노도의 젊은 작가들은 새로 일깨워진 감정의 힘으로 새로운 죽음의 감정이나 체험을 얻게 되었고, 그것에 대해 생생하게 말할 수 있게 되었다.

중요한 것은 그 시대의 새로운 죽음의 감정이나 체험은 독일보다 일찍이 영국에서 에드워드 영에 의해 먼저 사회학적, 문학적으로 형성되었다는 것이다. 9편의 노래로 된 영의 대표작《밤의 생각》에는 '죽음을 기억하라'는 분위기가 지배하고 있다. 그는 아내, 수양딸, 사위의 잇따른 죽음에서 '삶의 무가치함과 내세에 대한 믿음의 필연성에 대한 기독교적이지만 우울증으로 충만한, 그리고 적지 않게 멜로 드라마적인 명상'[9]을 이 작품의 계기로 삼았다. 이 시의 이례적이고 새로운 것은 지금까지 미지의 영적 영역을 문학적으로 형성했다는 것이다. 즉 죽음에 대한 생각을 새롭게 형성했다. 우선 어둡고 음산한 느낌들이 일깨워지고 여기서 모든 것의 주제는 병, 죽음, 무덤, 부패이다.

영에 의해서 밤과 무덤의 문학은 영국에서 문학사적 근원을 가지게 되었다. 이 작품은 이미 영국에서 오랫동안 번지기 시작한 우울증의 경향을 나타내는 데 성공했으며, 넓게는 유럽의 감상주의와 낭만주의에까지 영향을 끼쳤다. 물론 그는 토마스 그레이와 함께 18세기 독일 감상주의 문학에도 가장 많은 영향을 주었다.[10] 이 책이 1751년에 독일의 브라운슈바이크Braunschweig에서 번역되어 여러 번 출간되었다는 사실이 이를 말해준다.

영은 죽음에서 끔찍스런 공포의 전율을 느끼지만, 또한 내면의 평화를 본다. 죽음은 비본질적인 것에서 본질적인 것으로, 그늘에서 빛으로 해방시키는 자이기 때문이다. 즉 인생은 '현존의 싹일 뿐이고, 어둠을 깨기 시작하는 빛'이며, 죽음만이 인생의 무거운 빗장을 물리칠 수 있다는 것이다. 따라서 죽음은 조언자, 해방자, 구원자이며 '모든 기쁨의 끝이 아니라 모든 고통의 끝'이라고 영은 이 시의 《세 번째의 밤》에서 열광적으로 말한다. 인생은 무덤의 저편에서 비로소 살며, 우리의 출생은 죽음의 시작에 불과할 뿐이다. 따라서 죽음의 공포는 죽을 운명에 대한 두렵고도 신비한 감정이고, 죽음을 통해서 비로소 찬미되는 영원한 삶의 수수께끼 앞에서 느끼는 전율이다. 죽음 자체는 공포를 가지고 있지 않기 때문이다. 이런 의미에서 죽음은 죽어야만 하는 연약한 인간에게 애정이 풍부하고 신성한 것이며, 오직 상처를 입은 인간을 치유하기 위한 지고한 행복의 기부자이다. 그래서 우리는 죽음에 익숙해져야 하고, 죽음을 배워야 한다고 영은 말한다.[11]

영은 모든 것이 신비에 가득한 어둠에서, 어머니의 태초의 품으로 상징되는 밤에서 솟아오르는 어떤 장엄함을 느끼는 밤의 가수로서 죽음에 대한 설득자가 된다. 죽음에서 느끼는 지대한 행복에서 무덤과 인생의 무상에 대한 우울한 관찰은 활기를 얻는다. 여기서 사람들은 죽음에 대해서 신비하고 어두운 영혼의 근저에서 솟아오르는 위대하고 고상한 느낌을 가진다. 이것은 죽음을 형이상학적으로 인식한 것으로, 이 모든 것은 비합리적이다. 그것은 죽음이 결정적인 종점이고, 보이지 않게 군림하는 인생의 지배자이며, 그래서 죽음을 전체에 예속된 부분으로 또는 도덕적 목적에서 생각해야 한다는 레싱의 이성적·합리적 생각과는 다르다.[12] 영의 영향은, 특히 그의《밤의 생각》은 질풍노도시대의 사람들에게 엄청난 영향을 주었을 뿐만 아니라, 후세에 밤의 문학과 무덤문학에서 죽음에 대한 새로운 반향을 불러일으켰다.

천재시인들은
죽음을 어떻게 형상화했는가

질풍노도시대의 죽음에 대한 감정에는 세 가지 특징이 나타난다. 에드워드 영과 루소의 영향을 받은 클롭슈토크는 이 시대의 정신적 흐름의 기초를 이룬다. 첫째로 클롭슈토크와 그를 숭배하는 슈바르트와 횔티 같은 괴팅겐 하인 그룹의 시인들은 죽음을 그들의 작품에서 정열적·서정적으로 갈망하면서 묘사했다. 둘째로 라바터, 클링거, 고트프리트 아우구스트 뷔르거Gottfried August Bürger(1747~1794) 같은 천재시인들에게서 죽음은 열광적·도취적 감정에서 묘사되었다. 마지막으로 죽음은 클라우디우스Matthias Claudius, 하만이나 헤르더처럼 기독교적 경건주의에서 부드럽게, 동경과 인간애로 충만하게 묘사되었다. 이 세 가지 특색이 질풍노도시대의 죽음에 대한 감정에 함께 공존한다.

그러나 이 시대를 지배했던 공통된 추진력이 있다면, 그것은 이 시대의 시인들 모두가 마음속 깊이 숭고하게 지녔던 부활의 기독교적 신앙이다. 이들은 모두가 삶과 죽음의 깊은 일치를 그들의 유일한 감정인 부활

신앙의 힘으로 경험한다. 차이점이라면 이 부활의 불멸에 대한 믿음이 내적으로 죽음과 연결되었다[13]고 보는 관념과 체험의 차이에 있을 뿐이다. 그리고 이 시대의 죽음 문제와 연관해서 간과할 수 없는 것은, 클롭슈토크의 죽음에 대한 성찰이 그의 첫 부인이며 이 시대의 여류작가인 메타 클롭슈토크Meta Klopstock(1728~1758)의 죽음과 불가분한 의미를 가지고 있다는 점이다. 따라서 그녀의 죽음이 그의 사고에 미친 영향에 대한 설명이 부연되어야 한다.

클롭슈토크와 괴팅겐 하인 그룹에서 나타난 정열적·서정적 죽음

클롭슈토크는 죽음의 주제를, 에드워드 영의 영향으로 시작해서 영국과 유럽 대륙을 오랫동안 지배해왔던 무덤의 낭만주의에서 벗어나 심화시킨 18세기의 시인이다.[14] 클롭슈토크는 영의 생각을 독일에서 처음으로 자신의 시에 열광적으로 구체화한 시인이다. 종교적인 대서사시《메시아 Mesia》를 쓴 시인의 깊은 신앙은 작품 전체를 관통한다. 클롭슈토크의 송가문학은 "신, 우정, 사랑, 조국, 우주의 무한성 그리고 자연"[15]을 주제로 삼고 있다. 그의 영향으로 이 주제는 질풍노도시대 작가들이 즐겨 수용함으로써 그 시대를 대표하게 되었다. 클롭슈토크는 비합리적인 것과 초월적인 것을 지향한다. 그의 생각은 신과 창조의 불멸과 지상의 허무 사이를, 인류를 구하기 위한 구세주의 죽음과 내세의 주위를 선회한다. 그렇게 상반된 두 개의 기본 사실을 통해서 한편으로는 자신을 현세의 사소한 존재로서 허무함을, 다른 한편으로는 신의 피조물로서 구원된 영혼으로서 존재의 고상함을 알게 된다.[16] 그의 대표적 송가《봄의 축제Die Frühlingsfeier》가 이것을 말해준다.

기껏 물동이에 붙은 한 방울의 물인
지구에서나 떠돌며 경모하려니
할렐루야! 할렐루야! 물동이의 그 물방울도
전능한 자의 손에서 흘러 나왔도다.

그 물방울에서 살고 있고 또 살았던
수천 수백만의 사람들은 누구이며, 나는 또 누구인가?
창조자에게 찬양을! 솟아나는 유성들보다
빛다발 모여 흘러 이루어진 칠요성보다 더한 것이 인간이로다!

클롭슈토크는 처음으로 자유로운 운율 형식을 사용해서 당시의 젊은 시인들은 물론 괴테, 횔더린, 노발리스 같은 시인들에게까지도 큰 영향을 주었다. 위에서 이미 지적했듯이, 클롭슈토크는 생생하고도 경외심으로 가득 찬 죽음의 체험을 가진다. 에드워드 영에게서 그랬듯이 그에게 죽음은 신의 사자이다. 《봄의 축제》에서처럼 클롭슈토크의 송가문학에서는 죽음, 허무, 불멸에 대한 그의 지식과 느낌이 가장 충만하게 울린다. 그는 죽음의 체험을 그의 문학에서 순수하고 격정적으로 형성하는 데 있어서는 에드워드 영을 넘어선다. 그러나 죽음의 생각이 영의 영향에서 비롯된 것임을 그는 송가《영에게An Young》에서 이렇게 고백한다.

죽어라! 너는 나를 가르쳤지, 죽음이란 이름이
한 정의로운 분이 노래하는 환호처럼 나에게 울리는 것을.

에드워드 영이 클롭슈토크의 죽음 감정에 영향을 주었듯이, 클롭슈토크는 그 시대의 시인들에게 특히 그를 숭배해서 결사된 시인의 모임인

'괴팅겐 하인'에 영향을 주었다. 그는 시인들의 죽음에 대한 영적 준비와 종교적인 세심한 감정을 높이는 데 이바지했다. 우리는 그것을 슈바벤 지방의 경건주의자이자 출판인이며 클롭슈토크에 경탄한 질풍노도시대의 시인인 슈바르트에게서 느낄 수 있다. 그는 이미 젊은 시절에 《죽음의 노래들Todesgesänge》(1767)을 출간해서 죽음에 대한 그의 고유한 생각을 나타냈다. 그중의 한 시 〈아침 노래Morgengesang〉의 마지막 연이 이 생각을 말해준다.

오, 나는 걱정 없이
가나안에서처럼 행복하게 살고 있음은
영원한 봄의 아침이
그곳 하늘에서 나에게 밝아오기 때문이로다.
이제 너, 가련한 인생인 너!
오로지 무덤으로 서둘러 가라.[17]

이 시에는 부활의 확신이 스며 있다. 기독교적 죽음과 삶의 생각이 언제나 중심에 확고히 자리하고 있다. 죽음은 파괴할 수 없다. 그러나 그의 신앙은 공포에 가득 찬 죽음을 극복하도록 그를 돕고, 나아가 죽음이 구원으로 오기를 간절히 기다리게 한다. 죽음은 부패로의 파멸이 아니라, 신의 땅 '가나안에서처럼 행복'으로, 신으로 귀의하는 것이다. 다시 말해서 그에겐 죽음이 '가련한 인생'의 고통에서 '영원한 봄의 아침'으로 가는 잠으로, 구원의 위로가 된다. 이런 내면의 감동과 체험에서 그는 죽음에 맞서 승리할 수 있는 힘을 얻고 죽음을 열망하게 된다(예; "오로지 무덤으로 서둘러 가라"). 이 같은 그의 정열적인 죽음의 감정과 체험은 그의 다른 시 〈죽음에 대한 동경Sehnsucht nach dem Tode〉이나 〈죽음에게An den

Tod〉, 〈위임Auftrag〉, 〈죽음Der Tod〉에서도 나타나며, 후일에 실러의 작품에서도 읽을 수 있다.[18]

휠티는 '괴팅겐 하인'의 회원으로서 클롭슈토크를 동경한 가장 중요한 서정시인이었다. 폐결핵으로 28세의 젊은 나이에 요절한 그는 자신의 우울함을 시에서 부드럽고 조용한 어조로 나타내고 있다. 슈바르트처럼 그에게서도 시간마다 죽음의 눈을 바라보는 환자의 체험에서 죽음에 대한 동경이 솟아난다. 그의 시 〈기쁨을 위한 격려Aufmunterung zur Freude〉의 제2연은 삶과 죽음의 갈림길에 서 있어도 기쁨의 화환을 받으며 죽음을 맞이할 수 있는 지혜를 가르친다.

나그네 인생 지나가는 모든 길마다
기쁨이 눈짓한다.
우리가 갈림길에 서 있을 때면
기쁨은 우리에게 화환까지 가져다준다.[19]

우울한 기분과 죽음의 예감들이 그의 생애를 통해, 시를 통해 울리고 있고, 죽음과 무덤이 그에게 친숙해진다. 그는 1775년 형에게 쓴 편지에서 이곳 지상에는 오직 행복의 그림자만이 있기 때문에 인생은 그에게 혐오스러우며, 그래서 그는 자주 죽음을 원한다고 썼다. 휠티는 죽기 1년 전 자신의 죽음을 예견하면서도 고통의 절규 없이 차분하고 잔잔하게 노래한 유언의 시라 할 수 있는 〈위임Vermächtnis〉을 썼다.

친구들이여, 내가 죽거들랑
조그만 하프를 제단 위에 걸어주오.
고인이 된 많은 소녀의 죽음의 화환이

벽에 희미하게 빛나는 그곳에.

그러면 성당지기가 친절하게 나그네에게
그 조그만 하프를 보이며, 하프에 단단히 매어져
금빛 현들 밑에서 펄럭거리는
붉은 리본 흔들어 살랑거리리.[20]

목사의 아들인 휠티에게 있어서 죽음에 대한 동경은 기독교 신앙과 결부되어 있다. 그는 마지막 연에서도 죽음은 지친 인간을 지상에서 기쁨의 하늘로 안내하는 '평화의 사자'[21]로 묘사하고 있다. '삶과 죽음의 갈림길'에서 죽음을 기쁨으로 맞이할 수 있다고 생각하는 휠티에게서 죽음은 육체를 사라지게 한다 해도, 영혼은 음악처럼 남아서, 소녀들과의 유희 감정을 지닌다. 다시 말하면 죽음에 사랑의 감정이 스며 있다는 것이다. 이렇게 〈위임〉에서는 죽음에서 처음으로 조용한 성애性愛의 파동이 종교적 영감과 융합되어 일고 있다. 사랑의 죽음에 대한 생각이 멀리서 울려온다. 이제 병마에 시달리는, 그러나 섬세하고 조용한 휠티에게서 죽음의 생각은 부드럽고 평화롭게 변화되어 삶 속으로 가라앉는다. 죽음은 더 이상 문제가 되지 않고, 진지하게 열망하게 되는 것을 볼 수 있다. 이렇게 클롭슈토크의 죽음에 대한 생각이나 체험은 그와 그를 숭배하는 다른 시인들에게서 정열적이면서도 서정적인 시의 형태로 표현되고 있다. 이것은 죽음을 황홀하게 환호하며 맞이하면서 신의 우주를 향해 돌진하는 천재들의 그것과는 다르다.

클롭슈토크의 아내 메타의 죽음

에드워드 영 못지않게 클롭슈토크의 죽음에 대한 성찰에 영향을 준 사건은 그의 첫 부인인 메타의 죽음이다.[22] 당시 26세였던 클롭슈토크는 23세인 메타를 그녀의 고향인 함부르크에서 알게 되었다. 그녀는 이미 클롭슈토크의 작품에 열광했고, 그를 개인적으로 흠모했다. 그녀는 독서를 통해서 교양을 쌓았으며 영어, 불어, 이탈리아어와 라틴어를 읽었고, 특히 다정다감한 영국문학에 대한 지식이 풍부했다. 그녀는 계몽적 신교를 믿으면서도 종교에 대한 생각에는 학술적인 것보다는 오성과 감성에 기초한 주관적 신앙심이 우선했다. 그래서 그녀는 신교를 믿으면서도 복음 속으로 독자적으로 파고 들어가서 끊임없이 종교적이었다. 친구들은 그녀를 '여자 클롭슈토크'라 불렀다.[23]

클롭슈토크는 30세였던 1754년 메타와 결혼했다. 그들은 우정과 사랑을 열광적으로 찬양했던 시대에서 감상에 빠지지 않고 현실적으로 살 줄 아는 최초의 사람들이었다. 클롭슈토크에 대한 사랑에 사로잡힌 메타는 그 행복을 현세에서 철저하게 현실화시키려 했다. 결혼 후 그녀는 클롭슈토크가 그의 문학을 대표하는 대서사시《메시아》를 계속해서 쓰도록 독려함으로써 작품을 완성하게 했다. 클롭슈토크의 주요한 종교적 비극《아담의 죽음Der Tod Adams》(1757) 역시 메타의 공로였다.

메타의 문학적 재능은 주로 그녀의 서신을 통해서 인정받게 되었다. 10통의 편지로 된《산 사람에게 보내는 죽은 사람들의 편지들Briefe von Verstorbenen an Lebendige》은 당시에 널리 퍼진 죽음과 내세의 생각을 잘 나타낸다. 즉, 죽은 자의 영혼은 현세에 있는 사멸적 존재들인 그들의 친구들이나 친척들을 감시하고 도덕적으로 보살피며, 인정 어린 위로를 베푼다는 것이다. 그리고 영혼의 초지상적 존재는 이전의 지상적 존재의 변용된 형태이기 때문에, 현세의 삶이 도덕적이고 윤리적이어야 한다는 것이다. 메타의 긴 편지는 교양적이고 도덕적이다.[24]

편지 외에 메타는 비극《아벨의 죽음Abels Tod》을 썼다. 아마도 메타의 이 비극은 클롭슈토크의 비극《아담의 죽음》과의 연관을 부인할 수 없다. 메타에 의하면《아담의 죽음》에서 인류 최초의 아버지인 아담은 하느님을 거역한 죄로 자신의 죽음을 감수하듯이, 그의 후손들에게도 죽음의 저주와 전율을 물려주었고, 인간은 아담처럼 불가피하게 죽어야 한다는 것을 뻔히 알게 되었다. 반대로 메타는《아벨의 죽음》에서 최초 인간인 아담의 죽음과 그의 후손의 최초 죽음을 성경이 말하고 있는 아벨에 대한 살인과 연관시키고, 아벨처럼 아름다운 영혼들은 죽거나 또는 영면한다는 비극적 상황을 제시하고 있다. 클롭슈토크는 시대를 대표한다고 할 수 있는 메타의 서신들과 유고들, 그리고 아내의 죽음에 관해서 스스로 쓴 자신의 글과 다른 사람들의 조문들을 모아서 그녀가 죽은 지 6개월 후 책으로 펴냈다.

메타는 4년의 결혼생활 동안에 두 번 낙태했고, 1758년에 임신했을 때 아기를 분만하지 못하고 11월 28일에 죽었다. 메타는 신체 구조상 분만이 불가능했다. 임신 기간 내내 출산과 산욕이 그녀의 생명을 위태롭게 하였기에 메타는 죽음을 계속해서 심각하게 생각했다. 그녀는 자신의 죽음과의 싸움을 신앙의 힘으로, 다시 말해서 모든 것을 신의 뜻에 완전히 맡겨야 한다는 믿음으로 극복해야 했다. 메타의 생각은 죽음이 모든 지상적인 것을 해체하는 종말론적 생각에 사로잡혀 있지 않았다. 죽음의 힘은 오직 육체와 상관되는 사망의 행위에 한정되어 있고, 인간의 영혼은 죽지 않는다고 그녀는 확신했다. 클롭슈토크와 그녀 사이의 사랑은 신의 사랑으로 하나가 되었기에, 그들의 사랑도 신의 사랑처럼 불멸한다는 것이다. 이 같은 생각을 클롭슈토크는 그녀와의 서신 교환에서 이렇게 밝히고 있다.

그대, 신이 나에게 주신 내 아내여,

다른 아침을 위해 걱정하지 마시오.[25]

'다른 아침'처럼 부활의 내일이 암시되고 있다. 메타는 초지상적 삶이 지상생활의 연속에 있다고, 즉 '지상적 존재의 변용된 형태'라고 여겼다. 때문에 죽어가는 고통을 비탄하지 않고, 죽음의 공포를 신의 시험으로 보고 신에 대한 끊임없는 믿음으로 초연하게 극복했다. 그녀는 죽어야 할 운명을 인식했을 때, 기쁨과 확신으로 받아들였다. 이때 죽음은 죽어야 할 삶과 영원한 삶 사이에 있는 이행의 기능을 가질 뿐이다. 죽음은 참된 삶으로 가는 짧고 빠른 순간일 뿐이기 때문이다.

메타의 죽음과 연관된 고통스런 환경은 여러 가지 보고들, 특히 클롭슈토크의 보고들로 알려졌다. 클롭슈토크는 메타에게서 인간에게 갑작이 닥쳐오는 죽음의 고통을 마음속으로 절박하게 느끼고, 그것을 그의 문학에서 서정적·비가적으로 다루려 했다. 그 밖에도 그의 가장 깊은 감정 속에 메타의 죽음이 깊숙이 각인되었기 때문에, 그는 죽음의 문제에 가장 근원적이면서도 신앙적으로 다가갈 수 있었다. 우선 그는 메타의 죽음을 충격으로 받아들이지 않고, 자신의 신앙심에서 우러나오는 내면의 확신으로 감지했다. 즉 죽음에 대한 메타의 초연한 자세는 그녀의 힘이 아니라 오직 신의 은총의 도움으로만 가능했고, 메타의 죽음에는 신이 함께하며, 이를 통해서 그녀가 행복으로, 즉 죽음이 신 안에서 완전한 평온의 상태에 도달하는 시험이라고 클롭슈토크는 이해했다. 그는 죽음을 신이 베푸는 은혜의 증거로 깨닫고, 메타의 시험을 자기 자신의 시험으로도 여겼다.[26] 그래서 그는 메타에게 위로와 용기를 줄 수 있었고, 때때로 죽음에 직면한 그녀와 함께 기쁨마저 느낄 수 있었다. 클롭슈토크는 그녀의 죽음을 회상하면서 '고통스럽고 행복한 것'으로 표현했다. 그의 송가《숭배

받을 만한 분의 편재Allgegenwart des Anbetungswürdigen》는 비록 죽음으로 육체는 썩고 사라져버리지만, 신은 부활을 통해서 영생을 창조한다는 죽음에 대한 견해를 증언한다.

네 죽음을 기뻐하라, 오 육체여!
그대가 썩는 곳에
그가 있을지니,
그 영원하신 분이!

네 죽음을 기뻐하라, 오 육체여! 창조의 깊은 곳에,
창조의 높은 곳에 너의 잔해는 흩날리리니!
아 썩어 먼지가 되어버린 그곳에 그가,
그 영원한 자가 있을지어다!

높은 곳에 있는 자들 허리 굽힌다!
낮은 곳에 있는 자들 허리 굽힌다.
편재하신 분이 이제
다시금 먼지에서 불사의 것을 만들 때면.[27]

다른 곳에서도 클롭슈토크는 메타의 죽음에 대한 자신의 심정을 밝힌다.

내 영혼은 높은 곳으로 높이 날아올랐다. 나는 너의 얼굴에서 더 이상 죽음을 보지 않았다. 나는 더 이상 너의 마지막 땀의 냉기를 느끼지 않았다. 내가 비록 내 상태를 완전히 묘사할 수 없다 해도, 내가 한 순교자의 위에서 하늘이 열리는 것을 보았던 그(즉 메타를 의미함―필자 주)에게 어떤 다른 느낌으로 소리쳐 부르지 않을 것임을 나는 잘 안다.―감사와 찬양, 그리고 경배가 전지하신 분께, 자비로우신 분께 있을지어다![28]

클롭슈토크가 메타의 죽음을 '고통스럽고 행복한 것'으로 표현한 데에는 깊은 의미가 있다. 더 자세히 말해서 그는 메타의 죽음을 '순교자', 즉 예수의 죽음과 간접적으로 비유하고 있다. 그것은 부활에 대한 신념이다. 죽음이 지상에서 생명의 육체를 썩어 먼지가 되게 하지만, '편재하신 분이 이제 다시금 먼지에서 불사의 것을' 만든다는 것이다. 죽음은 죽음의 공포에서 육체적 파멸로 관찰되지만, 궁극적으로는 저세상에서 새로운 인간으로서 부활에 대한 전제로서 관찰된다. 그래서 죽음은 기독교인에게 주어진 시험이며 동시에 윤리적 삶의 시금석이 된다. "죽음은 현세에서 종교적 삶을 만든다."[29]

클롭슈토크의 문학적 환상은 메타의 죽음에서 죽음과 허무의 상징을 본다. 다시 말해 그는 그녀의 죽음에서 죽음의 천사 아바도나Abaddona[30]의 모습을 창조한다. 아바도나는 신의 왕좌의 가장 낮은 계단 위에 천사 가브리엘과 함께 서 있는, 죽음의 천사 중에서 첫 번째 천사이다. 그는 철저하게 신의 지배하에 있으면서 무섭게 번쩍이는 칼을 휘두르며 신이 원하는 자를 죽이고, 그의 영혼을 신에게 안내한다. 인간은 그의 힘에서 벗어날 수 없다. 아바도나는 메타의 죽음에 직면해서 클롭슈토크의 가장 깊은 내면에서 우러나오는 죽음에 대한 감정의 구체화이며, 또한 자기 자신의 죽음의 충격에 대한 상징인 것이다.

메타의 죽음을 '고통스럽고 행복한 것'으로, 그래서 그녀와 함께 기쁨마저 느낄 수 있었다고 회상하면서 클롭슈토크는 죽음을 통해 내세에서 기쁜 재회를 확신한다. 메타의 죽음은 그가 존재와 생성의 이유를 더욱 깊이 보게 했기 때문이다. 그래서 죽음에 대한 동경은 그의 많은 송가에서 숨 쉬고,《구세주Erlöser》에서 죽음의 생각은 무한에 대한 강력한 비전으로 솟아오른다.

> 오, 밝은 시간이여,
> 평온의 놀이 친구여, 죽음의 시간이여, 오라!
> 오, 그대 불멸의 이 삶이 익는 들이여, 영원한 파종을 위해
> 아직 한 번도 방문하지 않은 전답이여, 넌 어디에 있느냐?[31]

클롭슈토크는 그의 송가 〈죽음〉의 제3연에서 죽음을 '신의 씨앗'으로 비유했다. "나(즉 시인을 뜻함—필자 주)는 먼지 속으로, 신의 씨앗으로 가라앉는다! 어찌 너는/ 불사의 존재를 놀라게 하는가, 기만적인 죽음이여?"[32] 시인은 별들이 반짝이는 밤하늘을 보고 무한한 자를 생각하면서 자기 자신의 무가치함을, 그러나 또한 영원함에 대한 황홀함을 느낀다. 그리고 밤의 무덤들은 '이 불멸의 삶이 익는 들'이고, '영원한 파종'의 '전답'이다. 그리고 죽음의 차갑고 성스러운 밤에서 깨어난 자는 개가를 울리면서 무덤을 넘어서 숭고한 길을 간다. 죽음은 참된 삶으로 가는 순간일 뿐이기 때문이다. 여기서도 그의 불멸의 영혼에 대한 생각이, 즉 영원한 삶에 대한 믿음이 나타난다. 영혼은 죽음의 무상함을 극복하고, 불멸의 밭에서 부활해 위로, 신으로 올라간다. 때문에 클롭슈토크는 죽음을 찬미하고, 기쁘게 맞이할 수 있는 자부심을 지닌다. 그는 많은 송시에서 죽음과 죽는 것을 두려워하지 않고, 다만 친구들과의 이별을 두려워했음을 고백한다.

그의 송시《때 이른 무덤들Die frühen Gräber》(1764)에서 달은 '상념의 벗 Gedankenfreund'(제1연)으로, '곱슬머리'(제2연)를 한 인간의 모습으로 비유

되면서 일찍 타계한 옛 친구들에 대한 회상과 재회의 믿음이 자연을 통해서 순수하게 서정적으로 묘사되고 있다.

> 그대 고결한 자들이여,
> 아 벌써 무성한 이끼가 그대들 묘석을 덮고 있구나!
> 얼마나 행복했던 시절이었나, 내 그대들과 더불어
> 타오르는 아침놀, 미광의 밤을 보던 그대가!³³

당시 유명한 오페라 작곡가 크리스토프 빌리발트 글룩Christoph Willibald Gluck(1714~1787)이 두 번이나 작곡했던 송시《여름 밤Die Sommernacht》(1766)은《때 이른 무덤들》보다 비가적 성격이 더 강하게 나타난다. 감상주의의 죽음 내지 무덤에 대한 시의 전형이라 할 수 있다. 이 시에서도 타계한 시인의 옛 친구들에 대한 그리움이 밤의 풍경을 통해서 나타난다.

> 오, 타계한 그대들이여, 한땐 내 그대들과 즐거웠노니!
> 향기가 서늘함 더불어 우리를 감돌지 않았던가,
> 달빛 받아 얼마나 아름다웠던가,
> 오, 그대 아름다웠던 자연이여!³⁴

밤은 인간에게 죽음과 허무의 생각을 불러일으키지만, 밤은 또한 하늘의 빛을 더 밝게 보여준다. 시인은 죽음의 밤에서 별들이 반짝이는 하늘을 바라보며 불멸의 신에게 감사하고 또한 영원에 대한 황홀함도 느낀다. 이런 감동에서 그는《신의 편재Die Allgegenwart Gottes》를 노래한다. 이 시에서 그는 자연에서 "당신(신을 의미—필자 주)을 바라볼 준비를 갖추도록,/ 당신을 바라봄에 저의 몸 바칠 수 있도록" 기원한다. 빛과 불멸로 가는 문으로서의 죽음, 타계한 사랑하는 사람들과의 만남을 위한 기원, 영원한 자에게로 비상하려는 부활의 염원을 자연에서 찾으려는 감정, 다시 말해서 자연과 연관된 죽음에 대한 감정은 많은 송시에서 신에 대한 그의 믿음처럼 힘차고 강하게 나타난다.[35]

이 같은 감정에서 이미 70세의 나이로 죽음의 문턱에 선 클롭슈토크는 "아마도 당신(메타를 뜻함—필자 주)은 저세상에서도 나를 위해 기도했을 것이오"[36]라고 말함으로써 내세에서의 만남과 영원한 사랑에 대한 내면의 기대를 나타낸다. 그의 송시 《재회 Das Wiedersehen》(1797)는 메타가 죽은 지 40년 뒤에도 지속된 그녀에 대한 사랑을 노래하고 있다.

하늘나라는 나를 당신으로부터 멀리 있게 하오만,
시간은 나를 그리 멀리 있게 하지 않으리오.
이미 칠십을 넘어 산 사람,
당신 곁에 가까이 있다오.

메타여, 난 벌써 오랫동안 당신의 무덤과
당신 무덤의 보리수 바람에 흔들거림을 보았다오.
내게서도 언젠가는 보리수 흔들거리고
나에게도 꽃을 흩뿌려 주리니.
나에게가 아니라오! 그건 내 그림자일 뿐이라오.
그 그림자 위에 꽃잎이 내려앉는다오.
벌써 자주 꽃잎 내려앉았던 곳,
그것이 당신의 그림자일 뿐이었던 것처럼.

난 알고 있다오,

당신이 오래 산 더 높은 세계를.
거기서 우린 즐겁게 보리오, 보리수의 흔들거림을,
그 보리수 우리의 무덤을 서늘하게 해주리오.

그러면… 하지만 아, 나는 모른다오,
당신이 알고 있는지 이미 오랜 것을,
다만 명료한 예감으로
내 영혼 주위를 떠돌고 있을 뿐이라오.

희열에 찬 희망과 함께
저녁노을 찾아들고,
기쁘고 깊은 예감 더불어
아침 해 솟아 오리오!³⁷

이 시에는 종말론적 색채가 짙다. 늙은 시인이 죽음을 느끼면서 현세의 존재를 다만 '그림자'로 볼 뿐이다. 메타에게 향했던 사랑은 '더 높은 세계'에서 재회의 동경이 되나, 시인은 다만 그것을 예감할 뿐이다. 이때 메시아의 부활은 죽음을 통해 비로소 충만한 의미를 가진다. 메시아의 부활은 인간을 죽기 전에 예상되는 고도의 긴장과 전율에서 해방시키고 구원의 동경으로 충만시킨다. 그래서 인간은 '희열에 찬 희망'으로 인생의 '노을'을 맞이하고 '기쁘고 깊은 예감'으로 내세를 기대할 수 있다. 클롭슈토크는 죽음의 묘사를 바로 메시아의 수난과 부활 사이의 시점에 둔다.³⁸ 그에게 죽음은 인간이 그의 완성을 향해 올라가는 연속적인 단계들의 마지막 단계로서, 사멸적 존재에서 정확히 인식될 수 있는 마지막 단계이다. 다만 클롭슈토크는 불멸로 가는 '높은 단계들'을 예감만 할 수 있으며, 그 예감은 기독교적 교의 안에서 파악될 수밖에 없다.

그렇기 때문에 그에게 자명한 것은 기독교적 교의가 제시하는 죽음과 심판의 불가피한 결과이다. 죽어야 할 육체의 몰락 후에 불사의 영혼은 심판으로 끌려간다. 그러니 인간은 죽음에 대한 준비를 해야 한다. 그래야 현세의 삶은 비로소 새로운 삶의 창조에 작용한다. 영원한 삶을 가져오는 심판의 날에 준비가 된 '신의 씨앗'으로서 죽을 수 있는 가능성은 현세의 시간에 존재한다. 그래서 죽음은 인간이 내세의 삶과 심판의 준비를 위해서 윤리적 삶을 현세에서 완성하도록 해야 한다. 그래야만 인간의 죽음은 메타의 죽음처럼 신의 경건함과 은총으로 인해 다시 깨어남을 전제로 하는 '잠'으로서, '축복'으로서 행복할 수 있다.[39]

메타의 죽음은 20장의 노래로 구성된 《메시아》에서 클롭슈토크의 종말론적 감정을 심화시켰다. 즉 《메시아》는 예수 생애의 묘사가 아니라, 예수의 수난과 부활을 중심 사건으로 삼고, 이것을 인간과의 종말론적 관계에서 표현한다. 그 시대의 신학에 맞게 메시아의 구세행위의 의미는 죽음의 극복과 죽음으로부터의 인간 구원에 있다. 따라서 클롭슈토크에게 죽음의 테마는 서사시 구상의 본질적인 구성 부분이다.

이미 위에서 언급했듯이, 클롭슈토크의 《메시아》는 죽기 전 메타의 독려로 완성되었다는 사실이 《메시아》가 메타의 죽음과 무관하지 않음을 말해준다. 사실 그녀의 죽음에 대한 보고들은 다른 송시에서처럼 《메시아》에서 문학적으로 표현된다.[40] 결론적으로 클롭슈토크는 메타의 죽음에 대한 묘사를 통해 그의 종말론적 견해에 변화를 가져온다. 말하자면 메타가 현세의 삶에서 애써 얻으려고 노력했고 결코 의심하지 않았던 '행복한 죽음'은 인간으로 하여금 메시아가 보여준 구세의 모범을 더 깊은 믿음으로 자기 것으로 수용하게 했다는 것이다. 그렇게 내세를 현세에서 자기 것으로 수용하면서, 죽은 자는 유한한 것에서 무한한 것으로 옮겨져서 나타난다. 여기서 클롭슈토크의 죽음에 대한 견해는 메타의 죽음을 통해 더욱 심화되어 그가 이미 메타의 죽음 이전에 지녔던 기독교적 죽음의 견해와 다시 만난다.[41] 클롭슈토크는 처음부터 독실한 기독교인으로서 죽음을 간과할 수 없었으며, 더구나 죽음을 미화하거나 세상을 벗어나 생각할 수 없었다. 그는 《메시아》의 시인으로서, 예수 그리스도의 죽음에서 인간의 구원을 노래한 대 서사시의 시인으로서, 죽음은 그의 종말론적 생각의 중요한 구성요소였다. 바로 메타의 죽음은 그의 많은 송시들에, 특히 《메시아》에 격정적이고 서정적인 형태로 스며 있다.

천재들에게서 나타난 열광적·도취적 죽음

"천재가 전부다"라는 젊은 시인들의 주장은 이 시대를 지배했던 또 다른 하나의 추진력이었다. 그들은 이성이나 규칙에 얽매이지 않고 무의식적이며 자연적인 충동에 따라 신을 규명하려 했고, 종교를 실제로 진정한 영혼의 욕구로 받아들이려 했다. 따라서 신은 신앙의 내용이 아니라 영원히 생명을 만드는 원초적 천재이다. 신의 세계창조는 이성적인 숙고가 아니라 천재의 행위이다. 그래서 그들은 숭고한 신을 무한에서 예감하면서 유한에서 인식했다. 숭배하고 열렬히 포용하려 했다. 에드워드 영이 찬미했듯이 "천재는 우리 안에 있는 신이다."

열광적인 기독교인 요한 카스파르 라바터는 자연에서처럼, 신을 닮은 우리 모습에서 신적인 창조력을 본다. 이 창조력이란 삶에 대한 충동이며, 이 충동은 삶에 활기를 더해준다. 그래서 인간은 그만큼 더 삶을 필요로 하고, 더 자신을 삶과 연결하길 열망한다.[42] 그러나 이 삶에 대한 열망에는 기독교적 계시가 주는 죽음의 문제가 깊게 작용한다. "그의 신앙은 도그마와 이성에 있지 않고, 인간과 자연에서 신을 발견한다."[43] 현실적 합리주의와 죽음의 감정에서 울리는 비합리적인 것이 그에게 극단적으로 대립하고 있다. 그는 현세적 의미에서 삶을 긍정하지 않고, 내세에서 긍정한다. 즉 삶의 의미가 그 자체 안에 있지 않고 본질적인 것으로, 현세에서 내세로 옮겨진다. 영생에 대한 역설적인 것이 죽음의 생각에서 울린다. "신은 신답게 거둔다. 거두는 것은 주는 것이다. 그의 죽이기는 살리기이다." "인간에 있는 최선의 힘들은 초인적이고 초지상적인 근원과 의미를 가진다고 그는 언제나 확고하게 강조한다."[44] 삶은 그에게 '저승의 앞마당'일 뿐이기 때문에, 그는 초인적이고 초지상적인 근원으로 돌아가기 위해서, 신적인 것을 향해 정진한다. 그래서 죽음에 대한 동경은 점점 더 활기를 띠게 된다. 라바터는 그의 유명한 소설 《향수Heimweh》(1794)에서 비합리적 죽음의 감정을 분명하게 나타낸다. 즉 그는 자연에서 향수, 즉 가을을 본다.

가을의 죽음은 모든 것을 아버지의 나라로, 원소의 나라로 보낸다. 그곳에서 물질은 자연의 품속에서, 봄에 더욱더 활발하게 새 생명으로 부활하기 위해서 그들의 대 안식일을 축하한다.[45]

여기서 사람들은 자연에서 '죽음과 생성'의 신비를 예감한다. 부활에 대한 기독교적 신앙과 철학적·범신론적 생각이 진기하게 융합해 있다. 고트프리트 아우구스트 뷔르거는 《다니엘 기적의 책Daniel Wunderlichs Buch》에서 자연은 "죽음과 삶을 한 둥지에 품고 있다"[46]고 말한다. 여기에서도 자연은 영원히 파괴하고 창조하는 신처럼 인식된다. 죽음은 향수의 성취로, 즉 근원을 향해 가려는 영원한 노력의 성취가 된다. "향수를 가진 사람들이 기뻐하는 이유는 그들이 집으로 가야 하기 때문이다."[47]

이 같은 죽음에의 열정에서 라바터와 뷔르거는 일치한다.

죽는 것을 배우라는 경고, 자기 자신의 죽음을 서서히 성숙케 하라는 경고는 언제나 반복해서 에드워드 영 이후의 시대에서도 울렸다. 이 지속적인 경고가 얼마나 깊게 질풍노도시대의 작가들에게 파고들었는가를 테오도르 고트립 힙펠Theodor Gottlieb Hippel(1741~1796)의《상승하는 선線 위의 인생행로Lebensläufe in aufsteigender Linie》와 같은 소설이 말해준다. 상류 가문 출신으로 매장埋葬일을 하는 죽음의 백작에 관한 우화인데, 그는 죽어가는 사람에게 죽는 것을 연구하고 배우게 하고 죽음에 친숙해지게 하기 위해서 자신의 성城을 죽음의 성으로 꾸민다. 관 만드는 공장이 성 안에 있고, 기도하는 방은 죽음의 상징들인 묘, 묘비, 유골단지들로 장식되었다. 그리고 백작이 그의 놀란 손님들을 안내하는 49개의 방들에는 모두가 죽음과 최후, 부패와 관련된 비문들이 있다.[48]

백작의 목적은 '죽는 법Ars moriendi'을 배우려는 것이다. 그는 매일처럼 죽음을 접하면서 죽음을 통해서 삶의 의미를 보다 깊이 파악하고 죽음의 철학을 형성한다. 그에게 인생은 신비이고, 죽음은 해답이다. 죽음은 삶과 똑같이 사랑스럽고 선한 자연의 한 작품이라는 것이다. 자연에서 삶과 죽음은 서로 아름답게 상호작용한다. 하여 죽음은 자연처럼 인간에게 큰 위로와 기쁨을 주는 신의 선물이다. 우리는 죽음을 사랑할 수 있고 또 승리할 수 있다.

"죽음은 기독교인에겐 변신이고 변용일 뿐이다. 우리의 영혼은 우리가 죽을 때 태어난다. 죽음은 하나의 분만이며, 다른 삶으로의 출산이다. 시작에 끝이 있듯이, 끝은 언제나 시작에 있다. 우리는 존재하게 된다. 즉 우리는 존재하기 위해서 멈춘다. 우리는 존재하며 죽는다. 또한 죽음의 백작은 생성과 사라짐의 신비를 예감한다. 자연은 조용히 있지 않는다. 자연은 죽음 속에서 삶을, 삶 속에서 죽음을 아름답게 서로 작용하게 한다."⁴⁹ 여기서 라바터와 뷔르거처럼 본래 종교적 영역에서 나온 숭고가 철학적인 넓은 영역으로 밀고 들어온다. 이것이 힙펠의 정신적 태도에서 나타난 특징이다. 그의 철학적 사고는 그가 위독한 아버지에게 1787년 4월 7일에 쓴 편지에 잘 표현되고 있다.

죽음은 (정확하게 말해서) 우리 삶의 진정한 최후 목적이기 때문에, 저는 수년 전부터 이 참되고 제일 좋은 인간의 친구와 매우 친숙해져서, 그의 모습은 저에게 아무런 무서운 것을 가지고 있지 않을뿐더러, 정말로 진정시키고 위로하는 많은 것을 가지고 있습니다. 그리고 제가 저의 신에게 감사하는 것은, 신이 죽음을 우리의 진정한 행복을 위한 열쇠로서 알게 하는 기회를 저에게 베풀어준 것입니다.⁵⁰

프리드리히 막시밀리안 클링거가 드라마 《질풍노도Sturm und Drang》(1777)를 씀으로 해서 그것이 이 시대의 이름이 되었다. 그의 비극 《쌍둥이Die Zwillinge》(1776)에서는 무절제한 주관주의에서 기인한 죽음의 생각이 나타난다. 강인한 동생 구엘포는 영리하고 허약한 형 그리말디를 재산과 애인관계에서 생기는 형제갈등으로 살해한다. 형제상쟁, 부자갈등, 유아살해는 이 시대 문학의 핵심적 주제이다.⁵¹ 독백의 형태로 죽음 앞에서 말하는 그리말디의 '죽음의 변호'는 그 당시 천재시인들에게 '위로를 주는 변신론'을 잘 나타내고 있다.⁵²

그(죽음—필자 주)는 좋은 친구이고 모든 불행을 빨리 치유하지. 너는 멀고 힘든 여행을 한 듯이 힘없이 느끼고, 고이 잠들어 쾌락도 없이 점점 죽어간다고 느낀다. 죽음은 고통을 주지 않고, 오직 상상에서 줄 뿐이야. 죽음은 너무나 친절해. (…) 어떤 아침의 꿈도 더 사랑스럽지 않아.⁵³

그리말디의 죽음은 종교적 형태에서라기보다 주관적·감각적인, 실제로 쾌락주의적 형태에서 처음으로 기이하게 나타난다. 자기 자신의 파괴에 대한 생각까지도 그에겐 즐거울 뿐만 아니라, 죽음은 '고이 잠들어 쾌락도 없이 점점 죽어가는' 느낌에 일종의 '친절하고 사랑스런' 느낌마저 불러일으킨다. 이렇듯 죽음에 골몰하는 클링거의 생각에는 일종의 고통에 찬 기쁨이 있다. 낭만주의를 가리키는 자조적인 요소가 스며 있다. 죽음의 쾌락을 의도적으로 향락하려는 생각은 천재시인들이 가진 열광적·도취적 특색이다. 이로써 드라마《쌍둥이》가 그 시대에 엄청난 영향을 주었듯이, 클링거는 질풍노도시대의 죽음 생각에 큰 전환을 가져왔다.[54] 이것은 죽음을 종교적 격정으로 수용하려는 시인들과는 다르다. 천재시인들의 죽음에 대한 열광적·도취적 태도에 반해서, 죽음을 경건한 영혼으로 그리고 고통과 쾌락이 충만한 것으로 관찰하려는 기독교적 경건주의 성향이 그 시대의 다른 시인들에게서 나타난다.

종교적 인물들의 기독교적 경건주의에서 나타난 죽음

슬픔, 무덤 그리고 죽음에 대한 생각은 언제나 감상적인 흐름과 밀접하게 연결된다. 그래서 죽음에 대한 생각이 세속화되어 아나크레온풍의 문학형태[55]로 나타난다. 그러나 뤼베크 라인펠트의 목사 아들인 마티아스 클라우디우스에게서는 그렇지 않다. 그는 국민의 교육을 위해서 잡지《반츠베크의 사자Wandsbecker Boten》를 출간했다. 이 책에서는 기독교적 부활신앙의 순수하고 경건한 감정이 울린다. 그래서 그의 죽음에 대한 관찰은 결코 감상적이지 않다. 그는 자연을 신의 성전이며 표상으로 관찰했고, 시에서 자연을 기독교적 위대함과 영원으로 표현한다. 그의 대표적인

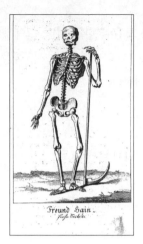

클라우디우스가 그린 해골의 모습.
해골을 친구로 두려움 없는 모습으로 그렸다.

시 〈저녁 노래Abendlied〉[56]는 달이 떠오르는 저녁의 자연풍경에서 믿음, 희망, 사랑이라는 기독교의 3대 기본미덕을 노래하는 기도와 같다. 이 노래는 헤르더가 1779년에 편찬한 민요집《민요들Volkslieder》에도 수록되었다.

클라우디우스는 이 책의 표지 뒷면에 낫을 든 해골을 그려 넣고 다음과 같이 설명했다.

첫 번째 동판화는 친구 하인Freund Hain이다. 그에게 나는 이 책을 바친다. 그는 수호성인으로서 그리고 가정의 수호신으로서 책 대문 앞에 서 있어야 한다.[57]

해골은 클라우디우스에 의해서 그의 친한 친구로, 섬뜩하지 않고 두려움 없는 모습으로 인용되었다. 해골은 외모적으로 레싱과 헤르더가 그린 것과 같은 아름다운 모습을 하고 있다. 그에게도 역시 죽음은 친구로서 그리고 잠의 형제로서 나타난다. 그의 시 〈죽음과 소녀Der Tod und das Mädchen〉가 이것을 증명한다.

소녀
지나쳐 가주오! 아, 지나쳐 가주오!
사나운 해골이여!
나는 아직 젊으니, 제발 가주오!
그리고 내게 손대지 말아주오.

죽음
네 손을 주렴, 그대 예쁘고 다정스런 모습이여!
나는 친구라오, 그리고 벌을 주려고 오지 않는다네.
기분 나빠하지 마오! 나는 사납지 않으니.
내 품에서 평온히 잠자야 하오.[58]

이 책에서 죽음은 그에겐 민중을 교육하려는 이념의 수호자이자 세상의 사물들에 대한 좋은 도덕교수이다. 그의 시 〈죽음Der Tod〉과 〈모테트Motet〉에서 클라우디우스는 소박하고 순수한 언어로 삶과 죽음의 신비에 대해 노래한다. 그는 죽음에 대해서 알고, 그렇기 때문에 삶을 더 깊게 보고, 죽음 없이는 어떤 인생도 없으며 죽음을 통해서 길은 기쁜 부활로 나 있다고 인식한다.

죽음

아, 죽음의 방은 몹시도 어둡구나,
이제 그가 일어나 무거운 망치를 들고
시간을 때릴 때에
그렇게도 슬프게 울리는구나.[59]

모테트

오직 잠시만을
인간은 살고 존재하며,
그리고 모든 세계는
그 장엄함과 함께 사라진다.
오직 한 분만이 영원히 그리고 모든 종말에 존재하시니,
우리는 그분의 손 안에 있도다.
그리고 그분은 전지하심이로다.[60]

클라우디우스는 죽음과 영혼의 불멸에 대한 생각을 자연을 통해서 나타낸다. 그의 둘째 딸 크리스티아네가 20세의 젊은 나이로 죽었을 때, 그는 〈크리스티아네Christiane〉란 시를 썼고, 여기서 그녀의 영혼은 저녁별에 비유되어 나타난다. 이렇게 "영혼은 영원하며, 절대적이고 지속적이며, 움직이지 않기 (…) 때문에, 네가 그렇다는 것을 믿는다면, 너는 (죽음을) 걱정할 필요가 없다"[61]라고 클라우디우스는 말한다.

작은 별 하나 하늘에 떠 있었네,

예쁘디예쁜 작은 별 하나.
그 별 사랑스레 반짝였네,
그리도 사랑스럽고 우아하게!

그 별 서 있던 하늘의 별자릴
난 알았네
저녁에 문턱 앞으로 다가가
난 그 별 찾아낼 때까지 찾았다네.

그러고는 오랫동안 서 있었네,
그 작은 별 바라보는 큰 기쁨
내 마음속에 가졌다네.
하며 하느님께 감사드렸네.[62]

　요한 게오르크 하만은 누구보다도 합리주의의 죽음에 대한 무관심과 싸웠고, 그리스도의 죽음을 지혜의 스승으로, 평화의 사도로 변화시키면서 기독교적인 것을 새롭게 시대의 질문으로 제시한 자이다. 그는 그리스도의 "사랑의 죽음"을 전체 인류를 위한 최선의 "교육기관"이라 주장함으로써 그의 시대에는 없었던 죽음에 대한 새롭고 깊은 이해를 보여준다. 하만은 말한다. "죽음은, 우리가 빛을 소리치며 요구할 때, 우리가 원하는 위대한 스승이다."[63] 죽음은 하만에게 죄의 대가로서, 그러나 그리스도의 구원의 죽음으로서 서 있다. 그것은 그리스도에서처럼 삶이 죽음에서 생긴다는 큰 지적이다. 하만은 1756년에 에드워드 영과 연관해서 활발한 질문을 제시한다. "죽음! 공포의 왕 (…) 무슨 비밀에 의해서 그리스도는 너를 지혜의 스승으로, 평화의 사자로 변화시키는가?" 신비주의와 바로크에서 그토록 깊게 울려 퍼졌던 '죽는 것을 배우라'는 것에 대한 경고는 하만에게서 다시 내면적으로 성숙된 의미로 나타난다.[64]

그는 변화 없이 사람들은 불멸하지 않는다고 암시한다. 죽음은 삶의 개방이고 한계의 제거이다. 인간은 여러 가지 방법으로 근원으로 돌아가게 하는 수단으로서, 본질적이 되기 위해서, 즉 자신을 신적인 것과 일치하기 위해서 죽음을 필요로 하고 열망한다. 죽음은 삶의 최후 행위이고, 죽는 것을 배우는 것의 결실이다.[65] 이 같은 하만의 주장은 계몽주의시대의 합리적인 죽음의 생각에 대한 당혹감을 극복한다. 그러니까 오직 부활의 생각만이 죽음의 생각에 대한 그 시대의 대답으로서, 부활에 대한 감격과 동경은 죽음을 정열적으로 받아들이게 한다. 하만의 죽음에 대한 정열적인 사랑은 후일에 성애性愛적 감정과 혼합되면서 낭만주의에서 특히 슐레겔Schlegel과 노발리스Novalis에서 경외심으로 가득 찬, 순결한 호기심의 대상으로 구체화된다.[66]

칸트와 하만의 영향을 많이 받은 헤르더는 하만의 죽음에 대한 생각을 더욱 심화시킨다. 주요한 것은 헤르더의 죽음에 대한 생각에서 비로소 위에서 언급된 그 시대를 특징짓는 죽음의 느낌들이, 즉 클롭슈토크와 괴팅겐 하인 시인들의 정열적·서정적인 것, 천재작가들의 열광적·도취적인 것, 그리고 종교적 인물들의 기독교적 경건주의적인 것이 융화되어 나타난다. 그는 레싱과 같은 제목의 논문《고대 사람들은 죽음을 어떻게 형성했는가》를 발표했다. 여기서 헤르더는, 레싱이 고대인의 죽음을 미학적으로 관찰한 것과는 달리, 형이상학적으로 확대된 기독교적 신념에서 새롭게 해석하려고 노력했다. 그는 이제 죽음과 잠을 고대와 레싱처럼 미학적 영역에 두지 않고, 종교적 영역에 두었다. 기독교가 죽음의 생각에 우울한 영향을 끼쳤다는 레싱의 비난을 헤르더는 부당한 것으로 반박했다. 반면에 그는 부활의 믿음도 새롭게 해석해서 계시의 사실들을 철학적으로 숙고하게 했다. 레싱과 달리 그는 고대의 죽음 상징에 기독교적 내용을 주입하고, 고대의 죽음이 의미하는 잠과 죽음의 일치를 기독교 신앙에서 나오는 종교적 감정으로 새롭게 해석하려 했다. 그것은 다름 아닌 부활 신앙을 새롭게 해석하려는 것으로서, 헤르더에게는 바로 인간 자신의 부활을 상징한다. 그는 계시 사실들을 예수 그리스도와 연관시켰으나 그것들을 철학적 영역으로 옮기려 했다. 여기에 죽음에 대한 생각의 새로운 변화가 놓여 있다.

더 자세히 말해서 헤르더의 죽음의 생각에는 비합리적인 면과 합리적인 면이 상호 병존하고 있다. 언제나 감수성이 예민하고 새로운 것을 느끼는 헤르더는 낭만주의적 이상과 고전주의적 이상을 조화롭게 구체화한다. 즉 그는 비합리적 흐름 안에서 가장 확실하게 합리주의와 고전주의의 이상들을 보았다. 즉 그는 사실적인 것을 통해서 관념적인 것을, 합리적인 것을 통해서 비합리적인 것을 표현하고, 감각적으로 명백한 합리적 형태에서 초감각적인 것을 표현한다. 이것은 천재시인들에게서 현실적 합리주의와 그리고 죽음의 감정에서 울리는 비합리적인 것이 극단적으로 대립하고 있는 것과는 다르다.

헤르더의 인도주의적 생각에는 기독교의 종교적 죽음의 감정이 스며 있다. 죽음을 극복한 예수의 사랑처럼 인간은 사랑에서 죽음을 극복하고, 불멸을 잉태하는 사랑의 개입으로 세계는 시작했다고 그는 생각한다.《인간성의 촉진을 위한 서한Briefe zur Beförderung der Humanität》(1793~1797)에서 "인류에게 신적인 것은 (…) 인간성의 도약"이며, "인본주의 국가는 지상에 있는 신의 도시"라고 그는 말한다.[67] 따라서 헤르더의 인간성에 대한 생각은 자기 자신이 아니라 인류를, 개성적인 것이 아니라 일반적인 것을 더 강조했다. 헤르더는 1797년에 한 시에서 이 같은 생각을 나타낸다.

언젠가 내 수호신이 횃불을 내린다면,

아마도 난 그에게 많은 것을 부탁한다. 다만

나의 나를 위해서는 아니다.[68]

위에서 말했듯이 헤르더의 인류를 위한 생각은 종교와 그리스도에서 시작한다. 그는 예수 그리스도의 모범을 따라서 모든 선과 함께 하나가 되려고 애쓴다.[69] 그러면서 그는 자신의 인간성과 죽음의 감정에 클롭슈토크나 라바터가 열광한 신적 불멸의 희망과 부활의 신앙을 접목시켰다. 여기서 우리는 헤르더가 불멸의 문제영역에서 천재시대의 낭만주의의 생활감정, 즉 비합리적인 시대의 우주감정과 깊게 연관되었다는 것을 인식한다. 이렇게 헤르더는 합리적 고전주의와 비합리적 낭만주의를 동시에 지향한다.

헤르더의 밤과 죽음에 대한 열광은 노발리스를 예감케 한다. 그는 감수성이 예민한 어릴 적에, 이미 그 당시에 루터 신학자이며 목사로서 유명했던 세바스티안 프리드리히 트레쇼Sebastian Friedrich Trescho(1733~1804)의 시와 산문으로 된 죽음의 성서Sterbebibel라 할 수 있는《행복하고 즐겁게 죽는 학문Die Wissenschaft, selig und fröhlich zu sterben》(1762)을 읽고, 죽음에 문학적으로 가까이 다가간다. 그리고 그는 야콥 발데의《서서히 죽어가는 사람들Langsam Sterbende》과 셰익스피어의《달콤한 죽음이여 오라 Komm süßer Tod》를 읽고 내면에서 큰 감동을 받았다. 헤르더가 죽음의 비밀에 던졌던 깊은 시선은 지나간 비합리적인 시대들의 삶과 죽음의 감정을 지향한다. 죽음은 어디서나 어둡게 그리고 어머니처럼 서 있다. 헤르더는 죽음을 비합리적 정서로 받아들이고, 꿈처럼 예감하면서 동경한다. 밤은 그에게 창조한 것을 다시 품속으로 가져오는 만물의 어머니이다. 그래서 어머니다운 밤에 관한 그의 시들에는 잠과 죽음, 그리고 밤과 꿈과 어둠이 저절로 함께 울린다. 잠을 죽음의 형제로서 헤르더처럼 깊이 느낀 자는 이전에 없었다.[70] 그의 초기 시 《잠과 죽음Schlaf und Tod》이 이를 말해준다. "오라, 오 그대 죽음의 모습이여, 부드러운 잠이여, 네 깃털을 내 위에 펼쳐라." 그러고 나서 그는 여기에 어렴풋이 느끼는 질문을 자신에게 던진다. "나에게 그럴까, 죽음의 잠에서도 그럴까?[71] 내면에서 풀리지 않는 수수께끼 같은 감정 상태에서 헤르더는 죽음에 대한 생각을 한다. 그의 이 수수께끼는 그가 잠과 죽음이 일치한다는 인식에서 해결된다.[72] 헤르더는 죽음을 잠으로 변화시키는 것을 비합리적인 치유과정으로, 죽음의 감정이 행복하게 느껴지는 과정으로 받아들였다.

죽음의 날개들이 점점 더 가까이서 살랑이면, 우리를 그늘로 가리고, 살아 있는 손으로는 만져서는 안 되는 창백한 베일이 우리 위에 내려올 때까지, 그 윙윙대는 소리는 점점 더 부드러워진다. (…) 그러니 우리의 마지막 친구는 공포의 유령이 아니라, 삶을 끝마치게 하는 자, 횃불을 끄고 파도치는 바다에 정적을 주는 아름다운 젊은이이다.[73]

헤르더에게서 죽음은 사랑으로 상징되었다. 그의 시 〈외로운 자의 탄식Des Einsamen Klage〉에서 가장 진기하고 신비로운 사랑이 울리고 있다.

천상의 소년이여, 네가 여기 서 있음이 무엇인가?
땅을 향해 아래로 떨어뜨린 꺼져가는 횃불
너는 사랑인가?―내가 그것이로다. 하지만 이 베일 속에서,
내가 사랑과 같건 같지 않건, 난 죽어가는 자를 죽음이라 부르노라.
모든 수호신들 중에서 선한 신들은
나처럼 부드럽게 인간의 마음을 풀어주는 자 아무도 보지 못했도다.

(…)

그때 난 사랑스런 키스하며 떠나는 영혼을

신부다운 기쁨을 진정으로 즐기도록 높은 곳으로 안내한다.[74]

그의 또 다른 시 〈비가에서In der Elegie〉도 죽음은 사랑을 상징적으로 표현한다.

오라, 무덤의 옷이여!

기쁨으로 나를 신부 옷으로 입히기 위해.[75]

이 시들에서 죽음의 느낌은 격정적이지도 도취적이지도 않다. 죽음은 신부의 베일처럼 신비스럽게 둘러싸여 부드럽게 죽어가는 '인간의 마음을 풀어주는 자'이며, '신부다운 기쁨을 진정으로 즐기도록 높은 곳으로 안내'하는 자이다. 헤르더는 바로크 이래로 낭만주의 이전에, 더 자세히 말해서 노발리스 이전에 죽음을 신부 같은 것의 상징으로 이해하려고 하는 첫 번째 사람이다.[76] 이런 감정은 자연과 애인이 하나가 되는 기쁨을 묘사하고 있는 괴테의 시 〈오월의 축제Maifest〉에서, 그리고 아이를 품고 있는 젊은 여인과의 비교를 통해서 생성하고 파괴하는 창조적인 자연을 묘사하는 시 〈방랑자Der Wanderer〉에서 유사하게 나타난다.[77] 삶과 죽음, 사랑과 죽음의 신비스런 관계는 표면상 양극적으로 대립해 나타나지만, 그것은 내면적으로 단지 동일한 기본감정의 상이한 면들에 불과한 것이다. 즉 삶, 죽음, 사랑의 감정은 통일된 감정이다.

그런데 헤르더는 신비하고 에로틱한 죽음의 감정에만 몰입하지 않고 죽음의 의미와 본질을 더 깊게 이해하려 했다. 다시 말해서 그는 죽음을 잠과 밤의 어둠에서 볼 뿐만 아니라, 그것을 넘어서 창조적이고 파괴적인 힘을 지닌 자연을 성서의 전래된 부활의 기적과 연결해서 생각했다. 자연에서 "모든 것은 변하고, 아무것도 죽지 않는다. 아름다운 변화에서 희망은 즐거움이 되고, 잃은 것은 얻는 것이 된다."[78] 인간의 삶도 자연과 같다. 그리고 죽음은 단지 변화이며, 새로운 것으로의 이행일 뿐이다. 자연은 언제나 창조적이고 파괴적이다. 그리고 모든 파괴는 표면적일 뿐이며, 새로운 형성에 이바지한다. 이 같은 삶과 죽음의 비합리적인 일치를 헤르더는 1787년의 담화《신Gott》에서 가장 분명하게 나타낸다.

> 그러니까 그것(즉 죽음—필자 주)은 창조에서의 죽음이 아니다. 그것은 머물러 있을 수 없는 것이 성급하게 사라지는 것이며, 본성에 따라서 한 순간도 한가하게 정지해 있거나, 하는 일 없이 있을 수 없었던 영원히 젊은, 끊임없이 계속되는 힘의 작용이다. (…) 창조에는 죽음이 아니라 변화가 있다.[79]

죽음은 정지가 아니라 진행이며 영혼의 영원한 부활이다. 헤르더에 있어서 확고한 부활신앙은 부활의 초현실적·형이상학적 희망을 현실의 윤리적 감성으로 변화시킨다. 우리가 부르는 죽음은 좋은 영혼을 가진 사람들에겐 새로운 소생을 주는 잠일 뿐이다. 따라서 죽음은 신비한 특성 외에 윤리적 특성을 지닌다. 인간은 의식적이건 무의식적이건 간에 자신 안에 불멸의 희망을 지니고 있고, 동시에 이 희망을 위해 선과 인간애의 씨앗을 내면에 지니고 있다. 이렇게 죽음은 고전주의에서처럼 인도주의 생각과 밀접한 관계에 있다. 신의 사랑처럼 인간도 인간애의 구현을 위해 마음을 정화시키고 숭고해지려는 노력이 전제되어야 죽음을 극복할 수 있다. 그러니까 삶은 이 노력의 필연적 전제이며 그 실천과정이다. 이 생각에는 고전주의를 미리 알리는 합리적인 것이 놓여 있다. 그렇지만 헤르더가 추구했던 합리주의는 부활과 내세의 삶을 윤리적·종교적 발전의 결실로 본다는 점에서, 즉 불멸에 대한 희망에 기초하고 있다.

어느 시대를 막론하고 죽음에 대한 시선은 인생을 심화시키고 성숙하게 만든다. 내세에 대한 질문 역시 고전주의시대에서도 인생의 문제가 된다. 그러나 고전주의시대에 추구된 합리주의는 역사철학적·현실적 숙고에 기초한 도덕적 완성을 추구하는 데에 기초한다. 사람들은 죽음을 넘어선 완성의 가능성을 종교에서보다 인격형성의 목적을 향한 노력에서 얻을 수 있는 행복에서 찾는다. 이것이 헤르더와 고전주의가 다른 점이다. 그럼에도 헤르더는 고전주의에 큰 영향을 끼친 선구자이다. 바로 고전주의는 헤르더와 괴테의 만남에서 비롯되었기 때문이다. 괴테와 실러는 질풍노도시대를 절정으로 끌어올린 시인들이면서, 독일의 고전주의 문학을 완성한 대표적인 작가들이기도 하다.

8장

고전주의와 죽음의 정복을 향한
괴테의 문학

"떠나고 보니 얼마나 기쁜지 모르겠네, 사랑하는 친구여"로 시작하는 괴테의 《젊은 베르테르의 슬픔》은
세대를 넘어 젊은이들에게 반향을 불러일으킨다. 베르테르의 자살은 한 시대를 넘어서 모든 시대에 자살
하는 사람들의 대명사이다. 그렇다면 괴테가 베르테르의 자살 행위를 어떤 이념에서 형성했으며, 괴테가
시공을 넘어서 오늘날의 사람들에게 말하려는 것은 무엇인가? 그리고 괴테가 우리에게 전하는 교훈은
무엇인가?

죽어서 태어나라

괴테와 실러는 죽음에 대한 생각이 유사했다. 그들은 젊은 시절을 질풍
노도시대에서 보냈으나 다른 작가들과는 달리 그 시대의 흐름을 고전주
의로 발전시켰다. 루터 이래로 예술세계는 신학논쟁에 가려져 밀려난 채
고유한 가치를 잃어갔다. 18세기 계몽주의에서 예술은 미적 요소를 도덕
적·교육적 목적으로 이용하기 시작했고, 고전주의에 이르러서야 비로소
예술은 종교적인 것보다 우선시되었다. 다시 말해 르네상스가 고대문명
에서 인도주의 생각을 받아들이고, 특히 독일 계몽주의에서 그 생각은 보
호되고 촉진되었으며, 고전주의에서 계속해서 점점 더 윤리적 의식으로
발전해 갔다. 고전주의를 꽃피운 주요 인물은 영국의 신플라톤주의자 샤
프츠베리의 미학 이념으로부터 영향을 받은 레싱, 비일란트, 헤르더, 괴
테, 실러와 임마누엘 칸트 등으로, 이들이 활발히 추진해왔던 미적 세계
의 추구가 고전주의에서 완성단계에 도달했다. 그 결과 미학적 교육이 종
교적·도덕적 교육을 대체했다. 교육을 통해 미적 인간성이 강조되었고,

예술을 통해 서로 상반되는 충돌이 균형을 이루게 되었다.[1]

고전주의와 기독교 사이에는 서로 상반된 세계관이 대립한다. 자연의 세계가 아닌 종교적 환상의 세계가 기독교 문학의 지배적 요소라면, 고전주의에서는 인간과 세계에 대한 깊은 신뢰가 표현되어 있다. 따라서 모든 외적 현상은 인간의 정신적인 것의 표현에 불과하다. 자연 역시 정신을 통해 작용한다. 예술작품도 자연과 유사한 것으로, 괴테가 말했듯이 "미적인 것은, 그것의 현상이 없었더라면 우리에게 영원히 숨겨진 채로 묻혔을 은밀한 자연법칙의 표현"인 것이다. 자연이 심오한 진리의 표현이듯 예술 속에서도 심오한 삶의 비밀이 탐지될 수 있다. 따라서 고전주의 문학은 이념이나 내용을 현상을 통해 직관할 수 있고 또 전달할 수 있도록 생생하게 그려냄으로써 특수한 것에서 보편적인 것을 찾는 일을 과제로 삼고 있다. 이 같은 과정은 상징을 통해서 이루어진다. 그래서 소재와 이념의 일치, 내용과 형태의 일치가 상징성이 풍부한 문학작품에서 실현되어야 한다. 고전주의시대를 특징짓는 조화적인 세계 이해와 인도주의 이상의 추구인 것이다.

독일 고전주의는 1785년부터 실러가 죽은 1805년까지 괴테와 실러에 의해 전성기를 이룬다. 이 위대한 두 작가에게 이념과 현상의 조화로운 일치를 체험하게 한 인물은, 괴테에게 있어서는 요한 요아힘 빙켈만이고, 실러에게는 임마누엘 칸트이다. 빙켈만은 그리스의 고대예술, 특히 조형예술을 찬미했다. 그는 고대 사람들의 작품 속에서 아름다운 자연뿐만 아니라 정신적인 미까지도 발견했다. 그는 우리가 위대해질 수 있는 유일한 방법은 고대 사람들을 모방하는 것이라고 주장했다. 즉 그리스인은 그들의 영혼과 육체, 정열의 고통스런 상태를 부드러움과 조화 속에서 표현하고 있기 때문에 위대하다는 것이다.[2] 마치 "수면은 사납게 일렁일지라도 바닷속 심연은 언제나 고요하듯이, 그리스 예술의 인물 속에서 나타나는 표현은 대단히 열정적이면서도 위대하고 진지한 영혼을 보여준다. 따라서 그리스시대 걸작에서 나타나는 두드러진 특징은 "고귀한 단순성과 고요한 위대함"이다.[3] 빙켈만의 고대 예술사 연구와 미美이론은 독일 고전주의의 선구적 역할을 했으며, 특히 자연과 이성의 균형과 조화를 추구하는 괴테의 문학에 큰 영향을 주었다.

인생에 대한 고전주의의 합리적 관찰은 인생의 의미를 자기 자신에게서 찾고, 인생의 가치를 현세의 삶에서 이해하려 한다. 모든 것은 삶 주위를 순회한다. 괴테는 "인생의 목적은 삶 자체이다"라고 말했다. 삶과 죽음이 완전히 일치한다는 생각에서 괴테는 죽음의 의미를 삶 속에서 찾도록 가르친다. 그는 죽음에 대한 시선이 인생을 심화, 성숙시킨다고 보았다. 즉 현세에 영원한 인생의 가치가 있기 때문에, 인생은 현존하는 것 외에 인간으로서의 존재적 본질을 나타내야 하는 윤리적 의무를 가져야 한다는 것이다. 그것은 인격형성을 위한 노력으로서 그 최후 단계는 휴머니티이다. 괴테에게서 내세에 대한 질문 역시 이 휴머니티와 연관된 인생의 문제가 된다. 그러나 그 문제는 종교적 교리나 신앙에 의해서가 아니라 결코 끊임없는 인간의 노력에 의해서 해결될 수 있다. 다시 말해서 휴머니티는 인간에게 죽음을 넘어선 완성의 가능성을 주기 때문에, 죽음이라는 인생의 수수께끼에 대한 강한 관심은 오직 휴머니티의 생각에서만 설명될 수 있다. 괴테의 비극《파우스트Faust》가 대표적이다. 괴테의 죽음에 대한 생각의 개략적 윤곽이라 할 수 있다.

모든 현상의 이면에 정신이 있듯이, 괴테는 언제나 삶에서 허무와 죽음을 본다. 18세기 중엽 사람의 실루엣이 몸이 없는 죽은 사람의 존속을 그림자의 표상을 통해 표현하는 예술장르로서 유럽에서 유행했다. 괴테는 곧 실루엣이 주는 이중적 의미를 이해했다. 실제로 1789년 9월 7일 유명한 실루엣 화가인 프리드리히 안팅Friedrich Anthing이 가족과 괴테를 실

요한 볼프강 괴테(1749~1832)

루엣으로 남기기 위해 바이마르를 방문했을 때, 괴테는 방명록에 고대예술에서 죽음의 두려움을 상징하는 '프로세르피나Proserpina(로마 신화에서 명부의 여신—필자 주)'의 저승세계와 안팅의 '그림자 나라'를 익살스럽게 비교하면서 실루엣의 모습에서 죽음을 의식하고, 동시에 그 이면의 '정신Esprit'도 인식했다. 괴테는 실루엣의 이중적 의미에서 자신의 죽음에 대한 생각을 특징적으로 나타냈다.[4] 그의 생각은 베르테르가 자살하기 직전 로테의 실루엣을 그녀에게 다시 보낸 편지에 잘 나타나 있다.

사랑스런 실루엣이여! 나는 이를 당신에게 돌려보내니, 로테여, 부디 실루엣에 경의를 표해주시오. 나는 외출을 하거나 집으로 돌아올 때 실루엣에 수천 번이나 키스를 했고, 수천 번이나 눈짓으로 인사했소[5]

괴테에게 죽음에 대한 생각은 일찍이 그의 생명을 위협했던 병고에서뿐만 아니라 그를 언제나 육체적·정신적 충격을 주었던 가장 가까운 사람들의 죽음에서 비롯되었다. 괴테는 1768년 6월, 정확히 19세 학생으로서 라이프치히에서 각혈과 인후염으로 인해 생명이 위독한 지경에 이르렀고, 그해 8월 28일 기진맥진한 상태로 프랑크푸르트로 돌아왔다. 그때 그는 실제로 죽음의 공포를 체험했으며, 그것은 평생 기억에 남아 그를 괴롭혔다.[6] 1777년에는 그가 사랑했던 누이 코르넬리아가 죽었다. 괴테는 이 소식에 매우 놀랐다. 그는 그때의 고통을 여자친구인 슈톨베르크 백작 부인에게 "신들은 인간에게 '모든 기쁨'을 주지만 '모든 고통'도 함께 준다"고 1777년 7월 17일에 시로 써 보냈다.[7]

1805년 5월 9일에는 실러가 죽었다. 실러에 대한 우정이 대단했던 괴테는 "내 현존의 반을 잃었다"[8]는 말로 자신의 슬픔을 표현했다. 1808년 10월 실러의 추모제가 열렸고, 괴테는 그의 죽음을 애도하는 자정의 종소리를 듣고 〈실러의 종鐘에 대한 에필로그Epilog zu Schillers Glocke〉[9]라는 시를 썼다.

그때 내가 듣는 끔찍한 심야의 종소리
그 울림 무디고 무겁게 슬픈 음향을 부풀게 한다.
가능한 일인가? 그 종소리 모든 소망을 걸고 의지하는
우리의 친구를 뜻함인가?
인생의 품위를 가진 자를 죽음은 빼앗아 가야 하는가?
아! 그런 사별은 세상을 얼마나 혼란에 빠트리는가!
아! 그런 균열은 자기 자신을 파괴하다니!
이제 세계가 운다, 하며 우리는 울어선 안 되는 것인가?

1816년 6월 6일 정오경 괴테의 부인 크리스티아네Christiane Vulpius(1765~1816)가 죽었다. 괴테는 아내의 임종과 마지막의 끔찍한 투쟁을 지켜보면서 '공허와 죽음의 침묵' 속에 빠져 있었다고 일기에 기록했다. 아내가 죽을 때 현장에 있던 의사 호프라트 레바인Hofrat Rehbein의 보고는 아내와의 이별로 얼마나 괴테가 마음의 평정을 잃었는지를 말해준다. 3년 후 관직동료이며 친구인 추밀원의 고문 크리스티안 고트로브 폰 포이그트Christian Gottlob von Voigt(76세)가 죽음이 가까워졌음을 알고 서신으로 괴테에게 작별을 고했을 때, 괴테는 그를 방문할 수 없었기에 마음의 평정을 유지할 수 있었다.

> 당신이 이 거룩한 순간에 당신의 평생 친구에게 작별을 고한다는 것은 고상하고 귀중합니다. 나는 당신을 놓아줄 수 없습니다! 지금 가장 사랑하는 사람들이 우회해서 그들이 다시 우리를 안내하는 여행을 준비한다면, 우리는 그것에 강력히 저항합니다. 우리는 가장 진지한 경우에서 역시 반항적이어야 하지 않을까요?[10]

괴테는 친구의 죽음을 여행으로 비유하고, 여행에 앞선 '작별'의 '아픔이 더 크다'는 것이며, 그의 마음의 평정은 다만 표면적일 뿐 내면에는 죽음에 대한 두려움, 공포, 반항적 생각을 나타낸다. 또한 괴테의 주치의인 카를 포겔Dr. Carl Vogel는 82세의 괴테를 죽기 전 날에 방문했을 때, 언제나 절제 있게 행동해온 백발의 노인이 죽음 앞에서 무서운 공포와 불안에 사로잡힌 채 헛되이 병이 호전되기를 바라는 모습을 전해준다.

괴테는 1795년에 태어난 아이가 얼마 후 죽자 자신을 고통에 내맡겨야 하는지, 또는 정신적 도움으로 자제를 해야 하는 것인지 모르겠다고 실러에게 심경을 토로했다. 1828년 10월 26일 아들이 로마에서 죽었다는 소식을 14일이나 뒤늦게, 11월 10일에서야 들었을 때, 괴테는 다시 한번 큰 충격에 빠졌다. 그때 그는 심적 고통으로 심한 각혈을 감수해야 했다. 그러나 언제나 그러했듯이 그는 고통을 자기 안에 가두었다. 아들의 갑작스런 죽음이 얼마나 아버지를 슬픔에 빠뜨렸는지 아무도 알 수 없었다. 그는 한 생명체를 파괴하는 죽음이 일으킨 심리적 충격과 아픔이 너무나 크고 두려웠기 때문에 숙명적인 죽음의 불가피성을 인지하고 내면의 고통을 극복하려 했다. 그럼에도 그 충격은 오랫동안 그에게 남아 있었다. 후일 죽음에 임박한 노년에 이러한 죽음에 대한 생각을 괴테는 루이제 백작부인의 죽음을 계기로 요한 페터 에커만에게 말했다.

죽음은 참으로 이상하네. 사람들은 죽음을 여러 번 치렀음에도 불구하고 소중한 사람이 죽으리라고는 생각하지 않으니 말일세. 말하자면 죽음은 갑자기 현실로 나타나기 때문에 어떻게 해볼 도리가 없네. 그리고 우리에게 친숙한 현실세계로부터 전혀 알지 못하는 다른 세계로 옮겨가는 것은 정말 폭력적이어서, 가장 깊은 충격 없이는 뒤에 남아 있는 사람들에게서 떠나가지 않는다네.[11]

그럼에도 불구하고 괴테는 '소중한 사람'에게 '갑자기 현실로 나타나는' 죽음에 직면했을 때 마음의 평정을 유지할 수 있었다. 괴테는 친구이자 군주인 카를 아우구스트가 베를린에서 돌아오는 길에 죽었다는 소식을 바이마르에서 하루 뒤에야 알게 되었다. 괴테는 그 소식을 아들로부터 미리 들었기 때문에 사망 소식을 전하는 사자에게 평정을 잃지 않은 태도를 보일 수 있었다.[12] "그의 얼굴에는 변화된 모습이 없었다. 그리고 그는 곧 고인이 기증하고 세운 많은 훌륭한 것들에 관해 말하면서, 대화를 명랑하게 바꾸었다." 그러나 그는 이 사별을 내면으로 슬퍼하지 않은 것은 아니었다. 다음 날 바이에른의 왕 루드리히 I세의 지시로 괴테의 초상화를 그리기 위해 바이마르에 머물렀던 화가 요한 카를 슈틸러Johann Karl

Stieler에게 괴테는 군주의 죽음에 대한 대화를 피하기 위해 다음과 같이 말했다. "갑자기 생긴 일에 관해서 말하고 싶지 않습니다. 다른 일에 대해 이야기합시다."[13] 그러나 괴테는 당시에 충격을 의식적으로 참았지만, 그가 1828년 7월 3일 돌연히 슬픔에 싸인 바이마르를 떠나 도른부르크로 떠나게 된 이유가 되었다.

괴테에게 죽음에 대한 충격은 살아 있는 사람이 조금 전까지도 존재했던 현실세계에서 더 이상 존재하지 않는, 전혀 알지 못하는 다른 세계로 경계를 넘어가는 현상이다. 그럼에도 불구하고 남아 있는 사람들은 생명의 사라짐을 경험하지 못한 채 죽음을 감지하고, 끊임없이 인간의 육체를 해체하는 죽음의 파괴적 폭력성을 인식하게 된다.[14] 그래서 괴테는 의식적으로 죽음의 장면들을 여러 방법으로 피하려 했고, 또한 관 속에 있는 죽은 자를 보려 하지 않았다. 살아 있는 사람들에 대한 기억을 간직하고 싶었기 때문이다. 실러가 죽었을 때 슈타인 부인이 괴테에게 실러를 다시 한번 보도록 권유했을 때 그는 마지못해 대답했다.

오, 아닙니다! 파괴![15]

괴테는 죽어가는 아내의 죽음에서도 죽음의 파괴적 폭력에서 오는 충격과 고통을 경험했다. 그는 이 경험이 죽은 자에 대한 기억들에 불가피하게 영향을 미친다고 확신했다. 그래서 그는 관 속에 있는 실러도, 헤르더도, 비일란트도 보려 하지 않았다. 그는 비일란트의 장례식에서 주검을 보지 않으려는 이유를 이렇게 변명했다.

왜 나는 친구들의 사랑스런 인상들을 어느 일그러진 모습에 의해 파괴해야 하는가? 정말로 그것을 통해서 어떤 낯선 것이, 정말로 완전히 내 상상력의 허구적인 것이 떠오른다. 나는 헤르더도, 실러도, 과부가 된 공작 부인 아말리아도 관 속에서 보지 않으려 했다오. (…) 죽음은 아주 평범한 초상화가라오. 나는 내 모든 친구들의 죽은 얼굴보다 깊은 정이 넘치는 모습을 기억 속에 간직하려 하오.[16]

같은 이유에서 괴테는 다른 사람들이 자신에게도 그렇게 해주길 원했고, 또한 자신의 데스마스크의 스케치를 거절했다. 비록 화가인 프리드리히 프렐러Friedrich Preller가 유가족의 부탁으로 임종의 침상에서 괴테를 스케치했으나, 그가 이를 공개하지 않고 오랜 시간이 지난 후에야 비로소 개인적인 친구들에게만 모사하도록 한 것은 괴테에 대한 프렐러의 경외심과 괴테의 요구 때문이었다.[17]

데스마스크 대신 살아 있는 "친구들의 얼굴에 대한 사랑스런 인상"을 간직하려는 괴테의 의도에는 인생의 가치를 현세의 삶에서 이해하려는 그의 합리적 관찰이 작용한다. 즉 현세에 영원한 인생의 가치가 있기 때문에, 죽음의 문제는 삶의 가치와 인격 형성을 위한 노력의 의미에서 새롭게 해석된다. 괴테는《헤르만과 도로테아Hermann und Dorothea》(1797)에서 "죽음이 곧 삶이 된다는 것"을 목사를 통해 말한다.

우리를 감동시키는 죽음의 모습은 현자에겐 공포로 보이지 않고, 경건한 자에겐 종말로 보이지 않는 법이오. 그 모습은 현자를 삶으로 다시 되돌아가게 하고 처세술을 가르쳐주며, 경건한 자에겐 슬픔 속에서도 미래의 행복에 대한 희망을 북돋아주지요. 이들에게 죽음은 곧 삶이 되는 것입니다.[18]

노년의 괴테가 1826년에 쓴 시 〈실러의 두골을 보고Bei Betrachtung von Schillers Schädel〉에는 그가 허무한 것 뒤에서, 또한 죽음에서 영원한 것을

죽은 괴테의 얼굴Totenmask

찾고, 그럼으로써 인생에 대한 윤리적 사고를 하게 하려는 의도가 나타나 있다. 실러의 유해는 원래 바이마르 야코비Jacobi 묘지에 안치되었는데, 1827년 '군주들의 묘지Fürstengruft'로 영구적으로 이장되었다. 그 이전인 1826년, 실러의 두골은 세척을 위해 잠시 괴테의 집 지하실에 보관되어 있었다. 〈실러의 두골을 보고〉란 시는 바로 그때 쓰였다.

> 싸늘하고 곰팡내 나는 좁은 방에서도
> 편안히 온기를 느끼며 기운이 솟았다.
> 마치 생명의 샘이 죽음에서 솟아나듯
> 헤아릴 수 없이 훌륭한 형상을 인지했다.
> 그 형상 신비롭게 나를 매혹시켰도다!
> 신이 생각하신 자취 역력했도다!

노년의 괴테는 이 시가 실러에 대해서 썼다는 암시를 전혀 주지 않았으나, 후일(1833)에 괴테의 유고집을 펴낸 언어학자이자 작가인 프리드리히 빌헬름 리머Friedrich Wilhelm Riemer(1774~1845)와 에커만에 의해서 위의 제목이 붙여졌다. 해골은 무관심한 관찰자에게 파멸의 상징으로서 구역질나게 하지만, 괴테는 실러의 두골에서 '생명의 샘'이 솟아남을 인식했다. 괴테는 죽음 뒤에서 새로운 삶을 본다. 그에게 죽음과 무덤은 파괴가 아니라 삶의 상징이며, 허무가 아니라 영원한 것의 보증이다. 이 시는 생성과 사멸의 지속적인 자연의 작용을 삶과 죽음의 양극성에서 보여준다. 형체는 죽음에 예속되어 사라지지만, 정신의 산물은 생생한 형체로 다시 형성되고, 그래서 남아 있는 것은 오직 정신뿐임을 신과 자연이 가르쳐준다.[19] 실러가 죽었을 때 죽음을 '빼앗는 자', '파괴자'로 보고, 친구의 손실에 울어야 했던 괴테의 시 〈실러의 종에 대한 에필로그〉와 위의 시를 비교할 때 우리는 죽음에 대한 괴테의 변화된 생각을 볼 수 있다.

그 변화란 인간정신의 불멸에 대한 확신에서 오는 죽음의 의연한 극복을 의미한다. 괴테는 처음엔 아들의 죽음을 괴로워했으나, 노년에 와서 그 괴로움을 자연의 질서에 역행하는 것으로 생각한다. 주치의인 카를 포겔은 괴테가 아들의 죽음에 대해서 어느 날 갑자기 역정을 내면서 옛날과는 분명히 다른 관점에서 말한 것을 알린다.

부모가 아이들 앞에서 죽는 것은 정상적이다. 하지만 아들이 아버지에 앞서 죽는다면, 자연에 반하는 것이다.[20]

이제 괴테도 죽음에 가까이 있음을 자주 말했고, 에커만은 1824년 5월 2일 괴테와의 대화에서 괴테가 정신의 불멸에 대한 확신에서 보여준 죽음에 의연한 자세를 서술했다.

요한 페터 에커만(1792〜1854)

사람이 75세나 되면, (…) 죽음에 대해서 생각하지 않을 수 없다네. 이 생각은 나를 아주 평온하게 한다네. 우리의 정신은 전혀 파괴되지 않는 본성의 존재이며, 그것은 영원에서 영원으로 계속 작용하는 것이라고 굳게 믿는다네. 그것은 태양과 같아서, 우리의 세속적인 눈에는 가라앉는 것처럼 보이지만, 실제로는 가라앉지 않고 계속해서 빛나고 있다네.[21]

태양과 비유된 죽음은 괴테에겐 삶의 갑작스런 단절이 아니라 오히려 그의 세계와 삶에 영원한 존속을 보장해주고, 나아가 내세에 대한 큰 문제를 해결해준다. 이 같은 영혼의 불멸에 관한 명백한 신념은 죽음을 항구적인 창조와 파괴에서 나타나는 자연법칙으로 새롭게 인식하게 한다. 모든 자연은 의미 있게 정리된 우주질서로서 존재한다. 이와 연관해서 괴테는 1813년 요한 다니엘 팔크Johann Daniel Falk와의 의미 있는 대화에서 설명한다.

모든 태양, 모든 행성은 자체 내에 높은 의도를, 높은 사명을 지니고 있습니다. 그 사명에 의해서 그의 발전은, 장미나무의 발육이 잎, 꽃자루와 화관을 거쳐서 이루어지는 것과 마찬가지로, 규칙적으로 그리고 같은 법칙에 의해서 이루어져야만 합니다. 당신이 이것을 하나의 생각 또는 단자로 부를 수 있다면, (…) 이 의도가 자연에 있는 의도에서 나오는 가시적인 발전보다 더 이전에 보이지 않게 존재한다는 것입니다.[22]

괴테는 죽음 앞에서의 평온을 식물과 동물의 변형에서 찾는다. 즉 모든 것은 그 자체 안에 존재 당시의 생명을 넘어 지속하려는 의도 즉 엔텔레케이아Entelécheia[23]를 가지고 있다고 보았다. 그는 이 의도들을 라이프니츠의 이론에 따라서 '단자들Monaden'이라 불렀고, 동식물의 낮은 단자들과 인간의 높은 단자들로 구별했다. 죽음의 순간에 이 단자들은 새로운 결합을 이루기 위해서 지금까지의 조직으로부터 떠난다. 이는 우리가 생겨났던 원소로 되돌아가는 것으로, 죽음과 탄생이란 양극의 규칙적인 변동이고 영원한 변화인 것이다. 즉 이 세계의 모습은 사라지지만, 모든 것은 언제나 새로운 변화를 통해 다시 삶으로 돌아가며, 또한 죽음의 부패에서 새로운 생명이 시작된다는 것이다. 이런 가시적인 모든 자연의 변화는 이미 태초부터 '보이지 않게 존재'하는 '의미 있게 정리된 우주 질서'의 한 현상일 뿐이다.

자연은 언제나 창조하고 파괴한다. 다시 말해 자연에는 생성과 사라짐의 반복으로 이루어지는 영원한 삶이 있다. 때문에 "삶은 자연의 가장 아름다운 발명이고 죽음은 많은 생명을 가지려는 자연의 요령이다."[24] 자연은 남아 있는 것, 멈추어 있는 것을 원하지 않는다. 괴테 역시 죽음과 정지 상태가 아니라 인생에서 지속적인 것을 찾고, 제한된 인생 안에서 그의 정신에 영원을 부여하길 원한다. 그래서 괴테는 인생의 전성기라 할 수 있는 1820년 이래로 죽음이나 불멸에 대한 문제를 자주 생각하거나 말하지 않았다.[25] 이런 생각은 그의 자연과학에 대한 연구에서 비롯되었다. 그는 1829년 2월 15일 에커만과의 대화에서 다음과 같이 말했다.

> 자연과학에 대한 나의 노력이 없었다면 나는 인간을, 그들이 어찌 존재하는지를 알지 못했을 것이네. (…) 자연은 농담을 전혀 이해하지 않으며, 언제나 참되고 진지하고 엄격하고 옳다네. 잘못과 오류는 언제나 인간의 것이라네. (…) 신은 살아 있는 것에서 활동하지만, 죽은 것에서는 활동하지 않는다네. 신은 창조되는 것, 변화되는 것에서 존재하지만 만들어진 것, 굳어진 것에서는 존재하지 않는다네.[26]

1813년 팔크와 나눈 대화에서, 파괴는 결코 죽음에서는 생각할 수 없으며 오히려 죽음을 태양처럼 영원한 회귀의식과의 관계에서 생각해야 한다는 괴테의 확신이 나타나 있다. 그것은 일회적이 아니라 현세에서와 마찬가지로 내세에서도 영원히 반복되는 '죽어서 태어나라'라는 괴테의 문학적 명제이기도 하다. 괴테는 1814년 7월 31일에 쓴 시 〈환희에 넘친 동경Selige Sehnsucht〉에서 이 생각을 마치 독백처럼 훌륭히 표현했다.

> 오직 현자에게만, 아니면 아무에게도 말하지 마라,
> 뭇사람들의 조롱이 터져 나올 것이기에.
> 불꽃 속의 죽음을 동경하는
> 생명의 존재를 난 찬미하노라.
>
> 그대가 태어났고, 태어나게 했던
> 서늘한 사랑의 밤에,

촛불 조용히 비칠 때면
진기한 느낌 그대를 엄습하노라.

그대 더는 어둠의 그늘에
휩싸여 머물지 않으며,
새로운 희구希求가 그대를 끌어올려
더 높은 결합 이루게 하도다.

아무리 멀다 한들 어려운 일 아니리니,
그대는 마법에 홀린 듯 날아오르도다.
하여 끝내는 빛을 향하여
그대, 나비여 불타 죽고 말도다.

죽어서 태어나라!
그대 그리 되지 않는 한,
어두운 지상에서
흐릿한 손님일 뿐이어라.[27]

《서동시집West-östlicher Divan》(1819) 제1편 〈가인歌人의 서書〉에 수록된 이 시는 삶과 죽음, 빛과 어둠이라는 양극성이 기본 표상을 이루고 있다. 촛불은 빛과 온기를 주기 위해 스스로를 소모시킨다. 그래서 촛불은 밝은 빛과 동시에 보다 높은 '불꽃 속의 죽음'을 상징한다. 나비는 14세기 페르샤의 유명한 시인이며 신비주의자인 하피스Mohammed Schemseddin Hafis(1315~1390)의 시에서 차용한 이미지로, 새로운 생명을 열망한 나머지 불꽃 속에 몸을 던져 타 죽음으로써 영혼의 비유로 사용되었다. 오직 현자만이 '불꽃 속의 죽음'을 동경하는 자를 찬미할 수 있고, 촛불에 매혹되어 높은 결합을 이루려는 정신적 변형의 계기가 되는 '진기한 느낌'을 얻을 수 있다. 그렇지 못한 인간은 현세적·물질적인 것에 얽매임으로써 신적인 빛의 영역에 오르지 못하는 지상의 '흐릿한 손님'일 뿐이다. 하여 시 전체를 한마디로 압축하는 금언적인 성격의 경고가 나온다. "죽어서 태어나라!"

이 금언적인 명제에는 '죽음과 잠'의 개념과 연관된 미학적·형이상학적 의미와 유기체 내부에 있는 힘(엔텔레케이아)과 연관된 자연과학적·생태학적 인식이 내포되어 있다. 전자는 괴테가 젊은 시절에 레싱의 논문 《고대인은 죽음을 어떻게 형성했는가?》에서 받은 깊은 감명(일찍이 고대인이 죽음을 깨어남을 전제로 하는 잠의 형제로 인정함으로써 죽음에 대한 생각을 아름답게 만들었다는 것)에서 비롯되었다면, 후자는 자연과학에서 얻은 삶과 죽음의 개념에 대한 새로운 인식이며 동시에 자아실현으로 가는 지속적이고 단계적인 변용과 완성을 성취시켜주는 '엔텔레케이아'에 대한 관찰에서 비롯되었다.

우선 전자와 연관해서, 괴테는 레싱의 논문에서 받은 깊은 감명을 《시와 진리》에서 이렇게 표현했다.

우리는 모든 악에서 구원되었다고 여겼고, 옛날에 그렇게 훌륭했던 16세기를 어느 정도 동정심을 가지고 얕보아도 된다고 믿었다. 당시 사람들은 독일의 회화작품들이나 시들에서 삶을 오직 작은 방울을 주렁주렁 매달은 바보의 모습으로, 죽음을 덜컹거리는 꼴사나운 해골로 (…) 표현할 줄 알았다. 고대인이 죽음을 잠의 형제로 인정하고, 이 둘을 (…) 명확히 구분하지 못하도록 같게 형성했다는 그 생각의 아름다움이 우리를 가장 많이 매혹시켰다. 여기서 우리는 이제 비로소 아름다운 것의 승리를 높이 칭송할 수 있었고, 갖가지 혐오스런 것이 결코 세상에서 추방될 수 없기 때문에, 다만 그것을 예술의 영역에서 웃음거리의 천한 범위로 쫓아낼 수 있었다.[28]

괴테는 죽음을 잠의 형제로 봄으로써 죽음을 아름다움으로 의미 있게 관찰할 수 있는 디오니소스적·비극적 헬레니즘의 지혜를 미학적으로 수용했다. 따라서 죽음이 갖고 있는 우울의 힘을 자신을 위한 친절한 위로가 되게 했다. 괴테는 이 지혜를 통해서 죽음이라는 인류의 불가피한 한계 속에서 새로운 인간이 형성되어야만 한다는 것을 비로소 알게 되었다. 그는 1786년 9월 16일 베로나에서 고대의 비석들을 보았을 때 이들이 진심으로, 감동적으로 언제나 삶을 생산한다고 생각했다.[29] 괴테는 묘비에서 죽음의 공포에 대한 어떤 흔적도 발견하지 못하고, 오히려 "묘비명은 인생에 대한 기억을 통해서 묘를 소생시키려는 인생의 문자"라고 했다. 실러도 같은 생각을 했다. "인간적인 그리스인은 여전히 무덤 안으로 삶을 심어 넣지만, 어리석은 인류는 생명에 죽음을 갖다 놓는다."[30]

이렇듯 괴테는 죽음을 기피하지 않고, 다만 죽음이 삶에서 미학적 형태로 변하는 것을 보려고 한다. 힙펠의 '죽음의 백작'에 관한 우화는 그의 성에 있는 부패와 죽음의 방들에서 '죽음을 기억하라Memento mori'를 충분히 상기시킨다. 그러나 괴테는 현세에서 영원을 확인하려 했다. 그 계명은 오직 "삶을 기억하라vivere memento"였다. 괴테는 《빌헬름 마이스터의 수학시대Wilhelm Meisters Lehrjahre》에서 미뇽Mignon의 장례미사에서 어린이 합창단이 부른 노래를 통해 말한다. "돌아가라, 삶으로 돌아가라. 성스러운 진심과 함께 삶으로 나가라. 성스러운 진심은 홀로 삶을 영원으로 만들기 때문이다."[31] 시 〈환희에 넘친 동경〉에서 시인은 "불꽃 속의 죽음을 동경하는 생명의 존재"를 찬미하고, 일회적이 아니라 영원히 반복되는 내세에서와 마찬가지로 현세에서의 '죽어서 태어나라!'를 강조한다. 이렇게 괴테에게 영원한 회귀의식과 연관된 죽음의 숙고는 현세의 삶에 뿌리를 둔다.

유기체의 내부에 있는 힘 '엔텔레케이아'는 자연이 지닌 사멸과 생성의 영원한 양극성 사이에서 나타나는 역동적 리듬형태로 나타난다. 괴테는 이것을 인간의 육체적 리듬과 연관해서 숨 내쉬기Ausatmen와 숨 마시기Einatmen, 심장의 팽창Diastole과 수축Systole에서 파악한 반면, 심리적 리듬과 연관해서는 자아실현으로 가는 단계적인 발전과 변용에서 나타나는 두 가지 형태, 즉 '자기화Verselbstung'와 '탈자아Entselbstung'로 파악했다. 그는 《시와 진실》 2부 제8권에서 말했다.

우리가 한편으로 자신에게 자기화를 강요하면서, 다른 한편으로 규칙적인 맥박에서 탈자아를 게을리 하지 않음으로써 우리의 정신을 끌어 올리고, 신의 의도를 이행하는 기회를 줄 뿐만 아니라 더 나아가 의무로 삼는 (…) 상태에 우리가 있다는 것이 인정만 된다면, 그것으로 충분하다.[32]

여기서 숨 마시기와 심장의 수축은 자신의 내면세계로의 무한한 침잠을 의미하는 '탈자아'와 일치하고, 숨 내쉬기와 심장의 팽창은 자신의 한계를 넘어 신의 경지로 상승하려는 '자기화'와 일치한다. 이 역동적인 리듬에는 생명의 힘과 활발하게 단계적으로 자기를 발전시키는, 파괴할 수 없는 의지가 존재해 있다. 숨 마시기는 새로운 숨 내쉬기를 위한, 즉 새로운 존재행위를 위한 휴식이며, 새로운 자아실현을 위해 불가피하게 따르는 긴장으로서 심장의 팽창을 위한 수축을 의미한다. 이것은 괴테의 자연과학적 관찰에 근거한 '죽어서 태어나라'를 상징한 생체 리듬이다. 바로 이 리듬에 영원한 것이 존재하고, 이 리듬의 양극성에도 불구하고 자아실현을 위한 한계를 넘어선 내향적이거나 외향적인 차이는 있다 해도, 현존재의 한계를 넘어 무한과 영원을 지향한다는 점에서 일치한다. 즉 모든 피조물은 근원적인 것에서 독자적으로 떨어져 나왔다가(자기화) 결국에는 다시 근원적인 것으로 돌아간다는 것(탈자아)이다.

이 양극적 리듬은 괴테 문학의 구성적 특징으로 나타난다. 즉 괴테의 문학은 영원한 심장의 수축과 팽창으로 상징되는 두 개의 대립된 구조적 특징을 가진다. 대표적인 예로 《젊은 베르테르의 슬픔Die Leiden des jungen Werthers》(1774), 《가니메트Ganymed》와 그 대립으로서 《파우스트》와 《프로메테우스Prometheus》를 들 수 있다. 베르테르는 외부 세계의 체험을 통해 부서지고 완전히 소진되어 마음이 수축된 상태에서 현존재의 한계 밖으로 내던져지고, 자신의 내면세계로 빠져든다. 마지막 수수께끼 같은 죽음이 그에게 손짓하면, 그는 "원하기만 하면 언제든지 이 감옥을 떠날 수 있다"[33]는 달콤한 자유의 감정에서 죽음을 원한다. 그래서 죽음은 인생의 절정이 된다. 그리스신화에 나오는 가니메트는 인간 중에서 가장 아름다운 미소년으로 제우스에 의해 올림푸스로 유인되어 신들의 술시중을 드는 신화적 인물이다. 괴테는 이 신화에 새로운 해설을 시도해서 인간과 신과의 신비적 합일, 즉 신적인 자연과의 열광적인 합일의 개념으로 받아들였다. 가니메트는 도취적인 황홀한 감정에서 외친다.

그대들(아름다운 영원한 자, 즉 자연을 뜻한다―필자 주)의 품에 안겨
위로,
얼싸안고 얼싸안기도다!
위로
그대의 가슴에 안기도다,
대자 대비하신 아버지시여![34]

신과의 신비적 합일은 자신의 해체(탈자아)를 통해서 비로소 얻어지는 행복한 '사라짐'이며, 이는 곧 죽음의 포옹이다. 때문에 이제 죽음은 자연의 품으로, 근원적인 것으로의 회귀인 것이다.

《젊은 베르테르의 슬픔》이나 《가니메트》와 함께 1773년에 발표한 《프로메테우스》도 질풍노도시대의 작품으로 죽음의 신비에 대한 시대적 감정을 잘 나타낸다. 희랍신화에서 프로메테우스는 반신으로서 진흙으로 인간을 만들어 영혼을 불어넣어주고, 불을 인간에게 전해서 카우카수스 산의 바위에 갇혀 간을 독수리에 뜯어 먹히는 고통을 감수한다. 제우스와 날카로운 대립을 이루면서 그의 반항과 독립정신, 자아감정, 고독 속에서의 창조정신 등이 강조됨으로써 프로메테우스는 창조적 예술가의 상징이 되었다. 그는 제우스를 인간의 세계에서 추방하고 '동냥과 기도의 입김으로 위엄을 유지하는' 가련한 자로, 그리고 자신을 인간 창조자로 묘사함으로써 '한 분의 절대자'를 함께 모시는 동등한 자로 상승시킨다. 프로메테우스는 현존의 한계를 파괴하고 인간을 신의 세계로, 자연과의 일치로 안내한다. 이것은 죽음의 신비에 대한 질풍노도의 감정인 '자기화 Verselbstung'의 대표적 현상이다.

그러나 평생에 걸쳐 집필한 《파우스트》는 질풍노도시대의 죽음과 다르다. 위의 작품들이 괴테 자신의 죽음에 대한 질풍노도와 같은 감정을 잘 표출하고 있다면, 《파우스트》에서는 이 감정이 고전주의의 이념으로 승화되어 나타난다. 우선 《젊은 베르테르의 슬픔》은 죽음으로 끝나고, 《파우스트》는 죽음의 극복에서 시작한다. 노학자인 파우스트는 우주창조의 비밀을 알기에는 학문의 한계를 느끼고 자살을 하려 하나, 부활절 종소리에 구원된다. 그는 자신의 생명을 담보로 메피스토와 계약을 맺고 초인적 활동을 펼친다. "멈춰라 그대는 참으로 아름답구나"라고 파우스트가 말할 때 메피스토는 그의 생명을 거둘 수 있다. 결국 파우스트가 찾는 것은 자연이 지닌 '아름다움'이다. 괴테에게 이 '아름다움'은 자연에서 현현하는 영원히 지속되는 창조의 힘이며, 인간의 불멸에 대한 믿음과 죽음에 대한 극복을 상징적으로 구체화한다.[35] 이런 의미에서 죽음은 파우스트에게 '위를 향한 끊임없는 창조 과정'의 출발점이다. 파우스트는 내세와 불멸을 창조와 활동의 꾸준한 노력으로 생각했다. 이것이 고전주의 시대의 전형적인 '자기화'의 현상으로 질풍노도시대와는 상이하다.

괴테는 인생을 낭만주의처럼 밤의 측면에서가 아니라 언제나 삶과 얽혀 있는 영원한 낮의 측면에서 관찰했고, 죽음에 대한 생각도 그러했다. 그는 언제나 내세의 불가해한 것을 조용히 존경하면서 미래의 영속에 대한 믿음에 방해되는 관찰이나 생각은 하지 않았다. 괴테는 라이프니츠의 단자론(=엔텔레케이아)에 의해서 영원한 탄생과 죽음의 반복적인 변화에 더 깊은 의미를 부여했기 때문이다. 즉 우리의 정신은 전혀 파괴할 수 없는 자연의 본질로서 영원에서 영원으로 계속해서 작용하는 것이며[36] 시간과 변화를 넘어 숭고하다고 믿기 때문이다. 1829년 9월 1일 "모든 엔텔레케이아는 말하자면 영원의 한 부분"[37]이라는 생각에서 괴테는 에커만에게 말한다.

인간이 육체와 영혼, 두 부분으로 구성되어 있다는 것은 잘 알려진 사실이네. (…) 나는 우리의 영생을 의심하지 않는다네. 자연은 엔텔레케이아 없이는 존재하지 못하니까 말일세. 하지만 우리는 누구나 다 똑같이 불멸하지는 않는다네. 그리고 미래에 위대한 엔텔레케이아로 자신을 뚜렷이 드러내기 위해서는 사람은 현재에서도 하나의 위대한 엔텔레케이아로 존재해야만 하네.[38]

여기서 중요한 것은 인간이 단자 교체의 경우를 위해 어떻게, 무엇을 준비해야 하느냐이다. 괴테는 '죽어서 태어나라'는 자연의 양극성에서 인간이 현세에서 실현할 수 있는 지속적이고 발전적인 변형을 보았고 또 원했다. 언제나 죽음에서 삶이 다시 생겨난다. 우리는 존재하기 위해 우리의 존재를 포기해야 한다. 죽음이 끊임없이 이런 변화를 일으킴으로써 상승된 인생 과정을 가능하게 한다. 그래서 인간은 점점 더 높아지고 순결해지는 형태로 나타나고, 마침내 가득 찬 경외심으로 신을 맑고 명료하게 보게 된다. 정신적 인간의 윤리적 변화인 것이다.

이 변화의 실현은 자신에 대한 자각과 자기 결심에서 비로소 가능하다. 이미 1781년 괴테는 크네벨Carl Ludwig von Knebel(1744~1834)에게 보낸 편지에서 "지금 이곳이 한시적이든 저곳이 영원하든 간에, 우리가 현재 상태에서 변치 않는 마음과 성실을 통해 전적으로 혼자의 힘으로 다음 상태의 더 높은 단계로 들어갈 자격이나 능력이 있게 되는 것"이 그의 바람임을 밝혔다. 그런데 그 길은 죽음을 통해 목적에 이르기 때문에, 사람들은 스스로 정한 인생의 과제를 완성하고 충족시켜야 한다. 이것은 '영원한 저곳'에서처럼 '한시적인 이곳'에서 신의 도움 없이 개성적 인간의 자의식을 통해서 인간이 인간으로서의 가치를 찾아가는 꾸준한 성숙이다.

괴테는 에커만에게 "내 생각엔 우리의 영생에 대한 확신은 활동이라는 개념에서 나온다네"[39]라고 말했다. 이 생각은 그의 시 〈신성Das Göttliche〉에서 다시 이렇게 표현된다.

인간이라면 고귀하고
자유롭고 선량할지어라!
그것만이 인간을
우리가 알고 있는

다른 모든 존재와는 달리

인간답게 만들기 때문이다.

(…)

고귀한 인간은

자애롭고 선량할지어라!

유용하고 정당한 것을

지칠 줄 모르고 창조할지어라.[40]

인간은 시간을 초월한 존속을 위해 죽음을 필요로 한다. 그러니까 죽음이 불멸에 대한 생각과 그 실현을 위해 노력하려는 인간의 욕구를 불러일으킨다. 이 욕구는 죽을 때까지 인생의 완성을 위해 노력해야 한다는 것, 다시 말해 인간이 '인간답게' 되기 위해 '자애롭고 선량'해야 하며, 그러기 위해서 '유용하고 정당한 것을 지칠 줄 모르고 창조'해야 한다는 것이다. 이 숭고한 불멸의 믿음과 죽음의 극복은 파우스트에서 상징적으로 구체화된다. 《파우스트 II부》에서 천사들에 의해 파우스트의 영혼이 구원되는 시구가 그것을 증명한다.

언제나 열망하며 노력하는 자,

그 자를 우리는 구원할 수 있노라.[41]

괴테에게 존재의 불멸에 대한 생각은 절대적인 확신이다. 인간의 활동 공간인 현세에서 진정한 것이 있다고 생각하고, 그래서 매일 노력하는 유능한 인간은 미래 세계에서의 구원을 확신하고 현 세계에서 행동한다. 그것은 다름 아닌 윤리적 자아실현이다. 괴테에게 '인간이 되는 것'은 언제나 행위에 달려 있고, 행위를 통해 괴테와 파우스트는 계속 살아남아 있다. 죽음은 바로 현세에서 미를 찾게 하고 선을 행하게 하는, 다시 말해서 인간을 인간답게 만드는 근원이며 힘이다. 삶은 이 같은 죽음의 임무를 실행해야 하는 의무를 가진다. 죽음은 변화일 뿐 결코 파괴가 아니다. 그러니까 산다는 것은 죽음의 정복이며 변화이다. 그리고 죽음이 미학적으로 파악되는 곳에서 죽음은 삶의 체험을 상승시킨다. 괴테의 문학은 그 의무를 미학적 형성을 통해서 아름답고 완전한 형태로 우리에게 전달해야 하는 또 다른 윤리적·정신적 임무를 충족한다. 그의 문학에서 죽음이 형성되면, 삶 또한 동시에 형성된다.[42] 죽음은 마지막에 서 있다. 사람은 죽음을 예상한다. 그러나 죽음은 삶에서 떠나지 않고 삶으로 다시 돌아온다.

베르테르는 왜 죽음을 선택했는가?
《젊은 베르테르의 슬픔》

괴테가 1774년 첫 서한체 형식 소설인《젊은 베르테르의 슬픔Die Leiden des jungen Werthers》(이후《베르테르》로 표기)을 몇 주만에 펴냈을 때, 그의 나이는 24세였다. 따라서《베르테르》는 질풍노도시대의 작품이다. 이 시대의 삶과 죽음의 감정은 어느 시대보다 더 도취적이고 격정적이어서, 그런 상태에서 삶과 죽음의 감정은 서로 하나가 된다. 그래서 불만스런 자기 존재를 자의적으로 파괴하려는 성향을 암시하는 베르테르의 죽음은 새로운 조명으로 비쳐지고, 이 작품은 당시의 젊은이들에게 강한 감정의 소용돌이를 불러일으켰다. 괴테의 어떤 작품도 능가하지 못하는《베르테르》의 대중적 성공은 나폴레옹이 전쟁 중에도 이 책을 일곱 번이나 읽었으며, 괴테와《베르테르》에 대해서 담화를 나누었다[43]는 사실이 증명해준다. 실제로《베르테르》는 당시의 젊은이들에게 강한 영향을 주어, 사회적 갈등이나 사랑의 번민에 빠진 젊은이들이 목숨을 끊는 자살 행위가 수없이 발생했다. 그런데 실제로 이런 자살 행위는 어느 시대를 막론하고 있게 마련이지만, 에커만은 1824년 괴테와의 대화에서 당시의 큰 영향에 대해서 말했다.

베르테르는 어떤 정해진 시대에 나타났기 때문이 아니라, 그가 나타났기 때문에 시대를 열었습니다. 모든 시대에는 그렇게 많은 말할 수 없는 고통, 은밀한 불만, 삶에 대한 염증이 있으며, 개개의 사람들에겐 그렇게 많은 세계에 대한 불화, 시민의 관행, 그들 본성의 마찰이 있어서,《베르테르》가 오늘 출간된다 해도 시대를 열 것입니다.[44]

노년의 괴테는 그의 말을 시인하고, 젊은층에게 큰 영향을 준 자신의 책에 대해 이렇게 회고하고 있다.

개인적인 신변 상황이 절박하여 작품을 쓰게 되었고, 그런 상황이 '베르테르'를 탄생시킨 심적 상태로 나를 이끈 거라네. 나는 삶을 영위했고, 사랑을 하고 고뇌도 많이 겪었단 말일세! 이것이 전부라네.[45]

이는《베르테르》가 자서전적 색채가 짙다는 것을 말해준다. 실제로 괴테는 1772년 여름 베츨라에 있는 제국대법원에서 일했다. 그는 그곳에서 케스트너Johann Georg Christian Kestner(1741~1800)라는 약혼자가 있는 샤를로테 부프Charlotte Buff(753~1828)와 열렬한 사랑에 빠졌다. 괴테와 샤를로테, 케스트너 사이의 긴장 관계로 인해 괴테는 9월에 작별인사도 없이 서둘러 프랑크푸르트로 돌아갔다. 도중에 그는 조피 폰 라 로슈Sophie von La Roche의 집에 머물렀는데, 그녀의 16세 되는 딸 막시밀리아네Maxiliane에게 연정을 느꼈다. 때마침 베츨라에서는 브라운슈바이크의 외교 참사관인 카를 빌헬름 예루살렘Karl Wilhelm Jerusalem이 케스트너에게서 빌린

권총으로 자살한 사건이 일어났다. 그의 자살은 친구의 아내에 대한 이룰 수 없는 사랑의 번민에서 일어난 것으로 사회적 이목을 크게 끌었다.

한 무도회에서 알게 되었던 예루살렘의 죽음은 자주 자살의 충동을 느꼈던 괴테에게 큰 충격을 주었다. 이 소설을 쓰게 된 마지막 동기는 괴테가 1774년 1월 2월 프랑크푸르트의 상인 페터 브렌타노의 집에서 그와 20세 연하인 막시밀리아네와의 결혼을 알게 된 것이다. 괴테는 브렌타노와 다툰 후 심한 고립 상태에 빠져 4주 만에 《베르테르》를 완성했다. 작품 속의 로테는 샤를로테의 모습에 막시밀리아네의 성격이 가미된 인물이고, 로테의 약혼자인 알베르트는 케스트너를 연상케 한다. 그리고 괴테는 《시와 진실》에서 예루살렘의 죽음 소식을 듣는 순간 베르테르에 대한 작품 구상을 계획했다고 밝혔다. 그는 예루살렘의 자살 사건을 그의 작품에 직접 끌어들이고, 사랑의 번뇌로 인한 베르테르의 자살 행위는 물론 주인공의 성격과 옷차림, 사건의 상황과 장소들을 그대로 이용했다.

좌) 요한 크리스티안 케스트너
우) 샤를로테 케스트너 (J.H. 슈뢰더의 파스텔화)

이 소설의 구조는 1부와 2부로 되었는데, 1부에서는 로테와의 사랑에서 비극적 사건이 시작되면서 베르테르의 격정적인 성격이 드러나고, 로테에 대한 사랑이 그에게 내면의 위협적 요소로 나타나지만, 삶의 위기나 비극적 종말에는 이르지 않는다. 2부의 첫 편지들은 베르테르가 발하임을 떠남으로써 비극적 줄거리의 전개를 일시 중단하는 중간 휴식 부분을 형성한다. 그렇다고 로테와 떨어져 있는 것이 베르테르의 정열을 진정시키지 못한다. 오히려 로테에 대한 사랑은 그를 다시 발하임으로 가게 만들었고, 그곳에서 그의 격정은 더욱 심해져 미궁에 빠지게 한다. 이어지는 이 소설의 가상적인 '편자編者로부터 독자에게' 부분에서 편자는 베르테르의 죽음에 이르는 과정을 독자들에게 쉽게 전달한다. 이 같은 비극적 전개 과정은 이 소설의 열정적인 언어와 짜임새 있는 구조에서 분명하게 나타난다.[46]

《베르테르》는 1771년 5월 4일에서 1772년 12월 23일 사이에 베르테르의 가상 친구인 빌헬름에게 보낸 서신들과 편지의 첨가문으로 구성되었다. "떠나고 보니 얼마나 기쁜지 모르겠네, 사랑하는 친구여"로 시작하는 '떠남'의 메타포는 죽음을 암시하는 '여행'으로 이어지듯이, 이 작품에는 죽음의 문제가 일관되게 흐르고 있다. 그러나 위에서 언급했듯이, 베르테르의 자살은 한 시대를 넘어서 모든 시대에 자살하는 사람들의 대명사가 되었다. 어느 곳, 어느 때를 막론하고 베르테르는 존재한다. 그렇다면 괴테가 베르테르의 자살 행위를 어떤 이념에서 형성했으며, 괴테가 시공을 넘어서 오늘날의 사람들에게 말하려는 것은 무엇인가에 대한 중요한 질문이 생겨난다. 이 질문은 바로 베르테르의 자살은 로테에 대한 사랑의 희생이냐, 아니면 죽음에 이르는 병이냐에 대한 분석을 요구하는 것이며, 이를 통해서 괴테가 우리에게 전하는 교훈이 무엇이냐는 것이다.

베르테르의 자살을 로테에 대한 사랑의 희생으로 보는 견해는 베르테르를 그의 주관적 측면에서 관찰할 때 가능하다. 에리히 트룬츠Erich Trunz 는 이 작품을 관념적 감성의 파토스가 처음부터 일관되게 표출되어 있는 작품이라고 말했다.[47] 이 파토스는 로테에 대한 베르테르의 사랑과 이로 인한 자살행위에서 분출된다. 따라서 베르테르의 내면적 경험에 대한 정확한 관찰이 이 소설의 핵심이다.

베르테르는 질풍노도의 폭발적인 양식으로 때로는 친구인 빌헬름에게, 때로는 자신의 마음에 자기 경험을 감정의 정점에서 묘사한다. 그런데 이 정점은 다른 한편으로 그만큼 깊이 숨겨진 영혼의 심연을 암시하기도 한다.[48] 친구 빌헬름에게 보낸 첫 편지에서 베르테르는 자연에 심취해서 느낀 인상을 전한다.

천국과도 같은 이 지방에서 고독하게 지내는 것이 내게는 값진 진정제라네. (…) 모든 나무와 울타리가 온통 꽃다발을 이루고 있네. 차라리 풍뎅이가 되어서 그 향기의 바다를 이리저리 떠다니며 온갖 자양분을 빨아먹고 싶을 정도라네.[49]

그는 자연의 아름다움에 대한 충동에서 '풍뎅이'처럼 자연과 하나가 되어 무한한 것을 탐닉하고 싶어 한다. 5월 10일의 편지는 감정의 힘이 베르테르의 행위와 생각을 지배한다는 것을 말해준다. 그는 "내 진정으로 향유하고 있는 달콤한 봄날 아침과도 같이, 나의 온갖 영혼은 경이로울 정도로 즐거움에 사로잡혀 있네"라는 말로 시작해서, 지나치게 즐거움의 감정에 빠진 나머지 "그로 인해 멸망할 지경이며, 이 숭고한 현상들의 강한 힘에 굴복해버리고 만다"[50]는 말로 편지를 끝낸다. '지나친 즐거움의 감정'은 곧이어 이 감정에 의해 멸망할지도 모르는 내면의 위기의식과 대치한다. 이런 긴장된 감정에서 '고독'은 그에게 '값진 진정제'가 된다. 베르테르는 주인집 정원에서 탁 트인 전망을 즐기면서 호머Homor(기원전 8세기경의 시인으로 대서사시 《일리아스Ilias》와 《오디세이Odyssee》를 창작했다)의 시를 읽는다. 그 모습은 전원의 목가적 장면들과 조화를 이룬다. 호머의 세계는 나와 자연의 신비적 일치를 칭송하는 상태를 의미할 뿐만 아니라, 멀지 않은 곳에 로테가 살고 있는 발하임의 자연 세계를 동경하는 베르테르의 내면세계를 반영한다. 호머를 읽는 모습에서 베르테르가 아직 자연과 사회와의 친화력을 잃지 않은 상태에 있음이 암시되고 있다.

그러나 감정이 모든 사물을 보는 기준이 될 때, 여기엔 자연이나 사회에 대한 사실적 관조가 결여된다. 처음부터 베르테르는 괴테의 자화상이다. 그는 자신을 세상의 행복과 염세적 감정 사이의 영원한 흔들림 속에서 내면적으로 삶에서 소외시키고, 삶과의 관계를 점차 잃어가기 때문에 끊임없이 죽음을 품고 있다. 괴테는 그런 '불만에 찬 오만'을 느끼고, '잘 갈은 단검'으로 가슴을 2~3cm 깊이로 찌르는 시도를 했다는 것을 《시와 진리》에서 고백했다.[51] 이에 대한 주요 증상은 베르테르에서 나타난다. 괴테 편람에 의하면 '베르테르'는 어원상 '강 한가운데 있는 섬eine Insel im Fluß'을 뜻한다.[52] 이 이름이 상징하듯이 베르테르는 시민사회와 완전히 고립된 관계를 가진다. 그는 사회에 외적으로 문외한이고 내적으로도 뚜렷한 이방인이다. 그래서 그는 관료사회나 관직에 적응하지 못하고, 게다가 루소에서 시작해 질풍노도시대에서 범람한 사회에 대한 적대감이 더해진다. 그는 이에 대항하지 않고 사회의 제한적 관습에서 고독의 정신적 자유로 물러선다.[53] 그는 자기 "자신의 내면으로 돌아가 하나의 세계를 발견한다."[54] 외부 세계는 그에게 언제나 떠나고 싶은 '감옥'이다.[55]

자기 자신과 자연에 몰입된 베르테르의 생각은 사람들과의 관계에서도 적용된다. 5월 30일자 서신에서 서술된 한 농부의 에피소드가 이것을 말해준다. 한 과부의 집에서 일하는 젊은 농부에게서 베르테르는 그녀에 대한 농부의 순수한 사랑을 느끼고, 자신이 바라는 사랑을 확인한다. 그는 과부를 오직 젊은 농부의 눈을 통해서 볼 뿐이고, 농부의 말이 사실인지, 아닌지에 대해서는 생각하지 않는다. 다만 그는 그녀의 "아름다운 모습을 훼손하지 않으려 할 뿐이다."[56] 이렇듯 그는 외부세계의 모든 것을 사실 그대로 보길 거부하고 자신이 원하는 대로 일방적으로 보고, 스스로 얻은 인상만을 간직하려고 한다.

그래서 그의 내적 삶과 외부세계의 대립은 그만큼 커져간다. 베르테르를 파멸시킨 것은 이 같은 그의 일방적이고 그릇된 정신 태도에서 시작한다. 그는 점점 더 자기 자신 속으로 빠져들어 외부세계와 차단된 상태에서 자신의 내면세계에 의지하면서 자신의 무덤에 스스로를 묻는다.[57] 이렇게 로테와 만나기 전에 이미 베르테르의 열정은 비극적 종말의 씨앗을 가지고 있음을 암시하고 있다. 그러나 그것은 씨앗의 단계일 뿐이다. 아직 죽음과 관계되거나 그 유혹을 암시하는 동기들과 징후들이 두드러지게 나타나지 않는다. 이것이 로테를 만나기 전에 묘사된 베르테르의 본질이다.

베르테르의 고뇌는 시골의 어떤 무도회에서 로테를 처음으로 만나면서 시작한다. 사람들은 그에게 로테가 약혼했다는 사실을 알리고 그녀에게 신중할 것을 경고한다. 그러나 그는 로테와의 만남으로 곧 행복의 황홀경에 빠져든다. 온 세상은 그의 주변에서 사라진다. 뇌우가 지나간 후에 주변의 전원에 비가 내릴 때, 베르테르는 로테와 함께 창가로 간다. 그들이 대자연의 경이로운 경치에 함께 감동하고, 로테가 '클롭슈토크!' 하고 감상주의 문학의 대표적인 서정시인의 이름을 즉흥적으로 외칠 때, 문학을 매체로 일치된 그들의 감정은 환희의 절정에 이른다. 이러한 감정의 일치는 베르테르가 자살하기 전날 로테에게 '오시안'[58]의 시를 낭독할 때 비극적 절정에 이른 것과 극적 대비를 이룬다. 그는 곧 그녀에 대한 사랑에 빠져들지만 그녀가 약혼했다는 사회적·윤리적 규범의 벽에 부딪치고 만다. 평민으로서 귀족회식 모임에 참석했지만 귀족부인들의 쑥덕거림으로 본의 아니게 물러나야 했다. 두터운 신분의 벽이 그를 내적 고립 상태로 몰아넣었다. 이 사건은 그에겐 공직에서 사퇴할 좋은 동기이기도 하지만, 로테를 잊기 위한 이유이기도 했다. 이런 장벽에서 벗어나기 위해 그는 어린 시절을 보냈던 도시들을 순례하지만 허사였다. 그는 더욱 격렬해진 로테에 대한 사랑 때문에 그녀에게로 돌아갈 수밖에 없었다.

그러나 로테의 약혼자 알베르트는 근면하고 이성적·합리적 성격의 소유자로 베르테르와는 반대되는 인물이다. 그의 출현으로 베르테르가 이전에 누렸던 행복은 불행의 원천이 된다. 로테에 대한 베르테르의 격정은 억누를 수 없는 반면, 알베르트는 시민생활의 합리적 원칙에 따라서 그를 언제나 '자만'과 '무관심'으로 대한다. 베르테르가 한 대화에서 자살의 정당성을 변호하고, 그것을 알베르트가 공공연히 반박할 때, 두 사람 사이의 긴장된 관계가 더욱 깊어진다. 알베르트는 베르테르의 자살 생각을 "죽음에 이르는 병Krankheit zum Tode"[59]이라고 말한다. 그의 현존은 베르테르의 질투심을 급격히 상승시킨다. 베르테르의 고뇌는 죽음이라는 극단적 상상으로 치닫는다.

만일 알베르트가 죽는다면? 그럼 나는 그녀의 남편이 된다![60]

편집자가 독자를 위해 삽입한 또 다른 에피소드(1787년의 개정원고에 처음으로 삽입되었다), 즉 '거부된 사랑'에서 그의 연적을 살해한 젊은 농부의 살인사건은 베르테르의 비극적인 미래를 암시한다. 젊은 농부의 행위는 정신착란 아니면 살인이다. 이미 오래전 베르테르는 알베르트와의 대화에서 말한다. "인간의 본성에는 한계가 있습니다. (…) 어느 정도까지는 기쁨이나 슬픔이나 고통을 견뎌낼 수 있지만 어느 정도를 넘어서면 곧 파멸하고 맙니다."[61] 살인한 농부의 구명을 위한 베르테르의 노력은 주무관의 완강한 반대에 부딪히고, 그는 '무시무시한 슬픔'에 빠진다. 내면세계와 현실세계의 대립이 극대화된다. 그래서 "모든 것은 강제로 그의 내면으로 집중되어 내면세계를 부수고 나와 외면세계로 가려면 그의 발걸음은 폭력적 행위, 즉 자살이 될 수밖에 없다.[62] 이때의 감정을 베르테르는 종이쪽지에 이렇게 써놓았다.

불행한 자여, 자네는 구할 길이 없네. 우리는 구할 길이 없다는 것을 잘 알 수 있겠네.[63]

베르테르가 체포된 불행한 살인범에 관심을 가진 것은 단지 자기 자신의 상황에 대한 철저히 위장된 관심일 뿐이다. '자네'가 '우리'가 되면서 베르테르는 곧바로 농부에게서 죽을 수밖에 없는 자신의 운명을 느끼고 세상을 떠날 결심을 하게 된다.

나는 죽어야 한다! 그것은 절망이 아니라, 내가 당신을 위해 참아내고 나 자신을 희생시키려는 확신이라오. 그래요, 로테여! 내가 무엇 때문에 숨길 필요가 있겠소? 우리 세 사람 중 하나는 죽어야만 할 것이오. 그런데 내가 그자가 되려는 것이오! 오 내 연인이여! 갈기갈기 찢겨진 이 가슴속에는 때때로 당신 남편을 죽일까! 당신을 죽일까! 나를 죽일까! 하는 생각이 분노하며 꿈틀거렸소. 그러나 나를 죽이기로 한 것이오![64]

베르테르의 절망이 극단의 정도에 이르렀을 때, 허구적인 편집인은 그

후부터 편지들을 보충하기 위해 이야기들을 끼워 넣었다. 극단적 절망의 독백과 거리를 둔 편집자의 서사적 보고는 빠른 속도로 이야기를 진행시키면서 소설의 종말에 감동을 극대화한다.

죽음은 베르테르에게 철저하게 '로테에 대한 사랑의 희생'이고, 로테와 하나가 되려는 '소망과 희망의 이룸'이다. 그래서 그는 삶의 만족뿐만 아니라, 죽음의 만족도 체험하게 된다. 이때 죽음은 자기중심적 '즐거움'이며, 죽음 위에 군림하는 신비적·영웅적 욕망이라 할 수 있다.

베르테르는 이 세상을 떠날 것을 이미 결심하고 마지막으로 알베르트가 없을 때 로테를 방문한다. 명랑한 호머를 읽을 때와는 달리 베르테르는 로테의 부탁으로 자신이 번역한《오시안Ossian》을 읽는다.

밤이 되었다! 폭풍이 휘몰아치는 언덕 위에 나 홀로 버려져 있다. (…) 오두막 한 채도 없다.[65]

오시안의 세계는 점점 더 사회로부터 고립되고, 로테와의 사랑이 절망감으로 빠져드는 베르테르의 내면을 반영한다. 베르테르에게서 오시안의 세계가 호머의 세계를 몰아낸다. 베르테르가《오시안》의 우울한 노래를 슬픈 억양으로 낭독할 때, 문학은 또다시 이들의 일치된 감정을 절정으로 치닫게 하는 매체가 된다. "두 사람의 감동은 대단했다. 그들은 고귀한 인물들의 운명 속에서 자신의 비참한 운명을 인식하고, 그들과 함께 느끼면서 같은 눈물을 흘렸던 것이다."[66] 베르테르는 로테를 정열적으로 포옹하고 키스하며, "그녀 앞에 무릎을 꿇는다." 그러나 그녀는 그를 뿌리치고, 옆방으로 피해서 문을 잠그고 방 안에 틀어박힌다. 그날 밤 베르테르는 로테에게 긴 이별의 편지를 쓴다.

마지막으로 나는 눈을 떴습니다. (…) 마지막 아침이라! 로테 씨, 나는 이 말의 의미를 모르겠습니다. 마지막 아침이라! (…) 죽음이라! 그것이 대체 무엇이오? 보시오, 우리가 죽음에 관한 말을 할 때는 꿈을 꾸는 것이라오. 나는 많은 사람들이 죽어가는 모습을 보았소. 그러나 인간이란 너무나 제한된 존재라서, 자기 존재의 시작과 종말에 대한 의미를 알지 못하오. 지금은 내 차례요! 다음은 당신의 차례요! 오오, 사랑하는 님이여! 그럼 잠시 동안 떨어져 헤어지기로 하겠고, 혹시 영원히 헤어질지도 모르지오. 아니오, 로테 씨, 결코 아니오, 내 어찌 사라질 수가 있겠소? 당신이 어찌 사라질 수가 있소? 우리는 정말 존재하고 있는 것이오! 사라지다니! 그게 대체 무슨 말이오? 그것은 말에 불과하며, 텅 빈 음향일 뿐이오![67]

사람이 지나치게 골똘히 생각하며 고독으로 빠져드는 성향은 고독을 고통과 동시에 쾌락으로 느끼고, 자신의 마음속에 경련이 일어날 정도로 정신적 신경과민의 정점으로 발전한다. 이런 감정에서 죽음은 구원자로 다가온다. 그것은 이룰 수 없는 사랑의 고통에서, 그리고 그것으로 인한 고독한 마음에서 나온 죽음에 대한 열망이다. 여기엔 거리낌 없이 로테와 하나가 되는 사랑의 가장 큰 행복을 위해서 죽음에 대한 동경이 더해진다. 그 동경은 죽음의 의지로 상승되어 언제나 베르테르를 지배한다. 죽음은 그에게 유일한 행복이다. 물론 죽음으로써 모든 것은 끝난다. 그러나 이 유일한 행복에서 끝나는 순간은 최고로 행복한 순간이다.

죽음은 그에게 '꿈을 꾸는 것'이고 '제한된 존재'의 사라짐이 아니라, 영원한 결합의 입구이다. 후일 낭만주의가 즐겨 노래했듯이, 그와 애인과의 결합은 종교와 사랑이 일치하는 의미를 가진다. 베르테르는 처음부터 "로테는 내게 신성한 존재요"라고 말했다.[68] 로테는 내세의 연인으로, 즉 신적 존재로 승화한다. 여기서 베르테르의 죽음은 종교적 의미를 지닌다.

그는 죽음을 '꿈'이나 '망상'이 아니라 명료한 의식 속에서 받아들인다. 그는 로테에게 계속해서 편지를 쓴다.

> 그녀는 나의 것이오! 당신은 나의 것이오! 그렇소, 로테여 영원토록. 그런데 알베르트가 당신 남편이라니 그게 무슨 말이오? 남편이라! 그렇다면 그건 이 세상에서일 따름이겠지요. 그럼 내가 이 세상에서 당신을 사랑하고, 그의 품에서 당신을 내 품으로 빼앗으려는 것은 죄악일까요? 죄악이란 말이오? 좋소. 나는 스스로 그에 대한 벌을 가하겠소. 나는 천국과도 같은 환희 속에서 그런 죄악을 맛보았으며, 내 마음속에 생명의 힘과 향유를 빨아들였소. 당신은 이미 이 순간부터 나의 것이오! 나의 것이오! 오, 로테여! 내가 먼저 가겠소! (…) 당신이 오면 나는 날듯이 당신에게로 달려가서 당신을 안을 것이오. 그리고 영원한 포옹 속에 무한한 신의 면전에서 당신과 함께 머무르겠소. 나는 꿈을 꾸는 것이 아니오. 망상도 아니오. 무덤에 가까워지니 내 정신은 점점 더 밝아지고 있소.[69]

베르테르는 계획된 여행을 위해 알베르트에게 권총을 빌린다. 여기서 여행은 죽음의 메타포로 작용한다. 이 여행은 영혼이 육체에서 나와 천국으로 가는 길이며, 동시에 로테와 영원히 함께하는 삶으로 가는 자유로운 길이다. 따라서 죽는 것은 외관상의 일시적 정지일 뿐이다. 그는 로테와 함께 간 첫 무도회 때 입었던 옷을 입고, 하인에게 빵과 포도주를 가져오게 하여 먹으라고 한다. 베르테르는 자신에게도 포도주 한 병을 가져오도록 해서 "차갑고 무시무시한 술잔을, 죽음의 도취를" 마신다. 그리고 "모든 것이! 모든 것이! 이렇게 모든 내 인생의 소망과 희망이 이루어졌소!"[70]라는 글을 남긴다. 베르테르는 로테가 손수 건네 준 권총을 '황홀한 기분'으로 받아 들고 책상 옆에 앉아서 자살한다.

크리스마스이브의 전날에 일어난 일이다. 그의 행위는 최후의 만찬을 연상시킨다. 베르테르는 자신을 신의 아들과 비교함으로써 비로소 그의 죽음은 인류애를 상징하는 예수의 죽음과 비유되고, 그에게 신과의 내적 결합을 가져다준다.[71] "우린 다시 보게 될 거예요"[72]라는 베르테르의 확신은 전체 소설에 흐르면서 기독교적 부활 이념으로 구체화되어 나타난다. 이렇게 괴테는 사랑에 의한 희생을 종교적으로 승화시킨다. 이것은 베르테르란 개인의 느낌이 아니라 전체 세대의 느낌을 반영하는 토포스이다. 또한 괴테가 가진 고유한 희망이기도 하다.

이미 앞에서 언급했듯이, 베르테르의 죽음이 로테에 대한 사랑의 희생이라는 생각은 그를 주관적 측면에서 관찰할 때 비로소 가능하다. 객관적으로 베르테르처럼 사랑의 감정이 죽음의 욕망으로 상승하는 변화는 삶의 적응력이 취약한 사람들에게서 일어난다. 이들은 사랑의 감상적인 과민감정에서 자신을 죽음에 무기력하게 방치할 수 있기 때문이다. 이 경우에 사람들은 죽음에 대해 자주 생각하게 되고, 죽음의 충격에 관해서 별로 무섭게 느끼지 않은 채 슬픈 감정이 흥분된 상태에서 쾌락적 자극만을 원한다. 여기엔 죽음에 대한 감정이 진실에 대한 시각을 가리는 위험이 있다. 다시 말해서 우리는 베르테르의 본성에서는 일찍이 "고독의 탐닉, 천국의 환상과 현실의 혼동, 인간의 삶은 꿈일 뿐이라는 환상 등"[73] 그의 영혼을 훼손하고, 현실을 착각하는 증상이 나타난다는 것이다. 한 예로 기독교적인 것이 여기서 주관적으로 수용되어 잘못 나타난다. 크리스마스이브의 즐거운 축제는 끔찍한 것이 되고, 평화와 축복의 기원은 파괴와 살인으로 대치된다. 이 같은 증상은 순전히 베르테르의 로테에 대한 사랑의 희생에서만 나온 것일까? 아니면 그의 증상은 병적인 것이 아닐까? 이런 의미에서 베르테르의 죽음의 진정한 근거가 심리학적·병리학적 차원에서 새롭게 해명되어야 할 필요성이 생긴다.

좌) 〈피아노 치는 로테와 베르테르〉
우) 〈베르테르의 자살〉(작자 미상, 프랑크푸르트 괴테박물관 소장)

괴테는 스스로 베르테르의 고뇌를 '병적 상태'[74]로 표현했고,《베르테르》에서는 로테의 약혼자 알베르트가 처음으로 "죽음에 이르는 병 Krankheit zum Tode"[75]이라고 말한다. 베르테르는 외부세계를 '감옥'[76]으로, 그가 공사관에서 일했던 공직사회를 '노예선Galeere'[77]으로 표시했다. 베르테르에게 탈출은 죽음뿐이다. 그러나 이 행위는 베르테르의 내면과 외부세계 사이의 대립이 아니라, 자신의 내면세계로 억제할 수 없을 정도로 몰입한 데서 기인한다. 이런 심리적 성향은 열정적으로 분출해서 절정에 오른 때, 과민하고 섬세한 사람들을 멜랑꼴리에 빠뜨리고, 감상적인 죽음의 느낌으로 몰고 갈 수 있다. 베르테르는 말한다.

아아, 나는 이 답답한 가슴이 좀 트이도록 하기 위해 벌써 수백 번이나 칼을 잡곤 했다네. 사람들은 귀한 종류의 말馬 이야기를 하고 있는데, 그 말은 너무 열심히 달려 흥분하게 되면, 본능적으로 자신의 혈관을 물어뜯어 호흡을 돕는다는 거야. 나도 자주 그런 기분을 느끼네. 내 혈관을 열어 젖혀놓고는 영원한 자유를 얻고 싶은 것이네.[78]

정신적 균형은 완전히 깨져버리고, 내면의 흥분과 격정은 결국 정신적인 모든 힘과 활기와 날카로운 감각을 잠식해버린다. 그는 점점 비애에 잠기게 되고 "불행해질수록 점점 더 부당한 처신을 하게 되었다."[79] "마음의 병은 죽음을 자신에게로 끌어올 수 있고, 그것은 자살이 될 수도 있다"고 베르테르가 스스로 자신의 병에 대해서 언급했듯이[80] 그는 증상이 뚜렷이 나타나는 병을 앓고 있다.

괴테는 어릴 적부터 라틴어 모리Mori(죽음)를 알았고, 그가 이 책을 집필하기 이전에 무위와 권태로운 일상에서 우울증으로 빠져들었을 때 자주 자살에 대한 생각을 가졌다.[81] 로테와 사귀기 이전에 이미 내재해 있던 베르테르의 자살 동경이 괴테의 이 생각과 무관하지 않다면, 베르테르의 고뇌는 곧 괴테 자신의 고뇌라 할 수 있다. 나아가 통속적인 시민사회가 젊은이들의 삶을 제한하고 지배했던 시절에 《베르테르》가 쓰였다는 것을 괴테가 《시와 진실》에서 밝혔듯이[82] 베르테르의 사회는 괴테가 집필 당시에 처했던 세계를 대변한다. 마찬가지로 괴테의 자살에 대한 생각이 질풍노도시대에 사는 젊은이의 정서를 대변한다면, 로테에 대한 베르테르의 사랑의 번뇌와 죽음에 대한 생각은 당시 만연했던 정서적 징후들인 감상주의적 '멜랑꼴리'와 '세계고世界苦'와의 관계에서 파악될 수 있다. 질풍노도시대의 문학에서 죽음의 테마는 이전보다 더 강하게 이 두 문제를 내포하고 있다는 사실이 이를 뒷받침해준다. '세계고'는, 장 파울Jean Paul에 의해 처음 사용된 염세주의적 생활감정의 한 형태로, 대개 인간의 욕망이나 욕구를 충족하지 못한 데서 온다. 따라서 인간적인 세계의 결함과 사악함에서 오는 인간의 고뇌인 세계 일반에 공통되는 고통을 의미한다. 세계고의 증상은 이미 이탈리아의 시인 페트라르카Francesco Petraca(1304~1374)의 시에서 나타났다. 그 증상은 상승된 의미로 다시 감상주의시대, 특히 괴테의 《베르테르》에서 사용되었고, 낭만주의시대에서는 중요한 문학적 테마로 수용되었다. 괴테, 하이네Heinrich Heine(1797~1856), 그라베Christian Dietrich Grabbe(1801~1836), 뷔히너Georg Büchner(1813~1837), 레나우Nikolaus Lenau(1802~1850), 라베Wilhelm Raabe(1831~1910), 슈토름Theodor Storm(1817~1888) 등이 세계고를 자아와 세계의 모순에서 오는 고뇌로 문학작품에 반영했다.[83]

게오르크 루카치György Lukács(1885~1971)의 《소설론Theorie des Romans》에 의하면 근대 소설형식의 특징은 문제의 개체가 이질적이고 무의미한 현실의 혼돈상태에서 명료한 자아인식으로 찾아가는 '과정Der Prozeß'이다. 그런데 《베르테르》의 특징은 이와 반대로 문제의 개체가 명료한 자기 인식에서 이질적이고 무의미한 현실의 혼돈상태로 빠져드는 자기 소외의 길이라고 루카치는 지적했다.[84] 그의 통찰에는 죽음 외에는 출구가 없다는 사실이 내포되어 있다. 베르테르는 자기파멸로 가는 극단화된 세계고의 기분에서 현존의 참을 수 없는 고통을 기꺼이 감수하면서 즐긴다. 이 같은 그의 숙명적인 마음의 성향과 비뚤어진 세계와의 관계에서 베르테르는 우울한 멜랑꼴리에 빠지거나 자기 소멸의 황홀경에 사로잡힌다. 한마디로 말해서 베르테르를 놓아주지 않고 무자비하게 파멸시킨 것은 결코 로테에 대한 사랑의 희생이 아니라 바로 사랑의 고뇌로 포장된 '세계고'이다. 그래서 베르테르는 세계를 거부하는 그 시대에 만연된 흐름의 대표자로 나타난다. 그를 구할 수 있는 해독제는 없다.[85]

빌리암 로제William Rose는 베르테르의 세계고를 성애적 의미에서 해석했다. 베르테르의 경우, 세계고는 로테에 대한 사랑과 현실적 환경 사이의 냉혹한 대립에서 발생하므로, 이들 양극 사이에서 이룰 수 없는 사랑에 대한 인식에서 나타나는 심리적 혼란과 고뇌로 해석된다.[86] 그런데 이 해석에는 성욕에 눈을 뜨기 시작해서 정신적 삶 깊숙이까지 파고드는 사춘기 시절의 세계고는 언제 어디서나 생길 수 있는 정신적 상태가 된다는 것을 말하고 있다. 즉 세계고는 한 세대의 일회적 심리 상태의 표현이 아니고, 정신사적으로 젊은이들이 사색하지 않고 꿈과 탄식으로 만족하는, 언제나 가능한 심리상태의 표현이라는 것이다.[87] 이것은 젊은이들이 감상적인 감정의 흐름 속에서 성취를 위한 노력을 하지 않고, 현실에서 꿈의 세계로 도피한 채 스스로 이루어지길 바라는, 감상적 위험에 빠진 심신상태의 표현으로서 일종의 '병적 상태'인 것이다.

다른 한편으로 이 소설을 젊은이의 과도기에 대한 문제로만 보지 않고 시대적 정치상황과 연결해서 설명하려는 연구가 있다. 쇠렌 키에르케고르가 1844년 그의 철학 입문서로서 《불안의 개념Begriff der Angst》을 발표한 이래로 새로운 마음의 병이 19세기 전반에 전염병처럼 퍼졌을 때, 이미 18세기 말엽에 세계고 문학이 이에 대한 서곡으로 나타났다.[88] 18세기 프로이센의 정치적 상황들, 특히 18세기 후기 프랑스혁명이 가져온 '새로운 세계의 예고'와, 뒤이어서 19세기 초에 싹트기 시작한 정신적 혁명은 당시의 정치적 상태에 대한 불만과 비판을 초래했다. 따라서 시민의 삶과 정신에 불안을 심화시키는 새로운 시대적 세계고, 절망, 허무주의에 대한 근원으로 나타났다.[89] 한스 위르겐 슁스Hans-Jürgen Schings는 베르테르를 꿈과 느낌이 정열, 도취, 광기로 화산처럼 폭발해서 우울증에 빠뜨리는 인간형으로 규정했다.[90] 여기서 베르테르는 몽상가로 나타난다. 그는 정치적·사회적 현실과의 접촉을 상실한 무능한 시민으로 등장하고, 정치적 질서에 대한 시민계급의 무능력을 보여주는 시대상이 되었다.[91]

베르테르의 고독, 의심, 인간증오와 소통부재 같은 병적인 모습들이 '사회에 대한 부정적 의식'에서 나오며, 그를 사회의 일원으로 들어갈 수 없는 세계의 이방인으로 만들었다. 그의 진정한 세계는 마음의 내적 공간에 있다.[92] 따라서 정치적·사회적 외부상황의 내향적 압력을 우울증의 구성요소로 생각할 수 있다는 것은 의심의 여지가 없지만, 베르테르의 인물과 병적 근원을 전적으로 사회사적 측면에서 논증하려는 것은 비판의 여지가 있다.[93] 그의 병적 근원은 그의 내면세계에 있기 때문이다. 베르테르의 죽음에 이르는 병은 실제로는 사회적 병이지만, 이 경우에는 사회적 의식이 그를 교란시키고 파괴하는 힘으로 작용하는 의미에서는 아니다. 그는 자신의 내면세계에 갇혀 친구도 가정도 없는 완전한 고립상태에 있다. 그의 자살은 근본적으로 비뚤어진 상황에서 벗어나기 위한 유일한 해결방법으로서, 바로 이 고립을 자기 자신의 죽음으로 대가를 지불하려고 스스로에게 내린 심판이다. 사회가 그를 몰아낸 것이 아니라, 그가 스스로 사회에서 물러난 것이다.

괴테도 베르테르의 의미에 대해 많은 설명을 했다. 그는 놀랍게도 간단한 방법으로 이렇게 설명했다.

《젊은 베르테르의 슬픔》이란 제목의 이야기, 그 안에서 나는 한 젊은이를 묘사한다. 그는, 그에게 부여된 깊고 순수한 느낌과 진정한 침투력으로, 몰려오는 꿈속에 잠기고, 사색으로 자신을 파괴해서, 결국에는 다가오는 불행한 격정에 의해서, 특히 끝없는 사랑에 의해서 녹초가 되어 머리에 총알을 쏜다.[94]

여기서 보고되는 젊은이의 불행, 그러니까 사춘기의 갈등에 대한 비참한 해결, 나아가 모든 불행은 어느 때 어느 곳에서도 인간 모두에게 일어난다. 이것이 《베르테르》에 대한 괴테의 견해이다. 에커만은 괴테와의 대화에서 "어느 시대에나 말로 표현할 수 없는 고뇌, 남모르는 불만, 삶의 권태가 많은 법"이고 "개개인의 경우에도 세상과 불화도 많고, 자신의 천성과 사회제도와 갈등도 많은 법"임을 지적했다. 이런 이유로《베르테르》가 출판되었을 때 커다란 반향을 불러일으킨 것은 질풍노도라는 특정 시대에 출판되었기 때문이 아니라 그 책이 출판되었다는 사실 자체이며, "《베르테르》가 오늘 출판되었다 하더라도 역시 획기적인 사건이 되었을 것"이라고 주장했다.[95]

괴테는 이 책이 어느 시대를 막론하고 일정한 연령의 젊은층에게 영향을 미칠 것임을 시인했다. 따라서《베르테르》는 "세계문화의 흐름에 속한다기보다는 오히려 한 개인의 삶의 역정"을 본보기로 보여주기 때문에, 우리 모두는 이 소설에서 사회에 어떻게 적용하는 것이 올바른 것인가를 배워야 한다고 경고한다. 그래서 괴테는 에커만과의 대화에서《베르테르》가 각 개인에게 불행을 극복하기 위한 책이길 바라고, 올바른 삶을 위한 길잡이로 역할할 것을 기대했다.

> 행복의 길이 막히고, 행동이 저지당하고, 소망이 이루어지지 않는 것은 어떤 특정한 시대에 기인한 좌절이 아니라 각 개인의 불행이네. 누구의 삶에서든 언젠가는《베르테르》가 자기만을 위해 쓰인 것이라고 생각되는 시기가 있는 것이네. 만일 그런 시기가 없다면 분명히 고단한 삶이 될 걸세.[96]

그렇기 때문에 괴테는 서문에 독자들이 이 책을 '벗'으로 삼고, 이를 통해 위안을 얻길 바라는 마음을 담았다.

> 만일 그대가 바로 베르테르와 똑같은 충동을 느낀다면, 그의 슬픔으로부터 위안을 찾도록 해주시오. 그리고 만일 그대가 어떤 운명에서든 자신의

잘못에서든 이보다 가까운 친구를 찾을 수 없다면, 이 조그만 책자를 그대의 벗으로 삼아주시오.[97]

괴테는 이 책의 영향이 그 시대에 실로 크고 엄청났음을 알았으나, 특히 이 책이 '소이탄'처럼 젊은이들에게 위험한 영향을 끼칠지도 모른다는 것을 우려했다. 괴테도 이 책이 출판된 뒤 단 한 번밖에 읽어보지 않았으며, 다시는 읽지 않으려고 조심해왔고, 자신의 '베르테르'를 두 번 만들지 않겠다고 에커만에게 고백했다.

나는 이 책이 출판된 뒤로 단 한 번밖에 읽어보지 않았네. 그리고 다시는 읽지 않으려고 조심해왔네. 그것은 소이탄과 같은 것이거든! 그래서 나는 그 책을 보기만 해도 무서워지고, 그것을 낳게 한 병적인 상태를 또다시 겪지나 않을까 두렵다네.[98]

그 당시에 가장 활동적으로 살았던 나폴레옹과 같은 젊은이들에게 용기와 활동을 격려하기 위해 《베르테르》를 썼다고 괴테는 회상했다.[99] 그는 평화로운 시대에서 하는 일 없는 젊은이와 자신에게도 내재했던 자살의 기발한 생각이 행위의 결핍에서 오는 것이라고 지적했다. 비록 괴테가 《베르테르》를 썼던 프랑크푸르트 시절에 이런 사실을 어렴풋이 예감했으나 실제로는 인지하지 못했다 할지라도, 그는 고전주의 절정기에서 《베르테르》의 제2판을 펴낼 때 이 책이 해결해야 할 미래의 이상적 과제를 로테의 말을 통해 짧게 표현했다.

남자다운 사람이 되어주세요! 당신을 안타깝게 여길 뿐, 다른 도리가 없는 저 같은 사람과의 서글픈 교제를 끊어주세요.[100]

이는 베르테르 같은 사람을 따르지 말라는 괴테의 경고이다.[101] 문화사적으로 소설은 한 세대의 사회적·정신적 삶을 반영하기 때문에 과소평가될 수 없다.《베르테르》는 괴테 자신도 모르게 그 시대의 대변자가 되었을 뿐만 아니라, 독일에서 근대 산문의 시효였으며, 그에게 세계적 명성을 가져다주었다. 또한《베르테르》의 출현으로 근대 독일문학은 지역의 편협성을 넘어서 세계적인 의미를 얻게 되었다.[102] 이런 의미에서《베르테르》가 특정한 시공을 넘어 오늘날까지도 영향을 미치고 있는 것은 당연한 일이다. 황동단추를 단 푸른색 연미복, 노란색 조끼, 밖으로 젖혀진 목이 긴 갈색 장화, 갈색의 펠트 모자, 분 화장을 하지 않은 머리 등, 베르테르의 작은 장식품들과 이 소설이 나타내는 사회와의 갈등은 프랑스혁명이 실패한 후 19세기로 계속 이어지고, '세계고'는 질적으로 강화된 형식으로 유럽 문학을 거의 19세기 중반에 이르기까지 지배했다. 노년의 괴테는《마린바드의 비가Marienbader Elegie》의 첫 시 〈베르테르에게 An Werther〉에서 창작 당시와는 거리가 멀게 베르테르의 비극을 회상한다. 그리고《베르테르》는 극본으로도 많이 만들어졌다. 계몽주의자 크리스토프 프리드리히 니콜라이Christoph Friedrich Nicolai(1733~1811)의《젊은 베르테르의 기쁨Die Frueden des jungen Werthers》은 괴테의《베르테르》를 패러디화한 것으로 유명하다. 많은 작가들의 모방이 계속 이어졌다. 한 예로 근대에 출간된 울리히 플렌츠도르프Ulrich Plenzdorf(1934~2007)의《젊은 베르테르의 새로운 슬픔Die neuen Leiden des jungen Werthers》(1973)을 들수 있다. 그는 괴테의《베르테르》에서 이름만이 아니라 수많은 표제어마저 도입하고, 현대사회의 저변에 흐르고 있는 새로운 생활감정을 뚜렷하게 표현하고 있다.[103]

"자살은 (…) 모든 인간이 참여하길 요구하고, 모든 시대에서 다시 한번 토의되어야만 하는 인간 본성의 한 사건"[104]이라고 괴테가 이미《시와

임종의 침상에서의 괴테(프리드리히 프렐러의 그림)

진리》의 제13권에서 말했듯이, 베르테르는 당시는 물론 오늘날까지도 젊은이들의 자살에 대한 유행어가 되었다. 괴테는 베르테르 같은 사람들에게는 파멸이 올 수밖에 없다는 사실을 전제하면서, 그런 이들을 "합리주의자들처럼 밖으로부터 꾸짖지 않고, 안으로부터 이 상황의 위험과 비극의 묘사"[105]를 통해서 각성시킨다. 이것이 괴테의 《베르테르》가 오늘날의 우리에게, 특히 자살률이 OECD 국가 중 1위를 차지하고 있는[106] 우리나라의 젊은이들에게 주는 교훈이다.

9장

현세를 넘어 내세로 나아가는
낭만주의적 죽음

낭만주의시대에 죽음의 문제는 낭만적 사고의 중심에 서 있다. 낭만주의 시인들은 죽음에 대한 생각의
발전과정에서 죽음이 신비로서 자체 내에 지니고 있는 모든 것에 대한 섬세한 느낌을 숭고와 음미를 통
해서 얻는다. 그들은 예술적 감각으로 이 죽음의 느낌을 문학적으로 형성해서, 초월적 위치에서 자기 자
신을 위에서부터 관찰하며, 이 느낌과의 유희를 유쾌하게 즐긴다. 죽음의 쾌락은 낭만주의의 죽음에 대
한 생각에서 가장 고유한 것이고 가장 내면적인 것이다. 《밤의 찬가》를 노래한 노발리스는 죽음을 삶의
낭만적 원칙이라고 말한다.

상상과 현실의 결합이 만들어낸
내세적 죽음관

낭만주의는 중세의 기독교 문화, 바로크 문화와 밀접한 관계를 갖는다. 그리고 18세기의 합리주의 이성보다는 질풍노도와 감상주의 감성이 19세기 초에 시작한 낭만주의 운동을 불러일으키는 토대가 되었다. 바로크문학에서처럼 낭만주의문학에서는 삶과 죽음, 낮과 밤, 현실과 초현실 등 상반되는 명제가 근본적인 근저를 이루면서 해체할 수 없이 함께 속해 있다. 이런 맥락에서 볼 때 낭만주의, 바로크, 신비주의 그리고 천재시대는 모든 시대적 차이에도 불구하고 하나의 중심점에서, 즉 비합리적인 것의 체험에서 만난다는 공통된 감정 자세를 보여준다.

낭만주의자들에게 감각에 의해 지각된 현실은 가상에 불과하며, 진정한 현실은 가시적인 세계 뒤에 숨어 있다. 따라서 낭만주의문학에서는 전통적인 규범이나 일상의 제한성을 뛰어넘어 환상적인 것, 불가사의한 것, 비밀에 싸인 것, 병적인 것, 죽음 등이 그 문학의 핵심적 개념을 이룬다. 죽음, 밤, 초현실 등이 찬미되고, 꿈, 동화 같은 상상의 세계가 현실세계와 결합된다. 낭만주의의 핵심적 체험으로 간주되고 있는 죽음의 체험도 죽음을 제한적 종말로 보지 않고 오히려 삶의 제한성에서 해방되어 영생의 계기로 본다. 이 죽음 체험의 핵심적 본질은 결국 신적인 것과 하나가 된다는 것이다. 낭만주의자들은 무의식의 세계나 우주에 몰입하기 위해, 그리고 신과 자연에 접근하기 위해 노력한다. 이는 인간이 원죄로 인해서 낙원을 상실하고 신적인 것으로부터 떨어져 나와서 사람들이 벗어나길 원하는 세상으로 왔기 때문이다. 무엇보다도 낭만주의자들은 신적인 것을 자신에게서 예감하고, 죽음을 통해서 그것에 이르려는 동경을 가진다. 그래서 초기 낭만주의의 신비주의적 역사철학자이며 인류철학자인 프리드리히 슐레겔Friedrich Schlegel(1772~1829)은 철학의 제일 중요한 첫 과제는 인간에 있는 잃어버린 신적 초상의 복구라고 말했다.[1]

이 같은 그의 신비주의적 생각은 바로 바로크시대의 철학자인 야콥 뵈메Jakob Böhme(1575~1624)의 주저인《오로라 혹은 아침 노을의 서광Aurora oder Morgenröthe im Aufgang》(1612)에서 나왔다. 그의 학설은 신 안에서 모든 대립들은 하나가 된다는 독일 신교도적 신비의 정점을 이룬다. 즉 우주의 모든 것은 신의 발현이지만, 모든 존재는 대립으로 이루어져 있고, 이 대립은 신과의 관계에서 상호보완적 조화로 발전한다는 것이다. 빛과 어둠, 기쁨과 고통, 선과 악, 사랑과 분노 같은 것이 그 예이다. 밤이나 어둠이 존재하지 않는다면 우리는 낮과 빛에 대한 어떤 것도 알지 못하듯이, 모든 존재는 인식되기 위해서 한쪽은 다른 쪽에, 즉 기쁨은 고통에, 선은 악에, 사랑은 분노에 대립해 있는 것이다. 신의 자비 역시 분노에 의해 명백히 드러나며, 악은 신의 의지 속에서 선과 지속적으로 대립해 있다. 신의 형상을 따른 인간은 자신의 내면세계로의 침잠을 통해 절대자의 비밀을 체험할 수 있다.[2]

따라서 뵈메의 이 책은 초기 낭만주의자들의 애독서가 되었고, 젊은 프리드리히 슐레겔뿐만 아니라 노발리스, 필립 오토 룽게Philipp Otto Runge (1777~1810)와 빌헬름 폰 쉘링Friedrich Wilhelm v. Schelling(1775~1854)에게도 큰 영향을 주었다. 어둠이 빛을 잉태하듯이, 죽음을 출생의 첫 단계로 받아들인 뵈메의 신비주의적 관조는 낭만주의에서 다시 살아나서 이 시대의 죽음의 문제를 보는 방향을 제시했다. 그러니까 낭만주의자들은, 죽음과 인도주의 사상이 고전주의에서 짝을 이루었듯이, 이제 고전주의의 인도주의 생각을 범신론적 우주감정Allgefühl과 내면적으로 연결시키고 스며들게 한다는 것이다. 이렇게 인식된 낭만주의자들의 생각은 현실적이라기보다 초월적, 종교적으로 되고, 그들의 관심은 더 이상 유한한 것에 있지 않고, 무한한 것에 있게 된다. 또한 그들의 내세에 대한 관심은 죽음에 대한 생각에 고전주의에서와는 다른 영향을 끼친다. 그들은 고전주의가 요구하는 절제와 형식, 명확성과 조화를 거부하였으며, 무한으로 나아갈 것을 요구했고, 형식의 구속을 타파하고 극도로 긴장된 다양성을 강조했다.[3]

죽음의 의미는 더 이상 삶의 영역에 있지 않고, 삶을 넘어선다. 그러나 내세에 대한 의미가 인류의 현존에 속해 있듯이, 낭만주의는 삶을 부정하지 않는다. 그렇다고 해서 낭만주의자들은 살고 있는 현세에 머물러 있지 않고, 인간을 내세와, 즉 신적인 것과 관계를 맺게 하려 한다. 그들은 이 신적인 것, 영원한 것, 무한한 것의 개념에서 정신적인 중심점을 본다. 이렇듯 내세에 대한 의미는 낭만주의의 가장 본질적인 것이다. 그리고 그것은 낭만주의를 바로 모든 것에서, 인도주의 생각과 죽음에 대한 느낌에서 고전주의와 구별한다.[4]

무한과 신과의 합일을 위한 자기 파괴로서의 죽음
초기 낭만주의

위에서 언급했듯이 낭만주의에서의 종교적 문제도 무한에 대한 생각에서 고전주의와는 아주 다르게 나타난다. 예나는 실러가 학생들을 가르친 곳으로, 괴테가 살았던 바이마르와 계몽주의적인 베를린과 멀지 않은 대학도시였다. 그곳에는 1795년과 1800년 사이에 젊은 학자, 문인, 정치적이면서도 자유분방한 여성들이 작은 집단을 형성하였다. 중요한 인물들로 요한 고트리프 피히테Johann Gottlieb Fichte(1762~1814), 아우구스트 빌헬름 슐레겔August Wilhelm Schlegel(1772~1829)과 프리드리히 슐레겔Friedrich Schlegel(1767~1845) 형제, 프리드리히 휠더린Friedrich Hölderlin(1770~1848), 프리드리히 빌헬름 셸링Friedrich Wilhelm Schelling, 헨리에테 헬르츠, 프리드리히 슈라이어마허Friedrich Schleiermacher(1768~1834), 노발리스Novalis(1772~1801)와 여류 작가로서 괴팅겐 대학교수의 딸인 카롤리네 슐레겔 셸링Caroline Schlegel-Schelling(1763~1809), 헬르츠와 슈라이어마허를 개종시킨 도로테아 바이트Dorothea Veit(1763~1839), 베티나 브렌타노Bettina Brentano(1785~1859) 들이 있다. 그들은 잡지를 창간하고, 무미건조한 부모들의 세계에서 탈출해서 그들의 고루하고 엄격한 이성, 철학 그리고 문학 비평을 개혁하려 시도했다.[5]

젊은 슐레겔은 그의 저서 《이념Ideen》에서 "무한에 대한 인간의 모든 관계는 종교"[6]라고 말한다. 그의 친구이며 "낭만주의의 감성종교"를 완벽하게 나타낸 프리드리히 슐라이어마허는 《아테네움Athenäum》지에 기고한 한 단편에 "종교란 무한을 느끼고 맛보는 것"이라고 서술한다. 이 책은 낭만주의자들의 큰 주목을 받게 되었다.[7] 슐라이어마허는 그의 저서 《종교에 관하여. 종교를 경멸하는 교양인에게 보내는 종교에 관한 연설들Über die Religion. Reden über die Religion an die Gebildeten unter ihren Verächtern》에서 "종교는 그에게 형이상학이나 도덕이 아니며, 생각도 행위도 아니고, 오히려 순수한 낭만주의적 의미에서 정서의 내면에서의 우주에 대한 관조"[8]라고 말함으로써, 노발리스나 슐레겔뿐만 아니라 많은 낭만주의자들을 깊이 감동시켰다. 슐레겔도 "우주는 설명될 수도 파악될 수도 없고, 다만 관조되고 계시될 뿐"이라고 말한다. 낭만주의자들에게 있어서 우주에 대한, 무한한 것에 대한 이 겸손한 관조는 그들의 인격을 넓히고, 서서히 무한한 것에 빠져들게 해서 우주와 하나가 되게 한다. 낭만주의자들에게 무한은 종교가 된다. 그리고 그들은 종교를 다시 삶의 근거로 삼으려 한다. 무한한 우주와의 합일 또는 신과의 합일은 (…) 사후불멸을 말하는 게 아니라 (…) 오히려 인생에서 영생에 참여하는 것을 말한다. 불멸이란 다름 아닌 "유한의 한가운데서 무한과 하나가 되어 한순간에 영원한 존재가 되는 것"이라고 슐라이어마허는 말한다.[9]

낭만주의자들은 인생의 가치를 바로 종교에서 찾는다. 그리고 종교는 우주를 보려 한다. 그들은 자신 안에 있는 신적인 것에서, 우주에서 순수성을 얻으려고 노력하며, 고통스런 현세에서 벗어나 무한한 것으로 다가

프리드리히 슐레겔, 도르테아 슐레겔, 프리드리히 쉘링

프리드리히 슈라이어마허, 카롤리네 슐레겔 쉘링, 베티나 폰 아르님
낭만주의 작가들

가려고 노력한다. 이때 죽음은 무한한 것과 유한한 것의 중간에 서 있고, 유한한 것을 형성하기도 하고, 다른 한편으로 무한으로의 탄생이기도 하다. 때문에 죽음과 무한은 서로 연결되어 있는 상호관계에 있다. 여기서 중요한 것은, 낭만주의는 죽음에 대한 생각을 종교적인 것으로 옮겨놓고, 그것으로부터 수수께끼 같은 죽음의 신비에 다가가려고 한다. 슐라이어

마허에 의하면 "자기 관조와 우주에 대한 관조는 상관개념"인 것이다. 또는 "모든 선한 인간은 계속해서 점점 더 신이 된다"는 슐레겔의 말은 같은 의미를 표현한다. 그러니까 그것은 고전주의의 현세적인 인도주의 개념에 반해서 초감각적으로 변한 인도주의 개념이다.

낭만주의시대에서처럼 죽음의 실재實在에 대한 예감이 어디서나 그렇게 강하게 작용한 적은 없다. 낭만주의자들은 충만한 삶을 보고 또한 인생의 의미도 갖지만, 괴테처럼 영원한 낮의 측면에서가 아니라 영원한 밤의 측면에서, 죽음에서 관찰한다. 그들은 죽음에 대한 예술적 감각을 가지고 인생의 어두운 심연에 있는 불가해한 것을 연구하고, 그것을 그들의 죽음에 대한 감정과 체험으로 구체화시킨다. 여기서 낭만주의는 죽음에 대한 생각에서 바로크시대와 천재시대와 정신적으로나 감정적으로 유사한 관계에 있다. 다만 차이가 있다면, 그것은 이미 이전의 시대들에서 더욱 분명하게 나타났던 낭만주의의 진기한 이중성에서 나타난다. 더 자세히 말해서 그 차이는 합리적인 것과 비합리적인 것을 동일시하려는 의지에서, 감정적이고 무의식적인 것을 사색적으로 분석하고 의식화하려는 노력에서, 그리고 나서 다시금 병적으로 느껴진 의식에서 무의식적인 것으로 되돌아가려는, 즉 영혼의 구원에 대한 동경에 나타나 있다. 그러나 이 같은 차이는 전체적으로 볼 때 근소한 것으로, 어디서나 죽음의 감정은 비슷하다. 다만 이 감정의 변화들이 시대에 따라 다른 계층에서, 다른 감정들과의 끊임없는 결합에서 상이하게 나타난다는 것이다.[10] 질풍노도시대의 천재들처럼, 낭만주의자들 역시 바로 죽음에 대한 생각에서 유사한 입장을 취하고 있다.

낭만주의시대에서 죽음의 생각은 대체로 두 개의 큰 흐름에서 나온다. 즉 그 하나는 노발리스와 같이 기독교적으로, 마력적으로 뒤덮인 죽음에 대한 느낌에서 나오고, 다른 하나는 클라이스트Heinrich von Kleist

(1777~1811), 횔더린, 장 파울처럼 디오니소스적이고 황홀한 죽음에 대한 느낌에서 나온다. 이미 바로크시대에 시작된 죽음에 대한 열광, 죽음의 쾌락 그리고 열망하는 죽음에 대한 감각적 욕구에 비록 이것들이 문학적 ·이론적 범주에 속한다 해도, 그리스도의 부활이 총체적 배경으로 작용한다. 그리고 이것들은 낭만주의에서 더 정신화되고 더 깊은 의미를 지닌다. 즉 낭만주의의 죽음에 대한 생각에서 죽음의 기쁨은 가장 고유하며 가장 내면적이다. 낭만주의 작가들은 의식적으로 '예술적 감각'으로 죽음의 즐거움을 표현하려 하고, 삶은 결국 오직 죽음 때문에, 오직 헌신과 해체와 파괴 때문에 존재한다고 말하기에 이른다. 영원히 살기 위해서는 죽음에 몰입해야만 한다는 것이다. 그들은 비록 차이는 있다 해도, 노발리스와 슐레겔 또는 클라이스트와 횔더린이 그렇듯이, 아마도 모두가 이 점에서 일치하고 있다.

헤르더는 바로크 이래로, 그리고 낭만주의 이전에 죽음을 신부 같은 상징으로 이해하려고 했던 첫 번째 사람이다. 노발리스는 그의 《밤의 찬가Hymnen an die Nacht》 제6장 마지막 연에서 이 생각을 나타낸다.

> 내려가자. 저 사랑스런 신부에게로,
> 사랑하는 그이, 예수에게로,
> 안심하오, 황혼이 깃드오
> 사랑하는 사람들, 슬픈 사람들을 위해,
> 꿈이 우리의 속박을 풀고
> 우리를 아버지 품으로 잠기게 하오. (V.762~767)

제6장의 제목이 〈죽음에 대한 동경Sehnsucht nach dem Tode〉이듯이, 여기엔 그 동경이 그리스도의 수난과 연관되어 죽음과 영원이 사랑으로 변용

좌) 노발리스(에드아르트 아이헨의 동판화)
우) 《밤의 찬가》의 초판

되어 나타난다.[11] 밤과 꿈으로 상징된 죽음은 "우리의 속박을 풀고/ 우리
를 아버지 품으로" 안내하기 때문에, 현세의 삶으로부터의 자기해방과
동시에 새로운 영원한 삶으로 가는 입구를 열어준다. 이것이 죽음을 통해
서 비로소 성취되기 때문에 노발리스는 죽음을 삶의 낭만적 원칙이라고
말했다. 노발리스처럼 슐레겔도 그의 문학에서 삶과 죽음의 경계선이 무
너지는 것에서 '낭만화'라는 개념을 부각시킨다.[12] 삶에 성숙해지는 것은
죽음에 성숙해지는 것을 의미하며, 탈자아와 자기파괴와 절대적 삶에의
몰입을 의미한다. 죽음은 시간의 끝, 다시 말해서 낭만적인 길의 끝이다.
죽음은 무한으로 가는 문으로 낭만적 성취의 시작이다. 죽음은 시간에서
영원으로 가는 이행의 순간으로 낭만적인 순간 자체이다.[13] 낭만주의가
죽음을 사랑했고 갈망했기 때문에, 낭만주의의 시간감각은 그만큼 강하
고 깊은 죽음의 감정뿐만 아니라, 삶 속에 있는 죽음의 내재성에 대한 지
식을 자체 내에 포함하고 있다. 그러나 그 표현은 시인들에 따라 다르게

나타난다.

노발리스에 있어서 사랑과 죽음은 시간과 의식에서 가장 잘 표현되고 있다. 그는 이미 현세에서 영원으로 변하길 원했고, 현세에서 절대적인 삶에 이르길 원했다. 그러기 위해서 그는 현세의 시간에서 해방되기 위해서 죽음의 생각에 몰입했다. 현세에서의 죽음은 절대적인 삶을 위한 노력의 결과일 뿐이기 때문이다. 시간으로부터 나오려는 이 노력은 곧 자기완성을 위한 노력으로 죽음을 의미하며, 그럼으로 해서 죽음은 또한 완성된 자신으로의 마지막 귀환이며, 절대적인 삶으로 들어가는 입구를 의미한다.[14]

크리스티안 프리드리히 다니엘 슈바르트는 밤과 꿈의 상태를, 다시 말해서 삶의 경계로 끌고 가는 영혼의 모든 어두운 상태들을 탐색한다. 그의 소설《교회와 그의 신들Die Kirche und ihre Götter》에서는 출생과 죽음의 일치에 대한, 그리고 시작과 끝의 상징에 대한 문학적 해석이 시도되고 있다. 시작의 시간은 죽음의 시간이고, 죽음은 모든 사물들에서 성숙의 시간이기 때문에, 사람은 죽음에 대한 준비가 되어 있어야 하며, 죽음을 마음속에서 정신적으로 성숙시켜야 한다는 새로운 의미가 여기서 강조되고 있다. 이제 슈바르트는 지고한 삶의 즐거운 순간들이 죽음과 직접 인접해 있다는 것을, 즉 존재의 마지막 경계에서 망아의 황홀에 도취되어 발걸음을 죽음의 저쪽으로 옮겨놓을 때에 있다는 것을 인식한다. 그렇기 때문에 가장 아름다운 삶의 순간들에 죽음은 가장 가까이 있다. "삶은 처음에 죽음에서 생기고, 죽음으로 완성된다."[15]

낭만주의시대의 대표적인 자연철학자인 프리드리히 빌헬름 요제프 폰 쉘링은 죽음을 새로운 입장에서 관찰했다. 그는 죽음에 대한 신비주의적, 비합리적 관찰을 합리적이고 명백한 것으로 변화시키려 했다. 그는 다른 낭만주의자들처럼[16] 존재의 최고 순간을 비존재로 이월하는 파멸의 순간이라고 관찰한다. 또한 삶은 계속되는 병이며, 죽음은 병의 치유일 뿐이라고 생각한다. 인생은 죽음으로 가는 다리일 뿐이며, 죽음에 대한 사랑은 이미 현세에서 영원을 실현하려는 어떤 신비스러운 것이다. 그러나 이성적인 생각은 언제나 그를 강하게 지배하고, 그로 하여금 합리적인 해답을 찾게 한다. 쉘링은 죽음의 문제를 윤리적 영역으로, 즉 무의식의 어둠에서 밝음의 영역으로 끌어들인다.

그러나 노발리스가 사랑했던 죽은 아내와 내세에서의 합일을 원했듯이, 쉘링에게 부인 카롤리네의 죽음은 죽음에 대한 숙고의 계기를 주었으며 그의 생각을 변화시켰다. 즉, 합리적인 죽음의 생각에 비합리적, 신비주의적 생각이 스며든다. 비록 일찍이 타계한 어린 아내로 인해 노발리스의 죽음관이 애로스적인 의미에서 해석된다는 점은 쉘링의 생각과 차이가 있다 해도, 쉘링과 노발리스는 결과적으로 같은 것에서 출발한다. 즉 죽음에서 비로소 삶은 절대적인 삶이 되므로, 죽음은 삶의 더 높은 계시라는 견해에서 출발한다는 것이다.

문학사가이며 비평가인 프리드리히 슐레겔은 형 A. W. 슐레겔과 함께 낭만주의 기관지인 《아테네움》을 발행해서 낭만주의 문학을 이끌었다. 그는 1792년 11월에 형에게 쓴 편지에서 거의 3년 이래로 매일처럼 자살에 대한 생각에 사로잡혀 있었다고 밝혔다. "나는 내가 미완성이고, 그래서 자살이 너무 이르다고 생각하기 때문에, 그것을 연기했습니다." 노발리스도 이 기분을 알고 있음이 분명했다. 노발리스는 프리드리히 슐레겔에게 1793년에 편지를 썼다.

자네가 이직 살아 있는 사람들 속에 있어 기쁘다네. (…) 자네가 우리 가운데 있다는 것이 왜 가능하지 않다는 말인가? (…) 자네는 살아갈 것일세. 아무리 짧게 산다 할지라도, 자넨 물론 어떤 조야한 죽음으로도 죽을 수 없다네. 자넨 죽어서 영원으로 갈 것이네. 자넨 영원의 아들이고, 영원이 자넬 다시 부를 것이네.

그리고 실제로 노발리스는 친구로 하여금 죽음을 새롭고 신비스럽게 생각하게 한다. 특히 카롤리네 쉘링은 프리드리히 슐레겔을 자살의 어두운 그늘에서 일상의 활동으로 끌어내었다. 그녀는 괴팅겐 대학의 동양학 교수의 딸로서 첫 번째 남편이 죽은 후인 1796년에 A. W. 슐레겔과 결혼했으나, 1803년에 이혼하고 쉘링과 결혼했다. 카롤리네는 죽음에 대한 광적인 생각에 몰입하기보다는 삶의 한가운데에 굳건히 서 있었다. 그녀는 전적으로 현세를 자기 자신에 대한 사랑과 헌신과 성실 속에서 살았다. 그것이 그녀의 가장 내면적인 본질이었다. 이들의 도움으로 프리드리히 슐레겔은 자살의 충동에서 벗어나 죽음의 신비주의에 빠져들었다.

또한 프리드리히 슐레겔의 변화엔 그의 부인 도로테아 바이트의 영향도 컸다. 그녀는 당시의 유명한 철학자인 모제스 멘델스존Moses Mendelssohn (1729~1786)의 장녀로서 1783년에 은행가 지몬 바이트Simon Veit와 결혼했다. 그녀는 헨리에테 헤르츠Henriette Herz의 살롱에서 1797년에 프리드리히 슐레겔을 만났다. 그 후 1798년 이혼하고, 1804년에 8세 연하인 슐레겔과 결혼했다.

도로테아를 열렬히 사랑한 프리드리히 슐레겔은 그녀를 위해 1799년에 소설《루친데Lucinde》를 발표했다. 자전적인 이 소설에서 주인공 율리우스Julius의 모습에서는 슐레겔이, 그의 애인인 루친데의 모습에서는 도로테아가 보인다. 작가는 이 소설에서 두 사람의 불멸의 사랑이 일구어내는 "가장 아름다운 세상의 가장 아름다운 상황에 대한 열광적인 환상"[17]을 칭송한다. 주인공 율리우스의 환호하는 외침은《루친데》를 사랑의 소설로 파악하게 할 뿐만 아니라, 전체 소설의 핵심을 지닌다.[18]

그렇다! 내가 지금 느끼는 그런 기쁨과 사랑이 있다는 것을 나는 동화童
話라고 생각할 것이다. 동시에 가장 정겨운 애인이고 가장 좋은 교제라고
하는 그런 여자가, 그리고 또한 완전한 여자 친구가 나에게 있다는 것을
나는 동화라고 생각할 것이다. (…) 부부란 우리가 현세 또는 내세라고
말하는 것에 대해서 뿐만 아니라, 참된, 분리할 수 없는, 이름 없는, 무한
한 세계에 대한, 우리 전체의 영원한 존재와 삶에 대한 우리 정신의 일치
이고 결합이다.[19]

이들의 사랑은 시민계층이나 문학사회에서 대단한 스캔들이었다. 소
설《루친데》의 여주인공이 도로테아임이 쉽게 밝혀졌고, 쉘링의 아내 카
롤리네는 이 책에 대해서 너무 걱정스런 나머지 "내가 그의 애인이라면
그 책이 인쇄되도록 내버려두지 않았을 것이다"[20]라고 말했다. 비록 도로
테아가 외적 교양이나 우아함에 있어 한때 동서였던 카롤리네에 미치지
못하지만, 슐레겔은 그녀에 대해서 1798년 12월에 노발리스에게 알렸다.

그녀는 단지 하나의 스케치이지만, 결단코 큰 스케일의 스케치라네. 비록
그녀가 모른다 해도, 그녀의 모든 존재는 종교라네.[21]

이미 1798년 11월 27일에 그는 그의 형수에게 보내는 편지에서 "죽음
외에 어떤 다른 것이 우리를 갈라놓는 것"[22]은 더 이상 불가능하다고 썼
다. 방탕하고 모험적인 삶을 산 소설의 주인공 율리우스는 낭만적인 부
부를 통해서 망가진 문제아에서 조화적 · 고전적 인간이 되었다.[23] 육감적
사랑으로 충만한 부부에서 인간화의 소리가 울리고, 사랑의 행복에 대한
예찬은 자유로운 사랑의 이상에 대한 것이 아니라, 감각적 · 육체적 사랑
과 정신적 · 영적 사랑을 하나로 관찰하는 낭만적 부부의 이상에 대한 것

이다. 부부의 사랑은 남성과 여성을 완전한 인류로 완성시키는 놀랍고도 의미심장한 알레고리이다. 작가가 율리우스와 루친데의 사랑을 통해서 도로테아와의 사랑에서 찾은 자신의 행복을 찬양한다면, 그는 이로써 부부를 행복의 공동체로서, 고전적 자기실현과 자기완성으로서 찬양하는 것이다.[24]

종교란 인간과 신성의 합일을 통해서 인격을 신성화하는데 궁극적인 의미를 가진다. 도로테아의 존재는 슐레겔에게 종교이듯이, 그녀에 대한 사랑은 그에게 무한과 종교에 대한 시선을 열어주고, 삶에 대한 성스러운 의미를 주며, 그로 하여금 유한한 것에서 무한한 것을 예감하게 한다. 두 사람의 사랑은 완전한 하나이기 때문에, 그런 사랑은 두 사람 사이를 죽음을 넘어 영원히 지속되도록 한다. 따라서 죽음은 사랑이 극복해야만 하는 적이 아니라, 죽음 자체를 아름답고 감미롭게 느끼게 하는 예감을 떠오르게 한다.

도로테아에 대한 슐레겔의 사랑은 곧 신성이 현현하는 자연에 대한 사랑이요, 그 합일에 대한 동경이다. 그래서 율리우스는 루친데에게 죽음은 우주로의 회귀를 재촉한다고 고백한다. 모든 유기체들은 전성기에서 자기 해체를, 즉 생성의 근원으로의 회귀를 동경한다. 다시 말해서 인간은 최고의 유기체로서 신 같은 무한한 삶에 대한 동경을 가지며, 더 높은 형태로 넘어가기 위해 자신을 해체하고, 더 높은 자유와 사랑과 일치하는 근원적 영역으로 돌아가려는 목적을 가진다. 최고의 상태에서 체험한 사랑의 성취와 쾌락은 육체적인 것을 영적인 것으로 상승시키려는 자기 해체, 곧 죽음을 받아들이고, 애인에 대한 사랑의 성취와 쾌락뿐만 아니라 그 안에 포함된 우주에 대한 사랑의 성취와 쾌락을 예감케 한다. 이는 1800년경에 《루친데》를 썼던 슐레겔의 사랑 감정에서 흘러나온 것이다. 슐레겔은 죽음을 오직 쾌락적 감정을 동반한 의식적인 과정으로, 사랑의 죽음Liebestod으로 생각했다.

슐레겔의 이 같은 사랑에 대한 새롭고도 자유로운 생각은 시민들의 전통적인 결혼과 로코코풍의 품위 있는 미풍양속을 해치는 반면에, 결혼 상대와의 자유로운 사랑의 기쁨을 찬양하는 것으로서, 그는 "모든 사람들에서 가장 나쁜 사람"으로 낙인이 찍혔다.[25] 《루친데》는 "사랑의 혁명"이라고 그 당시에 비난받았으나 그의 친구 슐라이어마허는 다가올 이상적 사랑의 모습으로 이 작품의 긍정적인 핵심을 파악하고 높게 평가했다.[26]

사랑의 죽음은 죽음의 사랑Todesliebe이 된다. 1800년경에 《루친데》와 같은 맥락에서 발표된 일련의 시들에는 《루친데》에서와 같은 사랑의 죽음에 감격한 긴장이 흐르고, 애인과의 합일에서 죽으려는 욕망이 숨 쉬고 있다. 사랑의 불꽃 속에서 사람들은 "달콤한 죽음"을 죽으면서 새로운 삶으로 다시 시작하는 지고한 행복에서 죽음을 찬미한다. 그들은 현세에서 알지 못한 것을 죽음에서 발견한다. 즉 죽음에서 영원한 삶의 불빛을 본다. 처음으로 죽음의 파멸에 대한 감격에서 신의 창조에 대한 의미가 나타난다.[27] 그러나 슐레겔은 성취된 사랑의 황홀경과 감격적인 죽음에 대한 예찬에도 불구하고 그의 친구 노발리스처럼 죽음에 신비주의적으로 불가사의하게 몰두하는 능력이 없었다. 슐레겔은 다만 사랑과 죽음의 연결에서 머물렀다.

그러나 슐레겔은 죽음에서 느끼는 쾌락의 의식에서 뛰어난 예술적 감각으로 모순과 비합리성을 점점 인식하게 된다. 그리고 그가 이에 대해 합리적이고, 이지적으로, 그리고 학문적으로 깊이 생각하게 됨으로써 그의 죽음에 대한 인식은 변화되었다. 그는 기독교를 사랑의 죽음에 대한 생각에 끌어들이고 새로운 생각에 몰두한다. 그럴수록 죽음에 대한 그의 생각에서 이미 변화가 조용히 암시된다. 고전주의의 종교가 삶의 종교이듯이, 그에게 기독교는 더 이상 죽음의 종교가 아니다. 기독교에서는 죽음과 삶이 하나이고, 사랑과 죽음이 일치해 있기 때문에, 슐레겔은 기독교에서 순교자들의 망아적인 축제를, 죽음에 대한 용기와 감격을 본다. 감각적인 '사랑의 죽음'은 정신적으로 승화된 '죽음의 사랑'과 일치한다. 다시 말해서 에로스적 죽음의 감정은 기독교적 죽음의 감정으로 바뀐다. 그래서 죽음은 최고의 의미에서 종교적인 문제로, 기독교적-가톨릭의 문제가 된다.

이렇게 슐레겔의 죽음관에 철학적·교의학적 변화가 나타나고, 그는 죽음에 대한 이전의 기본신념을 교의학적으로 표현하려 한다. 죽음은 사랑처럼 신으로부터 이탈한 죄를 지은 인간의 구원자이다. 죽음을 통해서 인간은 현세나 내세에서 다시 신적인 것으로 들어간다. 다만 지금 신적인 것이 교의의 엄격한 의미에서 파악된 것이어야 한다. 1804~1806년의 철학 강의들에서 슐레겔은 죽음을 새로운 체계로 정리하기 위해서 인간 내면의 부활에 대한 문제를 역사와 인생철학의 중심으로 끌어올린다. 죽는 것은 잠드는 것이 아니라, 영혼의 깨어남이다. 죽음은 생명의 자연스런 계시에 뒤이은 깨어남의 초자연적 계시이기 때문에 죽음을 위한 준비는 종교의 올바른 임무이다. 죽음의 시간에 비로소 내적 부활은 성숙해진다. 이로써 그는 점차적으로 스콜라철학으로 굳어진 새로운 신비주의에 빠져든다.

그 후 슐레겔은 1827년에 빈에서 했던 '삶의 철학Philosophie des Lebens'[28]에 대한 강의들에서 숭고한 미와 윤리적 위대함에 대해 말한다. 인간의 본성은, 정신, 영혼 그리고 육체로 구성되어 있어, 모든 피조물 중에서 유일하게 신과 꼭 닮은 모습으로 만들어졌다. 그래서 인간만이 신적인 것에 대한 동경을 가지며, 인간에게만이 영혼의 불멸이 해당한다. 슐레겔은 죽음에서 죄의 대가를 다시 보고, 영원한 죽음을 자연과 우주에서 본다. 동시에 그는 자연에서 생성과 소멸의 역동적인 영원한 유희도 본다. 그런 경우에 자연은 하나같이 모든 것을 잉태하고 모든 것을 먹어 삼켜버리고 영원히 되새김질하는 '괴물'일지도 모른다. 괴테도 이 같은 생각을 8월 18일의 서신에 베르테르의 심중을 토로하기 위해서 표현한다. "하늘과 땅과 그리고 내 주위에서 그 전체를 움직이게 하는 힘이여! 거기엔 영원히 삼켜버리고 영원히 되새김질하는 괴물만이 보일 뿐이라네."[29] 뿐만 아니라 자연은 시작하는 삶이며, 삶을 죽음으로부터 끌어내는 부활의 상징이다.

1828년의《역사철학. 강의들Philosophie der Geschichte. Vorlesungen》[30]에서 슐레겔은 비록 죽음에 대해서 말하고 있지 않지만, 신적인 것의 의미에 대해서 말한다. 모든 피조물 중에서 신과 가장 많이 닮은 인간은 신으로부터의 이탈로 인해서 사라진 신적인 모습과, 그리고 근원적으로 조화로운 인간의 의식에 있는 신적 의지를 복구해야 한다는 것이다. 개인과 신과의 일치에 대한 그의 강조는 인간의 완성을 의미한다. 죽음은 삶과 함께 남아 있다. 인간의 완성으로 비로소 죽음은 극복될 수 있다. 이 같은 죽음에 대한 사변적 해석을 통해서 죽음은 삶의 형성자로 뿐만 아니라 역사의 형성자로서 신비한 모습을 얻고, 더 이상 감각적 에로스에서 해결되지 않는다. 비감각적인 신적 사랑의 정신을 통해서 죽음은 극복된다.[31]

프리드리히 슐레겔의 친구이며 신학자인 슐라이어마허 또한 죽음을 교의학적으로 바라본다. 그들은 1797년부터 함께 살면서 그들의 생활을 '결혼'이라고 말할 만큼 가까운 관계를 유지했다. 그들은 외모나 재능이나 관심사에서 차이점이 많았으나, 슐레겔은 문학과 문예 비평을, 슐라이어마허는 자신이 숭배하는 스피노자를 서로에게 소개해주었다. 슐라이어마허는 젊은 시절에도 죽음에 대한 생각으로 충만했다. 그가 1796년에 목사로서 베를린에 살았을 때, 그는 헨리에테 헤르츠의 사교 살롱에 드나들며 그녀와 깊은 우정을 맺었다. 그는 1799년 7월 1일에 그녀에게 편지를 썼다. "나처럼 그렇게 시들고 죽음에 가까이 있는 사람은 아무도 없다.

나는 그것을 구성할 수도, 자세히 설명할 수도 없다. 그러나 그것은 유감스럽게도 사실이다."[32]

같은 해에 펴낸 슐라이어마허의 최초의 저술《종교에 관하여. 종교를 경멸하는 교양인에게 보내는 종교에 관한 연설들Über die Religion, Reden über die Religion an die Gebildeten untern ihren Verächtetem》은 스피노자 연구의 소산이다. 스피노자의 범신론Pantheismus은 "모든 유한한 것은 무한한 것에 포함되어 있다"라고 주장한다. 이런 주장에서 슐라이어마허는 "모든 유한한 것에서 무한한 것을 인지하게 하는 것"이 종교적 요청이라고 했다.[33] 칸트는 신을 인식함에 있어서 이론적 이성을 추방하고 실천적 이성을 주장함으로써 신을 도덕을 위한 가설로 전제하고, 종교가 도덕의 토대가 아니라 반대로 도덕이 종교의 토대가 된다고 규정했다. 따라서 인간은 도덕을 실행할 수 있는 자율성을 가져야 하며, 도덕은 이 자율성에 의해 행해진 선행 자체일 뿐, 현세 혹은 내세의 보상을 위한 것이 아니라는 것이다. 따라서 칸트에게 있어서 종교는 자연을 신성시하고 자연의 신비를 발견하는 힘을 더 이상 갖지 못한다. 이는 곧 종교에 대한 낭만주의의 생각과는 다른 것으로, 바로 여기서 칸트의 도덕종교론에 반대해서 "모든 유한한 것에서 무한한 것을 인지하게 하는" 슐라이어마허의 '종교론'이 비롯된다. 따라서 그의 논문은 낭만주의의 감성종교의 본모습을 잘 나타내고 있어 낭만주의자들에게 큰 주목을 받았다.[34] 그의 종교론은 경건주의자들에게 충격적이었다. 슐레겔의 소설《루친데》가 문학에서 불러일으켰던 충격처럼, 슐라이어마허는 종교에서 그러했다. 이것을 오스카 발첼Oskar Walzel은 "슐라이어마허의 충격"[35]이라고 표현했다.

그의 책《종교에 관하여》의 〈제2강연: 종교의 본질에 관하여Zweite Rede: Über das Wesen der Religion〉는 계몽주의의 이신론理神論이나 칸트의 도덕종교론에 반대하면서 종교의 본질을 규명하고 있어 중요하다.

종교의 본질은 사유나 행위가 아니고, 직관과 감정이다. 종교는 '우주'를 직관한다. 종교는 우주를 그 독자적인 표출 속에서 그리고 그 독자적인 행위 속에서 경건한 마음으로 살면서 관찰한다. 종교는 어린아이와 같이 순진한 수동적 자세로 우주의 직접적인 영향들에 사로잡혀 그런 것들이 마음 가득히 채워지길 원한다.[36]

슐라이어마허에게 종교의 관조대상은 우주이고, 그의 종교는 우주와 그 속에 내재한 신을 "직관"으로 체험함으로써 생기는 "감정"이다. 이 종교적 감정은 "무한한 것에 대한 감성과 취미"[37]라고도 정의하면서 슐라이어마허는 종교를 신비주의의 방향으로 이끌어 갔다. 즉 그 당시에 통용된 생각에 반대해서, 불멸과 신에 대해서 언급되지 않고는 종교의 본질에 대해서 근본적으로 언급될 수 없다는 것이다. 우리는 "어린아이와 같이 순진한 수동적 자세로" 우주의 무한함을 느끼고, 현 세계 속에서 무한과 합일하는 것, 즉 신에 절대적 의존감 내지 존속감을 가져야 한다는 것이다. 그런데 우주는 모든 유기체를 해체시키는 근원적인 행위자로 인간 위에 설정된다. 그래서 우주의 무한한 것과 인간의 유한한 것의 완전한 합일은 개체의 파괴, 곧 죽음을 통해서 비로소 가능하다. 하지만 비록 "우리가 측량할 수 없는 우주 속으로 소리 없이 사라진다 해도, 그것은 무한한 자와 일치하는 것이기 때문에 우리에게 위협적이 아니라 행복한 죽음의 체험이 된다. 이렇게 죽음은 우주를 향해 문을 열어준다. 사람은 자신 안에 있는 신적인 것과 일치하기 위해 노력하면서 죽음에 대해서 성숙해질 수 있다. 신과의 합일은 내세의 불멸을 말하는 것이 아니라, 오히려 현세에서의 영생에 참여하는 것을 말한다. 즉 슐라이어마허에게 불멸이란 다름 아닌 "유한한 것의 한가운데서 무한한 것과 하나가 되고, 한순간에 영원한 존재가 된다"는 것이다. 이것은 또한 "종교에 있어서의 불멸성이다."**38** 슐라이어마허에게 있어서 이 종교적 불멸성은 낭만주의시대에 최고로 정신화된 초월적 인도주의의 생각에 대한 표현이기도 하다.

무한한 자에 대한 유아幼兒적 의존성에서 기인한 자기소멸의 욕망은 무한한 자에 대한 사랑이기도 하다. 그래서 그는 무한한 것으로 이행하는 순간을 "처녀의 키스와 같고, (…) 신부의 포옹과도 같다"**39**고 표현했다. 이렇게 유한한 현 세계 속에서 무한한 자와 합일하는 것은 젊은 남녀의 성적 체험과 같은 일체감에 비유되고 있다. 슐라이어마허에 의하면 "세계를 직관하고 종교를 소유하기 위해서 인간은 우선 인성人性을 발견해야 한다"는 것이다. "그런데 인간은 다만 사랑 속에서 사랑에 의해서 인성을 발견한다. 그런 까닭에 사랑과 종교는 긴밀하게 결합되어 있어서 불가분의 관계이다. 즉 '사랑'에 대한 동경이야말로 인간이 종교를 향유하는 데 도움이 된다"**40**는 것이다. "다른 사람 속에서 무한한 것을 직관하는 것이야말로 사랑과 우정의 최고 내용이다. 사랑에 의해서 비로소 인간은 세계를 보는 눈을 뜨게 된다. 여기에 낭만주의 특유한 '사랑과 종교의 합일'이 이루어진다."**41** 슐라이어마허가 슐레겔의 《루친데》에서 자유로운 사랑을 변호했을 때, '사랑의 죽음'에 대한 생각이 그에게 가까이 다가왔다. 사랑에 있어서도 그 완성은 죽음에만 있을 뿐이다. 이미 그의《연설들 Reden》은 신을 인식하는 조건으로서 사랑을 요구했다. 사랑은 시선을 무한한 것으로 열어주기 때문이다. 그에게 "사랑과 종교는 물론 하나이다."

슐라이어마허는 낭만주의의 가장 깊은 비극을 표현한다. 사람은 자기 자신을 완성시키기 위해 죽음을 향해 정진해야 하고, 그리고 완성을 얻기 위해 자기 자신을 파괴하려고 노력해야 하기 때문이다. 성숙한 삶과 성숙한 죽음은 상호간에 넘나든다. 즉 현세에서의 자기완성은 동시에 자기해체, 그러니까 죽음이고, 가장 내면적인 본질을 파괴한다는 것이다. 그리고 그것은 바로 죽으려는 의지와 죽음의 동경에 대한 에로스적 충동을 상승시켜서, 사람은 자기완성을 통해서 죽음에, 탈자아에 더 가까이 온다. 자기의 고유한 형태로부터의 결별 또는 종교적 감정에서의 자기소멸은 슬픔이고 비극일 수도 있다. 그러나 이러한 결별이나 소멸은 낭만적 아이러니로 변모된 표현으로 '거룩한 슬픔'으로 이해할 수 있다.[42] 프리드리히 슐레겔이 이 '거룩한 슬픔'을 문학적으로 표현했다면, 슐라이어마허는 신학적으로 표현했다. 따라서 전자에게 진정한 문학이 초월문학이듯 후자에게 진정한 종교는 초월종교이다.[43]

모든 종교의 형태와 교조적 의무를 단호히 해체해버리는 슐라이어마허의 초월적 종교론은 그 당시를 지배했던 기독교에서 배척될 수밖에 없었다. 괴테와 실러도 비판적이었다. 그러나 그의 종교론인《종교에 관하여. 종교를 경멸하는 교양인에게 보내는 종교에 관한 연설들》이 말해주듯이 그는 오히려 이들을 향해 자신의 종교관을 주장했다. 오스카 발첼이 지적했듯이, "슐라이어마허는 낭만적 의미에서 인간에게 절대자를 파악하는 하나의 방도를 가르쳐주었고,"[44] 낭만파 시인들은 무한한 것에 대한 종교적 동경심을 통해서 낭만적으로 무한을 추구하려는 욕망을 충족시킬 수 있는 길을 찾게 되어 그의 새로운 종교관을 환영했다.

슐라이어마허는 젊은 시절의 감정에서 점차적으로 벗어나 죽음에 대해서 새롭게 숙고한다. 플라톤의 대화를 번역한바 있는 그는 언제나 불멸을 고수한다. 즉 정신에는 어떤 죽음도 어떤 몰락도 없다는 것을 그는 확신한다. 그래서 그는 신교도의 교의학자로서 기독교적 윤리 안에서 죽음의 문제를 새롭게 연구하면서 그 문제를 낭만적 의미에서 해석하려 했다. 그는 개신교의 교의학에서 받아들인 도그마를 반박하며 주장한다. 인간 개체의 죽음은 본래 존재하는 것이기 때문에 불가피하다. 본래의 악이란 최초의 죄에서 생기지 않았듯이, 육체적 죽음은 죄의 결과가 아니다. 이미 현존하는 죽음은 죄를 통해서 비로소 악이 되고, 죽음은 악으로서 죄의 벌이 된다. 이로써 죽음의 처벌 성격은 절대적이 아니라, 오직 상대적으로 받아들여진다.[45] 이것은 기독교 본래의 중심사상은 죄이고, 죽음은 신이 내린 죄의 대가라는 기독교의 교의와는 다른 것이다. 슐라이어마허는 죽음도 새롭게 순수한 윤리의 영역에서 신비하고 비합리적인 모든 옷을 벗어야 한다고 강조한다. 이 같은 그의 종교관은 후일에 낭만주의의 경건성이라는 새로운 토대를 마련하는 데 막강한 영향력을 주었다.[46]

성애적·종교적 사랑의 죽음
후기 낭만주의

하이델베르크는 그 당시(1804)에 프랑스의 지배하에 있었던 독일의 다른 도시보다 비교적 자유로웠다. 1805년 하이델베르크에 모인 낭만주의자들은 예나의 낭만주의자들보다는 덜 체계적이었고, 이론적으로나 비평적으로도 부족했다. 그러나 이들의 낭만주의적 사고와 감정은 예나의 낭만주의자들처럼 정신영역에 몰두하기보다는 문학, 자연과학, 법률학, 정치학, 음악, 회화 등에서 더 창조적이었다. 하이델베르크 낭만주의자들은 민족과 국가와 교회뿐만 아니라 민족의 본질과 민속적인 작품에 관심을 가졌다. 민요나 동화를 수집하고 개정했으며, 역사적인 의식에서 위안을 찾기도 했다. 그리고 물려받은 유산과 각성된 민족의식에 대한 자부심은 자연과 고향에 대한 사랑을 심화시켰다.[47] 아힘 폰 아르님Achim von Arnim(1781~1831), 클레멘스 브렌타노Clemens Brentano(1778~1842), 아이헨도르프Joseph Freiherr von Eichendorf(1788~1857), 야코브 그림Jacob Grimm(1785~1863)과 빌헬름 그림Wilhelm Grimm(1786~1859) 형제, 차하

클레멘스 브렌타노(1778~1842)

리아스 베르너Zacharias Werner(1768~1823), E. T. H. 호프만Ernst Theodor Amadeus Hoffmann(1776~1822) 등이 이 시대를 대표하는 작가들이다.

　신교도의 귀족가문에서 태어난 아힘 폰 아르님은 원래 자연과학에 관심이 있는 과학도였는데, 1801년에 괴팅겐 대학에서 클레멘스 브렌타노를 만난 후에 문학에 빠져들었다. 그는 가문이나 외모에서 친구인 브렌타노보다 우월했고, 많은 창작활동에도 불구하고 평탄한 삶을 살았다. 노년의 아이헨도르프가 이 한 쌍의 친구를 "남자 특유의 부드럽고 우아한 성향을 발산하는 아르님과 그의 옆에 있는 열광적이고 여성스러운 브렌타노"[48]라고 묘사할 정도로, 이 두 시인들의 우정은 대단했다. 아르님은 1805년에 베를린에서 하이델베르크로 이주했고, 브렌타노와 함께 하이델베르크 낭만파를 대표하는 시인이 되었다. 그는 브렌타노와 함께 민요집《소년의 마술피리Der Knaben Wunderhorn》(1805~1808)를 발행해서 유명해졌다. 이들은 함께 1808년에 베를린으로 옮겼고, 아르님은 브렌타노의 여동생이며 당시의 여류시인으로 활동했던 베티나와 1811년에 결혼해서

7남매를 둔 다복한 가정생활을 영위했다.

젊은 낭만주의자이며 물리학자인 아르님은 바로크의 신앙심을 비합리적·낭만적으로 일깨우고, 그 속에서 언제나 변함없이 열광하는 마력적인 죽음의 감정을 그의 모든 작품들에서 문학적으로 나타냈다. 이미 그의 첫 청춘소설《홀린의 연애인생Hollins Liebesleben》(1802)에서 낭만적이고도 다감한 두 젊은 애인들이 오해로 불행한 사랑의 종말에 이른다. 이에 이 소설은 "베르테르적 작품"[49]이라 불렸다. 주인공인 홀린은 말한다. "오직 죽음에만 자유가 있으며, 모든 죽음은 자유이다. (…) 사랑은 죽음을 통해서 가치가 있는 것이고, 사랑은 죽음 속에 살고 있는 것일까?"[50] 아르님은 삶과 죽음의 내면적 일치를 체험하고, 삶을 위해 죽음을 알아야만 한다는 것을 알았다. 순례자의 모험을 우의적이고도 낭만주의적으로 다룬 그의 연극《할레와 예루살렘Halle und Jersalem》(1811)에서는 삶과 죽음과 구원의 생각이 바로크시대 죽음의 특징 속에서 나타난다. 작품 전체에서 그리피우스가 추구했던 '메멘토 모리Memento mori'가 기본 톤으로 흐르고 있다. 시작의 문장이 삶과 죽음의 분위기를 나타낸다.

한 우물이 사막 안에 있다. 그 옆에는 대리석으로 된 여인의 머리가 관을 통해 물을 쏟아낸다. 마호메드교인과 기독교인이 그곳에서 만나고, 그들이 낙타들을 물 마시게 하는 동안에, 그들은 서로 아주 짧은 말로 이해할 수 있는 데까지 이야기를 나눈다.[51]

우물은 생명의 물이고 사막은 죽음의 땅이다. 기독교인은 예수의 무덤으로 가려고 예루살렘으로 향하고, 마호메드인은 예언자의 무덤으로 가려고 메카로 향한다. 이들 외에 무어인, 은둔자, 소년들, 이들 모두는 우물로 와서 생명의 물을 마시고 사막에서 죽어간다. 은둔자는 죽은 무어인을 묻어주고 자신의 죽음을 노래한다.

마치 내 무덤을 곧바로 찾아야만 하듯이, 나는 지쳐서 모래 속으로 가라
앉는다. 나는 점점 더 깊이 빠져들고, 햇빛에서 사라진다. 오, 주 예수 그
리스도께 날 데려다주오, 그대 우릴 위해 돌아가셨기에.[52]

삶과 죽음이 구원의 희망과 연결되어 있다. 신교도인 아르님은 문학적
으로 바로크시대에서와 같은 열광적이고 마력적인 죽음의 감격, 죽음의
쾌락, 죽음의 동경을 추구하지만, 구원의 희망도 그 이상으로 강하게 나
타낸다. 그는 소년의 노래를 통해서 말한다.

노력하는 길을 향한
순결한 삶을 통해서
무덤에서 부활하는 예수를
우리가 보도록 가르쳐라.[53]

종교적인 문제는 아르님에게 죽음의 문제가 된다. 그가 현세에서 굳건
히 서 있음에도 인생의 허무를 무겁게 느끼고 경험한다. 소년의 노래와
같은 생각이 그의 시 《기도Gebet》에서도 나타난다.

제게 사랑을 주소서, 주여 당신을
지상에 알리도록 즐거운 입을 주소서,
근심 없는 재산에 건강을 주시고,
경건한 마음과 확고한 용기를 주소서;
(⋯)

그러고는 날개와 무덤의 모래더미를 주소서,

(…)

작별이 힘겨운 영혼에 날개를 주소서,

아름다운 이 세상 쉽게 뿌리칠 수 있도록.[54]

    그는 순결한 삶을 통해서 예수처럼 영원한 삶으로 부활하길 원한다. 그리고 '사랑'과 '경건한 마음과 확고한 용기'로 현세의 삶에서 벗어날 수 있는 죽음을 동경한다. 죽음이 언제나 삶을 결정하기 때문에 그는 죽음에 성숙해지려고 노력하고, 종말에 대한 성숙함에서 현존재를 본다. 그는 가혹하고 끔찍스런 삶의 고통을 알기에 그에게 죽음은 삶의 내적 노력인 것이다. 지극한 행복은 오직 죽음에만 있다. 연극《닮은 사람들Gleichen》은 이와 비슷한 말로 끝난다. "우리는 죽기 위해서 산다. 우리는 살기 위해서 죽는다." 죽음에 대해서 알고 있던 아르님은 삶에 매료되어 인생을 더 깊게 느낀다. 그리고 그의 문학은 그림자처럼 끔찍스럽고 진지하게 삶 속으로 손을 뻗은 죽음을 때로는 의도적으로 "마치 죽음이 큰 낫으로 우리를 간질이는 것"과 같이 "익살스럽고, (…) 웃지 않을 수 없게,"[55] 때로는 바로크적인 격정으로 묘사하고 있다. 단편소설《에집트의 이사벨라Isabella von Ägypten》(1812)에서 카를 황제 5세는 그의 첫사랑인 집시소녀 이사벨라를 끝내 황비로 맞이하고, 그녀는 존경받으면서 살다가 카를과 같은 날에 죽는다. 사랑은 죽음의 시간에 과오와 야심으로 가득 찬 카를 황제의 인생을 용서한다.[56] 그러나 하인리히 하이네Heinrich Heine(1797~1856)는 그의 논서《낭만파Die romantische Schule》에서 "아르님은 노발리스보다 더 마음속 깊이 자연을 음미하고, 호프만보다 훨씬 더 무섭게 유령들을 불러온다"고 말하고는, "민중이 책들에서 찾는 무엇, 즉 삶이 이 시인에게 없었다"고 지적했다. 아르님은 이 욕구를 만족시킬 수

없었다. 그는 삶의 시인이 아니라, 죽음의 시인이었기 때문이다.[57]

브렌타노는 하이델베르크 낭만파를 대표하는 시인으로 아르님과 함께《소년의 마술피리》를 발행해서 유명해졌다. 그는 이탈리아 북부 출신의 부유한 상인 페터 안톤 브렌타노Peter Anton Brentano와 독일의 막시밀리아네 폰 라 로슈Maximliane von La Roche[58] 사이에서 태어났다. 부유한 어린시절을 보냈으나, 15세 때에 어머니가 사망하고, 아버지 역시 4년 후에 세상을 떠나자 엄격한 숙모 아래에서 자라야 했다. 1803년에 대학교수의 부인이었으나 자신과의 정사로 인해 이혼한 8세 연상의 소피 메로Sophie Mereau와 결혼했으나, 3년 후에 그녀 역시 출산 중에 사망했다. 다음해 1807년에 성격이 괴상한 16세의 소녀 아우구스테 부쓰만Auguste Bußmann과 결혼했으나 1812년에 다시 이혼했다. 그는 1816년에 여류 종교작가 루이제 헨젤Luise Hensel을 열렬히 사랑했으나 거절당했다. 그러나 목사의 딸인 그녀가 가톨릭으로 개종하자 브렌타노 역시 1817년에 가톨릭으로 개종하고 종교생활에 몰입했다. 그 후 1819년 이래 그는 성흔聖痕을 받았다는 수녀 안나 카타리나 엠머리히Anna Katharina Emmerich가 1824년에 죽을 때까지 간호했고, 그녀의 환상을 그의 작품에 옮겨놓았다. 그녀가 죽은 뒤에 브렌타노는 불안정한 생활을 하며 여러 도시들을 배회하다가 1842년에 63세를 일기로 사망했다.[59]

일찍이 부모의 사망에서 겪은 죽음의 체험, 결핍된 모성애, 충족되지 않은 불행한 사랑 그리고 가톨릭으로 개종한 후에 수녀의 죽음에서 얻은 죽음에 대한 종교적 사유, 이것들은 그의 성격과 삶에 감정의 심한 기복이나 내면의 분열 같은 영향을 주었을 뿐만 아니라, 그대로 그의 작품 속에 스며들어 환상의 세계와 현실의 세계, 문학과 실생활의 한계를 넘나들며 묘사되고 있어 그를 가장 낭만적인 시인이 되게 했다.

브렌타노의 죽음에 대한 감정은 일찍부터 깊은 고통으로 충만했다. 처음에 엄격한 교회의 규범을 따르지 않았던 브렌타노는 죽음에서 삶의 단순한 종말이라는 불행을 본다. 그래서 그의 죽음에 대한 감정은 처음에는 주관적·낭만적인 것이었으나, 결코 경건하고 객관적·교의학적인 것이 아니었다. 일찍이 그는 여동생 베티나에게 죽음이란 우리에게서 높은 삶에 대한 예감과 기대를 뺏어갈 뿐이라고 말했다. 그러나 이 같은 생각은 브렌타노의 신화극《프라하의 건설Gründung Prags》(1815)에서 문학적 아름다움과 종교적 위대함으로 변용되었다. 이 극은 브렌타노가 뵈멘에 머물렀을 때(1811~1813) "낭만주의 정신에서 생겨난 체코-슬라브의 선사시대 민족 신화에 적지 않은 공헌을 한 드라마"[60]로서 "낭만주의 역사 드라마의 전형"[61]으로 평가된다. 뵈멘 왕의 딸 리부사Libusa가 부친이 죽은 후에 왕이 되어 프라하를 수도로 건설하여 잃어버린 낙원을 다시 찾으려 한다는 내용이다. 비록 이 극이 마그데 전투에서 기독교의 승리를 다루고 있다 해도, 이 극은 원래의 의미에서 순교자의 비극이 아니다. 그러나 기독교를 믿는 처녀 타리니타스Trinitas는 신앙을 위해 죽음을 감수한다. 그래서 그녀의 영생에 대한 동경이 이루어진다는 의미에서 그녀의 죽음은 종교적, 기독교 교의적 의미에서 해석될 수 있다. 이것은 브렌타노의 죽음 생각이 주관적·낭만적인 것에서 종교적 위대함으로 변용된 것을 의미한다.

후일에 브렌타노에게 기독교는 F. 슐레겔처럼 부활과 변용의 종교가 되었다. 그런 변화에 대한 싹은 이미 자서전적 서한체의 장편소설인《고드비 또는 어머니의 석상Godwi oder das steinerne Bild der Mutter》(1801~1802)에서 볼 수 있다. 상인의 아들인 고드비는 긴 여행에서 육체적으로 온갖 모험을 겪으면서 세상에 대한 역겨움을 느낀다. 수많은 여인들과의 편력 후에 그는 라인 강가에 있는 성의 주인인 경솔하고 경쾌한 백작부인 G를 알게 되고, 그녀는 "억제하기 어려운, 그렇지만 상스럽지 않은 감각적 욕구로"[62] 그를 붙잡는다. 경건한 순수성과 도덕적 타락 사이를 오가는 백작부인의 젊은 딸 비오레테Violette가 고드비를 사랑하는 것을 알았을 때, 고드비는 그들로부터 도피한다. 비오레테는 자신의 사랑이 거부되었다고 생각한 나머지 창녀가 된다. 수년 후에 농장으로 다시 돌아온 고드비가 그녀를 다시 만나게 되고, 그녀는 얼마 후에 죽는다. 그녀의 죽음은 고드비를 정화시키고, 그는 그녀를 영원히 생각하기 위해 그녀의 석상을 그의 어머니 묘비 옆에 세운다.

이 소설에는 끊임없이 사랑을 갈구하면서도 어머니의 사랑을 일찍이 잃은 브렌타노의 본질적인 요소가 반영되어 있다. "어머니가 어머니인 동시에 성모마리아라고 느껴지는 정신적 허구 속에서 꿈과 현실을 혼동하고, 자기 자신을 마리아상에 안긴 어린 아기로 무의식중에 동일시하는 심상의 반영을 볼 수 있다."[63] 감각적 사랑이 종교적 사랑이 된다. 죽은 아내 소피와 어머니에 대한 사랑이 성모마리아의 사랑으로 승화된다.

이 소설 속에 수록된 많은 담시, 가요, 일화, 삽화들 중에《로레 라이 Lore Lay》가 이것을 말해준다. 라인 강변에 있는 바하라흐에 사는 마녀는 너무나 아름답고 매혹적이어서 그녀를 보는 자는 모두 사랑에 빠져 파멸하고 만다. 주교도 그녀의 아름다움에 빠져 그녀를 처벌하지 못하고 수녀가 되어 "죽음의 여행을 위해/ 이 세상에서 준비하라"(16연)고 명한다. 쾌락적 사랑의 감정은 수녀의 순수하고 금욕적인 사랑의 감정으로, 사랑의 죽음은 죽음의 사랑으로 승화한다. 세 명의 기사에게 이끌려 수녀원으로 가는 도중에 그녀는 로레 라이라 불리는 암석에서 라인 강에 투신해 죽고, 뒤따라 세 기사들도 죽는다. 그 후 이 바위에서는 배가 지나갈 때 '로레 라이! 로레 라이! 로레 라이!' 하는 소리가 울렸다. 하이네가 이 모티브로 쓴 시가 제일 유명하다.

장미가 벌레를 지니고 있듯이 낭만주의는 가장 우아하고 부드러우며 동시에 민속적이지만, 현세적인 현상에 병원체를 지니고 있는데, 이 병원체의 가장 내면적인 본질은 죽음에 이르는 유혹이라고 토마스 만은 지적했다.[64] 감각적인 것과 순수한 것의 결합과 종교적 열정과 공허에 대한 불안 사이의 긴장에서 브렌타노는 《묵주黙珠의 설화시집Romanzrn von Rosenkranz》(1804~1810)을 썼다.[65] 20편의 로만체로 된 이 민요조의 설화시집에는 시인의 젊은 시절의 죽음에 대한 느낌이 나타난다. 장미 같은 세 딸과 이복 삼형제의 근친상간적 사랑의 위험이 어머니의 사랑으로 구제되고, 세 딸들은 묵주의 첫 세 알이 된다는 줄거리이다. 가톨릭교의 묵주는 세습적인 죄악을 없애준다. 종교와 사랑의 죽음이 관능의 죄악세계를 구제해서 순결의 세계로 만든다.

죽음은 죄의 대가이고, 여자는 죽음을 낳는다. 제13 설화시에서 로사로제Rosarose는 죄의 대가를 치르기 위해서 순결한 부부로 살아가면서 고통스런 참회 속에서 임종의 침상에 누워 있다. "환영하오, 죽음의 환희여"라고 그녀는 사랑의 말을 중얼거린다.[66] 그녀는 죽음으로 속죄하고, 그녀의 죽음은 실제로 브렌타노가 체험한 신비한 성흔을 띤 수녀 안나 카타리나 엠머리히의 죽음과 같으며[67] 중세시대 수녀들의 죽음에 대한 동경과 신의 사랑과의 일치가 성스럽고 감미로운 분위기를 이룬다. 주님은 순교자들을 위해 만든 잠미원으로 그녀를 인도한다. 그리고 제15 설화시에서 비온데테 로사도레Biondette Rosadore는 죽기 전에 감격에 겨운 소리로 신부의 노래를 치명상을 입은 애인의 침상 옆에서 부르고, 순교자처럼 자신을 칼로 찌른다.

인사 받을지어다, 그대 죽음의 화살이여!
인사 받을지어다, 한 번도 파렴치한 욕망을
마시지 않은 깨끗한 입으로,

순결한 죽음, 그리고 순결한 상처.[68]

브렌타노의 작품들에는 환희에 찬 성스러운 죽음이 있다. 그것은 종교적인 것이 출현하기 전에 브렌타노가 가졌던 낭만주의 특유의 죽음에 대한 감정이다. 또한 그것은 한편으로는 신과 화해하고 신을 사랑하는 영혼의 기쁨이며, 다른 한편으로는 세상의 죄를 알고, 그 때문에 괴로워하는 사람의 깊고 고통스런 죽음의 감정이다. 그는 삶을 '그리스도의 수난'으로 보았기 때문이다. 그 감정은 처음에 브렌타노를 무겁게 짓누르고 있었지만, 점차 변화해 갔다. 삶의 고통과 슬픈 감정은 죄 많은 이에게 이 실낙원에서 나오는 빛일지도 모르기 때문이다. 그는 1802년 5월 초에 《봄의 화환Frühlingskranz》에서 여동생 베티나에게 죽음은 인생의 모든 순간에 존재한다고 편지로 쓴다.

> 인생은 같은 순간에 자신으로부터 나와서 자신으로 돌아가는 삶의 영원한 회귀와 출현에 불과해. 마찬가지로 삶은 죽음의 모든 순간에 존재하지. 죽음과 삶은 하나이기 때문이야. 사람은 살 수 있기 위해서 영원히 죽어야만 하고, 죽을 수 있기 위해서 영원히 살아야만 해. (…) 죽음은 삶을 시간 안에서 견고하게 하지. 우리는 영원을 생각할 수 있고, 삶이 영원하다는 것은, 우리가 죽음으로 영원의 한 조각을 붙잡아 자기 것으로 만들기 때문이야.[69]

이렇게 브렌타노는 낭만주의시대의 시인으로서 자신의 어두운 삶의 내면적 비극을 나타낸다. 브렌타노는 영원한 삶을 위해서 그가 존재하는 시간으로부터 벗어나길 동경하지만 그는 언제나 다시 삶 안으로 몰아넣어지고, 언제나 다시 쫓겨나면서 이 내면의 갈등으로 파멸해 간다. 그러니까 낭만적인 인간은 결코 시간 안에서 완성될 수 없으며, 다만 현세에서 완성의 아름다움을 멀리서 그리워할 수 있을 뿐이고, 시간 안에서의 완성을 위해서는 스스로 자신을 희생할 수밖에 없다. 완성된 존재는 죽음이기 때문이다. 그리고 그 죽음은 아름다움의 죽음이다. 이것은 노발리스와 슐라이어마허도 암시하고 있듯이, '죽음에로의 유혹'이며, 아름다움의 비극적 체험인 것이다. 이것을 후일에 아우구스트 폰 플라텐Aaugust von Platen(1796~1835)은 "아름다움을 눈으로 바라본 자는 이미 죽음에 맡겨져 있다"[70]고 말했다. 이 죽음은 괴테의 파우스트의 죽음과 일치한다.[71]

삶에 지친 기분이 일찍이 브렌타노를 우울하게 했다. 그는 삶의 고통에서 벗어나 죽음의 심연에서 안식을 찾으려 했다. 그는 소설《고드비》에서 죽음을 풀 베는 사람으로 비유했고, "내가 이루어야 했던 내 삶의 유일한 계획은 내 죽음의 계획이었을 것이다"[72]라고 말했다. 이렇게 그는 죽음을 삶에서 떼어낼 수 없는 것으로 보고, 삶과 죽음 사이에는 대립이 아니라 일치가 있다는 확신에 젖어 있다. 그의 이 같은 죽음에 대한 사고의 변화에는 기독교, 특히 후일에 그가 개종한 가톨릭교가 크게 작용했다. 그는 예수의 죽음과 부활의 근원을 사랑으로 보았다. 예수에겐 사랑이 곧 죽음이기 때문이다. 그러나 인간의 죽음은 죄의 대가이다. 사랑이 없는 삶은 오직 죽음 그 자체일 뿐, 부활이 보장되지 않는다. 사랑만이 우릴 다시 태어나게 할 수 있고, 이때 비로소 죽음은 브렌타노에게 죄의 치유가 되고, 구원의 사실로 되기 때문에, 고통으로 충만한 죽음에 대한 느낌은 감미로운 것으로 바뀌게 된다. 결론적으로 말해서 브렌타노의 생각에 의하면, 모든 삶은 그 자체 안에 죽음의 싹을 지니고 있기 때문에 무의식적으로 죽음에 대한 준비가 되어 있어야 한다. 뿐만 아니라 삶이 예수의 수난이고, 죽음은 죄의 대가, 즉 참회이기 때문에 의식적으로도 준비가 되어 있어야 한다는 것이다. 그래서 브렌타노는 후일에 잘못과 죄와의 싸움에 진지했으며, 그리고 죽음에 대한 동경에서 자신의 잘못을 의식하고 자신의 운명을 즐거운 희망으로 받아들이는, 즉 회개하는 인간의 슬픈 시선으로 죽음을 보았다.

브렌타노가 종교적 사랑과 죽음의 일치를 찾고 이들의 신비한 상호유희를 추구했다면, 차하리아스 베르너는 신에 대한 정신적 사랑을 오직 감각적 사랑의 영역에서 극단적으로 체험하고 이해하려 했던 시인이다. 이 두 충동은, 그것이 감각적 사랑이든 순수한 사랑이든 간에, 자아를 포기하고 파괴하는 근본적인 충동이 상이한, 그러나 불가피한 양면이다. 그것은 동물적 쾌락을 추구하는 사랑과 순수하고 높은 신의 사랑이 결합하려는 데서 생기는 내적 자기분열이기도 하다. 베르너처럼 그토록 깊게 감각적 쾌락과 종교가 서로 나란히 뒤섞여 있는 것을 자신의 삶에서 체험하고, 깊이 파고들어 진실하게 묘사한 자는 없다. 여기엔 그의 삶이 크게 작용했다.

베르너는 친구였던 E. T. A. 호프만과 동향인 쾨니히스베르크에서 태어났다. 그는 젊은 시절에 세 번이나 결혼하고 이혼한 방종한 유랑생활 끝에 1810년에 가톨릭으로 개종하고, 1814년에는 사제로 서품되어 열렬한 설교와 수도원의 수도사 생활로 일생을 마쳤다. 이런 양극적 삶이 그를 괴롭히는 불타는 감각적 욕구를 종교적으로 정화시킬 수 있었다. 그에게는 감각적인 것이 정신적인 것이 되고, 정신적인 것이 감각적이 된다. 그래서 감각적 쾌락이 종교로, 그리고 종교가 감각적 쾌락이 될 수 있었다. 그러나 처음에 죽음의 문제를 에로스적인 측면에서 보았던 젊은 시절의 그는 고향인 쾨니히스베르크에서 그의 무리들과 함께 에로스적인 장례노래를 불렀고, 이미 14세 때 그의 아버지 시체 옆에서 만든 추도시는 그가 후일에 죽음을 성적인 것으로 표현할 것임을 암시했다. 그는 부패, 무덤, 어둠, 밤 같은 죽음과 관련된 모든 것에 대해서 예술적 감각이 아니라 성적 감각으로 접근했다. 신의 무한한 것은 인식되기 위해서 그림과 형상을, 그러니까 유한한 것을 필요로 한다. 마찬가지로 인간은 신적인 것을 자신 안에서 감지하고, 이 신적인 것을 알리기 위해 자신을 파괴하면서 희생하는 중개자가 된다. 베르너에겐 희생, 자기 파괴, 탈 자아는 무한한 것과 합류하기 위한, 우주로 용해되기 위한 요구인 것이다. 그 합일의 체험은 즐거움 그 자체이고, 그리스도 안에 자신을 끌어올릴 수 있는 감각적 형이상학의 기초를 형성하고, 그 즐거움을 신성하게 한다. 그것은 또한 감각적으로 체험할 수 있는 종교적인 즐거움이기도 하다. 죽음은 최고의 황홀한 순간을 영원하게 만들고, 부패는 우리를 무한한 것에, 우주로 다시 내주는 가시적 현상이다. 죽음은 쾌락의 극치이며, 부패는 삶의 절정을 의미하기 때문에, 베르너는 소름 끼치는 부패물의 냄새를 즐겨 호흡한다.[73] 가톨릭으로 개종한 베르너는 기독교를 원죄의 개념과 함께 쾌락의 종교로 이해했고, 일찍부터 감각적 욕구에 대항해서 자기 채찍질, 금욕생활 같은 고통과 동시에 자학적 쾌감을 알았다. 이에 대해서 하이네는 이렇게 표현했다.

그의 드라마 대부분의 주인공들은 승려처럼 체념하면서 사랑하는 사람들이고, 금욕적인 쾌락을 즐기는 사람들로서, 그들은 금욕에서 높아진 기쁨을 발견했고, 육신의 정신적, 육체적 고문을 통해서 향락 욕구를 영화靈化시키며, 종교적 신비주의의 심연에서 가장 끔직한 행복을 찾는 자들, 즉 성스러운 도락자들이다.[74]

'메멘토 모리'가 지배하는 드라마《계곡의 아들들Söhne des Tals》(1803)의 주인공인 요한 몰라이Johann Molay를 통해 죽음에 대한 사랑과 황홀한 향수, 그리고 고문과 고통의 갈망에 대한 묘사가 절정에 이른다. 성당기

사인 그에게 이교도들에 대한 싸움은 의무이며, 그는 전사들의 죽음에서 순교자에 대한 감격을 알고 있다. "기사는 명예를 위해 산다. 전사의 죽음에서 그는 명예를 쟁취한다. 그래서 죽음은 그의 생명이다." 순교자의 아름다운 죽음의 충동으로 가득 찬 몰라이는 번개로 화형장의 장작더미가 불타기 시작할 때 최고의 황홀경에서 얼굴과 손을 하늘을 향해 쳐들고 "당신에게! 당신에게!"라고 외치면서 불꽃 속으로 뛰어든다.[75]

베르너는 그의 드라마《반다, 사르마텐의 여왕Wanda, Königin der Sarmaten》(1810)에서 죽음의 과정을 사랑의 과정과 동일시하고, 그것을 완전히 신부新婦와의 감각적 영역으로 밀어 넣는다. 감각적 사랑은 고행에서 순수하게 달아오른 예수의 사랑으로 변한다. 사랑의 죽음이 종교적으로 변용되면서 이 극은 비극으로 끝난다. 이 작품에서 리부사Libussa의 정령은 말한다. "오직 죽음에서만 삶은 대담해진다." 반다는 애인을 따라가는 길에 다투면서 생각한다. "나는 그를 죽일 수 있다. 사랑하면서 그와 함께 몰락할 수 있다." 이미 그녀의 손에 의한 죽음을 동경하듯이 반다의 애인 뤼디거Rüdiger는 신부의 발에 엎드려 죽음을 간청한다. 사랑의 분노에서 그녀는 그의 가슴에 칼을 찌른다. 그녀는 사랑에 의한 정신착란의 황홀경에서 애인과 죽음에서 하나가 되기 위해 바위 아래의 강으로 뛰어들며 말한다. "삶은 사랑의 유희이고, 사랑의 죽음은 목적으로 가는 길이다."[76]

물론 낭만주의자들 중에서는 죽음에의 지나친 도취에 비난하는 소리들이 없지 않아 있었으며, 그 소리들이 대부분 여류작가들에서 나왔다는 사실이 특이하다. 대표적으로 카롤리네 쉘링, 도로테아 슐레겔과 베티나 브렌타노를 들 수 있다. 카롤리네는 1808년 10월에 쉘링에게 보낸 편지에서 자신의 아들을 잃은 깊은 고통 속에서 오히려 현세의 삶을 더욱 성실하게 살기 위해 노력해야 한다고 말했다. 도로테아는 사람들이 죽음에 대해 즐겨 생각하고 싶지 않음에도 불구하고 오직 깊이 생각하기 위해서 죽음을 생각한다는 당시의 어두운 성향을 비판했다. 특히 베티나는 오빠 클레멘스나 다른 낭만주의자들과는 달리 19세기의 사회적 문제를 취급한 유일한 여류 작가이었다.[77] 클레멘스가 죽음을 보는 그녀의 형안을 칭찬했듯이, 베티나는 현실적 삶의 지혜를 가진 여자였으며, 인생에 작용하는 죽음의 힘을 무의미한 것으로서 인정하지 않고, 인간의 정신으로 극복할 수 있다고 강조한다. 그녀는 말한다. "스스로 자신의 정신을 자연의 지배하에 두는 자, 그에겐 죽음이란 없다. 정신은 육체의 죽음을 느끼지 않도록 그렇게 강해야만 한다."[78]

낭만주의에서 죽음의 문제는 대체적으로 죽음의 양면성의 관계에서, 즉 죽음에 대한 감각적·쾌락적 생각과 초월적·종교적 생각 사이의 변화에서 나타난다. 처음에 노발리스와 슐레겔은 사랑의 죽음에 대한 생각을 쾌락적 언어로 형성했지만, 점차적으로 종교적인 생각으로 바뀌었다. 낭만주의자들은 가톨릭 신화의 전성기를 중세에서 보았다. 중세는 신앙의 끈이 죽음에의 충동, 삶에의 욕구, 정신, 사랑 등 모든 것을 굳게 하나로 묶었던 순수한 기독교(가톨릭)의 시대였고, 또한 십자군전쟁의 시대, 바로 기독교 영웅들의 시대였기 때문이다. 노발리스는 그의 문학에서 이 시대를 예찬했고, 특히 프리드리히 슐레겔은 그의 작품들에 영웅들의 행위와 순수한 사랑의 정신을 불어넣었던 영웅시대의 포고자가 되었다.[79] 이렇게 낭만주의자들은 중세에서 처음으로 신비주의의 정신을 보았고, 중세의 종교적 힘을 부활시키려고 노력했으며, 그럼으로써 과거의 죽음에 대한 느낌도 일깨웠다.

슐레겔 형제는 처음으로 중세의 정신을 바로크적으로 그리고 낭만적으로 바라보고, 그것을 기독교적 사랑의 감정으로 인식했다. 특히 프리드리히 슐레겔은 감각적인 죽음의 신비주의와 죽음에 대한 사랑이 어떻게 기독교적으로 변했으며, 새로운 길을 찾았는가를 보여주었다. 그는 기독교 작품들이 지닌 정신을 깊이 비쳐주었다. 그에 의하면 이 정신은 인간의 삶을 결코 파괴나 몰락의 냉혹한 죽음으로 끝나게 하지 않고, 오히려 고통과 죽음으로부터 새롭고 보다 더 높은 모습으로 떠오르게 한다. "프리드리히 슐레겔은 낭만적인 것의 순수한 본질을 기독교적 사랑에 대한 감정의 본질로 인식했다."⁸⁰

낭만주의자들은 삶의 이면에서 '절대적인 삶'을 보았기 때문에, 그리고 죽음은 유한한 상태에서 한계가 제거된 다른 상태로의 변화이고 이행이기 때문에, 낭만주의는 죽음을 동경한다. 그런데 죽음은 삶 없이 존재할 수 없으며, 삶은 죽음 없이 존재할 수 없다는 전제에서 죽음에 대한 동경은 동시에 삶에 대한 동경이 된다. 낭만주의자들은 인간 존재의 완성을 현세의 반쪽과 내세의 반쪽이 하나로 결합한 전체의 완성으로 보았다. 그러나 완성의 종점은 오직 내세에서 비로소 이루어질 수 있고, 그렇기 때문에 인간은 현세에서 전체의 완성을 위해서 파괴될 수밖에 없다. 그것은 숙명적인 것이다. 슐라이어마허는 죽음과 출생을 무한한 것으로의 확실한 이행으로 보았으며, 프리드리히 슐레겔도 그의《언어와 낱말의 철학 Philosophie der Sprache und des Wortes》에서 죽음을 영원과 시간의 접촉으로 관찰하고, 시간에서 영원으로, 다시 말해서 제한적이고 파괴적인 시간에서 참되고 행복한 시간으로 가는 이행으로 표현했다.⁸¹ 헤겔이나 쇼펜하우어처럼 후일에 카를 빌헬름 페르디난트 솔거K. W. F. Solger는 말했다.

우리는 생각을 외면하고 상실한, 그래서 그 자체가 무의미한 삶을 사는 존재에 사로잡혀 있고, 그리고 신적인 생각이 나타날 때만 의미와 내용과 가치를 얻을 수 있는 존재에 사로잡혀 있다. 그러나 이 계시는 존재자체의 해체를 통해서만이 가능할 뿐이다. (…) 현실세계의 몰락이 영원한 것의 계시이다.⁸²

인간은 바로 죽음을 통해 무한에 이를 수 있기 때문에, 죽음은 인간의 삶을 낭만적으로 만들고, 또한 바로 낭만적 순간 자체이다. 비로소 죽음은 진정한 삶이 된다. 이 죽음과 삶의 반명제는 낭만주의시대의 정신을 지배한다. 다시 말해서 인간은 한편으로 한계를 제거하는 죽음이 열어주는 무한에 대한 동경을 얻게 되고, 다른 한편으로 '내세에서 하나로 결합한 전체의 완성'을 위해 현세의 '반쪽'을 완성된 인격의 삶으로 충족시키려는 욕구를 가진다. 그런 의미에서 죽음은 삶의 강화라고 노발리스는 말했다. 이제 바로크에서처럼 낭만주의에서 계속해서 울리는 경고가 있다면, 그것은 바로 사람은 죽음을 준비하고 죽는 것을 배워야 한다는 것이다. 즉 인간은 자신의 고유한 삶에서 자라나는 죽음에 성숙해져야 한다는 것이다. 달리 표현해서, 만일 낭만적인 인간이 완성을 위해 노력한다면, 그는 스스로를 파괴하는 것이다. 완성은 현세에서 존재할 수 없고, 오직 무한에서만 존재할 수 있기 때문이다. 따라서 죽음에 성숙한 사람은 죽음에 의해 파괴될 수밖에 없는 현존재의 치명적 완성을 알지만, 그러나 그의 마음은 내세의 아름다운 완성에 대한 동경으로 충만하다. 그것은 구원에 대한 동경이며 무의식적인 죽음의 욕망이다.

죽음의 문제는 시대의 변화에 따라서, 그리고 삶과 죽음의 관계에 대한 생각의 차이에 따라 변하기 마련이다. 그러나 구원의 의지나 목적에서 낭만주의자들은 모두 일치한다. 그러니까 그들 모두가 생성과 사멸의 근원으로, 프리드리히 슐레겔이 이해하는 '영원'으로 귀의한다는 것이다.[83] 그들에게 죽음은 대체로 삶을 신성하게 하는 해설자로 수용되었다. 첫째로 죽음의 의미를 파악한 자는 삶의 의미도 안다. 둘째로 죽음은 언제나 낭만적 본질의 중심으로 안내하는 넓은 전망을 열어준다. 즉 죽음에서 삶이 생겨난다는 '죽어서 태어나라'의 옛 테제에 대한 낭만적 해석을 준다.

절대적인 완성은 오직 죽음에만 있다. 그렇기에 인간은 자신의 부족을 보충하기 위해 늘 새롭게 낡은 자신으로부터 나와야 한다. 완성을 위해 삶은 죽음을 필요로 한다. 그리고 프리드리히 슐레겔이 말했듯이, 우리의 "유일한 삶은 죽음을 아름답게 만드는 것"[84]이어야 한다. 이것이 낭만적인 죽음의 극복이고 또한 어느 시대, 어느 작가들에서보다도 더 죽음에 자의적으로 헌신하고 무한에 몰입하려는 낭만주의의 노력이기도 하다. 브렌타노의 시《백조의 노래Schwanlied》(1811)는 "재에서 새로운 아름다움으로 부활하기 위해 화형장의 장작더미 위에서 스스로 불타 죽는 불사조의 신화를, 즉 죽음과 환생의 동기를"[85] 소재로 사용했다. 시인은 "얼음같이 찬 겨울밤에 죽어가는 백조의 죽음을 구원의 동경에 대한 상징"[86]으로 노래하면서 죽음에서 삶을 훌륭한 수준으로, 완성으로 끌어올린다.

환희의 호수, 내 가슴 얼어서 마비된다.
그 위에 달과 해는 조용히 부드럽게 미끄러져 가고,
곰곰이 생각에 잠긴 영리한 별들 아래서
나는 하늘 저 멀리서 내 별자리를 바라본다;
그리고 온 삶이 내 가슴에서 노래 부른다:
아침노을과 저녁노을 사이의
감미로운 죽음, 감미로운 죽음![87]

인간은 살아가면서 언제나 자기 자신을 늘 새롭게 찾으려고 노력한다. 낭만적 인간은 자기 존재의 절대적인 완성은 오직 죽음에만 있음을 안다. 그래서 삶은 죽음을 필요로 한다. 낭만적인 죽음의 극복은 스스로 희생하는 죽음에의 귀의에, 무한에의 귀의에 있다. "나의 유일한 삶은 죽음을 아름답게 만드는 것이다"[88]라는 슐레겔의 말이 낭만주의의 대표적인 토포스처럼 강조된다. 죽음은 죽음으로 해서 삶이 훌륭한 수준으로, 완성으로 끌어올려질 때 아름다워진다. 그것은 낭만주의의 노력이기도 하다. 낭만주의시대에서처럼 죽음의 예찬이 절정에 이른 적이 없다. 그러나 여하튼 간에 죽음에 대한 근원적인 질문은 어디서나 인간존재의 문제에 깊이 파고들고, 해서 결국 죽음에 대한 생각의 역사는 인생개념의 역사이기도 하다. 죽음에 대한 생각의 변화는 모든 시대에서 나타나는 삶의 변화와 함께하기 때문에 낭만주의의 죽음에 대한 동경이나 예찬은 다가오는 새로운 시대에서 사라지기 시작하고, 변화된 시대의 세계관에 근거한 새로운 모습의 문제로 나타난다.

진정한 낮은 밤이다
노발리스의 《밤의 찬가》

노발리스는 예나의 전기 낭만주의에 속하는 작가로 사랑과 죽음과 종교를 예술적 형식으로 가장 잘 표현한 최초의 낭만주의 시인이다. 이 시대의 죽음에 대한 생각을 보다 깊게 이해하기 위해서는 그의 대표작이라 할 수 있는 《밤의 찬가》를 연구해야만 한다. 노발리스의 본명은 게오르그 필립 프리드리히 폰 하르덴베르크Georg Phillipp Friedrich von Hardenberg(1772~1801)이다. 그는 이 긴 이름 대신에 1798년에 그의 첫 작품 《꽃가루Blütenstaub》를 노발리스라는 이름으로 발표한다. 이후 이 이름을 필명으로 사용하였다. 그는 만스펠트Mansfeld의 가난하지만 경건한 기독교의 귀족가문에서 태어났다. 그는 1790년에 예나 대학에서 실러의 강의에 열중했고, 1791년에는 법학, 수학, 자연과학, 철학, 역사를 공부했으며, 처음으로 Fr. 슐레겔과 친하게 되었다. 그는 1794년 6월에 22세의 나이로 비텐베르크 대학에서 법학시험에 합격한 후, 작센주의 텐슈테트Tenstedt에서 사법관 시보로 공무원 생활을 시작했다. 감수성이 예민하고 섬세할 뿐만 아니라 문학적 소질을 가진 그는 낮엔 충실히 근무하면서 여가를 이용해서 매일처럼 셸링이나 피히테 철학에 열중했고, 그의 명석한 정신은 그를 심오한 예감과 황홀경에서 죽음과 구원이 뒤섞인, 그리고 죽음과 기쁨이 하나가 되는 신비의 세계에 빠져들게 했다. 같은 해 11월에 노발리스는 군수와 함께 출장 중에 13세의 소녀 소피 빌헬미네 폰 퀸 Sophie Wilhelmine von Kühn을 만나게 되었고, 단 15분 만에 그녀에 대한 사랑에 사로잡혔다. 그의 동생 에라스무스Erasmus(1774~1797)가 반년도 아닌 15분 만에 사랑에 빠진 형의 이해할 수 없는 사랑에 대해서 불평했음에도 불구하고[89] 그는 다음 해 1795년에 소피와 약혼했다. 그러나 그녀는 그해 11월에 발병해서 1797년 3월 19일 16세의 어린 나이로 사망했다.

그는 친구인 슐레겔에게 보낸 편지에서 소피를 소개하면서, 그가 그녀를 좋아하는 이유는 그녀의 이름 소피Sophie(그리스어 sophia에서 나온 말로 예지, 지혜란 뜻임―필자 주)가 자신이 좋아하는 학문인 철학 Philosophie(철학의 원뜻은 sophia에 대한 사랑 philos임―필자 주)와 같기 때문이라고 밝히고 있다. 이는 철학이 그의 삶이며 정신이듯이, 소피에 대한 그의 사랑이 학문과 동일시할 정도로 그의 삶과 정신을 사로잡았음을 말해주고 있다. 소피가 죽은 후 31일 되던 날부터 58일간 썼던 그의《일기Tagebuch》에는 소피에 대한 추모의 정과 그녀와 함께 할 수 있는 내세를 동경하는 마음으로 충만해 있다. 더구나 같은 해 4월 14일에는 그의 약혼을 염려했을 정도로 그와 가장 친했던 동생 에라스무스도 사망했다. 이런 의미에서 소피나 동생의 질병과 죽음의 체험은 그의 창작에 큰 의미를 가지게 되었다.

노발리스는 그녀가 죽은 후에도 직장생활을 계속했고, 1797년부터 1799년까지는 프라이베르크Freiberg 대학에서 자연과학, 특히 암석학의 석학인 아브라함 고트로프 베르너Abraham Gottlob Werner(1794~1817) 밑에서 지질학을 연구하면서 광산학에 대한 지식을 쌓았다. 이때 얻은 자연과학 지식은 그의 작품에도 반영되었다. 그는 그곳 대학의 지질학자의 딸인 율리 폰 샤르펜티어Julie von Charpentier(1776~1811)와 다시 약혼했으나, 노발리스가 1801년 5월 25일에 슐레겔이 지켜보는 가운데 영면함으로써 그녀와 결혼하지 못했다.[90] 율리와의 약혼 중에 노발리스가 6장으로 구성된 연작시《밤의 찬가Die Hymnen an die Nacht》(1800)를 쓴 것은, 아마도 그가 이 작품을 그의 영원한 신부 소피와 진심으로 재결합하고 싶은 생각에서였다. 다시 말해서 그녀에 대한 "형이상학적 성실"을 더 군건히 하려는 의미에서 썼다는 점에서 이 찬가는 "그녀의 제단 앞에 바친 일종의 속죄의 제물"로 이해될 수 있다.[91]

소피가 죽은 1797년에 노발리스는 그녀의 죽음에 대한 생각을 처음으로 표현했다.

> 삶은 죽음의 시작이다. 삶은 죽음을 위해서 존재한다. 죽음은 종말이며 동시에 시작이다. 이별이며 동시에 더 긴밀한 자기와의 결합이다. 죽음을 통해서 환원이 완성된다.[92]

어린 신부의 죽음은 25세인 젊은 시인의 죽음에 대한 생각과 감정에 깊이 작용했다. 바로《밤의 찬가》는 그의 어린 신부에 대한 사랑과 죽음의 체험에서, 그리고 그의 경건한 기독교 신앙에서 만들어졌다. 여기서 "환원"이란 그가 사랑의 힘으로 죽음을 넘어서 그녀와 영원히 재결합한다는 것을 의미한다. 나아가 "그와 우주의 긴밀한 결합"일 뿐만 아니라, 보다 높은 절대적 삶으로의 귀의를 의미한다. 이 같은 믿음은 그에겐 소피 체험의 결실이며, 또한 그에게는 물론 다른 낭만주의자들에게도 모든 지상의 경계를 뛰어넘는 죽음에 대한 강한 동경으로 확대되었다.[93]

소피가 죽고 2년 후인 1799년에 자유로운 리듬으로 된 《밤의 찬가》의 초안이 나왔다. 이어서 1802년에 발표된 《성가Geistliche Lieder》 역시 소피의 죽음에 대한 체험에서 나왔다. 이 작품들에서 그녀의 죽음에 대한 체험은 영원한 자에 대한 동경과 사랑으로 승화되어 나타난다. 그래서 노발리스는 사랑과 죽음과 종교를 예술적 형식으로 표현한 최초의 낭만주의 시인이 되었다. 1799년에 노발리스에게 보낸 슐레겔의 편지가 이것을 말해준다. "아마도 자네가 우리 시대에서 죽음에 대한 예술 감각을 가진 최초의 사람일걸세."[94] 노발리스만큼 어떤 낭만주의자들도 밤과 죽음의 신비스러움을 알지 못했을 것이다. H. A. 코르프Korff는 노발리스의 작품을 이렇게 규정했다.

노발리스의 작품은 꿈의 세계이다. '세계는 꿈이 되고, 꿈은 세계가 된다.' 그의 작품은 현실을 지향하지 않고, 현실로부터 나와서 꿈의 세계로 표시될 수밖에 없는 보다 높은 세계로 올라간다. 그것은 그의 작품의 낭만적 특징이다.[95]

노발리스는 친구인 프리드리히 슐레겔에게 1797년 3월 14일에 쓴 편지에서 병든 소피에게서 느끼는 삶의 고통을 밝혔다.

그것(즉 삶)은 내가 끝을 예측하지 못하는 나의 절망이라네. 과거, 현재 그리고 미래, 모든 것이 나에게 불러일으키는 매스꺼움은 형용할 수 없다네. 삶에 대한 염증은 엄청나고 나는 그 끝을 보지 못한다네.[96]

소피는 5일 후에 죽었고, 죽음에 대한 절망은 내세에서 그녀와 다시 만나기 위해 그녀를 따라 죽을 결심을 그에게 불러일으킨다. 죽음은 "활동하는 힘으로서 그의 존재에 들어온다."[97] 이렇게 《밤의 찬가》에서는 이성에 근거한 인도주의적, 비종교적 세계관에서 벗어나 처음으로 인간존재의 충만함과 구원을 현실세계에서가 아니라 내세에서 찾으려는 생각이 강화되고, 그래서 죽음을 통한 정신적·내세적 삶이 철저하게 긍정되고 있다.[98] 이런 이유로 《밤의 찬가》는 초기 낭만주의의 가장 중요한 서정적 작품으로서,[99] 18세기 독일시의 발전에서 중요한 전환점을 이루었다.

《밤의 찬가》는 산문시와 운문시가 교차하는 형식으로 서로 밀접하게 연관된 6개의 연작시이다. 이 찬가는 필사본과 1800년에 《아테네움》에 발표된 인쇄본의 두 원고로 전해지고 있다. 여기선 필사본이 소재로 사용되었다. 그 주제는 의식 속에서 죽음의 극복이다. 삶의 종말에 대한 물리적 사실을 어떤 의식도 비켜나갈 수 없기 때문이다.[100] 6개의 찬가 중 제1찬가와 제2찬가는 일체성을 이루고 있다. 이 두 개의 찬가들은 모두 169개의 자유로운 리듬의 시행이 되었는데, 첫 찬가는 131시행으로, 두 번째 찬가는 38시행으로 되었다.

이미 제1찬가는 빛과 어둠, 낮과 밤을 서로 분리하고 가치평가를 확실히 한다. 우선 첫 34행은 모든 자연이 숨 쉬고 있는 빛의 찬양으로 시작한다. 시작하는 첫 6행은 모든 "살아 있는 자", "감각을 지닌 자"의 빛에 대한 사랑을 말한다.

살아 있는 자,
감각을 지닌 자, 그 누가
자기를 둘러싼
온갖 경이로운 현상들 중에서도
더할 나위 없이 기쁨을 주는 빛을
사랑하지 않겠는가? ─(V.1~6)

이어지는 시행들에서 빛은 비유를 통해 계속해서 찬양된다. 모든 존재들은 빛에 의해서, 빛 속에서 산다(V.7~27). 낮은 "쉴 사이 없이 떠도는 별들"(V.14), "말없는 초목"(V.17), "항시 움직이는 동물들의 힘"(V.18~20) 그리고 우리 인간을 의미하는 "홀륭한 이방인들"(V.24)을 위한 빛의 상징이다. 오직 인간만이 빛 속에서 "의미심장한 눈, 가벼운 발걸음, 울리는 말씨"(V.25~27)를 갖는다. 여기서 이미 인간은 천체나 동·식물과는 다른 질서에서 살고 있는 우월한 존재라는 것이 암시되고 있다. 오직 빛만이 "속세 자연의 왕처럼 수많은 변화를 불러일으키고" 속세의 찬란한 경이로움을 계시해준다(V.33~34). 이렇게 빛은 돌에서 인간에 이르기까지 모든 살아 있는 것에 대한 온갖 기쁨에서 칭송되고, 빛의 무진장한 연결력과 "변화력"에서 찬양된다.

그리고 무엇보다도
의미심장한 눈,
가벼운 발걸음,
울리는 말씨를 지닌
저 미모의 이방인들, 빛을 호흡한다.
속세 자연의 왕처럼
빛은 수많은 변화력을
불러일으킨다.
빛은 있기만 해도
속세의 찬란한 경이로움을 계시해준다.(V.23~34)

그런데 첫 송가의 제2단(V.35~131)은 갑자기 밤의 예찬으로 시작한다.

성스럽고도 표현할 수 없는
신비로운 밤
나는 저 아래로 몸을 돌린다—
저 멀리 놓여 있는 세계,
마치 깊은 무덤 속에 잠기듯,
얼마나 황량하고 쓸쓸한가,
저 세계가 있는 곳! (V.35~41)

낮, 깨어 있음, 삶과 같은 의미인 빛에서 시인은 밤으로 시선을 돌린다. 그런데 우선 밤의 모습은 모순을 간직한 것으로 묘사된다. 다시 말해서 밤은 "성스럽고도 표현할 수 없는 신비로운 밤"이면서 또한 "깊은 무덤 속"의 어둡고 "황량하고 쓸쓸한" 세계에 비유된다. 그러나 이 모순된 비유는 인간의 삶에 대한 문제를 의식하게 만든다. 성스럽고도 신비로운 밤이 무덤, 즉 죽음과 연결됨으로써 밤의 신비적·종교적 특징이 암시된다. 밤, 그것은 잠이고 죽음이다.

생명을 부여하는 전능한 빛에 비해서 밤은 인간과 세계를 우울하고 고독하게 만든다는 보편적인 개념은 노발리스에게서 곧바로 다른 의미로 바뀐다. 이제 밤은 영혼과 정서를 위한 위안과 힘을 준다. 밤이 가져오는 잠은 인간을 삶의 모순들에서 벗어나서 무한이 넓고 조화로운 영역으로 안내한다. 밤 속으로 빠져드는 서정적 자아에게 속세는 "길고 긴 온 생애의 짧은 기쁨이나 헛된 희망들이 해가 진 뒤 저녁 안개처럼 회색 옷을 입은 듯이 나타난다"(V.46~53). 그에겐 마치 밤하늘의 "빛"(V.57)이 이제 "다른 공간에서"(V.56) 와서, 속세의 밤을 비치는 듯하다. 그때 빛은 인간의 "영혼"(V.75)에 작용한다. 그리고 인간은 "어두운 밤"(V.71)도 "인간의 마음"(V.70)을 지니고 있음을 안다. 무서움과 공포를 일으키는 모든 것이 그에게서 사라진다. 그래서 서정적 자아는 기쁜 생각으로 충만해서 이렇게 외친다. "그대(즉 밤을 의미함—필자 주)는 오직 무섭게 보일 뿐"(V.76)이다. 오히려 밤은 "우리에게 천국을 예감케 하는 기쁨"(V.85~86)을 선사한다. 그래서 밤은 사랑의 무한한 공간이 된다.

이제 낮의 빛은 시인에게 "초라하고 유치하게 생각되고"(V.87) "낮과의 작별은 즐겁고 축복스럽게"(V.90~91) 여겨진다. 신은 그의 "전능"(V.98)과 "재귀를 알리기 위해"(V.98~99) 별들을 창조했다. 그러나 서정적 자아에겐 "밤이 우리 마음속에/ 열어주는 무한한 눈들"(V.103~105)이 더 숭고하게 생각된다. 이 눈들은 밤의 어둠 속에서 더 깊게 볼 뿐만 아니라, 오히려 "사랑하는 마음의/ 깊은 속마음을 꿰뚫어본다"(V.110~111). 이렇게 서정적 자아는 밤을 빛보다 훨씬 더 찬양한다. 그는 밤을 "세속의 여왕"(V.114), "성스러운 세계의/ 숭고한 예언녀"(V.115), "축복받은 사랑의/ 보호자"(V.116~117)로 부르고, 죽은 소피의 모습을 받아들인(V.119) 밤을 찬양한다. 그래서 그는 황홀경에서 외친다. "그대는 다시금 나의 것. (…) 내게 보이는 것은 사랑과 축복뿐"(V.123~125). 첫 번째 송가의 마지막 6행은 죽은 애인과 완전히 하나가 되는 모습을 그린다.[101]

우리는 밤의 제단에,
이 부드러운 침대에 눕는다—
잠옷이 벗겨지고
따뜻한 짓누름에 불붙어
감미로운 제물의 새빨간 불꽃이
타오르기 시작한다. (V.126~131)

제2찬가(V.132~169)는 아침이 다시 찾아옴으로 해서 생기는 "낮의 불행한 분망함"(V.134)에 대한 불만과, 동시에 밤의 사자인 "성스러운 잠"(V.143)의 찬양으로 시작한다.

아침이 계속 다시금 와야 하는가?
속세의 힘은 결코 끊이지 않는가?
낮의 불행한 분망함은
밤의 숭고한 비상飛翔을 소멸시키지 않는가?
사랑의 신비로운 제물은
결코 영원히 타오르지 않을 것인가?
빛에는
깨어 있음에는
시간이 한정되어 있는 법—
허나 밤의 지배는 무한하고,
잠의 지속은 영원하다.
성스러운 잠이여! (V.132~143)

인간에겐 속세의 일과가 무시될 수 없기 때문에, 서정적 자아는 최소한 잠과 밤에서 행복을 원하고(V.144), 인간 존재의 경계인 시간과 공간을 없애길 원한다. 그러나 서정적 자아는 오직 어리석은 자들만이 "성스러운 잠"을 오해해서, 어두운 그늘 외에는 잠에 대해 아무것도 모른다(V.147~149)고 외친다. 바보들에게 잠은 삶과 죽음, 빛과 어둠 사이에 있는 절대적인 정적이고 망각의 어두운 그늘일 뿐이다. 그러나 서정적 자아에게 잠은 유일하게 "축복받은 사자死者들의 집 열쇠"(V.166~167)를 지니고 있는 자이며, "무한한 신비를 전달하는 사자使者"(V.166~169)인 것이다. 그는 잠을 "포도송이의 황금빛 물결 속에서도, 편도 나무의 기이한 향유 속에서도 그리고 양귀비의 갈색빛 용액 속에서도"(V.154~157) 느낄 수 있다. 그래서 "잠은 도취적으로 녹아드는, 삶을 향상시키는 힘이다. 그런 힘으로서 잠은 꿈과 무의식의 나라를 열고, 영혼은 잠을 통해서 지하에 숨어 있는 무의식적인 삶의 관계들로 들어간다."[102]

노발리스는 이 두 찬가에서 구약성서의 창세기에 있는 '빛과 밤'의 대립적 근본원칙에 기초해서 밤의 의미를 관찰하고 또 완성한다. 태초에 밤은 존재했었고, 존재하고 있으며 그리고 존재할 것이다. 그리고 빛은 밤에서 생겨났다("빛이 생겨라Es werde Licht!" 창세기 1:3). 빛과 함께 삶의 낮 세계가, 말하자면 끊임없는 활동, 창조, 자기변화의 '현실'이 생겼다. 그럼에도 불구하고 빛은 저주에 불과하다. 빛이 영원한 불안 속에서 날뛰는 세계는 영원한 변화, 절망, 허무 그리고 모든 헤어짐의 세계이기 때문이다. 그것은 진정한 세계가 아니고, 진정한 형이상학적 존재도 가지고 있지 않다. 빛의 영역이 아니라 빛이 생겨나는 밤의 영역이 최초의 영원한 세계이다. 그래서 빛의 세계는 오직 옛 고향으로부터, 즉 생성의 근원으로부터 이탈한 것에 불과하기 때문에, 밤의 세계로 다시 돌아가야만 한다. "존재하는 모든 것들의 길은 밤에서 빛으로 그리고 다시 밤으로 돌아가는 길이다."[103] 빛이 시간에 속해 있듯이, 시간의 반대인 영원은 밤의 본질에 속해 있다. "밤은 세계의 어머니이며, 가상세계에 반反하는 모든 진정한 존재의 세계이다."[104] 제2찬가는 빛과 밤의 결정적인 대립을 통해서 죽음이 문을 열어주는 정신적·종교적·내세적 삶을 철저히 긍정하기에 이른다. 따라서 이 찬가는 고전주의의 영향에서 발전해온 인도주의적·비종교적 세계관에서 벗어나 인간의 구원을 현세가 아닌 내세에서 찾는 견해를 강화한다.[105]

제3찬가에서 서정적 자아는 애인의 무덤 옆에서 밤에 대한 감격을 경험한 것을 형상화한다. 즉 소피에 대한 그의 사랑이 죽음을 넘어 그녀와 결합하는 밤의 환상적 경이를 노래한다. 이 찬가에서 신비에 심취한 서정적 자아의 말들이 감동적인 순수성과 힘을 가지고 있기 때문에, 본문을 충실하게 인용할 필요가 있다. 우선 서정적 자아가 그녀의 무덤을 찾았을 때, 그는 죽음의 불가피성과 인간 존재의 한계성이 주는 비극을 없앨 수 없다는 것을 인식하고, 애인의 무덤 옆에서 "행복의 절정에서" 불어오는 "어둠의 오한"을 느끼면서 극도의 고뇌와 깊은 무기력의 상태로 묘사된다.

> 언젠가 내가 비탄의 눈물을 흘리고—
> 내 희망이 고통에 녹아 산산이 흘러,
> 좁다란 어두운 공간에 내 삶의 모습을 묻고 있는
> 황량한 언덕에 혼자 외로이 서 있을 때,
> 아직 어떤 외로운 자도 겪지 못했던 외로움에 젖어,
> 말할 수 없는 불안감에 사로잡혀, 힘없이, 오직 비참하다는
> 생각만 지니고—
> 앞으로도 뒤로도 움직이지 못하고
> 구원을 바라며 사방을 돌아보자—그리고 멀리 달아나는
> 꺼져버린 삶에 무한한 동경을 지니고 매달렸을 때—
> 그때 푸른 저 멀리에서,
> 나의 옛 행복의 절정으로부터 어두움의 오한이 불어왔다.— (V.170~179.)

그리고 이어지는 찬가는 이 상태의 극복을 보여준다. 즉, 시인의 마음 상태가 진기하게 변해가는 과정이 잘 묘사되고 있다.

그러자 갑자기 출생의 끈이, 빛의 속박이 끊어져 버렸다.—

속세의 영화, 그리고 나의 슬픔이 함께 사라져 버렸다.

애수가 하나의 새로운, 알 수 없는 세계로 합류했고—

밤의 희열 천국의 졸음이 내게 왔다.

사방이 조용히 솟아올랐고 이 지역 상공엔

속박을 벗어난, 새로 태어난 나의 영혼이 떠 있었다.

언덕은 먼지 구름으로 변했고, 이 구름을 통해

나는 사랑하는 이의 변용된 모습을 보았다.—

그녀의 눈엔 영원이 깃들어 있었다.

나는 그녀의 손을 잡았다. 그러자 흐르는 눈물이

반짝이는, 찢을 수 없는 끈이 되었다. 수천 년의 세월이

저 멀리 아래로 지나갔다, 마치 폭풍우처럼.—

그녀의 목에 매달려 나는 이 새로운 삶을 위해 황홀의 눈물을 흘렸다.

이것은 속세에서 꾼 최초의 꿈이었다. 이 꿈은 지나갔지만

꿈의 여운은 밤하늘에 대한, 그리고 밤하늘의 태양, 그녀에 대한

흔들리지 않는 영원한 신념으로 남아 있다. (V.180~196.)

죽은 애인을 슬퍼하는 자의 고독과 절망 그리고 실현될 수 없음에도 억제할 수 없는 사랑, 이 사이의 모순은 "어두움의 오한"(V.179) 속에서 없어진다. 현세의 사실과는 반대로 환상이나 꿈속의 경험은 사랑하는 이를 출생의 속박에서, 빛의 속박에서, 다시 말하면 인간 존재의 경계에서 풀어주고, 그에게 삶의 새로운 영역을 열어준다. 여기서 서정적 자아는 애인의 "변용된 모습"을 본다.(V.188) 이 환상적인, 순전히 영적인 애인과의 재결합은 근본적인 출현이다. 인간 존재의 육체적 한계를 넘은 영혼의 고양高揚은 죽음과 시간에 대한 승리를 의미한다. 이 경험 이래로 서정적 자아는 "밤하늘에 대한, 그리고 밤하늘의 태양, 애인에 대한 영원히 흔들

리지 않는 신념"으로 가득 채워진다. 노발리스에게 있어서 밤은 모든 사물들의 최초의 어머니이다. 밤은 "무한한 눈"을 열고, 비로소 죽은 애인의 모습을 드러낸다. 그녀는 사랑스런 "밤의 태양"이기 때문이다. 그리고 그녀는 속세의 낮에서 위로의 밤을 알리는 자가 된다.[106] 노발리스에게 있어서 "진정한 낮은 밤"인 것이다.

위에서 언급했듯이, 제3찬가에서 서정적 자아의 모습은 두 개의 영역에서 전개된다. 첫째로 그는 현실의 경험세계에서 '극도의 고뇌와 깊은 무기력의 상태'에 사로잡혀 있는 모습과 그러한 현실을 극복하려는 모습으로 나타나며, 둘째로 밤과 꿈의 세계에서 그 현실극복의 행위와 결과로서 나타나는 모습이다. 서정적 자아는 존재의 속박(즉 낮, 빛—필자 주)과 자기 해방(즉 밤, 꿈—필자 주) 사이의 모순에 있다. 그러나 그는 '현실 세계'를 더 이상 가능한 자기실현의 장소로서 인정하지 않으면서 자기 존재의 한계를 무시한다. 그 자리에 사랑, 기억 그리고 희망으로 충만한 '내면세계'가 들어온다. 노발리스에 의하면 모든 인간은 자기해방과 전개의 가능성을 지니고 있고, 그것을 스스로 완성할 수 있으며 완성해야 한다. 이로써 노발리스는 인간의 한계 없는 창조력이 인간의 현실 세계도 변화시킬 수 있다는 자신의 견해를 강조한다.[107]

제4찬가는 처음으로 애인의 죽음과 "죽음으로 죽음의 승자가 된 예수의 죽음"[108]과의 연관을 암시해주고 있다. 비로소 제4찬가에서 서정적 자아의 시선은 "내적 관점에서 외적 관점으로, 밤의 신화에서 역사의 신화로, 소피의 무덤에서 그리스도의 무덤으로 옮겨간다. 애인의 무덤이 서정적 자아의 개인적 인식경험을 위한 상징이라면, 그리스도의 무덤은 그의 신비한 역사예언의 상징이다."[109] 제3찬가는 밤과 밤하늘에 대한, 그리고 밤하늘의 태양인 애인에 대한 사랑의 고백으로 끝나지만, 노발리스는 여기서 멈추지 않는다. 제4찬가에서 서정적 자아는 시야를 밤과 낮에 대한 문제에서 죽음과 삶에 대한 문제로 확대한다.

　서정적 자아는 "언제 마지막 아침이 될 것이며,/ 언제 빛이 더 이상 밤과 사랑을 몰아내지 않을 것이고, 언제/ 잠이 영원하여 오직 하나의 무한한 꿈이/ 될 것인가를"(V.199~201) 안다. 마지막 아침에 "세상과 한계를 이루는 산"(V.207) 위에서, 외부세계와 내부세계 사이의 경계선에서, 허물어져가는 낮 세계와 어두워지기 시작하는 밤 세계 사이의 경계선에서 밤의 세계를 본 자에게 계속되는 삶은 오직 성스러운 무덤으로 가는 고난의 성지참배일 뿐이다. 때문에 그는 "빛이 지배하고 영원한 불안이 자리 잡고 있는 나라"(V.210~211)를 부인할 수밖에 없다. 그래서 그는 그 경계의 산 위에 "평화의 움막"(V.213)을 짓는다. 이 움막에서 비로소 그는 경계의 산 저편에 있는 "새로운 나라, 밤의 거소"(V.208)에 가까이 있다는 의식에서, 산의 이편에 있는 속세 인간의 삶을 긍정적으로 수용한다.

　　명랑한 빛이여,
　　그대는 아직도 이 지친 몸을
　　일하도록 일깨우고―
　　즐거운 인생을 내게 불어넣는다. (…)
　　기꺼이 나는 (…)
　　그대의 빛나는 찬란함을 찬미하고,
　　그대가 만든 작품의
　　아름다운 연관을
　　지칠 줄 모르고 추구하려 하오.(V.220~235)

　서정적 자아는 쾌활하고 즐거운 삶에 대해서, 인간의 분주한 활동에 대해서 말한다. 따라서 빛은 제한적이지만 다시 찬양된다. 그러나 빛은 그를 애인의 무덤에 서 있는 "이끼 낀 추억의 비석으로부터"(V.225~226) 꾀어내지 못한다. 그의 "내밀한 마음은 밤에 충실하고 밤의 딸, 창조적 사랑"(V.246~249)에 성실히 머문다. 빛의 활동 영역인 낮과 시간은 영원히 존재하려는 인간의 보다 깊은 요구를 거부하기 때문이다.[110] 낮과 시간에는 영원한 사랑도 신의도 없다. 자연은 인간에게 무관심하게 그리고 대답 없이 마주해 있다. 그와 반대로 밤은 모든 존재의 최초 어머니이고, 모든 것이 생겨났고 계속 생겨나는 위대하고, 무한하고, 유익한 카오스이다. 밤은 인간을 땅에서 살게 하고, 인간의 삶을 장식하고 신성하게 하며, 무덤 옆에 영원한 사랑과 추억의 비석을 남기게 하기 위해서 지상으로 보냈다. 그러나 인간은 이 과제를 완성하기에는 아직 성숙하지 않다. 그래서 서정적 자아는 시간의 종말이 허무하게 인간에게 닥쳐왔을 때 비로소 이 성숙이 온다고 본다. 결국 서정적 자아는 성숙된 죽음의 가치를 부활의 기독교적 이념과 연관해서 관찰한다. 즉 서정적 자아는 죽음의 신비한 가치상승을 "우리 인류의 승리의 깃발"인 기독교의 "십자가"(V.318~320)에서 본다. 그리스도의 죽음의 신비적·성애적 메타포에서 미래의 부활이라는 죽음의 새로운 가치가 생긴다. 그러니까 죽음은 인간 현존재의 끝이 아니라, 본래의 진실한 삶의 시작이라는 것이다. 현존재의 시간적 종말과 관계없이 노발리스는 죽음을 더욱 동경하며 문학적 환상에서 다가오는 종말을 예감한다. 그래서 제4찬가는 쾌락적 죽음에 대한 동경의 노래로 끝난다.

잠시 동안만 지나면
나는 자유로운 몸 되어
사랑의 품에
취해 있으리라.(V.325~328)

죽음의 충동은 시간이 지나면서 죽음의 종교가 된다. 이것은 노발리스에게서 진기하게 나타난 죽음에 대한 생각의 방향전환이다.

이전의 4개의 찬가들은 노발리스의 마음속에서 발전하고 집중된 개인적 경험의 표현이다. 처음에 서정적 자아는 지금까지 빛의 아름다움을 찬양하고, 그 빛 뒤에 숨겨진 밤의 신비한 영역을 대립시킨다. 그는 밤의 꿈속에서 애인과의 사랑의 일치를 체험한다. 그러나 아침의 현실은, 마치 죽음이 인생의 모든 행복에 피할 수 없는 종말을 주듯이, 불가피하게 밤의 행복을 파괴한다. 제1찬가와 제2찬가가 꿈과 현실의 대립을 형성했다면, 제3찬가와 제4찬가는 삶과 죽음 사이의 대립을 형성했다. 그러나 그것은 단순히 유추적 해석에서 만들어진 것은 아니다. 오히려 노발리스는 이 대립을 조화의 더 높은 단계로 발전시킨다. 서정적 자아는 제3찬가에서 두 세계의 의식을, 즉 물질적 세계와 정신적 세계, 유한한 세계와 영원한 세계의 의식을 애인의 무덤가에서 경험하고, 바로 그 초월적 경험을 표현하고 있기 때문이다. 이제 서정적 자아는 두 세계에서 빛과 밤을 서로 연관시키고, 비록 물리적 사실이 아니라 해도 절대적 종말의 형이상학적 공포인 죽음을 그리스도의 죽음과 부활을 통해서 제거하는 데에 이른다.[111] 여기에 이제 앞의 4개의 찬가들보다 더 긴 대규모의 제5찬가가 이어진다. 수기 원고에서 노발리스는 제5찬가 내용의 개요를 미리 제시한다.

옛 세계. 죽음. 그리스도─새로운 세계. 미래의 세계─그의 고난─청춘─사신使信. 부활. 인간과 함께 변하는 세계─마지막 호소. (V.376~381)

이 제목은 줄거리의 진행을 알리고, 또한 전체 시에 대한 열쇠를 가지고 있다. 그 핵심적 생각은 서정적 자아가 애인의 무덤에서 경험한 것, 즉 내세에서의 존재에 대한 의식과 동시에 죽음의 극복이 그리스도를 통해서 전 인류에게 주어진다는 것이다. 이미 제목에서 암시했듯이, 노발리스는 이제 이 생각을 옛 세계와 기독교의 신화들에서 나오는 비유들로 발전시킨다.

고대의 예술적 규범들이 여전히 계속해서 시학을 결정하고, 고대의 신화가 모든 예술작품을 지배하던 시대의 흐름에서 노발리스가 기독교를, 그러니까 지금 살아 있는 종교를 고대의 신화와 연관해서 문학적으로 취급한 것은 사실 대단한 일이었다. 실제로 그 당시의 학자들은 옛 세계와 현대 세계의 동질성을 알아내려고 노력했고, 그들의 미학적 저서들에서 활발한 논쟁을 펼쳤다. 예를 들어 신을 오직 철학의 추상적 개념에서만 생각할 수 있었던 계몽적 탈신화의 시대에, 실러는 1788년에 쓴 그의 시 《그리스의 신들Die Götter Griechenlands》에서 인간과 신들이 조화를 이루었던 고대의 "아름다운 세계"를 인도주의의 상징으로서 대립시켰다. 젊은 노발리스는 그 당시에 이 시로 인해서 일어난 격론에 직면해서 우선 실러의 편을 들었다. 그는 제5찬가에서 "옛 세계"를 "하늘의 아이들과 지상에 사는 사람들의 영원한, 화려한 축제"로 묘사하면서 실러의 생각을 직접 그의 시에 인용했기 때문이다. 찬가의 시작에서 실러의 시와 아주 비슷하게 고대는 신들, 인간 그리고 자연 사이의 조화로 묘사된다.

그래서 삶은
신과 인간의
영원한 축제였다.
모든 종족들은
부드럽고 귀중한 불꽃을
세상의 절대자로 숭배했다.(V.411~417)

그러나 이어지는 찬가에서 노발리스는 실러를 변호하려는 의도가 아니라, 실러를 넘어서 자기의 고유한 생각을 표현하려 했다. 그가 "불꽃을 세상의 절대자로 숭배했던" 고대의 신화를 기독교의 역사적 신화와 비교할 때, 고대의 신화는 죽음에 대해서 아무런 만족스런 대답을 가지고 있지 않기 때문이다. 실러의 《그리스의 신들》을 옹호했던 노발리스는 실러의 시에 내포된 인류의 구원사적 모순에 항의하는 내용으로 자신의 찬가를 전개한다. 즉 실러가 고대에서 자연과 인간의 조화에 근거를 둔 인간의 신격화를 찬양하고, 이 신격화로 그 후의 기독교 시대를 혐오스럽고, 비인간적이며 자연법칙에 어긋나는 것으로 비난했다면, 노발리스는 이와 반대로 이론의 여지가 없이 기독교를 찬양했다.[112] 그는 제5찬가를 실러의 시《그리스의 신들》에 대한 철저한 반대 입장에서 완성한다. 실러를 넘어선 노발리스의 고유한 생각은 바로 죽음에 대한 생각이다. 노발리스의《밤의 찬가》는 18세기 말에, 헤르더와 실러와는 근본적으로 다르지 않지만, 이들보다는 더 과격하게 죽음에 대한 무서운 공포를 말한다. 노발리스에 의하면 고대인의 죽음의 미학적 형성에는 신들과 인간과 자연 사이의 조화가 없다. 그래서 죽음은 신들마저도 해법을 찾지 못하는 '분노의 괴물'이고, 인간의 "즐거운 잔치를 공포와 고통 그리고 눈물로" 중단시킨다.

허나 유일한 하나의 생각이
무섭게 즐거운 축제의 식탁에 다가와서
마음들을 격렬한 놀라움에 휩싸이게 했다.
여기에는 신들마저도
불안한 마음을 감미로운 위안으로 메어 줄
방법을 알지 못했다.

이 괴물의 길은 신비에 찼고

이 괴물의 분노는 어떤 탄원으로도 어떤 선물로도 진정시킬 수 없었다.

이 즐거운 잔치를 공포와 고통

그리고 눈물로 중단케 했던 것은

바로 죽음이었다. (V.418~426)

죽음은 낯설고, 극복할 수 없고, 공포를 일으키면서 고대의 명랑한 세계 밖에서 다가온다. 인간의 삶은 죽음에 의해 파괴되고, 고통과 고뇌로 변한다. 해서 고대인은 죽음의 정령을 오직 환상을 통해서 죽음의 공포에서 벗어날 수 있도록 "과감한 정신과 높은 감성의 불꽃으로"(V.436) 미화시키려 했다. 그들은 생명의 횃불을 든 날개 달린 부드러운 소년의 모습으로 죽음의 정령을 생각해냈다. 죽음의 정령이 든 생명의 횃불에 의존해서 고대의 인간은 밤의 나라로, 영혼의 내세로 가는 입구를 외면한다.[113] 그러나 죽음의 정령은 절망적인 상태에서 "불을 끄고 잠을 자는"(V.437) "창백한 소년"의 모습으로 추락한다. 그리스신화는 사자들을 저승에서 가치 없는 존재로 만들 뿐이며, 역겨운 자기기만 속에서 삶의 향연을 헛되이 미화했다.[114] 때문에 인간에게 "영원한 밤은 풀리지 않는 수수께끼로 남았다."(V.442)

여기서 마음을 달콤한 쾌락으로 흥분케 했던

모든 것으로부터 이젠 영원히 작별하여,

이 지상에서 헛된 동경과 오랜 비애로

애태웠던 연인들로부터 떠나

오직 죽은 자에게만 희미한 꿈이 주어졌고

무기력한 투쟁이 부여된 듯했다.

향락의 격랑은 무한한 역정의

바위에 부딪쳐 산산조각이 났다.

인간은 자신을 위해 이 무서운 도깨비를

과감한 정신과 높은 감성의 불꽃으로 미화했다.

창백한 소년이 불을 끄고 잠을 잔다.

하프의 울림처럼 종말은 조용하다.

추억이 차가운 어두움의 물결에 녹아 흐른다.

시가 그처럼 슬픈 요구에 따라 노래했던 것,

허나 멀리 떨어진 힘의 진지한 표지인

영원한 밤은 풀리지 않는 수수께끼로 남았다.(V.427~442)

죽음의 개입으로 상황들은 변한다. "고대의 세계가/ 종말로 접어들었다."(V.443~444) 신들과 인간이 화려한 축제를 수천 년 동안 요란하게 이어왔던 고대의 명랑한 세계, 오르페우스의 "하프의 울림처럼" 고대의 신비한 세계는 봄처럼 사라져버린 황금시대일 뿐이다.[115] 이제 "젊은 종족의/ 환락의 정원은/ 시들었고,"(V.445~447) "아이답지 않은 성인들이 애쓰는"(V.450~451) 시대가 되었다. "신들은 사라져버렸고,"(V.452) 신들의 자리에 엄격한 수와 계산의 법칙이 들어와서 자연은 영혼을 잃고 "외롭고 생명 없이"(V.453) 인간 앞에 서 있다. 계산과 측량의 이 차가운 상태에 어떤 신의 모습도 부여되지 않았다. 죽음으로 인해 자연과 인간의 조화는 고대에서처럼 복구될 수도, 결코 유혹적일 수도 없다. "전능했던 믿음"(V.463)과 "천상의 벗 상상력"(V.467)은 자연에서 사라져버렸다. 대신에 "아이답지 않은 성인들"은 죽음에 대한 환상적 불안과 공포를 오로지 미학적으로만 미화하려는 합리주의적 철학의 추상적 신을 생각했다. 즉 노발리스는 계몽주의시대의 신 모습을 부여했다. 그래서 "더 이상 빛은 신들의 거소도/ 숭고한 표지도 아니었다./ 신들은 밤의 베일을/ 덮어 썼다/ 밤은 계시의 비옥한 품이 되었다."(V.484~491) 그 품으로 신들은 돌아왔고, 후세에 "새롭고 훌륭한 모습으로 변화된 세계로 나가기 위해"(V.487~491) 고이 잠들었다. 이것은 고대에서 그리스도가 출현할 때까지의 중간시대인 것이다.[116]

실러의 시《그리스의 신들》과 분명하게 대조를 이루면서 제5찬가는 인류의 발전을 노래한다. 더 자세히 말해서 노발리스는 그리스도의 역사적 신화에서 인류발전의 3단계를, 즉 신들과 인간이 조화를 이루었던 고대의 황금시대, 인간의 인식과 지식이 지배했던 중간시대, 그리고 그리스도의 출현으로 가능한 평화로운 "미래의 황금시대"(V.632)를 생각했다. 그것은 그 당시와 같은 전쟁시대에서 결코 기대할 수 없는 시대적 이상이었지만, 노발리스는《밤의 찬가》에서 그런 이상에 대한 형이상학적 견해를 나타냈다.[117]

고대의 신들은 고대의 멸망과 함께 사라지지 않고 마치 초월적 화신처럼 "밤의 베일" 속에서 여전히 신들로 존재했다. 그래서 죽음의 신 타나토스Thanatos는 상징으로서가 아니라 죽음의 극복자로서 그리스도에게서 새롭게 탄생한다.[118] 다시 말해서 노발리스는 죽음 정령의 고전적 모습을 죽음에 대한 고대인의 미학적 해석과는 달리, 그리스도의 모습으로 새롭게 해석해서 비로소 죽음에 대한 공포를 없앨 뿐만 아니라 새로운 의미에서 죽음을 예찬하고, "죽음에 대한 동경"을 창조한다.

그리스도의 탄생으로 "새로운 세계"(V.498)가 열리고, "동방의 예언자이며/ 찬란한 현자賢者는/ 처음으로/ 새로운 시대의 시작을 알았다"(V.505~509). 그는 미래의 왕인 그리스도의 마음이 사랑의 품이 될 것을 예견하고 경의를 표했다. "엄격한 숫자로 영혼을 잃은(V.455~456) 자연과 인간은 분리되고, 이로써 자연 대신에 인간의 마음이 영원한 사랑의 피난처가 된다. 이것은 그리스도의 사랑에서 증명된다. "숭고한 왕의 마음은 피어나/ 사랑의/ 타오르는 품이 되었다"(V.517~520). 그리스도의 사랑에서 "새로운 세계"가 탄생되고, 그 앞에 "옛 죽음의 공포"(V.568)는 힘을 잃었다. 그리스도는 그의 삶, 죽음 그리고 부활을 통해서 삶과 죽음, 시간과 영원, 빛과 밤을 화해시키는 시대의 화해자로 나타나서, 이들의 대립적 관계의 모순을 극복하고, 참되고 보다 높은 삶을 알린다.[119]

> 그대(즉 죽음—필자 주)는 오래전부터 우리 무덤 위에
> 깊은 명상에 잠겨 있던 젊은이
> 그대는 어두움 속 위안의 표지,
> 보다 높은 인간성의 즐거운 시작.
> 우리를 깊은 슬픔에 잠기게 했던 것,
> 이제 달콤한 동경을 가지고 우리를 그곳으로 끌어준다.
> 죽음에서 영원한 삶이 제시되었다.
> 그대는 죽음, 우리를 비로소 건강하게 한다. (V.544~559)

이 찬가에서 죽음의 정령은 두 번 나온다. 그 하나로서 이전에 죽음은 고대의 신들과 인간의 "잔치를 공포와 고통으로 그리고 눈물로 중단"(V.424~426)시켰다. 이제 고대 종말의 절망적인 상태에서 "불을 끄고 잠을 자는"(V.437) "창백한 소년"의 모습을 한 죽음의 정령은 그리스도의 죽음과 부활로 우리에게 "영원한 삶"을 주고 "우리를 비로소 건강하게 한다." 즉 노발리스는 죽음의 정령을 기독교와의 관계에서 생각함으로써 새로운 의미를 부여했다.[120] 신약성서가 구약성서에 연결되는 것과 거의 같은 의미에서 기독교가 고대와 연관되었듯이, 죽음의 정령은 그를 발견한 고대와 그에게 처음으로 올바른 의미를 부여한 기독교 사이의 다리를

형성한다. 죽음의 정령은 그리스도의 선先역할로서, 아직 올바로 인식되지 않았으나 죽음에서 "영원한 삶"을 알리는 계시와 "위로의 표시"로서 모습을 드러낸다.[121]

제5찬가의 2부(V.559~707)에서 노발리스는 그가 언어로 형성할 수 있는 모든 수단을 다해서 그리스도의 고통과 구원의 역사를 묘사한다. 이 찬가에서 가인歌人이 등장한다. 헬라(고대 그리스)에서 팔레스티나로 온 한 가인(V.544~547)이 그리스도의 요람 옆에 서 있다. 그 가인은 팔레스티나에서 "그의 온 마음을 이 기적의 아이에게 바치고,"(V.559~550) 계속해서 "기쁨에 차 인도스탄으로 갔다"(V.560~561). 노발리스가 삽입한 이 가인은 많은 상징적 의미를 가진다. 우선 여기서 두 가지 의미가 유추될 수 있다. 그 하나는 기독교가 1800년경에 큰 관심을 갖기 시작한 동방으로 전파되고, 점차적으로 세계종교가 되어가는 도상에 있었다는 점이다. 그 다음으로 더 중요하게 유추할 수 있는 것은, 그리스도가 밤의 베일 속에서 "새롭고 훌륭한 모습으로 변화된 세계로 나가기 위해"(V.487~491) 고이 잠들어 있었던 그리스의 신들뿐만 아니라, 그 밖의 고대 신들의 대표적인 변형으로 출현한다는 것이다.

이렇게 볼 때 제5찬가에서 그리스도의 전기는 분명히 성서의 내용을 많이 암시하고 있지만, 그보다는 시인의 자유로운 환상에서 나온 것이라 할 수 있다. 성서의 '말구유'에서가 아니라 시인의 "가난한, 경이로운 움막에서"(V.500f) 태어난 새로운 세계의 포고자는 성서에 나오는 수난의 예수 그리스도와 현저히 구분된다. 노발리스의 대표적인 소설《하인리히 폰 오프터딩겐Heinrich von Ofterdingen》에서 "푸른 꽃Blaue Blume"이 지하에 뿌리를 두고 하늘에 푸른 꽃을 피우듯이, 노발리스에게 중요한 것은 그리스도가 그의 수난사를 알리기 위해서가 아니라 영원한 삶에 대한 소식을 알리기 위해 현세의 아이로서 탄생했다는 사실이다. 그래서 모든 기독교

예술의 주 대상인 예수의 수난사는 그에겐 뜻 없는 미사여구에 불과하다. 중요한 것은 오로지 죽음의 순간이지, 죽음에 대한 원인이 아니기 때문이다.[122]

이 찬가에 등장한 가인은 그리스도의 출현을 "새로운 시대의 시작"으로 나타내고, 그의 교시를 전파한다. 그는 골고타Golgotha 산에서 인류를 구원하려고 그리스도가 노력한 위기의 시간을 "새로운 세계의 탄생 시간"(V.586~587)으로 묘사한다. 그러나 이 묘사에 있어서 노발리스는 신약성서에 의존하지 않고 시적 구상에 의존했다. 따라서 그리스도의 생애에 대한 가인의 묘사에는 신화의 색채가 짙으나, 성서에 근거한 그리스도론과는 근본적으로 일치하지 않는다.[123] 찬가는 가인의 모습을 통해서 사랑에 의해 죽음을 극복하는 시 형태의 신화로 이해된다.[124] 이렇게 볼 때 이 찬가에서 가인은 바로 노발리스 자신임을 상징적으로 의미한다.[125] 동시에 그 가인에 의해서 소피의 무덤과 그리스도의 무덤이 사랑의 죽음에 대한 상징으로 연결된다. 노발리스는 가인의 모습을 통해서 서정적 자아의 '변용'(V.695)뿐만 아니라 '새 세계'의 도래를 위한 시인의 사명을 예술적으로 완성한다.

그리스도의 수난, 죽음, 부활은 '옛 세계'의 몰락과 새로운 '황금시대'의 도래에 변증법적으로 작용한다. 그리스도는 "스스로의 힘으로/ 그와 함께 죽었던 옛 세계를/ 떠나온 무덤 속에 파묻고/ 전능한 힘으로/ 무슨 힘으로도 들어 올릴 수 없는/ 돌을 그 위에 놓았다"(V.609~613). 이제 서정적 자아는 "기쁨에 놀라 그대(그리스도—필자 주)의 부활을, 그리고 그대와 함께/ 자신의 부활을 바라본다(V.620~623). 영원한 삶의 포고자로서 그리스도의 부활은 그가 신과 인간 사이의 중개자라는 믿음에 확신을 줄 뿐만 아니라, 서정적 자아와 그리스도를 같은 선상에서 연결한다. 노발리스는 서정적 자아를 미래의 조화적인 세계와 현세의 인간 세계 사이의 중개자로 만들고, 그것에서 생겨나는 인간정신은 그리스도의 인물을 통해서 나타낸다. 즉 노발리스는 미래의 세계변화를 역사적 현실과 창조적 인간과의 관계에서 본다. "인간과 함께 세계는 변한다"(V.380~381).[126]

노발리스가 제시한 제5찬가의 제목들 중에서 "인간과 함께 변하는 세계"는 제일 중요한 주제이다. 즉 인간은 스스로 변하면서 세계를 변화시킨다. 이 변화와 연관해서 '낭만적'이란 개념은 넓은 의미를 갖는다. 우리가 우선적으로 낭만화의 개념에 대해서 이해하고 있는 것은 조야한 것에 높은 의미를, 일상적인 것에 신비스런 모습을, 알려진 것에 알려지지 않은 것의 존엄성을, 유한한 것에 무한한 가상을 유희로서가 아니라 과제로서 준다는 것이다. 이런 의미에서 노발리스는 "세계는 낭만화되어야 한다"고 말했다. 프리드리히 슐레겔 역시 분리된 낭만적 시문학을 결합하고, 삶과 사회를 시적으로 만든다고 규정했다. 이런 시문학은 "영원히 진행될 뿐이며, 결코 완성될 수 없다." 낭만화한다는 것은 이 목적을 위한 예술의 실행이다. 이러 의미에서 그의 찬가는 모든 것이 완성을 향해 진행되며 변화하는, 무한한 것을 지향하는 시문학이다.[127] 즉 자기 변용과 함께 세계의 변화를 완성하려는 시문학인 것이다.

이 찬가에는 고대 신화의 "새롭고 찬란한 종족인 신들"(V.389~390)과 기독교 신화의 인물들이 상이한 두 의미를 지니고 대립해 있다. 그 상이한 두 의미는 "'고대 신화의 어머니다운 여신의 품'(V.395)과 성모 마리아 사이에서, 고대 신들의 디오니소스적 잔치와 그리스도의 최후 만찬 사이에서, '즐거운 인간'(V.392)과 즐거운 사자들 사이에서"[128] 차이를 나타낸다. 그러나 노발리스는 이 섬세한 관계들을 예술적으로 훌륭하게 연결했다. 죽음이 신들의 즐거운 잔치를 파괴하고 고대의 세계가 끝났을 때, 고대인은 죽음의 공포에서 벗어나기 위해 죽음을 미화시키고, 최후에 신과 하나가 되기 위해 "부드러운 침대"인 "밤의 제단에"(V.126~127)에서 죽음과 결혼식을 올린다. 그 결혼식은 그리스도의 부활을 통한 인간의 소생을 상징하는(V.652~653) 최후의 만찬과 연결된다. 새로운 의미에서 죽음은 인간을 결혼식에 오도록 부른다(V.660). 인간은 구원의 희망이며 어머니의 품(V.672, 675) 같은 성모 마리아를 갈망한다. 그리고 신을 인식하기 위해선 사랑과 고통이 필요하다는 것을 깨닫고 수많은 순교자들을 예찬한다. 이렇게 해서 새로 탄생한 황금시대는 죽음의 공포에 대해 알고 있으나, "사랑하면서 믿는 자"(V.685)로 인간이 변용함으로써 "이젠/ 어떤 무덤에서도 고통 때문에 울지 않는다"(V.684~685). 다시 말해서 죽음의 공포를 극복하는 더 높고 완전한 시대로 발전한다.[129] 그 이후로 무덤들 옆에는 어떤 고통도 더는 없다(V.685). 그리스도는 밤의 태양이 된다(V.704~707). 그러나 그는 빛을 전달하는 자로서가 아니라 밤의 승자로서, 정화된 속세로 다시 돌아온 신으로서가 아니라 속세를 해체하는 자로서 나타난다.[130]

그리스도와 성모 마리아 신화의 메타포에서는 성애적인 것이 배제될 수 없다. 노발리스는 그의 신부가 죽은 후에 사람들이 지금까지 거의 표현하지 못했던 사랑과 성욕 사이의 관계를 간과하지 않았다.[131] 제1찬가에서 서정적 자아와 밤의 성적 합일이 꿈의 경험으로 나타난다면, 제3찬가에서는 보다 더 사실적으로 노발리스와 애인 퀸과의 관계에서 사랑과 죽음의 결합이 묘사되고 있다. 이렇게 처음에 노발리스에게 이 초월적 경험의 중개자는 그의 애인이었지, 신의 아들이 아니었다. 그런데 제5찬가에서 사랑과 종교의 결합이 묘사되면서 이제 그리스도와 성모 마리아의 메타포에서도 성애적인 것, 여성적인 것이 예술적으로 형성되어 나타난다. 노발리스는 신앙심이 깊은 경건한 어머니의 교훈 속에서 자랐다. 그는 기독교의 경건주의에 낯설지 않았다. 그가 안기고 싶은 어머니의 품은 성모 마리아의 품과 일치한다.

신혼 밤에 최고의 쾌락에 도취되어 죽음이 그에게서 뺏어간 애인과 영원히 하나로 결합하기 위해 죽음을 감수할 때, 죽음은 사랑하는 사람에게 첫날밤이 된다. 즉, 죽음은 본질적으로 첫날밤으로, 사랑의 일치가 된다. 사랑의 죽음은 불멸로 가는 이행으로 나타나고, 사랑은 영원한 재회에 대한 희망에서 종교가 된다. 죽은 애인은 성녀로, 성모 마리아로, 나아가 신적인 것에 대한, 그리고 유한한 것과 무한한 것을 이어주는 중개자가 된다. 그녀는 신적인 것을 즐기도록 돕고, 인간은 그녀와의 결합을 통해서 신과 하나가 되고 또 구원된다.[132] 노발리스에게 애인에 대한 사랑과 신에 대한 사랑은 본질적으로 같은 것이다. 이 찬가들은 종교적인 작품이라 할 수 있으나, 바로크시대의 종교적인 작품들에서 볼 수 있는 순수 종교성에서 벗어난다. 그래서 이 찬가는 모든 종파와 관계없이 노발리스가 시인의 환상에서 만든 그의 고유한 시적 종교작품이다.[133]

이렇게 사랑의 죽음에 대한 성애적·종교적 생각이 노발리스의 작품들에서 상징적으로 표현되고 있다. 뿐만 아니라 그리스도 수난에서 생긴 사랑의 변용은 사랑과 죽음을 연결하는 초월적 행위로서 후일의 독일 문학에서 흔한 테마가 되었다. 그 한 예로 괴테가 그의 비극《파우스트 박사》에서 그레첸을 "영원한·여성적인 것Das Ewig-Weibliche"으로 끌어올리고, 그녀가 성모 마리아와 함께 파우스트 박사의 영혼을 구원한다면, 결론적으로 파우스트 박사도 죽음과 영원을 사랑으로 경험한다. 이런 관계에서 관찰할 때,《밤의 찬가》는 죽음과 사랑에 대한 근대적 의식의 발전사에서 중요한 작품이다.[134]

노발리스가 기독교 교의의 핵심을 추상적 개념에서, 다시 말해 현재의 허무와 내세의 영원한 삶에 대한 동경에서 본다면, 고전주의의 종교가 삶의 종교였듯이, 기독교는 그에게 죽음의 종교라 할 수 있다. 제5찬가가 그 대답을 준다. 그리스도는 무한과 내세로 안내하는 죽음의 극복자이다. 내세에서 노발리스는 잃어버린 애인을 다시 찾고, 더 이상 이별 없이 영원히 함께 있길 원한다. 영원에 대한 희망은 사랑의 욕구에 불을 붙인다. 이 둘은 서로를 상승시키고, 사랑과 종교는 서로 얽혀 있고, 죽음은 제3자로서 헤어진 사람들을 합친다. 때문에 이제 제6찬가의 제목은 "죽음에 대한 동경Sehnsucht nach dem Tode"이다. 노발리스는 죽음의 체험을 사랑의 체험으로 확대한다.

제6찬가는 죽음을 통한 인간의 구원을 칭송한다. "재빨리 하늘의 해안에 닿기 위해"(V.713) "영원한 밤"(V.714)으로, 그리고 "영원한 잠"(V.715)으로의 침잠이 칭송된다. 그런데 여기서 서정적 자아의 시선은 다시 한번 황금빛 미래의 환상에서 신이 없는 속세의 현실로 돌아온다. 사랑도 성실도 없는 속세에서의 행실이 새롭게 비난된다. 인간에게 의미가 없는 '새것'으로의 지향은 오직 더 깊게 인간을 모순 속으로 빠지게 할 뿐이라는 서정적 자아의 확신에서 그는 이제 '고향'으로의 귀의를 동경한다.

여기 이 세상에선 뜨거운 갈증
결코 식히지 않으리.
이 성스러운 시대를 보기 위해
우리 고향으로 돌아가야 한다.(V.746~749)

그래서 서정적 자아는 "우리가 이 지상에서/ 우리의 사랑과 충성으로 무엇을 해야 할까"(V.720~721)를 자문하고, 아직도 우리의 귀향을 막는 것이 무엇인가를 생각한다(V.750). 그리고 그는 깨닫는다. "우리에겐 더 이상 찾을 아무것도 없다. 마음은 충만되었고, 세상은 비었다"(V.754~755). 여기서 처음으로 구원은 외부 세계의 힘에서뿐만 아니라 인간 내면에 있는 힘에서 이루어진다는 것이 강조되고 있다.[135] 서정적 자아는 스스로 허무한 현세에서 부활과 구원으로 가는 길을 찾는다. 그것은 내면의 세계로 가는 길이고, 그 끝에 죽음의 꿈이 서 있다. 그는 단호히 이 세상과 이별한다. 죽음의 동경에 대한 노래는 죽은 애인과 예수와의 재결합에 대한 희망을 축하한다.[136] 결국 모든 존재하는 것의 위대한 합일과 조화가 이루어진다. 꿈과 일치하는 죽음이 이것을 완성한다. 그래서 이 찬가의 마지막 부분에서는 신과 인간의 영원한 축제와 죽음을 극복한 그리스도가 격정적으로 찬양되고 있다.

내려가자. 저 사랑스런 신부에게로,
사랑하는 그이, 예수에게로,
안심하오, 황혼이 깃드오,
사랑하는 사람들, 슬픈 사람들을 위해,
꿈이 우리의 속박을 풀고
우리를 아버지의 품으로 잠기게 하오.

《밤의 찬가》는 노발리스의 생각에 의해 창조된, 시간과 공간이 없는 새 시대를 지향한다. 앞의 두 찬가 부분(찬가 1~4와 찬가 5)의 대립은 이 마지막 제6찬가의 새로운 세계에서 조화를 이룬다. 그 세계는 노발리스가 시 문학의 형태로 영혼을 불어넣은 시의 세계이며, 동시에 인류의 구원을 시로 표현할 수 있는 노발리스의 내면세계이기도 하다.[137] 다른 관점에서 볼 때, 이것은 현실도피적 자기 해방과 자기실현을 위한 욕구에서 형성된 세계이기도 하다. 비록 모든 인간에게 종교적 구원의 길이 그리스도를 통해서 미리 제시되었다 할지라도, 모든 인간은 스스로가 자기 자신의 구원자가 되어야 한다는 것이 노발리스의 생각이다. 동시대 작가들과 마찬가지로 노발리스 역시 그 시대 사회의 높은 장벽 앞에서 현재나 미래의 어떤 희망도 성취할 수 없다는 무거운 충격에 빠졌다. 당시의 젊은 지성세대는 역사발전과정에서 그들의 고유한 위치를 강조할 수 없었기 때문에, 그 세대의 삶의 현실적 공간인 현실과의 생산적 관계가 그 세대에 거의 이루어지지 않았다. 그래서 작가들은 시나 문학의 형태로 자기해방과 자기실현을 추구했고, 그 꿈의 실현을 위해서 현실도피 내지 극복은 불가피한 것이었다. 따라서 노발리스의《밤의 찬가》는 현실에 대해 아주 단호하게 적대적으로 생각된 작품이라 할 수 있다.

이로 인해서《밤의 찬가》는 특유한 특징을 나타낸다. 이 찬가는 꿈꾸었던 내세의 삶을 찬미하기 때문에, 다시 말해서 인간에게서 인간 존재 본연의 가치와 가능성을 뺏어가는 다른 존재를 칭송하기 때문에, 현세의 삶을 반대하는 비가적인 감정만을 불러일으킨다는 비판을 면치 못했다. 따라서 노발리스에 있어서 찬가적인 것은 내용적으로 현세의 삶을 찬미하는 찬가의 기본개념과 완전히 반대된다. 노발리스는 이 같은 내용의 전도를《밤의 찬가》에서 어느 작가들보다 가장 훌륭하게 완성했다.[138]

결론적으로《밤의 찬가》와 연관해서 노발리스의 죽음에 대한 생각은 다음과 같이 정리될 수 있다. 노발리스의《밤의 찬가》는 낭만적인 죽음을 포용한 최초의 위대한 작품이다. 죽음에 대한 생각과 체험은 그의 짧은 생존 기간 내내 그의 주위를 떠돈다.《밤의 찬가》에서 밤, 사랑, 여자, 죽음은 모두가 성적으로 뿐만 아니라 종교적으로, 철학적으로 얽혀 있고, 사랑의 죽음과 죽음의 사랑, 그리고 밤에 대한 감격이 어디서나 지배한다. 밤은 개체를 해체시켜서 전체에 환원시켜주는 삶의 깊은 영역으로서, 만물의 근원이자 재생의 힘으로 묘사되고 있다. 새벽을 잉태한 밤은 부활을 전제한 그리스도의 죽음과 연결된다. 그래서 그는 밤과 죽음의 상징에 몰두하면서 죽음에 친숙해지려고 애쓰고, 밤과 죽음을 예찬하면서 어둠의 밤 세계를 고향으로, 종교로 만든다. 게다가 그의 신부의 죽음은 그를 죽음의 신비스러운 밤으로 더욱 깊이 데리고 간다. 그리고 애인을 따라 죽으려는 결심은 그녀와의 결합을 위한 의지를 의미하기 때문에 진지하다. "그녀의 죽음과 내가 따라 죽는 것은 보다 높은 의미에서 약혼이 아닌가?"라고 그는 1797년 4월 18일의 일기에서 묻고 있다. 이로써 애인에 대한 사랑은 죽음을 극복한 그리스도의 사랑과 같게 표현되고, 이 일치는 노발리스의 가장 깊은 체험이고 확신이다.

지금까지 연약한 정서에서 나온 죽음에 대한 동경은 이제 사랑에 대한 의무와 계명이 된다. 따라서 노발리스에 있어서 죽음은 삶과 사랑에 성실해야 하며, 도피나 궁여지책이 아니라 순수한 희생이어야 한다는 것이다. 그는 죽음을 조용하고 슬픈 감정에서 즐길 수 있고, 그의 죽음에 대한 결심은 그를 현실적 삶의 기쁨에도 불구하고 더욱 깊이 죽음의 불가사의 속으로 밀어 넣는다.[139] 죽음의 감정은 이제 그의 영혼의 가장 깊은 내면으로부터 흘러나와 그에게 새로운 감정의 동요를 불러일으킨다. 다시 말해서 죽음이란 단어는 노발리스의 영혼에서 다른 것을, 즉 사랑과 종교를 그의 의식의 영역으로 끌어 올린다. 죽음, 사랑, 종교의 세 요소는 그의 생각에서 밀접하게 연관되어 있고, 영원한 것과 무한한 것에 이르는 깊고 본질적인 인식을 가르쳐주며, 어둡고, 성스럽고, 신비스러운 밤에 대한 찬가에서 진기하고 신비한 하나의 통일체로 융합한다. 제5찬가가 대표적인 예이다.

제5찬가는 세계에 대한 역사적 그리고 종교적·철학적 관찰로 충만해 있다. 고대 종교와 기독교 종교가 대치해 있다. 고대인은 죽음을 경멸할 줄 알았으나 죽음의 승리를 알지 못했다. 그리스 비극에 나타난 죽음의 문제는 죽음이 신들마저도 해법을 찾지 못하는 '분노의 괴물'로서 고대의 명랑하고 즐거운 향연을 파괴하고, 고대인에게 공포의 왕이 된다는 것이다. 고대는 파괴되고 죽음이 승리한다. 신들은 자연에서 사라지고, 새롭고 훌륭한 인물로서 변화된 세계로 가기 위해 빛에서 나와 밤의 어두운 품으로 돌아간다. 그리스인에게서 죽음은 그의 본질적인 의미에서 파악되었다고 말할 수 없다.[140]

죽음의 문제는 그리스인에게서 해결되지 않고, 처음으로 기독교가 그 진정한 해결을 가져다준다. 가장 훌륭한 것은 죽음에 대한 승리이다. 기독교에서 고대에서의 죽음의 짐이 벗겨진다. 그리스도는 그의 희생과 화해의 죽음을 통해서 옛 죽음의 공포를 물리친다. 비로소 이제 죽음의 문제는 해결되고, 그 의미는 파악된다. "하늘의 정령들은 태초의 돌을 어두운 무덤에서 들어올린다." 그리고 죽음은 "더 높은 인류의 즐거운 시작"이 된다. 인류는 부활하고, 새로운 나라가 열린다. 삶은 영원한 삶으로 넘어간다. 그리스도는 무한과 내세로 안내하는 죽음을 극복한 자이다. 이 내세의 나라에서 노발리스는 잃어버린 애인을 다시 찾고, 그곳에는 더 이상 이별은 없고 영원히 함께 있다. 영원에 대한 희망은 사랑의 욕구에 불을 붙인다. 이 둘은 서로 상승시키고, 사랑과 종교는 서로 얽혀 있고, 죽음은 제3자로서 헤어진 사람들을 합한다. 때문에 이제 제6찬가의 제목은 "죽음에 대한 동경"이다.

노발리스는 죽음의 체험을 사랑의 체험으로 확대한다. 그는 사랑의 죽음에 대한 생각을 이중의 모습으로 형성한다. 우선 죽은 애인과 함께 죽음과 밤이 신부처럼 포옹하는 감격이 노발리스에게 생겨나고, 그의 죽음의 생각에 에로스적인 것이 들어온다. 이렇게 해서 19세기부터 문학이나 미술에서 에로스가 유혹하는 여자로서 혹은 죽음의 천사로서 죽음의 미학적 형상화에 작용하게 되었다.[141] 다음으로 기독교는 그리스도의 부활로써 죽음과 사랑, 죽음과 종교를 하나로 만든다. 사람들이 죄를 지었다고 느낄수록 그만큼 더 신앙적이 된다. 그들은 그리스도를 신부로서 사랑하고, 최후의 만찬에서처럼 그를 빵과 포도주로 즐기고, 애인으로 포옹하면서 그리스도가 겪은 사랑의 가장 큰 고통 속에서 천국의 기쁨을 마음속으로 받아들인다. 여기서 그리스도는 노발리스에게 소피처럼 애인이 되고, 그의 사랑은 그에게 종교가 된다. 그에게 애인과 신에 대한 사랑은 본질적으로 같은 것이다. 죽음 옆에 사랑이 있다. 사랑은 본질적으로 죽음과 연결되었다. 사랑 역시 신적인 것에 대한 중개자이기 때문이다.[142] 이렇게 그의 죽음의 생각에는 에로스적인 것과 종교적인 것이 함께 녹아 있다.

그리스도적인 죽음의 모범에 의해서 모든 죽음이 죄와 속죄의 죽음이 되어야 하듯이, 죽음의 의미는 죽음이 속죄를 통해서 지고한 존재의 가치를 만든다는 것이다. 그런 의미에서 노발리스 역시 죽음을 삶의 더 높은 계시로 보았다. 죽음은 한계를 없애고, 인간으로 하여금 자기 자신을 넘어 무한한 것으로 상승시킨다. 자연이 죽음과 생성의 영원한 변화에서 높은 존재적 의미를 보여주고 있듯이, 죽음은 인간에게도 숙명적인 존재의 변화이지만, 더 새롭고 오래가고 가치 있는 존재로의 변화여야 한다.

죽음의 문제는 인간 본래의 삶에 대한 생각과 연결된 문제를 지니고 있다. 다시 말해서 죽음은 대체로 삶을 신성하게 하는 해설자여야 한다.

첫째로 죽음의 의미를 파악한 자는 삶도 안다. 비로소 죽음은 삶을 그의 아주 깊은 곳에서 나타나게 한다. 죽음은 언제나 종교와 사람과의 내적 친화성을 통해서 낭만적으로 안내한다. 노발리스도 계속적인 변화에 대한 능력을, 죽음에서 삶이 생겨난다는 '죽어서 태어나라'의 영원히 수수께끼 같은 현상을 형성한다. 죽음이 삶의 시작과 끝을 가지고 있고, 현세의 유한한 삶과 내세의 영원한 삶 사이의 분기점이기 때문에, 그는 죽음에서 양극적인 것을 예감한다. 이곳에서 죽음이라는 것은 저곳에서는 출생이다. 노발리스가 낭만주의자로서 삶을 현세에서 언제나 내세적·본질적·절대적인 것으로 이해하고, 현세적인 것으로 이해하지 않는 것은 의심의 여지가 없다. 말하자면 그에게 삶의 개념은 선험적이다. 그는 이곳에서 인간이 되기 위해서 죽음이 필요한 것이 아니라, 저곳에서의 삶을 살기 위해서 필요한 것이다. 죽음은 영원한 것이 삶으로 튀어나오는 하나의 점이다. 다만 노발리스가 죽음을 필요로 하는 것은, 죽음이란 삶을 위한 수단이며, "모든 삶에서 끌어내는 예술"이기 때문이다. 즉 죽음이 이곳에서 삶을 시적으로 만들었다. 이처럼 죽음은 낭만주의처럼 현세의 유한성 한가운데서 무한한 것을 인식하게 하는 의식을 상승시킨다. 이런 관점에서 사람들은 죽음을 "더 오랜 삶을 향한 문Tor zum Mehr-Leben"으로, 영원으로 열려진 전망으로 이해한다. 다시 말해서 죽음은 삶을 낭만화한다. 죽음은 곧 삶이다. 오직 "죽음을 통해서 삶은 강화된다." 즉 절대적인 삶에 더 가까이 가게 된다는 것이다.[143]

죽음은 끝냄이며 동시에 시작이고, 분리이며 동시에 더 가까운 자기결합이다. 죽음을 통해서 환원이 완성된다. 죽음은 자기교육, 자기관찰, 자기영양공급이다.[144]

기독교에서, 인간의 '사랑의 죽음Liebestod'과 그리스도의 '희생의 죽음Opfertod'이 더 높은 하나로 결합되고 있듯이, 삶과 죽음의 화해와 합일이 이루어진다. 동시에 시간과 죽음의 지배도 없어지고, 영원한 것, 무한한 것이 나타난다. 그러나 이 합일은 현세에서는 불가능하고, 내세에서 그리고 최후의 심판의 날에 비로소 가능하다. 여기에 절대적인 삶이 '잠'이 아니라 '절대적인 죽음'을 통해서 비로소 순수한 현상으로 나타난다. 낭만주의의 가장 내면적인 비극과 이 비극의 쾌락에 대해서 언급된다. 즉 비극의 완성은 언제나 죽음을 의미한다.[145] 죽음은 결국 노발리스의 낭만적 생각에서 자기 파괴이며 자기 해체이다. 다시 말해서 불멸에 대한 충동은 죽음에 이르게 하고, 죽음은 또한 이 충동 자체를 소멸시킨다. 동시에 완성에 대한 동경은 죽음에 대한 동경이며, 새로운 자아생성은 현존의 자아 파멸로 비로소 가능하다. 이렇듯 죽음과 자아탐구는 불가사의하게 일맥상통하며, 인간의 영혼을 집으로, 본질적인 것으로, 처음의 모습으로, 그래서 무한한 신비로 안내한다. 그 경우에 죽은 인간은 "절대적 신비의 상태로 승화된 인간"일 뿐이다.

죽음에 대한 신비주의는 노발리스에게만 있는 것이 아니다. 부분적으로 노발리스에게서 영향을 받았다 할지라도, 죽음에 대한 병적 욕망은 그 시대의 감성적인 인간을 사로잡았다. 바로 자연철학자들이 자연에서의 생성과 사멸에 대해서, 죽음과 삶에 대해서 연구하는 곳이라면 어디서나, 죽음의 마력과 신비, 죽음에 대한 숭배가 깊이 자리잡고 있었다.

특히 낭만주의시대에 죽음의 문제는 낭만적 사고의 중심에 서 있다. 낭만주의 시인들은 죽음에 대한 생각의 발전과정에서 죽음이 신비로서 자체 내에 지니고 있는 모든 것에 대한 섬세한 느낌을 숙고와 음미를 통해서 얻는다. 그들은 예술적 감각으로 이 죽음의 느낌을 문학적으로 형성해서, 초월적 위치에서 자기 자신을 위에서부터 관찰하며, 이 느낌과의 유희를 유쾌하게 즐긴다. 죽음의 쾌락은 낭만주의의 죽음에 대한 생각에서 가장 고유한 것이고 가장 내면적인 것이다. 노발리스는 죽음을 삶의 낭만적 원칙이라고 말했다. 이런 관점에서 프리드리히 슐레겔이나 프리드리히 횔더린과 하인리히 폰 클라이스트도 마찬가지였다. 사람들은 아마도 의식적으로도 예술에 대한 감각으로 죽음의 즐거움을 누리려 하고, 삶은 결국 오직 죽음 때문에, 오직 헌신과 해체와 파괴 때문에 존재한다고 말하기까지에 이른다. "모든 삶은 늙음과 죽음으로 끝난다"고 노발리스는 말한다. 늙음은 성숙이고 죽음은 완성이다. 인간은 완성 후에 죽을 수 있고 죽길 원할 수 있다. 삶에 성숙해진다는 것은 죽음에 성숙해진다는 것을 의미한다.[146]

죽음의 쾌락에 대한 의식적인 즐김 못지않게 죽음의 공포도 낭만주의 문학에서 제시되고 있다. 노발리스의 《밤의 찬가》에서처럼, 죽음에 대한 미학적 형성은 죽음에 대한 공포를 줄이려는 문학적 수단으로 여전히 남아 있다. 그래서 프랑스의 문화사가 필립프 아리에Philippe Ariès는 19세기를 "아름다운 죽음의 시대Die Zeit der schönen Tode"[147]라고 불렀다. 즉 죽음은 이제 "추하게도, 공포를 자아내지도 않게" 나타난다는 것이다. 그러나 그는 19세기의 '아름다운 죽음'이 사실적 죽음이 아니라 다만 문학의 허구적 아름다움으로 포장된 죽음, 즉 예술의 한 환상임을 강조한다.

> 죽음은 아름다우며, 죽은 자 역시 아름답다. (…) 그러나 이 찬양은 그것이 포함하고 있는 모순을 우리에게 숨길 수 없다. 이 죽음은 더 이상 죽음이 아니다. 그것은 예술의 한 환상이다. 죽음은, 그것을 슬픔에서, 묘지 위에서, 인생에서 그리고 예술 또는 문학에서 죽음이 밖으로 널리 알려져 있음에도 불구하고 숨기길 시작했다. 죽음은 아름다움 속에 숨겨져 있다.[148]

그러나 19세기 후반의 근현대 문학에서는 두려움을 일으키는 추한 죽음의 새로운 미학이 오랫동안 계속되어왔던 고전주의와 낭만주의의 죽음에 대한 이상적 미학을 공격하기 시작했다. 고대인은 죽음의 공포를 극복하기 위해서 죽음을 미화시켰다. 그러나 18세기에는 철학과 신학이 원죄의 처벌에 대한 공포를 이성의 힘으로 수그러들게 했고, 지옥에 대한 믿음은 구속력을 잃었다. 자기 자신의 죽음에 대한 생각과 연관해서, 지나간 세기들에서 강력했던 내세에서의 영혼 구제에 대한 두려움은 약해졌다.[149] 그 대신에 새롭고 더 강한 다른 공포가 들어왔다. 즉 낭만주의가 집중적으로 묘사했던 아름다운 죽음에 대한 문학적 환상이나 동경은 힘을 상실해가고, 그 자리에 대부분 부조리하고, 반발을 불러일으키고, 비인간적으로 묘사되는 추한 죽음의 공포가 근대문학에서 특징처럼 나타나게 된다. 여기서 죽음이 어떤 부드러운 것, 위안적인 것 또는 구원적인 것으로 묘사되는 일은 드물다. 죽음의 미학적 상승은 사실주의 문학의 시작과 함께 사라지기 시작했다.

상징주의와 릴케의 삶을 찬미하는
죽음의 노래

릴케는 낭만주의 시인들처럼 도취적이지는 않지만 신비적으로 죽음을 표현한다. 릴케는 죽음을 내 안에서 싹터오는 존재로서, 영혼의 열매로서 마음속 깊이 품을 수 있는 자만이 죽음의 참된 진리를 찾는 꿈에 도취될 수 있다고 본다. 여기서 죽음은 '나의 종말에 있는 존재'이고 경계가 없는 무한한 우주를 위해 열린 존재이며, 전체에서의 개체 해체이다. 이 죽음은 '불멸'의 상징적 의미로 형성되었다. 무한한 이곳에서 존재의 가치를 찾고 은밀한 죽음의 긍정에서 인생을 찬미하기 위해서 인간은 늘 깨어 있어야 한다. 릴케의 문학은 삶을 찬미하는 죽음의 노래이다.

릴케의 생애와 문학 속의 죽음

라이너 마리아 릴케는 1875년 12월 4일 그 당시에 오스트리아 헝가리 제국에 속한 프라하에서 아버지 요셉Josef과 어머니 소피(피아 엔츠Phia Entz)의 아들로 태어났다. 아버지는 군인으로서 장교의 길이 막히자 철도 공무원으로 근무했다. 어머니는 프라하에서 공장을 공영하는 부유한 가문의 집안 출신으로, 이미 한 번 결혼에 실패한 경험이 있었다. 그녀는 자포자기의 심정으로 13년이나 연상인 요셉과 결혼했다. 따라서 이들의 결혼 생활은 원만하지 못했고, 결국 1884년에 끝났다. 릴케가 태어나기 전, 그의 누이는 태어난 지 일주일 만에 죽었다. 어머니는 이 충격을 이겨내지 못하고, 딸을 생각하는 마음에서 아들의 이름을 르네René(프랑스어로 주로 이름에 많이 쓰이며, 동시에 '다시 태어난 자'란 의미도 있다) 마리아 릴케로 지었고, 그의 누이를 대신해서 여섯 살 때까지 그에게 긴 머리에 여자 옷을 입히는 등 계집애처럼 키웠다.

이런 어린 시절의 경험들, 다시 말해서 부모의 갈등 속에서의 성장, 죽은 누이의 빈자리를 충족하려는 어머니의 욕구, 그리고 어머니에 대한 혐오와 불신으로 인한 모순관계는 불안의 요소로서 그의 내면에 자리 잡게 되었다. 그 불안은 그의 모든 경험들을 지배하고 그의 문학세계에 큰 영향을 미쳤다. 릴케는 자신의 소설《말테의 수기Die Aufzeichnungen des Malte Laurids Brigge》(1904~1910)의 주인공인 말테를 통해서, 유년시절에는 아무런 위로의 힘이 나오지 않았으며, "이해할 수 없는 현실이 이미 유년시절에 그를 엄습했다"[1]고 회상했다. 따라서 그에게 "묻혀 있던 불안이 다시 나타나면, 사소하고 무해한 사물이나 일상의 일은 위험하고 위협적이며 엄청난 것으로 낯설게 된다."[2] 릴케가 1925년 11월 10일에 비톨드 홀레비츠Witold von Hulewicz에게 쓴 편지에서, 그의 유년시절의 불안과 이에 대한 기억들은 후일의 파리에서의 경험들과 연결되며, 그에게 "곤경의 단어들"을 준다고 밝히고 있다.[3]

프라하에서 초등학교를 마친 릴케는 1885년에 장교가 되길 바라는 부모의 강요에 의해 St. 푈텐 육군소년학교를 다녔으나, 무리한 군사훈련과 남자들만의 사회에서의 경험은 예술에 재능을 가진 민감한 그에게 오랫동안 정신적 충격을 주었다. 그러나 그는 이 시기에도 훈련에 잘 적응하면서 동료들에게 시를 낭독해주거나 창작하면서 시인으로서의 자질을 보여주었다. 그는 1891년에 병으로 인해서 군대교육을 중단하고, 린츠에 있는 무역아카데미에 입학했다. 그러나 그는 몇 살 연상인 보모와의 불상사로 인해 자퇴하고 프라하로 돌아와서 1892년부터 1895년까지 대학입학자격시험을 위해 개인교습을 받았고, 1895년에는 시험에 합격해서 프라하에서 문학, 미술사, 철학을 공부하기 시작했다. 그는 부모의 간섭과 강요에서 벗어나 무엇인가 스스로 시작하기 위해 프라하를 떠났다. 그는 1896년에 법학으로 전과하고, 9월부터 뮌헨에서 공부를 계속했으나, 그곳에서 두 학기 만에 베를린으로 떠났다. 이때부터 시작된 그의 방랑은

R.M. 릴케
좌) 알베르트 라자르트의 그림
우) 클로소브스카의 스케치

평생 동안 계속된다. 이는 이미 유년시절에 그의 내면에 깊이 자리 잡은 불안에 기인한 것이라고 할 수 있다.

22세가 되던 해 릴케는 처음으로 베니스를 방문했다. 1897년 5월 12일에 그는 베를린에서 잠시 뮌헨으로 이주해온 여류 문인인 36세의 루 안드레아스 살로메Lou Andreas-Salomé(1861~1937)를 처음으로 만났다. 그녀는 프리드리히 니체의 끈질긴 청혼을 거절한 여인으로, 또한 지그문트 프로이트와 우정을 나눈 여자로 유명했다. 그는 그녀를 보자 곧바로 사랑에 빠져서 5월 26일부터 일백여 편의 시를 보냈으며, 이 시들을 《너를 축하하기 위하여Dir zur Feier》라는 제목으로 출간하려 했으나 살로메의 만류로 뜻을 이루지 못했다. 르네René가 남성 작가의 이름으로는 적합하지 않다는 살로메의 권유로 릴케가 '르네'를 '라이너Rainer'로 바꾼 것도 이 시기였다.

릴케는 그해 가을에 살로메를 따라 베를린으로 가서 그녀와 아주 가까운 이웃에 방을 구했다. 살로메의 소개로 릴케는 니체나 쇼펜하우어와 같은 철학자들의 작품을 알게 되었고, 이들의 영향으로 릴케는 자연뿐만 아니라 인간의 태도와 감정생활을 집중적로 관찰하게 되었다. 그는 처음으로 체계적으로 인간의 내면세계에 대한 관찰에 관심을 기울이기 시작했다. 이 모든 것이 외부세계와 내면세계를 연결하는 소위 릴케의 '세계내면공간Weltinnenraum'을 형성한다. 그뿐만 아니라 그는 그의 작품에서 기독교의 내세론이나 일방적인 자연과학적·합리적 세계해석을 날카롭게 비판한다. 이렇듯 세기의 전환기에 살로메는 릴케의 새로운 세계 이해에 큰 영향을 주었다. 결혼한 연상의 여인과의 깊은 관계는 1900년까지 계속되었다. 하지만 헤어진 후에도 살로메는 릴케가 죽을 때까지 가장 중요한 친구이며 어머니 같은 충고인이었다. 이들의 관계를 프로이트는 살로메의 죽음에 대한 회고에서 "그녀는 인생에서 많은 도움이 필요했던 위대한 시인 라이너 마리아 릴케에게 뮤즈이며 동시에 신중한 어머니였다"[4]라고 서술했다.

릴케는 수주간 이탈리아로 여행을 떠났다. 그는 1898년에 플로렌츠에 체류하는 동안에 독일 유겐트양식 시대에 표현주의 회화양식을 발전시킨 화가이며 작가인 하인리히 포겔러Heinrich Vogeler(1872~1942)와 친분을 맺게 되었고, 그의 손님으로 화가의 마을 보르프스베데를 방문했다. 그 후 2년 사이에 그는 러시아를 두 번 여행했다. 1899년 봄에 살로메 부부와 함께 모스크바를 여행했다. 그는 4월 28일에 노년의 레오 톨스토이Lew Nikolaevich Tolstoi(1828~1910)를 감격적으로 만났다. 또한 그 여행에서 그는 러시아의 대평원에서 신과 자연과 인간이 조화를 이루며 순박하게 살아가는 사람들에게서 깊은 감명을 받았다. 프라하, 베를린, 뮌헨에서 고향의 감정을 느끼지 못했던 릴케는 러시아를 미래의 삶에서 '위대하고 신비한 자신의 고향'으로 여길 정도로 러시아에 매료되었다. 이 여행에서

《기도 시집》의 초판본

받은 인상을 중심으로 《기도 시집Das Stunden-buch》 제1권 《수도사 생활의
서書Das Buch vom mönchischen Leben》(1899)와 짧은 산문작품 《기사 크리스토
프 릴케의 사랑과 죽음의 노래Die Weise von Liebe und Tod des Cornets Christoph
Rilke》(1906)가 출간되었다. 이 책은 니체의 《차라투스트라Zarathustra》
(1883~1885)처럼 큰 인기를 모았다. 3부로 된 《기도 시집》(1899~1903, 초
판 인쇄 1905)은 부제 "루 살로메에게 바칩니다"가 말해주고 있듯이, 사랑
하는 살로메를 위한 헌정시집이다. 이 시집은 중세의 전통적인 기도서라
할 수 있으며, 범신론적으로 신의 형상을 표현한다. 이 연작시는 초기 작
품들에서 최초의 대표작이다.

그는 1900년 5월에서 8월까지 살로메와 둘이서 두 번째 러시아 여행
을 떠났다. 그들은 모스크바와 페테스부르크를 방문했고, 볼가 강을 따
라 대륙을 횡단했으며, 5월 11일에는 우연히 보리스 파스테르나크Boris
Pasternak(1890~1960)를 알게 되었고, 5월 15일에는 톨스토이를 재차 방문

했다. 1900년에 2차 러시아 여행과 톨스토이와의 만남 후에 릴케는《기도 시집》의 2부에서 니체에 반대하는 견해를 심화시켰다. 니체 같은 엘리트에게서가 아니라 러시아의 농부에게서 그는 희망을 보았던 것이다. 러시아는 그가 거부했던 제국주의적 현재에 대한 반대 형상으로서 형제와도 같으며, 근대 자본주의에 물들지 않은 세계로 나타난다.[5] 릴케는 8월 26일에 베를린으로 돌아온 후에, 성탄절 직전에 세 번째 산문집《사랑하는 신에 관한 이야기들Geschichten vom lieben Gott》(1900)을 출간했다.

1900년 가을에 살로메는 릴케와 헤어질 것을 결심했다. 이별을 치유하기 위해 릴케는 보르프스베데에 있는 하인리히 포겔러의 집에 오래 머물렀다. 그는 그곳에서 조각가 클라라 베스트호프Clara Westhoff(1878~1954)와 교류하게 되었고, 이듬해인 1901년에 그녀와 결혼했다. 1901년 12월 12일에 그 둘 사이에서 외동딸 루트Ruth(1901~1972)가 태어났다. 릴케와 클라라 사이의 관계는 평생 동안 유지되었으나 평탄하지는 않았다. 그는 한 곳에 정착해서 평범한 가장으로 살아갈 수 없었으며, 청탁원고로 겨우 살아가는 재정적 걱정이 그를 억압했기 때문이다.

러시아 여행에 못지않게 릴케에게 큰 영향을 준 것은 파리에서의 체험이다. 파리에서의 첫 생활은 릴케에게 아주 어려웠다. 이때의 말할 수 없는 곤경을 그는 1902년 11월 2일에 그의 아내에게 이렇게 썼다.

파리? 파리는 살기 힘든 곳이오. 하나의 갈레선(노예—필자 주)이라오. 여기에 있는 모든 것이 어찌나 나에게 혐오감을 주는지 나는 말할 수 없고, 무슨 본능적인 거부감을 가지고 이곳을 두루 헤매는지 표현할 수 없다오.[6]

그러나 세계적인 프랑스 조각가인 오귀스트 로댕Auguste Rodin과의 만남은 그에게 벅찬 감격의 체험이었다. 릴케는 우선 로댕에게 집중적으로 몰두했다. 그는 1902년 9월 1일에 로댕을 방문하고, 11월 22일에《로댕론 Auguste Rodin》(1903)을 탈고했다. 이 책은 1903년에 브레스라우 대학의 미술사 교수인 리하르트 무터Richard Muther에 의해 출판되었다. 로댕의 조각가로서의 위대함이 그를 압도했다. 이 감정을 릴케는 아내에게 이렇게 전했다.

"그(로댕—필자 주)는 잠시 침묵을 지킨 후 이윽고 입을 열었다오. 아주 진지한 어조로. 일을 해야 합니다. 일밖에는 아무것도 없다오. 그리고 인내를 가져야 하오."

조각가가 소재를 '노력'과 '인내'로 형상화하듯이, 시인은 그것을 언어로써 형상화해야 했다. 릴케가 러시아 여행에서 시적 감정과 창작의 힘을 얻었다면, 파리에서는 그것을 시로 형상화하는 능력을 로댕에게서 배웠다. 1902년 7월에 로댕의 영향 아래서《형상 시집Das Buch der Bilder》(1902~1906)이 출간되었고, 1906년에 수많은 시들로 확대된, 인상주의 양식을 가진 시집으로 다시 출판되었다.

릴케는 낯선 대도시에서 많은 놀라운 것들을 체험할 수 있었고, 동시에 근대사회 문명과의 만남은 그에게 큰 자극을 주었다. 우선 파리에서의 체험은 그로 하여금 불안과 경악, 병과 죽음에 몰입하게 했다. 그래서 파리시절의 편지들은 정신착란, 병, 기아 또는 자살처럼 파멸로 가는 끔찍스런 일들과의 불안에 찬 만남에 대한 묘사로 가득했다.[7] 그의 눈에 보이는 이 대도시는 변두리까지 슬픔으로 가득 차 있었다. 그는 시인으로서 파리라는 대도시에서 본 이 현실을 말하지 않을 수 없다는 생각에 사로잡혔다. 해서 그는 파리에서 겪은 첫 체류에 대한 인상과 경험들을 후일

(1904년 2월 8일)에 로마에서 집필하기 시작한 그의 유일한 소설《말테의 수기》제1부에서 그대로 형성화했다. 이 소설은 말테라는 허구적 인물의 꾸며낸 일기가 외적 형식을 형성한다. 그리고 이 인물을 통해서 초기 프라하에서의 유년시절의 기억들, 러시아 체험들, 1904년의 스칸디나비아 체류, 그리고 무엇보다도 모든 순간에 자신의 몰락을 신중히 생각하게 하는 파리의 거대한 현실 등이 모두 수집되었다.[8] 따라서 이 소설은 릴케의 전기적 특색을 가지면서, 삶과 죽음에 대한 릴케의 생각을 나타낸다.

그는 파리에서 화가 폴 세잔느Paul Cézanne의 작품에도 열중했다. 이렇게 해서 파리는 점점 더 시인의 중심 거주지가 되었다. 파리에서 로댕의 비서로 일하는 동안에 그는 "삶을 예술로, 우연한 것을 필연적이고 영원한 것으로 변형시키고자 하는 예술가의 세상을 등진 작업을 알게 되었다."[9] 순수미술의 조각품이 우리에게 말해주듯이, 시인은 언어로써 사물을 형성하고, 그 사물로써 우리에게 직접 말해야 한다. 릴케는 로댕에게서 새롭게 '사물을 보는 법'을 배웠다. 로댕의 조각 작품처럼, 이제 릴케는 '아폴로', '피에타', '로마의 석관'과 같은 조각상들뿐만 아니라 '표범', '백조', '가젤 양양' 같은 동물들과 '장미', '사과 과수원' 같은 식물들, 그리고 '이별', '운명', '사랑' 같은 다양한 인간사들은 물론 '시체 공시장'이나 '시인의 죽음', '신' 같은 추상적 개념까지 체험된 모든 사물들을 시 창작의 대상으로 삼게 되었다. 이렇게 해서 그의 유명한 '사물 시Ding-Gedicht'인《신 시집Neue Gedichte》(1907)과 이어서《신 시집 별권Der Neuen Gedichte anderer Teil》(1908)이 탄생하게 된다.《신 시집 별권》의 부제가 "나의 위대한 벗 오귀스트 로댕에게"인 것으로 봐서 이 두《신 시집》은 로댕에게서 받은 영향에서 쓴 것임을 알 수 있다. 이 두 시집에는 릴케가 러시아에서 얻은 원초적 체험과 로댕의 창조적 의욕과 능력, 계획과 인내에서 얻은 감동이 녹아 있어 그의 새로운 모습을 보여준다. 또한 여기에는 현저하게 삶의 고통과 불안, 병과 죽음에 대한 시인의 생각이 구현되면서 시인으로서의 성숙과정을 보여준다. 이 같은 주제는 늘 인간의 실존과 연관된다. 이 과정에서 시인에겐 내면세계와 일상의 외면세계와의 모순이 깊어졌다.

이 같은 모순은 그 해에 파리에서 쓴《진혼가Requiem》(1908. 10. 31~11. 2)에서 두드러지게 나타난다. 이 시는 "어느 여자 친구를 위하여"라는 부제가 붙어 있다. 이 여자 친구는 릴케가 보르프스페데에서 친밀하게 지냈던 31세의 가장 유명한 화가 파울라 모더존 베커Paula Modersohn-Becker(1876~1907)이다. 릴케는 파리에서도 그녀와 친밀하게 지냈다. 그녀는 불행하게도 1907년에 산후열로 사망했다. 릴케는 그녀의 죽음에서 유명한 화가로서의 "고유한 삶에 어울리는" "고유한 죽음"[10]과 "옛날의 여인들이 죽어가듯이,/ (…) 산부들의 (평범한) 죽음"[11]을 동시에 보는 모순을 느낀다. 이렇듯 그의 문학적 주제는 삶과 죽음이 동시에 병존하는 존재적 모순에서 생기는 불안과 죽음의 생각을 심화시킨다.

그는 내면의 갈등으로 성숙해가는 명상적인 시인의 모습을 보여준다. 그의 문학은 고독, 불안, 죽음을 인간의 삶과 함께 존재하는 불가피한 것으로 수용하고, 그 속에서 현대인의 근원적 모습을 부각시키려고 노력한다. 릴케가 1910년에 완성한 그의 유일한 소설인《말테의 수기》가 그 대표적인 예라 할 수 있다. 이 소설은《신 시집》과 함께 1902년과 1910년 사이의 중기 작품들에서 가장 두각을 나타낸다.《말테의 수기》는 불안과 죽음의 문제가 중심을 이룬다. 이 책은 시인의 내적 위험에 대한 책일 수도 있으며 동시에 세상으로 나가는 시인의 길에 대한 책일 수도 있다.[12] 삶을 위협하는 불안과 공장 생산품처럼 병원에서 죽어가는 의미 없는 죽음은 개인의 고유한 죽음과 대립한다. 그는 삶에서 죽음을 보는 고전주의시대의 현실적 관찰과는 달리 죽음에서 삶을 보는 새로운 관찰을 보여준다.

좌) 파울라 베커
우) 클라라 베스트호프

즉 괴테는 죽음을 삶의 껍질일 뿐이라고 한데 반해서, 릴케는 죽음을 삶
으로 비유된, 바로 썩어가는 과육 속의 '씨앗'으로 본다는 데에서 여실히
드러난다.

《말테의 수기》후에《두이노의 비가Duineser Elegien》가 1923년에 나올
때까지 12년 동안이나 계속된 깊은 창작의 위기가 그에게 시작되었다.
《마리아의 생애Das Marien-Leben》(1912)가 이 시기에 쓰인 유일한 시집이
었다. 이 시기에 그는 프랑스 문학작품 번역에 몰두했고, 새로운 영감을
얻기 위해서 고전주의 작가들인 괴테와 셰익스피어의 작품에 전념했다.
그러나 이 시기는 그에게 침체기가 아니라 그가 내면세계와 외면세계가
서로 조화를 이루어 시를 창작할 수 있는 또 다른 순수한 초월적 세계인
소위 '세계내면공간'으로 가는 갈등과 성숙의 시기였다.

1910년 3월 19일에서 4월 19일까지 마지막 로마여행을 마치고 그해 4월
20에서 27일까지 트리스트 근교에 있는 후작부인 마리 폰 투른 운트 탁
시스Marie von Thurn und Taxis(1855~1934)의 두이노 성에 처음으로 손님으

마리 폰 투른 운트 탁시스의 두이노 성
이곳에서 《두이노의 비가》의 〈제1비가〉와 〈제2비가〉를 완성했다.

로 머물렀다. 성주는 많은 문인과 예술가의 후견인으로 활약한 오스트리아 여인으로 유명했다. 그녀와의 만남은 릴케가 자신의 대표작이라 할 수 있는 《두이노의 비가》와 《오르페우스에게 바치는 소네트Die Sonette an Orpheus》(1922)를 쓸 수 있게 되는 중요한 계기가 되었다. 1911년 3월 29일부터 1912년 5월까지 그녀의 성에 머물기 전, 릴케는 베니스, 로마, 알제리, 튀니지와 이집트, 그리고 스페인을 두루 여행했다. 이때 얻은 경험과 지식과 인상은 두이노 성에서 쓴 두 시집에 녹아들었다. 그는 그녀의 호의로 성에 머물면서 〈제1비가〉와 〈제2비가〉를 단숨에 탈고했다. 릴케는 그녀와 라이프치히 여행을 했고, 10월 12일에서 21일까지 그녀의 운전기사와 함께 아발론, 리옹 등 남부 프랑스 도시들과 이탈리아의 볼로냐와 베니스를 거쳐 두이노까지 여행했다.

제1차 세계대전(1914)의 발발은 릴케가 독일에 머무는 동안에 그에게 견디기 어려운 불안과 곤경을 가져다주었다. 그는 파리로 돌아갈 수 없었기 때문에 그의 소유물들은 경매되거나 압류되었다. 전쟁 기간의 대부분을 그는 뮌헨에서 보냈다. 1916년 초에 그는 징집되어 빈에서 군사기초 훈련을 마치고 전쟁기록문서실과 전쟁보도국에서 근무하다가 그해 6월 9일에 제대했다. 군복무의 충격적인 경험은 옛날 군사학교 시절에 경험한 충격과 놀람을 다시 느끼게 해 시인으로서 릴케는 한동안 집필을 중단한 채 침묵할 수밖에 없었다.

1919년 6월 11일에 릴케는 뮌헨에서 스위스로 여행했다. 외적 동기는 취리히에서 부탁해온 강연이지만, 본래의 이유는 전후의 혼란에서 벗어나서 오랫동안 중단되었던 《두이노의 비가》를 다시 시작하려는 소망이었다. 스위스에서 적절한 거처를 찾기가 매우 어려웠던 그는 여러 곳을 전전하다가 1921년 여름에서야 비로소 스위스의 제네바 근처에 있는 뮈조트 성에서 오래 머물게 되었다. 이 성의 성주인 베르너 라인하르트가 베푼 호의 덕분이었다. 릴케는 이곳에서 10여 년간 미완성으로 두었던 '비가'를 완성하는 데 노력을 경주해서, 1922년 2월에 마지막 〈제10비가〉를 탈고함으로써 《두이노의 비가》가 비로소 완성되었다. 완성의 기쁨과 감격을 릴케는 곧바로 살로메에게 편지로 알렸다.

> 루, 사랑하는 루, 그러니까 이 순간에, 이 토요일에, 2월 11일 6시에 난 펜을 마침내 완성된 비가, 제10비가 너머로 내려놓습니다. (…) 그래요 너무나, 너무나, 너무나 훌륭합니다![13]

그 과정에서 그러니까 같은 해인 1922년 2월 11일부터 23일 사이의 2주도 안 되는 짧은 기간에 릴케는 오르페우스의 감정에 사로잡혀 제1부와 제2부로 된 연작시 《오르페우스에게 바치는 소네트》를 완성했다. 이 소네트는 19세의 젊은 나이에 죽은 무희 베라 우카마 크노오프Wera Oukama Knoop(1900~1919)에게 바치는 헌시로 그녀의 묘비명으로 쓰였다. 뮈조트

스위스의 제네바 근처에 있는 뮈조트 성
이곳에서 《두이노의 비가》와 《오르페우스에게 바치는 소네트》가 완성되었다.

성에서 릴케는 소네트의 창작 과정에 대해서 이렇게 기술했다.

> 그들(소네트들―필자 주)이 나에게 떠올라 맡겨졌을 때, 그것이 아마도 내 자신에게는 가장 신비스럽고 수수께끼 같은 명령일지도 모르나, 나는 그 명령을 어느 때보다 잘 견디며 실행했다. 전체 1부는 단어 하나도 의심되거나 변경됨이 없이 단숨에 그 명령에 따라서 기록되었다.[14]

따라서 이 시집은 《두이노의 비가》를 집필하는 중에 "선물로 주어진 것"[15] 또는 "부산물"[16]이라 할 수 있다. 《두이노의 비가》와 《오르페우스에게 바치는 소네트》를 완성했을 때 그는 "1922년 2월은 나의 위대한 시기였다"고 외쳤다. 사실 이 시집은 불후의 명작으로 칭송되고 있다. 또한 《두이노의 비가》는 사상적, 미학적, 이념적 내용을 릴케의 어느 다른 작품들보다 무게 있게 다룬 대표작이라 할 수 있다.[17]

젊은 나이에 요절한 무희 베라 오우카마 크노프(1900~1919)

릴케는 무희 베라의 죽음을 오르페우스의 연인 에우리디케Eurydike의 죽음과 상징적으로 연결해서 자신의 죽음에 대한 생각을 나타낸다. 그리스신화에 나오는 가수이며 칠현금 주자인 오르페우스는 자신의 노래로 지하세계의 신들뿐만 아니라 맹수들, 돌과 나무들까지도 매혹시킬 수 있다. 릴케의 의미에서 오르페우스는 삶과 죽음의 영역을 동시에 살고 있는 존재이다. 나아가 그는 칠현금으로 만물을 감동시키고 순수하게 만든다는 신화적 의미에서 시인을 상징한다. 시인 역시 오르페우스와 같은 존재로서 삶과 죽음의 신비를 감지할 수 있을 뿐만 아니라 삶과 죽음이 공존하는 존재적 모순을 시적으로 드러내주는 내면의 눈을 가진 자이기 때문이다. 인간은 삶과 죽음을 항상 함께 의식하기 때문에 불안을 가지고 살아간다. 인간의 이별과 죽음은 숙명적인 것이다. 그러나 베라는, 오르페우스의 음악에 감동되듯이, 죽음 앞에서 자신에게 주어진 젊음을 불태우며 예술에 정진함으로써 죽음을 극복한다. 베라의 죽음은 개인 차원을 넘어 시인이 노래하는 '위대한 죽음'의 상징이 된다. 이렇듯 두 시집에서 릴케의 존재적 불안과 죽음의 생각은 다양한 상징들에서 절정을 이룬다.

1923년 이후 릴케는 건강이 악화되어 오랫동안 요양원에 있어야만 했다. 그는 9월 23일까지 한 달 동안 쉰베트 요양원에서 지냈고, 12월 28일에 발몽 요양원에 입원했다. 1925년 1월부터 8월까지 파리에 머물렀던 것도 장소와 생활환경을 바꿈으로써 병에서 벗어나려는 시도였다. 그럼에도 불구하고 1923년과 1926년 사이의 마지막 수년 동안에 수많은 단편 시들과 프랑스어로 쓴 서정시들이 세상에 나왔다. 그는 1925년 10월 14일에 뮈조트로 돌아와 유서를 작성했다. 그리고 11월 10일에 비톨트 홀레비치의 질문에 대답하는 편지에서 릴케는 《말테의 수기》에 나오는 역사적 사실의 정확성을 너무 따지지 말고 "고통의 어휘"라는 시각에서 볼 것을 권유했다. 현존재의 불안과 고독 그리고 죽음은 인간의 실존과 연관된 근원적인 존재적 문제이기 때문에 어떤 경우에서도 해소되거나 벗어날 수 없는 것이다. 안정된 삶을 살 수 없기에 평생에 걸쳐 방랑한 그의 생활이 이를 말해준다. 그는 장미를 좋아해서 장미의 시인으로, 많은 여인들과의 편력으로 사랑의 시인으로, 비가의 시인으로, 오르페우스를 노래한 시인으로 불린다. 그의 친구이며 프랑스의 유명한 철학자이자 시인인 폴 발레리Paul Valery(1871~19450)가 말했듯이, 릴케는 "이 세상에서 가장 섬세하고, 가장 충만한 정신의 인간이자, 갖가지 진기한 불안과 정신의 온갖 비밀로 싸인 인간"[18]이었다.

릴케의 병은 그 당시에는 잘 알려지지 않았던 백혈병으로 진단되었다. 그는 1926년 9월 25일에 엘루이 부인 일행을 맞이하기 위해 장미를 꺾다가 가시에 왼쪽 손가락을 깊이 찔렸다. 그래서 그의 죽음이 장미가시에 의한 것으로 미화되기도 했다. 그는 1926년 11월 30일에 발몽 요양원에 다시 입원했고, 그 해 12월 29에 영면했다. 그는 1927년 1월 2일에 그의 소망에 따라 스위스의 라롱 공동묘지에 안장되었다. 그의 비석에는 릴케가 자신의 비석을 위해 손수 지은 시가 새겨졌다.

　장미여, 오 순수한 모순이여,
　그 수많은 눈꺼풀 아래 누구의 잠도 아니려는
　욕망이여

작은 죽음과 고유한 죽음

릴케는 낭만주의 시인들처럼 도취적이지는 않지만 신비적으로 죽음을 표현해냈다. 다른 한편으로 노발리스와 유사하게 릴케의 죽음관은 종교적이고 신비주의적이기 때문에 신 낭만주의적 특색을 보여주고 있다. 그렇지만 릴케는 죽음을 낭만주의시대의 병적인 영혼의 상태에서와는 달리 새롭고도 섬세한 감성으로 매우 깊게 경험했다. 여기에는 죽음의 감격을 설파한 니체 철학의 영향이 컸다. 니체가 그랬듯이, 릴케의 죽음에 대한 생각도 그 시대에 깊은 영향을 주었고, 그 시대 사람들에게 죽음에 대한 내적 동경을 불러일으켰다.[19]

릴케는 죽음을 통해서 세상의 사물을 관찰한다. 나아가 그의 문학에는 허무, 불안, 두려움, 고통, 변용, 이별, 어린 시절, 사물 등 수없이 많은 모티브들이 죽음과의 관계에서 동원되고[20] 그의 작품은 철학적 내면세계로 빠져들며 죽음의 존재적 개념에 대한 새로운 해석을 보여준다. 그는 삶과 죽음을 '열매'에 비유해서, 삶은 오직 죽음의 껍질일 뿐, 삶은 죽음 때문에 존재한다고 말한다. 열매가 씨앗을 품고 있듯이, 우리도 죽음을 마음속 깊이 품고 있어야 한다는 것이다. 이때 죽음은 인간 삶의 가치를 파괴하는 낯선 힘의 횡포가 아니라, 오히려 삶을 언제나 새로운 형태로 변용시키는 힘이라는 것이다.[21] 그런데 죽음은 갑자기 일상에서 일어난다. 무엇인가 낯설고 친근하지 않은 것으로, 게다가 예기치 않고 준비되지 않는 것으로 우리의 일상에 쳐들어온다. 죽음은 남녀노소나 빈부의 차이를 만들지 않고, 평등하게 작용한다. 죽음의 확실성은 처음부터 생명에 대한 표제이다.[22] 사람이 살아 있는 한 죽음이 어느 날 자기 앞에 서 있다는 것은 확실하다. 불확실한 것은 단지 언제냐는 것이다. 때문에 릴케에 있어서 중요한 것은 얼마나 오래 사느냐가 아니라 어떻게 죽느냐이다. 삶의 질은 죽음의 질을 결정한다. 릴케는 열매의 메타포에서 죽음의 질을 "작은 죽음"과 "큰 죽음", 또는 하찮은 일상의 죽음과 위대하고 고유한 죽음으로 구분한다.

> 예전에 사람들은 열매가 씨를 가지고 있듯이 자신 속에 죽음을 지니고 있었음을 알았다(또는 어렴풋이 느꼈을지도 모른다). 어린아이들은 작은 죽음을 그리고 어른들은 큰 죽음을 자신 속에 지니고 있었다. 여자들은 배 속에, 남자들은 가슴속에 죽음을 지니고 있었다. 누구나 바로 그런 죽음을 갖고 있었고, 그 사실은 사람들에게 독특한 위엄과 조용한 자부심을 가져다주었다. (…) 임신한 여인들의 커다란 몸속에는 두 개의 열매가 들어 있다. 아이와 죽음이다.[23]

인간은 누구나 자기 자신만의 고유한 죽음을 가지고 있다. 때문에 인간은 누구나 현존재에서 이루어지는 성숙된 죽음을 인생의 마지막 최고의 목적으로서 여기게 된다. 그 죽음은 곧 인간이 바라는 "친숙한 죽음"

이며, 이 죽음은 현존재의 근원이 된다. 자연이 이 같은 생각을 불러일으
킨다. 자연은 삶과 죽음을 함께 품고 있기 때문이다. 릴케의 작품들은 "친
숙한 죽음"에 대한 자연의 "신성한 착상"에서 나온 산물이라 할 수 있다.
릴케는《두이노의 비가》의 〈제9비가〉에서 말한다.

친숙한 죽음이야말로
너(대지, 즉 자연을 의미한다―필자 주)의 신성한 착상이다.
보라, 나는 살아 있다. 무엇으로? 나의 어린 시절도 미래도
줄어들지 않는다. (…) 넘치는 지금의 존재가
나의 마음속에서 용솟음친다.[24]

릴케의《기도 시집》제3부 〈가난과 죽음의 서Das Buch von der Armut und
vom Tode〉(1903)에서는 릴케가 파리에서 경험한 대도시 사람들의 소외된
죽음이 '작은 죽음'의 개념에서 묘사되고 있다.

그곳(대도시, 즉 파리―필자 주)에는 하얀 꽃처럼 창백한 사람들이 살다가
힘겨운 세상에 놀라며 죽어갑니다.
그러나 아무도 입 벌려 찡그린 얼굴을 바라보지 않고,
사람들의 부드러운 미소는 이루 말할 수 없는 밤에
그 모습으로 일그러집니다. (…)

그들은 괴롭히는 수많은 사람들 손에 넘겨져
시간마다 울리는 종소리에 비명을 지르며,
쓸쓸히 양로원의 주변을 서성이며
입원할 날을 초조히 기다리고 있습니다.

그곳에는 죽음이 있습니다. 그러나 그것은
어린 시절에 신비로운 인사를 던지고 간 그 죽음이 아닙니다.
그곳에서 만나는 것은 작은 죽음,
그들 자신의 죽음은 익지 않은 열매처럼
그들의 가슴속에
퍼렇게 단맛도 없이 매달려 있습니다.[25]

"작은 죽음"은 퍼렇게 단맛도 없이 매달려 있는 열매처럼 성숙되지 않은 죽음을 의미한다. "하얀 꽃처럼 창백한" 얼굴과 "고운 손"을 가진 사람들의 모습은 대도시에 사는 소시민의 대표적인 모습이다. 이들은 낮에는 일터에서 인위적인 미소를 짓다가 밤에는 존재의 불안과 죽음의 두려움에서 얼굴을 일그러뜨리는 근로자들이다. 이들의 삶은 "괴롭히는 수많은 사람들 손에 넘겨져" 평생 동안 마음에도 없는 하찮은 일을 하다가 흘러가는 시간과 함께 죽을 날만을 기다린다. 그 죽음은 입을 벌리고 찡그린 모습을 한 흉한 죽음이다.

흉한 죽음의 생각은 《말테의 수기》에서 더욱 깊이 있게 나타난다. 대도시 파리에서 쓰인 이 소설은 병, 죽음, 사랑, 망각, 상실에 대한 책이다.[26] 무엇보다 죽음의 공포를 일으키는 것은 병이다. 이 소설의 주인공인 28세 덴마크 시골청년 말테는 파리에 와서 받은 첫인상을 일반적 상식과 정반대되는 시각에서, 즉 삶이 아니라 죽음의 측면에서 관찰한다.

그러니까 사람들은 살기 위해 이 도시로 온다. 내 생각에는 오히려 사람들이 여기서 죽어가고 있는 것 같다. 나는 밖에 나갔다 왔다. 많은 병원을 보았다.[27]

말테는 대도시의 큰 병원에서 공산품처럼 대량생산되는 죽음을 본다. 그에게 아름답고 활기찬 대도시 파리의 모습은 온통 가난과 죽음과 병으로 가득 차 있다. 그는 도시 생활의 불안 속에서 죽음의 그림자를 감지한다. 이제 삶 속의 죽음은 그의 관심의 중심에 있다. 그가 관찰한 병원은 다음처럼 묘사되고 있다.

이 훌륭한 병원은 아주 오래되었으며, 이미 크로비스 왕 시대에도 이곳의 몇몇 침대에서 사람들이 죽어나갔다. 지금은 559개의 병상에서 사람들이 죽어간다. 물론 공장에서처럼 대량생산방식이다. 이렇게 엄청난 대량 생산이기에 각각의 죽음은 훌륭하게 치러지지 않지만 그런 것이 문제가 되지 않는다. 대량으로 죽어나가니 그렇게 되었다. 오늘날 훌륭하게 공들인 죽음을 위해 무언가 하려는 사람이 아직도 있겠는가? 아무도 없다. 심지어는 세심하게 죽음을 치를 능력이 있는 부자들조차 무관심하고 냉담해지기 시작했다. 이제 자신만의 고유한 죽음을 가지려는 소망은 점점 희귀해진다. 시간이 조금 더 지나면 그런 죽음은 고유한 삶이나 마찬가지로 드물어질 것이다. 맙소사, 이게 전부라니, 사람들은 세상에 와서 기성품처럼 이미 만들어져 있는 삶을 찾아서 그냥 걸치기만 하면 된다. 그리고 죽으려 하거나 어쩔 수 없이 죽음으로 내몰릴 경우에도 문제가 없다. '자, 너무 애쓰지 마세요. 이것이 당신의 죽음입니다. 선생.' 이제 사람들은 자신에게 막 닥쳐온 죽음을 맞는다. 사람들은 자신이 앓고 있는 병에 딸려 있는 죽음을 맞이한다. (사람들이 모든 질병을 알게 된 이래로 여러 가지의 죽음은 인간이 아니라 질병에 속한다는 것을 알게 되었기 때문이다. 말하자면 병자는 아무 할 일이 없다.)[28]

수녀원이 빈민병원으로 개축된 후 파리의 호텔 디외Dieu[29]는 죽음의 장소로 나타난다. 호텔은 이중의 이미를 가진다. 사람들은 대부분 호텔에서 짧지만 편안하고 즐거운 체류를 기대한다. 그렇지만 병원으로 변한 호텔에서의 체류는 릴케에 의하면 기계적이고, 불안하며, 무자비하다. 그리고 공장식의 치료는 인간적 보살핌을 등한시한다. 의사들이나 간호사들은 환자들을 기계적으로 취급한다. 이 같은 죽음의 특징화는 수공업형식의 생산에서 공장형식의 생산으로 넘어가는 20세기 사회의 변화와 발전에 기인한다. 다시 말해서 이 소설이 완성된 시대는 1900년 초반의 급격한 산업화시대로, 빠른 속도로 대도시가 생기고 발전했으며, 새로운 생활양식이 생겨났다. 전통적 생활양식을 가지고 있는 시골은 이 같은 대도시의 변화와 대조되는 세계가 되었다. 이 변화는 그 시대의 모두에게 낯설고 충격적이었다. 인간은 기술로 전락했고, 인간의 고유한 가치를 상실했으며, 개체 간의 관계 역시 붕괴되었고, 이기적 개인주의가 심해져 갔다. 따라서 죽음은 점차적으로 공공생활의 뒤로 물러나게 되고, 가속화된 문명의 진행과 함께 변화된 사회적 상황에서 약품과 병원에 내맡겨진다. 죽음은 감정이나 종교적 의식 없이 생명의 의학적 종말로 관찰된다.[30]

이것은 젊은 말테에게도 마찬가지였다. 말테는 어릴 적에 고열로 인한 환각에서 무언가 알 수 없는 "커다란 것"에 대한 공포 같은 과대망상증에 시달렸다. 이제 그 현상들이 병의 증상처럼 그에게 다시 떠오른다.

이제 그 큰 것은 마치 종양처럼, 두 번째 머리처럼 내 안에서 자라나왔다. 그것은 너무 컸기 때문에, 결코 내 몸이 될 수 없었음에도 나의 한 부분이 되었다. 그것은 마치 죽어버린 커다란 동물처럼 내 몸 안에 있었다. 살아 있었을 때 내 손이나 팔이었던 것처럼 말이다.[31]

대도시 파리에서 경험한 불안은 어린 시절의 불안에서 시작했음을 알

수 있다. 그 불안은 몽유병 같은 정신분열증으로 발전한다. 말테에게 "벌써 오랫동안 그를 그토록 기이하게 괴롭혔던 병이 또 재발했다." 이 병은 일정한 증상이 없이 발병함에 따라 사람들은 이 병을 대수롭지 않게 여긴다.[32] 이렇게 묘사된 병에서 육체적 질병은 중요하지 않다는 것은 확실하다. 열과 의사의 진찰은 알 수 없는 병에 대한 공포만을 깊게 할 뿐이다. 의사의 이해할 수 없는 진료계획이 그것을 말해준다.

> 그 의사는 나를 이해하지 못했다. 전혀 아무것도. 그것은 정말로 설명하기도 어려웠다. 전기요법을 시도하고자 했다.[33]

사람들은 병원에서 대량 생산품처럼 죽는다. 의학의 발전은 모든 병들을 밝혀내고, 죽음과 병과의 관계를 설명하지만, 인간의 현존재에서 지니고 있는 죽음의 의미에 대해선 밝히지 못하고 있다. 그래서 사람들은 자신이 앓고 있는 질병이 가져다주는 죽음을 맞이할 뿐이다.

이제 말테는 초만원의 종합병원 대기실에서 진료시간을 기다리는 사람들의 모습을 아주 객관적으로 묘사하는 관찰자가 된다. 말테가 잠재적 정신분열증 증상인 우울증의 발작으로 인해서 다시 병원을 찾았을 때, 자신의 육체적 고통과 죽음의 공포를 느끼면서 큰 병원 외래진료소의 초만원의 대기실에서 기다리는 사람들의 다양한 인상들과 의사들의 성의 없고 기계적인 진료행태를 아주 객관적으로 묘사하고 비판한다.[34] 붕대들, 냄새, 불구자, 다발성 점액종증의 소녀, 잠재적 정신분열증 환자, 전기요법에 의한 히스테리적 언어마비 환자, 말테 아버지의 찌르는 것 같은 심장 통증 등이 묘사된다. 그리고 그의 관찰은 병원 밖의 형상들로 확대된다. 공원에서 새에 먹이를 주면서 빈둥대는 상해자, 거리에서 껑쭝껑쭝 뛰어가면서 온갖 방법으로 발작을 막으려고 했으나 마침내 군중 속에서 쓰러져버린 무부도병 환자, 그 밖의 수많은 형상들이 그를 혼동으로 빠뜨리고 진기한 망상에 시달리면서 불행하고 비참하게 느끼게 했다. 의사들의 진료행태에 대한 섬세한 관찰이 자세하게 묘사되었다.

> 의사들이 왔다. 그들은 모두가 어느 일정한 날에 그곳에 함께 있었고, 온 집 안을 지배했다. 두어 시간 동안 그 집은 마치 오직 추밀고문관과 그의 조수의 것 같았고, 우리는 아무것도 더 말할 것이 없는 것 같았다. 그러나 그 후 곧 그들은 모든 관심을 상실하고, 다만 개별적으로, 순수한 예의를 지키듯이, 한 대의 궐련이나 한 잔의 포트와인을 얻으려고 왔다. 그리고 어머니는 그 사이에 죽었다.[35]

병 못지않게 불의의 사고 역시 때 이른 죽음을 가져오기 때문에 공포를 불러일으키는 또 하나의 원인이다. 어머니의 죽음은 병원에서의 대량 생산적 죽음의 한 예이다. 말테의 누이 잉게보르크 역시 병으로 일찍 죽는다.[36] 그런데 "어머니의 여동생인 엘레가르 스켈 백작부인의 끔찍한 죽음"은 병 때문이 아니라 부주의로 "무도회에 가기 전에 거울 앞에 켜놓은 촛불"에 타 죽은 것이다.[37] 그리고 말테는 노트르담 드 샹 거리에서 병으로 흉측하게 된 얼굴을 두 손에 파묻고 있는 여인에게서 죽음의 공포를 느낀다. 또한 그는 나폴리에서 젊은 남자가 전기 선로에 앉아서 죽은 사고를 회상하며 두려움을 느낀다. 이들은 보잘것없는 '작은 죽음'의 모습들이다.

병에 의해서거나 불의의 사고에 의해서거나 간에 현존재의 불안에서 오는 죽음의 공포는 릴케의 《말테의 수기》에서처럼 그의 모든 작품에서 중심 테마로서 존재한다.[38] 말하자면 젊은 시절의 《기도 시집》, 《형상 시집》, 《신 시집》, 《진혼가》와 《말테의 수기》에서 후기의 《오르페우스에 바치는 소네트》와 《두이노의 비가》에 이르기까지 죽음의 개념은 계속 상승하고 발전한다. 그리고 또한 여기에는 열매에 비유된 '작은 죽음'과 '위대한 죽음'의 생각이 대립적 구조형태로 한결같이 흐르고 있다.

《말테의 수기》에서처럼, 파리에서 일 년간 체류했을 때 쓴 《기도 시집》의 제3부인 〈가난과 죽음의 서〉에서도 인간의 가치가 기계화 내지 사물화로 전락하는 것이 묘사되고 있다.

> 주여, 대도시들은
> 타락하고 파멸한 곳입니다.
> 가장 큰 도시는 불길에서 도주하는 것과 같습니다.
> 위로해준 위안은 위안이 아니고
> 하찮은 시간은 그저 흘러만 갑니다.
>
> 그곳에서 사람들은 살고 있습니다. 그곳 깊숙한 방 속에서
> 두려운 몸가짐으로 갓 태어난 짐승의 새끼들보다도 더 불안하게
> 사람들은 가난과 고통 속에 살고 있습니다.
> 당신의 대지가 창밖에서 숨 쉬며 눈을 뜨고 있지만
> 그들은 살아 있을 뿐, 그것을 알지 못합니다. (…)
>
> 그리고 짙은 어둠 속에 임종의 침대들이 놓여 있고,
> 그들은 그곳을 서서히 그리워하며 다가가
> 쇠사슬에 매인 듯 오래오래 죽어가면서
> 거지처럼 이 세상에서 사라집니다.[39]

"대도시들은 타락하고 파멸한 곳"으로, 이 때문에 신으로부터 불의 심

판을 받은 '소돔과 고모라'(창세기 18장)를 상기시킨다. 따라서 대도시들은 근대 자본주의세계의 상징일 뿐만 아니라 신의 징벌에 넘겨진 도시이기도 하다. 여기서 《기도 시집》은 세계종말과 세계전환의 주제성에서 표현주의자들보다 앞선다.[40] 대도시에 대한 도덕적 유죄판결과의 관계에서 죽음은 중심적 이미지를 얻는다. 큰 도시에 사는 사람들은 존재적 불안, 고독, 절망 속에서 "차가운 많은 세월들을 욕망도 힘도 없이 보내면서" 어두운 방에서 임종의 자리를 그리워하며 죽어간다. 여기에는 다시 무엇보다도 현존재의 불안이 죽음의 공포를 불러일으키는 '작은(추한) 죽음'이 있다.

릴케의 《진혼가》(1908)는 여류화가 파울라 모더존 베커와 시인 볼프 그라프 폰 칼크로이트Wolf Graf von Kalckreuth의 죽음에 바치는 헌시의 성격을 가진다. 이미 앞 장에서 말했듯이 파울라는 폴 세잔느의 후기 인상파 영향을 많이 받은 화가로서 화가들의 마을인 보르포스베데와 파리에서 가장 재능 있는 화가로 평가받으면서 활발한 창작활동을 했다. 릴케는 그녀와 친밀하게 교류하는 사이였다. 불행히도 그녀는 1907년 11월 21일에 산후열로 사망했다. 그녀의 죽음은 창작 활동이나 성숙되어가는 삶을 파괴하는 일상의 '작은 죽음'이 아니냐는 회의와 함께 산욕열로 죽어야만 하는 어머니로서의 운명과 예술가로서의 삶 사이에서 생기는 갈등, 그리고 두 죽음의 조화를 이룰 수 없는 모순을 릴케는 그녀에 대한 절실한 그리움으로 이 《진혼가》에서 읊고 있다.

그렇게 그대는 자신을 들고 나와, 그대 마음의
어둡고 따스한 토양에서 아직 푸른 씨앗을,
그대의 죽음이 싹터 나올 그 씨앗을 파냈다. 그대의 죽음,
그대의 고유한 삶에 어울리는 그대의 고유한 죽음을.

(…)

그렇게 그대는 죽었다. 옛날의 여인들이 죽어가듯이,

따스한 집 안에서 고풍스런 죽음을,

산부들의 죽음을 죽어갔다.[41]

또 한 예로서 젊은 시인 볼프 그라프 폰 칼크로이트는 열아홉 살의 젊은 나이에 자살했다. 그는 보들레르, 베를렌 등의 시를 번역하고 소개한 시인이다. 릴케는 그를 직접 만난 일은 없었지만 그의 죽음에 깊은 관심을 가졌다. 릴케는 그의 죽음이 시인으로서의 '고유한 죽음'이라는 것을 부인하지 않았다.[42] 릴케 자신도 그러했듯이, 시인은 이승의 "행복과 불행에 환멸을 느끼며," 깊은 통찰력으로 "스스로를 찾아 자신의 내부를 파헤치고" 예술가로서의 완숙된 삶을 추구하기 때문이다. 그것은 시인이 추구하는 기쁨이기도 하지만, 그 기쁨에는 한계가 없기 때문에, 그 기쁨은 또한 시인에게 비할 수 없이 무거운 짐이 된다. 그것은 완숙한 삶을 의미하는 진정한 짐이다. 그래서 시인은 그의 "작은 구세주인 기쁨의 짐"[43]을 무겁게 등에 짊어져야만 한다. 그러나 릴케는 볼프가 시인으로서 그 무게를 견뎌낼 수 없을 때까지 참을성을 가지고 기다리지 않은 것을 아쉬워한다.

그대는 왜 기다리지 않았는가, 그 무게를 완전히 견딜 수 없을 때까지.

그때 그것은 급변하여 비할 수 없이 무겁게 되는 법이다.

그것이 그렇게 무거운 까닭은 진정한 것이기 때문이다.[44]

삶의 짐을 도중에 내려놓지 않고 끝까지 짊어지고 가는 자만이 아름다운 죽음을 만날 수 있다. 만일 시인이 "사나이들이 망치를 휘두르며" 소박한 하루를 보내는 작업장이나 작지만 생동하는 "딱정벌레의 모습"을 관찰할 수 있는 "넓은 공간"을, 즉 냉철하게 사물을 바라볼 수 있는 눈과 마음의 여유를 가졌다면, 자살이라는 "결연한 행동"은 일어나지 않았을 것이다.[45] 여기서 우리는 예술가로서 작품의 완성과 죽음의 일치를 확신하는 릴케를 확인할 수 있다. 릴케는《기도 시집》의 〈가난과 죽음의 서〉에서 다른 죽음을, 즉 자기 자신만의 "고유한 죽음"을 간절히 바란다.

오 주여, 저마다에게 그들의 고유한 죽음을 주십시오.
사랑과 의미와 고난이 깃든
삶에서 흘러나오는 그 죽음을 주소서.

우리는 다만 껍질이며 잎새에 불과하기 때문입니다.
저마다 가슴 깊이 간직하고 있는 위대한 죽음,
그것은 모든 것이 그 주위를 감싸고 있는 열매입니다. (…)

그러나 새 떼처럼 날아드는 당신의 천사들은
죽음인 그 열매들이 모두 설익은 것을 알았습니다.[46]

위의 시에서 릴케는 "고유한 죽음"과 '작은 죽음'을 구별한다. 이미 설명했듯이, '작은 죽음'이란 삶이 성숙하기도 전에 우연처럼 다가온 죽음이다. 이에 비해서 "고유한 죽음"은 '잘 익은 열매'처럼 완성된 죽음, 신에 의해 보상된 죽음이다. 죽음을 씨앗으로 볼 때 우리의 겉모습은 대기에 닿아 썩어가는 열매의 속처럼 가면에 지나지 않는다. 이제 인간에겐 '작은 죽음'을 '위대하고 고유한 죽음'으로 만들어야 할 것이 요구된다. 이 과제를 성취하는 데에서 비로소 "인간은 존재의 본질로 상승한다."[47]

위대하고 고유한 죽음이 되기 위해서 죽음은, 아이나 식물이 가꾸어지듯이, 삶 속에 받아들여져야만 한다. 즉 '삶의 열매'로 칭송되어야 한다.

자기만의 "고유한 죽음"은 "훌륭하게 공들인 죽음"[48]을 의미한다. 삶과 죽음을 하나로 보고, 죽음이 곧 삶의 뿌리라는 시인의 생각은《오르페우스에게 바치는 소네트》로부터 《두이노의 비가》에 이르기까지 일관되게 흐른다. 우선 릴케는 죽음에 대한 예리한 통찰을 통해서 죽음의 공포에 내던져진 대도시 사람들의 대량 생산적 죽음, 즉 인간적 품위를 상실한 죽음을 어린 시절에 울스가르드의 소박한 시골에서 체험한 할아버지의 '고유한 죽음'과 대립시킨다. 파리에서 경험한 죽음의 충격과는 달리 할아버지의 죽음은 울스가르드 농장을 지배하고, 그곳의 익숙한 질서를 뒤흔들어놓는다. 말테는 할아버지의 죽음을 마치 "왕"과도 같았고, "끔찍스러운 것"[49]이었다고 말한다. 죽음이 "왕"으로 비유된 것은 죽음이 삶의 단순한 종말이 아니라 삶의 절정이자 지배자라는 것을 말해준다. 그의 죽음은 충만한 인생의 끝, 즉 삶의 완성이자 존재의 최종적인 열매로서의 죽음이다. 그래서 그의 죽음은 주변사람들에게 새로운 충격과 성찰의 계기를 주고, 말테도 할아버지의 '고유한 죽음'의 의미를 성찰한다. 말테에게 비쳐진 어린 시절의 울스가르드에서는 말테의 할아버지뿐만 아니라 모두가 자신의 고유한 죽음을 가졌다.

《말테의 수기》의 후반부에서는 역사적인 인물들, 즉 끔찍한 죽음을 맞는 샤를 대공, 가짜 황제 그리샤 오트레피오프의 최후, 병에 걸려 비참해진 샤를 6세의 이야기가 펼쳐지면서 수기의 유희공간은 울스가르드의 시골에서 역사적 차원으로 확대된다. 그렇지만 말테가 주관적으로 선택한 인물들은 단순한 역사적 인물이 아니라 "고난의 표현들"로서 우리로 하여금 그것을 극복하기 위한 길을 찾게 하려는 비유적 의미로 이해해야 한다.[50] 이런 의미에서 그들은 '고유한 죽음'의 인물들이다.

릴케는 《오르페우스에게 바치는 소네트》에서 19세의 젊은 나이에 요절한 무희 베라를 신화적 차원에서 다루었다. 평소에 친밀했던 친구의 딸 베라의 질병기록과 그녀의 어머니가 보낸 간절한 편지를 읽으며 밤새 슬픔으로 지새운 릴케는 베라의 죽음을 오르페우스의 연인 에우리디케의 죽음으로 상징화했다. 그럼으로써 오르페우스에 대비되는 또 하나의 인물이 등장한다. 오르페우스의 모티브에 그 소녀의 죽음이 접목된다.

《오르페우스에게 바치는 소네트》 제1부는 제1소네트에서 오르페우스의 찬양으로 시작해서 제26소네트에서 그의 죽음으로 끝난다. 오르페우스는 삶과 죽음의 두 영역을 자유롭게 드나들 수 있다. 뱀에 물려 죽은 아내를 죽음의 나라에서 구하는 데 실패한 그는 오직 아내만을 그리워하며 노래를 할 뿐 다른 여인들에게는 관심을 보이지 않는다. 이에 모욕을 느낀 무녀들은 그를 찢어 죽이고 그의 시신을 자연에 산산이 뿌려버린다. 그러나 그의 머리와 칠현금은 온전히 남아서 삼라만상에서 음악이 되어 울린다. 제1부의 마지막 연이 이것을 묘사하고 있다.

끝내는 복수심에 사로잡혀 당신을 찢어 죽였으나
당신의 노래는 사자와 바위와, 나무와 새들 속에서
울리고 있었다.
지금도 당신은 그곳에서 노래하고 있다.
오, 잃어버린 신이여! 무한한 발자취여!
마침내 적의가 당신을 산산이 뿌려 던졌기에
이제 우리는 듣는 자가 되고 자연의 입이 되고 있다.[51]

노래하는 신 오르페우스와 젊은 무용수 베라의 만남에 시인 릴케는 뚜렷한 의미를 부여한다. 즉, 오직 예술에 대한 사랑과 정렬에서 생명이 다

할 때까지 심한 고통 속에서도 삶을 긍정하며 의연하게 죽어가는 베라의 모습에서 만물을 황홀하게 하고 죽음 속에서도 노래를 그치지 않는 오르페우스의 모습을 볼 수 있다. 베라의 죽음은 일찍 자살한 시인 볼프 그라프 폰 칼크로이트의 죽음과는 다르다. 이제 소네트에 나오는 소녀는 더 이상 무용수가 아니라 변용의 상징이 된다.[52] 진정하고 현명한 시인은 삶과 죽음의 두 영역을 자유롭게 묘사하면서 현세의 삶을 찬양할 수 있기에 릴케는 가인 오르페우스에게서 시인의 모습을 본다.[53] 릴케는 이 작품을 완료한 후에 발행인에게 그녀와 자신이 일치하는 느낌을 갖는다고 말했다.

오르페우스처럼 삶과 죽음의 두 영역을 함께 긍정하고 일치하는 것에 대한 시인의 생각은 릴케의 핵심적 예술관으로《오르페우스에게 바치는 소네트》로부터《두이노의 비가》에 이르기까지 흐르고 있다. 릴케의《신 시집》에 실린 시〈오르페우스, 에우리디케, 헤르메스Orpheus, Eurydike, Hermes〉는 삶과 죽음의 두 영역을 어떻게 인식하는가에 대한 릴케의 생각을 잘 나타낸다. 이 시에서 오르페우스 신화의 초점은 애인을 잃은 오르페우스의 비애에 있지 않고, 삶과 죽음을 하나로 보는, 그래서 "삶의 세계"에 초연하고 죽음과 친화하는 에우리디케에 옮겨져 있다. 에우리디케는 심부름꾼 헤르메스의 손에 의지한 채 "불안스레, 차분히, 초조한 기색 없이" 죽음의 세계에서 삶의 세계로 오르페우스의 뒤를 따른다. 오르페우스가 이 과정에서 결코 그녀를 뒤돌아보아서는 안 된다는 약속을 어김으로써 그녀는 구출되지 못한다. 그러나 그녀는 앞서가는 오르페우스도, 삶의 세계로 올라가는 길도 생각하지 않고, '작은 죽음'을 초월해서 자신의 "위대한 죽음"으로 충만해 있었다.

그녀는 자기 자신이 되어 있었다. 죽어 있음이

풍요처럼 그녀를 충만하게 하고 있었다.
감미로운 어둠의 한 열매처럼,
새로워서 전혀 알 수 없는
위대한 죽음으로 넘쳐 있었다.
(…)
그녀는 이미 뿌리였다.[54]

에우리디케에게 삶과 죽음은 하나이고, 죽음은 곧 삶의 뿌리인 것이다. 그녀의 죽음에 베라의 죽음이 비유된다. 베라의 죽음은 고통에 찬 의미 깊은 죽음, 즉 죽음을 통해서 그녀가 성숙했던 그녀 '고유의 죽음'이다.[55]

'고유한 죽음'은 우리를 필요로 한다. "그 죽음을 우리는 살고 있기 때문이다./ 이 지상에서보다 우리가 그것과 더 가까운 곳은 어디에도 없기 때문이다."[56] 인간은 누구도 죽음에 승리할 수 없기 때문에, 그래서 우리가 고유한 죽음을 실현할 수 있는 곳은 이 지상 외에는 어디에도 없기 때문에, 우리가 지상에서 죽음을 극복하는 것만이 우리의 숙명적인 과제이다. 이것을 릴케는 베라의 죽음을 위한 《진혼가》의 마지막 시행에서 강조한다.

누가 승리를 말할 수 있는가? 극복만이 전부인 것을.[57]

삶의 긍정을 위한 죽음의 극복

존재적 불안과 죽음의 공포

릴케의 문학은 인간 현존재의 문제들을 대담한 은유법이나 암호화된 상징성으로 표현하고 있어 이해가 난해하다. 새 시대의 인간존재의 의미와 삶의 과제를 문학적으로 표현하고 해석하려는 시도는 시인 릴케의 일관된 내적 욕구이다. 릴케의 연구는 릴케의 작품을, 특히《두이노의 비가》를 '인간의 삶과 존재의 의미'[58]로, '인간 존재의 포괄적 해석'[59]으로 그리고 '세계해석 시도'[60] 등으로 해설했다. 로마노 구아르디니 역시《두이노의 비가》를 "현존재의 의미"로 해석했다.[61] 이는 릴케가 세계와 인간의 존재의미를 그의 서정시에서 감동적으로, 사상적으로 파고드는 데 집중했다는 것을 말해준다.[62] 결국《두이노의 비가》처럼 릴케의 작품은 "궁극적으로 인도주의적 세계관"[63]에 뿌리를 둔 뛰어난 작품이다.

특징적인 것은 그의 문학에는 삶과 죽음에 대한 "의미부여Sinngebung"[64]

가 끊임없이 대칭적으로 제시되면서 삶의 의미에 현존재의 불안과 죽음의 공포가 핵심적 동기로서 작용하고 있다. 결론적으로 말해서 그의 죽음의 노래는 삶을 위한 것이다. 바로 죽음이 삶을 성숙하게 하고 성숙한 삶은 비로소 죽음을 극복하게 한다. 삶과 죽음의 동시적 긍정, 이것이 릴케가 그의 문학에서 추구했던 요구이다. 이에 대한 이해를 위해 다음의 세 가지 관점에 대한 연구가 전제되어야 한다. 즉 릴케의 문학에서 존재적 불안의 동기는 무엇이며, 그 불안의 정점은 궁극적으로 죽음의 공포에 있기 때문에 그 불안과 두려움의 극복을 위한 삶과 죽음에 대한 관찰과 변용은 무슨 의미로 어떻게 이루어졌고, 그리고 죽음의 극복을 위한 변용의 수단으로서 요구되는 인간적 요소들로서 릴케는 무엇을 전제하고 있느냐는 것이다.

릴케에 있어서 존재적 불안은 대도시에서 느끼는 문화적 충격에서 나온다. 《말테의 수기》에서 말테가 대도시 파리에서 보고 느낀 것은 현존의 불안과 삶의 고통이다. 말테는 파리라는 대도시의 병원에서 죽어가는 환자들 외에도 거리에서 "짓무른 눈"의 노파, 말테에게 연필을 사라고 내밀던 여인, 저녁식사 때 간이식당에서 마주친 죽어가는 남자, 거리에서 발작을 일으키면서 쓰러진 남자 등, 운명에 버림받은 다양한 사람들의 모습을 본다. 그들은 삶의 고유한 의미를 잃고 죽음 앞에 숙명적으로 버려진 인간의 "껍질이며 잎사귀"[65]에 불과하다.

말테가 이들의 모습에서 느낀 존재의 불안과 두려움이 무엇인지 정확히 알 수는 없지만 마치 공기처럼 평생을 지배한 어린 시절의 불안과 연결된다.[66] 릴케는 후일에 《형상 시집》에서 어린 시절의 고독과 불안을 새롭게 회상한다.

어린 시절

기다림과 숨 막히는 일들로 가득한
초등학교에서의 긴 불안과 시간이 흘러간다.
아, 외로움, 아, 고통스런 시간 보내기-
(…)
아, 불안, 아 무거운 마음이여.
(…)
아, 어린 시절, 사라져가는 심상이여.
어디로, 어디로 갔는가?[67]

대도시에서 어린 시절의 불안과 고독이 현실로 나타난다. 이제 불안은
죽음의 충동을 일으키며 인간의 존재를 위협한다.

나는 사라진다. 손가락 사이로 흐르는
모래알처럼 흘러 사라진다.
(…)
나는 죽고 싶다. 혼자 있게 내버려 두어라.
믿건대, 혈관이 터질 만큼
불안함이 나에게 덮쳐 오리라.[68]

릴케가 어린 시절의 "사라져가는 심상", 즉 그 당시의 기억과 사건을
다시 상기하려는 것은 현실을 회피하려는 것이 아니라 대도시의 삶과의
대비를 통해서 정면으로 현재의 고독, 고통 그리고 닥쳐오는 죽음의 불안
에 맞서 극복하려는 것이다. 《말테의 수기》 후반부에서 등장하는 역사적

인물들의 비참한 이야기 역시 현존재의 비참함을 상징적으로 표현하면서 그것을 극복하려는 릴케의 의도인 것이다.

19세기에 들어와서 병원에서의 죽음이 일반화되면서 추한 죽음의 테마가 문학뿐만 아니라 철학이나 심리학 등에서 중요한 관심의 대상이 되었다.[69] 영원한 이방인으로 죽음을 맞는 카프카의 존재적 불안이 대표적인 한 예이다. 존재적 불안과 죽음의 두려움, 그리고 그 고통과 고뇌는 본질적으로 인간의 생존에 속해 있기 때문에, 인간은 이들을 언젠가 필시 현존재의 전체 구성요소로서 받아들일 수밖에 없다는 인식에 이르게 된다. 이때에 비로소 차안과 피안, 삶과 죽음의 일치, 즉 존재 전체를 인식하기에 이르고, 이 인식은 시대를 초월한다.

고대에서부터 이미 삶과 죽음의 일체성은 여러 학문 분야에서 가장 관심 있는 테마였다. 일찍이 그리스의 철학자 에피쿠어Epikur(BC 341~271)는 올바른 사고를 통해 행복한 삶을 얻으려는 것을 그의 철학의 목적으로 삼았다.

죽음은 우리와 관계없다. 우리가 존재하는 한 죽음은 그곳에 없고, 죽음이 있는 곳에 우리는 더 이상 존재하지 않는다. 그러니까 죽음은 살아 있는 자들과도 그리고 죽은 자들과도 관계가 없다.[70]

인간의 진정한 행복은 조야한 관능적 쾌락에 의해서가 아니라 쾌락의 거부를 통해서, 즉 극기, 미덕, 정의를 통해서 이룰 수 있으며, 그 지고한 형태는 흔들리지 않는 영혼의 평온이라는 것이 그의 철학의 핵심이다.[71] 그의 교훈은 종종 '쾌락주의Hedonismus'로 확대 해석되기도 했다. 그러나 그것은 삶과 죽음에 초연한 '현세 쾌락주의'를 의미하는 것으로, 삶과 죽음의 동시적 긍정을 통한 죽음의 극복을 주장하고 있다.

삶과 죽음의 일체성은 19세기 전환기에서도 자주 등장하는 테마였다.[72] 1820~1831년까지 베를린 대학에서 헤겔과 함께 강의했고, 프리드리히 니체와 지그문트 프로이트에게 많은 영향을 주었던 독일의 대표적인 비관주의 철학자 아르투어 쇼펜하우어는 인간의 존재란 지속적인 죽음의 과정에 지나지 않는다는 비유를 다음과 같이 표현했다.

> 우리의 삶이란 매순간 연기되고 있는 죽음이다. (…) 매번의 숨결은 지속적으로 파고들어오는 죽음에 저항하고 있는 것이다. (…) 마침내 죽음이 승리하게 되었다. 우리는 태어나면서부터 이미 죽음에 귀속되어 있기 때문이다. 죽음은 자신의 전리품을 삼키기 전에 단지 잠시 동안만 그것을 가지고 유희하고 있는 것일 뿐이다.[73]

쇼펜하우어의 철학은 불교의 구원론과 일치하는데 "존재의 충동으로부터의 영속적인 해방은 오로지 자기 사멸과 비존재(열반, Nirwana)로의 이행에 의해서만 가능하다"[74]고 설파한다. 여기에 존재와 죽음의 모순된 일치가 있다. 즉 죽음을 아는 자는 살고, 사는 자는 죽음을 안다는 것이다. 여기에서 죽음은 두 가지 의미를 가진다. 그 하나로서 죽음은 참된 존재로서, "나의 종말에 있는 존재Am-Ende-Sein des Ich"이며, 다른 하나로서 죽음은 "자기 사멸"이며, 경계가 없는 "비존재"로, 즉 무한한 우주로 이행하는 존재로서, 전체 속에서 개체의 해체인 것이다. 그것은 '불멸Unsterblichkeit'을 상징적으로 의미한다.[75]

이런 맥락에서 프로이트는 그의 강연《우리와 죽음Wir und Tod》[76]에서 삶과 죽음의 일체성을 부인하는 인간의 태도에서 나타난 근본적인 모순을 지적했다. 즉 우리 안에 있는 무의식은 자신의 죽음을 믿지 않고, 자신의 죽어야 할 운명을 부인한다는 것이다. 현대의 대표적인 실존주의 철학자인 하이데거는 죽음과 연관해서 불안의 근본적 정신상태를 말한다. 처음에 그는 인간 존재를 분석한다. 인간은 "세계 안에 내던져진 존재Geworfenes In-der Welt-Sein"[77]로서 근심, 걱정, 죽음으로 가는 존재의 불안에 대한 기본적인 경험을 하게 되며, 그럼으로써 인간은 불가피하게 삶을 근심, 걱정, 죽음을 지니고 있는 존재에서 해명하게 된다. 하이데거에 의하면 "죽음은 현존재의 가장 고유한 가능성"[78]이다. 여기서 하이데거가 의미한 "가장 고유한 가능성"이란 나만이 나의 고유한 죽음을 경험할 수 있는 가능성이다. 죽음은 우리에 의해서 선택되지 않고, 오히려 이미 우리 안에 있기 때문에 존재적 현상이다. 우리는 우리의 존재에 맞게 각자 나의 죽음을 가져야 한다.[79] 다시 말해서 사람은 죽음을 '각자 나의 것'으로 경험해야 한다. 죽음을 존재적 현상으로서 '각자 나의 것'으로 경험하게 하는 것, 그것이 하이데거가 생각하는 불안의 근본적 정신상태이다.[80]

존재의 불안은 궁극적으로 죽음의 공포에서 절정을 이룬다. 존재의 불안도 죽음처럼 삶의 한 존재적 현상으로서 우리 안에 존재하면서 우리의 '고유한' 삶과 죽음을 형성하는 데 작용한다. 이 같은 철학자들의 실존주의적 문제제기를 릴케는 그의 문학에서 선취하고 있다. 릴케의 《형상 시집》의 〈맺음 시Schlußstück〉(1900~1901)는 쇼펜하우어를 연상시킨다.

죽음은 위대하다.
우리는 입에 웃음을 띠고 있지만
그의 것일 뿐이다.
우리가 삶의 한가운데 있다고 생각할 때,
죽음은 우리의 마음 깊은 곳에서
울기 시작한다.[81]

아주 보편적인 죽음과 인간의 관계에 대해서 말하고 있다. 죽음이 우리를 위협하지 않고 또 언제 출현할지 모른다 해도, 언제나 우리의 생각에 자리 잡고 우리의 현재를 지배하기 때문에 죽음은 위대하다. 인간은 죽음에 귀속되어 있는 존재일 뿐이다. 우리는 아무리 죽음을 경시하려 해도 바로 그 때문에 죽음이 모든 순간에 현존할 수 있고, 실제로 현존한다는 것을 안다.[82] 죽음은 단지 삶의 변이된 형태로, 삶과의 일체성에서 나타난다. 이 시의 끝 시행은, 첫 시행에서 "위대한 죽음"이 전제된 상태에서, 우리의 삶 한가운데서 울면서 나타난 죽음의 의미가 무엇인지를 말해준다. "우리가 삶의 절정에 있다고 생각할 때," 울면서 과감히 자신을 드러내는 죽음은 하이데거가 말하는 "각각 나의 것je-meinige"[83]으로서의 고유한 죽음을 이루지 못한 인간의 삶에 대한 경고라 할 수 있다.

《오르페우스에게 바치는 소네트》 제2부 제29 마지막 소네트는 명령형으로 된 시 형식으로 삶(있음)과 죽음(흐름)을 동시에 지니고 있는 인간 존재의 모순을 시적으로 절실하게 드러내준다. 삶과 죽음의 모태인 대지가 예로 제시되면서 "죽음(흐름)"은 또 다른 새로운 존재가 된다.

> 그리고 만일 이 세상이 너를 잊었다면,
> 조용한 대지를 향해 말하라, 나는 흐르노라고.
> 재빠른 흐름을 향해 말하라,
> 나는 존재한다, 라고.[84]

이 역설적인 표현기법은 존재적 불안과 죽음의 동기가 현존재에 대한 의식을 심화시키는데 있음을 말해준다. '존재'와 '흐름'이 삶과 죽음의 메타포로 대치되어 있으면서 인간은 말없는 자연("대지")에서 끊임없는 생사의 윤회를 깨닫고, 삶과 죽음을 하나로 받아들이는 지혜를 얻는다. 삶의 흐름에 순응하지 않고 "머물음 속에 스스로 가두는 것은 이미 굳어진 존재", 즉 죽은 자이며, "스스로 샘물이 되어 흐르는 자"만이 참된 존재에 이를 수 있다는 것을 인식하게 된다. 이와 연관해서 릴케는 이미 《오르페우스에게 바치는 소네트》 제2부의 제12소네트에서 말한다.

> 스스로 샘물이 되어 흐르는 자만을 인식은 알아보노니,
> 기쁨에 넘쳐 인식은 그를 빛나는 창조물 속으로 이끈다.
> 그것은 때로 시작과 더불어 끝나고 끝과 더불어 시작된다.[85]

이어서 제2부 제13소네트에서 릴케는 말한다. "존재하라 —그리고 동시에 알아라, 비존재의 조건을."[86] 죽음의 "재빠른 흐름"에서도 "나는 존재한다"는 존재의 강한 의지, 즉 삶의 긍정을 통해 죽음이 극복될 수 있다. 릴케의 문학에서 존재적 불안과 죽음의 공포의 총체적 동기가 바로 여기에 있다.

삶과 죽음의 변용을 위한 세계내면공간

릴케는 어떻게 삶과 죽음의 일체성을 인식하기에 이르렀는가? 릴케는 이 인식에 이르는 가능성으로 무엇보다도 '보는 법'과 '듣는 법'을 전제하고 있다. 《말테의 수기》에서 말테는 파리에 살면서 말했다. "나는 보는 법을 배우고 있다."[87] 말테는 도시에서 느낀 삶의 불안과 이름 모를 사람들의 소외된 죽음에서 자신의 정체성을 상실해가는 두려움을 느꼈다. "나는 무섭다. 언젠가 무서움을 느끼면 이러한 무서움에 대항해서 무엇인가를 해야만 한다."[88] 그리고 그는 "보는 법을 배운 지금 나는 무엇인

가 시작해야 한다"[89]고 생각한다. 말테에게 보는 법을 배우는 것은 새로운 눈으로 세상을 새롭게 배워나감으로써 존재의 불안을 극복하기 위한 수단이다. 그는 세계를 외적 현상들에서 자기 영혼으로 확대해서 관찰한다.[90] 그것은 삶이나 사물의 외면이 아니라 내면에 대한 관찰, 즉 사물의 현상 뒤에 숨어 보이지 않는 진실한 것을 꿰뚫어보는 것이다. 그는 대도시의 활기 있는 삶과 화려한 외관에 숨겨진 죽음과 가난의 그림자를 본다. 도시의 호화로운 병원은 마치 공장에서처럼 죽음을 대량 생산할 뿐 그 어느 곳에서도 고유한 죽음을 찾을 수 없다.

세상을 새롭게 '보는 법'은 말테의 역사관에도 영향을 준다. 그는 사람들이 역사적 인물이나 사건들 이면에 있는 어떤 진실한 것이나 중요한 것을 보지 못하고 다만 삶의 표면에만 머물러 있음을 실토한다. 궁극적으로 《말테의 수기》에서 "열매 속의 씨"가 자신이 품고 있는 죽음에 비유되었듯이[91] 릴케는 열매와 죽음을 결합해서 생존의 두 가지 모습, 즉 삶과 죽음은 하나의 형상 속에 공존하고 있다는 것을 가르친다.[92]

릴케에겐 '보는 법'과 마찬가지로 '듣는 법'도 중요했다. 《두이노의 비가》에서는 천사가 연작시를 엮어서 끌고가는 역할을 하듯이 《오르페우스에게 부치는 소네트》에서는 오르페우스가 '노래하는 신'으로 그 역할을 한다. 따라서 이 작품들에는 '듣는다'는 말이 하나의 주동기로 등장한다. 자연은 무디고 말이 없지만, 오르페우스의 노래는 자연을 감동시키고 자연은 노래와 하나가 된다. 그리고 인간은 "듣는 자"가 되고 "자연의 입"이 된다.[93]

'보는 법'과 '듣는 법'은 릴케로 하여금 사물의 내면성에 집중하게 한다. 릴케는 이 내면세계로 점점 깊이 몰입해가는 것을 가장 아름답다고 생각했다. 그러면서 그는 살로메에게 보낸 편지에서 피조물의 외면성과 내면성의 불가분한 관계를 말한다.

릴케 문학의 창조적 영감의 원천이었던 루 안드레아스 살로메

당신은 그것을 기억하실 겁니다. '피조물의 내면성은 어디에서 오는가'라
는 질문 말입니다. 그것은 육체의 내부에서 성숙된 것이 아닌 것에서 옵
니다. 그것은, 내면성이란 본래 내면성을 보호해주는 육체를 결코 떠나지
않는다는 결과를 가져옵니다. (육체는 평생 동안 어머니의 품과 같은 관계
를 가집니다.)[94]

내면성은 그것을 보호해줄 육체를 필요로 하지만 그것과는 관계가 없
는 데서 성숙되어 그 육체로 들어와 형성되는 제3의 세계를 의미한다. 릴
케가 모범작으로 여겼던 《신 시집》에 있는 시, 파리 식물원에서의 〈표범
Der Panther〉이 대표적인 예이다.

수없이 스치는 창살에 지치어
그의 눈에는 아무것도 보이지 않는다.
마치 그에겐 수천의 창살만이 있고

《신 시집》의 시 〈표범〉의 모티브가 된 표범

그 뒤엔 아무런 세계가 없는 듯하다.

아주 조그만 원을 그리며 도는
사뿐한 듯 힘찬 그 부드러운 발걸음은
커다란 의지가 마비되어 서 있는
한 중심을 맴도는 힘의 무도와도 같다.

다만 이따금 눈꺼풀이 소리 없이 열리면
형상이 안으로 비쳐 들어가
사지四肢의 긴장된 정적을 뚫고 지나고
가슴속에서 덧없이 사라진다.[95]

릴케는 이 시를 파리 식물원에서 우리에 갇힌 표범을 보고 썼다. 언제
나 같은 모양으로 단조롭게 우리 안에서 맴도는 표범은 수많은 창살로

밖의 세계와 단절되고, 아주 조그만 행동 공간으로 제한된 극심한 고립상태에 존재한다. 갇힌 동물의 슬픈 의지는 춤에서, 쓸데없는 힘의 발산에서 나타날 뿐이다. 그런데 마지막 연에서 표범의 눈이 소리 없이 열린다. 외면과 내면 사이의 접촉이 이루어지고, 이 접촉에서 외부세계의 현상들이 내면으로 들어와서 새로운 의미의 형상으로 변화된다. 표범과 그를 둘러싼 세계 사이에서 일어나는 모든 것은 파리에서의 릴케 자신과 세계와의 비유로 관찰된다. 이 시는 릴케가 파리에서 겪은 삶의 불안과 함께 로댕의 위대한 예술 앞에 서 있는 자신의 왜소함에서 느낀 실존적 위기를 나타내는 비유이다. 릴케는 시민적 개체의 상실을 직접 개인적으로 경험한 고통으로 표현하지 않고, 표범을 나에게서 분리된 대상의 상관 개념에서 나타낸다.[96] 즉 표범(자연)에 대한 자세한 묘사는 시인(인간)의 내면성을 연상시키고, 그럼으로써 이들에게서 연상聯想의 완전한 일치가 이루어진다. 〈표범〉은 시인의 내면세계가 시로 변한 변용이다.

또 다른 예로서 사물시 〈시체 공시장〉을 들 수 있다. 이 시 역시 신원이 밝혀지지 않은 시체들을 공시해 놓는 파리의 시체 공시장에서 겪은 체험에서 나왔다. 마지막 연에서 시체들은 "간수들의 취향에 따라 잘 정돈되어 있다. 그러나 그들의 눈은 눈꺼풀 뒤에서 반대쪽을 향해 이제 자신의 내부를 들여다보고 있다."[97] 릴케는 실제적인 죽음을 초월한 내면으로의 침잠을 표현하고 있다.

릴케의 시는, 특히 1910년 후의 작품들에서, 흔히 어둡고 암호화되는 성향을 보였지만, 사물의 생생한 묘사에서 인간적인 것을 연상시키는 데 언어적 정확성과 구체성을 보인다. 뿐만 아니라 릴케에게 예술은 인간다운 것을 전달하는 수단이었기 때문에, 그는 이 예술적 과제를 이루기 위해서 정확한 언어취급 외에도 시적 대상들을 정확히 파악해야 한다고 생각했다.[98] 이런 의미에서 《신 시집》 제2권에 있는 〈고대 아폴로의 토르소

Archaiser Torso Apollos〉[99]는 로댕의 생생한 조각 작품을 대상으로 삼은 대표적인 시이다. 예술작품의 관찰자 릴케는 "아폴로의 토르소(머리와 손발이 없는 조상彫像, 즉 미완성 작품을 의미함—필자 주)"를 전체를 암시하는 하나의 부분으로 보길 요구하고, 그의 아름다움에 내재한 생생한 교훈을 전한다. "젊은이들이여, 일하게. 열심히 살펴보게. 그리고 신을 사랑하라"[100]는 로댕의 예술적 모토에서 겪은 혹독한 훈련과 어머니의 장례식에도 못갈 정도로 작품창작에 몰두했던 세잔느의 열정에서 릴케는 예술가적 사명을 강화하기 위해 자신의 삶을 바꿔야 한다는 교훈을 얻는다. 토르소 같은 예술작품을 이해하기 위해서는 능동적이고 적극적인 내면의 노력이 필요하다는 것을 이 시는 앞에서 말한 예술작품에 대한 관찰에서의 '교훈'으로 요구하고 있다. 그래서 "너는 너의 삶을 바꾸지 않으면 안 된다"[101]는 이 시의 마지막 시행은 우리에게 거의 충격적으로 작용한다. 이것은《말테의 수기》에서 '사물을 보는 법'을 배워야 한다는 시인의 말을 상기시킨다. 릴케는 외적 형상들에서 이들의 내적 핵심으로, 즉 내면성으로 파고 들어가려고 한다. 이런 방법으로 형상은 본질과 함께, 진실은 현실과 함께 일치되어야 하고, 그러한 전체가 만들어져 자의식도 이루어져야 한다.[102] 이 "자의식은 변용을 지향한다."[103] 릴케에게 있어서 내면성은 '변용의 공간'으로 매우 중요한 의미를 가진다.

'변용의 공간'으로서의 내면성은 다양한 의미로 나타난다.《두이노의 비가》나《오르페우스에게 바치는 소네트》에서 나오는 모든 형상들은 각자의 존재적 의미를 가지고 있는 공간으로서 인간의 공간과는 다른 상징적 의미를 가지고 있다. 예를 들면《비가》에서는 '천사들의 공간'이,《소네트》에서는 '오르페우스의 노래 공간'이, 그리고《말테의 수기》의 말테에게서는 '시의 공간'이 인간의 차안과 피안의 공간과는 다른 제3의 공간으로 나타난다.

말테는 두려움에 맞서기 위해 "밤새 앉아서 시를 썼다." 시인은 시를 쓰기 위해 삶과 죽음의 두 영역을 자유로이 드나들 수 있다. 그래서 시의 공간에서는 삶과 죽음의 경계가 없어지고 하나가 된다. 이렇게 해서 이 승에도 저승에도 속해 있지 않은 예술의 순수한 제3의 공간이 존재한다. 이 공간에서는 "내가 쓰는 게 아니라 씌어진다."[104] 다시 말해서 내가 시를 쓰는 주체가 아니라, 시인에 의해 쓰일 시의 대상이 된다는 것이다. 이 는 자신의 경험에 대한 객관적 성찰이다. 이런 의미에서 릴케는 문학이란 일찍이 사람들이 충분히 가지고 있는 "감정이 아니라 경험"[105]이라고 말했다. 문학이나 시는 삶과 유리되지 않은 채, 삶의 다양한 넓이와 깊이를 반영할 수 있어야 하기 때문이다. 그래서 릴케는 감정이나 가상에 치우친 창작을 혹독히 비판했다. 이 공간은 예술을 통해 무엇인가 위대한 것을 이루어 보려는 시인의 이상적 공간이다.

시인으로 비유된 오르페우스는 이승과 저승을 마음대로 왕래할 수 있는 가신歌神이다.[106] 그의 죽음은 노래로 되어 현세의 허무함을 극복하고 황홀함과 위안을 주기 때문에, 릴케에게 있어서 시의 공간과 마찬가지로 음악의 공간도 변용을 위한 인간의 제3의 공간인 것이다.

《두이노의 비가》의 핵심적 주제는, 릴케를 연구한 수필가이며 평론가인 한스 에곤 홀투젠Hans Egon Holthusen(1913~1997)의 주장처럼, "인간의 현존재에 대한 포괄적 해석"으로서 삶과 죽음의 문제를 둘러싼 이중영역에서 생기는 대립과 긴장이다. 즉 "탄식에서 환호로, 인간의 허무 폭로에서 현세에서의 인간과제 선언으로, 문학적 회의에서 문학적 사명으로 지향하는 거의 상반되는 운동"[107]이다. 비가는 이것을 시로써 표현하고 있다. 긴장을 없애고 대립을 조화 속에서 일치하기 위해서 '천사'가 신화적 상징인물로 나타난다. 이 같은 신화적 요구는 서정적 자아가 부르는 노래를 통해 천사에게서 비유적으로 현실화된다. 비록 천사의 비유적 출현이 종종 성서를 기억하게 하고 또한 릴케가 세례를 받은 신자라 해도, 천사는 기독교적 천사의 의미와는 관계가 없다.[108]

《두이노의 비가》는 천사의 공간이라 해도 좋을 것이다. 천사의 영역은 천상세계와 지상세계를 포함하고, 산자와 죽은 자와 관계를 가진다. 그런데 인간은 삶과 죽음의 의식을 아울러 가지고 있으나, 이를 하나의 통일된 의식세계로 통합하지 못한다. 그래서 인간의 삶과 죽음의 의식에는 분열과 대립이 생긴다. 〈제1비가〉의 한 시행이 이것을 말해준다.

> 그러나 살아 있는 자들은 삶과 죽음을
> 너무나 뚜렷하게 구분하는 과오를 저지른다.
> (사람들의 말에 의하면) 천사들은 살아 있는 자들 사이에 있는지
> 혹은 죽은 자들 사이에 있는지 모른다.[109]

인간에게는 차안과 피안만 있으나 천사에게는 인간이 의식할 수 없는 또 하나의 다른 세계가 있다. 이 제3세계인 천사의 영역은 삶과 죽음이 균형 잡힌 통일을 이루는 새로운 공간이다. 차안도 피안도 아닌 위대한 통일의 세계, 이 양안을 초월한 존재론적 영역, 즉 세계내면공간이 있다.[110] 이 제한 없는 세계내면공간에서 인간 영혼의 내면과 아울러 외부세계의 '내면'은 해체되고, 시대를 초월해서 삶과 죽음이 하나의 '전체'로 융해된다. 천사는 이 공간의 신화적·은유적 의미의 인물이다.[111] 이와 연관해서 릴케는 1925년 11월 13일에, 대략 그가 죽기 1년 전에 그의 폴란드인 번역가인 비톨드 폰 홀레비츠에게 다음과 같이 편지를 썼다.

> 죽음은 우리에게 등을 돌린 측면, 우리에게 비쳐진 적이 없는 삶의 측면입니다. 우리는 우리의 생존에 대한 최대의 의식을 이루어내려고 노력하

지 않으면 안 됩니다. 우리의 생존은 경계 없는 두 영역에 자리 잡고 있고, 이 두 영역으로부터 무진장 자양분을 얻고 있습니다. (…) 삶의 참모습은 이 두 영역에 뻗혀 있는 것입니다. 더 없이 크나큰 피의 순환은 이 영역을 뚫고 지나갑니다. 차안이란 것도 없을뿐더러 피안이란 것도 없는 법입니다. 우리를 능가하는 존재, 천사들의 터전이 되는 위대한 통일의 세계가 있을 따름입니다. 그리하여 이제는 사랑의 문제라는 상황이 생겨나는 것입니다. 이처럼 반쯤은 크게 더 넓어진 세계, 이제야 비로소 온전한 전체의 세계에서 말입니다.[112]

세계내면공간은 "온전한 전체의 세계"를 뜻한다. 이 세계에는 시간의 의식이 없다. 시인의 시 공간과 오르페우스의 노래 공간과 같다. 릴케의 문학은 부단하게 이 공간으로의 침잠을 요구한다. 그는 《후기 시집》의 한 시에서도 이 요구를 상기시킨다.

거의 모든 사물들이 저를 느끼라고 손짓한다.
모든 변화마다 '기억하라' 소근거린다.
(…)
모든 존재를 꿰뚫고 '하나의' 공간이 펼쳐져 있다.
세계내면공간이.[113]

10편의 《두이노의 비가》들 중에서 '제3, 6, 8비가'에는 천사가 등장하지 않는다. 그 밖의 비가들에서 천사는 대체로 "완벽한 절대존재이며 절대미"[114]의 상징으로 나타나며, 경외심을 불러일으킨다. 그러나 릴케의 천사는 삶과 죽음의 관계에 대한 릴케의 생각에 따라 변한다. 이 변화는 모든 사물들의 외부세계에서 내면세계로, 즉 "세계내면공간"으로 이행하는 체계적이고 연속적인 움직임을 뜻한다. 더 자세히 말해서 〈제1비가〉에서 〈제10비가〉에 이르기까지 이어지는 이 움직임은 삶의 회의에서 긍정으로, 탄식에서 환호로, 인간의 부족함에 대한 폭로에서 현존해 있는 인간의 사명에 대한 선언으로 가는 이행이며, 그 과정에서 변화되는 천사의 상징적 의미와 작용이 특징적으로 드러난다.

《두이노의 비가》의 〈제1비가〉에서 천사는 아직 존재의 불안과 죽음의 두려움을 가진 사람들에게, 다시 말해서 천사는 "삶과 죽음을 지나치게 분별하는 과오를 범하고 있는 살아 있는 사람들"[115]에게 본성을 드러내듯 무명의 괴물로 나타난다.[116] 〈제1비가〉의 첫 시행이 이것을 말해준다.

> 내가 소리쳐 부른들, 천사의 계열에서 어느 누가
> 내 목소리를 들어줄까? 설혹 어느 천사 하나 있어
> 나를 안아준다 하여도, 나는 나보다 강한
> 존재에 소멸되고 말리라. 아름다움이란
> 우리가 아직은 견뎌내는 두려움의 시작일 뿐이기 때문이다.
> 모든 천사는 무섭다.[117]

여기서 천사는 성서에서나 이전의 《형상 시집》이나 《신 시집》에서 나타나는 수호천사의 정다운 모습이 아니다. 인간은 천사와 악마 사이에 있는 존재이고, 천사는 살아 있는 사람들과 죽은 사람들 사이를 찾아든다. 릴케는 천사의 아름다움과 두려움 사이의 은밀한 관계를 마치 웃음에 찬 삶과 매일 가까이 있는 죽음과의 사이에 비교하면서 상호보완적으로 설명한다.[118] 즉 천사는 사람이 인식하기에 따라 아름다움과 두려움으로 나타나는 야누스적 존재이지만, 인간이 그것을 알아보는 마음의 상태에 따라서 오직 하나의 얼굴로만 나타난다는 것이다. 릴케는 이것이 두 권의 책《두이노의 비가》와《오르페우스에게 바치는 소네트》에 담긴 의미이며 개념이라고 한 편지에서 밝히고 있다.[119] 천사의 아름다운 모습을 인식하기까지 인간은 자신이 범한 과오 때문에 천사의 두려운 모습만을 경험할 수밖에 없다. 그래서 "아름다움"이란 인간이 "견뎌야 할 두려움의 시작"인 것이다. 〈제2비가〉에서도 천사는 "우리의 심혼에 치명상을 줄 수도 있는 영혼의 새들"[120]로 비유되면서 인간에게 두려운 존재로 군림한다. 영혼의 새들이란 인간 영혼의 공간에, 즉 인간 내면에 존재하며 동시에 외부 공간에도 존재한다.[121] 그래서 서정적 자아는 묻는다.

> 이제 대천사, 그 위험한 존재가 별들을 넘어서
> 우리를 향해 한 걸음만이라도 내딛는다면, 우리의 심장은
> 하늘 높이 고동치며 우리를 파멸시키리라. 그대들은 누구인가?[122]

별들의 세계에서 갑자기 인간에게 군림하는 천사의 위엄이 천사를 동경해서 "하늘 높이 고동치는 우리의 심장"과 마주칠 때, 인간은 파국을 면할 수 없다. "우리의 심장은 천사를 맞이하는 동경의 공간이기도 하지만 또 한편으로는 거부의 공간이기도 하다."[123] 피할 수 없는 천사의 두려움에 직면해서 비로소 인간은 존재에 대해 성찰하게 되고, 천사의 아름다움을 찾으려고 노력하기 시작한다.

그래서 이어지는 〈제4비가〉에서 서정적 자아는 삶의 의욕상실과 내적 갈등이 절정에 이르고, 그때 그 앞에서 천사와 인형과의 유희가 시작한다. 서정적 자아의 어린 시절이 불려 들어오고, 천사의 세계에 인간의 존재영역이 비로소 연결된다. 서정적 자아는 천사와 인형의 공연(즉 상호작용을 의미함—필자 주) 무대 앞에 서 있다. 그에게 어린 시절의 '놀이 공간'이 '우주 공간'으로 변하고, "그곳에 천사 하나가 배우로 등장하여 인형

들의 몸통을 위로 치켜들 때면" 천사와 인형의 연극은 시작된다. 천사는 순수한 내면을, 그리고 인형은 순수한 외면을 상징한다. 이들의 연극은 천사의 무한한 의식과 어린아이의 순수한 의식의 논리적 유희가 된다. "그러면 우리의 존재 그 자체로 인해/ 항상 둘로 나누었던 것(삶과 죽음— 필자 주)"이 하나가 된다.[124] 즉 인간의 존재적 모순이 제거된다. 하지만 이 것은 비전으로 남아 있다.

릴케는 탐스러운 열매 안에서 죽음의 씨앗을 보듯이, 그리고 천사의 아름다움 이면에서 두려움을 보듯이, 그의 사물에 대한 관찰은 "볼 수 있는 것"에서 "볼 수 없는 것"을 보는 것이다. 이것이 릴케 변용의 핵심이다. 그렇다면 릴케가 "어린 시절의 나날"에서 삶과 죽음을 어떻게 보았을까?

> 오, 어린 시절의 나날이여
> 그때엔 우리가 본 형상들 뒤에는
> 단순히 과거만이 있었던 것은 아니었고,
> 우리 눈앞에 놓인 것은 미래가 아니었다.
> 우리는 물론 성장해 갔다. 때로는 더 빨리 자라나려고
> 서두르기도 했다. 이제는 성인이 되었다는 것밖에
> 내세울 아무것도 없는 어른들의 환심을 사기 위해서이기도 했다.
> 그래도 우리가 우리의 갈 길을 혼자 걸을 때에는
> 영속의 세계를 즐기며,
> 세계와 장난감 사이에 있는 중간지대에,
> 태초로부터 순수한 사건을 위해 마련된
> 그 어느 한자리에 와 있었다.[125]

어린아이는 장난감을 가지고 놀면서 마치 우주를 창조하는 신처럼, 또

는 소설이나 연극을 창작하는 시인처럼, 집도 짓고 정원도 만들며, 자신의 세계를 창조한다. 이것은 창조의 유희이고 몰입의 순수한 시간이다. 어린아이는 과거나 미래를 구분하는 시간의 경계를 느끼지 못하고 놀이의 순간인 현재를 영속적인 것으로 즐긴다. 어린아이의 순수하고 창조적인 유희는 평생 지켜야 할 삶의 의무라고 괴테도 일찍이 그의 《파우스트의 비극》 서론적 한 장면인 〈무대에서의 전희Vorspiel auf dem Theater〉에서 어릿광대를 통해 밝히고 있다.

> 어릿광대:
> 그러나 대담하고도 우아하게
> 이미 익숙해 있는 현악을 연주하며,
> 자기 자신이 설정한 목표를 향하여
> 즐겁게 방황하며 소요해가는 것이,
> 노인장, 당신네들 의무올시다.
> 그렇다고 당신네에 대한 존경심이 적어지는 건 아니오.
> 사람들이 말하듯 늙으면 어려지는 게 아니라,
> 늙어서도 어린애처럼 지내는 것이라오.[126]

어린아이의 눈에 비친 세계란 영원한 현재일 뿐이다. 그러나 아이는 순결한 어린아이의 세계에서 어른의 세계로 성장한다. 어린아이는 그의 세계에서 누리는 기쁨을 어른 세계에서 더 많이 누릴 수 있다는 기대감에서 어른들의 환심을 사기 위해 더 빨리 성장하려고 서두르는 과오를 저지른다. 홀로 어른의 의식세계에 도달하기 이전에, 어린아이는 어른 세계와 오직 인형과 하나가 되어 유희하는 어린아이의 순수한 세계 사이에 있는 "중간지대"에 와 있다. 물론 여기서 말하는 어른 세계는 죽음에 더 가까이 다가간 세계, 무상의 세계, 대립과 분열의 세계이다. 비극적인 것은 어린아이가 이 세계를 향해 "좀 더 빨리 성장하려고" 하는 데에 있다. 그러나 이 "중간지대"는 "천사와 인형"의 "유희"가, 즉 삶의 참된 연극이 시작하고, 대립과 분열이 조화와 화해를 이루기 시작하는 참된 기쁨을 누릴 수 있는 세계이다.[127] 이 중간지대에서 어린아이는 처음으로 어른들이 물려주는 죽음의 의미를 배우게 된다.

> 굳어지는 잿빛 빵으로
> 어린아이의 죽음을 만드는 사람은 누구란 말인가. 아니면
> 달콤한 사과 속마냥 어린아이의 둥근 입에
> 그 죽음을 물려주는가?[128]

어른들은 빵과 죽음, 사과열매와 죽음을 결합해서 어린아이에게 생존의 두 가지 모습, 즉 삶과 죽음은 하나의 형상 속에 공존하고 있다는 것을 가르친다.[129] 그리고 일용할 양식처럼 "잿빛 빵"을 먹고, 열매 속의 씨처럼 사과를 입 안에 넣은 어린아이는 곧 죽음을 품은 것이 된다. 이런 비유를 통해서 아직 삶과 죽음의 의미를 모르는 어린아이는 삶 속에 죽음이 존재한다는 생각을 불러일으키게 된다.[130] 어른들의 세계에서 죽음은 살인자의 범죄처럼 쉽게 노출되어 있으나, 중간지대에서 어린아이는 시간의 경계를 느끼지 못하고 영속적인 것을 즐긴다. 만일 그가 죽어야만 한다면, 모든 죽음을 부드럽게, 불평 없이 받아들일 수 있을 것이다. 그것은 어른들의 삶에 들어가기 전의 순수한 세계 속에서의 "온전한 죽음"이며, 어른들에겐 "형언할 수 없는 일"이다.[131]

어린아이에게 죽음은 아직 멀리 있기 때문에, 죽음의 순간에 임박한 어른들의 경우와는 다르게 어린아이는 그 죽음을 향해가면서 '온전한 죽

음'을 맞이하기 위해 노력해야 한다.[132] 즉 죽음을 알면 삶의 의미가 더욱 풍요롭게 된다는 것이다. 또한 '온전한 죽음'은 '삶의 질質'에 달려 있다. 이런 의미에서 인간은 죽음을 새롭게 인식하고 삶 속에 긍정적으로 받아들여서, 죽음은 다만 삶의 종말현상이라는 일반적 개념을 부수고 삶을 성숙의 경지로 끌어올리는 힘의 원천이어야 한다. 죽음은 삶과 대립되는 것이 아니라 삶의 궁극적인 완성으로서 긍정된다. 〈제7비가〉에서 비로소 제거할 수 없는 현세의 허무 속에서 "이승"을 찬미하고 긍정하는 변화가 고백형태로 선언된다.

　　이승에 있다는 것은 멋진 일이다.[133]

　　이것은 《두이노의 비가》의 중심적인 생각이다.[134] 이 생각은 인간의 존재적 의미를 현재에서 통찰하고 알리게 한다. 이 생각은 필연적인 죽음의 존재를 넘어서 인간의 존재와 자연에 대한 찬양이며 긍정인 것이다. 그렇기에 인간은 변해야 한다. 그런데 사람들이 가시적인 외면세계에 여전히 집착하고 삶과 죽음을 너무나 뚜렷하게 구분하여 자신이 품고 있는 죽음을 생각하지 않기 때문에, 이들에겐 변용이 이루어질 수 없다.[135] 죽음을 통한 인간의 변용은 현세에서 꼭 실현되어야 하는 의미이며 사명이 된다.

　　변용의 문제는 1906년부터 1908년 사이에 쓰인 《신 시집》에서 중요한 동기로 나타나기 시작해서 《오르페우스에게 바치는 소네트》와 《두이노의 비가》에까지 이어지고, 릴케 문학의 올바른 이해를 위한 토포스가 되었다. 로댕의 영향으로 릴케는 훌륭한 조각상의 외적 형상을 통해서 그 내면에 있는 의미를 관찰하기 시작했다. 《신 시집》의 시 〈스페인 여무용수Spanische Tänzerin〉, 〈시체 공시장〉의 시신들과 〈표범〉에서의 표범이 자

《오르페우스에게 바치는 소네트》의 첫 시 친필 원고
1922년 2월 2일 뮈조트 성에서 썼다.

신의 내부를 들여다보고 있는 시선, 그리고《오르페우스에게 바치는 소
네트》I부 제15, 25소네트, II부 제18소네트에 나오는 소녀, 이들은 이제
더 이상 외적 형상세계에서 관찰된 대상이 아니라 시의 세계에서 내면화
된 '변용'의 상징이며, "모든 변천 중의 변천"[136]이다.《두이노의 비가》에
서도 서정적 자아는 스스로 변용을 체험할 뿐만 아니라 시 자체도 바로
이 변용에 토대를 두고, 그 안에서 시와 인간의 현존재가 서로 만난다. 이
미 언급했듯이, 릴케에게 변용이란 눈에 보이는 것을 눈에 보이지 않는
것으로 옮기는 것을 말한다. 즉 현상세계를 깊은 존재의 세계로 변용하여
다시 살아나게 한다는 것이다. 이는 감각세계를 정신세계로, 외부세계를
내면세계로 전환시키는 것이다. 우리 인간은 항상 변용해 가는 과정에 있
다고 시인은 생각한다.[137] 릴케는 친구인 홀레비츠에게 보낸 편지에서 우
리를 "눈에 보이지 않는 세계를 실어 나르는 꿀벌"로 비유하고, "눈에 보
이지 않는 세계의 황금 같은 꿀을 꿀통 안에 쌓아두기 위해 우리는 보이

는 세계의 꿀을 정신없이 따내고 있는 것"¹³⁸이라고 했다. 외부세계에서 관찰된 것("세계의 꿀")이 인간의 내면세계에서 "세계의 황금 같은 꿀"로 변용될 때 인간은 행복해질 수 있다. 내면세계가 풍요로워질수록 외부세계는 점점 더 초라해질 수밖에 없다.

> 우리는 행복을 남에게 눈에 띄게 보여주려 한다.
> 가장 남에게 눈에 띄는 행복은
> 우리가 그것을 내면에서 변용시킬 때 비로소 드러나는 법인데.
>
> 사랑하는 이여, 세계란 우리의 마음속 아니고는 어디에도 없다.
> 우리의 삶이란 끊임없이 변용해 가는 것
> 그렇기에 외부세계는 점점 더 초라한 모습으로 사라진다.¹³⁹

우리의 마음속에 있는 내면세계는 "우리의 삶이 끊임없이 변용해 가는" 곳으로, 차안과 피안, 삶과 죽음이 하나가 되는 통일의 세계, 즉 전체의 세계를 찾는 공간이며, 확정되고 고정된 공간이 아니라 끊임없는 변용의 공간이다. 이것은 차안과 피안을 초월한 존재론의 영역인 세계내면공간을 의미한다.¹⁴⁰ 여기서 인간은 눈에 보이지 않는 세계로 변용된 모습을 보여주게 되고, 참다운 삶을 실현할 수 있게 된다. 즉 인간은 인간의 의식공간을 초월한 존재가 된다는 것이다. 이렇게 인간이 이 지상에서 변용할 때 인간에게 천사는 더 이상 두려운 존재가 아니라 친한 존재가 된다. 이 때 천사란 인간이 인식할 수 있는 궁극의 존재요, 그 현실이다.¹⁴¹ 《두이노의 비가》에서 천사는 "초월의 형상Gestalt der Transzenenz"¹⁴²으로 나타나고, 《오르페우스에게 바치는 소네트》에서 오르페우스는 노래로 삼라만상을 변용시키는 "신의 변형eine Metamorphose des Gottes"¹⁴³이다. 오르페우스의 노래를 통해서 삶과 죽음의 이중영역을 대립에서 통합으로 이끄는 '존재의 총체성'이 나타나듯이, 이 두 작품은 다른 작품들에서보다 변용이라는 문제를 더 핵심으로 다루고 있다. 릴케는 변용을 통해서 죽음을 부정하는 것이 아니라, 영원한 긍정의 길을 찾아내면서 모든 존재의 근원에 접근한다. 그는 그것을 시로 형성하고, 변화된 인간을 요구한다. 릴케의 문학은 이 변용의 형상화이다.

사랑, 가난, 고통이라는 변용의 전제들

사랑

인간이 변용을 이루기 위해 릴케는 사랑, 가난 그리고 고통을 전제한다. 무엇보다도 릴케의 작품 전편에 걸쳐 사랑의 문제는 죽음과의 관계에서 가장 중요한 주제를 이루고 있다. 사랑에 대한 릴케의 생각에서 가장 특징적인 것은 '참된 사랑'과 '잘못된 사랑'을 구별한다는 것이다.

《말테의 수기》에서 말테에게 유년시절에 유일하게 친했던 어머니의 막내 누이동생 아벨로네Abelone에 대한 기억은 참된 사랑에 대한 생각의 단초가 된다. 비록 그녀는 "호감이 가지 않는 여자"였지만, "그녀의 몸 안에는 강렬하고 흔들림 없는 음악이 들어 있었다."[144] 말테는 그녀에게서 첫사랑을 느끼고, 밤이면 그의 맘속에 "아벨로네가 아름답다는 확신이 자라났다."[145] 비록 그때 그가 사랑의 고뇌를 느끼지 않았다 해도, 훗날 어느 가을에 우연히 베니스의 한 살롱에서 노래 부르는 아벨로네를 만날 때까지의 시간적 공간은 잘못된 사랑에서 참된 사랑으로 변해가는 인식의 공간이었다. 그는 사포Sappo, 가스파라 스탐파Gaspara Stampa(1523~1554), 루이즈 라베Louse Labé, 베티나 폰 아르님 같은 신화적 그리고 역사적 여자들의 모습에서 참된 사랑의 본보기를 발견했다.

사포는 기원전 600년경에 활동한 그리스의 전설적인 여류시인이다. 그녀는 아포로디테 여신과 뮤즈를 섬기며 여자 친구들과 제자들을 모아 가르쳤고, 이들이 결혼할 때 축혼가를 지어주기도 했다. 이런 관계가 왜곡해서 전달되어 그녀의 사랑은 '동성애Sapphische Liebe'로 해석되기도 했다. 전설에 의하면 사포는 아름다운 뱃사공 파온Phaon에 대한 사랑이 받아들여지지 않자 레브카스 섬의 바위에서 바다로 몸을 던져 죽었다. 그녀의 사랑은 운명에 흔들리지 않고 그 사랑의 고통을 신들의 찬가, 사랑의 노래에 남겼다.[146] 그녀의 이 같은 사랑의 "탄식"은 후에 이탈리아 여류시인 가스파라 스탐파와 포르투갈의 수녀 마리안나 알코포라도Marianna Alcoforado(1640~1723)의 위대한 사랑으로 이어진다. 이들은 자신을 버린 남자에 대한 절절한 사랑을 계속 간직함으로써 남자를 넘어서 사랑하는 여인으로 남을 수 있었다. 클레멘스 브렌타노의 여동생으로 낭만주의의 중요한 작가인 베티나 폰 아르님은 괴테에 대한 사랑으로 열정적인 편지를 그에게 보냈으나 괴테의 반응은 소극적이었고, 그녀의 사랑은 결국 거부되었다. 괴테가 죽은 후 베티나는 그 편지들을 1835년에《어린아이와 괴테의 서신교환Goethes Briefwechsel mit dem Kinde》이라는 제목으로 발표했다. 이런 베티나는 말테의 마음속에서 아벨로네와 합쳐졌다.[147] 이들은 모두가 이루어질 수 없는 사랑의 고통을 극복하고 시로 승화시킨 시인들이다. 또한 사람의 "고통이 가혹하고 준엄한 영광으로 변하여 더 이상 막을 수 없을 때까지 성장을 멈추지 않은"[148] 위대한 여인들로서, 그들은 자신들이 사랑하는 대상을 넘어서 사랑을 베푸는 위대한 존재들이다.[149] "삶이 운명보다 위대하기에 사랑하는 여인은 언제나 사랑받는 남자를 능가한다. 여인들이 베푸는 사랑의 헌신은 무한하다. 사랑의 헌신이 바로 이 여인들의 행복이다. 그래서 사랑의 헌신을 제한하라는 요구는 이 여인들의 사랑에 말할 수 없는 고통을 준다."[150]

그래서 이 여인들의 사랑은 연인과의 합일을 전제하지 않고 영속적이어야 하며, 사랑의 대상을 소유하거나 종속시키려 하지 않는다. 말테는 참된 사랑과 잘못된 사랑의 개념과 연관해서 사랑하는 것과 사랑받는 것을 구분한다. "사랑받는 것은 불타오르는 것이다. 사랑하는 것은 마르지 않는 기름으로 타오르며 빛을 내는 것이다. 사랑받는 것은 무상하지만, 사랑하는 것은 영원하다."[151] 다시 말해서 사랑받는 이는 사랑하는 이의 사랑에 의해 자신의 존재가 불태워지듯이, 그에게 종속되고 "무상한" 사랑의 대상으로 전락해 버리지만, 사랑하는 이의 사랑은 영원히 타오르는 빛처럼 사랑하는 대상을 넘어서 더욱 발전해간다. 릴케에 있어서 이것이 죽음을 초월한 '참된 사랑', 즉 '소유하지 않는 사랑'이다.

반면에 말테는 "사랑에 지쳐버린 줄리 레피나스" 그리고 "사랑의 쓸쓸한 전설이 되어버린 마리안느 드 클레몽"[152]같이 사랑을 끝까지 지키지 못하고 중간에 포기한 여인들의 비극적 존재를 '잘못된 사랑'의 예로서 열거하기도 한다. 대체적으로 사랑에는 상대방을 소유하려는 소유감정과 동시에 상대방에게 자기 자신을 의존하려는 종속감정이 공존한다. 정서면에서 볼 때 사랑의 소유감정은 그리움의 충족이며 동시에 종속감정은 고독의 해소라 할 수 있다. 소유와 종속형태로 이루어지는 사랑은 모두가 이기적 사랑이라 할 수 있다. 이런 사랑은 영속할 수 없다.《두이노의 비가》의 〈제4비가〉는 이것을 말한다.

갈등과 대립은 우리 곁에 있는 것. 사랑하는 사람들은
넓은 세계와 사냥과 고향을 굳게 언약하면서도
서로의 내면에서는 항상 벼랑 끝으로 다가서지 않는가.[153]
소유와 종속의 관계에 있는 사랑에는 "갈등과 대립"이 상존하며, 그런 사랑을 하는 사람들은 내면에서 "항상 벼랑 끝으로 다가선다." "벼랑 끝"이란 시공의 개념에서 볼 때 '끝'이나 '경계'를 뜻한다.[154] 잡고 잡히는 "사냥"에 비유된 사랑 역시 벼랑 끝까지 몰리게 된다. "고향"은 안식처로서 이런 사랑이 쉽게 안주할 수밖에 없는 보금자리이다.[155] 이런 의미에서 "넓은 세계", "사냥" 그리고 "고향"은 사랑의 파국에 대한 메타포이다. 따라서 이런 사랑은 릴케의 새로운 사랑의 개념에서 볼 때 당연히 거부될 수밖에 없는 사랑이다. 릴케에 의하면 사랑하는 주체와 객체가 소유와 종속관계에 있는 사랑은 잘못된 사랑이라는 것이다. 다시 말해서 소유하려고 객체에 집착하는 사랑이나 또는 주체를 포기하고 객체로 전락한 소극적 사랑은 잘못된 사랑이다.

그에게 참된 사랑이란 객체를 소유하고 속박하고 묶어두려는 사랑이 아니라, 객체를 주체로 대하고, 소유의 욕구에서 해방시키는 적극적인 사랑이다. 즉 참된 사랑은 베푸는 사랑, 희생적 사랑으로, 예수의 죽음이 상징하는 긴장과 고독의 사랑이다. 그런데 잘못된 사랑은 오랜 세월 동안 관습적으로 전래되어 오면서 그 고통이 우리에게 너무 심했기 때문에, 아무도 그 고통 없이는 소유하려는 사랑의 권리를 가질 수 없다. 이것은 산후열로 죽은 여류화가 베커의 죽음에 붙여 쓴 《진혼가》에서 강조되고 있다.

아무도 이 고통을 견딜 수 없다. 이 잘못된 사랑의 뒤엉킨 고통을.
그것은 우리에겐 너무 힘들다,
이 잘못된 사랑은 세월의 굴레와 관습에 기대어
스스로 권리를 내세우고 부당함을 먹이삼아 번성해 가노니
소유라는 권리를 가진 남자가 어디 있을까?
손으로 잡아둘 수 없는 것을, 어린애가 공놀이하듯 때때로
기쁘게 손에 잡혔다가 다시 위로 내던져지는 것을

어느 누가 소유할 수 있는가?[156]

참된 사랑은 '소유하지 않는 사랑'이라는 의미에서 볼 때, 고통은 '소유하려는 사랑'에 기초하고 있으며, 그 고통의 지속성은 현세를 넘어 내세에까지 이어진다. 인간의 삶에서 이루어질 수 없는 사랑보다 더 크고 오래 지속되는 고통은 없기 때문이다. 《두이노의 비가》의 〈제9비가〉에서 이것이 말해지고 있다.

우리는 저세상의 다른 관계 속으로
무엇을 가지고 갈 것인가?
(…)
우리가 갖고 가는 것은 고통이다.
무엇보다도 무거운 삶의 짐이다.
그렇다—사랑의 긴 경험을 가져간다.[157]

결국 인간이 "저세상의 다른 관계 속으로"까지 가져가는 것은 "고통"과 "무서운 삶의 짐"의 근원인 "사랑의 긴 경험"이다. 그러나 이 같은 사랑의 고통은 피안에서는 존재할 수 없기 때문에 차안에서 해결되어야 한다. 이로써 현세의 사랑은 죽음과의 관계에서 생각하게 된다.

릴케는 한 편지에서 죽음의 참뜻은 사랑의 본뜻에 깊숙이 내재하고 있다[158]고 밝혔다. 죽음은 "인간실존의 중심"[159]에 자리하고 있어서 한편으로 인간을 유한한 존재로 만들지만 다른 한편으로 인간을 영원한 삶으로 변용시키는 근원적 가능성으로 작용하기 때문에, 인간의 삶과 죽음은 변증법적 관계를 이룬다. 사랑의 주체도 인간이기 때문에 사랑과 죽음도 같은 변증법적 관계에서 설명될 수 있다. 인간은 끊임없는 소멸과 이별 속에 사는 까닭에 사랑 또한 영원한 것이 아니라 끊임없는 변화와 이별 속에서 이루어질 수밖에 없다. 그러니까 끊임없이 이별하는 사랑 속에서 사랑의 참다운 뜻을 깨닫게 될 때, 그 사랑은 참된 사랑일 수가 있다. 다시 말해서 인간의 삶이 죽음에 의해서 삶의 참뜻을 드러내는 것과 마찬가지로 사랑 또한 죽음을 받아들일 때 진정으로 완전한 사랑이 된다는 것이다. 죽음의 참뜻을 받아들이지 않는 한, 인간은 완전한 사랑을 체험할 수 없다. 인간의 삶이 현세에서 죽음을 통해서 변용할 수 있듯이, 인간의 완전한 사랑도 죽음의 의미를 인간 내면세계로 받아들임으로써 현세에서 실현될 수 있다. 이것은 변용의 주체가 사랑에 대해 인식해가는 과정에 다름없다. 인간은 이 인식과정을 통해서 비로소 '완전한 사랑에 이르는 길'을 알게 된다. 《말테의 수기》의 마지막 장인 〈돌아온 탕아의 이야기Die Geschichte des verlorenen Sohnes〉가 이 '길'을 문학적으로 짜임새 있고 의미 있게 형상화했다.

이 이야기에서는 인간이 겪는 사랑의 경험과 신의 사랑에 대한 테마가 비유적으로 전개되고, 《말테의 수기》의 전체 의미를 해명하는 열쇠를 제공한다. 여기에서 성서의 '돌아온 탕아'의 이야기가 "사랑받고 싶지 않은 이의 전설"[160]로서 이야기된다. 집안사람들의 지나친 사랑 속에서 이야기의 주인공인 소년은 자신이 "모두의 공유물과 같은 존재"[161]로, 즉 '사랑에 종속된 존재'가 되어 있음을 느낀다. 그는 다른 사람을 자신처럼 사랑받는 끔찍한 상태에 빠뜨리지 않기 위해 그 누구도 사랑하지 않겠다고 굳게 다짐한다. 설혹 그가 사랑할 때가 있을지라도 상대방의 자유를 제약할까봐 몹시 두려워했다.[162] 그래서 그는 가정과 주변세계의 배려를 버리려 했고, 자기 스스로 살아가려 했다. "그는 살아 있음을 사랑하는 것 외에는 아무것도 사랑하지 않았다."[163]

그는 객지에서 '소유 없는 사랑'을 얻으려고 집을 나간다. 아직 한 번도 존재하지 않았던 그의 삶이 전개되었다. 마침내 그는 '소유 없는 사랑'을 오랫동안 목동으로 지내는 동안에 깨닫게 된다. 더 이상 대상에 얽매이지 않은 '신에 대한 사랑'의 발견이다.

그러나 처음에 그가 신의 사랑을 깨닫기에는 그의 감정은 아득히 멀리 떨어져 있음을 알았다. 그는 "힘들고 괴롭게 사랑하는 법"을 배워가면서 그가 지금까지 실행해온 모든 사랑이 얼마나 잘못된 것인지도 알게 되었다. "그 몇 해 동안에 그의 안에서는 커다란 변화가 일어났다.""그는 내적 삶을 성취하는 데 몰두했다." 그에게서 새롭게 불타오르는 사랑이 그에게 마침내 유년시절을 상기시킨다. 말테가 기억하고 있는 어린이로서의 존재는 그에게는 "무한한 현실"로 남아 있기 때문이다. 그 내면으로부터 어린 시절에 잃어버린 것, 지금껏 알지 못한 것, 아직 행해지지 않은 것들이 그의 어린 시절의 고통으로 밀고나온다.[164] 어린 시절의 못 다한 추억이 미래의 일이 되었다. "이 모든 것을 다시 한번 그리고 이번에는 실제로 체험해보려는 것이 바로 소외되었던 그가 집으로 돌아온 이유이다."[165]

나이든 집안 어른들은 그를 용서의 표정으로 맞이한다. "그것은 사랑이었다." 그러나 돌아온 탕아는 이상한 몸짓으로 집안 식구들의 발밑에 몸을 던진다. 그것은 용서의 몸짓이 아니라 "더 이상 그를 사랑해주지 말기를 애원하며 간청하는 몸짓이었다.""그들이 베푸는 사랑이 그와는 아무런 관계가 없음을 매일 매일 더 많이 깨달았기 때문에" 그는 "해방감"을 느꼈을 것이다. 이제 집 나간 소년은 신에 대한 사랑이 사랑의 최고 형태임을 발견하고, 자신이 누구의 사랑도 미치지 못하는, 오직 한 분만이 사랑할 수 있는 존재가 되어 있음을 느꼈다. "그러나 그분은 그를 사랑하려 하지 않았다. (말테의 기록이 여기서 끝난다.)"[166] 이 이야기의 마지막 문장은 인간과 신에 대한 사랑의 문제를 열린 채 놓아두었다. 그러면서 릴케는 인간의 사랑이 여전히 신의 사랑을 받을 경지에 있지 못함을 경고하고, 완전한 사랑에 대한 성찰을 요구한다. 릴케의 문학을 지배하고 있는 불안과 죽음의 주 동기는 인간 자신의 충만한 삶의 전개를 위한 사랑의 변용이다. 이로써《말테의 수기》는 "고통과 죽음의 책"에서 "사랑의 책"으로 승화한다.[167]

가난

릴케에게 '가난'은 인간의 변용을 위해서 '사랑' 못지않게 중요한 의미를 가진다.《기도 시집》제3부의 제목 〈가난과 죽음의 서〉가 이것을 말해 준다. 여기서 가장 의미 있는 시구는 "가난한 자들은 가난하지 않습니다"이다.

가난한 자들은 가난하지 않습니다. 그들은 다만 부자가 아닐 뿐입니다.
그들에게는 의지도 거처할 세계도 없습니다.
그들은 마지막 불안의 표시를 지닌 채
그저 어디서나 시들고 보기 흉할 뿐입니다.
그들에게 도시의 온갖 먼지가 밀려오고
쓰레기란 쓰레기는 그들에게 매달립니다.
그들은 부스럼 환자의 침대처럼 배척당하고,
깨진 단지 조각처럼, 해골처럼
해 지난 달력처럼 버림을 받습니다.
그러나 당신의 대지가 고난에 빠질 때가 오면
대지는 그들을 장미사슬에 꿰어
부적처럼 몸에 지닐 것입니다.
그들은 순수한 보석보다 더 순수하기 때문입니다.

그리고 막 삶을 시작한 눈 못 뜬 짐승과도 같으며,

그리고 한없이 소박하며, 영원히 당신 것입니다.

그리고 아무것도 원치 않고 오직 한 가지만을 필요로 합니다.

지금 있는 그대로 가난하게 있게 해달라는 것입니다.

가난은 내면에서 나오는 위대한 광채이기 때문입니다.[168]

릴케에게 있어서 가난은 물질적 결핍상태가 아니라 인간 내면의 무소유상태를 의미한다. 이는 불교에서 요구하는 '욕망 버리기'와 '내면 비우기'에 비유될 수 있다. 릴케는 큰 도시들에서 경험할 수 있는 "부자"와 "빈자" 사이의 대립과 삶의 형태에 대해 강력히 비판하면서 인간이 품위를 상실하는 것을 비탄한다. 릴케의 견해에 의하면 빈자들과 부자들은 돈 때문에 모두가 그들의 인간성을 상실해 간다. 하지만 이때 차이가 나타나기 시작한다. 오늘날의 부자들에겐 아무런 희망도 기대할 수 없다는 것이다.[167] 부자들의 소유욕은 끝이 없고, 가까이 다가갈 수 있는 모든 것을 나의 것으로 소유하려 하기 때문이다. 그들은 "마치 야비한 사기꾼"처럼 "태양과 번개까지도 자기 것"이라고 말하고, 바람에 스치는 "나무"와 낯선 "집"은 물론, 아주 먼 곳에 있는 "군주를 자기 친구"라고 말한다.[170] 비록 외적으로 부유하게 보일지라도 부자들은 그들의 맹목적인 소유욕 때문에 인간적인 품위를 상실할 뿐만 아니라 정신적인 교양을 더 이상 추구하지 않는다. 부자들은 내면으로 부유하지 않다는 이유이다.

그러나 릴케는 인간개혁의 도덕적 조건으로서 가난을 예찬한다. 위에서 말했듯이 부자들이 부자가 아닌 것처럼, 가난한 자들은 다만 부자가 아닐 뿐, 결코 가난하지 않다. 인간은 스스로의 의지로 모든 소유의 욕망을 넘어서 오직 순수관계에 눈뜰 때, 비로소 내면의 자유를 얻을 수 있다고 릴케는 생각한다. 그들이 가난하면서도 개혁의 잠재력을 가지고 있는 이유는, 그들이 활동적이고 소유물이 없기 때문이다.[171] 부자들과는 달리 격식 없는 도시의 빈자들이 보잘것없는 죽음을 맞이한다 해도, 그들은 자신에게 대충 들어맞는 죽음이면 기뻐한다.[172] "쓰레기"처럼, "깨진 단지 조각처럼, 해골처럼, 해 지난 달력처럼" 버림받은 인간의 존재라 할지라도, 그들은 가난한 현존재에 만족할 줄 안다. 그래서 그들은 "순수한 보석보다 더 순수하고" 갓 태어난 짐승처럼 "한없이 소박하기" 때문에 그들에게 가난은 내면에서 나오는 위대한 광채가 된다. 릴케는 그들에게서 떠오르는 보다 좋은 미래에 대한 기대를 분명히 표현한다.

> 그들(가난한 사람들—필자 주)은 모든 종말을 넘어
> 그리고 의미를 상실한 영역을 넘어 계속해 살아남을 것입니다.
> 그리고 모든 계층과 모든 민족의 손이 지쳐 있을 때
> 마음껏 쉬고 난 손처럼 일어설 것입니다.[173]

가난한 자들이 '가난' 안에 있는 진정한 의미를 아직 인식하지 못했다 할지라도 그들에게는 오직 하나만의 인식이 필요할 뿐이다. 즉 가난한 현존재에 대한 내면의 만족과 그것에서 생기는 마음의 평화이다. 가난은 인간에게 소유의 욕망에서 벗어난 자유와 행복을 주는 근원이 된다. "마음이 가난한 자는 복이 있나니 하느님의 나라가 너희 것"(마태복음 5:3, 6:20)이라는 성서의 내용이 문학적 비유로 훌륭히 표현된 것이다. 결론적으로 릴케의 가난에 대한 생각은 한편으로는 이상적인 가난한 사람들을, 다른 한편으로는 현실 속에서 활동하는 무산계급자들을 찬양하는 것으로 귀결된다.

고통

삶과 죽음이 공존하는 현존재에서 삶을 긍정하는 수단으로 '고통Leid'은 중요한 의미를 가진다. "인생은 고통에서 양분을 얻고, 그래서 죽음의 잔도 행복하게 마신다"고 일찍이 횔더린은 그의 비극《엠페도클레스의 죽음Der Tod des Empedokles》에서 말했다.[174] 릴케의 작품들에서 삶과 죽음의 공존관계가 주제의 대부분을 이루지만, 삶의 문제를 다루기 위해 오히려 죽음의 문제가 더 큰 몫을 차지한다. 특히《두이노의 비가》의 〈제10비가〉에서 릴케는 죽음의 개념 발전에서 마지막 단계를 보여준다.[175] 어느 작품에서보다 〈제10비가〉에서 릴케는 인간의 현존재의 의미를 고통의 수용을 통해서 가장 깊이 있게 해설을 하고 있기 때문이다.

릴케는 고통과 연관해서 우리의 삶과 죽음의 진실한 규정과 기준을 인식하려 한다.《말테의 수기》에서는 '죽는 것' 또는 '죽는 과정'에서 죽음의 개념이 지배적으로 설명되고 있다면, 후기 작품에 오면서 하이데거가 말했듯이, 이미 죽음은 확고한 현존재의 현상이기 때문에, 죽음의 개념보다는 죽음의 생존형식으로서 사자와 죽음의 문제가 더욱 두드러지게 나타난다. 우선 릴케는《두이노의 비가》의 가장 중요한 마지막 장인 〈제10비가〉에서 현실세계와 사람들의 일상을 "고통의 도시"라는 풍자적 알레고리로 표현한다. 여기서 "고통은 시간처럼 어떤 지나가버리는 것만은 아니다. 오히려 어떤 지속되는 것, 그곳에서 우리가 머물러야 하는 어떤 것이다." 그래서 그것에 맞는 단어들의 연결이 이어진다. 고통은 "우리가 머물러야 하는 어떤 것"으로서, 삶의 "장소, 정착지, 잠자리, 토지이며 거처"이다. 즉 "꼼짝달싹 못하고 머물러 있는 장소, 방황하는 자가 자리 잡은 정착지, 그가 잠자는 잠자리, 열매가 자라나는 토지, 그가 삶의 지속적인 모습을 이루는 거처"이다.[176] 릴케는 그곳에서 사람들이 고통을 통해 삶의 가치를 찾지 못하고 "고통의 낭비자들"로 살아가는 것을 슬퍼한다.

우리, 고통의 낭비자들이여.
슬픔이 지속되는 가운데서도 우리는 행여 끝나지 않을까
기대하며 산다. 그러나 고통은
인동忍冬의 나뭇잎, 우리의 짙은 상록수,
마음속의 은밀한 세월의 어느 한 계절—아니 계절만이 아니다. —,
고통은 장소, 정착지, 잠자리, 토지이며 거처이다.[177]

릴케가 "고통의 도시"라고 풍자적으로 표현한 비가 속의 도시 풍경이
묘사된다. 대목장에 설치된 광고판을 넘어서면, 바로 "마지막 판자 울타
리"가 있고, 그 뒤에는 시장의 소음이 조용해지고 가상假想이 본질이 되는
다른 새로운 세계가 있다. "마지막 판자 울타리"는 삶과 죽음, 현실세계와
가상세계의 경계가 되고, 그 판자 뒤에는 현실세계와 다른 고통의 도시가
현실처럼 나타난다. 현실의 도시를 풍자한 고통의 도시는 사자들의 가상
적 영역으로 옮겨지고, 그 안의 도시풍경은 고통과 탄식의 경치로 이어진
다. 다시 말해서 죽음의 영역은 시인이 가상적으로 설정한 고통의 나라이
다. 시인에게 이 영역은 현세의 삶과 연관된 현실인 것이다. 때문에 시인
은 이 가상적 영역을 현실세계의 일상처럼 사실적으로 묘사한다. "아이들
은 놀고 있고, 연인들은 서로 끌어안는다. 사람들한테서 떨어져, 진지한
표정으로 초라한 풀밭에 앉아 있다. 그리고 개들도 자연 그대로이다."[178]
따라서 이 공간은 "차안과 피안, 삶과 죽음의 제거할 수 없는 일치", 즉
"존재의 전체성Die Ganzheit des Seins"이 인식될 뿐만 아니라 상징적·은유
적으로 형성되는 공간이다.[179] 그러나 이 공간에서 "사람들은 처음으로
죽음과 고통도 전체의 구성요소들이라는 끔찍한 인식에 도달한다."[180]
이어서 한 젊은 사자의 신화가 시작한다. 그는 탄식이란 이름의 여인
에 의해 '탄식의 나라'로 안내되고, 현실세계에서 죽음의 세계로 넘어간

다. "탄식은 '요정'이고 눈에서 나오는 울음 샘의 신령이다."[181] 그는 이곳에서 의인화된 탄식의 여인을 사랑하기에 그녀를 따라 죽음의 영역 안으로 조금 더 깊이 들어간다. 그때 그녀는 말한다. "멀어요. 우린 저 바깥쪽에 살고 있어요." 그 젊은 사자는 처음에 그녀를 따라가지만, 이내 그녀에게서 등을 돌린다. "따라간들 무엇 하랴? 그녀는 탄식인 것을." "다만 어려서 죽은 자들만이 탄식의 여인을 따라간다." 릴케가 여기서 말하는 "어려서 죽은 자들"이란 삶의 올바른 뜻을 알지도 또한 체험하지도 못한 채 일찍 요절한 사람들을 의미한다. 이들의 죽음은 릴케가 말하는 '온전한 죽음'이 아니고, '온전한 죽음'의 나라에도 소속될 수 없다. 그래서 '온전한 죽음'을 추구하는 젊은 사자는 탄식의 여인을 따라갈 수 없다. 죽음의 중간지대에 들어온 젊은 사자는 온전한 죽음의 나라에 다가가기 위해 탄식들이 살고 있는 골짜기에 이르자 한 나이든 탄식이 그를 안내하며 그에게 설명한다.

우리,
탄식인 우리는 한때 큰 종족을 이루고 있었어. 우리 조상들은
저기 큰 산에서 광산을 운영했었지. 사람들에게서
가끔 잘 연마된 태초의 고통덩어리나,
혹은 오래된 화산에서 흘러서 그대로 화석이 된 분노를 볼 거야.
그래, 그게 다 거기서 생겨난 것들이지. 한때 우리는 부자였어,—.
그리고 그를 가벼운 발걸음으로 탄식의 넓은 풍경 속으로 인도하면서
사원의 기둥들이나 혹은 저 성들의 폐허를 보여준다.
그곳에서 한때 탄식의 영주들이 그 나라를 슬기롭게 다스렸었지.[182]

고통의 본질에 대한 상상은 더욱 깊어진다. "고통은 현존재의 원석으

로 나타난다. 사자들 나라의 깊은 곳에 있는 '큰 산'은 고통의 원석이 되었다."[183] 시인은 죽음의 세계를 생명력이 넘치는 광산으로 비유했다. 나이든 탄식은 그에게 조상들이 광업을 운영했던 "탄식의 큰 종족"이었음을 말해준다. 탄식의 조상들은 저 큰 산속에서 채광을 업으로 삼고, 지하에서 "원초의 고통과 분노"를 캐냈다. "한때 우리는 부자였지"라고 그 나이든 탄식이 말하고, 그럼으로써 인간의 삶이 근원적으로 고통과 함께 시작했음을 암시한다. 여전히 인간에게 "가끔 잘 연마된 태초의 고통덩어리나, 혹은 오래된 화산에서 흘러서 그대로 화석이 된 분노"가 있기 때문에 인간은 그 광산을 떠나야 한다는 것을 나이든 탄식은 경고한다. 그러면서 그 나이든 탄식은 그를 계속해서 "더 넓은 탄식의 풍경" 속으로 안내한다. 거기엔 옛 사원의 기둥들과 성의 폐허가 보이고, "눈물의 나무들과 피어나는 우수의 들", "슬픔의 짐승들"과 "탄식 종족의 옛 조상들의 무덤"이 보인다. 나이든 탄식에 의해서 안내된 사자들의 나라는 젊은 사자에게 이집트 고적의 신비한 경치를 연상시킨다. 젊은 사자는 스핑크스의 얼굴 앞에서 '듣는 것'을 배운다. 지혜의 신 미네르바의 새인 '부엉이'가 스핑크스 왕관의 깃 뒤에서 날아오르면서, 청각과 시각을 통해서 경이로움을 보고 들을 수 있는 지혜와 능력을 그에게 가져다준다.

비록 젊은 사자가 고통과 탄식의 나라에서 온전한 죽음의 나라에 들어가지 못한 상태라 할지라도, 그는 그곳에서 객관적으로 현세에서 의식하지 못했던 세상의 허무를 관찰할 수 있고, 죽음의 뜻을 완전히 터득하지 못한 어설픈 죽음을 슬퍼할 수 있게 된다. 이제 그의 시선은 하늘을 향하고, 새롭게 고통 나라의 별들을 본다. 나이든 탄식은 인간과의 관계를 가진 모든 신비로운 별들의 이름을 조용히 부른다. "기수", "지팡이", "열매의 화환", "요람", "길", "불타는 책", "인형", "창문" 등. 남쪽 하늘에는 어머니를 의미하는 밝게 빛나는 M자가 빛나고 있다. 이렇게 해서 나이든 탄식은 젊은 사자의 희망(별은 희망을 상징한다—필자 주)이 현실세계에서 이루어질 것임을 암시해준다. 그럼으로써 젊은 사자는 삶과 죽음 사이에 존재하는 중간영역인 '고통의 나라'에서 현세에서 관찰하지 못했던 온전한 죽음에 대한 이상을 삶의 공간에서 실현할 수 있다는 가능성을 본다. 그래서 "젊은 사자는 떠나야 한다". 나이든 탄식은 그를 가장 깊은 "근원적 고통의 산들"로 둘러싸인 협곡 끝까지 데리고 간다. 젊은 사자는 외롭게 그곳으로 계속해서 걸어간다. 그곳에는 "기쁨의 샘"이 솟아난다. 그곳에서 고통의 나라는 기쁨의 나라로 넘어간다.

그러나 사자는 떠나야만 한다. 그리고 말없이 나이든 탄식은
그를 깊은 골짜기 끝에까지 데리고 간다.
그곳에는 달빛 속에 은은히 빛나는 것이 있으니,
기쁨의 샘이다. 경외심에 잠겨
탄식은 그 이름을 부르면서, 말한다.—인간의 세계에서는
이것은 생명을 잉태하는 흐름이지.
(…)
사자는 외로이 올라간다. 태곳적 고뇌의 산속으로,
소리 없는 운명에서는 그의 발걸음 소리 하나 안 울린다.

그러나 그들, 무한의 죽음 속으로 들어간 사자들이 하나의
비유를 일깨운다면,
보라, 그들은 아마도 앙상한 개암나무 가지에 매달린
겨울눈을 가리켰는지도 모른다. 아니면
이른 봄 어두운 대지에 내리는 비를 생각했을지도 모르지.[184]

릴케에게 있어서 삶과 죽음이 하나이듯이 슬픔과 기쁨도 하나이다. 그러기에 "기쁨의 샘" 역시 슬픔에서 나온다. "기쁨의 샘"이 있는 영역으로 들어간 사자들은 인간에게 현존재의 마지막 의미를 침묵 속에서, 그러나 오직 비유를 통해서 알려준다. 이른 봄, 아직 잎들이 없는 "앙상한 개암나무 가지"의 꽃눈은 피어오르지 않고 아래로 매달려 있다. 이 매달려 있는 것 또는 떨어지는 것은 슬픔의 모습이지만, 그것은 미래의 열매를 일깨운다. 또 다른 비유는 "이른 봄 어두운 대지에 내리는 비"이다. 비는 다시 대지의 어둠 속으로 가라앉는 것, 스며들어 사라지는 것이나, 대지에서는 미래의 씨앗이 싹터온다.[185] 릴케에게 있어서 죽음에 대한 핵심적인 '열매'의 비유가 다시 인용되고 있다. 이 비유는 이 비가의 마지막 절에서 절정에 이른다.

> 그리고 솟아오르는 행복을
> 생각하는 우리는
> 행복이 떨어질 때면
> 경악에 가까운
> 감동을 받으리라.[186]

여기서 인간의 행복은 꽃이 하늘을 향해 피어오르고 만발하는 개념과 연관된다. 그러나 그 꽃의 열매가, 즉 인간의 행복이 땅으로 떨어지는 반대되는 비유의 의미를 알게 된다면, 인간은 "경악에 가까운 감격"을 받게 될 것이다. 열매가 땅으로 떨어져 새 생명으로 싹트듯이, 행복이 땅으로 떨어지면서 새 행복을 탄생시키기 때문이며, 기쁨이 고통이 된다 해도 거기엔 새로운 기쁨이 있고, 생명이 죽는다 해도, 거기엔 죽음이 새로운 생명으로 긍정되기 때문이다. 〈제10비가〉에서 마침내 탄식과 환호는 균형을 이루고, 기쁨과 슬픔, 상승과 추락, 행복과 고통, 삶과 죽음의 대립적 구조는 은유적으로 짜임새 있는 신화적 비유에서 훌륭하게 종합되고 일치를 이루어 나타난다.[187]

이런 의미에서 고통의 나라는 삶과 죽음이 공존하는 시인의 내면세계이며 동시에 "세계내면공간"[188]이고, 온전한 삶뿐만 아니라 온전한 죽음을 이루는 터전인 것이다. 이때 죽음은 끊임없이 삶의 진상을 비춰줄 수 있고, 참된 삶의 의미를 밝혀내는 "생존의 거울"[189]이라 할 수 있다. 인간의 진정한 삶은 현세의 삶의 공간에서 이루어지지만, 그것은 죽음과 관련된 다른 세계에서 죽음의 참뜻을 알아차릴 때에야 비로소 이루어진다는 깊은 진리를 릴케는 우리에게 일깨워준다. 결국 릴케에게 있어서 인간의 내면세계는 '사랑'과 '가난'과 '고통'을 통해 현실에서 올바른 삶과 죽음이 구현되어야 할 변용의 공간이다. 이것은 또한 현실에 깊이 뿌리를 둔 릴케 휴머니즘의 터전이라 할 수 있다. 릴케가 추구하는 휴머니티의 핵심은 참된 삶의 실현을 보여주려는 고통의 발자취에 있다. 릴케는 자신의 휴머니즘을 출산의 산고를 겪는 "엄숙한 모성"에 비유한다. 기독교 사상이나 교리에 비판적인 릴케에게 모성이 위대한 것은 동정녀 마리아의 그리스도 출산과는 반대로 모든 여인들이 자궁에서 진통을 겪으며 죽을 수 있는 생명을 출산하기 때문이다. 즉 신이 아니라 인간의 출생이 찬미되고 있다. 인간은 고통의 산물이며, "인생의 고통에서 양분을 얻는다."

'고유한 죽음'의 꿈을 현세에서 실현할 수 있기 위해 인간은 그 "엄숙한 모성"을 마음속에 간직하기 위해 늘 깨어 있어야 한다. 《기도 시집》 제3부 '가난과 죽음의 서'의 시 〈마지막 징표를 우리에게〉에서 릴케는 진정으로 기원한다.

우리에게 이제 (모든 여인들의 진통 후에)

인류의 엄숙한 모성을 주십시오.

그대 위대한 보증자인 주여,

신을 낳은 여인의 꿈을 이루지 말게 하시고

중대한 자, 죽음을 낳는 자를 세워 주소서.

(…)

그는 비웃는 자들의 나라에서 일어설 것이며

꿈꾸는 자라 불리울 것입니다. 언제나

깨어 있는 자는 도취하여 꿈을 꾸는 사람이니까요.[190]

　　깨어 있는 자는 사물 이면의 보이지 않는 것을 깨닫는 자이다. 그 깨달음은 죽음을 내 안에서 싹터오는 존재로서, 영혼의 열매로서 마음속 깊이 품어야 한다는 것이다. 인생의 마지막 최고의 목적으로서 자신의 성숙한 죽음을 만들려는 의지는 삶을 성숙과 완성으로 만든다는 깨달음이다. 릴케는 이 깨달음에 이른 자만이 죽음의 참된 진리를 찾는 꿈에 도취할 수 있다고 본다. 이 도취 속에서 죽음은 "나의 종말에 있는 존재Am-Ende-Sein des Ich"이고, 경계가 없는 무한한 우주를 위해 열린 존재이며, 전체에서의 개체 해체이다. 이 죽음은 '불멸Unsterblichkeit'의 상징적 의미로 형성되었다.[191] 무상한 이곳에서 존재의 가치를 찾고 은밀한 죽음의 긍정에서 인생을 찬미하기 위해서 인간은 늘 깨어 있어야 한다. 릴케의 문학은 삶을 찬미하는 죽음의 노래인 것이다.

11장

삶의 친화력을 강조하는
근현대의 죽음

토마스 만의 죽음에 대한 생각은 모호한, 도취적, 아폴로적 인식 과정을 거쳐서 궁극적으로 삶과 죽음과 자연이 일치를 이루는 지고의 경지에서 삶의 친화력을 강조한다. 토마스 만 작품들의 대부분은 작가 자신의 전기이며, 내적 고백이라고 할 수 있다. 그의 작품의 주인공들은 대부분이 작가와 음악가이며, 그렇지 않은 경우 음악과 예술에 도취된 탐미주의자들이다. 그리고 그들은 대부분이 비극적인 종말을 맞는다.

토마스 만의 생애와
죽음에 대한 인식의 변화

문학작품들은 시간과 공간의 한계를 넘어 죽음의 문제를, 비록 작가의 철학과 이상에 따라 차이는 있다 해도, 언제나 중요한 동기로 다루고 있다. 토마스 만의 경우도 예외일 수 없다.

시인들은 늘 죽음과 친밀한 관계에 있다. 정말로 삶과 친밀한 자는 또한 죽음과 친밀한 자이기도 하기 때문이다. (⋯) 지상에서 죽음 없이 시를 쓰기란 어려웠을 것이다. 매일 슬픔과 동경에서 자신을 생각하지 않은 시인이 어디에 있을까.[1]

토마스 만의 말처럼 그의 작품을 대하면 사람들은 곧 죽음의 테마에 직면하게 되고, 여러 상이한 상황들에서 중심인물의 죽음을 연상케 하는 특징이나 동기가 나타나 있음을 알게 된다. 그러나 이들은 작가의 생애와 연관해서 생기는 죽음에 대한 생각의 변화와 발전에 따라서 형성되기 때

토마스 만(1871~1950)

문에, 작가의 생애에 대한 연구가 전제된다.

토마스 만은 1875년 6월 6일에 독일의 뤼베크Lübeck 시에서 태어났다. 그의 아버지는 큰 곡물상을 경영하는 상인이며, 뤼베크 시의 상원의원이기도 한 토마스 요한 하인리히 만Thomas Johann Heinrich Mann이다. 그의 어머니 율리아Julia (본명; 실비아 브룬스)는 브라질-독일계 출신으로 음악에 조예가 깊었다.

토마스 만은 4명의 형제자매가 있었다. 그의 형 하인리히 만Heinrich Mann(1871~1950)도 독일의 유명한 작가이다. 1877년에 태어난 그의 누이동생인 율리아Julia는 매우 소심했고, 뮌헨의 한 은행가와 결혼했으나, 그 결혼생활은 불행했다. 그 후에 그녀는 마약에 중독되었고, 1927년에 자살했다. 그의 막내 누이동생 카를라Carla는 여배우가 되었으나 성공하지 못했고, 그 스트레스로 1910년에 스스로 목숨을 거두었다. 남동생인 빅토르 Viktor는 그에게 큰 의미가 없었다. 1891년에 아버지가 세상을 떠나며 곡물상도 해체되었다. 이 일이 1901년에 쓰인 그의 저서 《부덴브로크가家의 사람들Buddenbrooks》의 탄생 배경이 되었다. 이 책으로 그는 작가로서 크게 성공하게 되었다. 아버지가 죽은 후, 토마스 만의 가족은 뮌헨으로 이사했고, 형 하인리히 만은 피셔 출판사Fischer Verlag에서 일하기 시작했다. 이에 토마스 만의 모든 작품들은 오늘날까지 피셔 출판사에서 출간되고 있다.

토마스 만은 세 번이나 유급된 후에 1894년에 19세의 나이로 아비투어를 마치지 못한 채 김나지움을 떠났다. 그는 2년을 더 뤼베크 시에 머물면서 보험회사의 실습생으로 일했다. 그는 이 시기에 집안의 회사를 매각한 돈을 매월 받았기 때문에, 정상적으로 일하러 갈 필요가 없었다. 1896년에서 1898년까지 2년 동안 그는 형 하인리히와 이탈리아에 머물렀고, 그 후 1898년부터 1899년까지 풍자적 잡지인《짐플리치시무스Simplicissimus》에서 일했다.

1905년에 토마스 만은 카타리나(카차) 프링스하임Katharina(Katja) Pringsheim과 결혼해서 1933년까지 뮌헨에서 살았다. 이 부부는 6명의 아이들을 나았다. 에리카Erika, 크라우스Klaus, 골로Golo, 모니카Monika, 엘리자베스Elisabeth와 미하엘Michael이다. 에리카는 여배우 겸 카바레 단원이 되었다. 크라우스는 작가가 되었다. 이 두 사람은 마약을 복용했고, 크라우스는 1949년에 칸느에서 삶을 거두었다. 골로는 유명한 사학자가, 그리고 엘리자베스는 캐나다에서 교수가 되었다. 미하엘은 음악가이며 학자로서의 직업을 가지려고 결심했다. 오직 모니카만이 이렇다 할 특별한 재능을 발휘하지 못했다. 1911년에 토마스, 카차 그리고 하인리히는 이탈리아를 여행했는데, 이 여행 후에 토마스 만의 소설《베니스에서의 죽음Der Tod in Venedig》(1912)이 탄생했다. 1929년에 토마스 만은 그의 소설《부덴브로크가의 사람들》로 노벨문학상을 수상했다.

1933년 1월 30일에 총통에 취임한 아돌프 히틀러는 나치에 협조하지 않는 작가들에게 박해를 가하기 시작했고 작가들은 망명의 길을 떠났다. 토마스 만의 집은 샅샅이 수색당했고, 재산의 대부분이 몰수당했다. 바그너 사후 50주년인 1933년 2월 10일에 토마스 만은 뮌헨 대학에서 《리하르트 바그너의 고뇌와 위대성Leiden und Größe Richard Wagners》이란 제목으로 연설했고, 그의 가족은 그 다음날 망명 길에 올랐다. 그는 암스테르담, 파리를 거쳐 1938년까지 취리히 호반의 퀴스나하트에 머물렀다. 1936년에 그는 나치정권에 의해서 독일 시민권과 본 대학의 박사학위를 박탈당한 후에 체코슬로바키아의 시민권을 얻었고, 계속해서 스위스에서 살았다. 만은 1938년에 프린스턴과 뉴저지 대학의 객원교수로서 미국으로 이주했다.

1946년에 토마스 만은 폐암수술을 받았으나 잘 극복했다. 1950년에 그의 형 하인리히 만이 죽었는데, 그가 1년 전에 그의 장남을 잃었기 때문에 형의 죽음은 그에게 큰 충격이었다. 1952년에 그는 미국을 떠났고, 1954년에 토마스 만은 스위스의 킬리베르크에 정주했다. 이 시기에 그는 전 세계로부터 매우 많은 존경을 받았다. 토마스 만은 80세가 되는 생일인 1955년 6월 6일에 왼쪽 발에 발병한 정맥염으로 인한 심한 통증을 호소했다. 혈전증을 성공적으로 치료했으나 그는 8월 12일에 혼수상태에 빠졌고, 그날 저녁에 사망했다. 그는 킬리베르크의 공동묘지에 안치되었다.

토마스 만의 중요한 문학작품들은 다음과 같다.

《행복에의 의지Der Wille zum Glück》(1896), 《어릿광대Der Bajazzo》(1897), 《키 작은 프리데만 씨Der kleine Herr Friedemann》(1898), 《부덴브로크가의 사람들》(1901), 《토니오 크뢰거Tonio Kröger》(1903), 《트리스탄Tristan》(1903), 《태공전하Königliche Hoheit》(1909), 《베니스에서의 죽음Der Tod in Venedig》(1912), 《마의 산Der Zauberberg》(1924), 《요셉과 그의 형제들Joseph und seine Brüder》(1933~1943), 《마리오와 마술사Mario und der Zauberer》(1930), 《바이마

르에서의 로테Lotte in Weimar》(1939),《파우스트 박사. 독일 작곡가 아드리안 레버퀸의 생애, 한 친구에 의한 서술Doktor Faust. Das Leben des deutschen Tonsetzers Adrian Leberkühn, erzählt von einem Freunde》(1947, 이하《파우스트 박사》로 표기함),《선택된 자Der Erwählte》(1948),《속은 여자Die Betrogene》(1953),《사기꾼 펠릭스 크룰의 고백Die Bekenntnisse des Hochstaplers Felix Krull》(1954) 그 외에도 수많은 논문과 에세이 그리고 강연, 대담, 방송 등의 모음집이 있다.

토마스 만은 독일의 근대 소설을 세계적 수준으로 끌어올린 20세기 초의 가장 위대한 독일 소설가이다. 그의 문학적 재능과 위대성은 1929년에 노벨문학상을 수상했다는 사실에서 뿐만 아니라, 그가 직접 겪었던 두 번의 세계전쟁의 소용돌이 속에서 온갖 박해와 폭력에 굴하지 않고 현실의 비참함과 시민의 고뇌를 인간애를 통해서 극복하도록 문학작품을 통해서 노력했다는 데에서 증명되고 있다.

토마스 만의 작품들은 전반적으로 삶의 고백이자 자기표현이라고 할 수 있다. 그는 자기 가정의 몰락과 가까운 가족들의 죽음을 경험했고, 나아가 큰 전쟁에 의한 비참한 죽음을 체험했다. 이런 요인들은 그의 문학 속에서 죽음에 대한 넓은 공간을 부여하고, 그의 문학을 어둡게 형성했다. 그러면서도 토마스 만은 일찍이 낭만주의에서 죽음과의 영적 교감을 인식했고, 해서 삶보다 죽음을 찬미하고 죽음의 심연 속으로 빠져드는 것이 얼마나 위험한가를 지적했다.[2] 사실 토마스 만처럼 20세기 초에 인간적인 것과 죽음과의 영적 교감에 대해서 문학으로 표현하려고 애쓴 작가는 드물었다.

삶과 죽음이 모순된 대립을 이루고 있듯이, 그가 평생 동안 추구해온 전체 문학의 공통적인 주제는 감정과 이성, 예술과 삶, 현실과 이상, 시민과 예술가, 육체와 정신의 모순된 두 세계의 대립이라 할 수 있다. 다시 말해서 토마스 만의 작품과 생애는 양극적 갈등으로 점철되어 있다. 그러나 그는 괴테를 상반된 이원성을 극복한 대표적인 인물로 보았다. 또한 괴테의 조화적 세계관에서 두 세계의 대립과 갈등을 노력으로 극복해가면서 휴머니즘을 통해 균형과 조화를 이루는 내면의 발전과정을 보았다. 괴테가 그러했듯이, 그의 생애는 대립에서 화해로, 갈등에서 조화로 찾아가는 내적 변화과정이라 할 수 있다. 그의 문학작품은 바로 이 내적 변화과정의 산물이며, 따라서 삶과 죽음의 관계에 대한 토마스 만의 생각 역시 이 변화와 함께 발전한다.

이 변화는 토마스 만의 타고난 본성에서 출발한다. 토마스 만은 부와 명예를 가진 도시귀족이며 무엇보다도 명예를 중시하고 사색적이며 내성적인 성격을 가진 아버지로부터 이성과 도덕적 기질을 물려받았고, 북쪽의 뤼베크 시에서 시민계급의 도덕과 근면성에 뿌리를 둔 경건한 시민성을 알게 되었다. 반면에 그는 음악적 재능이 뛰어나고 낭만적인 기질과 정열적이고 쾌활한 성격을 지닌 어머니로부터 남쪽의 정열과 문학과 음악에 대한 감수성과 재능을 물려받았다. 토마스 만의 음악적 감수성과 작가적 재능은 그로 하여금 자신의 행복을 시민의 직업세계에서 찾게 하지 않고 예술의 세계에서 찾도록 했다. 한편으로 그는 예술가로서의 자유로운 삶을 살지만, 다른 한편으로 시민사회에서 고립된 존재로 살 수밖에 없었다. 토마스 만의 자서전이라 할 수 있는 초기 작품인《토니오 크뢰거》에서 토니오의 여자 친구이며 뮌헨의 화가인 리자베타 아바노브나는 뤼베크에서의 시민적 삶에서 벗어나 뮌헨에서의 예술세계로 들어선 작가 토니오 크뢰거를 "길 잃은 시민"으로 규정한다.

당신은 그릇된 길에 접어든 시민입니다. 토니오 크뢰거 씨—길 잃은 시민이지요.[3]

그리고 토니오 크뢰거는 리자베타에게 어느 세계에도 안주할 수 없는 존재의 고통에 대해서 호소한다.

나는 두 세계 사이에 서 있어서, 그 어느 세계에도 안주할 수 없습니다. 그래서 견디기가 좀 어렵습니다.[4]

토마스 만에게 초기의 창작 시기는 갈등과 고뇌의 시기였다. 초기의 소설들에서, 예를 들어 《부덴브로크가의 사람들》에서 주인공인 하노의 아버지 토마스는 치통으로 갑자기 죽고, 그의 아들 하노도 장티푸스로 죽는다. 작품의 주인공들은 어느 세계에도 예속되지 못한 채 해결을 찾지 못하고 파멸하고 만다. 그들은 나약한 예술의 세계 속에서 활기에 찬 삶 속으로 뛰어들기를 갈구하나 결국은 죽고 만다. 그들의 죽음은, 비록 비판적 상징성을 지니고 있다 해도, 시민성과 예술성 사이에서 아직 자신의 정체성을 찾지 못한 내면의 갈등과 고뇌에 의한 것이라 할 수 있다. 즉 그들의 죽음은 내면의 갈등과 고뇌로부터의 해방일 뿐, 삶에 대한 긍정도, 죽음에 대한 긍정도 없는 모호한 죽음이다. 그래서 그들의 죽음은 깊고 완전한 삶을 파악하게 하며, 나아가 죽음을 신성하게 삶 속으로 받아들이는 데에 아직 미숙한, 다시 말해서 삶의 의욕을 완전히 상실한 자들의 죽음인 것이다.[5]

스스로를 남국과 북국의 "혼혈" 예술가로 느끼는 토마스 만은 자신의 내면에서 자신을 시민성과 예술성의 어느 한쪽으로 몰입하게 하는 "엄청난 가능성"과 동시에 "엄청난 위험성"[6]을 보았다. 즉 삶과 정신, 시민과 예술가 사이의 균형은 어느 일방적인 치우침으로 말미암아 쉽게 파괴될 수 있다는 것이다. 후일의 소설 《베니스에서의 죽음》(1912)에서 탐미주의에 빠져서 예술을 위하여 삶을 단념하는 순수한 작가 구스타프 폰 아셴바하에게서 이러한 "가능성"과 "위험성들"은 매우 심화되어 표현되고 있다. 아셴바하는 베니스에서 타치오Tazio라는 미소년으로 상징화된 미의 매력에 완전히 포로가 되어 그 당시에 만연된 콜레라에 의한 죽음을 예감하면서도 끝내 그곳을 떠나지 못하고 정염과 고뇌 속에서 그대로 죽고 만다. 이것은 오직 예술세계에만 심취된 디오니소스적 죽음에 다름 아니다. 아셴바하의 죽음은 삶과 예술의 균형과 조화를 상실하고 일방적으로 예술에만 빠져들 때 예술가는 파멸에 이른다는 토마스 만의 자기각성과 경고이다.

1870년 이후 급속한 산업화와 경제부흥, 경제공황과 프롤레타리아 혁명의 승리로 인한 노동자 계급의 출현 등은 독일의 지배적인 시민계층의 붕괴위기를 초래했고. 이 위기의식과 시민사회에서 격리된 예술가의 고독 사이에서 생기는 토마스 만의 내면적 갈등은 더욱 심화되었다. 특히 토마스 만의 초기작품들은 대개 이 같은 파멸과 붕괴에 대한 불안감으로 일관되어 있다. 그가 망명길에 오른 1933년까지 약 20년간은 이 대립의 극복을 위해 끈질기게 노력한 시기였다.

토마스 만은 일찍이 자신의 소설《토니오 크뢰거》에서 처음으로 이 두 세계의 대립 관계가 조화로 발전할 수 있는 가능성을 보여주었다. 이 소설에서 토니오는 시를 쓰는 예술가로서 일상적 삶을 회피하면서도, 다른 한편으로 그 회피를 삶에 대한 배반으로 생각하고 자신의 순수하지 못한 양심을 자책하는 예술가의 모습으로 등장한다. 이것은 토마스 만 자신의 예술가상에 대한 고백이라 할 수 있다. 토니오는 사랑하는 리자베타와 대화를 나눌 때 그의 고향이 있는 '북쪽'으로 여행할 것을 결심한다. "고향으로의 여행은 '삶' 속으로, '일상의 기쁨'으로 돌아가려는 시도이다."[7] 그리고 그는 리자베타에게 편지로 더 좋은 미래에 대한 희망과 그리고 일상적인 사람들과 삶에 대한 사랑을 약속한다.[8] 이 약속은 인간과 삶을 경멸하는, 오만하고 격리된 그 세기의 예술가들과는 달리 시민적 사랑으로 '인간적인' 세계를 그려보겠다는 예술가의 욕구이다. 그러나 이 욕구를 실현할 수 있는 시민성과 삶에 대한 사랑은 그 당시에 아직도 그에겐 충분한 것이 못 되었다.

토마스 만은《베니스에서의 죽음》에 이어《마의 산》(1913~1924)을 12년에 걸쳐 완성한다. 그는 이 소설에서 위에서 언급된 두 세계의 대립이 화해에 이르는 자아 찾기의 발전과정을 변증법적으로 다루고 있다. 그는 《마의 산》을 발표한 다음 해에, 그러니까 그의 50회 생일 연설에서 이 과정을 우회적으로 표현하면서 삶과 예술에 대한 균형 있는 사랑을 강조하고 있다.

> 내 작품은 죽음과 결부되어 있고 죽음에 대해 알고 있지만, 삶에 대해 호의를 가지려 합니다. 삶에 대해 우호적인 방식에는 두 가지가 있습니다. 죽음에 대해 전혀 알지 못한 채 다만 단순하고 소박한 것이 그 하나이고, 죽음에 대해 알고 있는 것이 다른 하나입니다. (…) 그것은 예술가나 시인, 작가가 갖는 삶에 대한 우호성입니다.[9]

이 소설에서는 병과 죽음에 파멸되는 예술가 정신과 활력에 넘치고 삶을 즐기는 시민세계의 육체성 사이의 갈등이 주제를 이루고 있다. 실제로 1921년에 토마스 만의 부인이 폐병으로 스위스의 다보스 요양원에 입원했다. 이때 토마스 만 자신도 폐가 나쁘다는 사실을 알게 되었고, 이것이 동기가 되어《마의 산》을 썼다.

함부르크 출신의 젊은 엔지니어인 한스 카스토르프는 폐병으로 요양 중인 사촌 요아힘을 방문하기 위해서 저지대에서 폐결핵요양소가 있는 고산지대로 간다. 그는 그곳에서 병들고 속이 텅 빈 인간 사회 속에서 1차 세계대전이 일어나기까지 7년을 보낸다. 그 후 그는 평지로 내려와서 전쟁에 참가해서 전사한다. 폐병환자 요양원이 있는 마의 산은 삶의 의미를 망각하게 하는 음울한 병든 세계를 상징한다. 반면에 그가 산을 내려와 참전하는 것은 세속적이지만 생명력 있는 세상으로 내려오는 것을 의미한다.《토니오 크뢰거》와《부덴브로크가의 사람들》등의 초기작품에서 상이한 두 세계의 갈등과 고뇌에 처해 있었던 토마스 만은《마의 산》에서 생을 긍정적으로 받아들이는 성숙기에 들어가며, 문학의 전환점과 절정을 동시에 이룬다. 이는 토마스 만의 생애와 발전 과정에 있어서 초기의 시민성과 예술성 사이에 있었던 갈등을 극복하고 조화로 가는 전향을 의미한다. 한스 카스토르프는 요양소의 병든 세계에서 병과 죽음의 관계를 이해하고, 죽음은 "독창적인 원칙"을, 그것도 "교육적인 원칙"을 가지고 있음을 깨닫는다. "죽음에 대한 사랑은 삶의 사랑으로, 인간의 사랑으로 이어지기 때문이다."[10] 이로써 한스 카스토르프의 죽음은 아셴바하의 죽음이 '디오니소스적'인 것과는 달리 '아폴로적'이라 할 수 있다.

토마스 만이《마의 산》에서 드디어 삶과 예술 사이의 대립된 두 세계의 갈등을 극복하고 균형과 조화를 이루었다면, 그리고 동시에 붕괴 직전에 있는 시민계급의 안일을 고발하고 세기 말 유럽시민사회의 붕괴과정을 명료하게 표현했다면, 그의 문학은 이제 나치의 파시즘의 잔혹성에 대항하기 위해 인도주의적인 본질 위에서 새롭게 모색되었다. 이제 토마스 만 문학의 대립적 갈등구조는 독일과 유럽을 넘어서 범세계적인 고뇌로 확대되고, 이 고뇌는 인간애로 승화된다. 이렇게 해서 성숙한 노년기의 작품《파우스트 박사》(1943~1947)가 나왔다. 토마스 만은 전쟁 중에 이 소설을 쓰기 시작했다. 나치정권에서 망명한 그는 전쟁을 일으킨 독일의 만행과 그것에 대한 전 세계의 증오에 대한 해명을 작가적 소명감으로 생각하고, 독일과 독일의 운명을 아드리안 레버퀸이란 음악가의 비극적인 생애를 통해 비유적으로 해명하려고 했다. 여기에는 한 시대의 역사적 범죄를 독일인의 본성 그 자체로부터 해명하려는 작가로서의 고뇌가 깃들어 있다.

파우스트 민중본과 괴테의 《파우스트의 비극》에서 파우스트는 생명과 생성의 근원에 대한 인식을 위해 자신의 생명을 걸고 악마와 계약한다. 이 같은 파우스트 상은 독일적 인간을 대표하고 독일정신을 상징하게 되었다. 그래서 히틀러는 파우스트정신을 자신의 전쟁을 이념적으로 승화시키기 위한 수단으로 사용할 수 있었다. 하지만 토마스 만은 이 계약을 자신의 소설에 달리 수용한다. 레버퀸은 자신의 음악을 위해 악마와 계약을 맺는다. 독일인은 음악을 통해서 가장 큰 업적을 남겼고, 해서 독일인의 가장 깊은 본성은 모든 예술 중에 가장 내면적인 음악과 친화적인 관계에 있기 때문이다.[11] 그래서 파우스트로 비유된 음악가 레버퀸의 생애는 결코 민중본과 괴테의 파우스트의 단순한 모상이 아니라, 시대를 초월해서 독일과 독일인의 본질에 내재해 있는 문제와 위험성을 상징한다. 일찍이 토마스 만은 바그너의 음악에는 너무나 많은 히틀러가 잠복해 있음을 지적하고 있다.[12] 창작을 위해 악마와 계약까지 한 레버퀸의 음악에 대한 광기는 나치의 열광으로 빠져드는 독일의 운명과 대비되었고, 그의 비극적인 최후는 독일의 비극적인 멸망과 비유되고 있다. 레버퀸은 자신의 작품을 연주하기 위해서 그의 친구들을 소집하고, 연주 중에 쓰러지면서 기원한다.

내 친구여, 내 조국이여, 그대들의 가련한 영혼에 하느님이 긍휼을 베푸소서.[13]

토마스 만은 이 작품에서 독일과 독일시민에 대한, 더 나아가 세계와 세계인에 대한 사랑과 구원을 레버퀸의 죽음을 통해서 호소한다. 이런 의미에서 레버퀸의 죽음은 초인적이고 초월적이다.

토마스 만의 마지막 이야기《속은 여자》(1953)는 토마스 만의 죽음에 대한 생각이 삶의 친화력으로 승화하는 가장 성숙된 경지를 보여준다. 이 이야기의 여 주인공인 과부 로잘리 폰 튐러의 죽음은《베니스에서의 죽음》에서의 아셴바하의 죽음과 반대를 이룬다. 이 두 작품에서 사랑은 똑같이 주인공들을 죽음에 빠뜨리는 역할을 한다. 아셴바하는 도취적인 사랑에서 해방되기 위해 죽음을 택한다. 그러나 로잘리는 근본적으로 삶과 사랑에 긍정적이다. 그녀는 아들 에드와르트의 영어가정교사인 20세의 미국인 켄 케아톤과 사랑에 빠지고, 그 사랑은 그녀의 삶에 대한 의욕을 강화한다. 갱년기의 그녀는 폐경 후에 갑자기 다시 시작한 월경을 이 사랑이 주는 여성성의 회춘으로 잘못 생각한다. 그러나 그것은 자궁암에 의한 출혈이다. 로잘리는 자신의 증상을 병으로 인식하지 못하고 자연의 섭리로 오해한다. 그녀의 삶에는 죽음이 존재하지 않는다. 그녀는 자연을 사랑하지만, 자연을 삶과 죽음의 순환으로 보지 않고, 오직 "죽음과 어떤 관계도 갖지 않은 감정이 풍부한 삶의 친구"[14]로만 관찰한다. 겨울 없이 봄이 올 수 없듯이, 죽음은 그녀에게 부활과 사랑의 기쁨을 주기 때문에 "선이고 은혜"인 것이다. 그래서 "로잘리는 그녀를 아는 모든 사람들의 애도 속에서 평화로운 죽음을 맞이했다."[15] 비록 그녀가 자연을 잘못 인식했다 할지라도, 그녀는 자연과 화해하고 사랑했음을 임종 직전에 그녀의 딸 안나에게 속삭인다.

안나야, 자연의 기만과 경멸적인 잔인성에 대해서 말하지 말거라. 내가 그리하지 않듯이, 자연을 비난하지 마라. 나는 너희에게서, 봄을 가진 삶에서 떠나고 싶지 않단다. 하지만 죽음 없이 어찌 봄이 있겠니? 그러니 죽음이 분명코 삶의 위대한 수단이라면, 그리고 죽음이 나에게 부활과 사랑의 환락에 대한 모습을 주었다면, 그것은 기만이 아니라 선이고 은혜였단다. (…) 자연을—나는 언제나 사랑했단다. 그리고 사랑을—자연은 그의 아이들에게 베풀었단다.[16]

토마스 만의 죽음에 대한 생각은 모호한, 도취적 그리고 아폴로적 인식과정을 거쳐서 궁극적으로 삶과 죽음과 자연이 일치를 이루는 지고의 경지에서 삶의 친화력을 강조하기에 이른다. 이미 서두에서 밝혔듯이, 토마스 만 작품들의 대부분은 작가 자신의 전기이며 내적 고백이라고 할 수 있다. 그의 작품의 주인공들은 대부분이 작가와 음악가이며, 그렇지 않을 경우 음악과 예술에 도취된 탐미주의자들이다. 그리고 그들은 대부분이 비극적인 종말을 맞는다. 이 비극적 종말은, 토마스 만의 대표적인 장편소설이라 할 수 있는《부덴브로크가의 사람들》,《베니스에서의 죽음》,《마의 산》, 그리고《파우스트 박사》에서처럼 병과 예술의 불가분한 관계에서 이루어지지만, 그것은 발전해가는 작가의 이념과 이상에 따라서 변화되어 나타날 수밖에 없다. 지금까지 토마스 만의 생애와 더불어 발전해 간 죽음에 대한 생각의 변화과정이 대략적으로 설명되었지만, 그의 작품들을 통한 보다 더 자세한 설명이 요구된다.

사회 비판적 모호한 죽음
초기 단편들과 《부덴브로크가의 사람들》

토마스 만의 작품들에서 죽음은 그의 문학적 이념과 세계관의 변화에 따라 다른 의미를 지닌다. 1924년에 쓴 《마의 산》은 이 변화의 전환점을 이룬다. 이 작품이 나온 해가 토마스 만 생애의 중반이듯이, 《마의 산》 역시 문학적으로 그의 작품들의 분기점을 이룬다. 즉 《마의 산》을 중심으로 해서 죽음의 생각에도 변화가 일어난다. 《마의 산》 이전의 작품들을 초기의 작품들이라고 할 때, 《키 작은 프리데만 씨》(1897), 《행복에의 의지Der Wille zum Glück》(1896), 《트리스탄》(1903), 《어릿광대》(1897), 《토니오 크뢰거》(1903)의 단편들과 장편소설인 《부덴브로크가의 사람들 — 한 가정의 몰락》(1901)이 이에 속한다. 《베니스에서의 죽음》(1912)은 《마의 산》에 이르는 교량적 의미에서 중요하다.

이 작품들에서 죽음은 대부분이 시민성과 예술성 사이에서 겪어야 하는 내적 파열의 결과로 나타난다. 《마의 산》에서 비로소 내면의 갈등은 조화로, 죽음에 대한 사랑은 삶의 사랑으로, 인간의 사랑으로 승화되는 변화가 나타난다. 그래서《마의 산》이전의 초기작품들에서 죽음은 현실의 고통으로부터의 해방 내지 구원의 의미를 지니지만, "깊고 완전한 삶을 파악하기 위해 죽음을 삶 속으로 받아들이는 데에는 아직 미숙한 죽음이다."[17]

　토마스 만이 23세 때 발표해서 유명해진《키 작은 프리데만 씨》는 주인공 프리데만의 종말을 다루고 있다. 그는 어릴 적 불의의 사고로 불구자가 된 고뇌와 비애의 현실 속에서도 자기만족을 찾아 살아간다. 그러나 그는 갑자기 나타난 아름다운 부인 게르다 폰 린링겐Gerda von Rinnlingen을 사랑하게 되며 이성과 육체적 충동 사이에서 죽음을 선택하게 된다. 게르다가 그의 사랑을 거절하고 그를 땅바닥에 내동댕이치자 프리데만은 물속으로 기어가서 익사한다. 그는 에로스와 섹스를 아마도 승화된 형태로 마음속에 품었다. 그래서 죽음을 소위 니체가 주장한 '아폴로적apollinisch' 개념이나 '디오니소스적dionysisch' 개념에서 볼 때, 그의 죽음은 우선 디오니소스적 에로스의 고통에서 아폴로적 평온의 영역으로의 해방이라 할 수 있다. 그런데 매우 탐욕적인 게르다 앞에서 프리데만의 감정은 허물어지고, 그의 이성은 압도당했다. 게르다에게는 우스운 난쟁이에 불과한 프리데만은 그의 열망이 이루어질 수 없는 극도로 격앙된 감정 상태에서 파멸되고 만다. 마지막 장면에서 시사하고 있는 그의 죽음은 결코 '아폴로적인 것'으로의 해방이 아니라 오히려 난쟁이 프리데만의 더욱 심화된 "디오니스적"인 것의 승리를 말해준다.

　이 작품보다 1년 먼저 토마스 만이 편집을 맡아보았던《짐플리치시무스》지에 발표한《행복에의 의지》의 주인공인 파올로는 어릴 적부터 심장병을 앓고 있는 화가이다. 그는 결혼할 수 없는 건강상태임에도 불구하고 프리데만 씨와는 달리 불굴의 정신과 의지로 애인과 결혼하는데 성공한다. 그러나 그의 정신과 육체는 "신혼 첫날밤"에 파멸되고 만다. 화자話者

로 등장한 파울로의 친구는 그의 죽음을 이렇게 묘사한다.

그것은 그럴 수밖에 없었다. 그가 그토록 오랫동안 죽음을 억제할 수 있었던 것, 그것은 의지, 행복에의 의지, 오로지 그 힘 때문이 아니었을까? 행복에의 의지가 충족되었을 때 그는 투쟁도 저항도 할 수 없이 죽어야만 했다. 그는 더 이상 살아야 할 구실이 없었던 것이다.[18]

《마의 산》의 동기를 선취한 단편 《트리스탄》은 이 상반된 두 세계가 두 명의 인물로 표현되고 있다는 점에서 위의 작품들과 다르다. 이 작품은 바그너의 음악극 《트리스탄과 이졸데Tristan und Isolde》를 모티브로 삼고 있다. 도매상인 클뢰터얀의 부인 가브리엘레 에크호프가 어느 날 폐결핵 환자들을 위한 아인프리트 요양원에 도착한다. 그 요양원에 묵고 있는 작가인 데틀레프 슈피넬은 곧 그녀를 사랑하게 된다. 슈피넬은 요양원 손님들이 소풍을 떠난 어느 날 클뢰터얀 부인에게 바그너의 《트리스탄과 이졸데》를 연주해줄 것을 부탁하고 그 부인은 그를 위해 연주한다. 신비스런 죽음의 예감을 떠돌게 하는 바그너 음악의 낭만성은 폐병을 앓고 있는 환자에게는 치명적인 흥분제로 작용해서 그 병든 부인은 죽게 된다.

클뢰터얀은 부인의 "아름다운 죽음"을 보고도 "아무런 경외심이나 부끄러움도 느끼지 못한다." 슈피넬은 그런 남편을 "천박한 식도락가"이자 "아무 생각이 없는 부류"라고 힐난한다.[19] 그러나 그는 부인이 위독해지자 달려온 클뢰터얀과 그의 아들 안톤을 보고 도망쳐 버린다. 무력하고 야비한 작가 슈피넬의 탐미주의, 예술과는 아무 상관없이 둔감하게 현실을 살아가는 대 상인 클뢰터얀의 어리석음 그리고 그의 부인을 죽음으로 끌고 간 바그너의 《트리스탄과 이졸데》가 상호 작용한다. 토마스 만은 슈피넬를 통해서 실용적이고 시민적인 한 가정의 종말을 사라지는 바이올린 소리에, 다시 말해서 클뢰터얀 부인의 죽음에 비유해서 말한다.

이미 너무 지치고, 행동과 삶을 감당하기엔 너무나 고결한 오랜 가문이 그 수명을 다하고 있었던 것입니다. 그리고 그 가문의 마지막 모습을 드러낸 것은 예술의 소리를 통해서였습니다. 몇 마디의 바이올린 소리, 그것은 죽음이 임박했음을 아는 슬픔으로 가득 차 있었습니다.[20]

단편집《키 작은 프리데만 씨》에 수록되어 있는 작품《어릿광대》에서 어릿광대는 토마스 만이 삶과 예술의 어느 세계에도 속하지 못한 채 그 중간에서 방황했던 자신의 예술가 기질을 희화화한 모습이다. 뤼베크 시에서 토마스 만이 체험한 시민성이라는 것은 시민계급이 도덕적이고 근면하지만 동시에 고루하고 편협한 속물근성을 가지고 있는 긍정과 부정의 양면성을 가지고 있다. 마찬가지로 예술성이라는 것 역시 탐미주의의 속성에 빠져서 뮌헨의 보헤미안들의 기질처럼 예술의 명예를 추구한다는 명목하에 방종한 생활을 영위하는 모순을 지니고 있다.[21] 도시의 부유한 시민세계에서 예술세계로 지향하려는 토마스 만은 바로 시민성과 예술성 사이의 극심한 갈등에 빠지게 되며, 자신을 어느 세계에도 정착하지 못한 고립된 존재로 만든다. 그는 예술가로서의 자유로운 삶을 위해 뮌헨에 있는 보험 회사를 그만둔다. 그러나 그가 자유롭게 예술가로서의 길을 택했을 때, 그는 자신이 속해 있는 사람들과 단절해야만 했고, 그들을 포기하게 되었다.[22] 토마스 만은 이 같은 자신의 존재를 어릿광대에 비유한다. 어릿광대는 자신의 존재에 "구토"를 느끼고, 어릿광대의 "우스꽝스런 인물에 익숙해지는 것"을 두렵게 생각한다. 그는 "어릿광대로 태어난 것이 이처럼 절망적인 숙명이며 불행"[23]임을 인식하게 되는 순간에 그 삶을 "끝낸다는 것"을 "영웅 같은 짓"으로 생각하며 죽음을 결심한다.

나는 불행하다. 난 그걸 시인한다. 내 안에서 비참하고 우스꽝스러운 한 인물을 본다! 그러나 나는 그것을 참을 수 없다. 나는 파멸했다! 내일이 됐건 모래가 됐건 나는 권총 자살을 할 것이다!²⁴

그러나 그의 죽음은 쇼펜하우어의 염세철학에 근거한 삶의 고통으로부터의 이탈일 뿐, 살고자 하는 의지를 지배한다. 디오니소스적 죽음의 한 형태일 뿐이다.

그런데 토마스 만은 《마의 산》에 앞서 예술가의 내면이 갈등에서 조화로 발전할 수 있는 가능성을 《토니오 크뢰거》에서 처음으로 보여주었다. 그것은 토마스 만이 추구하는 진정한 예술가 상이다. 고향이 있는 북쪽으로의 여행은 문학적 허상들에 대한 "큰 애정"에서 벗어나 현실의 일상적 삶을 영위해 가고 있는 "선량하고 생산적인 사랑"으로의 귀의를 의미한다.²⁵ 그는 리자베타에게 편지로 이 사랑을 약속한다.

내가 지금까지 이룩한 것은 아무것도 아니고 별로 많지 않습니다. (…) 리자베타, 나는 더 나은 것을 만들어 보겠습니다.—이것은 일종의 약속입니다. 지금 이 글을 쓰고 있는 동안, 바다의 물결 소리가 내게까지 들려옵니다. 그래서 나는 눈을 감습니다. 그러면 아직 태어나지 않은, 그림자처럼 어른거리고 있는 한 세계가 들여다보입니다.—그 세계는 나한테서 질서와 형상을 부여받고 싶어서 안달입니다. 또한 나는 인간의 형상을 하고 있는 허깨비들이 우글거리고 있는 광경을 바라봅니다. (…) 비극적인 허깨비들과 우스꽝스런 허깨비들, 나는 이것들에게 큰 애정을 갖고 있습니다. 그러나 마음속 아주 깊은 곳에 있는 아무도 모르는 나 혼자만의 사랑은 금발과 파란 눈을 가진 사람들, 생동하는 밝은 사람들, 행복하고 사랑스럽고 일상적인 사람들에게 바쳐진 것입니다. (…) 그것은 선량하고

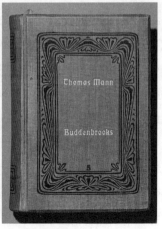

좌) 뤼베크 시에 있는 부덴브로크가
우) 1901년도에 두 권으로 발행된 《부덴브로크가의 사람들》 초판본

생산적인 사랑입니다.[26]

그 당시에 토니오 크뢰거는 이 약속을 실현하기에 아직 충분하지 못했다. 다만 이 약속은 그를 시민에 대한 사랑인 인간애에 다가가게 하는 "실험적 존재"로 만들 수 있을 뿐이다. 즉 토니오는 자신의 예술가 기질을 도덕적으로 지배할 수 있는 변용된 작가로 발전하게 된다.[27] 토니오가 일찍이 품었던 이 생각은 후일에《마의 산》에서 구체화된다.

토마스 만의 최초의 장편소설이며 노벨문학상 수상작인《부덴브로크가의 사람들—한 가정의 몰락》은 부제목 "한 가정의 몰락"이 말해주고 있듯이 토마스 만의 가정과 자신을 모델로 해서 4대에 걸친 한 교양시민 가정의 몰락을 묘사한다. 여기서 한 가정의 몰락에 대한 원인이 어디에 있는지에 대한 질문이 중요한 문제로 대두된다.

이 소설은 한 가정의 몰락뿐만 아니라 인습적인 옛 질서의 파괴[28]라는 데에서 "오늘날 독일어로 된 최초의 사회소설로서 세계적인 평가를 받고 있다.[29] 초기 단편들과 같은 시기에 쓰인 《부덴브로크가의 사람들》의 몰락과정은 위의 단편들에서처럼 강인하고도 현실적인 시민성에서 나약하고도 감상적인 예술성으로의 발전과정이라 할 수 있다. 4대에 걸친 주인공들의 모습이 이것을 구체적으로 보여준다.

줄거리는 1835년에 70세의 요한 부덴브로크가 주최한 잔치에서 시작해서 그의 4대 손인 하노가 죽은 1877년까지 대략 40년에 이른다. 이 잔치는 요한 부덴브로크와 곡물상인인 그의 아들 요한 장 부덴브로크가 새로 사들인 집의 낙성식을 위한 것이었다. 이 집은 이들이 일구어 놓은 번영의 상징이다. 하노의 증조부 요한 부덴브로크는 불굴의 삶의 의지와 활발하고 영리한 기업가 정신을 가진 시민계급의 전형적인 인물이었다. 그래서 그는 큰 사업의 창설자로서 군림한다. 그러나 그의 아들 요한 장 부덴브로크 2세는 시민생활의 인습적 원칙을 지키며 살아가지만, 경건한 기독교인으로서 신앙심과 이익을 추구하기 위한 자신의 상업적 태도 사이에서 갈등하는 존재이다. 그는 시민성이 확고한 아버지와는 달리 사업을 성공적으로 이끌지 못하고, 후일의 가정해체를 알리는 많은 징후들을 보여준다. 그에게서 문제가 되는 것은 자신의 사업에 아무런 영향을 주지 않고 또한 현실에도 맞지 않는 낭만적인 감상이다. 그래서 그는 니체가 비판의 대상으로 삼았던 기독교적 독일 사회에서 가정몰락의 시작을 알리는 데카당스의 첫 징후로 나타난다.

이 대하소설의 중심인물은 3세인 토마스와 그의 아들 하노이다. 토마스는 아버지가 젊은 시절에 앓았던 신경과민에 시달렸다.[30] 그는 1842년에 견습생으로 아버지 회사에 들어가 상인의 일을 익혀야만 했다. 1855년에 그는 아버지의 갑작스런 사망 이후에 젊은 나이로 뤼베크 시의 큰 상사의 주인이 되었다. 그는 우아하고 품위 있는 외모를 지니고 있으나, 할아버지와 아버지와는 달리 섬세한 성격과 나약한 체질을 지녔다. 그는 상원의원이 되고, 표면상 가정의 명성을 최고의 위치에 오르게 한다. 하지만 토마스는 아버지보다 시민성에서 더 많이 벗어나 있었다. 외적으로는 시민의 모습을 보이려고 노력하였으나 내적으로는 심미주의자로서 근본적으로 더 이상 시민이 아니라 시민의 역을 연기하는 배우일 뿐이었다. 그는 천성적으로 데카당스인 셈이다. 부덴브로크가의 몰락은 시민성으로부터의 이탈에 기인한다고 볼 수 있다.

토마스의 동생 크리스찬은 사업에는 관심이 없는 낭만주의자로서, 그의 가문에서 처음으로 예술가를 꿈꾸었고 여행과 연극에 빠졌다. 그래서 그는 마음의 안정을 잃고 점점 더 망상과 강박관념에 사로잡혀서 자신의 남은 인생을 요양원에서 보내야 했다.[31] 토마스의 여동생 토니는 순수하고 철없으며, 매력적이고 사랑스러우나, 두 번의 실패한 결혼 후에도 어린애다운 미숙함을 지니고 있었다. 그리고 막내 여동생은 결혼 후에 곧 뇌종양으로 죽었다. 이렇듯 부덴브로크가 사람들의 3대 자손들의 성격과 운명에서 그 가문이 끊임없이 해체되어가는 징조가 여러 가지 형태로 나타난다. 토마스는 상원의원에 선출되고, 그의 사회적 성공과 시민적 존재는 정점에 이른다. 오직 장남인 토마스만이 유산을 물려받을 수 있는 처지에 있다.

1857년에 토마스 부덴브로크는 섬세하고 아름답고 귀족적인 네덜란드 여인 게르다 아르놀드선과 결혼한다. 그녀의 얼굴은 광택 없는 흰빛을 띠었고, 약간 거만해 보였다. 그녀가 토마스 만의 어머니와 유사하지 않은 것은 피아노 대신 바이올린을 즐겨 연주했고, 스스로를 예술가로 불렀다는 점이다. 그 후 1861년에 이들 사이에서 부덴브로크가의 마지막 4대손인 하노가 태어난다. 하노는 허약한 상태로 세상에 태어났고, 발육이 남보다 다소 늦었으며, 많은 질병으로 주변 사람들의 걱정을 받았다. 이제 끊임없는 사업의 몰락이 부덴브로크가의 네 번째 세대의 하노와 함께 나란히 묘사된다. 이 가정의 몰락은 토마스의 모습에서 처음으로 명백하게 나타났다. 토마스는 비록 37세밖에 되지 않았으나 탈력이 빠지고 체력이 급격히 소모되고 있음을 의식했다. 겨우 42세가 된 토마스는 자신이 기진맥진해 녹초가 되어 있다는 생각이 들었다. 토마스는 집안의 몰락을 처음으로 예견하고 누이동생 토니에게 말했다.

집안이 망하면 죽음이 온다. 그렇다고 지금 당장 죽음이 뒤따른다는 것은 아니야. 하지만 퇴보하고 있어. 하강국면이야, 종말의 시작이야.[32]

부제로서 소설의 결정적인 동기를 보여주고 있는 '한 가정의 몰락'의 동기는 세대에서 세대로 이어지면서 사라져가는 생활력, 기업정신 그리고 건강에 있다. 이 몰락의 가파른 상승은 세대를 대표하는 주인공들의 수명과 반비례한다. 하노의 증조부는 77세에, 그의 조부는 55세에, 그의 아버지 토마스는 겨우 49세에 죽는다. 아버지 회사를 인수할 능력이 전혀 없는 하노는 16세가 되기 전에 죽는다. 정신병원으로 보내진 토마스의 동생 크리스찬과 부덴브로크가의 사람들 중에 음악에 제일 민감한 하노가 이 몰락의 끝에 서 있다.[33]

이렇게 부덴브로크가의 몰락 진행은 시민성 상실의 심화과정과 비례한다. 이 심화과정은 하노에게서 절정에 이른다. 시민성의 상실과정에서 병과 음악, 삶과 죽음과 같은 중요한 동기들이 상호관계를 이루고 문학적 비유를 통해서 묘사되고 있다.

우선 부덴브로크가의 몰락은 생물학적 몰락 현상으로 나타난다. 이 현상은 병약하게 보이는 외모, 병으로 인한 고통, 인물들의 신체 부위나 사물이 지닌 색채들에서 상징적으로 묘사된다. 이것은 단편들에서도 마찬가지이다. 이들 단편들에서 나오는 주인공들은 다 같이 정신적으로나 육체적으로 병약하게 묘사되고 있다. 예를 들면 《키 작은 프리데만 씨》에서 프리데만의 "손발은 약하게 생기고 빈약했고 두 눈은 크고 연한 밤색을 띠고 있었으며, 입은 윤곽이 부드러웠고 섬세한 머리카락은 담갈색이었다."[34] 《행복에의 의지》에서 이미 파올로는 죽음을 예감케 하는 외모를 지니고 있다. 그는 "그때 이미 몸이 좋지 않았다. 이따금 학교를 오랫동안 결석했으며 다시 나타났을 때는 관자놀이와 뺨에 더욱 선명하게, 연약한 갈색피부의 사람들에게서 자주 보이는, 팽팽한 핏줄이 드러났다. 그는 항상 그걸 지니고 다녔다."《트리스탄》에서 폐병환자를 위한 요양원에 도착한 젊은 클뢰터얀 부인도 이와 유사하게 묘사되었다. 그녀는 "가늘고 기이한 실핏줄"을 지녔고, 그것은 "거의 투명해 보이는 이마의 티 없이 맑은 모습에서 연푸른색을 띠고 병적으로 사방으로 퍼져 있었다. 눈 위에 있는 푸른 실핏줄은 섬세한 달걀형의 얼굴 전체를 불안한 모습으로 드러나게 했다. (…) 그러면 그녀의 표정에는 어떤 긴장 같은 것이, 아니 무엇에 쫓기는 것 같은 초조함마저 나타났는데, 그것은 막연한 두려움을 일으켰다."[35]

《부덴브로크가의 사람들》에서 토마스는 오한에 쉽게 걸리는 체질이다. 그의 관자놀이에는 푸르스름한 실핏줄이 뚜렷이 나타나고, 타원형의 푸르스름한 손톱은 아름답게 다듬어져 있다. 그의 눈은 "약간 움푹 들어간 푸른색의 주의 깊은 눈"[36]이었다. 토마스가 동생 크리스찬과 말할 때 "그의 얼굴은 창백했고, 푸른 혈관이 (…) 그의 좁은 관자놀이에 드러난 것이 뚜렷하게 보였다."[37] 그의 부인 게르다의 외모도 유사하다. 그녀의 "갈색 눈언저리는 푸르스름한 그림자가 드리워져 있었다."[38] 하노가 태어난 지 일주일 후인 세례 날에 "몸이 아주 약해 보였다", "눈의 홍채는 부모를 닮아 담청색과 갈색이 섞여 있어서 빛에 따라 변하는 어슴푸레한 금갈색이었다. 그런데 콧잔등과 눈두덩이가 접하는 부분은 움푹 들어가

푸르스름하게 그늘져 있었다. (…) 그 아이는 살아 있다. 하마터면 그렇지 못할 수도 있었는데"[39]라는 그의 병약한 외모에 대한 묘사는 시종일관되게 죽음을 연상시키는 동기로서 작용한다.

《부덴브로크가의 사람들》에서 손과 치통은 또 다른 중요한 동기로서 작용한다. 손의 상태는 각 인물들의 예술가적 기질과 직접적인 관계에 있다. 하노의 증조부 요한 부덴브로크의 손이 "상당히 넓고 시민적"이듯이, 음악에 관심이 없는 가족들의 손은 연주에 적합하지 않은 짧은 손가락을 가지고 있다. 반면에 토마스의 손은 "길고 희며 푸르스름한 핏줄이 뻗어 있다. 특히 하노의 손은 눈에 띄게 유별나다. 게르다 부덴브로크는 하노를 가르칠 피아노 선생 퓔에게 말한다.

> 당신은 그에게서 아주 좋은 성과를 거두게 될 거예요. 그 애의 손은 부덴브로크가의 사람들의 손입니다. 부덴브로크가의 사람들은 모두 9도 음과 10도 음을 칠 수 있지요. 하지만 그들은 여태껏 그것을 대수롭지 않게 여겨왔습니다.[40]

그러니까 제2세대의 가족들은 이미 예술가 기질에 맞는 육체적 조건을 지니고 있었지만, 이 능력을 중요하게 여기지도, 또한 발휘하려고도 하지 않았다. 4세대인 하노 부덴브로크에 와서 비로소 예술적 체질이 발휘되고, 하노는 예술의 세계에 몰입하게 된다.

손처럼 치아의 묘사도 죽음의 동기와 연관되어 있다. 그러나 손의 동기가 가족들의 예술적 소질과 죽음의 동기 사이의 간접적인 관계를 가리킨다면, 치아의 경우는 삶과 죽음에 직접 관계된다. 건강한 치아는 사람의 인상을 아름답고 자신 있게 만든다. 아름다운 치아는 사회에서 단정한 외모, 자부심, 자유 그리고 전체 인상을 결정한다. 반면에 건강하지 못한 치아는 단정하지 못한 외모, 부족한 자부심, 수치, 억압 등 좋지 못한 인상을 준다. 이것이 이 소설에서 나타난 치아의 의미이다. 이 소설에서 부덴브로크가 사람들과 다르게 경제적 성공을 이룬 인물로 등장하는 게르다 아르놀드선Gerda Arnoldsen, 아리네 푸보겔Aline Puvogel과 모르텐 슈바르츠코프Morten Schwarzkopf는 건강한 치아를 가졌다. 치아는 개인적 건강과 성공을 반영한다.

토마스 부덴브로크와 그의 아들 하노는 치아가 건강하지 못했다. "토마스의 치아는 별로 좋지 않고, 작고 누르스름했다."[41] 치통은 그를 괴롭혔다. 1875년 1월에 그는 결국 발치 후유증으로 48세의 나이에 갑자기 죽는다. 그는 지난 수년간 기울어져 가는 사업에 대한 걱정과 긴장으로 서서히 생활력을 잃어 갔고, 신체 기관이 너무나 약해졌기 때문에 치아 궤양이 그를 죽게 하기에 충분했다.

하노는 그의 아버지로부터 "약하고 다치기 쉬운" 치아를 물려받았다. 심한 치통은 어릴 적부터 발작을 일으킬 정도로 그의 건강을 해쳤을 뿐만 아니라 이른 죽음을 예감케 했다.

하노는 처음 나온 송곳니가 잇몸을 파고 들어가려 하자마자 발작을 일으키게 되었고 (…) 그리고 깊게 그늘진 눈으로 무표정하게 곁눈질하는 모습은 뇌질환을 암시하고 있었다. (…) 무엇보다도 그의 입은 갓난아기일 때뿐만 아니라 지금도 우울하고 불안한 모습으로 꼭 닫혀 있었다. 이러한 표정은 푸르스름한 그림자를 지닌 그의 독특한 금갈색 눈의 시선과 더 잘 어울렸다.[42]

이렇게 한 가정의 몰락은 점점 더 나빠지는 치아 상태로 표현된다. 토마스는 아들에게 나쁜 치아뿐만 아니라 생활력 상실과 죽음에 대한 동경도 물려주고, 결국 하노의 이른 죽음은 한 가정의 몰락을 가져온다.

색채도 죽음과 상징적으로 연관된다. 푸르스름한 핏줄과 누런 이처럼 푸른색과 노란색은 이 소설에서 중심적 역할을 하는 부덴브로크가 사람들의 몰락과 죽음의 문제와 밀접하게 연관되었다는 추측을 하게 한다. 인물들의 묘사에 있어서 눈, 손 또는 관자놀이 같은 예술적 기관들이 푸르게 그늘지어 묘사된다. 하노의 푸르게 그늘진 눈은 병약함뿐만 아니라 역겨움과 두려움도 나타낸다.[43] 토마스의 손톱은 사업을 인계받을 때 푸르스름한 색을 띠었고, 그의 손은 냉기가 도는 창백한 색을 띠었다. 이렇듯 푸른색은 병약한 모습으로 그리고 회사경영자로서 일생동안 짓눌린 과중한 부담이나 좌절 같은 의미로 부덴브로크가에 부정적으로 작용한다. 특히 토마스, 게르다, 하노의 몰락과 연관되어 있다.

푸른색과는 반대로 노란색은 예술적 범주와 연관되어 있지 않다. 거실의 조망 실에 있는 가구들은 노란색으로 장식되어 있고, 이 가구들 위에 누르스름한 석양이 비치고 있다. 소설의 시작과 함께 부덴브로크가 사람들은 이 방에 모인다.[44] 하노 방의 빛은 누런빛을 띠고, 그는 누런색의 나무 침대에서 잔다. 레브레히트 크뢰거Lebrecht Kröger가 죽을 때 그의 얼굴은 노랗고 축 늘어진 주름살로 망가졌다. 죽은 영사와 그의 부인은 똑같이 누런색을 띤다. 아버지가 죽은 후에 집에 돌아온 크리스찬은 누이동생 토니에게 아버지의 임종 당시를 캐묻는다. "'그럼 아버지 얼굴이 노랗게 보였어?' 그는 다섯 번이나 물었다. (…) '그러니까 그는 아주 누렇게 보였지?'"[45] 젊은 나이에 폐병으로 죽은 클라라는 그녀의 이른 죽음을 알리는 "누렇고 쭈글쭈글한 손가락"을 가지고 태어났다. 이 소설에서 노란색은 죽음의 색이다.

그런데 생물학적 몰락과 정신적·영적 발전은 반비례하여 진행된다. 이때 음악은 결정적인 역할을 한다. 음악은 병, 고통, 죽음의 동기들과 필연적인 상호관계를 이루면서 《부덴브로크가 사람들》뿐만 아니라 토마스 만의 대부분 중·장편 소설들에서 문학적으로 표현되고 있다. 부덴브로크가에서 건강한 사람은 음악에 소질도 관심도 없다. 하노의 할아버지들은 음악을 사교의 수단으로만 사용할 줄 알았으며, 아버지 역시 음악이 "실제적인 삶을 소원하게 하고, 확실히 신체적 건강에 아무런 도움도 주지 않으며, 그의(즉 하노—필자 주) 정신력을 소모시킨다"[46]고 생각했다. 그러나 하노는 어머니에게서 음악적 재능을 물려받았고, 또한 음악에 대한 열정도 대단했다. 하노의 어머니 게르다는 바그너 음악의 열렬한 숭배자였다. 하노는 1869년 4월 15일에, 그의 여덟 번째 생일날 가족들 앞에서 리하르트 바그너 양식으로 작곡한 그의 최초의 작은 환상곡을 연주했다. 그는 이 연주에서 비할 바 없는 "마음의 평화"와 "지극한 행복"을, 그리고 "천국"[47]을 맛보고 그 희열에 사로잡혔다.

근육의 긴장이 풀어졌다. 그는 두 눈을 감았다. 슬픈 듯하고 고통스러운 미소, 이루 말로 표현할 수 없는 환희의 미소가 그의 입가에 서렸다.[48]

하노는 어머니의 영향으로 죽음과 같은 어두운 바그너 음악의 신비주의에 빠졌다. 하노가 음악을 좋아할수록 음악은 더욱 빠르게, 기진맥진하게 그를 사로잡았다. 음악은 그에게 인생의 도피처이자 도취케 하는 마약으로 작용했다. 다시 말해서 하노의 음악에 대한 사랑은 병적이다.

하노에게서 표현된 음악의 병적 작용은 바그너 음악에 대한 토마스 만의 생각을 반영한 것이다. 토마스 만은 쇼펜하우어, 바그너 그리고 니체의 영향을 많이 받은 작가로서, 특히 바그너 음악은 그의 문학에 가장 많은 영향을 끼쳤다. 토마스 만이 1911년에 발행된 그의 에세이《리하르트 바그너의 예술에 관하여Über die Kunst Richard Wagners》에서 "오랫동안 바이로이트(바그너가 자신의 오페라 공연을 위해 지은 극장이 있는 도시—필자 주)의 이름이 내 예술적 생각과 행동 어디에나 있었다"[49]고 기술하고 있는 것이 이를 말해주고 있다. 하지만 토마스 만에 의하면 바그너의 음악은 대중을 최면에 빠뜨리고 병들게 하는 '마취제'로서 존재의 고통을 잊게 하는 구원의 힘이고 동시에 시민적 데카당스를 더욱 심화시킨다. 그래서 토마스 만은 바그너 음악에 경탄하면서도 그의 음악을 혐오했다. 그는 바그너의 음악에 거리를 두면서 그 당시에 대단했던 바그너 숭배를 패러디화 하려고 했다. 그리고 그는 니체처럼 음악을 유미주의를 추구하는 시민적 데카당스를 비판하기 위한 수단으로 사용했다. 하노는 도취와 망아의 상태에서 삶의 고통에서 해방시키는 현실도피의 수단으로서, 동시에 시민적 데카당스에 대한 비판적 수단으로서 작용하는 바그너 음악의 모순된 양면성을 구체화한 최초의 인물이다.

쇼펜하우어 철학이 토마스 만에게 끼친 영향은 컸다. 쇼펜하우어에 의하면 인간의 삶은 괴로움을 뜻하며, 이 괴로움을 벗어나려면 인간은 자신의 의지를 완전히 버려야만 가능하다. 즉 도취와 망아의 상태에서 가능하다. 이 상태에서 유한한 인간은 무한을 구하려는 영적 갈망이 충족될 수 있다. 이때 오직 예술만이 인간을 현실의 고통에서 일시적으로 벗어나게 할 수 있다.[50] 《부덴브로크가의 사람들》에서 토마스 만이 쇼펜하우어의 이 테제를 처음으로 사용한 인물은 토마스이고, 그것은 하노에게서 비로소 완성된다.

토마스 부덴브로크는 48세를 넘겼다. 그의 좋지 않은 몸 상태와 억압된 기분은 죽음의 예감을 떠오르게 한다. 우연찮게 쇼펜하우어의 주저서가 그의 손에 들어온다.《의지와 표상으로서의 세계Die Welt als Wille und Vorstellung》(1819)이다. 이 책의 〈죽음과 우리 존재 자체의 불멸에 대한 죽음의 관계에 대하여Über den Tod und sein Verhältnis zur Unzerstörbarkeit unseres

Wesens an sich〉라는 장은 그에게 "측량할 수 없을 정도로 깊고 멀리 바라볼 수 있는 천리안"을 준다.[51] 현상세계는 삶과 생식을 위한 의지의 표상이라는 쇼펜하우어 철학이 예시하듯이[52] 토마스는 죽음이란 현상을 통해서 새로운 삶의 의지를 얻는다. 병과 죽음에 대한 관심은 일종의 삶에 대한 표현일 뿐이다.

> '나는 살 것이다.' 토마스는 거의 외치듯이 말했다. 그리고 이때 자신의 가슴이 내면의 흐느낌으로 부들부들 떨고 있는 것처럼 느꼈다.[53]

그는 쇼펜하우어의 책을 읽으면서 새롭게 자신과 죽음에 대한 관계를 깊이 생각하게 된다. 이제 죽음은 그에게 "말할 수 없이 고통스런 미로"로부터의 귀환으로 나타난다.

> 죽음이란 무엇인가? (…) 죽음이란 축복이었다. 이 축복처럼, (…) 죽음은 말할 수 없이 고통스러운 미로에서 돌아오는 것이었다. 죽음은 중대한 결함을 교정해주는 것이며, 역겨운 굴레와 한계에서 벗어나는 해방이었다. 죽음은 불행한 사건을 다시 원상 복귀하는 것이다. 종말이자 해체라고? 이러한 하찮은 개념에 소스라치게 놀라는 사람은 측은하기 짝이 없는 사람이다! 무엇이 끝나고 무엇이 해체된단 말인가? 이 육신, 이 인격과 개성, 이 둔중하고, 다루기 힘들고, 결점투성이이고 증오할 만한 장애물은 다른 더 나은 그 무엇이 되는 것을 막고 있는 것이다. 모든 인간이 실수로 잘못 태어난 것이 아니었을까? 모두 태어나자마자 고통스런 감금상태에 들어간 것은 아니었을까? 감옥이다! 감옥이다! 도처에 한계와 굴레가 있지 않은가! 인간은 죽음이 그를 고향으로 데려가고 굴레에서 벗어나게 해줄 때까지 개성이라는 격자창살을 통하여 아무런 희망도 없이 외부상

태라는 성벽을 응시하면서 살아간다.[54]

쇼펜하우어 철학은 토마스에게 에로틱하고, 행복을 가져다주며 해방적이다. 그 철학은 토마스로 하여금 죽음에 몰입하게 해서 그는 무한한 행복에 감격해 오열한다.

그는 울었다. 이 세상의 어떤 고통스러운 감미로움과도 비교할 수 없을 정도의 행복에 고양된 듯이 기뻐 어쩔 줄 몰라 하며 얼굴을 베개에 파묻고 몸을 떨며 울었다.[55]

그러나 그가 밤사이에 추구했던 엄청난 행복은 다음날 아침에 깨어나는 순간 없어지고 만다. 그는 시민성으로 다시 돌아간다. 심지어 "그는 어제의 극단적인 정신상태에 대해 다소 부끄러운 감정을 느끼고 이런 아름다운 계획이 실행될 수 없을 것을 예감한다."[56] 토마스는 쇼펜하우어 책을 읽으면서 지나치게 골똘히 생각하는 자신의 예민한 면을 발견하고 깊은 위기에 빠져든다. 그는 자신을 알면 알수록 점점 더 병약해진다. 그는 괴로운 현실에서의 해방이 예술로의 도피로서 가능하지 않다는 진실을 스스로 인식한다. 그는 가정적·사회적 의무의 테두리 안에서 괴로운 현실에 계속해서 직면해 있고, 그럼으로써 죽을 수밖에 없다. 그러나 하노는 자신의 절망으로부터 언제나 음악으로 달아났다. 하노에 이르러서야 꿈과 음악에의 도취가 시민적 이상을 완전히 압도한다. 꿈과 음악은 그를 현실의 괴로움에서 해방시켜줌으로써 그는 더 이상 죽음에 저항하지 않는다. 쇼펜하우어의 철학이 실현되는 최초의 경우이다.

토니오 크뢰거가 예술성과 시민성 사이에서 '길 잃은 시민'으로 표현되었듯이 토마스는 삶과 죽음의 언저리에서 방황하는 어설픈 자로서, 그는 죽음을 "형언할 수 없이 괴로운 미로에서의 귀환"으로, "큰 잘못의 교정"으로, "가장 천박한 굴레와 장벽으로부터의 해방"으로서 받아들일 뿐이다. 하노 역시 삶의 의욕을 상실한 채 죽음을 동경하고 자신의 허약한 삶에 대한 보상을 음악에서 찾고 음악 속에 파묻혀 살다가 기진맥진한 상태에서 어느 날 장티푸스에 걸려 죽는다. 토마스나 하노의 죽음에는 "내면의 갈등과 고뇌로부터의 해방일 뿐, 삶에 대한 긍정도, 죽음에 대한 긍정도 없다." 즉 그들의 죽음은, "삶과 죽음이 그들에게서 하나로 결합하고, 죽음에 대한 앎을 보다 깊고 완전한 삶의 파악에 유용하게 만들며, 죽음을 신성하게 하면서 거룩하게 삶 속으로 받아들이는 것이 이루어지지 않은" 모호한 죽음인 것이다.[57]

그러나 토마스나 하노의 죽음을 병에 의한 생물학적 현상으로서만이 아니라 심리적·사회적 현상으로서 관찰할 때 새로운 의미가 생긴다. 병이나 몰락은 토마스 만에 있어서 전통적인 형식과 가치의 해체에서 건설적인 순간들이, 즉 새로운 생활양식과 태도가 생기는 변증법적 개념을 가지고 있다. 이들의 죽음과 '한 가정의 몰락'은 전통적인 형식과 가치의 해체라는 일방적인 부정적 판단으로만 이해되어서는 안 된다. 다시 말해서 "데카당 없이, 어린 하노 없이 인류와 사회는 빙하기 시대 이래로 한 걸음도 발전하지 않았을지도 모른다는 것이다. 비록 삶에 쓸모없는 일이라해도 정신과 결부되었기 때문에 삶을 고조시킨다."[58] 때문에 이들의 모호한 죽음 역시 인간의 삶과 사회를 변화시키는 동인으로 작용한다.

디오니소스적·에로스적 죽음
《베니스에서의 죽음》

아우구스트 폰 플라텐August von Platen(1796~1835)은 그의 시 《트리스탄 Tristan》에서 "아름다움을 체험한 자는 이미 죽음에 내맡겨져 있다"[59]고 말했다. 즉, 한 사물이 도달할 수 있는 최후의 아름다움은 언제나 그것의 죽음이라는 것이다. 토마스 만도 예술은 죽음의 자매라고 인식하고 있듯이, 그의 예술 뒤에는 죽음이 어디에나 도사리고 있다. 토마스 만의 소설 《베니스에서의 죽음》은 아름다움의 예술이 주는 치명성致命性에 대한 그의 통찰을 가장 잘 나타낸 작품이다.

비록 이 소설이 일 년 남짓한 짧은 시간(1911~1912. 6)에 완성되었으나 비교적 복잡한 다음의 세 가지 전사前史를 가지고 있다. 첫째로, 원래 토마스 만은 이 소설에 마린바트에 사는 14세의 어린 소녀인 울리케 레베초브Ulrike von Levetzow를 향한 노년의 괴테의 사랑을 주제로 삼으려 했다. 괴테는 어린 그녀에게 74세인 1823년에 청혼했으나 그녀는 거절했다. 토마스 만은 자신의 생각을 서정 시인이며 수필가인 카를 마리아 베버Carl

《베니스에서의 죽음》 초판본

Maria Weber(1890~1953)에게 편지로 전했다.

혼란과 품위 손상으로서의 정열이 본래 내 이야기의 대상이었습니다. 내가 처음에 이야기하려 했던 것은 동성애적인 것은 전혀 아니었지요. 그것은―그로테스크하게 본―마린바트에 사는 그 어린 소녀에 대한 나이 많은 괴테의 이야기였습니다. 괴테는 야심이 많은 중매쟁이 엄마의 동의를 얻어서 그리고 자기 가족의 경악에도 불구하고 결혼하려 했습니다. 그것은 몹시도 기이하고 경외심으로 가득한 웃음을 자아내게 하는 모든 상황들을 지닌 이야기였습니다.[60]

그래서 토마스 만이 처음에 생각했던 이 소설의 제목은 '마린바트에서의 괴테Goethe in Marienbad'였다. 그는 이 사건에서 "예술가의 품위 손상의 비극"[61]을 보았다.

블라디스라프 모에스 남작
《베니스에서의 죽음》의 주인공인 타치오의 모델.

    둘째로, 토마스 만은 1911년 3월 24일에 형 하인리히 만에게 "나는 지난 수개월 동안 뚜렷이 이렇다 할 아무것도 해내지 못했다"고 편지할 정도로 이 시기에 글쓰기 장애로 괴로워했고, 작업은 진전되지 않았다. 이 글쓰기의 난관에서 벗어나기 위해 그는 1911년 5월에 그의 아내 카차와 형 하인리히와 함께 이스트리엔Istrien 앞에 있는 브리오니Brioni 섬으로 여행했다. 그러나 이 섬이 맘에 들지 않았던 그들은 5월 26에 그곳을 떠나 배를 타고 베니스로 갔다. 그곳에서 1911년 6월 2일까지 남은 휴가를 보냈다. 베니스에서 토마스 만은 14세의 아름다운 소년 블라디스라프 모에스Wladyslaw Baron Moes 남작을 알게 되었다. 글쓰기 난관과 함께 수년간 억압되었던 동성애적 생각이 그에게 갑자기 다시 떠올랐다. 이 소년은 후일에 《베니스에서의 죽음》의 주인공인 타치오Tadzio로 구체화된다. 이 동성애적 사건과 브리오니에서 베니스로 성급히 떠난 것과 같은 여행의 사건들은, 토마스 만으로 하여금 괴테와 어린 울리케 양에 대한 구상을 포기하게 하고, 이 소설을 위한 기초가 되었다.

끝으로 토마스 만은 5월 18일에 브리오니 섬에서 그가 정말로 위대한 남자로 여겼던 유명한 작곡가이며 지휘자인 구스타프 말러Gustav Mahler (1860~1911)의 사망 소식을 듣고 크게 동요했다. 그는 신문에 묘사된 말러의 "군주다운 죽음"의 모습을 이 소설 속의 주인공인 작가 구스타프 폰 아셴바하Gustav von Aschenbach와 접목했다.[62] 이로써 구스타프 폰 아셴바하는 외면상으로 정열적이고 엄격한 작곡가 구스타프 말러의 모습을 지니게 된다. 이 같은 체험들이 계기가 되어 위대한 작가로 인정받는 한 예술가의 죽음을 그린 단편소설 《베니스에서의 죽음》이 탄생하게 되었다. 이 소설은 《부덴브로크가의 사람들》 이후에 나온 토마스 만의 가장 큰 성공작이다.

이 작품에 있는 죽음의 동기들에 대한 이해를 위해서 줄거리를 알 필요가 있다. 뮌헨에 거주하는 주인공 구스타프 폰 아셴바하는 젊은 시절부터 끈기 있고 정열적인 창작활동을 작업원칙으로 삼고 노력해온 50대의 성공적인 작가이다.[63] 수년에 걸친 부단한 작업으로 지칠 대로 지친 그는 휴식을 취하려고 1911년 5월 초의 어느 날 뮌헨 공원으로 산책을 나갔다. 그때 그는 공원의 북쪽에 있는 공동묘지에서 이상하게 보이는 도보여행 복장의 낯선 사람을 보았다. 그는 아셴바하에게 일에서 벗어나 여행하고 싶은 충동을 일깨워 주었다. 그는 마치 꿈속에서 보듯이 눈앞에 놓인 한 풍경을 본다. 그것은 태곳적 원시림이고, 그곳 대나무 숲속에는 호랑이가 웅크리고 앉아 있었다. 아셴바하는 2주 후에 여행길에 올랐다. 뮌헨 공원에서 만난 낯선 사람은 그리스신화에 나오는 저승세계로의 안내자 헤르메스Hermes의 첫 출현이며, 아셴바하가 베니스의 해변에서 죽을 때까지 다양한 모습으로 그에게 나타난다.

그는 처음에 아드리아 해에 있는 섬 폴라Pola로 떠났다. 그러나 그는 나쁜 모래사장과 날씨 때문에 베니스로 옮겨가기로 결심했다. 갑판 위에서 그는 젊은이들 무리에 끼어 담배를 피우고 술을 마시면서 온갖 빈정대는 소리로 이목을 끌려는 "가짜 젊은이", 즉 야하게 화장을 한 노인을 바라보며 이상하고도 섬뜩한 생각이 들었다. 아셴바하는 베니스에서 리도로 가는 증기선 역까지 가기 위해 곤돌라를 탔다. 낯선 모습의 곤돌라 사공은 아셴바하의 뜻과는 달리 그를 직접 리도로 데려다 주고, 아셴바하가 뱃삯을 치르기 위해 돈을 바꾸려고 잠깐 자리를 비운 사이에 사라져 버렸다. 아셴바하는 그 사공이 면허증이 없어 경찰에 신고된 자임을 후에 알게 되었다.

그는 호텔에서 저녁식사 시간에 14세의 타치오를 처음 만나게 되고, 그의 우아한 태도와 고상한 외모에 곧 매료되었다. 작가는 다음날 아침식사 때에 그 젊은이를 관찰하고, 하루의 나머지를 베니스에서 보낸다. 건강에 좋지 않은 후덥지근한 무더위, 그리고 시로코Scirocco(사하라 사막 지대에서 지중해 주변 지역으로 부는 온난 습윤한 바람. 먼지나 모래를 몰고 오는 일이 많다)는 그의 건강상태를 악화시켰다. 아셴바하는 베니스를 떠날 결심을 한다. 다음날 아침에 그는 호텔을 떠나지만, 역에서 그의 짐이 잘못 부쳐진 것을 확인하고, 별수 없이 호텔로 다시 돌아간다. 호텔에서 아셴바하는 짐이 잘못 부쳐진 것을 기뻐하고 있는 자신을 깨닫는다. 타치오와의 이별이 그에게 매우 어려웠기 때문이다. 그는 타치오에 대한 감정에 계속해서 빠져든다.

그 다음날 아셴바하는 젊은이의 옆에서 보낸다. 타치오에 대한 그의 열정은 점점 더 깊어지고, 그는 타치오의 아름다운 모습을 관찰하기 위해서 모든 기회를 이용한다. 그렇지만 이 소년이 어느 날 저녁식사에 나타나지 않자 그는 크게 걱정한다. 그는 마침내 호텔 입구에서 그에게 아름답게 미소 짓는 타치오를 만난다. 아셴바하는 호텔 정원의 어둠 속으로 피해 달아난다. 그의 기분은 점점 더 도취경에 빠져든다. 그는 타치오에게 자신의 감정을 고백하지만, 타치오는 웃고 돌아설 뿐이었다. 그가 타치오의 아름다운 모습에서 느꼈던 즐거움이 이제 사랑이 되어버린 것을 그는 스스로 시인한다.

머문 지 3주가 되었을 때 아셴바하는 베니스에 인도의 콜레라가 발병하고 있음을 알게 된다. 그러나 베니스 사람들은 사업을 망치지 않을까 두려워 전염병을 손님들에게는 철저히 숨겼다. 많은 독일 손님들이 떠난 후에 아셴바하는 타치오의 가족이 떠나지 않을까 걱정한다. 그래서 그는 전염병에 대한 정보가 그의 가족들에게 비밀로 유지되고 있는 것을 다행으로 생각한다. 그러는 사이에 아셴바하는 더 이상 우연히 만나길 기다리지 않고, 그를 노골적으로 쫓아다닌다.

어느 날 저녁에 4인조 거리 가수들이 호텔손님들을 위해 연주하고 노래한다. 아셴바하가 행사가 끝날 무렵에 조소적인 웃음을 터뜨린 가수 그룹의 우두머리 기타 연주자에게 전염병에 대해 물어보자 그는 혀만 삐쭉 내밀고 사라져 버린다. 그에게서 코를 찌르는 페놀 냄새가 나지만, 아셴바하만이 그 냄새를 맡을 수 있는 것 같아 보였다. 다음 날 아셴바하는 여행사의 영국인 직원으로부터 전염병에 대해 확실하게 알게 되지만, 그래도 베니스에 머물고, 타치오의 가족에게 알리지 않기로 결심한다. 타치오의 가족도 위험한 상황을 알게 되지만 계속해서 머물러 있다.

그날 저녁에 아셴바하는 디오니소스가 지배하는 광란의 세계에 대해 꿈꾼다. 타치오에게 매력적으로 보이기 위해 선상의 '가짜 젊은이' 차림의 노인처럼 아셴바하는 다음 날 이발소에서 젊어 보이게 화장하고 치장한다. 그가 어느 날 베니스의 거리에서 타치오를 쫓아갈 때, 그는 너무 익어 물러진 딸기를 사먹고 콜레라에 전염된다. 며칠 후에 아셴바하는 타치오의 가족이 그날 떠난다는 것을 알게 된다. 그는 심한 현기증 발작으로 거의 기진맥진한 상태임에도 불구하고 마지막으로 타치오가 수영하고 노는 것을 보기 위해 해안가로 나간다. 타치오의 친구인 야슈가 타치오를 넘어뜨리고 머리를 모래 속으로 누르자, 아셴바하는 깜짝 놀라 타치오를 도우려고 마지막 힘을 다해서 벌떡 일어선다. 다행히 타치오는 야슈에게서 벗어나고, 얕은 물을 지나 모래톱으로 건너가서 아셴바하를 향해 몸을 돌린다. 그것은 마치 그를 따라오라고 말하는 것처럼 보인다. 그는 타치오를 따라 바다 속으로 들어가려고 일어섰으나 의자에 앉은 채 옆으로 쓰러져 죽고 만다. 그리고 그의 죽음은 충격적인 소식으로 곧바로 세상에 알려진다.[64]

《베니스에서의 죽음》의 줄거리에서 묘사된 사건들은 허구는 아니다. 뮌헨의 북쪽 공동묘지에서의 방랑자, 우중충한 증기선, 젊은이처럼 유별나게 차려입은 백발의 남자, 의심스런 곤돌라의 뱃사공, 타치오와 그의 가족들, 짐을 잘못 부쳐 실패로 끝난 출발, 콜레라, 여행 사무소의 진실한 영국직원, 음흉한 거리의 가수 등, 주어진 모든 것들은 토마스 만이 가족과 함께 보낸 휴가 때에 겪은 사실들이다. 토마스 만이 실제로 베니스에서 만난 블라디스라프 모에스는 토마스 만이 죽은 지 10년 후에, 만이 베니스에서의 휴가 중에 자신에게 특별한 관심을 보였으며, 자신을 타치오로 묘사했을 것이라고 증언했다. 다른 작품에서처럼 《베니스에서의 죽음》에서도 토마스 만의 동성애적 사랑이 다루어지고 있음이 암시되고 있다.[65]

1974년에 토마스 만의 부인 카챠는 타치오의 폴란드인 가족이 토마스 만이 묘사한 그대로이며, 만이 매혹적이고 그림처럼 아름다운 14세 소년에 매료되어 그를 관찰했다고 증언했다. 타치오의 가장 친한 친구인 야슈도 블라디스라프의 친구인 야네크 푸다코브스키Janek Fudakowsky라는 실제 인물이다. 공기가 나빠서 산으로 가려 했던 하인리히 만의 가방이 잘못 부쳐져서 만의 가족은 6월 2일까지 베니스에 있어야 했다. 토마스 만이 1905년 여름에 동해의 초포트Zoppot에서 그의 아내와 함께 휴가를 보냈을 때 그 근처에 위치한 도시 단치히Danzig에서 실제로 콜레라가 발생했다. 그래서 만의 가족은 일찍이 휴가를 끝냈다.[66] 이렇듯 토마스 만 작품의 소재와 모티브는 허구적 창작이 아니라 자신의 경험이나 독서에서 습득한 지식에 기인한 것들이며, 토마스 만은 이것들을 놀라운 방법으로 아름답게 그리고 상징적으로 소설에 삽입시켰다.

무엇보다도 중요한 것은 토마스 만이 《베니스에서의 죽음》에 처음으로 신화를 삽입했으며, 그럼으로써 죽음의 동기들에 다양한 상징성을 부여했다는 것이다. 메타포와 신화적 죽음의 상징성은 아셴바하의 치명적인 운명을 예감하게 한다. 이미 그의 이름 아셴바하Aschenbach는 '재의 개울Bach der Asche'이라는 의미에서 죽음을 연상시킨다.[67] 그리고 묘지의 낯선 사람에서 타치오에 이르기까지 아셴바하가 만난 모든 인물들은 아셴바하의 죽음의 안내자가 되고, 그의 죽음과 붕괴의 수식어로 묘사된다.[68]

토마스 만은 자신의 문학에서 죽음을 중심적 주제로 다루면서 죽음의 상징성을 '주도 동기'의 창작기법으로 표현했다. '주도 동기'라는 전문용어를 처음으로 사용한 것은 리하르트 바그너였다. 그는 주도 동기를 작곡법의 특정한 형식으로 그의 음악에 사용함으로써, 다시 말해서 어떤 상황, 감정상태, 인물 또는 대상에 관계되는 동기들을 그의 음악에 여러 번 반복해서 사용함으로써 새로운 것은 오래전부터 낯익은 것으로 나타나고, 미래와 과거는 뒤섞여 시간적 구속에서 벗어난다. 그리고 의미나 내용이 미리 설명되거나 강조될 수 있다. 바그너를 존경했던 토마스 만은 바그너의 '주도 동기'의 창작기법을 그의 작품에 사용했다. 인물들의 묘사와 이들의 문제성에서 나타난 "선취와 중첩", 즉 인물들이나 사물들에 대한 선취된 그리고 중첩된 묘사에서 작품의 근본주제성이 분명하게 변화하면서 반복되고 상승된다.[69] 《베니스에서의 죽음》에서 죽음의 상징성은 처음으로 삽입된 그리스신화와의 관계에서 주도 동기 기법으로 묘사된다. 죽음을 암시하는 인물들, 개념들 그리고 상징들은 그리스신화의 메타포로서 작용하면서, 이야기의 진행과 함께 반복적으로 나타난다.

이 소설에서 베니스로 가는 아셴바하의 여행은 본래 죽음의 나라로 가는 길이다. 이야기의 과정에서 그를 죽음의 나라로 안내하는 역할을 하는 이들은 그리스신화에서 죽은 자의 영혼을 저승Hades으로 안내하는 헤르메스Hermes나 죽은 사람을 죽음의 강인 스틱스Styx를 건너게 해주는 뱃사공 카론Charon과 일치한다. 토마스 만은 헤르메스가 영혼의 안내자로서 신과 인간 사이, 현세와 저승 사이, 삶과 죽음 사이를 중재한다는 의미에서 그를 가장 "자신의 마음을 끄는 신"[70]으로 여겼다. 그 이유는 토마스 만이 자신의 문학이 그런 역할을 하길 바랐기 때문이다.[71]

그렇지만 토마스 만이 《베니스에서의 죽음》에서 묘사한 죽음은 두 가지 모습으로 나타난다. 그 하나는 고대와 중세에서처럼 횃불을 거꾸로 든 죽음의 신 타나토스Thanatos나 아름다운 젊은이의 모습을 지닌 잠의 신 히프노스Hypnos 같은 우아하고 친절한 영혼의 안내자의 모습에서 나타나며, 다른 하나는 유명한 작가 구스타프 폰 아셴바하의 품위를 떨어뜨리고 끝내는 죽음으로 끌어들이는 혐오스럽고 끔찍스런 일련의 여행 안내자 모습들에서 나타난다. 그런데 《베니스에서의 죽음》에서 죽음은 이 두 모습을 함께 지니고 있다. 타치오와 그 외에 아셴바하가 만난 사람들의 모습들이 그것이다. 고대 그리스나 로마의 위대하고 아름다운 죽음의 상은 근현대에서는 더 이상 수용되지 않는다. 그 자리에 죽은 사람의 해골이나 골격 같은 흉측하고 끔찍스런 모습이 대신한다. 토마스 만이 이 소설에서 죽음의 사자로 묘사한 인물들은 고대 그리스의 죽음 모습들의 전형적인 특징을 가졌지만, 미소년 타치오를 제외하고 다른 인물들은 근현대적 죽음의 상으로, 다시 말해서 거칠고 흉한 외모를 가지고 나타난다. 일찍이 요제프 호프밀러Joseph Hofmiller가 지적했듯이, 이들은 역할에서나 외모에서 유사성을 가지고 있다.[72]

처음에 아셴바하는 진척이 없는 글쓰기의 긴장에서 벗어나기 위해서 뮌헨의 공원을 산책하면서 북쪽의 공동묘지에 있는 "그리스풍의 십자가와 밝은 색깔의 고대 이집트의 그림으로 장식된" "영안실 맞은편에 있는 비잔틴 양식의 건물"을 본다. 그리고 그 건물 앞에 있는 금장 비문에서 "이젠 당신은 신의 성전으로 들어가도다" 또는 "영생의 빛이 그대들에게 비치도다"라는 글을 읽는다. "석물공장의 울타리 너머로 팔려고 진열해 놓은 십자가, 비석, 기념비 따위들이 무덤 없는 제2의 묘지를 이루고 있다."[73] 이 모든 것은 죽음의 나라를 말해주고, 아셴바하는 죽음의 풍경 앞에 서 있다.

이미 언급했듯이, 아셴바하가 뮌헨 공원에서 죽음의 사자로서 처음 만난 이방인 같은 낯선 사람은 타나토스나 히프노스 같은 친절한 영혼의 안내자 모습에서가 아니라 현대의 혐오스런 죽음의 모습에서, 마치 죽음의 여행 안내자 같은 모습으로 나타난다. 그 낯선 사람은 적당한 키에 마르고, 수염이 없으며, 유난히 납작한 코를 가지고 있다. 그의 머리는 빨간색이고, 그의 피부는 주근깨가 있는 우윳빛이었다.[74] 머리의 빨간색은 여기서 죽음을 상징한다. 그 색은 악마적인 것의 표현일 뿐만 아니라 우리에게 피, 불, 그리고 파괴를 기억하게 하기 때문이다. 수염이 없고 마른 모습은 죽은 사람의 골격에 대한 메타포를 형성한다. 그가 쓰고 있는 차양이 넓은 모자, 어깨에 멘 배낭, 거친 모직으로 된 누르스름한 신사복, 팔에 걸친 회색 우의 등, 이 모든 것들은 그가 먼 곳에서 온 이국적 모습을 지닌 여행자라는 인상을 준다.[75] 뿐만 아니라 다리를 꼬고 몸을 비스듬히 지팡이에 의지하고 서 있는 모습은 여행자와 방랑자의 수호신이기도 한 고대 헤르메스 조각품의 포즈를 기억하게 한다. 그는 아셴바하를 불안에 빠트리고, 내면에서 여행에 대한 욕구를 불러일으킨다. 그 낯선 사람이 어디서 왔는지 모르듯이 그는 흔적 없이 다시 사라져버린다. 분명한 것은 그가 아셴바하를 죽음의 길로 인도하는 최초의 역할을 한다는 것이다.

그다음으로 중요한 죽음의 사자는 베니스에서의 곤돌라 사공이다. 그는 묘지의 첫 번째 남자와 같은 많은 특징들을 가지고 있다. "사공은 무뚝뚝하고 험악해 보이는 인상의 남자였다." 그의 눈썹은 빨간색이고 코는 뭉툭하게 위로 치켜졌으며, "뱃사람답게 파란색 옷을 입은 데다 노란색 장식 띠를 두르고 있다."[76] 장식 띠의 노란색은 옛날 죽음의 모습을 나타낸다. 《부덴브로크가의 사람들》에서 토마스와 하노의 누런 이가 죽음과 파멸을 상징하듯이, 그 색은 아마도 황달과 같은 병을 연상시키기 때문에 몰락과 부패의 전형적인 표시라 할 수 있다.

베니스에서 증기선 요금을 받는 직원이나 아셴바하를 태우고 가는 베니스 운하의 곤돌라 사공은 스틱스 강을 건너주고 노임을 받는 카론과 일치한다. 이 사공의 곤돌라는 관처럼 새까만색이고, 아셴바하는 마치 유괴당한 것처럼 위험을 느끼고, 그가 "내 현금을 노리고 등 뒤에서 노로 쳐서 나를 저세상으로 보낸다"는 생각까지 하게 된다. 곤돌라 사공은 아셴바하가 증기선을 타고 리도로 가려 했던 그의 뜻을 무시하고 자신이 직접 곤돌라로 리도까지 그를 태우고 간다. 아셴바하가 아니라 사공이 임의로 목적지를 정한다. 더욱 상징적인 것은, 아셴바하가 뱃삯을 물었을 때, 사공은 대답한다. "곧 내시게 되겠지요."[77] 그러고 난 후에 사공은 사라지고 만다. 그는 아셴바하를 죽음의 세계로 태우고 가는 사공이라 할 수 있다. 곤돌라 사공은 전통적으로 모방된 헤르메스와 카론의 모습을 지닌다.

아셴바하는 베니스로 가는 배 위에서 유별나게 옷을 입고 화장을 한 남자가 술에 취해 젊은 사람들과 어울려 떠드는 것을 본다. 그는 "지나치게 유행을 따라 재단한 연노란색 여름 양복을 입고 빨간색 넥타이"를 매고 있다. 게다가 그는 여행하는 사람이 쓰는 모자와 비슷하게 보이는 대담하게 위쪽으로 휘어진 파나마모자를 쓰고 있고, 그의 치아는 노랗고, 치켜세운 염색한 턱수염을 지니고 있다.[78] 이 같은 그의 모습은 고대와 중세의 죽음의 많은 요소들을 포함하고 있으며, 이 소설의 다른 인물들과 유사하다. 그를 자세히 관찰한 아셴바하는 그가 젊은이가 아니라 젊게 화장을 하고 치장을 한 백발의 노인임을 발견한다. 후일에, 죽음에 임박해서 아셴바하도 타치오의 관심을 얻기 위해 스스로 화장하고 치장한다. 결국 이 '가짜 젊은이'는 다름 아닌 죽음 직전의 아셴바하의 모습으로, 타치오에 의한 죽음의 충동을 심화시킨다.

호텔 앞에서 노래 부르는 4인조 거리의 악사들 가운데 기타를 치는 우두머리 가수도 곤돌라의 사공과 비슷한 모습으로 죽음을 연상시키는 특징들을 가지고 있다. 그의 "코가 납작하고 창백한 얼굴"에는 수염이 없어 나이를 가늠하기 힘들었고, "입을 벌려 히죽이 웃으면 그의 불그레한 양미간 사이에 팬 두 개의 깊은 주름은 (…) 고집스럽고 교만하고 거의 사나운 모양이었다." 그리고 마치 악마의 뿔처럼 그의 "모자 아래쪽으로 한 다발의 빨간 머리카락이 빠져나와 있었다."[79] 아셴바하가 전 도시를 소독하는 이유를 물었을 때 그 가수는 조소적인 태도로 그에게 혀를 내밀 뿐이었다. 그는 전통적인 악마의 모습으로 묘사되었다.

이 소설에서 토마스 만이 죽음의 사자로서 묘사한 일련의 인물들은 모두가 고대 그리스의 신들과 신화들에서 암시되는 죽음의 메타포라는 데에서 유사하다. 비록 토마스 만의 죽음에 대한 생각이 그가 알고 있는 신화에 많이 의존하고 있다 해도, 그는 죽음을 친구로서도 적으로서도 묘사하지 않고, 어떤 낯선 것, 힘센 것, 지배하는 것, 또는 여행하는 것으로 묘사했다.

비록 인물들이 상이한 방법으로 나타나지만 이들이 가지고 있는 죽음의 상징들은 유사한 모습으로 반복되어 묘사된다. 예를 들면 이 소설의 인물들에서 묘사된 외모의 특징들, 즉 누런 이빨, 찡그린 얼굴, 빨간 머리, 그리고 몽땅하게 위로 올라간 코 같은 유사한 특징들의 반복된 묘사들이다. 영안실 옆에 있는 석물공장에 진열된 전시품들이 제2의 공동묘지를 연상시키는 것도 이에 해당한다.

인물들 외에도 다양한 대상들이 죽음과의 관계를 나타낸다. 색色도 주도 동기 기법에 의해 반복적으로 사용하면서 죽음을 암시한다. 이미 앞에서 말했듯이 흑색과 적색은 죽음을 연상시키는 대표적인 색이다. 아셴바하가 리도로 타고 간 곤돌라는 "색깔이 너무 까매서 다른 배들 가운에 섞여 있으면 마치 관처럼 보인다."[80] 그래서 아셴바하는 배를 타고 가는 동안에 죽음을 생각하게 된다. 그가 해변에서 죽는 날에 주인 없는 사진기가 삼각대 위에 놓인 채 물가에 세워져 있었고, 그 위를 덮고 있는 검은 천이 찬바람에 휘날리고 있었다.[81] 그 후에 곧 그는 타치오와 그의 친구 야슈 사이의 싸움 장면을 관찰한다. 그 씨름에서 힘세고 거친 야슈는 "포마드를 바른 새까만 머리"였고, "빨간 리본이 달린 줄무늬 아마정장을 입고 있었다."[82]

빨간색은 이 소설의 시작에서부터 콜레라로 감염된 딸기로 인해 아셴바하가 죽을 때까지 죽음의 생각을 일깨우는 주도 동기로 등장한다.[83] 우선 죽음의 사자로서 반복적으로 등장하는 인물들은 하나같이 빨간 옷을 입었거나, 뮌헨의 공동묘지에서의 방랑자, 곤돌라 뱃사공, 거리의 가수처럼 빨간 머리의 모습이다. 그 외에도 증기기선 위의 "거짓 젊은이"는 "붉은색 넥타이"를 맸고, 타치오는 가슴에 붉은색 리본을 달았다. 그리고 아셴바하는 젊게 화장한 뒤에 뺨에 연한 연지를 바르고, 빨간색 넥타이를 맸으며, 그의 입술은 나무딸기색이다. 바닷가에 있는 타치오를 바라보면서 아셴바하가 아침식사로 먹은 푹 익은 딸기도 빨간색이고 그에게 콜레라를 감염시킨 너무 익어 물러진 딸기 또한 빨간색이다. 거리의 음악가들의 공연이 끝난 후에 아셴바하는 홍옥빛으로 빛나는 "석류 열매와 소다수가 혼합된 음료수"[84]를 마신다. 여기서 석류 열매즙은 신의 석류 열매를 먹었을 때 황천으로 떨어지는 저승의 여왕 페르세포네Persephone 신화와 관계된다. 이 과즙을 마신 자는 인간이건 신이건 간에 누구를 막론하고 다시는 지상세계로 돌아갈 수 없다.

날씨나 바다와 같은 그 밖의 주도 동기들 역시 이 소설에서 죽음과 연관된 상징적 기능을 가진다. 아셴바하는 "여러 가지 깊은 이유에서 바다를 사랑했다. 힘들게 창작하는 예술가의 쉬고 싶은 욕망에서, (…) 분류되지 않은 것, 절도가 없는 것, 영원한 것, 즉 무에 대한 금지된 애착에서, 그의 임무에 정반대되는, 바로 그렇기 때문에 유혹적이기도 한 그 애착에서 바다를 좋아했다."[85] 그에게 바다는 한편으로 갈망하는 휴식처를 상징하지만, 다른 한편으로 절도 없는 것, 영원한 것 그리고 무를 상징한다. 토마스 만의 메타포에서 바다는 죽음의 상징이다. "바다에 대한 사랑은 다름 아닌 죽음에 대한 사랑"이라고 그는 1922년에 그의 에세이 《독일 공화국에 관하여Von Deutscher Republik》에서 밝히고 있기 때문이다.[86]

죽음과 연관된 바다의 의미는 이 소설의 시작에서부터 나타난다. 아셴바하는 처음부터 뮌헨에서 산책할 때 "섬에 있는 일련의 원시세계의 황무지, 섬과 진창, 더러운 흙이 이어지는 강의 지류를 따라서 형성된 태곳적 원시세계의 모습"[87]에 대한 꿈속으로 빠져들었다. 그는 여행 목적지를 "몇 년 전부터 유명해진 아드리아 해의 어떤 섬"[88]으로 정하지만, 곧 "그가 길을 잘못 들었다"[89]는 것을 알아차리고, 부드러운 모래사장이 있는 바다와 접한 수상도시인 베니스로 떠난다. 그는 기차 대신에 배를 타고 간다. 다음 몇 주 동안 그는 바닷가 모래사장에서 즐겁게 노는 타치오를 지켜본다. 타치오는 해안가에서 죽어가는 아셴바하에게 미소를 던지고, "광막한 약속의 바다"로 오라고 손짓한다.[90] 결국 바다는 그의 죽음의 무대배경이 된다.

바다 외에 날씨도 중요한 역할을 한다. 특히 자주 반복해서 나오는 날씨 묘사는 아셴바하의 내면상태를 반영한다. 이 소설은 아셴바하의 산책으로 시작하는데, 오월임에도 "때 아닌 한여름 날씨"[91]에다 위협적인 천둥번개가 쳤다. 이런 날씨는 아셴바하가 이 시기에 처한 창작의 위기를 나타낸다. 만프레드 디릭스Manfred Dierks는 천둥번개를 아셴바하의 디오니소스적 흥분에서 나타나는 병적인 내면의 벼락으로 비유한다.[92] 아셴바하가 베니스로 가는 배에서 젊은이로 분장한 노인을 보고 당황했을 때, "하늘은 잿빛이고 바람은 습기를 머금고 있었다."[93] 또한 그 다음날에 그가 건강에 해로운 날씨 때문에 다시 떠날 것을 생각할 때, 해안가의 썩은 냄새를 "납빛으로 뒤덮은 하늘" 아래서 실어 나르는 육풍이 불어온다. 짐이 잘못 부쳐져 떠나지 못한 사고는 오히려 아셴바하에게 타치오를 계속 볼 수 있다는 행복한 우연이 되고, 그가 그 다음날 아침에 기분 좋게 깨어날 때 비로소 이 역겨운 무더위와 악취를 풍기는 바람이 사라진다.

아셴바하가 점점 더 타치오에게 빠져들 때 날은 개고, 그의 행복한 상태는 햇볕 좋은 맑은 날에 의해서 강조된다. 하지만 아름다운 소년에 대한 아셴바하의 감탄과 연모가 그를 추적하려는 충동으로 돌변할 때, 날씨는 갑자기 쌀쌀해지고, 한여름의 계절에 결코 있을 수 없는 가을다운 날씨로 변한다.[94]

죽음의 사자의 동기는 우아한 타치오라는 인물에서 절정을 이룬다. 타치오 자신도 몇 가지 죽음의 모습을 지니고 있다. 그의 나쁜 이는 그가 건강하지 않거나 병의 징후를 보인다. 그는 빨간 넥타이를 맴으로써 아셴바하에게 에로틱하게 보일 뿐만 아니라 죽음을 경고한다. 소설의 마지막 장면에서 아셴바하를 향한 타치오의 손짓은 그를 죽은 사람들의 영혼을 죽음의 세계로 안내하는 헤르메스로 만든다. 죽음의 사자들로 암시된 이전의 거칠고 조야한 인물들을 만프레드 디륵스는 아폴로적인 것의 반대되는 힘으로, 디오니소스의 사자로 파악한다.[95] 그러나 이들과는 달리 타치오의 얼굴은 "곧게 뻗은 코와 사랑스런 입술, 우아하고 신성한 진지함이 어린 표정을 담았고, 가장 고귀했던 시대의 그리스 조각품을 연상시켰다."[96] 아셴바하가 타치오를 처음 본 순간부터 그리스의 동상과 비교함으로써 타치오는 아폴로적인 특징들을 가지고 있다. 그의 가족도 마찬가지로 단정하고, 올바르고, 예의 발랐으며, 글 쓰려는 의지, 신중함, 극기와 끈기를 지닌 작가 아셴바하 자신도 그러했다.

아셴바하는 타치오의 아름다움에 곧바로 매료되고 만다. 여기서 비로소 디오니소스적인 것과 아폴로적인 것 사이의 싸움이 그의 내면에서 일어난다. 이 싸움은 그가 홀로 꿈꾸듯이, 마치 타치오와 대화하는 것처럼 펼쳐지는 내면의 독백에서 구체화된다. 이 독백에서 아셴바하는 그리스 신화를 생각하고, 자신과 타치오의 관계를 소크라데스와 그의 제자 파이드로스Phaidros와의 관계로 비유한다.[97] 선상에서 젊은이로 위장한 백발 노인처럼, "대가이자 품위를 인정받은 예술가"인 아셴바하도 타치오에게 매력적으로 보이기 위해 젊게 화장하고 치장한다. 이발소 주인은 그에게 "이제 선생님은 아무 염려 없이 사랑에 빠지셔도 될 겁니다"[98]라고 말한다. 아셴바하는 비몽사몽간에 젊게 위장한 자신의 모습에 대해 파이드로에게 한 소크라테스의 연설에 의거해서 변명한다.

그 이유는, 파이드로스여! 잘 명심해라, 아름다움만이 사랑스런 동시에 눈에 보일 수 있는 것이기 때문이다. 그러니까 아름다움은 느낄 수 있는 자의 길이란다, 어린 파이드로스여, 예술가가 정신에 이르는 길이란다. 그렇지만, 귀여운 애야 이제 너는, 정신적인 것으로 가기 위해 감각적인 것을 통과하는 길을 걸어온 사람이 언젠가는 지혜와 진정한 품위를 얻을 수 있을 거라고 생각하느냐? 아니면, 너는 이것이 오히려—결정은 네게 맡기마.—위험스럽고도 쾌적한 길, 즉 필연적으로 잘못에 이르게 하고 마는 정말 잘못된 길, 죄악의 길이라고 생각하느냐? 이렇게 묻는 이유는 네가 꼭 알아두어야 할 것이 있어서인데, 그것은 우리 시인들은 에로스가 옆에 와서 안내자로 나서주지 않고는 아름다움의 길을 갈 수 없다는 사실이야. (…) 이렇게 말하는 이유는 열정이 곧 우리의 정신을 고양시켜 주는 것이며 우리의 동경은 반드시 사랑에 머물러 있지 않으면 안 되기 때문이야. 그것은 우리의 즐거움인 동시에 치욕이야.[99]

여기서 아름다움과 사랑(에로스) 그리고 죽음의 관계에 대한 토마스 만의 생각이 제시된다. 아름다움은 아름다움으로 현현하기 위해서는 반드시 사랑이 전제되어야 하며, 그래야 아름다움의 길은 "예술가가 정신에 이르는 길"이 될 수 있다. 그런데 예술가는 에로스가 안내해주지 않고는 이 길을 갈 수 없다. 에로스가 안내하는 길은 감각적인 것을 통과하는 길로서, "위험스럽고도 쾌적한 길, 즉 필연적으로 잘못에 이르게 하고 마는 정말로 잘못된 길, 죄악의 길"[100]이며, 그래서 오직 파멸로 갈 수밖에 없는 길이다. 그렇기 때문에 아셴바하는 타치오에 대한 그의 사랑이 억제되어야만 한다고 생각한다. 그에게 마음이 가라앉고 의식이 반쯤 깨어 있는 순간이 올 때면 그는 당황하여 '어떻게 된 거지!'라고 마음속으로 생각한다.[101] 그렇지만 그는 타치오를 뿌리칠 수 없다. 그래서 아셴바하는 타치오에 대한 열광적이고 도취적인 사랑에 자신을 완전히 내맡길 수밖에 없다. 그는 더 이상 아폴로적이거나 소크라테스적 인간이 아니라 오직 디오니소스적 인간으로 인식될 수밖에 없다. 어느 날 그는 타치오가 다시 한번 해안가에서 노는 것을 관찰한다. 그가 보았다고 믿었던 것은 히아킨토스Hyakinthos였다. 히아킨토스는 그리스신화에서 나오는 아름다운 소년으로, 아폴론의 총애를 받았으나 이를 질투한 서풍의 신 제피로스Zephyros에게 죽임을 당했는데, 그때 흘린 피에서 그의 이름을 딴 히아신스라는 아름다운 꽃이 피었다.[102] '히아신스'는 아름다움, 사랑, 죽음의 일치에서 피어난 꽃이다. 즉 이 꽃은 타치오의 아름다움, 아셴바하의 사랑, 그리고 그의 필연적인 죽음을 암시한다. 토마스 만은《독일과 독일인》이라는 연설에서 아름다움과 사랑과 죽음의 관계에 대해서 말한다.

죽음과 사랑 외에 실제로 무엇이 최종적으로 아름다운 것인가? 이 질문은 (…) 아름다움과 완전성에 대한 사랑 역시 죽음에 대한 사랑에 지나지 않는다는 진술을 포함하고 있다. — 플라텐의《트리스탄》시 이래로 모든 유미주의가 알고 있는 것이란, 건강일까? 병일까? 당신들이 그렇길 원할 경우, 모든 문학 작품은 병들어 있다. 예외 없이 모든 것은 깊은 내면에서 사랑과 아름다움과 죽음의 생각들과 불가분하게, 치유할 수 없게 연관되어 있기 때문이다.[103]

아름다움을 눈으로 직접 본 사람은,
죽음에 이미 자신을
내맡긴 셈이니,
이 세상의 어떤 일에도 쓸모없이 되어,
죽음 앞에 전율하게 되리라,
아름다움을 눈으로 직접 본 사람은!

아우구스트 폰 플라텐의 《트리스탄》 제1연은 "사랑과 아름다움과 죽음"의 불가분한 연관에 대한 토마스 만의 생각에 많은 영향을 준 것을 말한다.

타치오는 아셴바하를 죽음의 세계로 안내한 아름다움과 에로스의 화신이다. 반면에 아셴바하에게 있어서 죽음은 죽음의 충동에서, 욕망의 감정에서 그리고 비록 아셴바하가 알지 못한다 해도 운명적인 아름다움에서의 해방이다. 타치오는 "완전한 아름다움의 한 비유적 모상"[104]으로 아셴바하 앞에 나타났기 때문에, 아셴바하는 그에 대한 사랑에 도취되어 그와 함께 있기 위해서 그와 그의 가족에게 콜레라 전염병에 대해 알리지 않고 그를 죽음의 위험에 방치한다. 따라서 아셴바하의 사랑은 이기적이고, 실제로 타치오와는 관계가 없다. 그는 타치오를 사랑한 것이 아니라 이 미소년에 대한 관찰이 그에게 주는 아름다움에의 도취를 사랑한 것이다. "그리하여 늙어가는 예술가는 여러 생각할 것 없이, 아니, 탐욕적으로 그 도취를 기꺼이 받아들였다."[105]

그의 도취는 꿈에서 절정에 이른다. 이 소설이 시작하면서 공동묘지에서 만난 낯선 남자에 의해 일깨워진 죽음의 충동과 여행의 욕망에서 아셴바하에게는 마치 한낮에 꿈꾸듯 그는 "엄청나게 울창한 습한 밀림" 속의 "대나무 사이에서 호랑이가 눈에 불꽃 같은 빛을 내며 웅크리고 앉아 있는 모습"을 본다.[106] 울창한 자연의 생명력과 호랑이에 의한 죽음의 위험, 사람이 접근할 수 없는 태곳적 원시림의 무질서와 혼란, 이것들이 공존하는 곳이 호랑이의 고향이다. 호랑이의 동기는 베니스에 있는 영국 여행사의 한 젊은 직원에 의해 다시 반복된다. 그는 아셴바하에게 콜레라 "전염병이 인도의 갠지스 강 삼각주에 있는 따뜻한 습지에서 생겨난 것이며, (…) 그곳 대나무 숲에는 호랑이가 웅크리고 있다"[107]고 설명한다. 에르하르트 바르Erhard Bahr는 니체의 《음악 정신에서의 비극의 탄생Die

Geburt der Tragödie aus dem Geiste der Musik》(1872)에서 디오니소스의 마차를 인도에서 그리스로 끌고 온 것은 호랑이들이라고 밝힌다.[108] 인도는 디오니소스의 고향이라 할 수 있다. 그래서 호랑이들은 디오니소스적인 것의 상징으로, 도취, 비합리성, 감정 그리고 무질서에 대한 성향을 나타낸다. 나아가 그는 호랑이가 웅크리고 있는 인도의 원시림에서 발병한 콜레라 또한 디오니소스적인 것, 악마 같은 것, 그리고 혼란한 것의 징표라고 주장한다.[109]

아셴바하는 타치오의 가족에게 베니스에 만연한 전염병을 알리고 떠날 것을 권고하려 했다. "아마도 그렇게 하면 자기를 되찾고 자신에게로 다시 돌아갈 수는 있을지 모른다"고도 생각했다. 하지만 그는 끝내 침묵하고 만다. 타치오의 출발이 그에게 죽음을 가져오는 것만 같아 끔찍하게 두렵기 때문이다. 그가 도취에서 깨어나려는 노력은 실패한다. 타치오에 대한 사랑에의 도취가 "이성의 영역"을, 다시 말해서 평생을 원칙과 고행으로 창작해온 정신적 삶을 지배한다. 이제 "혼돈의 정점"에서 "예술과 미덕"은 그에게 의미가 없게 된다.[110] 그는 디오니소스적 감정의 도취를 선택하고, 스스로 그 속으로 빠진다.

그래서 "이날 밤 그는 무서운 꿈을 꾸었다. (…) 그 꿈의 시작은 두려움이었다. 두려움과 기쁨이 찾아왔고, 앞으로 무슨 일이 생길까 하는 무서운 호기심이 들었다."[111] 이는 한편으로 이전의 작가적 정신세계로 돌아갈 수 없다는 두려움이고, 다른 한편으로 타치오와 이별하는 두려움이다. 또한 기쁨은 타치오에게서 느끼는 에로스적 기쁨이다. 그 꿈의 세계를 지배하는 것은 "낯선 신Der fremde Gott"[112]으로 인도에서 온 디오니소스다.

니체는 아폴로적인 것과 디오니소스적인 것이 예술과 창작에 영향을 끼친다는 쇼펜하우어의 구조원칙을 발전시켰다.[113] 니체에 있어서 아폴로는 예언, 문학, 조화, 질서의 신으로서 아름다운 외양, 조화, 객관적 사고방식, 자기 확신 그리고 사색적 삶의 세계를 대표하는 "조형력"의 신을 상징한다.[114] 이와 반대로 디오니소스는 놀람의 세계를, 인간을 완전한 자기 망각으로, 그러나 또한 화해, 일치, 그리고 성스러운 것으로 유혹하는 도취의 세계를 구체화한다. 여기에다 디오니소스는 충동의 세계, "열광적 엑스터시와 존재적 동요의 세계를 대표한다.[115] 쇼펜하우어의 영향으로 니체는 디오니소스를 악으로, 파괴적인 것으로 관찰해왔던 것에서 발전해서 "삶의 에너지의 원천Quelle der Lebensenergie"으로 인식하기 시작했다.[116] 도취는 힘의 상승과 충만한 감정에 이바지하기 때문에, 어떤 긍정적인 것이라고 생각했다.[117] 디오니소스적 축제에서 사람들은 그들의 근심과 고통을 잊고, 그들의 충동을 자유롭게 놓아준다. 해서 니체에게 디오니소스적인 것은 인간을 해방시키는 새로운 힘인 것이다.[118]

아셴바하는 그 힘을 인정하고, 그의 꿈에서 디오니소스적 축제가 일어난다. 마치 괴테의《파우스트 박사》에서 '발푸르기스 밤의 축제' 장면에 나오는 광란하는 마녀들의 축제처럼, 꿈속에서 "인간과 동물들의 떼거리들"이 춤을 추면서 계속 울부짖는다. 아셴바하는 제정신을 잃고 "현혹, 모든 것을 마비시키는 정욕이 그를 사로잡았다. 그의 영혼은 그 신의 윤무에 동참하기를 열망했다."[119]

그들은 입에 거품을 물고 호색적인 동작과 외설적인 손놀림으로 서로를 자극하며 웃어대거나 신음을 토했다. 그러고는 가시가 달린 막대기로 서로의 몸을 쑤셔대면서 사지에 묻은 피를 핥아먹는 것이었다. 그러나 꿈을 꾸고 있는 그는 이제 그들과 함께, 그들 속에 있었고 어느 사이엔가 그 낯선 신에게 속해 있었다. 아니 정말이지 그들은 바로 그 자신이었다. (…) 그래서 그의 영혼은 파멸의 음탕과 광분을 맛보았다.[120]

아셴바하의 죽음은 디오니소스적 꿈의 축제 후에 온다. 타치오의 아름다움에의 도취는 주인공을 광적인 행위로 몰고 가서 결국 정신적으로, 도덕적으로 파멸시킨다. 그곳에 번지는 콜레라의 치명적인 위험이 이것을 상징한다. 플라텐이 그의 시 《트리스탄》에서 "아름다움을 눈으로 직접 본 사람은 이미 죽음에 자신을 맡긴 셈이니!"라고 읊고 있듯이, 타치오의 아름다움을 본 아셴바하는 나르치스Narziβ처럼 아름다움과 자기도취로 죽을 수밖에 없다. 꿈에서 깬 아셴바하는 사랑하는 사람이 누구나 그러하듯 타치오의 호감을 얻기 위해 얼굴을 화장하고 옷치장을 한다.[121] 그는 표면의 아름다움에 현혹되고, 그 아름다움에서 사랑을 느끼고 경험하고 싶어 한다. 결국 타치오의 아름다움은 아셴바하의 사랑을 불러일으키는 가상일 뿐이다. 따라서 그의 사랑은 순수한 육체적 아름다움을 관찰할 때 느낄 수 있는 쾌락의 감정을 오직 잠시 동안만 충족시킬 수 있을 뿐, 자신을 타치오에 대한 사랑에서 완전히 해방시킬 수 없다. 완전한 해방으로 가는 유일한 출구는 그가 무의 상태에서 꿈꾸는 죽음이다. 프로이트의 이론에 의하면, 인간은 욕망과 현실 사이의 싸움 외에 강한 죽음에의 충동을 받는 존재이다.[122] 인간의 죽음에의 충동은 절대적 무의 상태로 돌아가기 위한 노력에서 시작하기 때문에, 성적 충동과 자기보존 충동을 덮어버린다.[123]

꿈에서 깨어난 후에 콜레라에 감염된 채 바닷가에 앉아 있는 아셴바하에게 "마치 그 창백하고 사랑스런 '영혼의 인도자'(즉 헤르메스를 의미한다―필자 주)가 저기 먼 바다 바깥에서 미소를 짓고 그에게 눈짓을 보내는 것 같은 생각이 들었다. "타치오는 손으로 바다를 향해 손짓해 보이고, 그 광막한 바다 안으로 자기가 앞서 둥실둥실 떠가는 것 같았다. 그래서 그는 지금까지 자주 그래 왔듯이 그를 따라가려고 일어섰다."[124] 토마스 만의 메타포에서 무와 죽음을 상징하는 바다는 아셴바하의 죽음의 배경

을 이루고, 그가 무한한 무로, 디오니소스적인 것으로 허무하게 해체되는 것을 암시한다.[125]

타치오의 아름다움에 대한 아셴바하의 사랑은 내면으로 향한 자기 파괴이다. 그의 죽음은 의지와 지성 사이의 균형 속에서 살면서 육체적 아름다움보다 정신적 아름다움을 추구해야 하는 천재 작가의 죽음에 맞지 않는다. 그의 죽음은 아폴로적이 아니다. 아셴바하는 도취와 황홀의 신 디오니소스를 대표하고, 그의 죽음은 디오니소스적 죽음의 전형적인 예라 할 수 있다.

선과 사랑을 위한 아폴로적 · 휴머니즘적 죽음
《마의 산》

인간은 선과 사랑을 위해서 인간의 사고에 대한
지배권을 죽음에 양도해선 안 된다.
_《마의 산》6장 '눈雪'의 장면에서

    초기작품에 나타난 길 잃은 시민의 내적 갈등과 구원의 길을 찾지 못
하는 토마스 만의 고뇌는《마의 산》을 기점으로 만년의 작품에 이르면서
점차 해결의 길로 들어서게 된다. 1924년에 출간된《마의 산》의 줄거리는
간단하게 세 문장으로 요약될 수 있다. 함부르크 출신인 23세의 젊은 조
선분야의 엔지니어 한스 카스토르프Hans Castorp는 스위스의 알프스 고산
지대에 위치한 그라우뷘덴 주의 다보스에 있는 폐결핵환자 요양원 베르
크호프Berghof로 사촌인 요아힘 침센Joachim Zimßen을 만나러 간다. 그러
고는 그곳에서 7년 동안 머물게 된다. 그리고 제1차 세계대전이 발발하
자 그는 요양원을 떠나 참전한다.

《마의 산》의 배경이 된 다보스 있는 요양원의 모습

요양원은 삶을 위해 노력하는 저지대의 일반시민사회와 격리된 폐쇄된 세계이다. 그곳에서 7년간 머무는 동안에 젊은 한스 카스토르프는 속세를 떠난 여러 인물들과 만나면서 정치와 철학, 그리고 사랑, 병, 죽음의 문제들과 직면하게 된다. 그는 수많은 대화에 주의를 기울이면서 학문적으로 연구하고 지속적으로 성찰한다. 순박했던 주인공은 이 7년 동안에 큰 깨우침에 이르게 된다. 이 대하소설은 모두 7장으로 구성되었는데, 7장의 마지막 한 장면인 '청천벽력Der Donnerschlag'를 제외하고 모든 장들이 그가 지적으로 뿐만 아니라 정신적으로도 성숙해가는 과정과 관계되고,

요양원은 "교육적 영역"[126]이 된다.

이런 관점에서 볼 때 《마의 산》은 독일 고전주의 교양소설의 성격을 가진다. 괴테의 《빌헬름 마이스터의 수학시대》와 《빌헬름 마이스터의 편력시대》가 교양소설의 대표적인 작품이라 할 수 있는데, 빌헬름 마이스터처럼 고전주의 교양소설의 주인공들은 넓은 세계로 나가서 지식을 얻고 경험을 쌓아 내면의 발전을 이루고 시민사회의 유능하고 자부심 있는 구성원으로 돌아온다. 한스 카스토르프도 요양원의 체류기간에 내면의 발전을 이룬다는 점에서 독일 고전주의 교양소설의 성격을 가진다. 하지만 그의 길은 세상 속으로 나가는 것이 아니라, 격리된 산속으로, 밀폐된 병동의 삶 속으로 들어간다. 그래서 그의 개인적인 내면의 발전과정은 시민사회의 유능한 구성원으로 지향하지 않고, 폐결핵 요양원을 지배하는 병과 죽음의 문제에 더 많이 빠져든다. 이런 의미에서 《마의 산》은 독일 고전주의의 교양소설에 대한 패러디이고, "현대판 《발헬름 마이스터》"[127]라 할 수 있다.

《마의 산》역시 토마스 만의 경험으로부터 나온 작품이다. 그는 1912년에 다보스에 있는 폐결핵 요양원에 입원해 있는 그의 부인 카챠를 방문했고, 그곳에서 3주간 머물면서 얻은 경험을 토대로 이 작품을 쓰기 시작했다.[128] 하지만 제1차 세계대전이 중도에 발발했기 때문에 집필에 12년이 걸렸다. 그는 그곳에서 환자들이 죽음에 대한 생각에 빠진 상태에서 삶의 의욕보다는 무기력하고 무질서하게 살고 있는 것을 경험했고, 그것을 처음엔 단편소설의 자료로 사용해서 그 당시의 시민적 데카당스를 비판하려 했다. 그는 우선 《마의 산》을 1912년에 완성된 단편소설 《베니스에서의 죽음》에 대한 명랑하고도 아이러니한 반대 작품으로, 다시 말해서 일종의 '풍자극Satyrspiel'으로 생각했다. 즉 《마의 산》은 "죽음과 풍자의 혼합"이라 할 수 있다. 《마의 산》은 여러 가지 관점에서 《베니스에서의 죽음》에 대한 반명제를 나타낸다. 말하자면 작가로서의 확고한 위치를 가진 구스타프 아셴바하는《마의 산》에서 젊고 경험이 없는 엔지니어와 대립해 있다. 아름다움의 결정체로 나타난 폴란드 소년 타치오는 주인공인 한스 카스토르프가 사랑하게 되는 매혹적이고 아름다우나 행동에서 무질서한 환자인 러시아 여인 클라우디아 소샤Claudia Chauchat 부인에, 그리고 베니스에서 의도적으로 은폐된 콜레라는 요양원에서 공개적으로 드러나 보이는 폐결핵에 비교된다. 이런 토마스 만의 창작 의도는 그 시대의 낭만적인 죽음에 대한 환상을 삶에 대한 믿음에서 생기는 새로운 휴머니즘의 감정으로 비판하려는 것이다.[129] 토마스 만은 다보스의 폐결핵 요양소 베르크호프를 제1차 세계대전 이전까지 상이한 국적의 사람들이 모이고 문화의 활발한 교류가 이루어지는 장소로 선택하고 있어 그의 비판은 독일을 넘어 전체 유럽으로 확대된다.[130] 때문에 이 소설은 독일과 유럽의 병든 사회에 대한 "치유의 길"[131]을 제시하는 유럽의 시대소설이기도 하다.

젊고 순박한 한스 카스토르프는 조선소에서 일을 시작하기 전에 3주 예정으로 폐결핵을 앓고 있는 사촌 요아힘 침셴이 입원해 있는 요양원 베르크호프를 방문한다. 귀향길에 오르기 직전에 한스 카스토르프는 갑자기 폐 점막에 염증이 생겨서 당분간 요양원에 머물 것을 결심한다. 그는 정식으로 베르크호프의 환자가 되어 요양원의 규정과 환자의 일정에 따라 생활한다. 그는 죽음이 서려 있는 베르크호프의 환경에 잘 적응할 수 있었다. 그는 어릴 때부터 빈혈이 있었고, 게다가 이미 어린아이일 때 고아가 되었다. 그의 할아버지도 그가 어릴 적에 돌아가셨기 때문에 그는 일찍부터 죽음에 친숙해질 수 있었다. 그는 죽음에 대해 일종의 친밀감마저 마음속에 품게 되었다. 산 아래 평지의 삶은 그에게 점점 멀어져서 거의 전소된 것처럼 이상하게 여겨진다. 이렇게 그는 베르크호프에서 7년을 보낸다.

고산지대에 있는 요양원은 "삶과 죽음 사이의 중간 영역"[132]이다. 이 요양원에 있는 여러 나라의 환자들은 모두가 폐결핵을 앓고 있는 환자들이다. 이들 가운데는 중환자 외에도 일상적인 시민의 책임에서 벗어나서 즐기기 위해 가벼운 증상에도 불구하고 요양원에 살고 있는 사람들도 있다. 이들 모두가 고산지대의 요양원 생활을 수년 동안 또는 무기한으로 할 수 있는 것은 그들 집안의 희생과 경제적 능력 없이는 불가능하다. 따라서 이 요양원은 20세기 초의 부유한 시민계급의 삶이 병적 현상으로 나타나는 상징적 공간이라 할 수 있다. 기진맥진해서 기운 없어 보이는 환자들의 몸가짐, 이유와 변명도 없이 질서와 예의를 경시하는 생활습관, 어깨 으쓱거림에서 나타나는 환자들의 무관심 등, 환자들의 나쁜 생활모습들은 그들이 아무것에도 얽매어 있지 않음을 암시한다. 이곳의 환자들은 평지의 실제적 삶을 위한 책임과 의무 같은 모든 속박에서 해방되었다. 이들이 병을 이유로 근심 없이 자유롭게 생활하듯이, 이들에게 "병은 자유를 준다."[133] 병은 해방과 자유를 위한 도피수단이 되었다.

생명의 위험을 이미 알고 있는 사람들의 사회는 삶에 염증을 느낀 세계이기도 하다. 이 세계에서 환자들은 같은 생활을 지루하게 되풀이해야만 한다. 정해진 시간에 일어나고, 식사하고, 대화하고, 진료 받고, 휴식을 취하는 등, 똑같은 일의 반복 속에서 날, 주, 달, 해가 언제나 같은 모양으로 흘러가고, 시간의 개념은 '흐름'에서 '정지'로 변한다.[134] 한스 카스토르프 역시 요양원에서 서서히 시간감각을 잃고, 그에겐 더 이상 회중시계와 달력이 필요 없게 되었다.[135] 더구나 한스 카스토르프의 양아버지가 죽은 후에는 어떤 서신교환도 없어지고, 그와 평지 사이의 모든 관계는 완전히 두절되었다. 매우 희미해진 평지에 대한 기억과 함께 그는 평지의 삶의 속박에서 벗어나 베르크호프 요양원에서 홀린 듯이 아무런 걱정 없이 편안하고 자유롭게 살아간다.

　요양원 생활이 말해주고 있듯이 병과 죽음은《마의 산》의 중심 테마에 속한다. 이는《부덴브로크가의 사람들》과《베니스에서의 죽음》, 그리고 후에《파우스트 박사》에서도 마찬가지이다. 한스 카스토르프는 고문관 의사 베렌스Behrens와 정신분석에 관심이 있는 의사 크로코브스키Krokowski에 의해 운영되는 요양원의 분위기에 관심을 갖게 된다. 공기도 희박한 산속의 요양원에 살고 있는 환자들은 다른 환자들이 죽어가는 것을 목격하고는 그들에게도 머지않은 장래에 동일한 운명이 닥칠 것이라고 예감한다. 그리고 아직까지 죽음에 이르지 않은 사람은 하루 중 대부분의 시간을 누워서 안정을 취할 뿐이다. 그것은 죽음과 다를 바 없다.

　한스 카스토르프는 베르크호프에서 다양한 죽음의 모습을 본다. 베르크호프에 도착한 첫날 그는 점심시간에 호흡곤란으로 그르렁거리며 숨쉬거나 각혈하는 환자들을 보았고, 점심 식사 후 산책할 때 기흉으로 인해서 폐에서 휘파람 소리를 내며 숨 쉬는 키가 큰 젊은 여인 헤르미네 클레펠트Hermine Kleefeld를 보고 놀란다.[136] 그의 사촌 요아힘 침센은 그가 지낼 방을 보여주면서 엊그제 그 방에서 미국 여자 한 명이 죽어나갔으며, 사람들이 그 방을 포르말린으로 철저하게 소독했다고 알려주었다.[137] 한스 카스토르프가 그 방에서 얼마나 많은 사람이 죽어나갔느냐고 묻자 침센은 대답한다.

　분명 여러 명일 거야. 하지만 그 모두가 아무도 모르게 처리되니까 전혀 모르고 지나쳐버리든지, 아니면 나중에 가서야 우연히 그 이야기를 들을 뿐이야. 누가 죽으면 그건 엄격한 비밀로 되어 있어. 다른 환자들, 특히 발작의 위험성이 많은 여자 환자들을 고려해서야. 네 옆방에서 누가 죽었다 해도, 넌 그걸 전혀 알지 못할 거야. 관은 새벽에 네가 아직 잠자고 있

는 시간에 들여오고, 시체를 내가는 것도 그런 때를 이용해, 말하자면 식사시간 같은 때 말이야.[138]

환자들은 그들의 병이 치명적이라는 것을 안다. 그러나 그들은 이 가능성을 쫓아내버리고, 위협해오는 종말과의 충돌을 회피하려 한다. 언젠가 요아힘 침센은 목사가 그 미국 여자의 방에 들어갈 때 죽어가는 사람의 죽음에 대한 공포를 체험했다. 그 순간에 그는 끔찍하게 외치는 소리를 들었다. 그 소리에는 이루 표현할 수 없는 비탄과 경악과 항의가 있었다. 그리고 그것은 또한 소름 끼치는 구걸의 외침이기도 했다. 미국 여자는 비탄과 경악, 항의와 구걸로 발버둥치는 죽음의 모습을 보여주었다.[139]

중병에 걸린 환자들은 죽음에 상이하게 반응한다. 좀머Sommer 부인은 웃고만 있었기 때문에 그녀가 죽음과 생명의 위험을 너무나 우습게 생각한다는 인상을 주었다.[140] 이와는 반대로 잘생긴 이탈리아 남자 라우로 Lauro는 임종의 순간까지 허풍과 수다를 멈추지 않고 영웅처럼 죽는다는 생각을 장황하게 떠벌려댔다.[141] 플링크로트Frau von Mllinckrodt 부인은 "여성의 나사로Lazarus"(누가 16:20; 육체적으로 심한 고통을 받는 자)와 같은 여인으로, 자기 자신을 진지하게 여기지 않고, 다만 죄 많은 여자였음을 깨닫고, 모든 육체의 고통에 인내와 끈기로 승리한 죽음의 모습을 보여주었다.[142] 더 나아가 한스 카스토르프의 사촌 요아힘 침센은 의사의 만류에도 불구하고 평지의 세계에서 활발히 살기 위해서, 그리고 그의 군 의무를 마치기 위해서 요양원을 떠난다. 그러나 그는 병의 악화로 다시 요양원에 돌아와서 죽게 되지만, 침센은 다른 환자들과는 달리 맑은 의식으로 죽음을 맞이한다. 그는 죽음을 맞이하면서 안정과 침착함을 잃지 않는 의연한 모습을 보여주었다. 죽음을 맞이하는 "요아힘의 말없는 얼굴 위로 처음에 지녔던 남자다운 젊음의 아름다움이 은은히 번졌다."[143] 슈퇴어

부인은 그의 모습에 감동해서 "영웅이었어요, 영웅이었지요!"라고 여러 번 외쳤고, 그의 장례식에는 필히 베토벤의《에로이카》(제3심포니〈영웅〉을 뜻함—필자 주)가 연주되길 원했다.[144]

신부는 가급적이면 다른 환자들이 알아차리지 못하게 성체를 죽어가는 사람의 종부성사를 위해 불러온다. 죽어가는 환자는 온 힘을 다해 죽음에 대항하고, 불안 속에서 흔히 "보기 흉한 장면"을 보여준다. 그때 요양원 베르크호프의 대표자인 베렌스는 죽어가는 환자들을 다룰 줄 알고, 고통스럽게 죽어가는 한 아가씨에게서처럼 적절한 말을 할 줄 안다. "'제발 좀 그런 꼴은 보이지 말아요!' 그러면 환자는 곧바로 조용해졌고, 그리고 아주 조용히 죽었다."[145] 베렌스는 주인공 한스 카스토르프의 멘토 역할을 하게 되는 로도비코 제템브리니Lodovico Settembrini에 의해서 저승의 망자를 심판하는 라다만트Rhadamanth[146](저승의 망자에 대한 심판관—필자 주)로 불린 의사이고, 자기 자신이 아프기 때문에 빈혈이 있는 창백한 얼굴을 가진 역설적인 인물이다. 병과 예견된 죽음에도 불구하고 그는 라다만트처럼 환자들의 죽음에 대한 감사관으로서 직무를 수행한다. 이런 의미에서 그는 사탄의 지배 아래서 봉사하는 작은 악마라는 것이 분명해진다. 그의 성격은 눈에 띄게 극단적이고 민감하여 "신랄한 냉소와 냉혹함의 괴물"[147]로 묘사되기까지 한다.

한스 카스토르프가 어린 시절에 가족들의 죽음에서 여러 번 겪었던 경험은 그로 하여금 슬픔 속에서도 "어린애다운 냉정함과 객관적인 주의를 기울이게 했다."[148] 죽음에 대한 경외심은 한스 카스토르프의 마음에 깊이 새겨졌고, 그럼으로써 그는 고통과 죽음을 진지하게 받아들이고 존중할 수 있게 되었다.[149] 그래서 고문관 베렌스가 종말을 받아들이지 않으려는 절망적인 환자들을 꾸짖고 진정시키려 하는 그의 무례한 태도가 그를 격분시켰다. 뿐만 아니라 그는 시체를 남몰래 처리하기 위해 요양원에서

"시행되고 있는 숨김의 제도"와 그곳 사람들이 "이기적으로 아무것도 알려고도, 보려고도, 들으려고도 하지 않으려는 것"[150]을 경멸했다. 그는 요아힘 침센에게 말한다.

> 죽어가는 사람은 어느 의미에서 존경해야 마땅해. 그 사람을 나도 너도 그렇게 아무렇지 않게 말할 수는 없어. 말하자면 죽어가는 사람은 분명히 성스럽다고 나는 생각해![151]

한스 카스토르프는 요양원에서 병이 인간을 정신적으로 고귀하게 만든다는 인상을 받는다.[152] 요양원에 머무는 동안에 한스 카스토르프는 많은 환자들과 만나고 대화한다. 그들 중에서 주인공 한스 카스토르프의 내적 성장을 위한 멘토로서의 역할을 하는 인물은 로도비코 제템브리니 외에도 그의 반대론자인 레오 나프타Leo Naphta, 다그헤스탄Daghestan의 한 고위 관료의 러시아 부인으로 매력적인 푸른 눈과 관능적인 외모를 소유하고 있는 28세의 클라우디아 소샤, 그녀의 정부인 민헤르 페퍼코른 Mynheer Peeperkorn이다. 그리고 동기부여와 분위기 조성을 위한 인물들은 요아힘 침센, 고문관 베렌스, 그의 조교인 의사 크로코브스키와 죽어가는 환자들이다. 각 인물들의 등장 시점과 역할은 다르다.

한스 카스토르프는 처음으로 제템브리니를 알게 되고, 점점 친밀한 사이로 발전한다. 제템브리니는 합리적이고 계몽적인 인문주의자이자 작가이며 프리메이슨 회원이다. 그는 한스 카스토르프에게 학문과 이념의 문제들에 대해 많은 가르침을 주며 정신적·학문적 후원자가 된다. 제템브리니는 계몽주의를 이상으로 삼고 새로운 것과 발전적인 것을 믿으며, 육체, 아름다움, 자유, 즐거움의 명랑한 분위기를 긍정하고 존경한다. 그는 계몽주의의 의미에서 사물에 대한 합리적 분석이 인간을 오류로부터 해방시키고, 세련되고 성숙하게 만든다고 여긴다. 또한 이러한 분석은 어리석은 신념을 의심케 하고, 자연적인 편견을 해소하며, 권위를 없애는 계몽과 개화의 도구로서 유용하다고 생각한다.

레나 순트하이머Lena Sundheimer는 제템브리니를 신화적 측면에서 관찰했다. 레나는 제템브리니를 그의 박식함과 유연한 능변에서 헤르메스 트리스메기스토스Hermes Trismegistos(저서와 박식의 신—필자 주)와 연관시켰다. 한스 카스토르프를 처음 만날 때, 제템브리니는 모자를 쓰고 다리를 꼰 채 그의 지팡이에 기댄 자세를 하고 있어 레싱의《고대인은 어떻게 죽음을 형성했는가?》를 상기시킨다. 또한 그는 한스 카스토르프의 방에 처음으로 들어서면서 불을 켜서 어둠을 밝혀주고, 계몽주의 정신으로 그를 가르치려 했을 뿐만 아니라, 매일 신문을 읽는 유일한 사람으로서 저지대와 격리된 다보스 사이를 연결하는 역할에서 프로메테우스와 비유된다.[153] 요아힘 소에프Joachim Schoepf는 제템브리니를 고전주의의 의미에서 지옥의 악마 같은 악의 후예가 아니라 계몽주의의 악마, 즉 천사 루시퍼Luziper(악마의 우두머리 또는 금성으로 빛을 가져오는 사람이란 의미가 있다—필자 주)처럼 빛을 가져오는 자로 설명했다.[154] 제템브리니는 '육체는 바로 정신'이라는 일원론자로서, 한스 카스토르프를 죽음에 매료되기 쉬운 고지의 요양원에서 이성과 의무와 노동이 존재하는 평지 세계로 되돌려 보내기 위하여 많은 노력을 한다.

우선 그는 병과 죽음의 절망이 지배하는 요양원 분위기에서 환자들이 느끼는 해방과 자유는 잘못된 것임을 지적한다. 이곳 요양원에 사는 모든 사람들은 폐결핵을 앓고 있다. 이 병은 환자들의 하루의 흐름, 생각 그리고 대화를 지배하고, 환자들은 이 병으로 죽는다는 것을 알고 있다. 그는 "병과 절망이란 (…) 종종 태만의 형태들일 뿐이며" 해서 그들이 느끼는 해방과 자유는 자제력 상실과 무절제의 한 형태로 생각된다고 한스 카스토르프에게 말하다.[155] 병은 사람들에게 해방과 자유를 줄 수 있지만, 병에 의한 자유는 사람들을 무기력하고 태만하게 만들 수 있는 또 하나의 병적 현상일 뿐이라는 것이다.

그리고 제템브리니는 한스 카스토르프가 처음에 요양원 환자들의 죽음에서 받은 인상, 즉 병이 인간을 정신화하고 고귀하게 만든다는 인상도 반박한다. 그는 이탈리아의 서정시인인 레오파르디Leopardi(1798~1837)가 꼽추라는 불구의 몸으로 인해서 "시인이 지닌 본래의 위대한 영혼이 (…) 언제나 모욕받은"[156] 사실을 예로 들고, 영혼을 품고 있는 육체와 정신을 소유한 인간, 이 양자의 동등한 가치와 조화를 강조한다. 그는 말한다.

> 병에 의한 정신화라는 말은 그만두십시오! 육체가 없는 영혼은, 영혼이 없는 육체와 마찬가지로 비인간적이요, 무서운 것입니다. 이건 정말 농담이 아닙니다. 그리고 육체가 없는 영혼은 드문 경우이지만, 영혼이 없는 육체는 흔히 볼 수 있습니다. (…) 환자로 살아가는 인간이란 단순한 육체에 불과한 것으로서, 이런 경우야말로 비인간적이며 오욕입니다. 대개 그러한 인간은 썩은 고기와 다를 바가 없습니다.[157]

한스 카스토르프는 요양원의 살롱에 새로 설치된 축음기와 소장된 많은 음반을 손수 관리하면서 한밤중에 홀로 음악에 도취되곤 했다. 그것이 그의 가장 큰 기쁨이었다. 음악이 있는 공간에는 시간을 초월한 망각의 삶이, 오직 밀폐된 공간에서만 존재하는 행복한 시간의 정지상태가 지배했다. 한스 카스토르프는 매력적인 가곡《보리수》를 다른 음악보다 가장 좋아했다.[158] "그가 그 가곡에 정신적 공감을 갖는 것은 결국 죽음에 공감을 갖게 되는 불길하고 음울한 결과"[159]를 초래한다. 이 가곡이 품고 있는 죽음에 대한 친근감 때문이다. 이 가곡의 세계는 "사랑이 금지된 세계",

곧 "그것은 죽음이다."[160] 그래서 이 가곡에 정신적으로 공감한다는 것은 죽음에 공감한다는 것이다. 한스 카스토르프는 자신도 모르게 밤에 음악에 도취되어 낭만적인 마법의 세계에 기꺼이 자신을 내맡겼다. 음악에 도취된 생활은 요양원에서 느끼는 병적 해방과 자유의 또 다른 미학적 형태이다. 이때 음악은 병처럼 해방과 자유를 위한 도피수단이 되었다. 제템브리니는 한스 카스토르프가 음악에 "도취해 들어가는 성향"을 "병"이라고 규정했다.[161] 그리고 그러한 도취현상이 지배하는 시대와 그 세계의 모습도 병적으로 보았다. 때문에 제템브리니가 일찍이 한스 카스토르프와 그의 사촌 요아힘에게 음악의 병적 위험들에 대해 경고한 것은 우연이 아니다.

> 음악은 (…) 절반만 표현된 것, 회의적인 것, 무책임한 것, 무차별한 것이며 (…) 음악이 음악에서 진정하도록 유혹하기 때문에 위험합니다. (…) 음악만으로는 세계를 발전시키지 않습니다. 오직 음악만은 위험합니다. (…) 예술은, 그것이 일깨우는 한, 윤리적이지요. 그러나 만일 예술이 반대되는 것을 한다면 어떨까요? 만일 예술이 마취시키고 잠들게 하며, 활동과 발전을 저지한다면? 그것 또한 음악일 수 있습니다. (…) 악마 같은 작용이지요, 신사 여러분! 아편은 악마로부터 오는 것입니다. 그것이 무딘 감각, 고집, 무위, 노예 같은 정체상태를 만들기 때문이지요. (…) 음악에 대해서는 어떤 회의적인 것이 있습니다. 여러분! 나는 음악이 두 가지 의미를 가진 존재라고 주장합니다.[162]

이 인용문은 음악이 지닌 긍정적 내지 부정적 작용의 양면성에 대한 토마스 만의 음악관을 나타낸다. 토마스 만은 니체의 영향 아래에서 음악에의 도취에서 오는 위험성을 지적했다. 제템브리니는 음악이 문학을 따르지 않는 한 음악을 싫어한다.[163] 이는 음악이 아편과 비슷하게 도취와 꿈으로 유혹하는 위험한 힘이기 때문이다.[164] 하지만 그는 음악 애호가로서 한편으로 루터의 종교개혁에서 계몽주의와 고전주의에 이르는 음악이 인간을 고귀하게 만들고, 계몽정신과 시민해방을 위한 기능을 해왔다는 긍정적 인식도 가지고 있었다. 다른 한편으로 그는 낭만주의의 음악과 바그너 음악의 위험성에 대한 니체의 비판처럼, 음악에서 마치 마취제처럼 오직 감정만을 불타오르게 하는 이성적 정신을 잠재우는 위험한 부정적 작용도 보았다. 그래서 제템브리니는 한스 카스토르프에게 음악에의 지나친 도취를 경고한다.

소설의 시작 부분에서 제템브리니는 한스 카스토르프를 다보스 요양원에서 처음 만났을 때부터 그곳을 떠나라고 충고한다. 그는 그를 호머의 《오디세이》와 비교하면서 이렇게 말했다.

> 그래요? 그럼 당신은 우리와 다르다는 말씀이군요? 당신은 건강하신데, 단지 지옥에서 온 오디세이처럼 이곳에 불청객으로 머물고 계시는군요? 망자가 아무런 가치도 의미도 없이 살고 있는 이런 심연으로 내려오시다니 정말 대단하십니다.[165]

제템브리니는 호머의 오디세이가 요정 칼립소Kalypso의 섬 오기기아 Ogygia에서 머문 7년을 상기시키면서[166] 한스 카스토르프가 오디세이처럼 마녀의 섬에서 "벌을 받지 않고" 벗어날 수 없음을 예견한다.[167] 제템브리니는 위에서 언급한 여러 가지 이유로 한스 카스토르프에게 요양원의 환경에서 벗어날 것을 충고한다. 결론적으로 한스 카스토르프는 엔지니어이기 때문에 그의 일은 정신적인 것이 아닌 실제적인 것이어서, 고지대에 있는 베르크호프에서가 아니라 아래 세계에서만 이루어질 수 있다고 제템브리니는 말한다.

> 오직 평지에서 당신은 유럽인이 될 수 있고, 당신 자신의 방법으로 고통
> 과 싸울 수 있으며, 발전을 촉구할 수 있고, 시간을 이용할 수 있습니다.
> (…) 당신의 사고는 분명히 이곳 분위기의 영향으로 혼란에 빠지기 시작
> 했습니다. (…) 자부심을 가지고, 낯선 것에 자신을 잃지 마세요! 이 수렁
> 을, 이 키르케(그리스신화 중의 마녀—필주 주)의 섬을 피하세요. 당신이
> 오디세우스가 아닌 이상 여기서 벌을 받지 않고 지낼 수는 없습니다.[168]

한스 카스토르프는 요양원을 떠날 때까지 3번의 꿈을 꾼다. 만프레드
디륵스는 한스 카스토르프의 꿈은 주인공의 새로운 인식에 이르는 상승
과정을 나타낸다는 점에서 작품의 고유한 인물들에게 중요한 의미를 가
지며, 뿐만 아니라 일반적으로 독자인 우리 인간에게 새로운 인식에 대한
정보를 줄 수 있기 때문에 특별한 의미가 있다고 말한다.[169]
한스 카스토르프의 꿈들은 요양원에서 경험한 사건들과 관계된다. 그
의 첫 번째 꿈은 베르크호프에서의 첫 아침에 꾼 꿈으로, 옛날에 살던 곳
의 삶이 베르크호프에서의 새로운 삶으로 옮겨져서 생기는 인상들에 대
한 혼란한 꿈이다.[170]

> 그는 자신이 옛날에 살던 장소로 옮겨진 것을 느꼈다. 그곳은 며칠 전 밤
> 에 꿈을 꾸었던 옛날의 정경으로, 최근의 인상들에 의해서 바뀌었다. (…)
> 그러나 너무나 생생하고 너무나 완전해서 공간과 시간이 소멸되기까지
> 그는 그곳과 그대로 빠져들었다.[171]

두 번째 꿈은 한스 카스토르프가 요양원 생활을 시작한 후 얼마 되지

않아 매력적인 러시아 부인 클라우디아 소샤를 만난 데서 시작한다. 한스 카스토르프는 처음부터 그녀에게 설명할 수 없는 호기심을 가진다. 그녀의 병이 악화되자 그의 호기심은 사랑으로 발전한다. 그녀는 거의 매일처럼 고문관 베렌스의 유화모델로 앉아 있었기 때문에, 질투심에서 한스 카스토르프의 사랑은 더욱 달아오른다. 그녀에 대한 한스 카스토르프의 연정은 "무언가 극단적이고 막연한 하나의 상념, 아니 오히려 꿈이기도 했다. (…) 분명히 무서우며 무한이 매혹적인 젊은이의 꿈이었다."[172] 이 젊은 여인은 한스 카스토르프가 어린 시절에 연필을 빌렸던, 동성애적 친구 프리비슬라프 히페Přibislav Hippe와 너무나 닮았기 때문에, 그는 히페에 대한 옛날의 애정을 무의식중에 기억하게 된다.

그는 깊은 무아지경에 빠져 있다가 당황해서 눈을 떴다. '꿈을 꾸었군!' 하고 그는 생각했다. "그래, 그것은 프리비슬라프였어. 난 오랫동안 그를 생각하지 않았어." (…) "그래, 그것은 실제 모습과 똑같은 프리비슬라프였어. 내가 그를 어느 때보다 이렇게 똑똑히 다시 보게 되리라곤 생각도 못했지. 어쩌면 놀랍게도 그는 그녀와 꼭 닮았을까 — 여기 위에 있는 이 여자와! 그래서 내가 그녀에게 남다른 관심을 갖게 된 것일까? 아니면 아마도 그랬던 것일까? 그래서 나는 그에게 그렇게 관심을 가졌을까? 어리석은 짓이야! 아름다운 어리석은 짓이지. 그건 그렇고 난 돌아가야만 해, 그것도 서둘러서." 하지만 그럼에도 그는 생각하면서 그리고 추억에 잠기면서 여전히 누운 채 있었다. 그러고 나서 그는 일어났다.[173]

2월 29일의 사육제 날 저녁에 프리비슬라프 히페의 에피소드가 반복된다. 한스 카스토르프는 가볍게 취한 상태에서 클라우디아 소샤 부인에게 그림놀이를 위해 연필을 빌려달라고 한다. 그녀는 그에게 반지가 달린

"작은 은빛의 연필"을 건네준다. 이 연필은 어릴 적에 프리비슬라프 히페에게 빌렸던 연필과 유사했다. 이 반지를 위로 밀면 빨갛게 물들여진 촉이 금속 케이스에서 올라온다. 이것은 틀림없이 남근을 상징한다. 남근을 상징하는 연필토막은 그가 히페를 그 당시에 얼마나 흠모했는지를 말해주지만, 지금은 "한낱 어리석은 짓!"으로, 어린애다운 무의미한 생각의 유희로 경시된다. 그러나 이제 그의 마음이 소샤 부인으로 향할 때 그것은 마침내 "아름다운 어리석은 짓!"으로, 그녀에 대한 에로스의 상징이 된다.

히페와 소샤, 이 두 인물의 융합은 토마스 만의 양성애 성향을 나타낸다. 그에게서 남자와 여자는 사랑의 대상으로 하나가 된다. 그래서 한스 카스토르프에게도 그의 옛 학우인 히페와 새로운 사랑인 소샤는 하나가 된다. 뿐만 아니라 소샤의 소심하고 연약한 모습이 병과 죽음을 연상시키듯이, 어원학적으로 죽음의 사자가 들고 다니는 큰 낫의 의미이기도 한 히페Hippe라는 이름도 병과 죽음을 연상시킨다. 처음으로 한스 카스토르프는 소샤 부인과의 만남을 통해서 사랑, 죽음, 육체의 일치에 대한 생각을 하기에 이른다. 소샤 부인이 다그헤스탄으로 돌아가기 전날, 한스 카스토르프는 그녀에게 사랑을 고백하며 감격해서 "육체, 사랑, 죽음, 이 세가지는 본래가 하나입니다"[174]라고 말한다. 이는 한스 카스토르프가 그녀와의 사랑의 대화에서 새로운 인식에 이른 것을 말해준다. 이렇게 얻은 인식은 젊은 주인공이 후일에 겪게 되는 제템브리니와 나프타의 상반된 논리에서 벗어나 독자적인 깨달음에 이를 수 있게 하는 기초가 된다.[175]

사육제 날 저녁에 소샤는 한스 카스토르프에게 그녀의 인생철학과 휴머니티에 대한 견해를 피력한다. 도덕은 덕성에 있다고 주장하는 제템브리니의 휴머니즘적 철학에 반대해서 그녀는 철저하게 도덕은 덕성에 있지 않고, 죄에 그리고 자기 상실에 있다는 자신의 철학을 밝힌다.

도덕 같은 것에도 흥미가 있나요? 글쎄요, 우린 이렇게 생각해요. 도덕이란, 미덕 가운데서 찾아서는 안 돼요. 말하자면, 이상이라든지 규율, 성실, 미풍양속 같은 것에서 찾을 게 아니라 오히려 그 반대의 것, 즉 위험하고 유해한 것, 우리를 파멸시키는 것에 뛰어들어 사악한 것 가운데서 구해야 할 거예요. 자기를 소중하게 여기는 것보다는 헐뜯고 괴롭히는 쪽이 훨씬 도덕적이란 생각이 들어요. 위대한 도덕가는 덕망 있는 인사가 아니라 악덕의 모험가예요. 비참 앞에 기독교도로서 머리 숙이는 것을 우리에게 가르쳐주는 건 위대한 죄인이에요. 이런 생각은 당신 마음에 들지 않지요, 그렇죠?[176]

진정한 도덕에는 자기파괴와 죄 지음이 절대적으로 필요하다는 소샤 부인의 반어적 진술은 그녀의 죽음에 대한 생각에도 해당한다. 즉 도덕의 논리처럼 그녀는 인간의 삶은 오직 죽음의 우회를 넘어서 경험할 수 있으며, 정화와 휴머니티는 오로지 죄의 우회를 통해서 만들어질 수 있다고 믿는다. 괴테의 《파우스트》에서 〈발푸르기스의 밤Walpurgisnacht〉의 축제는 악마와 마녀들의 음탕한 축제이지만, 파우스트가 추구하는 인류의 유토피아에 이르는 필연적인 과정이듯이, 육욕적인 사랑과 음탕한 언어에서 나타나는 베르크호프의 사육제 날 저녁의 분위기는 정화를 위한 전제 조건의 성격을 가진다. 그래서 오스카 사이들린Oskar Seidlin은 죽음이 지나는 통로는 삶으로 이어지고, 죄를 지나는 통로는 진정한 정화에 이르며, 그럼으로 해서 발푸르기스의 밤의 에피소드는 단연 긍정적인 성격을 지닌다고 강조한다.[177]

한스 카스토르프가 이런 인식에 한 발 가까이 다가가게 하는 데에 소샤 부인이 한몫한다. 다시 말해서 그는 소샤 부인과의 대화에서 그녀의 생각이나 제템브리니의 생각을 단순히 받아들이지 않고, 이들의 대립된 생각을 조화를 통해서 개인의 휴머니티개념으로 끌어들이기 위해 노력한다. 이런 그의 노력은 후에 이 소설의 가장 핵심적인 〈눈雪〉 장章의 '꿈' 장면에서 제템브리니와 나프타에 의해서 제기된 철학과 세계관의 대립을 '합'으로 이끄는 차원 높은 새 인식의 기초가 된다. 그럼으로써 한스 카스토르프는 이들의 생각을 넘어서 자신의 개인적인 휴머니티개념을 얻게 된다. 이런 의미에서 〈발푸르기스의 밤〉은 후반부에 이어지는 〈눈〉 장의 꿈속에서 주인공이 새로운 인식에 이르는 경험을 선취하는 《마의 산》 줄거리의 전환점이라고 주장한다.[178]

이 만남이 끝난 후에 그녀는 연필을 돌려줄 것을 한스 카스토르프에게 상기시키면서 그를 그녀의 방으로 간접적으로 초대한다. 그들이 함께 보낸 사랑의 밤은 화자話者에 의해서 암시되었을 뿐이다. 그리고 그녀는 그곳을 떠나버린다. 요양원에서 보여준 그녀의 행실은 태만과 같은 병의 한 형태이며, 그녀의 사랑은 요양원에서 만연한 육체적 쾌락의 한 예이다. 다시 말해서 의사 크로코프스키의 심리분석학적 주장에 의하면 병의 증상은 성행위를 감쪽같이 위장하고, 모든 병은 변화된 사랑이라는 것이 제템브리니가 요양원에서 본 클라우디아 소샤의 병과 사랑에 대한 생각이다. 그는 소샤 부인을 "아담의 첫 부인"으로 그를 유혹에 빠뜨린 릴리스 Lilith에 비유하면서[179] 한스 카스토르프가 그녀의 매력에 매혹되는 것을 경고한다.

제템브리니는 자신의 병이 악화되어서 베르크호프를 떠나 근처의 다보스 마을에 있는 한 향료 소매상의 집으로 숙소를 옮긴다. 그 집에는 제템브리니처럼 한스 카스토르프에게 영향을 주는 유대인 나프타가 살고 있다. 그는 금욕적인 예수회 제자이며 가톨릭으로 개종한 지성인으로, 뛰어난 수사학과 소피스트적 논리의 재능을 타고났다. 무정부주의자의 공산주의적 이념에서 나프타가 지향하는 이상은 태초의 낙원처럼 사법기관이 없고 국가와 폭력이 없는 사회이다. 여기엔 지배와 복종, 법과 처벌, 어떤 부정과 육체적 관계, 계급의 차이와 소유가 없다. 다만 평등, 형제애, 윤리적 완성이 있을 뿐이다. 이런 신의 나라가 건설되기 위해서는 "공산주의라든지, 손에 피를 묻히는 것을 두려워해서는 안 된다는 무산계급의 광신적 신앙"[180]에 근거한 테러리즘도 필요하다는 것이 나프타의 생각이다. 한스 카스토르프는 제템브리니에게 이 같은 나프타 생각의 옳고 그름을 묻는다. 나프타는 제템브리니보다 더 반동적이고 급진적이다. 그는 반인도적, 반계몽적 사고세계를 구현하려 한다. 이 두 사람은 제1차 세계대전 이전 시대를 대표하는 상반된 지성인의 전형이며, 이들의 행위는 그 당시 유럽의 사회적, 정치적 그리고 정신적 분쟁을 반영한다. 그래서 이들 사이에는 격한 논쟁이 언제나 반복되어 일어날 수밖에 없다.

제템브리니, 나프타 그리고 한스 카스토르프는 이 소설의 중심 테마인 죽음과 삶, 병과 건강, 정신과 자연, 육체와 사랑 등에 대해서 논쟁을 벌인다. 제템브리니와 나프타는 지식욕으로 가득한 한스 카스토르프의 호응을 얻으려 경쟁한다. 나프타는 병에 대한 변용을 강조한다. 즉 인간의 존엄과 고귀함은 병에 기인한다는 것이다. 한마디로 말해서 인간은 아플수록 더 높은 수준에 있으며, 모든 발전은 오로지 병의 덕분이라는 것이다.[181] 그러나 제템브리니는 그의 젊은 친구 한스 카스토르프를 나프타의 영향에서 멀리 떼어놓으려 한다. 제템브리니와 나프타의 논쟁이 있기 전에 이미 제템브리니와 한스 카스토르프가 나눈 죽음에 대한 대화가 있었기 때문이다.

한스 카스토르프가 처음으로 삶과 죽음의 관계를 진지하게 느낀 것은 고문관 베렌스의 방에서였다. 그는 X-Ray로 촬영된 자신의 손뼈와 요아힘의 뼈를 보고, 부패 후에 뼈만 남은 무덤 속의 자신을 상상하게 된다. "자기 유기체의 내부를 엿보는 일", 즉 X-Ray 촬영은 한스 카스토르프에게 내면생활로의 여행을 상징했다.[182] 한스 카스토르프는 "그의 생애에서 처음으로 그가 죽게 되리라는 것을 알았다."[183] 그리고 그는 가까이 다가온 자신의 죽음에서 '삶은 죽는 것을 의미한다'는 사실도 처음으로 의식하게 되지만, 아직까지는 이 의식을 전적으로 받아들이지 못한 것처럼 보인다. 이처럼 죽음에 대한 한스 카스토르프의 회의적인 생각은 사육제 날 저녁에 소샤 부인에 대한 사랑의 고백에서 더 구체화되어 나타난다.

> 오오, 사랑이란 (…) 육체, 사랑, 죽음, 이 세 가지는 본래 하나입니다. 육체는 병과 쾌락이요, 육체야말로 죽음을 낳게 하니까요. 그렇습니다. 사랑과 죽음은 그 어느 쪽도 육체적인 것으로, 바로 거기에 사랑과 죽음의 두려움, 무서운 마력이 있는 것입니다. 그러나 죽음이란 의심스러운 것입니다. (…) 다른 한편으로는 매우 장중하고 고상한 힘, 돈을 벌고 흥겨워 희희낙락하는 삶보다는 훨씬 고귀한 것입니다. 언제나 쓸데없는 잔소리만 하는 진보보다 훨씬 존경할 만한 것입니다. 죽음은 역사이며, 고귀하고 경건하며, 영원하고 신성하여, 우리가 모자를 벗고 조심조심 걸어야 하는 그 무엇입니다. (…) 육체에 대한 사랑 역시 인문적인 관심이며 세계의 어떤 교육학보다도 교육적인 힘입니다.[184]

아직 확실하지 않지만 죽음에 대한 한스 카스토르프의 부정과 긍정의 양면적 인식과 맥락을 같이해서 제템브리니는 한스 카스토르프에게 죽음에 대한 자신의 견해를 말한다. 그의 주장은 "죽음을 삶의 구성요소이며 부속물로서, 삶의 신성한 조건"으로 파악하고 느껴야 하며, 때문에 "죽음을 정신적으로 어떻게 해서든 삶으로부터 떼어내어 삶과 대립시켜서는 안 된다"[185]는 것이다. 계속해서 제템브리니는 삶과 죽음의 필연적 관계를 강조한다.

고대인은 사자의 석관을 삶과 번식의 우의로서 뿐만 아니라 음탕淫蕩의 상징으로까지 장식했습니다. 신성한 것은 고대의 신앙심에서는 아주 흔히 음탕한 것과 하나였습니다. 이 사람들은 죽음을 존경할 줄 알았습니다. 죽음이란 삶의 요람으로서, 갱생의 모태로서 존경받아 마땅합니다. 삶으로부터 분리해서 보았을 때, 죽음은 유령으로, 혐오스런 모습으로 — 게다가 더해서 더욱 나쁜 것이 됩니다. 독자적인 정신적 힘으로서의 죽음은 극히 방종한 힘이며, 그의 방탕한 인력引力은 의심의 여지없이 매우 강합니다. 하지만 인간이 그것에 호감을 갖는다는 것은 틀림없이 정신의 혼란을 의미합니다.[186]

조금 오래전에 X-Ray 사진을 놓고 한스 카스토르프와 나눈 대화를 상기하면서 제템브리니는 삶, 죽음, 정신의 관계를 다시 설파한다. "죽음은 삶의 조건이자 부속물인 한" 위엄을 가지며, "정신이 죽음을 역겨운 방법으로 하나의 원칙으로 떼어놓을 경우에," 죽음은 추악한 모습으로 전락한다는 것이다. 정신이 이 결정에 주도권을 가진다는 것이다. 제템브리니는 계속해서 말한다.

정신의 의지는 자유이며, 정신은 윤리적 세계의 결정자인 셈입니다. 정신이 죽음을 이원적으로 분리한다면, 죽음은 그 정신의 의지로 말미암아 사실상 실제가 됩니다. 죽음은 사람에 대한 독립된 힘, 삶에 대립하는 원리를 가진 무서운 유혹의 힘으로 돌변하여 죽음의 세계는 바로 음탕한 세계가 되어버리는 것입니다. (그 이유는) 죽음은 분해되면 해방되기 때문입니다. 죽음은 바로 해방입니다. 죽음이란, 관습이나 윤리를 분해시키고 규율과 절도에서 해방시켜, 음탕한 구렁텅이에 빠지게 하는 자유를 줍니다.[187]

비록 죽음이 구원이라 해도, 그 구원은 악으로부터의 구원이 아니라 "윤리적 세계"에서 "음탕한 세계"로 해방시키는 역겨운 구원이기 때문에, "죽음의 세계는 바로 음탕한 세계"이며, 죽음은 사람들에게 "음탕한 구렁텅이에 빠지게 하는 자유"를 준다는 것이다. 제템브리니는 이런 견해에서 한스 카스토르프와 요양원 환자들의 태도를 관찰하고 비판한다. "그렇기 때문에 교육자들의 가장 중요한 임무는 바로 죽음의 악마와 같은 숨결에서 젊은이들의 영혼을 지키는 것"[188]이라고 제템브리니는 주장한다.

건강한 정신과 육체를 찬양하는 것, 병을 무가치한 것으로 경멸하는 것, "삶의 조건이자 부속물"로서 비로소 가능한 "죽음의 위엄"을 강조하는 것, 이 같은 제템브리니의 생각을 '병의 변용'을 주장하는 나프타는 잘못된 것이라고 공박한다. 즉 태초부터 인간의 육체는 원죄로 인해 타락해서 사악하고 추악한 것으로 변하여 죽음과 부패에 이를 수밖에 없다는 것이다. 기독교적 중세는 육체의 고통에서 존경심을 얻고, 육체적 고통으로 지르는 비명의 순간에 종교적 만족을 느낀다는 것이다. 그는 계속해서 주장한다.

> 육체의 농양膿瘍은 육체의 타락을 확실하게 할 뿐만 아니라, 교화적, 정신적인 만족을 일깨우는 방법으로 영혼의 타락에도 해당하며―반면에 건강한 육체는 오류를 범하고 양심을 욕되게 하는 현상으로, 이런 현상은 병든 육체에 대한 깊은 굴욕감을 통해서 부인하는 것이 가장 최선입니다. 누가 나를 죽음의 육체에서 구원해줄 것인가? 그것이 참된 인간성의 영원한 목소리인 정신의 목소리였습니다.[189]

제템브리니는 나프타가 주장한 "정신의 목소리"를 "어둠의 목소리",

"이성과 인간성이라는 태양이 아직도 떠오르지 않은 세계의 목소리"라고 조롱하고, "인간의 육체가 병고에 시달린다 할지라도, 그 육체는 정신을 건강하고 순결하게 충분히 유지할 수 있었다"고 반박한다.[190] 이들은 계속해서 화장火葬, 태형, 고문, 사형 등의 문제에 대해서 토론한다. 육체의 부패는 인간의 원죄로 인한 신의 벌이기 때문에, 그리고 "인간의 존엄성이란 육체에 있는 것이 아니라 정신에 있는 것이니까", 그런 육체에 태형을 가하는 것은 그다지 큰 죄라 할 수 없다고 나프타는 태형을 변호한다. 그러나 제템브리니는 태형을 "시신이나 진배없는 육신의 절대 복종"이라고 비웃는다.[191]

"제템브리니는 화장을 찬미했다." 화장은 시체를 "동물의 먹이로 주는 것보다 깨끗하고 위생적이며 영웅적인 처리방법"이고, 살아 있을 때 신진대사로 인해 변화하는 육체의 부분만 불 속에서 소멸되고, 인간의 정신은 재가 되어 불멸의 유품으로 유족에게 남기 때문이다. 이런 주장에 대해서 나프타는 정신이, 인간의 불멸의 부분이, 재가 된다는 비유에 대해서 "정말 훌륭한 말"이라고 빈정거린다.[192] 그러나 제템브리니는 반론을 제기한다.

죽음에 대한 공포는 문화수준이 가장 낮은 시대에서 유래한 것으로, 그때에는 폭력적인 죽음이 일상이었고, 그 죽음에 실제로 관련된 끔찍스러움이 인간의 감정에서 오랫동안 죽음의 생각과 연결되어버린 것입니다. 그러나 일반적인 위생학의 발전과 개인의 안전이 확고해짐에 따라서 자연사가 일반화되고, 근대의 노동자에게는 자신의 모든 힘을 적절하게 소진한 후에 영원한 휴식에 대한 생각은 조금도 두려운 것이 아니라 오히려 극히 자연스럽고 바람직하게 나타났습니다. 아니, 죽음은 두려운 것도 신비스런 것도 아니었고, 명백하고도 이성적인, 생리학적으로 필연적이면서도 환영할 만한 현상입니다. 따라서 필요 이상으로 죽음의 관찰에 몰두하는 것은 삶의 권리를 박탈하는 것이지요. 그래서 모범적인 화장터나 그것에 속해 있는 납골당, 즉 죽음의 전당 외에 삶의 전당을 세우고, 건축, 조각, 회화, 음악, 문학 등이 협력하여 유족의 감정을 죽음의 경험, 무익한 비애, 무기력한 탄식에서 삶의 환희로 바꾸는 일도 계획하고 있습니다.[193]

이 말에 이어서 제템브리니는 한스 카스토르프에게도 "죽음의 경험은 결국 삶의 경험이어야 하며, 그렇지 못하면 죽음의 경험은 불가사의하고 무시무시한 현상일 뿐"[194]이라고 설파한다. 제템브리니에게 있어서 부패의 장소인 무덤은 죽음에서의 생성을 상징하는 장소, 즉 원소의 변화와 개혁의 상징이고, "죽음은 변형과 부활"[195]인 것이다.

병과 죽음에 대한 정신적 저항이 자연의 우세한 힘 앞에 짓밟혀가는 것이 제템브리니를 매우 슬프게 했다면, 나프타는 제템브리니의 이러한 정신적 저항을 모를 뿐만 아니라, 병을 이겨낼 힘이나 그럴 선의의 의지를 가지고 있지 않으며, 단지 세계를 병의 상태와 징후를 통해서 내다볼 뿐이었다. 물질은 정신을 실체화하기 위한 자료로서는 너무나 조잡하기 때문에 물질에 의하여 정신을 실현시키려는 생각은 바보 같은 짓이라고 나프타는 단정했다.[196] 게다가 그는 테러리즘에 의한 이상국가의 건립을 주장하고, 필연적으로 일어날 수밖에 없는 전쟁을 예찬하면서 안전제일주의를 지향하는 시민의 국가를 경멸했다.[197] 나프타의 논조는 조소적이고 공격적이었으며, 정신적 회의와 부정과 괴변에 중독되어갔다. 결국 제템브리니의 인도주의는 "이미 오늘날에는 시대착오적이고 고전적 골동품이며 정신적 잔해일 뿐, 우리의 새로운 혁명은 그런 유물을 완전히 쓸어 없애기 위해서 행동을 개시했다"[198]고 나프타는 주장한다. 이것이 제템브리니의 우울증을 아주 심하게 자극했고, 이 두 사람의 논쟁을 날이 갈수록 더 불꽃 튀게 했다. 이들의 세계관의 화해할 수 없는 대립은 결국 권총결투로까지 치닫는다. 이 결투에서 제템브리니는 상대를 겨누지 않고 허공을 향해 권총을 발사한다. 이에 격분한 나프타는 스스로 자결하고 만다.

이 소설의 마지막 꿈이며 한스 카스토르프의 세 번째 꿈이 펼쳐지는 〈눈〉의 장은 전체 줄거리의 핵심 부분으로서, 이 장면의 꿈과 그 의미는 가장 많이 토론된 토마스 만 연구의 주제영역에 속한다. 제템브리니와 나프타의 첨예한 대립에도 불구하고 한스 카스토르프의 생각은 결정적인 치우침 없이 두 사람의 논쟁 사이에서 배회한다. '눈' 장면에서 한스 카스토르프는 설원의 폭설 가운데 빠져든 몽상 가운데 아이러니하게도 명료한 순간을 갖게 된다. 다시 말해서 〈꿈〉의 장면에서 그 시대의 상이한 정신적 흐름의 전형이라 할 수 있는 이 두 사람의 대립이 주인공인 한스 카스토르프에 의해서 조화와 일치를 이루기 시작한다.

한스 카스토르프는 산속 높은 곳으로 스키를 타고 오른다. 요양원 주위의 풍경은 마치 동화의 세계 같았고 눈 덮인 알프스 산은 숭고하고 신성한 느낌을 불러일으킨다. 설산의 세계는 "상상도 할 수 없을 만큼 인간세계와 격리된, 고독과 위험으로 가득 찬 세계였다." 스키여행은 그가 다보스의 베르크호프로 올라온 여행의 연속으로서 요양원의 병든 삶에서 벗어나 정신의 세계로 더 깊이 들어감을 의미한다. 보르게 크리스티안센 Borge Kristiansen은 눈 덮인 산속으로의 스키여행을 정신의 상승을 인식하게 하는 산책의 계속으로 해석했다.[199] 따라서 이 여행은 후일의 인식을 위한 전제로서 고산지대보다 더 큰 위험 속으로 들어간 것이라 할 수 있다.[200] 토마스 만은 이 여행에서의 체험을 "영원의 체험이며, (…) 죽음의 체험이고, 형이상학적 꿈"이라고 했다. 그래서 이 꿈이 공포와 낯설음을 가져옴에도 불구하고 한스 카스토르프는 그 앞에 서 있다고 간명하게 설

명했다.[201]

그는 생명을 위협하는 눈보라 속에서 길을 잃고 헤매고, 죽음과도 같은 고요한 눈보라 속에서 두려움을 느낀다. 그것은 나프타와 제템브리니의 논쟁이 그를 위험한 세계로 몰고 간다고 느꼈던 두려움과 같았다.[202] 그는 구사일생으로 건초더미 뒤에서 눈보라를 피할 수 있게 되었다. 그러나 그는 요양원으로 가기 위해 스키를 타고 다시 몇 번을 두루 헤맸지만 제자리로 다시 돌아왔다는 것을 알고 놀랄 수밖에 없었다. 그는 "귀신에 홀렸었다."[203] 그는 쳇바퀴만 돌았다. 쳇바퀴 도는 그의 움직임은 마의 산의 논리에 의하면 바로 시간이 직선적으로 진행하지 않고 회전목마처럼 순환하는 역사의 진행과 영원의 모습을 상징한다.

그는 건초더미 뒤에서 엄청난 긴장으로 지칠 대로 지쳐서 잠이 든다. 꿈속에서 그는 먼저 만(灣)과 산, 그리고 섬들로 이루어진 남해의 아름다운 파노라마를 본다. 바닷가에서 일광욕을 하는 사랑스럽고 행복한 사람들의 모습뿐만 아니라 젊은이들의 예의바르고 친밀한 태도가 그의 마음을 흐뭇하게 한다. 이것은 바로 한스 카스토르프의 고향 풍경이다. 크리스티안센은 이 장면을 한스 카스토르프가 꿈꿔온 소망의 표현이라고 했다.[204] 그리고 한스 비슬링Hans Wysling도 이 장면을 황금시대에 대한 희망을 마음속에 품은 인류의 꿈에 비유한다.[205]

하지만 다른 한편으로 한스 카스토르프는 그곳에 있는 신전(神殿)의 열린 금속 문을 통해서 지독하게 끔찍스런 장면을 본다. 두 마녀들이 펄펄 타고 있는 불 위에서 한 어린아이를 갈기갈기 찢어서 먹는다.《베니스에서의 죽음》에서 아셴바하도 같은 꿈을 꾸었다. 그리고 마녀들이 바로 작가인 자신임을 고백했듯이, 여기서도 이 장면은 카스토르프의 찢겨진 내면의 상태를 상징한다. 비슬링은 두 마녀들의 피의 식사를 니체가 새롭게 주장한 디오니소스의 의미에서 해석했다. 아폴로적인 것과 디오니소스적인 것이 예술과 창작에 서로 영향을 끼친다는 쇼펜하우어의 구조원칙을 발전시켜서 니체는 디오니소스를 악으로, 파괴적인 것으로 관찰해왔던 과거의 이론을 부정하고 "삶의 에너지 원천"으로 새롭게 인식하기 시작했다. 토마스 만은 디오니소스적인 것이 아폴로적인 것의 토대가 된다는 니체의 이론을 아셴바하의 꿈과 한스 카스토르프의 꿈에서 간접적으로 나타내고 있다. 다시 말해서 비슬링에 의하면 니체의 의미에서 두 마녀들의 피의 식사는 모든 아폴로적인 고도문화가 디오니소스적 원칙을 토대로 삼고 있다는 것을 암시한다. 나아가 그는 니체의 《비극의 탄생》에서 아폴로적 예술은 이것과 경쟁하고 있는 디오니소스적 예술을 토대로 삼고 있으며, 이 토대는 엄격한 아폴로적 예술을 비로소 가능하게 한다는 이론을 전개한다.[206]

한스 카스토르프는 비몽사몽 속에서 이 두 꿈의 형상들을 비교하면서 인간적인 모습과 교양 있는 행동은 결국 우리 안에 있는 끔찍스러운 것과 야만적인 것의 극복에 기인한다는 것을 인식한다. 그는 이제 제템브리니와 나프타의 일방적인 가르침에 대해서 의심하기 시작한다. 교육적인 측면에서 볼 때 완전함이란 부족한 한쪽이 부족한 다른 한쪽을 보충할 때 비로소 가능하기 때문이다. 같은 논리로 "육체와 삶을 아는 자는 죽음을 안다. (…) 죽음과 병에 대한 모든 관심은 삶의 관심에 대한 일종의 표현에 불과하기 때문이다."[207] 이런 관점에서 볼 때 "이 두 사람의 논쟁과 대립은 엉망이며 혼란한 소용돌이일 뿐인 것"으로, 한스 카스토르프는 이들을 단지 "수다쟁이들"에 불과하다고 생각한다. 그리고 그는 이들의 토론에 대한 자신의 생각을 마음속에 새긴다.

죽음과 삶―병과 건강―정신과 자연. 아마도 그것은 모순들일까? 내가 묻건대, 그것은 문제가 되는 것일까? 아니다, 그것은 하나도 문제가 될 수 없다. 죽음의 모험은 삶 속에 있으며 이 모험 없이는 삶이 아닐지도 모른다. 그 가운데에, 모험과 이성 사이에 신의 아들인 인간이 존재한다. (…) 그 상태에서 인간은 아주 우아하고도 경건하게 자기 자신을 바라봐야 한다. 인간만이 고귀한 것이지 그 대립들이 고귀한 것은 아니기 때문이다. 인간은 대립들의 지배자이며, 대립들은 인간에 의해서 생긴다. 그렇기 때문에 인간은 대립들보다 고귀하다. 죽음보다도 더 고귀하며, 죽음에 대해서 너무나 고귀하다. 그것은 인간 두뇌의 자유이다. (…) 나는 그것을 잊지 않도록 노력할 것이다. 나는 나의 사고에 대한 지배권을 죽음에 양보하지 않겠다.[208]

한스 카스토르프는 베르크호프에 처음 왔을 때 제템브리니에게 "죽음은 의심스럽다"고 말했다. 이제 그는 몽환 속에서 "죽음은 위대하다"고 경의를 표한다. 그러나 그는 취생몽사 간에 "이성"이 아니라 오직 "사랑만이 죽음보다 강하다"는 인식에 이르고, "죽음에 대한 성실한 생각"을 통해서 인간애를 실현해야 한다는 것이 오래전부터 자신이 찾아왔던 꿈의 목적임을 깨닫게 된다.

이성은 죽음 앞에서는 어리석은 존재에 불과하다. 이성은 죽음 앞에서는 덕에 불과하지만, 죽음은 자유, 방종, 무형식, 쾌락이기 때문이다. 죽음은 안락이지 사랑이 아니라고 나의 꿈은 말한다. 죽음과 사랑—그것은 잘못된 고리이다. 사랑은 죽음에 대립해 있고, 이성이 아니라 사랑만이 죽음보다 강하다. 이성이 아니라 오직 사랑만이 선량한 생각을 준다. 형식도 사랑과 선善에서 생긴다. (…) 이것을 잊지 않도록 하자. 나는 죽음에 대한 성실한 생각을 내 맘속에 간직할 것이다. 하지만, 만일 죽음과 존재했던 것들에 대한 성실이 우리의 생각과 지배를 결정한다면, 그 성실은 악이고 음탕한 쾌락이며 인간 적대감일 뿐이라는 것을 명확히 기억할 것이다. *인간은 선과 사랑을 위해서 인간의 사고에 대한 지배권을 죽음에 양도해선 안 된다.* 이 생각과 함께 나는 깨어난다. 이것으로 내 꿈은 끝났고, 목적은 달성되었기 때문이다. 이미 오래전부터 나는 이 말을 찾아왔다. 히페가 나에게 나타난 장소에서, 나의 작은 방에서, 가는 곳 어디에서나. 그 말을 찾으려고 나를 이 눈 덮인 산으로 몰아넣었다. 이제 나는 그것을 찾았다. 나의 꿈이 그것을 가장 분명하게 내 맘에 새겨놓아서, 나는 영원히 알고 있을 것이다.[209]

한스 카스토르프는 생명을 위협하는 눈보라 속에서, 바깥 세계와 차단된 '죽음'의 공간에서 역설적이게도 '삶'의 중요성을 깨닫는다. 강조하기 위해서 이태리체로 쓴 마지막 문장은 인간은 죽음에 초연해서 선과 사랑을 실행해야 한다는 것을 말하고 있다. 이는 토마스 만 자신의 신앙고백이고 동시에《마의 산》과 그의 휴머니즘의 중심적 이념이라 할 수 있다. '눈' 속에서 한스 카스토르프는 죽음이 삶의 한 부분이라는 것, 그럼에도 우리의 생각은 언제나 삶의 자율적이고 우월한 가치에 지향해야 한다는 것을 인식하게 된다. 토마스 루텐Thomas Rutten에 의하면 한스 카스토르프의 이 인식에서 중요한 것은, 결국 삶에 도움이 되는 죽음에 대한 비전이며, 죽음에 대한 조소이고, 삶에 대한 친근감의 강조라 할 수 있다.[210]

한스 카스토르프는 처음으로 제템브리니와 나프타의 극단적 대립뿐만 아니라 고산지대에서 겪은 모든 경험들이 '합Synthese'에 이르는 전조를 보여준다. 죽음의 길은 삶 속에 존재하며, 죽음 없는 삶은 존재하지 않기 때문에, 죽음과 삶, 병과 건강, 정신과 자연 사이의 대립관계는 전혀 문제가 될 수 없다.[211] 그러니까 인간은 이 대립들을 조종해야 하고, 그럼으로써 이들의 지배자가 되어야 한다. 한스 카스토르프는 자신의 환상적인 꿈을 스스로 해석하고, 그래서 얻은 새로운 인식을 그의 생각에 오랫동안 간직하려 한다. 그의 꿈은 그가 언제나 알고 있고 오랫동안 예감해 왔던 것을 의식하게 되는 "사고思考의 꿈Gedankentraum"이 된다.[212]

한스 카스토르프는 꿈에서 깨어나 눈보라에서 빠져나온 후에 이 인식을 곧바로 잊어버린다. 그러나 이 소설의 후반부에, 클라우디아 소샤의 애인으로 등장해서 한스 카스토르프에게 새로운 멘토 역할을 하는 민헤르 페퍼코른의 도움으로 무의식의 영역에서 잠재해 있던 의식이 현실화된다. 이런 의미에서 이어지는 〈민헤르 페퍼코른〉 장은 한스 카스토르프에게뿐만 아니라 우리 모두에게 특별한 의미가 있다.[213]

이 소설의 후반부에서 다보스의 베르크호프를 떠났던 클라우디아 소샤 부인은 애인 민헤르 페퍼코른과 함께 어느 날 갑자기 다시 나타난다. 네덜란드-인도 계통의 커피 농장주인 페퍼코른은 간헐적인 말라리아열 때문에 그곳에 머물게 된다. 그는 "넓은 어깨에 붉은 얼굴, 백발이 치렁거리는 60대의 사내"이지만, 아직도 젊음을 유지하고 있으며, "길게 찢어진 입, 앞이 트이지 않은 성직자 같은 조끼에 늘어진 턱수염을 가진 그의 위엄 있는 풍모"에 사람들은 압도당한다.[214] 한스 카스토르프는 그의 외모에서 카리스마 같은 것을 느끼고 말한다. "아, 그는 진짜 인물이다."[215] 그의 몸은 육중해서 예수의 메마른 육체와는 다르지만, 그의 "큰 머리는 마치 후광으로 둘러싸인 것처럼" 보였다. 이 같은 신체적 특징에서 그는 유대인의 왕 예수 그리스도와 닮아 보였다. 게다가 페퍼코른은 네덜란드계 인도출신이기 때문에 인도에서 온 이교도의 신 디오니소스를 연상시킨다. 그의 태도는 그리스도와 함께 상이한 두 종교의 대립적 특성을 보여준다.[216] 그는 예수와 유사한 모습을 지녔지만, 금욕과 고행보다는 왕성한 생명력과 생활력을 예찬하는 그로테스크한 모습을 지녔다. 그는 포도주와 향연을 즐기고, 마약까지도 수사학적으로 세련되게 미화한다. 그에게 인생은 도취를 의미한다. 다시 말해서 페퍼코른은 니체가 《비극의 탄생》에서 작성한 기독교적 도덕의 반대론을, 즉 반기독교적, 디오니소스적 그리고 인생과 현세를 내용으로 하는 순전히 형식적인 도덕을 주장한다.

그는 기독교를 패러디화한다. 예를 들면 페퍼코른은 예수 최후의 만찬처럼 12명의 요양원 사람들과 향연을 열고, 그리스도와는 아주 다르게 풍요로운 음식과 술을 즐긴다. 나아가 그 자리에서 그는 사람들에게 성서의 한 부분을, 말하자면 예수가 제자들에게 말한 겟세마네Gethsemane 이야기를 인용해 연설하면서 그것을 마음속 깊이 새기고 기억하길 바란다.

'너희는 여기 머물러 나(즉 예수―필자 주)와 함께 있도록 하라.' (…) 그리고 그가 와 보니 그들이 졸고 있었으므로 베드로에게 말했다. '너희는 한 시간도 나와 함께 깨어 있을 수 없느냐?' (…) 그가 다시 와서 봤으나 그들은 여전히 졸고 있었고, 그들의 눈은 졸음으로 가득했다. 그래서 그들에게 말했다. '아, 너희는 지금 잠들어 쉬려고 하느냐? 보라, 때가 왔도다.'[217]

풍성하고 방종한 향연과 그의 연설은 성서의 내용을 패러디화한 것이다.[218] 또한 이 향연은 금욕적이거나 절제 있는 게 아니라 인간에게 주어진 모든 것을 즐긴다는 측면에서 디오니소스적인 것의 풍자화이기도 하다. 그러나 그의 연설은 요양원 생활에 싫증난 주위 사람들의 마음을 감동시키고 마음 한구석에 부끄러움을 느끼게 하기에 충분했다. 한스 카스토르프도 처음에 그를 낯설게 여겼으나 그를 통해서 꿈속의 잠재적 경험이 현실화될 수 있는 각성의 순간을 가지게 된다. 다시 말해서 페퍼코른의 기능은 한스 카스토르프에게 꿈에서 깨어나도록 자극하고, 나아가 그리스도와 디오니소스의 두 인물들을 연결함으로써 한스 카스토르프로

하여금 상이한 문화와 종교의 대립까지도 극복과 융합으로 승화시키도록 일깨워준다.

페퍼코른은 건강과 삶을 긍정하며 인생의 향락을 예찬하는 디오니소스적 인물이다. 그는 제템브리니와 나프타 사이의 지성적인 논쟁에 별로 흥미를 느끼지 못한다. 그의 순수하고 왕성한 생명력과 생활력에 바탕을 둔 생기론生氣論 앞에 제템브리니와 나프타의 관념론들은 왜소해진다. 페퍼코른은 "인생은 매우 짧으며, 인생의 모든 욕구를 충족시키기 위한 능력은 (…) 피할 수 없는 것"[219]으로, 인간은 오직 신과 일치하기 위해서 노력할 때 비로소 신적인 존재가 된다고 주장한다. 그래서 그는 취했음에도 당당하게 한스 카스토르프에게 말한다.

삶은—젊은이—여성입니다. 풍만하게 나란히 부풀어 오른 유방, 날씬한 허리 사이의 펑퍼짐한 부드러운 배, 가느스름한 팔, 탄력 있는 허벅지, 눈을 반쯤 감고 누워 있는 여자, 우리에게 최고로 절박한 것, 즉 남성이 지니고 있는 욕망의 모든 탄력성이 그에게 있는지 아니면 무용지물이 되었는지를 조롱조의 멋진 도전으로 요구하는 것이 바로 여성입니다. 무용지물이라! 젊은이, 그것이 무엇을 의미하는지 아십니까? 삶에 대한 감정의 패배, 그것이 바로 무력감이라는 것이지요. 이 무력감에는 어떠한 구제도, 동정도 그리고 위험도 없으며, 무자비하게 조소하면서 비난당할 뿐입니다. 젊은이—완전히 소진되어 침 뱉음만 당하지요. 굴욕과 불명예란 이런 몰락과 파산에 대해서, 처참한 치욕에 대해서 부족한 표현입니다. 이것은 바로 종말, 지옥 같은 절망, 세계의 마지막인 것입니다.[220]

여성에 대한 "무용지물", 삶에 패배한 감정으로서의 "무력감"은 페퍼코른에게 죽음을 의미한다. 말하자면 생식불능 남자처럼 본능에 대한 거부는 그에겐 받아들일 수 없다. 그렇기 때문에 듬직한 체구의 페퍼코른은 자신의 건강상태가 말라리아열로 악화되고, 자신에게서 남자의 정력이 현저하게 사라졌음을 알았을 때, 게다가 그가 클라우디아 소샤의 유일한 애인이 아니라는 사실(그녀와 한스 카스토르프 사이의 사랑)을 알았을 때, 그는 스스로 독약주사로 자살한다. 그가 죽은 후에 소샤 부인은 베르크호프를 영원히 떠난다. 페퍼코른의 죽음에 대한 전조는 그가 자살 직전에 숲으로 소풍갔을 때 나타난다. 그는 그곳의 폭포 앞에서 크게 고함을 지르지만 큰 물줄기의 노호로 들리지 않는다. 그래서 그는 자연에 대한 자신의 "무력감"을 인식하게 되고, 그것은 곧 죽음의 감정으로 발전한다. 페퍼코른이 주장한 생기론적 의미는 그의 자살로 인해서 가치 없는 것으로 경시될 수 있다. 그러나 그는 죽음이 삶의 불가피한 구성요소라는 것을 철저히 알고 있기 때문에, 그의 죽음은 자살이라는 비극적인 종말임에도 불구하고 경시할 수 없는 비전을 한스 카스토르프에게 주는 삶의 한 비유로 해석될 수 있다.[221] 고문관 베렌스, 제템브리니, 나프타와 마찬가지로 소샤와 페퍼코른은 젊은 한스 카스토르프에게 큰 인상을 주고, 그로 하여금 자기고유의 새로운 인식에, 즉 이 인물들의 대립적 생각들을 통해서 극복하게 하는 내적 발전에 이르게 한다.[222]

제템브리니, 나프타 그리고 페퍼코른의 주장은 모두가 지나치게 일면적이고, 그들은 바로 그 일면성으로 인해 멸망했다. 나프타와 페퍼코른의 죽음이 이에 대한 예이다. 하지만 평범한 한스 카스토르프는 그렇지 않다. 한스 카스토르프는 동방의 생기론자인 페퍼코른과의 만남을 통해서 대립들의 일치를 파악할 수 있게 된다. 한스 카스토르프는 제템브리니와 나프타의 대립성에 대해 비판적인 거리를 두고 객관성을 가지고 관찰함으로써 그 대립에 대한 중개자로서의 역할을 한다. 대립들의 '합Synthese'이 바로 '중간Zwischen'을 의미한다.[223] 그 '중간'에는 상이한 견해들과 현상들을 문제없이 나란히 존재할 수 있게 하는 가능성이 존재한다.[224] 즉 여기에는 모든 존재의 일치가, 말하자면 선과 악, 삶과 죽음, 정신과 육체 같은 인간존재의 상반된 가치가 병존한다. 이들의 관계는 상호간에 분리될 수 없는, 그래서 하나 없이는 다른 것을 생각할 수 없는 극단極端들이지만, 인간은 이 극단들 사이의 중심에 있을 때만이 이 대립관계를 조화와 균형으로 승화시킬 수 있는 초월적 존재가 될 수 있다. 비록 카스토르프는 비현실적인 베르크호프의 환경에서 유럽의 종교, 정치, 학문, 예술, 미신과 같은 구시대의 유물들을 접하게 되지만, "보다 높은 차원의 모든 정신적 건강은 병, 유혹, 그리고 죽음과의 접촉에서 생긴다는 것을 인지한다. 이러한 지식을 내면화한 사람만이 사랑, 삶, 죽음의 상호관계가 지닌 교육적 의미를 이해할 수 있다. 토마스 만은 이 같은 생각을《독일 공화국에 관하여》(1922)라는 연설에서 말한다.

> 죽음과 사랑 외에 무엇이 행위에서 최종적으로 아름다운 것인가? 그 질문은 바로 거기에 있다. 그 질문은 아름다움에, 완전함에 대한 사랑은 바로 죽음에 대한 사랑이라는 진술을 포함한다. (…) 병과 죽음, 병적인 것, 붕괴에 대한 관심은 다만 삶을 위한, 인간을 위한 표현의 한 방법일 뿐이다. (…) 유기적인 것, 삶에 관심이 있는 자는 특히 죽음에 관심이 있다. 그리고 그것은, 죽음의 경험이란 결국 삶의 경험이라는 것, 그것은 인간으로 인도한다는 것을 보여주기 위해서, 교양소설의 대상일 수 있을 것이다.[225]

죽음은 교육적 의미를 지닌다. 죽음에 대한 사랑은 삶과 인간의 사랑으로 발전하기 때문이다. 죽음의 경험은 결국 삶의 경험이라는 것, 그것은 인간으로 돌아간다는 것을 보여주기 때문에, 토마스 만은 자신의 작품이 죽음을 다루고 있다 할지라도, 인생에 더 호의적이라는 것을 강조한다. "인간은 선과 사랑을 위해서 인간의 사고에 대한 지배권을 죽음에 양도해선 안 된다"는 〈눈〉 장에 나오는 꿈속의 잠재의식이 비로소 실제의 의식이 된다. 여기에는 인간애를 강조하는 토마스 만의 윤리적 기본입장이 잘 드러나 있다. 토마스 만이 《나의 시대Meine Zeit》에서 "나는 오로지 휴머니티를 지키는 일만을 할 것입니다"[226]라고 강조했듯이, 토마스 만은 한스 카스토르프로 하여금 "죽음에의 친근감"을 높은 인류애로서 극복하게 하고 새로운 휴머니스트로서 재출발하게 하는 데에서 이 작품에 큰 의미를 부여했다. 그는 자기 부정과 갈등의 초기 창작시기를 지나서 이제 죽음에 지배되는 무력한 고립에서 벗어나 니체적인 생의 긍정이라는 이념으로 돌아와 궁극적으로는 생에 참여하게 되는 작품을 썼다. 토마스 만은 전前 작품들에서 인간을 대립구조 속의 갈등 존재로 보았다. 그러나 이제 그는 삶이 어떤 갈등보다 우위이고, 사랑만이 죽음을 극복할 수 있으며, 희생을 통해서만이 인간은 구원받을 수 있고, 희생과 참여 없이 세계 개선은 이뤄지지 않는다는 진리를 설파하고 있다. 한스 카스토르프는 고산지대의 밀폐된 베르크호프에서 병과 죽음의 경험을 넘어서 삶의 경이에 대한 예기치 않은 인식에 도달한다.[227] 다시 말해서 그는 죽음을 능가할 수 있는 새로운 휴머니티를 향해 가는 정신적 회복의 길을 찾고 평지로 내려갈 수 있는 성숙된 경지에 이른다.

그러나 이 길에는 죽음과 같은 많은 위험이 도사리고 있다. 1914년에 일어난 세계전쟁은 "지구의 토대를 뒤흔든 역사적인 벽력霹靂"이었으며, 동시에 한스 카스토르프와 다른 사람들을 '마의 산'의 고지대 세계에서 평지의 현실세계로 몰아낸 벽력이었다.[228] 그러니까 한스 카스토르프는 자기 자신의 힘에서가 아니라 전쟁이란 외부의 힘에 의해 마법에서 풀려나고, 구원되고 해방된 것이다. 그를 참된 삶으로 풀어주기 위한 숙명적인 출구는 전쟁을 향해 있다. 전쟁에서 인간은 삶과 죽음의 극한 상황에 있다. 한스 카스토르프는 포탄과 총탄이 빗발치는 전쟁터에서 남아 있는 모든 것은 산산이 조각난 인간 존재임을 본다. 전쟁터는 수많은 인간이 형언할 수 없는 고통을 견뎌야만 하는 생지옥이다. 사는 것은 본래 이미 죽는 것을 뜻한다고 말한 고문관 베렌스의 철학이 현실로 경험된다. "우리는 어디에 있는가? 저것은 무엇인가? 꿈은 우리를 어디로 데려갔는가?"[229]라고 한스 카스토르프는 스스로 반문하면서, 슈베르트의 〈보리수〉를 부르며 전쟁터로 나간다.

> 난 나뭇가지에 새겨 놓았네
> 그렇게 많은 사랑의 말들을[230]

설몽 속에서 깨우친 교훈이 이제 전쟁의 지옥 한가운데서 〈보리수〉 노래를 통해서 전해진다. 사랑이 죽음을 지배한다. 그러나 다른 한편으로 이 노래는 "죽음의 세계"[231]를 암시한다.

따라서 그가 이 노래에 정신적 공감을 갖는 것은 결국 그의 죽음을 예감케 한다. 이미 베르크호프 요양원에서의 '발푸르기스의 밤' 장면에서 클라우디아 소샤는 한스 카스토르프의 불길한 운명을 암시한다. 그녀는 그에게 말한다. "평지에서 군인 같은 게 되려면, 그야말로 죽기 전에는 틀렸어요."[232] 일반보병으로 그는 수많은 공격에 참가한다. 그는 서부전선의 소용돌이 속에서 마지막으로 화자의 시야로부터 사라진다. 그의 운명은 불확실하게 남아 있다. 빗발치는 총탄 속에서 그의 생존은 가능하지 않다. 전사 직전에 처한 상황에서 독자들은 그가 마의 산에서 7년에 걸친 성숙과정 끝에 마침내 얻게 된 깨달음이 도대체 무슨 의미가 있느냐는 허무감이나 회의감을 가지게 된다. 그러나 바로 여기에 아이러니하게도 토마스 만의 창작의도가 숨어 있다. 토마스 만은 한스 카스토르프가 깨달은 삶의 진리를 성배聖杯[233]로, 그리고 그를 성배를 찾는 전설 속의 기사로 비유하고, 독자들에게 이 책이 찾고 있는 그 성배가 무엇인지 이해하기 위해서 이 책을 두 번 읽기를 권한다. 토마스 만은 말한다.

당신은 생명이 위험한 고지에서 길 잃은 한스 카스토르프가 인간에 대한 꿈의 시를 꾸었던 〈눈〉이란 제목의 장에서 그것(즉, 성배―필자 주)을 발견하게 될 것입니다. 성배는, 비록 찾지 못한다 해도, 그가 고산에서 내려와 유럽의 혼돈 속으로 끌려가기 전에, 죽음에 가까운 꿈속에서 예감했던 성배, 그것은 인간의 이념이며, 병과 죽음에 대한 깊은 지식을 거쳐서 온, 미래의 인간애의 개념입니다. 성배는 하나의 신비입니다. 그러나 인간애도 그러합니다. 인간 자체가 하나의 신비이기 때문입니다. 그래서 모든 인간애는 인간의 신비에 대한 경외심에 기인합니다.[234]

이 이야기를 읽는 독자들은 그의 소설《마의 산》에서의 체험을 통해서 정신적 고양高揚을 얻게 된다. 토마스 만이 자신의 독자에게 이 책을 두 번 읽기를 권한 까닭도 이 추체험의 보편적 진실성 때문일 것이다. 독자는 주인공 한스 카스토르프의 두 스승 제템브리니와 나프타의 격렬한 논쟁과 그들의 온갖 논거를 두루 거침으로써 자신이 한 단계 더 높은 교양인으로 거듭남을 깨닫게 될 것이다.[235] 토마스 만은 그 답을 직접 주지 않고 독자에게 의문으로 열어놓고 있다. 다만 그는 독자인 우리에게 이 책과 함께 겪은 추체험에 대해 부연한 후에 묻는다.

당신의 단순성을 향상시킨 육체와 정신의 모험은 당신이 육체에서는 아마도 오래 살아남지 못하는 것을 정신에서는 오래 살아남게 해준다. 그대는 죽음과 육체의 방종 속에서 예감에 가득 차 군림하듯이 사랑의 꿈이 당신에게서 깨어나는 순간을 체험했다. 죽음의 이 세계축제에서도, 사방에서 비 내리는 밤하늘을 붉게 물들이는 사악한 열병의 광란에서도 언젠가는 사랑이 솟아오를 것인가?[236]

이 질문과 함께 이 대하소설은 끝난다. 병에 의한 죽음, 자살에 의한 죽음, 세계전쟁에 의한 대량의 죽음, 어떤 형태의 죽음이라 할지라도 결국 사랑은 죽음을 지배한다는 토마스 만의 강한 믿음이 이 소설 전체에 흐르고 있다. 죽음에 대한 지식은 다시 우리의 삶 속으로 들어와서 그 삶을 비유적으로 만들고, 그것이 감정을 확대시킨다. 때문에 우리 삶의 조건으로 부여된 언제나 깨어 있는 죽음에 대한 의식은 자아상승과 자아실현을 만든다. 죽음의 경험은 삶의 경험이라는 것, 결국 그것은 인간애로 승화된다는 것을 의미한다. 따라서 인간애는 죽음과의 영적교감을 통해서 심화되고 확대된다. 뿐만 아니라 인간애는 초기의 대립적 인생관을 극복하여 대립에 지배당하지 않고 역으로 대립을 지배하며 합을 이루는 기본적인 힘이다. 이 같은 인간의 이상을 위한 한스 카스토르프의 죽음은 아폴로적, 인간애적 죽음이라 할 수 있다. 《마의 산》은 토마스 만의 휴머니즘의 정수를 보여주는 기념비적인 작품이다.

12장

생산력으로서의
죽음을 보여주는 현대극

하이너 뮐러의 죽음에 대한 생각은 죽음이 삶의 생산적 원칙이라는 점에서 비롯된다. 뮐러가 그의 작품에서 죽음을 찬양하는 이유는 바로 생산적 죽음 때문이다. 혁명을 위해 희생된 혁명가들은 죄를 짊어진 어린 양이 아니라 미래를 위한 혁명가로 남아야 한다. 희생된 사람들의 죽음은 미래를 위해서, 새로운 인간의 발전을 위해서 중요하고 귀중하게 여겨져야 한다. 이때 비로소 죽음은 밝은 미래를 열어주는 "생산으로 파악되는 삶의 한 기능"이 될 수 있다.

하이너 뮐러의 역사관과 죽음의 미학

하이너 뮐러는 1929년 1월 9일에 작센Sachsen 주의 에펜도르프Eppendorf 에서 태어나서 1995년 12월 30일에 베를린에서 사망했다. 그는 많은 극 작품들 외에도 시, 산문, 에세이의 작가로서, 그리고 인터뷰 파트너, 연출 가, 극작가로서도 활동했다. 그는 20세기 후반의 구동독에서뿐만 아니라 통일 후에도 독일의 중요한 극작가들 중 한 명으로 평가된다.

그는 1940년부터 히틀러유겐트Hitlerjugend(나치 청년단) 단원이었고, 제 2차 세계대전이 끝나기 직전에 나치노동봉사단과 향토방위대에 징집되 었다. 종전 후에 그는 1947년부터 아버지가 시장으로 있었던 작센 주의 프랑켄베르크Frankenberg에서 아비투어를 마치고, 그곳의 한 도서관과 군 청에서 일했다. 그는 1946년에 독일사회민주당SPD에 가입했다. 이 당은 소련의 압력으로 독일공산당KPD과 함께 독일사회주의통일당SED으로 통합되었다. 뮐러는 의무감이 없고 당비도 내지 않은 이유로 곧 제명되었 다. 뮐러의 아버지는 1946년 이후에 독일사회주의통일당의 임원이 되었

좌) 하이너 뮐러 우) 뮐러의 두 번째 부인인 잉게 뮐러

으나, 1951년에 항의의 표시로 그의 아내와 뮐러의 동생인 둘째 아들 볼 프강Wolfgang과 함께 서독으로 망명했다. 이 같은 어린 시절의 경험은 후 일에 그의 산문《아버지Der Vater》(1958)에 수용되었다.

1950년부터 뮐러는《일요 신문Der Sonntag》과 문화·정치 잡지인《건설 Aufbau》에 문학비평을 투고하면서 창작활동을 시작했다. 그는 1951년에 로제마리 프리체Rosemarie Fritzsche와 결혼했으나 1953년에 이혼했다. 같 은 해에 그들은 재혼했지만 1954년에 다시 이혼했다. 이들 사이에서 딸 레기네Regine가 태어났다. 1953년부터 뮐러는《신 독일문학Neue Deutsche Literatur》지의 기자로 활동했으며, 1954년에는 독일작가연맹의 회원이 되 었다. 그는 1955년에 여성작가 잉게보르크 슈벤크너Ingeborg Schwenkner(잉 게Inge로 불린다)와 결혼했다. 그녀는 1966년에 자살했다. 그는 1979년에 세 번째 아내로 불가리아 출신의 연출가인 깅카 촐라코바Ginka Tscholakowa 와 결혼했으나 1980년에 그녀와 다시 이혼했다. 1992년에 그는 사진작가 인 브리기테 마리아 마이어Brigitte Maria Mayer와 결혼했고, 그들 사이에서

네 번째 딸이 태어났다.

1957년부터 뮐러는 독일작가연맹에서 드라마 부문의 연구원으로 일했고, 이 시기에 1917년 10월 러시아혁명을 다룬 그의 첫 극작품인《세계를 뒤흔든 10일Zehn Tage, die die Welt erschütterten》이 상연되었다. 1957/58년에 그는 월간지《청년 예술Junge Kunst》의 편집장으로, 그리고 베를린의 막심 고리키 극장에서 활동했다. 그렇게 그는 자유 작가가 되었다.

뮐러는 1950년대에서 1960년대 초에 이르는 초기 창작시기에 그의 아내 잉게와 공동으로 집필한《임금 삭감자Der Lohndrücker》(1956~1957)와《수정Die Korrektur I, II》(1957~1958)을 발표했고, 이어서《이주해온 여인 또는 시골에서의 삶Die Umsiedlerin oder das Leben auf dem Lande》(1961)과《건설Der Bau》(1964)과 같은 '생산극'에 해당하는 극작품들을 썼다.

뮐러 문학의 무대는 동독이었으며, 그 목적은 진정한 사회주의국가의 건설이었다. 처음에 그는 그 가능성을 동독에서 보았다. 실제로 그 당시에 동독정부는 문학을 생산성 증가와 사회주의이념을 찬양하기 위한 수단과 도구로 이용했다. 그래서 동독에는 생산현장을 중심으로 한 '생산문학' 혹은 '건설문학'이 지배적이었으며, 희곡분야에서는 '생산극 Poduktionsstück' 또는 '작업반극Brigadenstück' 형식이 대두되었다. 생산노동력의 주체인 남성의 역할이 사회주의 건설과 연관된 "위대한 생산"으로 묘사된 반면에, 여성의 역할은 사랑, 임신, 출산의 전통적인 여성상의 범주에 머물러 있어 남성에 비해 "하찮은 생산"으로 축소되었다.[1]

뮐러는 자신의 본래 목적과는 달리 생산현장에서 드러나는 동독의 사회구조적 모순과 개인 간의 갈등을 보았다. 뿐만 아니라 스탈린의 압력하에서 공산국가로 발전하는 동독이 새로운 파시즘의 형태로 기형화되어 가는 현실도 체험했다. 그래서 그는 이 같은 동독의 현실을 기자와 작가의 시각으로 타협 없이 작품에 폭로하고 또 비판했다. 결국 그는 당에 의해 반정부적, 반체제적 작가로 낙인 찍혔고, 그의 창작활동도 감시와 제지, 그리고 탄압의 길로 들어서게 되었다. 따라서 그의 극작품《이주해 온 여인 또는 시골에서의 삶》은 1961년에 초연된 후에 공연이 금지되었고, 뮐러는 이 사건으로 동독작가연맹에서 축출되었다. 동독에서의 출판 및 공연 금지조치로 뮐러의 많은 작품들은 오히려 서독과 서방세계에서 수용되었다. 극작품《마우저Mauser》(1970)는 동독이 아니라 미국의 텍사스 대학에서 초연되었고, 1980년에 비로소 서독 쾰른Köln에서 공연되었다.《게르마니아 베를린에서의 죽음Germania Tod in Berlin》(1971)은 1978년에 뮌헨의 소극장에서,《햄릿기계Die Hamletmaschine》(1977)는 1979년에 파리에서, 그리고《임무Der Auftrag》(1979)는 1982년에 서독의 보훔Bochum에서 초연되었다.

이렇게 그의 작품들이 동독에서 배척과 수용, 부정과 찬양의 수많은 곡절을 겪게 되면서, 뮐러는 검열과 탄압을 피하기 위해 그의 문학의 소재를 동독의 현실사회에서 찾지 않고 신화와 고대로 표시되는 '전사前史, Vorgeschichte'에서 찾았다. 1960년대 중반부터 1970년대 중반에 이르기까지 뮐러는 신화와 전사를 동독의 현실과 비유해서《필록테트Philoktet》(1958/64),《호라치 사람Der Horatier》(1968),《마우저》,《게르마니아 베를린에서의 죽음》,《시멘트Zement》(1972),《살육Die Schlacht》(1974),《군들링의 삶 프로이센의 프리드리히 레싱의 잠·꿈·비명Leben Gundlings Friedrich von Preußen Lessings Schlaf Traum Schrei》(1976) 같은 극작품들을 발표했다.

뮐러에게 '전사'란 마르크스 이념에 근거한 사회주의 사회가 건설되기 전까지의 역사를 의미한다. 그는《필록테트》의 서곡에서 고대를 "인간이 인간의 불구대천의 원수였고/ 살육이 일상적이었으며 삶이 위험이었던/ 과거"[2]로 묘사한다. 즉 뮐러는 '전사'를 전쟁과 죽음, 폭력과 갈등, 살육과 희생이 반복되는 야만의 역사로 보았다. 신화도 전사와 같은 의미를 지닌다. 뮐러는 동독의 현실 역시 신화와 전사의 연속으로 보았다. 뮐러는 "비참한 독일역사의 맥락에서 동독을 보지 않고는 올바른 동독의 모습을 볼 수 없다"[3]고 주장한다. 그가 보는 독일의 비참이란 고대로부터 나치의 파시즘을 거쳐 현재에까지 이르는 "호전성, 잔혹성, 거친 폭력"으로 점철된 "게르만 민족의 유산"[4]이다. 이 같은 그의 역사관은 1970년대 중반 이전의 작품 속에 녹아 있다.

뮐러의 역사시각은 1970년대 후반에서 1980년대 후반에 이르기까지 독일역사의 한계를 넘어 서유럽과 제3제국의 역사와 문명에 대해서 뿐만 아니라 작가이자 지성인인 자기 자신에 대한 폭넓은 성찰로 확대된다. 그것은 동독에서 야만적 상태가 지속되는 이유가 독일역사에만 있지 않고 유럽, 나아가 세계의 역사에 있다는 뮐러의 생각에 기인한다. 프라하의 5월 혁명이나 1980년대 중반에 고르바초프의 페레스트로이카정책에 의한 국제정세의 변화는 제3세계에서 일어난 것으로, 이 같은 제3세계의 역사발전과 변화는 뮐러에게 동독에서의 사회주의 발전에 대한 새로운 시각을 갖게 한다.

우리 국가에게 필요한 변화 또는 개혁은 제3세계의 발전에 달려 있다. 이것은 모든 것이 역사를 기다리는 거대한 대기소와 같다.[5]

프라하의 5월 혁명이나 소련의 개방정책은 히틀러와 스탈린의 파시즘을 야만적 역사의 맥락에서 동일시하고 있는 뮐러에게 신선한 충격이었으며, 동독의 미래에 대한 희망의 계시였다.

소련의 존재 사실은 무엇보다도 먼저 모든 대륙에서의 해방운동에 대한 가능성을 창조해냈다. (…) 소련의 존재는 역사와 미래에 대한 전제이다.

때문에 이 텍스트들(《볼로코람스크 국도 1~5》―필자 주) 또한 그러하다.[6]

이 시기의 작품들로서는 《햄릿기계》,《임무》,《사중주Quartett》(1981),《황폐한 물가 메데아 자료 아르고호 사람들이 있는 풍경Verkommenes Ufer Medeamaterial Landschaft mit Argonauten》(1982), 《볼로코람스크 국도 1~5 Wolokolamsker Chaussee》(1984~1986),《게르마니아 3 죽은 남자 옆의 유령 Germania 3 Gespenster am toten Mann》(1995) 등을 들 수 있다. 그 외에도 그는 많은 시와 산문을 창작했고, 그의 문학을 이해할 수 있는 많은 인터뷰를 남겼다.

프라하의 5월 혁명은《햄릿기계》에, 소련의 개방정책은《볼로코람스크 국도 1~5》에 동기와 자료로 수용되었다. 이렇듯 그는 제3세계에서 빈부의 격차가 없는 "세계적인 연대공동체"[7]로서의 세계역사를 창조할 수 있는 "희망"[8]을 보았다. 이것은 곧 공산주의를 의미하지만, 뮐러는 이러한 "세계역사는 존재하지 않는다"[9]고 단언한다. 이런 비관적 역사관에서 뮐러는 글쓰기의 목적을 마르크스주의에 근거한 올바른 사회주의가 동독에서 실현되는 것에 두고, 그의 극작활동과 연관해서 이렇게 말한다.

나의 희망은 현실이 글을 쓰기 위한 재료를 더 이상 준비해주지 않기 때문에《게르마니아 베를린에서의 죽음》과 같은 작품이 더 이상 쓰일 수 없는 세계이다.[10]

뮐러의 글쓰기는 글을 쓸 필요가 없는 "조화로운 세계", "더 이상 예술이 필요하지 않는 사회"의 도래를 위한 투쟁수단인 것이다.[11] 뮐러는《볼로코람스크 국도 1~5》이후에서 죽기까지의 긴 시간을 침묵으로 일관해왔다. 소련과 동구권의 붕괴, 통일로 인한 동독의 자본주의화라는 엄청난 역사적 변화 속에서 그는 침묵할 수밖에 없었다. 그러나 그의 침묵은 "글을 쓸 필요가 없는 조화로운 세계"가 도래했음을 의미하는 것은 아니다. 오히려 그는 "나는 더 많이 써야 한다"[12]고 분명히 말한다. 이것은 통일된 독일의 현실이 파괴되어야 할 어두운 독일역사의 유산을 여전히 지니고 있다는 또 하나의 간접적인 증언이다. 그의 유고작품인《게르마니아 3 죽은 남자 옆의 유령》에서 오늘날의 "공포가 더 이상 새로운 것의 첫 현상이 아니라 다만 옛 공포의 새로운 현상에 불과하다"[13]고 묘사되고 있는 데서 우리는 이 같은 사실을 알 수 있다.

뮐러는 1988년 2월에서야 동독작가연맹에 다시 복귀하게 되었다. 1990년 7월에는 동독예술아카데미 원장에 피선되었으며, 서베를린 대학 극작과 객원교수도 역임했다. 그는《임금 삭감자》로 하인리히 만 문학상을 탄 것을 비롯해서 베를리너 차이퉁 비평가 상(1970, 1976), 뮐하임 극작가 상(1979), 게오르크 뷔히너 상(1985), 클라이스트 상(1990), 베를린 연극 상(1995) 등을 수상했다.

뮐러의 서방세계에 대한 시각은 여전히 부정적이었다. 뮐러의 내적 혼돈과 침묵에도 불구하고 그의 작품들은 1980년대에 와서 동·서독의 많은 연극 비평가들과 문학사가들의 큰 관심을 불러일으켰다. 마침내 뮐러는 "독일어 언어권에서 가장 언어구사력이 강하고, 이론적일 뿐만 아니라 정치적으로도 가장 엄격한 수준 높은 극작가"[14]이며, 브레히트 이후에 "동독뿐만 아니라 유럽 연극계의 중요한 극작가"[15]로 평가되었다.

뮐러의 작품들은 그의 역사관의 변화와 함께 변해 갔으며, 그의 죽음의 생각도 마찬가지였다. 생산현장을 중심으로 한 초기의 '생산극' 또는 '작업반극'에서 죽음의 문제는 중요한 주제로 대두되고 있지 않다. 그러나 그 이후의 모든 작품들에는 죽음의 문제가 그의 역사관의 변화와 함께 가장 중요한 주제로 다루어지고 있다.

밀러의 신화 텍스트는 역사를 비판하고, 역사는 우리에게 익숙한 신화의 본래 의미를 낯설게 만든다. 그럼으로써 신화는 역사가 전승하는 폭력과 죽음과 희생의 문제를 상승시킨다. 신화와 역사를 주제로 하고 있는 밀러의 드라마에서 "사는 것은 죽이는 것을 의미한다."[16] 독일의 역사는 살인의 연속이며, 세상은 살육장, 공동묘지가 된다. 예를 들면 밀러가 발표한 《살육》은 "도살장으로서의 독일역사에 대한 시도계열의 서막"[17]으로 간주된다. 이 극은 형제살해, 동료살해와 식인, 아내와 딸의 살해, 미군조종사 살해와 남편의 익사방조, 탈영병 희생시키기의 다섯 장면으로 되어 있고, 주인공인 정육점 주인은 "인간도살자"[18]로, 독일은 도살장으로 묘사되었다. 그 후에 발표된 《게르마니아 베를린에서의 죽음》에서는 제2차 세계대전 이후의 민족상쟁과 조국분단의 기형적인 독일이 "자기 살 찢기의 유산"[19]에 의한 것으로 표현되어 있다. 이 극 중에서 '성스러운 가족Die heilige Familie' 장면은 서독의 탄생에 대한 부정적 알레고리이다. 창녀의 마스크를 쓴 괴벨스Paul Joseph Goebbels(1897~1945)는 히틀러Adolf Hitler(1889~1945)와의 사이에서 산파인 게르마니아[20]와 세 성인(미국, 영국 프랑스—필자 주)의 도움으로 기형아-늑대를 분만한다. 그러고 나서 게르마니아는 히틀러에 의해서 고문당한다. 이것은 바로 독일 "파시즘정신으로부터의 서독의 탄생"[21]을 말해주고 있다.

밀러는 역사가 보여주는 파시즘의 폭력에서 글쓰기의 동인과 영감을 얻었다. 그는 파시즘의 폭력을 유년시절에 아버지에게서 일어난 한 사건에서 처음으로 경험했다. 사회민주주의 당원이었던 그의 아버지가 나치 비밀경찰에게 체포되어 구타당하며 끌려가는 모습을 목격하고 밀러는 국가폭력을 처음으로 체험했다. 그는 그 모습이 "내 연극의 첫 장면"[22]이라고 회고했다. 밀러는 말한다. "글을 쓰게 되면 마음속에 새겨진 기본경험에 의존하게 된다. 나의 기본경험이란 폭력으로서의 국가였다. 한편으

론 파시즘의 폭력, 다른 한편으론 공산주의의—말하자면 스탈린주의의
—대응폭력이었다."[23] 따라서 그가 아버지로부터 체험한 집단과 개인의
문제, 말하자면 개인들이 정치적 목적의 이름으로 손상당하고 말살되는
파시즘의 폭력문제가 그의 문학의 중요한 주제로 부상한다. 뮐러는 파시
즘이라는 테마를 필연코 극복해야 할 당면 과제로 보았다.[24]

  뮐러에게 비유극은 "과거와 미래 사이에 있는 작품"[25]이다. 역사철학자
카를 야스퍼스가 과거는 미래를 비추는 조명등이라고 말했듯이, 뮐러의
작품들 역시 그렇다. 이러한 뮐러의 창작 의도는 그의 확고한 미래지향적
역사관에 근거한 것이다. 즉 뮐러는 "우리는 우리의 미래를 믿는 한 과거
를 두려워할 필요가 없다"[26]는 신념에서 과거의 역사를 과감히 현실로 끌
어낸다.

  뮐러의 이 같은 역사관은 브레히트와의 연관성을 배제할 수 없다. 브
레히트 역시 미래를 조명해주는 과거의 중요성을 이렇게 강조했다. "우
리는 열정적으로 미래를 지향하기 위해 너무도 일찍이 직접적인 과거로
부터 등을 돌렸다. 그러나 미래는 과거의 해결에 있다."[27] 뮐러 역시 "역
사의 악몽에서 벗어나기 위해서", 그리고 이상적 사회주의 국가를 건설
하기 위해서 "역사의 존재를 인정하고, 역사를 알아야 하며," "그러고 나
서 우리는 역사를 고발할 수 있고 그것에서 벗어날 수 있다"[28]고 주장한
다. 때문에 뮐러의 극작품들은 역사의 부정적인 것이나 야만적인 것을 폭
로하고 고발하는 전시장이며 동시에 그 역할을 수행한다. 그래서 뮐러
의 극작품들에서 남성중심의 역사적 폭력뿐만 아니라 파시즘 같은 국가
나 집단의 폭력과 죽음의 문제가 중심을 이룬다. 비판의 수단으로 암울한
과거를 잔인할 정도로 수용하고 폭로하는 뮐러 문학은 같은 것의 재생이
아니라 새롭게 태어나는 것에 목적을 두고 있다.[29] 즉 그의 비판은 언제나
새로운 변화를 목적으로 삼는다. 그런데 "최후의 변화는 죽음이기 때문

에"[30] 죽음은 신화와 역사를 변화와 계몽의 매체로 사용할 수 있는 최고의 수단이 된다.[31]

그 매체와 수단은 연극이다. 뮐러는 죽음이 연극에서 두 가지 방법으로 다루어진다고 말한다. 즉 죽음은 비극에서 찬양되지만 희극에서는 웃음거리가 된다.[32] 대체적으로 비극에서의 죽음 찬양은 연민과 정화의 기능을 가진다. 따라서 뮐러의 비극에서 죽음의 찬양은 순수하다기보다 기능적이다.[33] 나아가 죽음의 기능 면에서 뮐러는 죽음을 기계적 죽음과 생산적 죽음으로 달리 정의한다. 그렇다면 기계적 죽음의 의미는 무엇이며, 어떻게 죽음은 생산적 의미를 갖느냐는 질문이 야기된다. 이것은 뮐러 죽음의 미학에 대한 질문이기도 하다.

그의 산문 《사망신고Todesanzeige》(1975~1976)에서 다섯 살 혹은 여섯 살의 어린이는 칼로 고양이를 죽이고, 제비둥지에 돌을 던져 제비를 죽이는 놀이를 한다.[34] 이렇게 인간은 어릴 적부터 죽이는 일을 자연스럽게 배운다. 또 다른 산문 《아버지》에서 어린이들은 어릴 적부터 수많은 군인 인형들이 자신의 명령으로 무더기로 죽이고 죽는 전쟁놀이를 한다. 후에 그 어린이들은 실제로 군인이 되어 전선에서 인형들처럼 죽이고 죽는다. 어린이는 할머니가 아들의 사망통지서를 받고 지르는 비명소리를 들었다.[35]

그의 극작품인 《마우저》에서 혁명가이며 사형집행인 A는 혁명을 위해 사형을 일처럼 한다. 《시멘트》에서 사형집행위원회 위원장인 바진Bajin은 스스로를 사형집행기계로 만들면서 자신을 희생한다. 젊은 여성 동지 폴랴Polja는 그에 대해서 "그는 인간이 아니라 기계"라고 경고한다. 이들은 죽음을 수작업으로 주고받는 "수공업자들"이며 "살인기계들"이다.[36] 이들에 의한 죽음도 역시 기계적이다. 신화극 《필록테트》의 마지막 주註는 트로야전쟁에서 태평양전쟁에 이르는 전쟁사 필름을 영사해서 공산품처럼 생산되는 대량죽음을 알린다. 20세기의 죽음은 아우슈비츠의 독가스 살인, 히로시마의 원폭처럼 민족 살해나 새로운 무기로 무장한 전투에 의한 대량살인으로, 그 죽음은 기계적 죽음이다.[37]

이런 기계적 죽음은 생산적 죽음과 대립한다. 뮐러의 죽음에 대한 생각은 죽음이 삶의 생산적 원칙이라는 점에서 비롯된다. 뮐러가 그의 작품에서 죽음을 찬양하는 이유는 바로 생산적 죽음 때문이다. 물론 기계적 죽음이 역사, 사회, 정치에 걸친 광범위한 시대 비판적 상징성을 가지고 있음은 분명하지만, 뮐러에게 그보다 더 중요한 것은, 기계적 죽음은 죽음을 다만 인간 존재의 종말로 생각하도록 강요하고 죽음의 변용에 대한 생산적 기능을 정지시킨다는 것이다. 해서 뮐러의 문학에서 희생의 정도나 죽음의 양적 문제는 크게 작용하지 않는다. 다만 죽음에 직면해서 개체가 죽음을 어떻게 생각하고, 무엇을 자신의 삶에 수용하느냐는 문제가 더 크게 작용한다. 즉 개체의 죽음은 어떤 의미로서 인간의 삶에 영향을 주느냐는 것이다.

예를 들면 뮐러는 연극《필록테트》에서 트로야전쟁에서의 기계적인 대량죽음보다 필록테트의 죽음에 대한 이타카의 왕 오디세우스의 생각에 중점을 둔다.《필록테트》의 끝 장면에서 오디세우스는 죽은 필록테트의 시체마저 트로이전쟁의 승리를 위한 수단으로, 그리고 살인행위를 정당화시키는 방법으로 사용하기 위해 트로이 사람들이 필록테트를 타살했다고 거짓말한다. 필록테트의 죽음은 트로이전쟁의 승리를 위해 살아있는 필록테트보다 더 큰 위력을 가지게 된다. 뮐러는 죽음을 오직 합목적적 유용성의 원칙에서만 생각하는 오디세우스의 이성을 비판한다.[38]

연극《마우저》에서도 국가나 집단을 상징하는 합창은 사형집행인에게 혁명을 위해 죽이는 것이나 죽는 것이 하나의 일이라는 것을 배워야 한다고 요구한다.[39] 그러나 사형집행인 A는 자신의 일이 기계적인 죽음의 생산에 불과하다는 것을 인식했을 때, 자신의 양심에 따라서 스스로 죽음을 택함으로써 '죽이는 일'은 멈추게 된다. 뮐러에게 악은 어디까지나 악일 뿐이다. 개체의 죽음에 있어서 "목적은 수단을 정당화한다"[40]는 합목적적 유용성은 철저히 부인되고 있다. 사형집행인 A의 죽음은 도덕적인 자기희생이다. 뮐러가 평가하는 죽음의 변용은 육체적 죽음에서가 아니라 도덕적인 자기희생에서 이루어진다.

뮐러의 극작품들은 이에 대한 다양한 예들을 제시한다. 《게르마니아 베를린에서의 죽음》에서는 동독의 탄생이 가정家庭의 생성에 비유되어 묘사된다. 1918년 11월 혁명에서 과거에 "황제의 창녀"였던 "베를린 창녀 1"은 늙은 벽공 힐제Hilse와 같은 공산주의자들이 흘린 "프롤레타리아의 피로 씻기고,"[41] 힐제의 후계자인 부지런한 젊은 벽공과의 사랑에서 프롤레타리아의 신부가 된다. 젊은 벽공은 그의 신부가 창녀였음을 알았으나 그녀를 성녀 마리아로 생각한다.[42] 그녀가 당으로 비유되었기 때문이다. 그녀는 그의 사랑으로 행복한, 임신한 아가씨가 되어 마침내 한 아이(DDR의 탄생을 상징함―필자 주)의 어머니가 된다. 힐제는 처녀/창녀 옆에서 고통 없이 웃으며 죽는다. "고통 없는 죽음은 그(젊은 벽공 힐제―필자 주)에게 유토피아적 비전을 가능케 한다. 젊은 노동자계급의 창녀를 그는 처녀로 보고, (…) 독일민족인 게르마니아는 물론 라인 강과 루어지방 위의 붉은 깃발 아래에서 새로운 독일을 건설하는 문학적, 정치적 비전을 가능케 한다."[43] 자기희생의 피는 황제의, 스탈린주의의, 그리고 파시즘의 창녀였던 그녀의 과거를 씻어내고 치유하고 젊게 만들어 그녀를 신부로, 어머니로 변화시킨다. 자기희생의 인물들은 새로운 삶으로의 변화를 일으키는 결정적인 매체로서 작용한다. 비로소 죽음은 새로운 삶의 기능을 갖는다.

죽음에서 새롭게 태어나는 변용이 보장될 때, 다시 말해서 죽음은 변화, 개혁, 새로운 것으로의 이행이라는 생각에서 뮐러는 죽음을 찬양한다. 때문에 죽음은 진정으로 변화를 원하는 혁명가들에게 관심을 불러일으킨다. '변화'란 개념으로 뮐러는 변화와 혁명의 관계를 넌지시 암시한다. 최고의 변화는 혁명이며, 최후의 변화는 죽음이기 때문에 혁명은 죽음을 전제하고 죽음은 두려움을 동반한다. 따라서 죽음을 긍정하는 능력은 변화와 혁명의 준비에 대한 척도이며, 죽음에 대한 두려움의 극복에서 변화에 대한 두려움이 극복된다.[44] 때문에 뮐러는 신화나 전사시대의 야만성에서, 그리고 현대사의 야만적 폭력에서 희생되는 개체의 다양한 죽음을 의도적으로 가혹하고 처참하게 그의 비극에서 묘사함으로써 관객이나 독자에게 '두려움'과 '경악'을 불러일으킨다. 그 한 예로서 산문《메데아 놀이Medeaspiel》에서 한 여인은 전쟁영화가 방사되는 가운데 분만한 아이를 갈기갈기 찢어버린다. 그 아이가 후일에 다름 아닌 전쟁과 폭력의 주체가 되기 때문이다. 또한《마우저》에서 혁명을 위해 혁명의 적을 기계처럼 처형하는 사형집행인 A 역시 그 대표적인 예라 할 수 있다.

디오니소스적 '살 찢기'는 죽음에 대한 몇 가지 중요한 의미가 있다. 개체의 '살 찢기'는 개체의 해체로 가는 첫 걸음이고, 죽음 또는 제왕절개는 새 인간이 되는 두 번째 다른 가능성이다.[45] 뮐러의 견해에 의하면 인류는 오직 집단으로서만 존속될 수 있기 때문에 개체의 '살 찢기'는 집단으로 가는 길이기도 하다.[46] 이런 의미에서 개체의 '살 찢기'는 개체의 해체로서 자기희생과 동시에 자기해방의 행동이며, 이것에서 유토피아적 집단을 위한 새 인간이 생긴다. 그러니까 '살 찢기'는 새것의 창조라는 의미를 가진다. 즉 이 메타포의 핵심은 낡은 것의 잉태(짝짓기)와 분만에서 개체는 갈기갈기 찢겨져 제거되어야만 하고, 그럼으로써 새로운 것이 생긴다는 것이다. 비록 '살 찢기' 같은 살인행위가 지나칠 정도로 잔인하고 가혹하다 할지라도, 그 중심엔 악을 변화시키고, 죽음에 대한 두려움을 찬양의 힘으로 승화시키는 죽음의 변용이 제고되고 있다. 죽음은 파멸일 뿐만 아니라 창조이다.

이렇듯 디오니소스적 '살 찢기'는 혁명적 변화를 약속한다. 《메데아 놀이》에서 신부는 자기의 머리를 떼어버리고 모성을 거부한다. 《군들링의 삶 프로이센의 프리드리히 레싱의 잠·꿈·비명》의 지문에서 결혼식 그림 바로 앞에서 에밀리아Emilia와 나탄Nathan은 그들의 머리를 교환하고, 서로 옷을 벗기고 포옹하고 죽인다.[47] 서로 죽이는 파국에서 짝짓기, 죽음 그리고 출산의 순간이 주어진다. 새 살로 된 인간이 탄생한다. "생식의 전체과정이 새로운 출산을 초래하는 살인의 진행과정에서 나타난다."[48] 죽음과 삶은 분리되어 있지 않고 하나가 된다. 죽음은 새로운 생명, 창조적인 것의 변화이고, 끝이 아니라 짝짓기와 새로운 출생 사이의 중간이다.[49]

뮐러 문학에서 여성은 남성중심의 역사적 폭력에 의한 희생자이며 동시에 복수하는 여자이다. 《황폐한 물가 메데아 자료 아르고호 사람들이 있는 풍경》에서도 그리스신화의 여신 메데아는 배신한 남편 이아손에 대한 복수에서 그의 새신부와 자기 자식들을, 그리고 동생까지도 갈기갈기 찢어 살해하는 잔혹한 복수녀의 모습으로 묘사된다. 《햄릿기계》에서 오필리아 역시 나약한 자살 여인이 아니고 복수의 여신 엘렉트라가 되어 자신의 피로 옷을 입고 자신을 억압했던 모든 것을 자신의 질膣 속으로 거두어들여 파괴하는 복수의 여인으로 새롭게 태어난다.[50]

여자의 복수의 형태는 두려움과 경악을 일으킬 정도로 잔혹하게 묘사된 죽음에서 구체화된다. 이것은 뮐러의 파괴 미학에 근거한다. 뮐러에게 있어서 죽음에 대한 두려움과 경악의 경험은 경직된 낡은 사고의 틀을 깨뜨리고 새로운 인식을 만들어내기 위한 전제이다. 뮐러는 말한다. "지속성은 파괴를 창출한다."[51] 즉 새것이 오기 위해서는 낡은 것은 파괴되어야 한다. 그래서 뮐러에게 있어서 "극작품을 쓸 때 (그의) 주된 관심은 사물을 파괴하는 것이다."⁵² 뮐러의 파괴 미학은 서유럽 역사는 정체되어 있다는 그의 역사관에서 비롯된다.

> 서유럽에서 역사는 더 이상 존재하지 않는다. (…) 서방에서 진보는 존재할 수 없다. 문제는 간단하다. 우리가 가지고 있는 것을 어떻게 지키고 잃어버리지 않을까 하는 것이다. 이것이 서방의 유일한 일이다.⁵³

서유럽에는 자본주의의 물질만능의 이기주의만이 지배하고 있기 때문에 더 많은 소유가 존재의 목적이다. 이런 서방세계에는 휴머니즘이 도외시되고, 죽음을 역사의 결과로서 고발하거나 죽음을 생산력으로, 창조적 원칙으로 파악하려는 인식이 부족하다고 뮐러는 비판한다. 다시 말해서 죽음을 생산력으로 인지하지 못하기 때문에 서방에서 역사는 정체 속에서 '석화石化'되어 있다는 것이다. 때문에 죽음에 대한 올바른 인식을 통해서 석화의 요인들은 새 역사의 시작을 위해서 파괴되어야 한다고 뮐러는 말한다.

뮐러는 '파괴의 작용미학'을 통해 우리에게 '희망'을 심어주고 '새로운 것'을 인식케 하려 한다. 그래서 그는 두려움을 극복하기 위해서는 두려움과 대결해야 하며⁵⁴ 시대적 혼돈에 대한 환멸에서 벗어나기 위해서는 환멸에 집착해야 한다고 주장한다.⁵⁵ 뮐러의 문학에서 "경악의 역할은 (…) 다름 아닌 인식하는 것이고 배우는 것"이며, 그래서 "인간의 어느 대집단도 경악 없이, 쇼크 없이는 결코 무엇인가를 배우지 못했다"⁵⁶는 것이다. 죽음의 공포는 이 같은 뮐러의 목적론에 의해서 생산적 의미를 갖는다. 즉 죽음의 공포는 '새로운 것의 씨앗'을 자신 안에 품고 있다. 그러나 그 씨앗은 자기 살 찢기처럼 공포의 껍질이 찢겨질 때만이 싹틀 수 있다.

공포는 피상적으로 현상으로서 존재하지만, 본질에서 죽음은 끝이 아니라 변용이라는 것을 비로소 인지시킨다.[57] 이런 경악의 미학적 논리에서 뮐러의 작품들은 환멸, 두려움, 경악, 쇼크, 파괴를 유발하는 죽음의 온갖 처참한 모습을 통해서 이와 반대되는 다른 세상에 대한 동경을 일깨워준다. 죽음은 파멸일 뿐만 아니라 새로운 생명을 탄생시키는 생산력이다. 죽음을 찬양하는 뮐러의 비극은 변화와 개혁에 대한 욕구를 습득시키는 교육 기관인 것이다.[58]

삶의 생산적 기능으로서의 폭력과 죽음
《마우저》

《마우저》는 《필록테트》와 《호라치 사람》에 이어 1970년에 세 번째로 발
표된 학습극이다. 뮐러는 이 극작품을 미하일 숄로호프Michail Scholockhov
의 유명한 소설 《고요한 돈 강Der stille Don》의 주제를 브레히트의 작품
《조치Die Maßnahme》에 맞추어 새롭게 각색해서 만들었다. 이 작품에서 죽
음은 토포스를 이루면서 집단의 폭력과 개인의 희생 문제를 제시한다. 바
로 이 문제를 다루면서 뮐러는 스탈린식 통치를 지향하는 동독의 현실을
변증법적으로 비판하려 했다. 그래서 이 작품은 구동독에서 출판하려 했
던 뮐러의 시도에도 불구하고 출판되지 않았고, 오히려 1976년에 처음으
로 영어 번역판으로 미국에서, 그리고 독일에서는 같은 해 가을에 서 베
를린에서 발표되었으며, 1980년에서야 서독의 쾰른Köln에서 초연되었다.
　이 작품의 제목인 '마우저'는 1920년대의 러시아시민전쟁 때 혁명작
가 블라디미르 마야코프스키Wladimir Majakowski가 "말하시오, 마우저 동지
Rede, Genosse Mauser!"라고 말한 데서 유래했으며, 그 당시 직업혁명가의 신

분을 나타내는 상징이었다. 그때 사회주의 혁명은 외부의 적들에 의해서뿐만 아니라 내부의 적들에 의해 위협받았기 때문에, 전선의 후방에서 적들을 색출하고 죽이기 위해 구소련의 비밀경찰기관 체카Zscheka[59]가 1917년에 조직되어 후방에 투입되었다. 마우저는 그 조직에 속한 사람이다. 또한 마우저는 그때 사용된 권총의 이름이기도 해서 이 권총으로 혁명의 적들을 처형하는 사형집행인을 의미하게 되었다. 이 작품의 사형집행인 A와 그에 의해 총살당한 전임자 B는 마우저들이다. 그리고 마우저는 독일어로 "새들의 깃털갈이"란 의미이다. 따라서 이 작품에서 A와 B의 교체는 넓은 의미에서 그 당시의 피의 숙청을 의미한다.

뮐러는 이 작품을 통해서 브레히트의 학습극 이론과 실제를 전제하고 동시에 비판하기 위해 썼다.[60] 즉 브레히트의《조치》에 내포되어 있는, 혁명과업을 수행하는 집단과 개체의 관계를 규정하는 브레히트의 역사관을 비판하기 위한 것이다. 브레히트의《조치》와 뮐러의《마우저》에는 다같이 재판기관으로 '합창'이 등장한다. 합창은 혁명적 이념의 총체이며 동시에 이 이념의 실현을 위한 감독자이자 재판관이고 혁명의 발전을 보장하는 기관을 상징한다. 이 두 작품 사이의 공통점은 합창으로 상징된 혁명의 주체적 집단이 혁명가 개인의 과오에 대해 사형선고를 내리는 재판사건이라는 것이며, 혁명의 과업을 수행하는 한 개체가 혁명의 다른 동지에 의해 처형된다는 것이다.

그러나 이 두 작가는 집단에 의한 개인의 죽음에 대한 관점에서 차이를 보이고 있다. 브레히트의《조치》에서 네 명의 혁명선동가들을 돕는 임무를 가진 젊은 동지는 자신의 실수로 정체를 드러냄으로써 다른 선동가들의 생명과 과업을 위태롭게 만든다. 진퇴양난의 상황에서 그들은 젊은 동지를 살해할 것을 결정하고, 젊은 동지는 이 결정에 동의하고 살해된다.《조치》에서 합창은 네 명의 혁명선동가들의 살인행위에 동의한다.[61]

여기서 브레히트가 강조하고 있는 것은, 개체는 혁명을 통한 새 세계의 창출이라는 절대적 명제 앞에서 자신의 희생을 감수해야 하며, 이 과정에서 개인적 자아는 혁명과업을 수행하는 집단의 의미 있는 존재로 재탄생되어야 한다는 것이다.[62] 브레히트는 혁명과업의 달성을 위한 개인적 희생의 불가피성을 변호하면서 혁명적 이념의 주체로서의 집단의 폭력과 그 필연성을 인정한다. 그러나 뮐러는 혁명과 혁명을 위한 폭력의 필연성은 인정하지만 이 폭력에 의한 개체의 희생을 부정한다. 뮐러는 혁명의 의미를 집단의 폭력에서보다 그 폭력에 의한 개체의 죽음에서 설명하려한다. 따라서 뮐러의 텍스트에서 죽음, 특히 개체의 죽음은 사회개혁과 미래건설을 위한 중요한 의미를 가진다. 극작품《마우저》는 이 같은 뮐러의 생각에 기초하고 있다.

마우저 A는 한때 "죽어라 아니면 죽여라의 시대"에 "죽이는 것"[63]을 배우면서 혁명의 전선에서 싸운 전사였으나, 그 후에 후방에서 사형집행인으로서 혁명과업을 수행하기 위해 '죽이는 일'을 계속한다. 그러나 합창은 A의 '죽이는 일'이 원칙 없는 살인으로 혁명가의 실수이며 약점이라는 이유로 그에게 사형을 선고하고, 그의 죽음에 동의할 것을 요구한다.

A는 이에 반대한다. 이 극은 합창의 사형선고의 논거와 A의 변론이 상충하는 것으로 시작해서 A가 결국 스스로에게 "혁명의 적들에게 죽음을"[64]이라는 처형명령을 내리고 죽는 것으로 끝난다. 뮐러는 A의 죽음을 통해서 혁명의 승리를 위해 개인이 치러야 할 희생이 무엇으로 변호될 수 있느냐는 문제와 함께, 누가 누구에게 이 작품에서 소송을 제기할 수 있는가[65]라는 질문을 제시하고 있다. 그 밖에도 또 다른 질문들, 즉 혁명을 위태롭게 하고, A에게 죽음의 원인을 제공하는 집단과 개인의 실수와 약점은 무엇이고, "혁명의 적들"에 대한 의미는 무엇이며, 이와 연관해서 스스로 택한 A의 죽음의 의미는 무엇이냐는 질문들이 제시되고 있다. 이

에 대한 분석은 이 작품의 이해를 위한 핵심적인 길잡이가 될 수 있다고 하겠다.

혁명은 적들에 의해 늘 위협받는 위기에 처해 있기 때문에, 합창은 엄격한 규율과 냉혹한 실천에 의해서만 혁명과업이 성취될 수 있다고 주장한다. 합창은 혁명의 본질과 목적에 대해 말한다.

알고 있듯이, 혁명의 일용할 양식은 (…)
혁명의 적의 죽음이다. 알고 있듯이, 풀이
푸르게 남도록, 풀은 우리가 뽑아버려야 한다.[66]

노래의 후렴 형식으로 된 이 문장은 마치 진혼곡처럼 이 연극에서 여덟 번이나 반복된다. 혁명가가 나누어주는 "혁명의 일용할 양식"이란 죽음을 의미하지만, "일용할 양식"은 생명을 베푸는 일상의 의미도 지닌다. 비록 뮐러의 텍스트들이 그리스도와의 비교를 거부하고 있다 해도, 이 문장은 그 비유를 유발한다. 즉 이 문장은 죽음을 앞둔 그리스도의 주기도문—오늘 우리에게 일용할 양식을 주시고—을 연상시키면서 혁명에서 죽음과 새로운 삶(그리스도의 부활)과의 결합이 기도처럼 울린다. 이 후렴구는 A의 죽음이 그리스도의 희생과 은유적으로 비유되면서 혁명재판의 선고는 마치 종교재판의 예식처럼 묘사된다. 일용할 양식처럼 매일의 죽음을 나누어주는 혁명가는 죽음에서 부지중에 저녁만찬을 베푸는 그리스도에 가까이 다가간다.[67] 이것이 혁명의 희생에 대한 필연성, 즉 혁명이 지닌 폭력에 대한 변호라 할 수 있다. 이런 전제하에서 "풀이 푸르게 남도록, 풀은 우리가 뽑아버려야 한다"는 합창의 주장은 혁명에 필연성과 당위성을 주고, "일용할 양식"처럼 이 연극의 주제인 죽음을 비극적 변증법으로 나타내는 또 하나의 중심적 메타포가 된다. 즉 땅에서 뽑힌 풀은 말라 죽고 썩어 없어진다. 중세에서 낫으로 풀 베는 죽음의 사자가 연상된다. 종교의 예식처럼 묘사된 혁명재판의 이면에는 혁명의 지나친 테러와 죽음의 흔적까지도 철저하게 없애야 한다는 폭력의 잔혹성이 말해지고 있다.

합창은 혁명의 승리를 위해 죽여야 할 "혁명의 적들"을 엄격히 규정한다. 이때 개인은 혁명이 승리할 때까지 오로지 혁명의 목적을 수행하기 위한 도구일 뿐이다.[68] "자기 자신을 자기 소유라고 고집하는 자"[69], 당의 명령에서 손을 떼려는 자, 그리고 혁명의 목적에 대해 의심하는 자, 죽이는 일에 대해 의혹을 가진 자는 반혁명자들로서 제거되어야 한다. 그뿐만 아니라 "가면 뒤 알려지지 않은 자,/ 역사의 똥 속에 묻혀 있는 자, 문둥병에 걸려 실재하는 자/ 석화 속에서 살아 있는 자" 이들 모두도 혁명의 승리를 위협하는 혁명의 적들로 제거되어야 한다. 하지만 합창의 명령은 "인간을 죽이라는 것이 아니라/ (혁명의) 적을 죽이라는 것"[70]이다. 그리고 합창은 혁명을 위해 죽이는 것이 "다른 모든 일과 같은 한가지 일"[71]이어야 한다고 주장한다. 그러나 인간은 모르는 존재이기 때문에 무지가 사람을 죽일 수 없으며, 분별없이 죽이는 일이 중단되기 위해서 "죽이는 일은 학문이고 교육되어져야 한다"[72]는 것이 합창의 주장이다.

마우저 A의 선임자 B는 세 명의 농부들을 혁명의 적으로 처형하기 전에 노동으로 인해 자신의 손과 그들의 손에 난 흔적이 같은 것을 발견하고 그들을 풀어준다. 그러나 B는 농부들을 인간애나 동정심에서 살려준 것이 아니다. B가 이들을 석방한 것은 이들이 자기들과 같은 사람들, 즉 이들에 의해 혁명이 일어났고 이들이 혁명을 위해 싸우는 자신과 같은 사람들임에도 불구하고 죽여야 하는 모순의 인식에서 나온 즉흥적인 행위이다.[73] 마침내 B는 혁명의 대가와 죽이는 일에 대한 의혹에 빠진다. 그는 합창에게 묻는다.

혁명의 대가가 혁명이고

자유의 대가가 해방시켜야 할 자들이라면

죽이는 일과 죽는 일은 무엇을 위함인가.[74]

마우저 B의 혁명에 대한 회의와 석방행위는 그를 혁명의 적으로 만든다. 그리고 합창은 그를 처형할 충분한 이유를 가진다. B의 질문은 혁명과 자유의 이름으로 "죽이는 일"과 "죽는 일"이 무엇을 위한 것이냐를 묻고, 나아가 혁명의 테러와 죽음, 혁명의 집단과 개체 사이의 문제를 제기하지만, 그 답은 열려 있다. B의 이 같은 문제는 마우저 A에서 더욱 구체화되어 나타나기 때문에 B는 A를 등장시키기 위한 역할을 한다.[75]

마우저 A는 마우저 B를 총살하는 것으로 그의 임무를 시작한다. 그러나 A도 자신의 임무를 수행하는 과정에서 소위 합창이 말하는 "실수"로, 혁명의 "약점"으로, 그리고 "혁명전선의 틈"[76]이 되어 B처럼 처형된다. 이로써 A와 B는 혁명의 죽음에 대한 가해자인 동시에 희생자가 된다.

《마우저》의 첫 장면은 혁명의 시민법정에서 합창의 사형판결 논고와 A의 변호로 시작한다. 합창은 원칙 없는 A의 살인 행위를 '실수'로 규정하고 사형판결을 내리지만, A는 합창의 명령에 의해, 혁명을 위한 일이었음을 강조하면서 '인간'으로서의 삶을 주장한다.

A   난 나의 일을 수행했다.

합창   너의 마지막 일을 수행하라.

A   난 혁명을 위해 죽었다.

합창   그것을 위해 죽어라.

A   난 한 가지 실수를 저질렀다.

합창   네가 그 실수다.

A　나는 인간이다.

합창　그것이 무엇이냐.

A　나는 죽고 싶지 않다.[77]

A의 항변은 처음부터 혁명보다 인간존재의 의미를 더 강조하고 있다. 이로써 첫 장면에서 이 작품의 핵심적 주제가 제시되고 있다. 이어지는 장면들은 A의 과거를 통해서 내면의 변화를 단계적으로 나타내는 역할을 한다. 내면의 변화란 바로 죽이는 일이 "다른 일과 똑같은 한 가지 일"이라는 것에서 "어떤 다른 일과도 같지 않은 한 가지 일"이라는 것을 인식하게 되는 자의식의 발전과정이다. 이 발전과정은 세 단계를 거친다. 혁명재판소의 명령에 따라 죽이는 일을 혁명의 전선에서처럼 실행하는 초기단계, 죽이는 일에 대한 커져가는 회의에서 기계적인 살인과 그의 희생자들을 인간적으로 보려는 충동 사이에서 생기는 내적 갈등의 중간 단계, 그리고 광적인 살인자에서 인간의 본질로 돌아오지만 혁명의 약점으로 처형되는 마지막 단계이다.

A는 혁명전선에서 죽지 않기 위해 죽이는 것을 일처럼 배웠다. 후방에서 죽이는 일을 시작했을 때 그에겐 B처럼 일로 망가진 손을 볼 수 있는 눈이 없었다. B를 처형했듯이 혁명에 대해 의심하는 자는 혁명의 적으로서 죽어야 하는 것은 A에게 당연한 일이다. 그의 "입은 권총"이었고, 그의 "말은 총알"이 되어 혁명의 적들을 죽이고, 죽은 이들의 얼굴은 채석장의 돌처럼 부서지고, 피 흘리며 죽은 다른 모든 동물과 거의 구별되지 않았다.

사람에게 총을 쏘면

다른 모든 동물처럼 피가 흐르고

죽은 것은 거의 구별이 안 되며 구별된다 하더라도

얼마 되지 않는 그런 것들은 오래가지 못한다는 사실을 나는 알았다.[78]

하지만 그는 아직 "일곱 날의 아침마다 살해된 이들로 괴로워하는 한 남자였다."[79] 그런데 그는 일곱 번째 날 아침에 비로소 죽음을 기다리는 사람들에게서 "여러 가지 일의 흔적을 가진 손을 보았다."[80] 그리고 "인간은 동물이 아니다"[81]라는 것, 계속되는 "죽이는 일은 다른 일과 같은 그런 일이 아니라는 것"을 깨닫기 시작한다. 그럼에도 여전히 그는 혁명의 명령으로 자신의 손이 "내 것이 아닌 손처럼 죽음을 나누어 주었고," 저녁에는 폭격으로 "쪼개진 벽거울"에 비친 자신의 얼굴을 "내 것이 아닌 눈"으로 바라보았으며, 밤에는 이미 "살해된 이들로 괴로워하는 한 남자가 아니었다."[82]

열 번째 날 아침에 A는 처형된 "모든 제3자는 아마도 죄가 없을 것"이란 회의懷疑에 빠진다. B에서처럼 A에서도 이 회의는 혁명의 위기에 직면해서 혁명의 희생자들이 구별 없는 혼돈 속에서 처형되는 데에 대한 위기감에서 나온 것이다. 그래서 A는 살인의 "명령에서 자유롭게 해 달라"고 요청한다. 그러나 합창은 A의 요청을 "적이 우리에게서 발견해서는 안 될 약점"이고, 집단과 개체의 관계에서 그의 "약함은 우리의 약함이고" 그의 양심은 "의식 속에 존재하는 틈이며/ 우리의 전선에 난 틈"이라는 이유에서 단호히 거절한다. 그럼에도 불구하고 그의 회의는 혁명의 의미와 유용성, 그리고 혁명이 승리할 가능성에 대한 질문으로 발전한다.

A[합창]

혁명이 승리하면 죽이는 일은 중단되겠는가.

혁명은 승리하겠는가. 얼마나 더 걸리겠는가.

[합창]

너는 우리가 알고 있는 것을 알고 있으며, 우리는 네가 알고 있는 것을 알고 있다.

혁명이 승리하거나 아니면 인간은 존재하지 못하고

증가하는 인류 속에서 사라질 것이다.[83]

합창의 대답은 이후에 세 번이나 반복되지만, A의 질문에 대한 확실한 해답을 주지 못하고 A와 같은 '무지'와 '무관심'만을 폭로할 뿐이다. 현재와 미래에 인류가 새롭게 존재하기 위해서 혁명은 반드시 승리해야 한다. 따라서 합창은 적들에 의해 위협받고 있는 혁명의 위기 상황에서 불필요한 살인의 불가피성을 변호한다. 그러면서 다른 한편으로 합창은 A에게 무지가 사람을 죽일 수 있기 때문에 의식 없이 무분별하게 살인하는 것은 잘못된 것이고 그 "죽음은 아무런 의미가 없다"[84]고 A를 비판함으로써 합창은 야누스적 면모와 논리적 모순을 드러낸다. A와 B 같은 마우저들은 합창의 야누스적 얼굴에 의해 파멸된다.[85]

합창은 혁명의 원칙주의 속에 포장된 무관심을 드러낸다. 즉 합창에는 혁명의 폭력에 대한 철학적, 이념적 변호의 논리가 결여되어 있음을 의미한다. 이런 경우에 혁명의 폭력은 혁명을 완성시키는 생산적인 힘이 아니라 파괴적인 폭력 그 자체일 뿐이다. 따라서 A는 혁명의 도구로서 살인하지만, 혁명에 대한 합창의 무지와 무관심은 A를 살인행위의 의미에 대한 인식도, 미래에 대한 확신도 없는 자아상실의 상태로 빠지게 하고, 인간을 경시하고 파멸시키는 파시즘적 폭력의 주체로, 분별없는 광적인 살인자로 만든다.

A를 광란의 살인자로 만드는 또 하나의 이유는 혁명과 연관해서 합창이 가지고 있는 인간에 대한 인식이다. 합창에게 인간은 혁명이 승리하기

연극 〈마우저〉의 공연 장면

이전에는 다만 모르는 존재일 뿐이다. A의 심리적 딜레마는 A가 혁명과업 이행이란 절대적 전제하에서 희생자들을 인간으로 취급할 수 없다는데 있다. 또한 이들을 인간으로 대하려는 자연스런 충동을, 바로 이들이아직 혁명으로 태어난 새 인간이 아닌 적이기 때문에, 억제해야 하는 데에 있다.[86] 그런데 합창은 A가 합창의 명령을 수행하기 위해 지켜야 할 구체적인 원칙과 한계를 제시하지 않고 있다. 때문에 A가 피고인을 혁명의적으로 사살해야 하는 데에도 원칙과 한계가 정해져 있지 않다. A에 내린 합창의 명령은 A로 하여금 죽이는 일을 의식을 가지고 분별 있게 수행하게 하는 명령이 아닌 것이다. A는 직무해제를 요구함으로써 죽게 되는 B와 같은 길을 가야 하느냐 아니면 살기 위해 직무에 더욱 충실해야하느냐의 기로에 서게 된다. 결국 A는 과거의 전선의 군인처럼 분별없는살인기계가 될 수밖에 없다.

그리고 나는

과거의 내가 유죄인지 무죄인지 묻지도 않고
이름도 묻지 않은 채 그리고 그가 적인지 아닌지 묻지도 않은 채
살과 피 그리고 또 다른 물질로 된
어떤 것을 죽이는 걸 보았다. 그리고 그것은 더 이상 움직이지 않았다.
그러나 과거의 나인 그는 죽이는 일을 그치지 않았다.[87]

살인기계로서의 A의 잔혹성은 합창의 무지와 무관심, 그리고 혁명과 죽임의 의미에 대한 A의 회의에 대한 심리적 반항에서 비롯된 "사형집행인의 사디즘적 인간경멸"[88]에서 나온 것이다. 괴로운 짐이었던 "죽은 자들은 그를 더 이상 끈질기게 괴롭히지 않았고/ 그의 짐은 이제 그의 노획물이었다."[89] A의 원칙 없는 살인행위에서 합창은 그의 일이 그를 완전히 소모했기 때문에 그는 "이 땅의 표면에서 사라져야 한다"고 주장한다.[90] 이제 A는 B처럼 "다른 적과 같은 혁명의 적"으로 사형선고를 내리려는 합창 앞에 서야만 한다. 합창이 A의 "손에 묻은 피"로써 그의 실수와 약점을 비난할 때, 비로소 그는 자신의 행위를 깨닫고, 그는 인간이며, 인간은 기계가 아니라는 것을 인식하게 된다. 그래서 그는 더 이상 살인기계로서 살인하지 않도록 "기계의 잠을 달라"고 요구한다.[91] 이 요구는 합창이 A에게 사형을 선고할 수 있는 당연한 이유가 된다. A는 자신이 죽음에 직면한 상황은 파악하고 있으나 자신의 죽음에 대한 이유는 아직 알지 못하고 질문한다.

그러나 나와 같은 사람들이 나를 지금 벽으로 끌고 간다.
그리고 그것을 파악하는 자인 나는 그것을 파악하지 못한다.
왜.[92]

이 질문에는 A의 항의가 내포되어 있다. 마우저들은 A와 B 같은 운명의 딜레마에서 빠져나올 수 없다. 따라서 A의 항의는 마우저들이 A나 B처럼 혁명을 위한 살인의 가해자이며 동시에 희생자가 되어서는 안 된다는 "호소"라 할 수 있다.[93] A의 항의에 합창은 그의 사형선고에 대한 논거를 제시한다.

> 뿌리째 뽑아버려야 할
> 과거가 우리의 내면에 수많은 뿌리를 가지고 살고 있다.
> 다시 그리고 또다시 파묻혀야 할
>
> 죽은 자들이 우리의 허약함 속에서 일어난다.
> 우리는 우리 자신을 하나하나 포기해야만 한다.
> 그러나 우리는 누가 누구를 포기할 수는 없다.
> 너는 네가 너의 장화 아래 찢어버린 어느 누구이자
> 너의 장화 아래서 너를 찢어버린
> 또 다른 어느 누구이다.
> 너는 너를 포기했다. 하나의 네가 다른 너를 포기한 것이다.
> 혁명은 너를 포기하지 않는다. 죽는 것을 배워라.
> 네가 배우는 것은 우리의 경험을 증가시킨다.
> 배우면서 죽어라. 혁명을 포기하지 마라.[94]

혁명가의 "허약함"은 전사前史의 폭력과 영원히 묻혀 있어야 할 혁명의 적들을 다시 살아나게 할 수 있다. 그래서 혁명가의 "허약함"은 혁명의 승리를 위태롭게 한다. 무엇보다도 중요한 것은 이 "허약함"이 혁명가를 살인의 정당성과 이에 대한 회의에서 비롯된 내면의 갈등으로 분열된 이중의 존재로 만든다는 것이다. 그러나 분열된 존재의 어느 하나는 다른 어느 하나를 포기해야만 하지만 결코 포기할 수 없다. 해서 A의 이중적 존재는 자신(혁명의 주체—필자 주)의 폭력으로 죽임을 당하는 하나의 자아이며 동시에 죽임을 행하는 또 다른 하나의 자아이다. 합창은 A가 후자의 자아를 포기한 것을 비난하면서, 결코 혁명이 그를 포기하지 않듯이 그도 혁명을 포기하지 말아야 할 것을 강제한다. 그렇지 않을 경우 A는 전자의 자아로서 죽을 수밖에 없다.

이제 A의 행위는 '죽이는 일'에서 '죽는 일'로 옮겨진다. 합창은 "죽이는 것이 하나의 일"이듯 이제 "죽는 것이 하나의 일"[95]이라는 것을 알아야 하며, 죽이는 일이 학문이고 교육되어져야 하듯이, "죽는 것을 배우고, 배우면서 죽을 것"을 명령한다. 합창은 A가 자신의 죽음에 동의할 것을 요구한다. "혁명은 너의 죽음에 대한/ 너의 긍정을 필요로 한다."[96] 합창이 비판하고 A 자신이 인정하는 회의, 실수, 약점은 피고인을 인간으로 보려는 휴머니즘의 의식에서 나온 행위의 현상들이다. 혁명의 승리가 인간의 인간화와 살인으로부터 해방된 새로운 세계의 설립에 목적을 두고 있는 뮐러의 역사관에서 볼 때, A가 합창이 선고한 죽음을 거부하는 것은 당연하다. A는 말한다.

나는 나의 죽음을 받아들이지 않겠다.
내 생명은 나의 것이다.

이에 합창은 그의 주장을 부인한다.

네 소유는 아무것도 없다.[97]

브레히트가 《조치》에서 집단을 위한 개체의 희생을 인정한 것과는 달리, 여기서는 집단의 폭력과 그 폭력에 대한 대응폭력으로서 개인의 죽음이 상충한다. 혁명은 A에게 죽는 것을 그의 적이며 혁명의 적을 없애기 위한 마지막 수업으로 이행할 것을 명령한다.

혁명은 더 이상 너를 필요로 하지 않는다. (…)

혁명은 네 죽음이 필요하다.
너에 대한 우리의 부정을 네가 받아들이기 전에
넌 너의 일을 수행했어야 했다.
너의 죽음을 필요로 하는 혁명의 총구 앞에서
너의 마지막 수업을 받아라. 너의 마지막 수업은 이렇다.
벽에 부딪혀 있는 네가 너의 적이며 우리의 적이다.[98]

A는 혁명의 적인 다른 자아를 처형해야 한다. 결국 A는 자신이 혁명의 적들을 처형한 죽음의 벽에서 스스로 자신에게 처형명령을 내린다.

A[합창]
혁명의 적들에게 죽음을.[99]

이 명령과 함께 연극 〈마우저〉는 끝난다. 마우저 A에 대한 법정사건은 처형이란 형식적 해결을 제시하고 있으나, 뮐러는 A의 죽음에서 새로운 의미를 부각시킨다. "혁명의 적들"이란 양면적 특성을 지닌다. 그 하나는 A의 시각에서 본 혁명집단의 잔혹한 폭력이며, 다른 하나는 합창의 시각에서 본, 인간화의 의식과정에서 싹터오는 혁명가의 회의, 실수, 약점이다. A의 분리될 수 없는 이중적 자아는 이 양면성의 화신이다. 따라서 자신에 대해 스스로 내린 A의 사형명령에는 분열된 두 자아의 죽음에 대한 긍정과 부정의 양립감정이 내포되어 있다.[100] 부정은 집단의 폭력과 그것에 의한 개인의 희생에 대한 것이고, 긍정은 낡은 것의 종말과 새것의 시작이라는 생산적 의미에서의 개인의 죽음에 대한 것이다. 그러나 이 명령은 열려진 문제로 우리에게 위임되어 남아 있다.

A는 스스로 죽음에 동의하면서 처형되기 전에 "죽음 뒤에는 무엇이 오는가"[101] 라는 마지막 질문을 던진다. A는 이 질문을 통해 혁명의 승리를 위해 자신에 의해 희생된 자들의 죽음과 자신의 죽음이, 다시 말해서 총체적 의미에서의 죽음이 가지고 있는 사회적 가치는 무엇인가를 묻고 있다. 뮐러는 이 질문에 대해 《마우저》의 후주에서 이렇게 말한다.

죽음은 (…) 생산으로 파악되는 삶의 한 기능이며, 집단에 의해 조직되고 집단을 조직하는 다른 일들 가운데 한 가지이다.[102]

죽음은 집단에 의해 생기기도 하지만, 죽음이 삶의 생산적 기능으로 작용할 때 다른 새로운 집단을 형성한다. 죽음의 사회적 기능이다. 죽음은 개인이나 사회의 끝남과 새로운 시작의 변화에 대한 최후의 메타포이다. 그런데 인간은 누구나 죽음에서 두려움과 공포를 느낀다. 그러나 이 두려움과 공포는 합창에게는 개인이 느끼는 감정 그 자체에 불과할 뿐이다. 합창은 A에게 말한다. "너의 불안은 네 것이다."[103] 합창의 무관심은, 집단의 변화는 개인의 희생을 필연적으로 전제한다는 것을 말해준다. 이런 의미에서 죽음에 대한 개인의 두려움과 공포는 생산적 의미를 가진다. 왜냐하면 인간은 새로운 변화를 희망할 때 불안을 느끼고, 공포 없이 새로운 것을 체험할 수 없기 때문이다. 뮐러는 이 연극의 후주에서 말한다.

무엇인가 오기 위해서는 무엇인가 가야 한다. 희망의 첫 번째 형상은 두려움이며 공포는 새로운 것의 첫 번째 현상이다.[104]

위 인용문이 말해주고 있는 것은 죽음은 끝이 아니라 "새로운 것"으로 이행하는 창조적 변화의 불가피한 조건이라는 것이며, 사람이 새로운 것을 원하면, 죽음에 대한 두려움을 극복해야만 한다는 것이다. 뮐러의 극작품들은 독자들에게 바로 죽음에 대한 공포를 극복하도록, 그러니까 새로운 것으로의 변화를 인식하도록 하는 데 기여한다. 비극에서 "죽음의 병용"은 삶의 한 기능으로 작용하기 때문이다.[105]

뮐러는 그의 극작품들에서 혁명의 과정을 끊임 없이 '삶'의 혁명으로 구상했다.[106] 혁명은 삶의 범주로 들어오고, 죽음은 삶의 한 기능이 된다.[107] 그의 문학에서 경악을 유발하는 참혹한 죽음의 형태가 이 기능을 강화한다. 특히《마우저》에서 인간 살인기계에 의한 광적인 살인이 그 예이다. 기계는 인간적인 것의 부정이다. 기계문명은 인간을 위협한다. 인간 살인기계는 고통도 생각도 없이 오직 살인기능만을 하는 인간이다. 광적인 살인은 이미 피살된 자의 시신을 짓밟고 시체까지 파괴해서 철저하게 흔적을 지워 없애버리려는 잔혹함을 보여준다.

A[합창]
나는 내가 죽인 것을 장화 발 아래 짓누르고 있다.
나는 쿵쿵거리는 스텝으로 내가 죽인 시체 위에서 춤을 춘다.
혁명이 죽이는 일을 멈추게 하는
죽어야 할 것을 죽이는 일은 내게 충분치 못하다.
죽어야 할 것은 더 이상 거기에 존재하지 말아야 하며 완전히 없어져야 한다.

그리고 모든 문제는 앞으로 올 이들을 위해
이 땅의 표면에서 사라져야 한다.[108]

뮐러는 폭력을 혁명이 사용해야 할 수단이 아니라 혁명의 본질로 보았다.[109] 그는 혁명을 역사적 사건으로서 다루지 않고, 그 중요성을 폭력에 의한 개인의 죽음의 한 본보기로 보았다. 원칙 없는 사형집행인은 올바른 혁명의 의식으로 죽일 수 없다. 그는 "인간을 총의 표적과 같은 그런 것"으로 보고, "파열된 피부를 뚫고 피 흐르는 살 속으로, 조각나는 뼈에 대고 총을 쏘고 또 쏘면서 시체로부터 벗어났다."[110] 그는 죽은 자들을 장화로 짓밟고, 시체들 위에서 춤을 추며 시체훼손의 만행을 자행한다. 이런 A가 공공연히 생각하는 것은, 낡은 인간은 충분히 제거되어야만 하고, 새로운 인간이 살해된 사람들의 잔해로부터 부활해야만 한다는 것이다.[111] 알렉산더 슐러Alexander Schuller는 A의 상황을 이렇게 표현했다.

실체實體변화(미사 중 제물인 밀떡과 포도주가 그리스도의 살과 피로 변함을 뜻함—필자 주)를 통해서 실현된 새로운 인간은 오직 낡은 것의 제거를 통해서,—절멸을 통해서—사실이 될 수 있다. 식인, 희생의 제식 그리고 묵시록은 관념적으로 서로 연결되어 있지만, 마찬가지로 경험적으로도 아주 자주 서로 연결되어 있다. (…) 모든 전체주의는 말하자면 식인적이다. 전체주의가 꿈꾸는 새로운 인간은 오직 인간의 희생에서 생길 수 있다. 강제수용소 또는 강제노동수용소는 인간 희생의 제식이 실행되는 신전이다.[112]

원칙 없는 잔혹한 살인행위로 A는 처형된다. 그의 처형이 시사하는 것은, '새로운 인간은 오직 인간의 희생에서 생길 수 있다'는 전제하에서,

혁명의 폭력에 의해 희생된 자들의 시체를 훼손하고 박해하는 것은 비난되어야 마땅하며, 반대로 그들의 죽음 의미를 보존하고 고양하는 것이 절대로 필요하다는 교훈이다.[113] 혁명은 희생자들을 잊거나 죽음의 흔적을 완전히 없앤다 해서 승리할 수 없으며, 살해된 자들은 반드시 혁명의 명예로 살해자의 목을 짓누른다는 것이다.

살인 후에 죽은 자들은 이미 혁명의 적이 될 수 없다. 혁명가는 그들의 죽음에 대한 책임을 느껴야 하며, 그들을 노획물로서가 아니라 무거운 짐으로 등에 지고 가야 한다. 혁명가들이 지향하는 목적은 우선 공간의 카테고리에서보다는 시간의 카테고리에서 말해져야 한다. 혁명가들은 그들의 희생자를 살인의 전투지역에서 인간을 화해시키는 먼 미래로 끌고 가야 한다. 즉 유토피아가 실현될 때까지 그들은 죽은 자들을 등에 지고 짐처럼 운반해야 한다는 것이다. 그럼으로써 뮐러의 혁명가들은 세계의 죄를 짊어진 어린 양으로 변신하지 않고 미래를 위한 혁명가로 남을 수 있다. 희생된 자들의 죽음은 어떤 경우라도 미래를 위해서, 새로운 인간의 발전을 위해서 중요하고 귀중하게 여겨져야 한다. 이때 비로소 죽음은 밝은 미래를 열어주는, "생산으로 파악되는 삶의 한 기능"[114]이 될 수 있다.

여성의 죽음과 성 메타포

하이너 뮐러의 역사관은 지배와 피지배, 억압과 굴종, 강함과 약함의 끊임없는 대립적 폭력구조에서 이해된다. 이것은 남성중심의 역사에서 폭력의 주체인 남성과 그 폭력에 희생당하는 여성의 상관구조와 일치한다. 그런데 남성 위주의 역사는 전쟁과 죽음, 폭력과 파괴의 악순환으로 이어져왔기 때문에, 남성은 더 이상 역사발전의 주체가 되어서는 안 된다는 전제에서 뮐러는 개혁의 가능성을 여성에게서 찾아야 한다고 생각했다.[115] 그래서 그는 늘 말했다. "만약 남성차원에서 아무런 발전이 없다면 무엇인가 여성들에게 생각이 떠올라야 한다. 그렇게 계속되어야만 한다. 레닌은 운동은 변방에서 오며 여성은 남성의 변방이라고 언제나 말했다."[116]

　뮐러의 작품에 나타난 여성상은 그의 역사관의 변화와 함께 달라졌다. 동독의 사회주의 건설을 위한 생산극이 동독문학의 중심테마를 이루었던 1950년대와 1960년대의 뮐러 초기작품들에서는 생산력과의 관계에서 남성들이 중심이 되고, 여성들은 주변의 인물로 나타난다. 즉 여성은 남성의 성적 쾌락 및 소유의 대상, 임신하고 배반당한 여자, 무력한 어머니, 창녀와 같은 존재로 나타나서 '여성의 물화物化' 내지 수동적 태도의 범주를 넘지 못한다. 학습극 형식의 1960년대 이후의 뮐러의 극작품들에서는 정치적, 철학적 성격을 지닌 고전의 소재와 인물을 수용하면서 남성세계가 완전히 지배한다. 그러나 신화와 역사가 융합되어 작품의 소재로 사용하기 시작한 1970년대 이후의 극작품들에서 비로소 남성중심의 역사에 대한 뮐러의 시각은 점점 더 깊은 회의에 빠지게 되고, 대신에 여성의 존재와 역할이 다양한 모습을 지니고 나타난다.

대체로 뮐러의 문학에서 여성들은 두 가지 모습으로 나타난다. 그 하나로 여성은 남성 위주의 역사 속에서 피지배적, 종속적 존재로서 남성의 지배 및 소유의 목표물이고 집단적 폭력에 의한 희생자이다. 그의 문학에서 이 같은 여성은 여러 가지 죽음의 형태로 희생된 여성들을 대표한다. 다른 한편으로 여성은 희생자로서의 역할을 거부하고 남성지배의 역사에 대항해서 역사를 개선하지 못한 남성의 대리자로서, 역사발전의 주체로서 개혁과 혁명의 임무를 떠맡는다. 그래서 여성은 죽는 자가 아니라 죽이는 자로, 변혁의 희생자가 아니라 주체로 작용한다. 여성의 저항적 양상에서 볼 때, 전자는 자기 파멸이나 모성의 거부 같은 "침묵의 내향적 저항형태"이고, 후자는 살인과 파괴의 행위나 혁명의 외침과 같은 "언어의 외향적 저항형태"[117]라 할 수 있다. 이때 여성의 성은 총체적 저항수단으로서의 의미와 작용을 가진다.

여성의 저항은 맨 먼저 강요된 침묵 속에서 일어나는 육체의 반란으로 나타난다.[118] 그것은 바로 여성의 자살과 모성의 거부를 의미한다. 여성의 자살은 남성들이 여성을 성적 쾌락의 대상과 종족번식의 도구로 삼는 굴욕적인 육체성으로부터의 해방이다. 우선 여성의 자살은 뮐러의 아내인 잉게 뮐러의 자살에서 구체화된다. 그녀는 1966년 6월 1일, 41세의 나이로 자살한다. 뮐러는 아내의 자살체험을 미국 체류 중인 1975년에 《사망신고》란 산문으로 작품화한다. 이 작품에서 동맥 끊기, 약물, 밧줄, 가스, 투신 등 13년 동안 그녀가 시도했던 갖가지 자살형태를 기술함으로써 그녀의 죽음은 여성의 보편적인 죽음의 의미영역으로 확대된다. 뮐러 자신인 작품 속의 서술자는 아내의 죽음에 직면해서 가진 생각을 이렇게 기술한다.

그녀가 13년 동안 오늘의 성공적인 밤에 이르기까지 여러 번 시도하고 실패했던 죽음을 생각했다. 그녀는 면도날로 자살을 시도했다. 그녀는 동맥을 끊어버리고는 날 불렀고 내게 피를 보여주었다. 그녀는 문을 잠근 후에 밧줄로 시도했다. 그러나 희망 때문인지 산만해서인지 지붕으로부터 들어올 수 있는 창문은 열어두었다. 이 목적을 위해 스스로 부러뜨린 체온계의 수은으로, 약으로, 가스로, 내가 집에 있을 때는 창문으로 또는 발코니에서 뛰어내리려고 했다. 나는 한 친구에게 전화를 했다. 나는 여전히 그녀가 죽었다는 사실을 알고 싶지 않았다.[119]

극작품 《햄릿기계》의 제2장 〈유럽의 여자〉 장면에서도 오필리어는 뮐러의 아내처럼 다양한 자살형태를 말한다.

나는 오필리어, 강물도 붙잡지 않은 여자, 밧줄에 목을 맨 여자, 동맥을 절단한 여자, 약을 과다 복용한 여자, 입술 위에는 눈, 가스 오븐 안에 머리를 처박고 있는 여자.[120]

이같이 객관적으로 묘사된 여성들의 죽음은, 야만의 역사가 종식되기 위해서는 최소한 전통적 개념의 출산과 죽음의 순환은 파괴되어야 하고 새롭게 정립되어야만 한다는 육체적 봉기이다. 이런 의미에서 여성의 자살은 모성의 거부, 즉 여성의 출산기능을 파괴하는 반항적 행위이다. 이 행위는 뮐러가 1974년에 팬터마임 형식으로 발표한《메데아 놀이 Medeaspiel》에서 구체적으로 나타난다.

침대 하나가 무대 천장에서 내려와 세로로 세워진다.
데드마스크를 쓴 여배우 두 명이 젊은 여자 하나를 무대로 데려와 침대에 등을 돌려세운다. 젊은 신부에게 신부예복이 입혀진다. 그녀는 신부예복의 허리끈으로 침대에 묶인다.
데드마스크를 쓴 남자배우 두 명이 신랑을 데리고 와 그를 신부와 마주세운다.
신랑은 물구나무를 서서 걷고 신부 앞에서 재주를 넘곤 한다. 신부는 소리 없이 웃는다. 신랑은 신부의 옷을 갈기갈기 찢어 버리고 신부 옆에 자리를 잡는다. 성행위 모습이 영사된다. 데드마스크를 쓴 남자배우들은 찢어진 신부복 조각으로 신부의 손을 침대에 묶고 데드마스크를 쓴 여배우들은 신부의 발을 침대에 묶는다. 나머지 조각들은 재갈로 이용된다. 남자가 (여성)관객들 앞에서 물구나무를 서고 거꾸로 걷고 재주넘기를 하는 동안 여자의 배는 터질 때까지 부풀어 오른다. 출산행위가 영사된다. 데드마스크를 쓴 여배우들이 여자의 배에서 아이를 꺼낸다. 그리고 그녀의 묶인 손을 풀어주고 아이를 그녀의 품에 안겨준다. 그와 동시에 데드마스크를 쓴 남자배우들은 남자가 단지 사지로만 기어다닐 수 있도록 그에게 무기를 매달아 준다. 살인행위가 영사된다. 여자는 자기의 머리를 떼어 내 버리고 아이를 갈기갈기 찢어 그 조각들을 남자에게 던진다. 무대 천장으로부터 손, 발의 조각, 창자 조각들이 남자의 머리 위로 쏟아진다.[121]

신랑과 신부는 죽음을 상징하는 데드마스크를 쓴 두 명의 남자들과 여자들에 의해 억압된 채 무대에 등장해서 그들의 정해진 역할을 진행한다. 신부는 자손증식이라는 여성의 전통적 임무를 위해 데드마스크를 쓴 두 여인에 의해 출산의 장소인 침대에 신부복의 허리띠로 묶이게 된다. 신랑은 신부 앞에서 동물적인 유혹의 역할을 한다. 묶이고 재갈 물린 신부에게 신랑의 동물적인 유혹행위는 사실상 필요 없으며, 오히려 성폭행에 해당된다. 이 폭행에 의해 신부는 어머니가 된다. "출산행위가 영사된다. 데드마스크를 쓴 남자배우들은 무기로 무장하고 무대 위를 기어다니는 동안 살인행위가 영사된다. 신부는 살인자가 될 아이를 낳는다. 결혼의 예식은 신부가 자기의 머리를 떼내어버리고 아이를 갈기갈기 찢어 그 조각들을 남자에게 던지는 '살인행위'로 끝난다. 게니아 슐츠Genia Schulz가 지적했듯이, "남자의 일: 살인행위는 여자의 일: 모성을 무의미하게 만든다."[122] "여자가 자기의 머리를 떼어내버리고 아이를 갈기갈기 찢어 그 조각들을 남자에게 던지는" 행위는 모성의 거부이며, 이는 "성행위, 출산행위, 살인행위"[123]라는 억압의 3각 굴레에서 탈출하는 "얼굴 없는 여성의 자기해방"[124]임과 동시에 침묵 속에서 남성의 폭력에 대항하는 육체의 봉기인 셈이다.

여성들이 침묵으로부터 나와서 말하기 시작한다면, 그들은 더 이상 어머니로서가 아니라 역사의 희생자로서, 피억압자로서의 여성이며, 그들의 행동은 어머니로서 여성의 역할에 대한 부정을 통해서 남성세계에 대한 복수의 형태로, 전사의 폭력을 파괴하는 대응폭력의 형태로 나타난다. 여자에게는 출생과 죽음에 대해서 권한이 있기 때문에 역사적 변화에 대한 가능성이 내재해 있다. 《메데아 놀이》는 계속되는 폭력을 깨기 위해서 출생과 죽음의 순환이 전통적 개념에서 파괴되고 새롭게 구상되어야 한다는 혁명적 메시지를 강조하고 있다.

여기서 먼저 출생과 죽음의 순환을 파괴하는 개념에서 여성의 성이 가진 중요한 기능에 대해 설명할 필요가 있다. 무엇보다도 여성의 성 메타포는 여성/어머니가 신생아를 낳는 생식기관으로서 특별한 의미를 지닌다. 첫째로 신생아의 출산은 동독의 새로운 사회주의 국가의 탄생에 대한 메타포이다. 《농부들》에서 당 서기인 플린트Flint는 신생아의 출생을 이렇게 표현하고 있다.

> 만산, 마지막
> 순간에 그리고 어머니의 낯선 총검으로
> 병든 몸에서 잘렸다. (…)
> 새 시대는 이렇게 보였다:
>
> 신생아처럼 언제나 벌거벗은 채
> 어머니의 피로 젖어 있다.[125]

새 시대, 새로운 사회주의 국가를 상징하는 아이는 만삭의 위험한 순간에 병든 어머니의 몸에서 총검으로 상징되는 폭력에 의해 태어난다. 어머니의 병은 여전히 남아 있는 자본주의적 폭력과 부패의 흔적으로, 새로 탄생한 아이는 벌거벗은 채 병든 어머니의 피로 젖어 있다. 그리고 《게르마니아 베를린에서의 죽음》에서 서독은 독일의 여신 게르마니아가 산파역을 해서 히틀러와 괴벨스 사이에서 제왕절개를 통해 출산한 "기형늑대"로 묘사되고 있다. 어머니의 출산 행위는 바로 독일 파시즘으로부터의 동독과 서독의 탄생을 말해주고 있다.

둘째로 신생아는 역사의 주체인 남성을 의미한다. 여성/어머니는 역사의 주체인 남자아이를 낳고, 이들은 어머니로부터 서로를 죽이는 힘을 얻어서 인간의 살인자, 역사의 파괴자가 된다. 이로써 어머니는 살육의 역사에 대한 책임을 지게 된다. 이 같은 뮐러의 생각은 《게르마니아 베를린에서의 죽음》의 감옥 장면에서 공산주의자Der Kommunist의 말을 통해서 표현되고 있다.

> 독일의 어린아이들이 독일 어머니의
> 배에서 기어 나와 이빨로
> 독일 아버지들에게서 음경을 물어 뜯어냈어.
> 그리고 노래를 부르며 그 상처에다 오줌을 쌌어.
> 그러고 나서 그들은 어머니의 가슴에 매달려
> 피를 빨아 댔지, 마지막 한 방울까지.
> 그다음에 그들은 서로가 서로를 찢어 버려
> 결국은 자기들 핏속에서 익사했지.
> 독일의 땅이 피를 다 담아내지 못했기 때문에.[126]

이미 위의 장에서 말했듯이, 뮐러에 의하면 독일의 역사는 살인의 연속이며 "사는 것은 죽이는 것을 의미한다."[127] 이 같은 살육의 역사는 지배자들의 권력유지와 지배에서 기인하고 있기 때문에 살육은 지배자들에겐 필수적인 수단이며 남성에게 죽음은 불가피한 결과이다. 남성은 살인자이며 동시에 희생자이다. 뮐러의 극작품 《군들링의 삶 프로이센의 프리드리히 레싱의 잠·꿈·외침》에서 프리드리히 2세는 아이들을 전쟁수행을 위해 죽고 죽이는 수단으로 생각한다. 그래서 그는 작센 여인에게 더 많은 아이를 낳을 것을 요구한다.

내 대포들은 먹이가 필요하오, 여자여.

그렇잖으면 그대는 무엇을 위해 몸속에 성기를 가지고 있는가.[128]

여성의 자궁은 파괴와 살육을 자행하는 생명(남성)의 출구이며, 출산은 세계를 살육장으로 만드는 폭력의 생산이고 동시에 죽음의 생산이다. 이 같은 여성의 성 메타포는 후기 작품들에서, 특히 1970년대의 작품들에서 더욱 심화된다. 여성의 자궁은 남성에겐 죽음에 대한 공포로 이어진다. 그의 드라마 《건설》에서 주인공 하셀바인Hasselbein은 여성과의 동침을 "폭탄과의 동침"[129]이라고 말한다. 여성의 자궁은 출산과 함께 '살인기계'가 된다. 그의 산문 《사망신고》에서 여성의 성기에 대한 묘사는 이러한 특성을 가장 잘 나타내고 있다. 이 작품에서 서술자는 병사로서 전장에서 나이 어린 동료를 환상 속에서 세 번 살해하고 난 후에 그에 대한 꿈을 더 이상 꾸지 않고, 이젠 다른 꿈을 꾼다.

꿈 나는 나무들이 무성하게 자란 낡은 집 안을 걸어 다닌다. 벽들은 나무들에 의해 부서졌거나 그대로 남아 있고, 층계는 위로 향해 있다. 층계 위에 벌거벗은 채 거대한 유방을 지닌 여자가 팔과 다리를 넓게 벌리고 밧줄에 목을 매단 채 걸려 있다. (아마도 그녀는 이 상태로 고정되지 않은 채 걸려 있다: 흔들거리며) 내 위에는 거대한 넓적다리가 마치 가위처럼 벌어져 있고, 그 안으로 나는 한 단계 계속 안으로 들어간다. 검은 관목 숲과 같은 음모, 음순의 잔혹한 그대로의 모습.[130]

꿈속에서 서술자는 목을 매달아 죽은 여자의 자궁 속으로 들어가기 위해 층계를 오른다. 가위처럼 벌리고 있는 그녀의 엄청난 넓적다리는 언제든지 다시 닫힐 수 있어서 남성의 성기를 절단할 수 있다. 즉 거세를 통해 남성을 살해할 수 있기 때문에 여성의 자궁은 살인기계와 같다. 또한 여성의 낙태를 연상할 때 여성의 자궁은 곧 죽음의 장소이며 무덤이 된다. 《헤라클레스 2 또는 히드라》에 나오는 다음 구절은 이것을 말해준다.

> 그가 어떻게 해서 들어갔던 모든 자궁은 언젠가 그의 무덤이 되고자 했다. (…) 어머니들에게 죽음을.[131]

여성의 자궁은 "출산과 죽음의 합일"[132]이 이루어지는 장소이며, 이로써 여성은 '출산 여'이며 동시에 '살인 여'로서 출산과 죽음에 대한 책임을 진다.[133] 살육의 역사가 종식될 수 있는 것은 여성이 더 이상 수태와 출산의 능력이 없을 경우에 가능하다. 여성의 자궁은 파괴되어야 한다. 여성은 어머니의 역할을 중단해야 하며, 따라서 어머니에게 죽음이 주어져야 한다. 이 같은 뮐러의 생각은 극작품 《햄릿기계》에서 햄릿의 말을 통해 구체적으로 나타난다. 햄릿은 도끼를 여전히 해골에 박고서 나타난 아버지의 유령을 보고 그에게는 죽음의 원인인 구멍이 하나 더 있음을 확인하고, 어머니에게는 출생의 출구이며 동시에 죽음의 원인이 되는 구멍이 차라리 없기를 바란다.

> 전 당신(아버지를 뜻함—필자 주)에게 구멍이 하나 더 있다는 것을 알아요. 전 당신이 온전한 살덩이였을 때 어머니에게 구멍이 하나 더 적었으면 했지요. 그러면 이런 고통을 받지 않아도 될 텐데. 여자들이란 그걸 꿰매 막아 버려야 해. 어머니가 없는 세상. 우리에게 삶이 너무 길어진다면, 목구멍이 우리가 비명 지르기에 너무 좁다면, 몇 가지 확신을 가지고 우리는 평온한 가운데 서로를 도살할 수 있을 텐데.[134]

햄릿은 태어났기 때문에 도살자가 되어야 하는 고통의 근원이 아버지에게서보다 어머니에게 있다고 본다. 어머니의 패륜적 행위에 대한 증오와 구역질은 여성의 성기관과 연상되어 햄릿에겐 여성의 "자궁은 뱀굴"[135]로 생각된다. 햄릿은 어머니를 성폭행하는 상상 속에서 이렇게 말한다.

> 제가 당신을 다시 처녀로 만들어 드리죠, 어머니. 당신의 왕이 피비린내나는 결혼식을 올릴 수 있도록. 어머니의 자궁은 일방통행로가 아닙니다. (…) 이제 어머니 제가 그의, 내 아버지의 보이지 않는 흔적 속에서 당신을 취하겠어요. 당신의 비명은 제 입술로 막아 드리죠. 당신의 몸이 생산해낸 것을 알아보시겠어요. 이제 당신의 결혼식에 가세요, 창녀.[136]

햄릿의 어머니는 '처녀', '어머니', '창녀'라는 여성의 성에 의해 규정되는 세 가지 존재형태로 나타난다. 햄릿은 상상 속에서 어머니와의 근친상간이라는 오이디푸스적 고통에서 아버지의 살인자에게 복수하며, 어머니를 패륜적 창녀로 만든다. 나아가 여자들은 도살자의 생산자들이다. "어머니에게 죽음을" 줌으로써 권력, 폭력, 죽음의 끝없는 순환이 종식되어야 한다. 그러면 도살도 끝난다. 사회적 혁명은 "어머니의 죽음"을, 즉 개인의 죽음을 필요로 한다.[137]

마지막으로 중요한 것은 사회주의로 가는 혁명이 어머니의 출산과정으로 비유되면서 여성의 출산은 새로운 의미를 지녀야 한다는 것이다. 그것은 어머니의 탯줄에서 분리되어 태어난 자아는 이제 더 이상 도살자로서 태어나지 말아야 하며, 혁명을 통해 새롭게 태어나야 한다는 것이다. 이 같은 밀러의 문학적 의도에서 여성의 자궁은 남성에 대한 살인기구나 무덤으로 비유되고, 여성의 출산행위는 세상을 도살장으로 만드는 여러 가지 잔혹한 살인행위와 연관해서 반의적으로 묘사되고 있는 것이라 할 수 있다. 플로리안 파센Florian Vassen이 주장하고 있듯이, 뮐러는 여성의 성 메타포를 새 역사에 대한 인식과 변혁의 가능성을 위해 "경악을 일으키는 형태"[138]로 사용한 것이다. 여성은 남성 위주의 역사를 파괴하는 주체로서 등장하며, 이 파괴는 새로운 건설을 위한 전제로서, 새 시대에 대한 희망으로 수용된다. 그리고 여성의 성기는 전사를 파괴하기 위한 기구로서, 남성에 대한 복수의 수단으로 사용된다.

여성은 침묵 속에서의 자기 파멸을 통해 남성위주의 역사적 폭력에 저항하는 메타포이다. 뮐러의 후기 극작품들에서 남성들은 전적으로 쇠약한 쾌락주의자나 기회주의자의 모습을 지니고 있는 반면에, 여성들은 모범적 혁명가들이다. 이제 여성은 희생자로서의 역할을 거부하고, 죽는 자가 아니라 죽이는 자로, 변혁의 희생자가 아니라 주체로 작용한다. 그들은 여성적 한계를 넘어 인륜에 어긋날 정도에 이르기까지 남성우월의 사슬을 파괴한다. 여성의 투쟁은 깨어나는 여성의 자의식(《건설》)과 함께 여성의 성 해방과 남녀평등(《시멘트》), 출산을 통한 죽음의 위협과 살 찢기(《메데아 놀이》), 성의 해체(《황폐한 물가 메데아 자료 아르고 호 사람들이 있는 풍경》)를 넘어서 자궁의 파괴(《햄릿기계》)와 성 한계 넘어서기(《사중주》)에 이르는 다양한 외향적 저항형태로 나타난다.

침묵의 희생자에서 저항의 행위자로 변신한 첫 번째 여성은 뮐러의 극작품《시멘트》의 여주인공인 다샤Dascha이다. 혁명가 글렙 추말로프Gleb Tschumalow의 아내이며 한 명의 딸을 둔 어머니인 다샤는 시민전쟁의 와중에서 부재중인 남편 때문에 온갖 고문을 당하고 죽음의 고통을 체험하면서 강인한 혁명가로 변신한다. 그녀는 혁명을 통해서 "죽음은 누구에게나 존재한다"[139]는 신념을 얻는다. 이 신념은 "(남성들의) 세계에 맞선, 이 세상을 계속 유지하는 자신의 출산능력에 맞선 죽음의 경멸"[140]로 발전되어 그녀를 아내와 어머니로서의 의무와 책임에서 해방시킨다. 다샤는 3년 만에 돌아온 남편인 추말로프와의 동침을 거부하고, 그를 "동지"라 부르며 성적 속박과 아내의 의무에서 벗어난 여성의 해방과 주체성을 천명한다.

내가 침대 위, 당신 밑에서 질식한 채
가정의 침대 속에 파묻혀야 한단 말인가요
너무나도 많은 대가를 치러서 내게 소중한 것은
눈물 땀 피예요. 내 자유란 말예요
명심하세요, 동지, 여기에 누군가
내 소유자가 있다면 그건 나 자신이에요.[141]

다샤는 아이를 갖기를 원하는 남편의 요구를 거절하면서 말한다. "나는 여자이고 싶지 않아요.―나는 내 자궁을 들어내고 싶고 또 그럴 수도 있을 거예요."[142] 다샤는 그녀의 아이가 1921년 기아의 해에 보육원에서 죽도록 내버려두면서 한 아이의 어머니임을 포기하고, 사회의 어머니가 되어 "우리의 자식들이 더 이상 보육원의 짚더미 위에서 잠자지 않게 되는" 새로운 사회건설을 위한 혁명에 참여한다. 따라서 다샤의 아이의 죽음은 비유적으로 다샤의 낡은 정체성뿐만 아니라 소유관계에서 정의된 남녀 사이의 낡은 관계의 죽음을 의미한다.[143] 다샤의 모성은 가정에서 사회적으로 확대된 어머니의 역할에 의해서 특징 지워진다.
다샤는 남성중심의 사회질서에 대한 도전으로서 성의 자율성을 강조한다. 다샤는 러시아 장교에게 체포되었을 때 동침의 대가로 살려주겠다는 장교의 모욕적인 제의에 반항해서 동침 대신에 죽음을 선택한다. 그러나 그녀는 이전에 청혼을 거절한 바 있는 혁명동지인 바진Badjin에 의해 구출된 후에, 이미 사살된 러시아 장교의 죽은 시체에 필요 없이 총을 난

폴 세잔느의 그림
그리스신화에 나오는 메데아의 유아 살해를 그리고 있다.

사한 후 바진에게 스스로 동침을 요구한다.

> 난 당신의 사랑에 아무런 흥미도 없었어요. (그의 머리 위에 있는 끈을 어
> 루만진다.) 이 밧줄 앞에서 말이에요. 난 당신과 함께 잠자고 싶어요, 바진
> 동지.[144]

다샤의 성의 자율성은 남성 지배에 대한 저항의 힘이 되고, 여성은 남
성에게 공포의 존재가 된다. 발터 벤야민Walter Benjamin은 러시아의 작가
F. 글라드코프Fijodor Gladkow(1883~1958)의 소설 《시멘트》에서 "여성해
방의 진정한 모습"과 동시에 공포를 일으키는 모습이 애인이나 어머니의
얼굴과 혼합된 수수께끼 같은 "스핑크스 얼굴"을 발견했다.[145] 벤야민이
발견한 것을 뮐러는 그의 동명의 극작품 《시멘트》에 수용해서 혁명가 바

진의 입을 통해 말한다.

나는 당신에게 늘 감탄했소. 당신은 메데아요. 내 말이 맞죠. 추말로프 동
지, 역사의 백내장으로 눈멀어 있는 우리 남자들의 눈에 당신은 스핑크스
란 말이오. 메데아는 콜키스의 어느 가축 사육자의 딸이었지. 그녀는 자
기 아버지에게서 가축을 앗아간 정복자를 사랑했소. 그녀는 그가 새로운
육체를 위해 그녀를 버릴 때까지 그의 침대였고 그의 애인이었소. 그녀가
그의 면전에서 그에게 낳아준 자식을 갈갈이 찢어 그 조각들을 그의 발
아래 던졌을 때 그 남자는 처음으로, 사랑했던 애인의 광채 속에서, 어머
니의 흉터 아래서, 공포를 느끼며 여자의 얼굴을 보았던 것이오.[146]

다샤라는 인물에 그리스의 메데아 신화가 처음으로 삽입된다. 메데아
에 비유된 다샤의 본래 얼굴, 즉 여성은 남성의 눈에 스핑크스 같은 공포
의 대상이 된다. 여성은 억압의 질곡에서 과감히 벗어나서 남성들의 일
이었던 파괴와 살인의 역할을 담당하고, 남성세계에 대한 과감한 복수자
가 된다. 메데아 신화는 뮐러의 드라마《황폐한 물가 메데아 자료 아르고
호 사람들이 있는 풍경》에서 여성의 복수 행위로서 더욱 심화되어 나타
난다. 메데아는 정복자 이아손Iason에 대한 사랑 때문에 아버지와 조국을
배반하고 콜키스Kolchis를 탈출할 때, 자기의 남동생 압시르토스Apsyrtos
를 죽여 바다에 그 시체조각들을 던지고는 추적자들로 하여금 그것들을
수습하게 한다. 이로써, 이아손과 함께 코린트Korinth로 탈출하는데 성공
한다. 그러나 메데아의 희생적 사랑에도 불구하고 이아손은 코린트의 왕
크레온Kreon의 딸과 사랑에 빠진다. 이아손의 배반으로 메데아는 사랑,
아내, 어머니의 인습적인 굴레에서 상실했던 자신의 정체성을 새롭게 발
견하고, 자신의 행위에 대한 성찰에서 복수를 결심한다. 지금껏 메데아는

이아손의 성과 출세를 위해 이용된 야만의 여성일 뿐이었다.

> 당신은 나한테 남동생이란 빚이 있어요, 이아손 (…)
> 당신을 위해 난 살인을 했고 아이를 낳았어요
> 당신의 암캐인 내가 당신의 창녀인 내가
> 당신 명성의 사다리 디딤판이었던 내가 말예요 (…)
> 내 소유물은 맞아죽은 자들의 모습들
> 껍질 벗겨진 자들의 비명이 내 소유
> 내가 내 고향 콜키스를 떠나온 이래
> 당신의 핏자국 위에서 내 동족이 쏟은 피는
> 내 새로운 고향 배반으로 흘러들었는데
> 난 그 모습엔 장님이었고 그 비명엔
> 귀머거리였어요.[147]

메데아의 복수가 이제 시작한다. 그녀는 배반의 "상처와 흉터"[148]가 만들어내는 독을 내뿜는 신부복을 이아손의 새 신부에게 주어 그녀를 살해하고, "배반의 열매들"[149]인 자식들을 이아손 앞에서 살해함으로써 그에게 복수한다. 메데아는 《메데아 놀이》(1974)의 신부 역할을 구체적으로 재현한다. 복수하는 메데아는 이아손에게 말한다.

> 내 피를 돌려다오. 너희의 핏줄에서
> 나의 몸으로 너희의 창자를 되돌려다오. (…)
> 이제 너희 웃을 수 있느냐 죽음은 하나의 선물이란다.
> 너희는 내 손에서 그것을 받아야 한다. (…)
> 야만인 메데아는 이제 경멸한다.

야만인인 나의 이 두 손으로

수없이 잿물에 담가지고 찔리고 껍질 벗겨진 이 두 손으로

난 인류를 두 조각으로 동강내고 싶다.

그리고 텅 빈 중앙에서 살고 싶다. 나

여자도 아니고 남자도 아닌 자.[150]

  메데아의 잔혹성은 남성중심의 역사가 여성에 가한 "끝없는 모독의 표현"[151]이다. 동생살해, 신부와 자식살해를 통해 나타난 이아손에 대한 그녀의 복수는 표면적으로 이아손의 배반에 대한 복수로 나타나지만, 이는 식민지화의 역사과정에서 생기는 정복자와 피정복자, 문명세계와 야만세계, 지배자의 명예욕, 영웅심, 권력을 위한 기회주의적 이기심과 피지배자의 희생 등, 이 두 영역의 충돌에서 빚어지는 야만의 역사에 대한 복수인 것이다. 출산 여이며 살인 여인 메데아는 이제 '여자도 아니고 남자도 아닌 자'로서 '텅 빈 중앙'에서 살고 싶어 한다.[152] '텅 빈 중앙'은 이성간의 대결도 인종의 갈등도 이념의 투쟁도 없는 공간이며, 새로운 역사가 태동할 수 있는 시작의 공간이다. 뮐러는 이 공간을 자본주의와 공산주의의 너머에 있는 "역사를 기다리는 거대한 대기소"[153]와 같은 제3세계에서 보았다. 여성의 복수는 이 "텅 빈 공간"에 대한 동경의 표현으로서 혁명적 의미를 지닌다.

  뮐러의 대표적인 드라마 《햄릿기계》의 제2장 '여자의 유럽Europa der Frau'에서 오필리어는 메데아처럼 더 이상 자살을 중단하고 억압의 모든 대상들을 파괴한다.

  나는 오필리어. (…) 어제 난 날 죽이는 일을 중단했다. 나는 혼자다. 내 젖가슴과 내 허벅지와 내 자궁만이 함께할 뿐. 나는 내 구속의 도구들을

파괴한다. 의자를, 책상을, 침대를. 나는 내 고향이었던 도살의 무대를 부순다. 나는 문들을 부수어 연다. 바람이 그리고 세상의 비명이 들어올 수 있도록. 나는 창문을 산산이 부순다. 나는 피 흐르는 손으로 내가 사랑했던 그리고 침대 위에서, 책상 위에서, 의자 위에서 그리고 바닥에서 나를 필요로 했던 남자들의 사진을 찢어 버린다. 나는 내 감옥에 불을 지른다. 나는 내 옷을 불 속에 던져 넣는다. 나는 내 심장이었던 시계를 내 가슴에서 꺼내 파묻는다. 나는 거리로 나간다. 내 피로 옷을 입고.[154]

오필리어의 심장은 시계로 비유되었다. 이 비유는 많은 것을 시사해준다. 발터 벤야민은《역사의 개념에 대하여Über den Begriff der Geschichte》라는 글에서 프랑스 대혁명의 전투 첫날 저녁에 혁명군들이 파리의 여러 곳에서 서로가 독자적으로 동시에 탑시계를 향해 총을 발사한 사건을 기록하면서[155] 시계를 계속해서 달려가는 폭력과 억압의 역사적 시간에 대한 메타포로 보았다. 뮐러는 벤야민의 시계의 메타포를 오필리어의 심장인 '시계'와 연결해서 사용했다. 오필리어는 시계를 가슴에서 꺼내어 파묻는다. 그럼으로 해서 그녀에겐 육체의 리듬으로서의 시간이 정지되고, 시간의 멈춤과 함께 그녀는 폭력적인 역사의 시간에서 이탈하고, 역사의 공허한 연속성을 파괴하려 한다.

희생자로서 자살하는 오필리어는 이제 "희생자의 이름으로" 복수하는 메데아와 엘렉트라가 된다. 연극《햄릿기계》의 마지막 5장에서 오필리어는 엘렉트라가 되어 "증오, 경멸, 폭동, 죽음"를 찬양하며 살인까지 준비하는 공격적인 모습을 보인다.

오필리어
(의사 가운을 입은 두 명의 남자가 그녀와 휠체어를 밑에서부터 위로 붕대로

감아 올라오는 동안)

여기 엘렉트라가 말한다. 암흑의 심장 속에서, 고문의 태양 아래, 세계의 대도시들에게, 희생자의 이름으로, 나는 내가 받아들였던 모든 정자를 뱉는다. 나는 내 가슴의 젖을 죽음의 독으로 바꾼다. 나는 내가 낳은 세상을 회수한다. 나는 내가 낳은 세상을 내 허벅지 사이에서 질식시킨다. 그리고 그것을 내 질 속에 묻는다. 정복의 행복을 무너뜨린다. 증오, 경멸, 폭동, 죽음 만세. 만일 그녀가 도살자의 칼을 가지고 너희의 침실을 가로질러가면 너희는 진실을 알리라.[156]

오필리어와 엘렉트라의 외침에 앞서 이 장이 시작하는 첫 지문은 이 외침이 현실화되기에는 몇 세기를 기다려야 한다는 것을 말해준다.

섬뜩한 갑옷을 입고/ 몇 세기를/ 미칠 듯이 기다리면서.
(심해. 오필리어는 휠체어에. 물고기들 폐허의 잔해 그리고 시체의 토막들이 떠다닌다.)

이 지문에 이어서 오필리어의 외침이 삽입되고 마지막 지문(남자들 퇴장. 오필리어는 무대 위에 남아 있다. 흰 붕대로 하얗게 포장되어 움직임 없이)으로 끝난다. 그녀의 외침은 강제로 남자들에 의해 침묵이 된다. 이 침묵의 필연성은 역사적 사건에서 비롯된다. 세계적 혁명의 이념을 대표하는 마르크스, 레닌, 마오쩌둥은 세 명의 나체 여인 모습으로 나타나서 각자의 목소리로 혁명을 외친다. 그러나 "섬뜩한 갑옷을 입은", "한 마리의 살찐 사냥개"가 그들의 머리를 쪼갠다. 이로써 여성으로 상징된 혁명의 목소리는 침묵으로 돌아가고, 전사의 "빙하기"가 도래한다. 빙하기가 끝나고 새 역사가 시작될 때까지 인류는 싸움과 살인의 '몇 세기'를 긴 침묵으로

미친 듯이 견뎌야 한다.[157]

하지만 '심해'에서 희생자를 해방할 수 있는 새로운 시작의 에너지, 즉 폭력에 대한 대응폭력으로 가는 변화가 오필리어에게 일어난다. 오필리어는 익사한 강에서 바다로 떠내려가 심해 속으로 가라앉는다. 이미 오필리어는 살인적 폭력의 잠재력을 지니고 있다. 심해에는 "시체 그리고 시체의 토막들이 떠다닌다." 이 지문은 조각내어 죽인 동생을 팔에 안은 메데아를 암시적으로 심연으로 끌어들인다. 메데아는 팔에 안은 동생에 대한 죄로 무거워져서 심연으로 가라앉는다. 이렇게 해서 가장 깊은 이 영역은 반란의 충동을 형성한다. 이제 오필리어/메데아는 심해에서 하나가 되고, 공격을 자기 개인에서 남성의 폭력세계로 돌린다. 이렇게 심해에는 그녀의 변신 장소가 있다.[158] 따라서 오필리어/엘렉트라의 폭력은 심해로부터 새롭게 시작하는, 즉 참담한 현재의 역사 저편에 있는 '메시아적 폭력eine messianische Gewalt'[159]이다.

뮐러는 마우저나 엘렉트라와 메데아 같은 역사와 신화를 소재한 극작품들처럼, 그의 문학에서 피살된 자들을 제국주의의 집단적 테러에 의한 희생으로 비유했다. 그들은 국가의 권력에 의해 체포되어 살해된 자들, 다시 말해서 나치 독재 같은 테러에 맞선 저항의 희생자들이다. 여기서 희생자의 죽음에 대한 가치가 변증법적으로 상승되면서 저항의 필연성이 정당화되고, 메데아나 엘렉트라 같은 여성의 저항은 남성위주의 역사적 폭력에 대한 대응폭력으로서의 새로운 기능을 가진다.

뮐러의 극작품들에서 저항의 새로운 기능으로 나타난 여성의 봉기는 이성과 지성의 범주를 넘어서 자생적이고, 비조직적이며, 파괴적이다. 그러나 이 무정부적인 파괴는 "혁명적 변화의 희망"[160]을 보여주며, 이 희망은 바로 여성에서 나온다.[161] 그러나 오필리어와 엘렉트라의 복수 행위는 '만일wenn(만일 그녀가 도살자의 칼을 가지고)'이라는 조건문으로 시작한다. 여기서 여성의 '메시아적 폭력'에 대한 밀러의 회의가 나타나 있다.[162] 남성과 여성은 성 유희의 형태에서 시간과 공간을 초월해서 죽이고 죽는다. 남녀 두 사람의 조야한 '성 유희는 치명적인 종말을 가져오는 죽음의 유희'[163]일 뿐이다. 그래서 여성의 '변화시키는 힘에 대한 희망', 즉 어떤 방법이든 마찬가지로 '혁명'에 대한 희망은 현재에서 미래로 옮겨지고 여성의 반란은 한계성을 드러낸다.[164] 다시 말해서 여성의 반란은 단지 상상 속에서 이루어지고, 역사적 현실이 아닌 언어적 표현일 뿐이다. 그래서 여성의 반란은 실제로 남성을 대신해서 역사 발전의 주체성을 확보하려는 투쟁이 아니다. 다만 밀러는 여성의 육체적 저항이나 복수의 끔찍스런 형태들을 통해 '경악'을 자아내게 함으로써 인간에게 역사발전에 대한 올바른 인식을 갖게 하려는 것이다. 그러기 위해서 밀러는 여성의 성이나 치명적인 성 유희를 표현하는 데에 '혐오감과 비판'[165]을 불러일으킬 정도로 지나치게 노골적이고 조야한 언어를 사용한다. 그럼으로써 밀러는 진부한 전통과 도덕 개념을 파괴한다. 뿐만 아니라 여성의 죽음은 공포와 경악을 불러일으키는 데 훌륭한 역할을 한다.

다시 말해서 여성의 죽음은 개인이나 집단에게, 경악이나 쇼크가 인식과 배움의 필연적 수단[166]이라는 '경악의 미학'의 중심적 역할을 하며, 여성은 소위 밀러가 말하는 '경악을 통한 교육Pädagogik durch Schrecken'[167]의 주체이다. 밀러의 문학에서 여성상은 (이들이 어떤 가면들을 쓰고 계속해서 말하든지 간에) 미래에 대한 희망의 측도기[168]이며, 현재의 역사 진행에 대한 거부의 메타포이고, 인류의 해방과 존엄성을 일깨우기 위한 파괴적 모습이다. 여성의 반란은 역사의 시공을 넘어 작가의 핏속에 흐르는 개혁의 의지를 표현하려는 문학적 시도에 불과하다. 밀러 문학에서 여성의 죽음은 파멸일 뿐만 아니라 새로운 생명을 탄생시키는 생산력이며 동시에 삶의 가치를 인식시키는 최고의 수단인 것이다.

우리는 어떤 삶을 살아야 하나?

인간은 존재한다. 고로 인간은 죽는다. 플라톤이 삶에 대한 죽음의 의미를 강조한 이래로 죽음과 영혼의 문제가 대두되고, 현세와 내세의 시간성에 대한 새로운 인식이 생겼다. 그리고 최근에 프랑스의 철학자 앙리 베르그송Henri Bergson 이 끊임없이 흐르는 삶의 경험 시간을 죽음의 추상적인 시간에서 분리한 데 이어서, 독일 실존주의 철학자 마르틴 하이데거에 의해서 죽음이 존재의 한 부분으로 인식되기까지 이 시간성에 대한 새로운 인식은 계속해 발전해왔다.

삶 없이 죽음은 존재하지 않으며 죽음 없이 삶은 없다. 이 같은 삶과 죽음의 불가분한 존재적 관계는 인간으로 하여금 생성과 사라짐의 신비를 예감케 하고, 삶은 죽음에, 죽음은 삶에 끼치는 심오한 상호작용을 인식케 한다. 자연은 이 같은 예감과 인식에 시대를 초월한 메타포로 작용한다. 하지만 인간은 결코 죽음 이후의 시간을 현세에서의 경험 시간처럼 체험할 수 없고, 다만 상상적이거나 사변적으로 또는 형이상학적으로 경험할 수 있을 뿐이다. 따라서 죽음은 현세의 삶을 통해서 비로소 의미를 얻게 되고, 인간은 마음속으로 죽음에 친숙해진다. 인간은 죽어가면서 삶을 새롭게 발견한다. 즉 인간은 죽음에서 죽음의 신비한 특성 외에 인간의 삶을 위한 윤리적 특성을 발견한다는 것이다. 그럼으로써 죽음은 보다 높은 삶을 얻게 해주는, 소위 니체가 말하는 '삶의 자극제Stimulans des Lebens'이자 '강장제Tonilkum'로 작용한다. 죽음이 인간의 삶을 성숙하게 만든다면, 인간의 삶은 죽음을 아름답게 만들어야 한다. 다시 말해서 삶의 성숙은 죽음의 성숙을 의미한다. 그래서 인간은 살아가면서 끊임없이 삶의 의미와 존재의 이유를 묻게 되고, 자신의 삶의 길이 올바른지를 성찰하게 된다.

이런 관점에서 이 책은 고대에서 중세, 르네상스, 바로크, 계몽주의, 고전주의를 거쳐 낭만주의와 근·현대에 이르기까지 죽음이 그 시대의 사조에 어떻게 수용되어 인간의 삶을 정화시켰으며, 인간의 삶은 어떻게 성숙한 죽음을 만들었는지에 관한 삶과 죽음의 관계를 연구했다. 즉 삶과 죽음의 아름다운 상호작용에서 제시되는 문제들이 비록 시대에 따라 상이하게 나타나지만 일관된 핵심적 주제로 다루어졌다. 그리고 이 문제들은 시대를 초월해서 모든 인류에게, 아니, 오늘을 살고 있는 바로 우리에게 숙고와 해답을 요구하는 하나의 총괄적 질문을 던진다.

우리는 어떤 삶을 살아야 하나?

기독교 성서에 의하면 낙원에서 태초의 인간 아담과 이브에겐 죽음도 부끄러움도 없었다. 그들이 신의 계명을 어기고 낙원에서 추방된 후에, 그들에겐 죄의 대가로 죽음, 이성간의 부끄러움, 출산의 고통, 살기 위해 땀 흘려야 하는 고역이 주어졌다. 이로써 실낙원 이후에 신을 상실한 인간의 현실세계가 시작되고, 비로소 신, 자연, 인간의 삶, 죽음 사이의 상호 작용 관계가 심오한 문제로 나타난다.

자연은 영원히 창조적이고 파괴적이다. 자연이 생명과 죽음의 알을 함께 품고 있는 하나의 둥지인 것처럼, 인간의 모태에도 생명과 죽음이 함께 잉태하기에 인간의 삶도 처음부터 죽음과 함께 시작한다. 이런 불가분한 관계에서 인간의 삶은 죽음을 향해가는 여정으로, 하루의 삶은 하루만큼의 죽음에 다가가는 것이다. 때문에 오늘 하루는 우리에게 새롭게 주어진 귀중한 선물이라 할 수 있다. 해서 우리에게 주어진 하루의 삶은 내 삶이지만, 그 삶 역시 매일처럼 나에게 주어진 선물인 것이다. 그런데 많은 사람들은 하루의 삶을 선물이라 감사히 여기지 못하고, 오히려 좌절, 가난, 질병, 폭력 등에 시달리는 고통스런 징벌이라 느끼며 차라리 죽음을 원하기도 한다. 하지만 우리는 우리의 삶을 선물처럼 고맙게 여기면서 소중하게 보내야 할 지혜를 가져야 한다. 다시 말해서 우리의 삶은 죽음을 소비해가는 삶이어야 하지 죽음이 삶을 소비해가는 것이어서는 안 된다는 것이다. 그 지혜를 찾는 것은 결코 쉽지가 않다. 그래서 사람들은 흔히 자신에게 묻게 된다. 나는 무엇을 위해 사는 것일까? 지금껏 살아온 길은 올발랐는가? 과연 나는 지금 가장 나답게 살고 있는 것인가? 매일처럼 닥쳐오는 시련과 고통은 무슨 이유일까?

학자나 지식인들은 삶과 죽음의 상호관계에 대한 해답을 찾기 위해 노력했다. 루소는 죽음 자체에서 악을 보지 않았고, 처음으로 문화가 죽음을 악으로 만들었으며, 인간의 숙고가 죽음에 공포를 주었고, 두려움을 낳게 했다고 주장한다. 다른 한편으로 신학은, 비록 삶은 신의 선물이고 죽음은 극복되어야 할 인류의 적이지만 그럼에도 인간은 죽기 때문에 삶으로 부활한다는 종교적 신앙과 내세의 희망을 안겨준다. 철학은 삶과 죽음의 관계를 논리적으로 제시하며 삶의 평온을 주고, 죽음의 공포를 없애준다. 문학은 추상적이고 무서운 죽음을 무한한 상상력으로 형상화해서 우리로 하여금 삶 속에서 간접적으로 경험하게 한다. 즉 죽음은 삶의 시각에서 보면 매우 비극적이고 부정적인 것이지만 예술작품에서 형상화될 때, 죽음은 신비적 현상으로 받아들여지고, 인생에 파멸과 몰락을 야기하기보다는 삶을 성숙하게 만든다.

삶의 보편적인 개념은 시간 속의 인간의 움직임, 즉 행위이며 동시에 그 움직임의 창조적인 발전과정으로 정의된다. 여기서 삶의 개념은 중요한 의미를 갖는다. 말하자면 인간의 삶은 무엇보다도 '생물학적인 삶'이 아니라 '인간적인 삶', 즉 '창조적인 삶'이어야 한다는 것이다. '인간적' 또는 '창조적' 삶이 지향하는 목적은 윤리적으로 정화되어가는 인간의 계속적인 변용이며, 지고한 인격의 형성과 전개라 할 수 있다. 죽음은 그런 움직임의 마지막 변화일 뿐이다. 달리 표현해서 인간의 지고한 윤리적 변용은 죽음의 순간에 비로소 완성된다는 것이다. 영국의 작가인 에드워드 영이 "죽는 것을 배우라"고 한 경고는 아름다운 죽음을 위해 자기 자신의 삶을 성숙케 하라는 경고이다. 이 경고는 언제나 반복해서 그 이후의 시대에서도 울렸고, 지금도 울리고 있다.

삶이 의지하고 있는 것, 그것이 죽음이다. 따라서 우리가 죽음의 생각에 깊이 빠져들면 들수록 우리는 더 높게 참다운 삶으로 안내된다. 에드워드 영처럼 프리드리히 슐레겔은 〈죽어가는 가수의 이별Abschied des sterbenden Sängers〉에서 "나의 유일한 삶은 죽음을 아름답게 만드는 것"이라고 읊고 있다. 아름다운 죽음은 아름다운 삶을 전제한다는 것이다. 그리고 사람은 죽을 때에 이르러서야 비로소 보이게 되는 아름다운 삶의 의미를 보다 깊이 파악하게 된다는 것이다. 독일 낭만주의시대의 대표적인 작가 아우구스트 폰 플라텐은 "아름다움을 눈으로 직접 본 사람은, 죽음에 이미 자신을 내맡긴 셈"이라고 말했다. 죽음 앞에서 비로소 삶의

'아름다움'을 알게 된다는 것이다. 괴테의《파우스트》에서 파우스트가 자신의 생명을 메피스토에게 담보로 해서 평생 찾으려고 노력한 것은 바로 죽음의 순간에 파악한 삶의 '아름다움'이다.

> 내가 순간을 향하여 멈추어라!
> 너 정말 아름답구나! 하고 말한다면 (…)
> 시계는 멈추고 바늘이 떨어질 것이며
> 나의 시간은 그것으로 끝나게 되리라. (V.1699~1700/ 1705~1706)

괴테는 파우스트의 입을 빌려 '아름다움'을 찾는 인간은 선한 인간으로, 그가 지금 혼미한 가운데 헤맨다 해도 곧 명료한 곳으로 찾아가게 되리라고 말한다(V.308~309). 여기서 '아름다움'은 선善의 현상이며, 선의 근원은 사랑이다. 선한 인간은 사랑하는 인간이며, 선하게 산다는 것은 사랑하며 산다는 것이다. 죽음이 삶을 사랑하게 하는 힘으로 작용하기에, 그리고 최후의 순간에 그 사랑을 가장 절실하게 일깨워주는 것은 죽음이기에, 사랑은 본질적으로 죽음과 연결되어 있다. 여기에 죽음의 교훈이 있다. 사람은 선하게 살고 삶을 사랑해야 한다는 것이다.

그러면, 어떻게 살아야 삶을 사랑하는 것일까? 이 질문은 곧 삶의 의미에 대한 질문이며 동시에 죽음에 대한 질문이기도 하다. 그런데 사람마다 삶의 길이 다르기 때문에 그 해답도 다양할 수밖에 없다. 때문에 우리는 그 해답을 바깥 세계에서보다 바로 각자 자신이 살아온 삶 속에서, 자신의 내면세계에서 찾아야 한다. 다만 그 해답이 개인적인 것이라 해도 많은 사람들이 공감할 수 있는 것이어야 한다. 무엇이 삶을 사랑하는 삶인지 생각해야 한다.

우선 우리의 삶은 긍정적이고 창조적인 행위여야 한다. 신은 태초에

'말씀'으로 우주를 창조했다면, 인간은 신이 아니기 때문에, 그것은 불가능하다. 인간은 '말'로도, '의미'로도, '힘'으로도 창조할 수 없고, 다만 '행위'로써만 창조할 수 있다(《파우스트》 1부의 서재장면 참조). 그래서 '인간적'인 것이다. 케네디의 명 연설문이 지적했듯이, 우리는 삶을 위해 무엇을 해야 할 것인가를 물어야 한다. 그래야 우리는 선물처럼 주어진 귀중한 오늘의 삶을 깊이 생각하며, 올바른 삶을 위해 행동할 수 있게 된다. 하루하루의 작은 실패와 작은 성공들이 어우러져 의미 있는 경험으로 쌓이게 되고, 그럼으로써 우리는 고통과 시련을 삶의 한 조건으로 받아들일 수 있게 된다. 괴테는 그의 시 〈신성Das Göttliche〉에서 "고귀한 인간은 자애롭고 선량하며, 유용하고 정당한 것을 지칠 줄 모르고 창조한다"고 말했다(V. 55~58). 우리는 죽음에 이를 때까지 인격 완성을 위해 계속해서 노력하는 삶, 즉 생동적이고 창조적인 행위로서의 삶을 살아야 한다는 것을 이 시가 말해준다. 그럼으로써 우리의 삶은 마지막 순간까지 우아함과 품위를 잃지 않고 성숙하게 되고, 또한 우리는 성숙된 죽음을 맞이할 수 있게 된다.

다음으로 우리 삶의 행위는 아름다워야 한다. 즉 선하게 살아야 한다는 것이다. 일찍이 소크라테스는 '인생에서 가장 소중히 여겨야 할 것은 단지 사는 것이 아니라 훌륭하게 사는 것'이라는 교훈을 남겼다. 여기서 '훌륭한 삶'이란 괴테의 의미에서 선하고 아름답고 창조적인 삶을 말한다. 인간은 본래 사회적 존재이기 때문에 공동체 안에서 더불어 살게 마련이다. 따라서 '훌륭한 삶'의 의미는 철학적이거나 사변적으로 인간의 내면이나 정신에서 찾을 수 있는 것이 아니고, 오히려 세상에서, 사회라는 공동체 안에서 일어나는 일상의 일과 사람들과의 만남 등과 같은 여러 상황 속에서 찾아야 한다. 모든 사람은 사회라는 공동체 안에서 내 본연의 자리와 역할을 인식하고 살아야 한다. 그리고 인간관계는 '지도와 신종'의 관계, 즉 서로 지도하고 지도받으며 서로를 믿고 따르는 관계여야 한다. 아름다운 삶의 행위는 우리가 자신의 삶의 행위에 책임을 져야 한다는 것이다. 그것은 사회라는 공동체를 조화롭게 존재하게 하기 위해 실행해야 하는 각 개인의 책무이기도 하다.

끝으로 가장 중요한 것은 삶의 행위는 사랑에서 나와야 한다는 것이다. 그래야 인간의 행위는 이기적이 아니라 이타적으로 된다. 이때 그 행위는 선하고, 인간관계는 아름다워진다. 이런 삶의 행위는 건전한 삶의 공감대와 사랑의 인간관계를 창조하는 양식 있는 시민의 행위이며, 나아가 우리로 하여금 고통의 순간들을 함께 버티게 해주고, 조화로운 사회를 만들게 한다.

사실 삶의 길은 늘 평탄하지만은 않고, 견디기 어려운 시련과 고통이 있게 마련이다. 그럴 때마다 사람은 자신의 삶에 대해서 진지하게 생각하고 고민하지만, 쉽게 결론을 얻지 못한다. 사람은 삶의 의미를 생각할 때 가장 진지해진다. 레싱에 의하면 "사람은 죽음을 두려워해서가 아니라, 삶을 사랑하기 때문에 삶을 불평할 수 있고, 삶의 상실을 슬퍼할 권리가 있다."(시 〈죽음Der Tod〉 참조) 그런 사람은 좌절, 실망, 피할 수 없는 운명에서도 시련과 고통을 극복할 용기와 지혜를 가진 사람이다. 또한 삶의 의미를 스스로 찾으면서 잘못된 길로 들어선 실수를 알아차리고, 곧 올바른 자신의 길을 찾을 수 있는 사람이다. 그러면서 삶의 의미를 깨닫게 된다. '왜' 살아야 하는지를 아는 사람은 그 '어떤 상황'도 견딜 수 있다. 그런 사람에게 죽음은 인간적 삶의 소명을 일깨워주는 "최고의 교육기관"이다. 이 책은 삶과 죽음의 불가분한 관계와 아름다운 상호작용에 대한 분석을 통해서 올바른 삶의 길에서 이탈하지 않기 위해 삶의 의미와 가치를 평생 마음속으로 채근하면서 살도록, 이젠 질문이 아닌 하나의 좌우명을 우리에게 제시해준다.

미주

독일어의 약어 표기

각 장에서 주 텍스트로 사용된 작가의 전집은 처음 인용문에 한해 전체를 표기하고, 이후에는 약어를 사용했다.

A. a. O. : am angegebenen Ort = 앞의 책
Bd. 또는 Bde. : Band 또는 Bände = 권券
Ebd. : ebenda = 위 책의 같은 쪽, 면
Vgl. : Vergleiche = 참조 또는 비교하라
u. a. : und andere = ~ 등
S. : Seite = 쪽, 면
V. : Vers = 시행詩行
Hrsg. : Herausgeber 또는 herausgegeben = 편저자 또는 편저
Diss. : Dissertation = 박사학위 논문
f. : folgende Seite = ~면 이하 다음 면까지
ff. : folgende Seiten = ~면 이하 여러 면

이 책을 쓰면서

1_ Rilke, Rainer Maria; Sämtliche Werke in 12 Bdn. Insel Werkausgabe. Frankfurt a. M. 1955~1966 Bd. 1. S. 398. 〈가을날Herbsttag〉《형상시집》제1권 제2부에서.
2_ 조선일보. 2014. 11. 28 참조.
3_ Heidegger, Martin: Sein und Zeit. Tübingen 1984, S. 245.
4_ Vgl. Ebd., S. 245, 259 u. 233~234.

5_ 천상병 시선: 아름다운 세상 소풍 끝내는 날. 서울 1998, 25쇄. 도서출판 미래사,《귀천》, 33쪽.

6_ 정진홍: 만남, 죽음과의 만남. 서울 2003, 306쪽.

프롤로그

1_ Vgl. Heidegger, Martin: Sein und Zeit, Tübingen 1984, S. 253.

2_ Vgl. Rehm, Walter: Der Todesgedanke in der deutschen Dichtung vom Mittelalter bis zur Romantik. S. 177~181. (이후 Rehm, W, Todesgedanke로 표기함)

3_ Hier zitiert nach Rehm, W, Todesgedanke im Tittelblatt.

4_ A. a. O., S. 470.

5_ Vgl. a., a. O., S. 323.

1장 인류 문화 속의 다양한 죽음의 모습

1_ Vgl. Galling, Kurt (hrsg.): Die Religion in Geschichte und Gegenwart. Tübingen 1963. 1. Bd. S. 339.

2_ E. B. 타일러: 영국의 인류학자(1832~1917). 미개사회를 연구하여 인류문화의 진화법칙을 탐구하고 비교인류학의 기초를 마련하여 문화인류학의 아버지라고 불린다. 저서로《원시문화》,《인류사의 연구》등이 있다.

3_ Vgl. Galling, Kurt (hrsg.): Die Religion in Geschichte und Gegenwart, a. a. O., S. 339.

4_ Vgl., ebd. 6. Bd. S. 908~911.

5_ 여기에서는《공동번역 성서(가톨릭용)》, 대한 성서공회 발행, 1977.이 텍스트로 사용되었다.

6_ J. B. Lotz, S. J.: Zur Theologie des Todes. In: Hans Helmut Jansen(Hrsg.): Tod in Dichtung, Philosophie und Kunst. S. 23~33. hier S. 2.

7_ 잠언 22:23; 야훼께서 그들의 송사를 떠맡으시고/ 어려운 사람 등치는 자를 목조르신다. 창세기 38:7; 유다의 맏아들 에르는 야훼의 눈 밖에 나서 죽었다. 욥기 15:32; 때도 아닌데 종려나무가 시들어/ 그 이파리에 물기가 다시 오르지 못하듯이, (…) 욥기 22:16; 그들은 때도 아닌데 덜미를 잡히고/ 삶의 터전을 강물에 떠내려 보냈다오. 시편 55:23; 하느님, 저 피에 주리고 사기 치는 자들이/ 제 목숨 절반도 못 살고/ 땅속 깊은 곳에 빠져들게 하소서. 잠언 10:27; 야훼를 두려워하여 섬기면 수명이 길어지고/ 나쁜 일을 하면 수명이 줄어든다. 예레미아 17:11; 부정으로 축재하는 사람은/ (…) 반생도 못 살아 재산을 털어먹고 결국은 미련한 자로서 생을 마치리라. 예레미아 28:16; 그래서 야훼께서는 이렇게 말씀하셨고, '나는 너를 땅 위에서 치워 버리겠다. 나를 거역하는 말을 한 벌로 너는 이해가 가기 전에 죽으리라'.

8_ 출애굽기 15:12; 당신께서 오른팔을 뻗으시니 땅이 그들을 삼키셨습니다. 민수기 16:30; "이제

야훼께서는… 땅이 입을 벌려 이들과 그 딸린 식구들을 함께 삼켜 모두 산 채로 지옥에 떨어뜨릴 것이다. 그러면 너희는 과연 이들이 야훼를 업신여겼다는 것을 알게 되리라." 사무엘 상 28:13; 왕이 말하였다. "두려워 말라. 무엇이 보이는지 말만 하여라.": 그 여자는 "지하에서 유령이 올라오는 것이 보입니다" 하고 대답하였다. 시편 106:17; 땅이 갈라져 다단을 삼키고/ 아바람의 무리를 묻어버렸다. 이사야 26:19; 그래도 우리는 믿습니다. (…) 땅속에 누워 있는 자들이 깨어나 기뻐 뛸 것입니다. 땅은 반짝이는 이슬에 흠뻑 젖어 죽은 넋들을 다시 솟아나게 할 것입니다.

9_ 시편 63, 10; 그러나 나(다윗)를 잡으러 뒤쫓는 자들은/ 땅속 깊은 곳으로 떨어지리니/ …. 시편 71:20; 그 많은 고생과 불행을 나에게 지워 주셨어도/ 당신은 나를 되살려주시고/ 땅속 깊은 곳에서 끌어 내시리이다. 시편 95:4; 깊고 깊은 땅속도 그분 수중에,/ 높고 높은 산들도 그분의 것… 굳은 땅도 그분 손이 빚어내신 것,/…

10_ 욥기 26:5; 저 땅 밑에서 그림자처럼 흐느적이는 자들, 바다와 그곳에 갇혀 있는 자들이 어찌 떨지 않으랴! 욥기 38:16; "네가 바다 속 깊이 더듬어 내려가/ 바닷물이 솟는 샘구멍까지 찾아가 보았느냐?; 시편 18:4; 죽음의 물결에 휩싸이고/ 멸망의 물살에 휩쓸려 겁에 질리고/ 요나 2:3f, 지옥: 히브리서 38:17; 너는 죽음의 문이 환히 드러나는 것과 암흑의 나라 대문이 뚜렷이 나타나는 것을 본 일이 있느냐? : 무덤: 시편 88:11~12; 주님의 사랑을 무덤에서, 주님의 미쁘심을 저승에서 이야기하겠습니까? 어둠 속에서 당신의 기적들을 알아줍니까? 망각의 나라에서 당신의 정의가 드러나겠습니까?

11_ 시편 16:10; 어찌 이 목숨을 지하에 버려두시며/ 당신만 사모하는 이 몸을 어찌 썩게 버려 두시리이까?

12_ Kierkegaard, S. : Die Krankheit zum Tode, Düsseldorf 1957.

13_ Heidegger, Martin: Sein und Zeit. Tübingen 1984, S. 259.

14_ 마태오 9:24; 이르시되 물러가라 이 소녀가 죽은 것이 아니라 잔다 하시니 그들이 비웃더라. 루가 7:14~15; …예수께서 이르시되 청년아 내가 네게 말하노니 일어나라 하시매 죽었던 자가 일어나 앉고 말도 하거늘….; 요한 11:44; 죽은 자가 수족을 베로 동인 채로 나오는데 그 얼굴은 수건에 싸였더라. 예수께서 이르시되 풀어 놓아 다니게 하라 하시니라. 사도행전 9:40; 베드로는… "다비타, 일어나시오" 하고 말했다. 그러자 그 여자는 눈을 뜨고 베드로를 바라보며 일어나 앉았다. 20:10; 바울이 내려가서 그 청년을 부둥켜안고 사람들에게 "걱정 마시오, 아직 살아 있소" 하고 말하였다.

15_ Vgl. Galling, Kurt (Hrsg.): Die Religion in Geschichte und Gegenwart. Tübingen 1963. 6. Bd. S. 914.

16_ 요한 3:16; 하느님은 이 세상을 극진히 사랑하셔서 외아들을 보내주시어 그를 믿는 사람은 누구든지 멸망하지 않고 영원한 생명을 얻게 하여 주셨다.

17_ Vgl. Galling, Kurt (Hrsg.): Die Religion in Geschichte und Gegenwart. Tübingen 1963. 6. Bd. S. 914.

18_ Vgl. Galling, Kurt (Hrsg.), a. a. O., 6. Bd. S. 918.

19_ J. B. Lotz, S. J.: Zur Theologie des Todes, a. a. O., S. 23~33. Hier S. 32.

20_ Vgl. Galling, Kurt (hrsg.), a ,a. O., 6. Bd. S. 918.

21_ Vgl. Galling, Kurt (hrsg.), a ,a. O., 5. Bd. S. 726~727.

22_ Vgl. Platon, Apologie (Verteidigungsrede des Sokrates. 40c.)

23_ Vgl. Galling, Kurt (Hrsg.), a. a. O., S.382~386.

24_ Montaigne, Michel de: Essais(전 3권). Erstes Buch. 20 Kapitel. übersetzt von Hans
   Stilett, Frankfurt a. M. 2008 S. 45: "Philosophieren heißt sterben lernen."

25_ Hegel, G. W. F.: Enzyklopädie der philosophischen Wissenschaften im Grundrisse. ∫∫
   375 Zusastz.

26_ Vgl. Hegel, G. W. F.: Phänomenologie des Geistes, Hamburg 1952, S. 30~31.

27_ Schopenhauer, Arthur: Die Welt als Wille und Vorstellung, ∫∫ 57. In: Schopenhauers
   Werke in 5 Bänden, hrsg. v. Ludger Lütkehaus, Zürich 1988, Bd. 1. S. 406.

28_ Vgl. Der neue Brockhaus. in 6 Bänden. Wiesbaden 1985. Bd. 3. S. 138.

29_ Vgl. a. a. O., Bd. 4. S. 18.

30_ Heidegger, Martin: Sein und Zeit, Tübingen 1984, S. 259.

31_ Vgl. Ebd. S. 233~234.

32_ Ebd. S. 245.

33_ Wittgenstein, Ludwig: Tractatus logico~philosophicus. In Werkausgabe Bd.1, Frankfurt a.
   M. 1984. S. 84.

34_ Vgl. Galling, Kurt (Hrsg.): Die Religion in Geschichte u. Gegenwart, a. a. O., 6. Bd. S.
   919~920.

35_ 문학에서는 그리스신화에 나오는 사랑의 신, 아프로디테의 아들로, 활과 화살을 가진 나체의 어
   린이로 나타나는데, 그가 쏜 금 화살을 맞으면 사랑에 빠지고 납 화살을 맞으면 증오하게 된다고
   한다. 로마신화의 큐피드와 아모르에 해당한다. 또한 심리학에서는 프로이트 정신분석학의 기초
   개념으로, 성 본능이나 자기 보존본능을 포함한 생의 본능으로 프로이트가 사용한 용어이다. 리
   비도는 사람이 내재적으로 갖고 있는 성욕 또는 성적 충동, 이드(id)에서 나오는 정신적 에너지,
   특히 성적 에너지를 지칭한다. 융은 이를 생명의 에너지로 해석하였다. 철학에서는 자신이 불완
   전한 자임을 자각하고 완전을 향하여 끊임없이 노력하여 나아가려는 인간의 정신 또는 철학자의
   정신을 뜻하며, 플라톤에 의하여 철학적 개념으로 쓰이기 시작하였다.

36_ 문학에서는 그리스신화에서 죽음을 의인화한 신을 말한다. 자기를 파괴하고 생명이 없는 무기물
   로 환원시키려는 죽음의 본능으로 프로이트가 사용한 용어이다.

37_ Vgl. Der neue Brockhaus. in 6 Bden. Wiesbaden 1985. Bd. 2. S. 249.

38_ Freud, Siegmund: Gesammelte Werke, Frankfurt a. M. 1999. Bd. XIII. S. 40. Und 《Jenseits
   des Lustprinzips》. Bd. III. S. 248. Vgl. auch Der Neue Brockhaus, a. a. O., Bd. 2. S. 249.

39_ Feigel, Herbert: The Meaning of Death. New York-Toronto-London. 1959.

40_ Hulton, R. (Hrsg.): Death and Identity. Bowie. 1965.

41_ R. Kastenbaum u. R. Aisenberg: The Psychology of Death. New York. 1972.

42_ P. T. Costa: Psychological perspectives on death. Ann. ReV.Psychol. 28, P. 225~249. 1977.

43_ Wittkowski, Joachim: Tod und Sterben: Ergebnisse der Thanatopsychologie. Heidelberg. 1978.

44_ Weismann, A. D.: The psychiatrist and the inexorable. In: H. Feil(Hrsg.): New meaning of death. New York 1977. P. 107~122.

45_ Fuchs, Werner: Todesbilder in der modernen Gesellschaft. Frankfurt 1969. S. 103.

46_ R. Kastenbaum u. R. Aisenberg: The Psychology of Death. New York. 1972.

47_ Vgl. Erlemeier, N.: Todesfurcht-Ergebnisse und Probleme. Ebd. S. 213~224.

48_ Adorno, Theodor W.: Ästhetische Theorie, Frankfurt a. M. 1995, S. 48.

49_ Vgl. Macho, Thomas: Die Wiederkehr der Toten nach der Moderne. In: Sixfeet under. Ausstellungskatalog. H. vom Kunstmuseum Bern, Leipzig, Bielefeld 2006, S. 15~27: hier S. 26.

50_ Vgl. Anz, Thomas: Der schöne und der häßliche Tod. Klassische und moderne Normen literarischer Diskurse über den Tod. In: Richter, Karl u. Schönert, Jörg (Hg.): Die Weimarer Klassik als historisches Ereignis und Herausforderung in kulturgeschichtlichen Prozeß. Walter Müller-Seidel zum 65. Geburtstag. Stuttgart 1983. S. 409~432.

51_ Vgl. Guthke, Karl S.: Ist der Tod eine Frau? Geschlecht und Tod in Kunst und Lieteratur. München, 1997, S. 44f.

52_ Wölfel, Kurt (Hg): Lessings Werke in 3 Bdn. Bd. 3. Schriften II. Insel Verlag. Frankfurt a. M. 1967. S.175.

53_ A. a. O., S. 178.

54_ A. a. O., S. 208.

55_ Herder, Johann Gottfried: Wie die Alten den Tod gebildet? In: Herders Sämtliche Werke. Hg. v. Bernhard Suphan. Bd. 9. Berlin 1881, S. 656~675. Zitat hier S. 656ff.

56_ Wölfel, Kurt (Hg): Lessings Werke, Bd. 3. a. a. O., S. 223.

57_ Ariès, Philippe: Geschichte des Todes. München 1981. S. 513 u. 515ff..

58_ Siehe Sengle, Friedrich: Biedermeierzeit. Bd. 2. Die Formenwelt. Stuttgart 1972. Hier der Abschnitt 《Todesidylik》. S. 783~785.

59_ Vgl. Pietzcker, Carl: Narzistisches Glück und Todesphantasie in Jean Pauls 《Leben des vergnügten Schulmeisterlein Maria Wutz in Auenthal》. In: Literatur und Psychoanalyse. Hg. V.K. Bohnen, S. A. Jorgen u. F. Schnöe. München 1981, S. 30~52.

60_ Wölfel, Kurt (Hg): Lessings Werke, Bd. 3. a. a. O., S. 208.

61_ Vgl. a. a. O., S. 223.

62_ Vgl. Herders Sämtliche Werke. Hg. V.Bernhard Suphan. Berling 1881. Bd. 15. S. 429~485. Hier S. 450f.

63_ Goethe, Johann Wolfgang von: Werke. Hamburger Ausgabe in 14. Bde. Deutscher

Taschenbuch Verlag. München 1988. Bd. 9. S. 316~317. (Goethes Werke. HA. Bd. 1~14. 로 표기함)

64_ Schiller, Friedrich: Sämtliche Werke. Hersg.. V. Gerhard Fricke u. Herbert G Göpfert. Bd. 1. München 1958~59. S. 166. Hier erste Fassung von 1788.

65_ Schiller, Friedrich: Sämtliche Werke. a. a. O., S. 250.

66_ Eckermann, Johann Peter: Gespräche mit Goethe in den letzten Jahren seines Lebens 1823~1832. Berlin 1962. S. 132. (2. 5. 1824.) (이후 Eckermann, Gespräche mit Goethe로 표기함.)

67_ Goethes Werke. HA 6. S. 57.

68_ Goethes Werke. HA 6. S. 490.

69_ Vgl. Anz, Thomas: Der schöne und der häßliche Tod, a. a. O., S. 419.

70_ Schiller, Friedrich: Sämmtliche Werke, a. a. O., Bd. 1. S. 837.

71_ Eckermann, Gespräche mit Goethe am 15. Feb. 1830.

72_ Kluckhohn, Paul: Das Ideengut der deutschen Romantik. Tübingen 1966. S. 72.

73_ Vgl. Pfeiffer, Joachim: Einleitung. Zur Geschichte literarischer Todesdarstellungen. In: Der Deutschunterricht 54 (2002) 1. S. 2~8.

74_ Ariès, Philippe: Geschichte des Todes. S. 521~602. 여기서 "아름다운 죽음의 시대"는 제10장에 나온다.

75_ Ebd. S. 601.

76_ Ebd. S. 784

77_ Ebd. S. 515f.

78_ Elias, Norbert: Über die Einsamkeit der Sterbenden. S. 12. Vgl. auch Anz, Thomas : Der schöne und der häßliche Tod, a. a. O., S. 418.

79_ Müller-Seidel, Walter: Thoedor Fontane. Soziale Romankunst in Deutschland. 2. Aulg. Stuttgart 1980. S. 374~375.

80_ Hofmannsthal, Hugo von: Erzählungen. Erfundene Gespräche und Briefe, Reisen. Frankfurt a. M. 1979. S. 63.

81_ Schnitzler, Arthur: Das erzählerische Werk. Bd. 1. (Gesammelte Werke in Einzelausgaben). Frankfurt a. M. 1977. S. 175.

82_ Mann, Thomas: Gersammelte Werke in 14 Bänden. Zweite, durchgesehene Auflage. Fischer Verlag. Frankfurt a. M. 1960~1974. Bd. 1.《Buddenbrooks. Verfall einer Familie》 S. 680. (이후 Mann, Thomas. GW. Bd. 1.~14.로 표기함.)

83_ Mann, Thomas. GW. Bd. 1. S. 743.

84_ Mann, Thomas. GW. Bd. 1. S. 754.

85_ Vgl. Anz, Thomas: Der schöne und der häßliche Tod, a. a. O., S. 423.

86_ 김충남:《시체 공시장》의 주요 시들에 나타난 죽음과 추의 문제. In: 김충남(편): 추의 미학. 동문

선 서울 2010. 148쪽 참조.

87_ Schmidt-Bergmann, Hansgeorg (Hg.): Lyrik des Expressionismus. Stuttgart 2003, S.173f.

88_ Vgl. Rühmkorf, Peter (Hg.): 131 expressionistische Gedichte. Berlin 1976, S. 93.

89_ Vgl. Rehm, Walter, Todesgedanke, a. a. O. S. 412 u. 414.

90_ Vgl. Rilke, Rainer Maria: Sämtliche Werke. Insel Verlag. Fankfurt a. M. 1955~1966, Bd. 1.~12. Bd. 11. S. 713f. (이후 Rilke, SW. Insel. Bd. 1.~12.로 표기함)

91_ Vgl. Engelhardt, Hartmut: Materialien zu Reiner Maria Rilke. 《Die Aufzeichnungen des Malte Laurids Brigge》. Suhrkamp Taschenbuch. Frankfurt a. M. 1974. S. 172.

92_ 김창준: 라이너 마리아 릴케의 말테의 수기 연구. 서울 2003. 67쪽.

93_ Vgl. Rilke, SW. Insel. Bd. 1. S. 346.

94_ Rilke, SW. Insel. Bd. 11. S. 715.

95_ Rilke, SW. Insel. Bd. 11. S. 720.

96_ Rilke, SW. Insel. Bd. 1. S. 347.

97_ Berhard, Thomas: Der Atem. Eine Entscheidung. Salzburg u. Wien 1978. S. 81.

98_ Vgl. Pope, Sandra: Ästhetik der Sterblichkeit. Mediale Darstellungen von Tod und Trauer in Literatur und Fernsehen. In: Kultur Poetik 8 (2008), 2. S. 225~227.

99_ Ebd. S. 228.

100_ Vgl. Strasser, Petra: Trauer versus Melancholie aus psychoanalytischer Sicht. Freiburg 2002. S. 39.

101_ Vgl. Pope, Sandra: Ästhetik der Sterblichkeit, a. a. O., S. 234.

102_ Vgl. Anz, Thomas: Literatur der Existenz. Literatische Psychopathographie und ihre soziale Bedeutung im Frühexpressionismus. Stuttgart 1977, S. 30~36.

103_Kafka, Franz: Gesammelte Werke, hrsg. v. Max Brod. Fischer Taschenbuchausgabe in 7 Bänden, Frankfurt a. M. 1976. Bd, 4. S. 104.

104_A. a. O., Bd. 2. S. 194.

105_ Bertolt Brecht: Gesammelte Werke in 20 Bde. Frankfurt a. M. 1967. Bd. 1. S. 64 u. 65.

106_ Schmidt-Bergmann, Hansgeorg (Hg.): Lyrik des Expressionismus. Stuttgart 2003, S. 171f.

107_ Wie die Alten den Tod gebildet. Wandlungen der Sepulkralkultur 1750~1850. Hg. V. Dr. H. Boehlke. Mainz 1979. [Katalog der Ausstellung im Wisenschaftszentrum Bonn-Bad Godesberg, Sommer 1979]. Hier zitiert nach Thomas Anz: Der schöne und der häßliche Tod, a. a. O., S .409.

108_ Vgl. Galling, Kurt (hrsg.): Die Religion in Geschichte und Gegenwart, a. a. o., Bd. 4. S. 957~958.

109_ Vgl. Franke, Kumo: Lebensgut aus germanischer und altdeutscher Zeit. Frankfurt a. M. 1928. 14세기 초경에 피사의 캄포 산토에 있는 프레스코 벽화에는 무명의 대가가 죽음의 개선

행진에 대한 액자로 두른 그림을 그렸는데, 거기서 죽음은 궁핍한 자들과 불구자들을 해치지 않은 채, 낫으로 황제, 교황, 군주들, 주교들, 기사들, 부인들을 학살하는데, 그들은 애원하면서 두 손을 죽음을 향해 쭉 뻗고 있다.

110_ Vgl. Bartels, M.: Totentänze-Kunsthistorische Betrachtung. In: Der Tod in Dichtung, Philosophie und Kunst, Hg. V.Hans Helmut Jansen, Darmstadt 1978. S. 79~80.

111_ Vgl. Galling, Kurt (hrsg.): Die Religion in Geschichte und Gegenwart, a. a. o., Bd. 4. S. 957~958.

112_ Vgl. Bartels, M.: Totentänze, a. a. O., S. 79.

113_ Vgl. Rosefeld, H: Der Tod in der christlichen Kunst. München, mit 16 Abbildungen. In: Der Tod in Dichtung, Philosophie und Kunst, a. a. O., S. 94~105. Hier S. 95.

114_ 묵시록 14:14: "또 내가 보니 흰 구름이 있고 그 구름 위에는 사람의 아들 같은 분이 머리에 금관을 쓰고 손에 날카로운 낫을 들고 앉아 있었습니다."

115_ Vgl. Rosefeld, H, a. a. O., S. 96.

116_ Vgl. Ebd.

117_ 묵시록 6:1, 8: 그리고 보니 푸르스름한 말 한 필이 있고 그 위에 탄 사람은 죽음이라는 이름을 가진 사람이었습니다. 그리고 그 위에는 지옥이 따르고 있었습니다.

118_ Vgl. Rosefeld, H : Der Tod in der christlichen Kunst. München, a. a. O., S. 99~101.

119_ F.G. Hoffmann u. H. Rösch: Grundlagen, Stile, Gestalten der deutschen Literatur. Frankfurt a. M. 1984. 9. Aauflage. 52. (이후 Hoffmann u. Rösch, dt. Literatur로 표기함.)

120_ Vgl. Rosefeld, H.: Der Tod in der christlichen Kunst, a. a. O., S. 98 u. 102.

121_ Ebd. S. 103.

122_ Vgl. Bartel, M.: Totentänz-kunsthistorislche Betrachtung, Mit 9 Abbildungen. In: Der Tod in Dichtung, Philosophie und Kunst. S. 82 u. 83.

123_ Eros und Thanatos im Nürnberg des 16. Jh.-die Brüder Beham. S. 1~4. (http://www.albrecht-duerer-apokalypse.de.)

124_ Grabert, W.: Geschichte der deutschen Literatur. München 1953. 3. Aufl., S. 110. (이후 Grabert, W. dt. Literatur로 표기함)

125_ Vgl. Bartels, M., Totentänze, a. a. O., S. 84.

126_ 필립 아리에: 죽음 앞의 인간. 서울 2004. 399쪽.

127_ Vgl. Bartels, M., Totentänze, a. a. O., S. 92.

2장 고대 게르만시대의 영웅서사문학에서 나타난 죽음

1_ Vgl. Hoffmann und Rösch, dt. Literatur. S. 11.

2_ 《에다》: 이름의 출처는 불확실하다.《시학Poetik》또는《오디의 책Buch von Oddi》으로 알려졌

다. 《에다》는 《새 에다jüngere Edda》와 《옛 에다ältere Edda》로 되어 있다. 《새 에다》는 저자인 아이슬란드인 스노리 스투르루손Snorri Sturluson의 이름을 따서 《스노라 에다Snorra Edda》 라고도 불리고, 1220~1230년 사이에 만들어졌으며, 북방 음영시인을 위한 교재로 사용되었다. 여기에는 북녘의 신화들이 대화형식으로 묘사되었고, 9~12세기의 음영시인의 시들에서 많은 예 들과 증거서류들이 남아 있다. 《옛 에다》는 《리더 에다Lieder-Edda》라고 불리며, 17세기에 아 이슬란드의 학자들에 의해서 비로소 이름을 갖게 되었다. 이 책은 주로 8~12세기의 바이킹시대 에서 전래된 신화와 영웅전설을 13세기에 기록한 약 30개 노래들의 모음집이다. 예를 들어 니벨 룽겐 소재의 《지그룬트와 구드룬 노래Sigrund-und Gudrunlieder》의 영웅들의 노래와 신들의 노래를 포함하고 있다.

3_ Lindblad, Gustav: Studier i Codex Regius av äldre eddan. I.-III. Lund 1954, (schwedisch; mit einer englischen Zusammenfassung).

4_ 오딘Odin: 일명 Wuotan, Wotan, Wodan이라고도 함. 북녘의 원전 《에다》에 나오는 오딘은 게 르만 민족의 최고 신으로서 사자들의 신 또는 폭풍의 신을 의미하며, 황홀, 전쟁의 신이기도 하다. 그가 머무는 곳은 발할Walhall이다. 그는 그곳으로 전투에서 영웅적으로 전사한 용사들을 데리 고 온다.

5_ Vgl. Grabert, W. dt. Literatur S. 7 u. 8f.

6_ Ebd. S. 8.

7_ Ebd. S. 9.

8_ Ebd. S. 11.

9_ Vgl. De Boor, Helmut u. Newald, Richard: Geschichte der deutschen Literatur von den Anfängen bis zur Gegenwart. Erster Band (770~1170). München 1949. S. 69.

10_ Vgl. Hoffmann u. Rösch, dt. Literatur. S. 12.

11_ 약 800년경에 《에다》에서 출처한 동고트족의 옛 전설이다. 여왕 구드룬의 아들인 함디어는 어머 니의 명령으로 누이의 원수를 갚으려 죽게 된다. 이 소재는 저 독일지방에서 니벨룽겐전설에 유입되어 고전적 영웅의 노래형식을 가지게 되었다.

12_ Vgl. De Boor, Helmut u. Newald, Richard, a. a. O., S. 67.

13_ Vgl. Klaus von See: Die Gestalt der Hávamál. Eine Studie zur eddischen Spruchdichtung. Athenäum Verlag 1972. S. 16.

14_ Rehm, Walter, Todesgedanke, a. a. O., S. 13~14.

15_ Vgl. De Boor, Helmut u. Newald, Richard, a. a. O., S. 70~71.

16_ Axel. Olrik, Nordisches Geistesleben, deutsch von W. Ranisch, Heidelberg 1908, S. 46.

17_ Vgl. Rehm, Walter, Todesgedanke, a. a. O., S. 15.

18_ Heusler, Andreas: Die altgermanische Dichtung, Berlin 1924, S. 174ff. 죽는 것에 대한 이 교도적, 고대 게르만적 견해의 증거들로서 모은 모든 것들은 성직자들에 의해 제작된 작품들에서 나온 것들로서 기독교적으로 영향을 받은 것을 말해주고 있다.

19_ Heusler, Andreas: Nibelungensage und Nibelungenlied. Dortmund 1923, S. 124ff, und

118ff. 136, 138.

20_ Vgl. Rehm, Walter, Todesgedanke, a. a. O., S. 18~19. Und auch vgl. Heusler, A.: Die altgermanische Dichtung, a. a. O., S. 158.

3장 중세를 지배한 숭고한 메시지, 메멘토 모리

1_ Manser, Gallus: Die Geisteskrisis des 14. Jahrhunderts. Freiburg 1915, S. 31ff. Vgl. auch Döring-Hirsch, E. : Tod und Jenseits im Spätmittelalter, Berlin 1927, S. 3ff.

2_ Hoffmann u. Rösch, dt. Literatur, S. 17.

3_ Vgl. Haas, Alois. M.: Die Auffassung des Todes in der deutschen Literatur des Mittelalters. S. 168. In: Der Tod in Dichtung, Philosophie und Kunst. Hg. V.Hans Helmut Jansen, Darmstadt 1978, S. 165~176.

4_ Vgl. Rehm Walter, Todesgedanke, a. a. O., S. 23 u. 24.

5_ S. Aurelius Augustini: Confessionum. Libri XIII. 성 아우구스티누스 고백록 13권. 최민순 역. 서울 1987. 1권 6장. 6쪽.

6_ Vgl. Rehm Walter, Todesgedanke, a. a. O., S. 24.

7_ Vgl., a. a. O., S. 25.

8_ Vgl., Haas, Alois. M., a. a. O., S. 166~167.

9_ 클루니 교단: 프랑스의 클루니Cluny 수도의 이름에서 나왔다. 클루니 수도원 운동은 910년 베르논에 의해 프랑스 클루니에서 시작된 일종의 수도원 개혁운동으로서, 이 수도원에서는 개인의 재산 소유가 금지되었고, 엄격한 신앙생활, 혹독한 금욕생활, 수도원장 명령에의 절대 복종 등을 통해서 강력한 개혁이 추진되었다. 이 운동은 11세기 중세 유럽을 지배했다고 해도 과언이 아니다.

10_ Hier zitiert nach Haas, Alois. M., a. a. O., S. 170.

11_ 허창운, 독일 민네장, 서울 2003. 2쪽 참조.

12_ Vgl. Rehm, Walter, Todesgedanke, a. a. O., S. 37.

13_ Vgl. Hoffmann, u. Rösch, dt. Literatur, S. 20.

14_ Günter, Hans: Der mittelalterliche Menschen, Hist. Jhb. 44. 1924. S. 1~18; bes. S. 11f.

15_ 고대 프랑스 시인《롤랑의 노래Chanson de Roland》를 모방해서 쓴 작품이다. 롤랑의 영웅시에서 롤랑의 입상이 생겼다. 이 입상은 갑옷에 칼을 든 기사의 입상으로 사법권과 자유의 상징이며, 독일 중북부 도시들의 시장에 세워져 있다.

16_ Hier zitiert nach Haas, Alois. M., a. a. O., S. 171. Und Vgl. Grabert. W.: dt. Literatur. S. 30~31.

17_ Vgl. Hoffmann u. Rösch, dt. Literatur, S. 26.

18_ Vgl. Rehm, Walter, Todesgedanke, a. a. O., S. 46.

19_ 허창운: 중세의 독일 연애시. 독일 민네장. 서울대 출판부. 서울 2003. S. 74. 40쪽. Friederich von Hausen, Minnesangsfrühling. 49, 37 I. (이하 MF.로 표기함)

20_ 같은 책, 120쪽. Walther von der Vogelweide: Neu hrsg. V.Hugo Kuhn, Berlin 1965.(53, 25. III.)

21_ Kluge, Manfred u. Radler, Rudolf: Hauptwerke der deutlschen Literatur. 9. Aulf. München 1974, S. 15.

22_ 허창운, 중세 독일 시. 서울 1982. 52쪽.

23_ 허창운, 같은 책 50쪽. 또는 허창운: 중세의 독일 연애시. 독일 민네장. 서울대 출판부. 서울 2003. 86쪽. (이하 Hauptwerke로 표기함)

24_ Vgl. Grabert. W„ dt. Literatur, S. 44.

25_ Gottfried von Straßburg: Tristan und Isolt. Reclam 1996. 진일상 옮김. 서울 2011. 108쪽.

26_ Vgl. Grabert. W„ dt. Literatur, S. 45.

27_ 트리스탄, 진일상 역, 서울 2011, 44쪽.

28_ Vgl. Grabert. W.: dt. Literatur, S. 56. Brinkmann, U.: Diesseitsstimmung im Mittelalter, Vierteljahresschrift II. 9(1924). S. 721~752.

29_ Vgl. Hoffmann u. Rösch, dt. Literatur, S. 32.

30_ Ebd.

31_ Vgl. Haas Alois. M., a. a. O., S. 173.

32_ Vgl Haas, A. M., a. a. O., S. 176.

33_ Vgl. Rehm, Walter, Todesgedanke, a. a. O., S. 32.

34_ Vgl. Hoffmann u. Rösch, dt. Literatur, S. 41.

35_ Grabert, W. dt. Literatur. S. 78~79.

36_ 허창운: 중세의 독일 연애시. 독일 민네장. 서울대 출판부. 서울 2003. 86쪽.

37_ Vgl. Hoffmann u. Rösch, dt. Literatur, S. 49.

38_ Vgl. Rehm, W. Todesgedanke, S. 94~96.

39_ Vgl. Hoffmann u. Rösch, dt. Literatur, S. 48.

40_ Ebd.

41_ Rehm, W. Todesgedanke„ S. 103.

42_ Vgl. Rehm, W. Todesgedanke, S. 103 und A, Stange, Deutsche Kunst um 1400, München 1923, S. 62~93, bes. S. 73.

43_ Vgl. Rehm, W., Todesgedanke, S. 92~93.

44_ Döring-Hirsch, Erna: Tod und Jenseits im Spätmittelalter, Berlin 1927. S. 4 u. 40ff. Vgl. Rehm, W. Todesgedanke, S. 96.

45_ Vgl. Hoffmann u. Rösch, dt. Literatur, S. 49.

46_ Döring-Hirsch, Erna, a. a. O., S. 42. Ars-moriendi-Literatur ebd. S. 50~55. Und Schairer, John: Das religiöse Volksleben am Ausgang des Mittelalters, Leipzig 1914, S. 98f.

1_ Vgl. Hoffmann u. Rösch, dt. Literatur, S. 51.

2_ Vgl. Gerbert, W. dt. Literatur, a. a. O., S. 80~85. U. vgl. Hoffmann u. Rösch, dt. Literatur, S. 72~74.

3_ Hoffmann u. Rösch, dt. Literatur, S. 50.

4_ Ebd.

5_ Vgl. Rehm, Walter, Todesgedanke, a. a. O., S. 115.

6_ Vgl. Rehm, Walter, Todesgedanke, a. a. O., S. 117. 특히 Burdach, Konrad: Reformation, Renaissance, Humanismus. Berlin 1926. S. 178ff.

Und vgl. auch Burdach, Konrad/Bernt, Alois(Hrsg.): Der Ackermann aus Böhmen. Einleitung, kritischer Text, vollständiger Lesartenapparat, Glossar, Kommentar (Vom Mittelalter zur Reformation. Forschungen zur Geschichte der deutschen Bildung III,1), Berlin 1917. (이후 Burdach, Konrad, Kommentar로 표기함)

7_ Vgl. Bartsch, Karl: Ackermann, Johann. In: Allgemeine Deutsche Biographie (ADB). Band 1, Duncker & Humblot, Leipzig 1875, S. 36f.

8_ Johannes von Tepl: Der Ackermann. Frühneuhochdeutsch / Neuhochdeutsch. Hg., übersetzt und kommentiert von Christian Kiening. Stuttgart: Reclam 2000. (= Universal-Bibliothek. 18075.), S. 6. (이하 인용문은 Kap. I-XXXIV로 표기) Vgl. auch Hauptwerke, a. a. O., S. 63. Und Rehm, Walter, Todesgedanke, a. a. O., S. 118.

9_ Vgl. Rehm, Walter, Walter, Todesgedanke, a. a. O., S. 119.

10_ Ebd.

11_ Vgl. Burdach, Konrad, Kommentar S. 162, 164, 257ff.《보헤미아의 농부》제18장 참조.

12_ Vgl. Rehm, Walter, Todesgedanke, a. a. O., S. 120.

13_ Vgl. ebd., S. 122.

14_ Vgl. Brudach, Kommentar, a. a. O., S. 241. u. vgl. Rehm, Walter, Todesgedanke, S. 124.

15_ Vgl Hauptwerke, a. a. O., S. 63.

16_ Vgl. Burdach , Kommentar, 309 u. S. 311.

17_ Vgl. Rehm, Walter, Todesgedanke, S. 126~127.

18_ Vgl. Burdach, Konrad, Kommentar, S. 194.

19_ Vgl. Cassirer, Ernst: Individuum und Kosmos in der Philosophie der Renaissance, Leipzig 1927, S. 42, 71, 92.

20_ Vgl. Burdach, Konrad, Kommentar, S. 192ff.

21_ Vgl. ebd. S. 384ff. Und auch vgl. Rehm Walter, Todesgedanke, S. 131.

22_ Vgl. ebd. S. 134.

23_ Vgl. ebd.

24_ Hoffmann u. Bösch, dt. Literatur, 52.

25_ Vgl. Hauptwerke, a a. O., S. 65.

26_ Vgl. Hoffmann u. Rösch, dt. Literatur, S. 56.

27_ Heiler, Friedrich: Luthers religionsgeschichtliche Bedeutung, München 1918, S. 11, 22, 25.

28_ Vgl. Rehm, Walter, Todesgedanke, S. 140.

29_ Luther, Martin: Erlanger Luther-Ausgabe. Sämmtliche Werke. 67 Teile. Hrsg. V Joh. Georg Plochmann und Johann Konrad Irmscher. Erlangen & Frankfurt a. M. 1826~1857. (이하 Erlanger Luther-Ausgabe, T.1~T.67로 표기) T. 33, 111.

30_ Erlanger Luther-Ausgabe, T. 51, 274.

31_ Erlanger Luther-Ausgabe, T. 51, 168.

32_ Erlanger Luther-Ausgabe, T. 52, 240.

33_ Vgl. Rehm Walter, Todesgedanke, a. a. O., S. 141. Und auch vgl. Erlanger Luther-Ausgabe, T. 52, 240.

34_ Vgl. Erlanger Luther-Ausgabe, T. 49, 178.

35_ Vgl. Althaus, Peter: Zur Charakteristik der evangelischen Gebetsliteratur im Reformationsjahrhundert. Leipzig 1914. S. 29ff.

36_ Vgl. Tischreden in Münchner Lutherausgabe. Bd. VIII. 1925. Nr. 553. Und Erlanger Luther-Ausgabe, Nr. 2498, 2499.

37_ Vgl. Althaus, Peter. a. a. O., S. 22. Und vgl. Erlanger Luther-Ausgabe, T. 25, 205ff.

38_ Vgl. Tischreden in Münchner Lutherausgabe. Bd. VIII. 1925. Nr. 553. und Erlanger Luther-Ausgabe, Nr. 2498, 2499.

39_ Martin Luthers Werke. Weimarer Ausgabe (이후 Luthers Werke. W. A.로 표기]) 1883~2009. 127 Bde. Bd. 22, 402: zitiert bei Jörg Zink, Die Mitte der Nacht ist der Anfang des Tages. Bilder und Gedanken zu den Grenzen unseres Lebens, Stuttgart: Kreuz 111986, S. 43.

40_ Vgl. Erlanger Luther-Ausgabe, T. 36, 27; T. 5, 309, 315, 316. Auch Erlanger Luther-Ausgabe, die Tischerede Nr. 2497.

41_ Erlanger Luther-Ausgabe, T. 41, 213.

42_ Vgl. Erlanger Luther-Ausgabe, T. 20, 334~350. Die Predigt vom 31. Mai 1545.

43_ Vgl. ebd.,

44_ Vgl. Luthers Werke. W. A., Abteilung Schriften. 45. 384, 21~24: Predigten 1537 und Predigtkompilationen (30er Jahre).

45_ Vgl. Luthers Werke. W. A. 20. 187, 24~28: Vorlesungen über Prediger Salomonis und 1. Johannesbrief 1526/27; Predigten 1526.

46_ Vgl. Luthers Werke. W. A. 24. 118, 10~16: Reihenpredigten über 1. Mose (1523/24), Druckfassung 1527.

47_ Vgl. Luthers Werke. W. A. 17. I. Bd, 235, 13~20. Predigten 1525.

48_ Erlanger Luther-Ausgabe, T. 3, 329.

49_ Vgl. Stange, Carl: Der Todesgedanke in Luthers Tauflehre. Ztschr. f. syst. Theologie V.(1928), S. 758~844. Und auch vgl. Rehm, Walter, Todesgedanke, S. 144.

50_ Vgl. Strich, Friedrich: Renaissance und Reformation. Vtjsch. I. 1923. S. 582~612. bes. S. 589f.

51_ Vgl. Brecht, Martin: Luther, Martin (1483~1546). I. Leben. In: Theologische Realenzyklopädie. Bd. 21. Walter de Gruyter, Berlin/New York 1991, S. 516.

52_ Vgl. Rieger, Reinhold: Martin Luthers theologische Grundbegriffe: Von Abendmahl" bis Zweifel". Tübingen 2017, S. 146~147.

53_ Vgl. Kortüm, Hans-Henning: Menschen und Mentalitäten: Einführung in Vorstellungswelten des Mittelalters. Walter de Gruyter, Berlin 1996, S. 337~338.

54_ Vgl. Hermann, Rudolf: Luthers Theologie. Göttingen 1967. S. 232~233.

55_ Martin Luther: Der Große Katechismus. Gütersloher-Verlagshaus 1998, Kapitel 4, Link.

56_ Heckel, Martin: Martin Luthers Reformation und das Recht. Tübingen 2016, S. 130.

57_ Vgl. Lexutt, Athina: Luther, Böhlau 2008. S. 29f.

58_ Vgl. Tischerede in der Münchner Lutherausgabe, Bd. VIII, Nr. 555, 557. Vgl. Althaus, Peter, a. a. O., S. 629. Vgl. auch Rehm, Walter, Todesgedanke, S. 145.

59_ Vgl. Stange, Carl: Die Unsterblichkeit der Seele, Gütherloch 1925, S.133~144.

60_ Vgl. Holl, Karl: Was verstand Luther unter Religion? In den Ges. Aufsätzen zur Kirchengeschichte I. Tübingen 1921. S. 66.

61_ Merker, Paul: Reformation und Literatur. Weimar 1918. Vgl. auch Rehm, Walter, Todesgedanke, S. 146.

62_ Vgl. Hoffmann u. Rösch, dt. Literatur, S. 54.

63_ Vgl. Rehm, Walter, Todesgedanke, S. 56:

64_ Vgl. Grabert, W., dt. Literatur, S. 105~106.

65_ Vgl. Pinder, Wilhelm: Das Problem der Generation in der Kunstgeschgichte, Frankfurt a. M. 1926. S. 57.

66_ Vgl. Grabert, W., dt. Literatur, a. a. O., S. 87.

67_ Vgl. Rehm, Walter, Todesgedanke, S 173. Vgl. auch Bornkamm, Heinrich: Luther und Böhme, Bonn 1925, S. 217.

68_ Vgl. Grabert, W., dt. Literatur, a. a. O., S. 90.

69_ Vgl. Rehm, Walter, Todesgedanke, S 173.

70_ Vgl. Hoffmann und Rösch, dt. Literatur, S. 71~72.

71_ Vgl. Maier, Hans.: Der mystiche Spiritualismus Valentin Weigels. Güterloh 1926, S. 56, 75.

72_ Montaigne, Michel Eyquem de; 프랑스의 사상가(1533~1592). 대표적인 도덕주의자로, 회의론을 기조로 하여 교회나 이성적 학문을 절대시하는 것을 물리치고, 인간으로서 현명하게 살 것

을 권장하였다. 프랑스에 모럴리스트의 전통을 구축하고 17세기 이후의 프랑스, 유럽 문학에 큰 영향을 주었다. 저서로 《수상록》 등이 있다.

73_ 트리엔트 종교회의; 이탈리아의 트렌토에서 열린 종교회의. 1545년부터 1563년까지 18년 동안 세 차례에 걸쳐 진행되었으며, 가톨릭과 프로테스탄트 사이의 화해를 목적으로 열렸으나 신교 쪽 이 참석을 하지 않았기 때문에 가톨릭 쪽의 결속이 이루어져 반종교 개혁운동으로 발전하였고, 교황권의 승리로 끝났다.

74_ Vgl. Rehm, Walter, Todesgedanke, S. 179.

75_ Montaigne, Michel de: Geschichtliche Schriften, deutsch von Flake und Weigand. München 1908. I. Buch 19 Kap.의 제목임.

76_ Montaigne, a. a. O., S. 108.

77_ Montaigne, a. a. O., S. 119.

78_ Vgl. Frank, Seb. Über den Tod I, Kap. 18. S. 144. Vgl. Rehm, Walter, Todesgedanke, S. 180.

79_ Montaigne, a. a. O., S. 119.

80_ Vgl. Rehm, Walter, Todesgedanke, S. 182.

81_ Vgl. a. a. O., S. 185.

82_ Vgl. Ebd.

83_ Vgl. Troeltsch, Ernst: Renaissance und Reformation. Hist. Ztschr. 1. 10 (1913). S. 519~556; bes. S. 536.

84_ Vgl. Ermatinger, Emil: Barock und Rokoko in der deutschen Dichtung, Leipzig 1926. S. 1ff.

85_ Cassier, Ernst: Individuum u. Kosmos in der Philosophie der Renaissance. Felix Meiner Verlag. Hamburg 2013. S. 103.

86_ Ebd. "Das Ideal der Humanität schließt das Ideal der Autonomie in sich ..."

87_ Vgl. Rehm, Walter, Todesgedanke, S. 186~187.

88_ Vgl. Hoffmann u. Rösch, dt. Literatur, S. 61.

5장 생의 무상을 노래한 바로크 서정시

1_ 바로크Barock는 스페인어 'barocco'라는 말에서 유래하며, 불규칙하게 생긴 진주를 뜻한다. 이 말은 빙켈만이 처음으로 건축의 장식과 무늬, 자개세공과 같은 조형예술의 양식개념으로 사용함 으로써 17세기의 양식 전부를 일컫는 말로 전용되었다. 그래서 바로크는 특정한 법칙에서 벗어 난 자유로운 조형을 의미하며, 외형적인 멋과 과장을 상징하는 특징도 가지고 있다.

2_ Grabert, W., dt. Literatur, S. 110~111.

3_ Rehm, Walter, Todesgedanke, S. 192.

4_ Vgl. Wentzlaff-Eggebert, Friedrich-Wilehlm: Das Problem des Todes in der deutschen

Dichtung des Barock., In: Dichtung, Philosophie und Kunst, a. a .O., S. 182~187.

5_ Vgl. Wentzlaff-Eggebert, Friedrich-Wilehlm.: Das Problem des Todes in der deutschen Lyrik des 17. Jahrhunderts. Leipzig 1931. S. 37.

6_ Killy, Walther(Hrsg): Epochen der deutschen Lyrik . Bd. 4. dtV.München 1969. S. 170. Und auch Krolow, Karl: Deutsche Gedichte. 1, Auflage. Frankfurt a .M. 1982. S. 59 u. 60.

7_ Ebeling, August(Hrsg.): Die Gedichte von Paulus Gerhardt. Hanover 1908, S. 100~101.

8_ 루터는 1517년 종교개혁이 시작된 이래로 당시의 변질되고 퇴폐경지에까지 이른 마리아에 대한 공경을 비판하면서 새로운 방향의 마리아 신심을 모색하였다. 그는 마리아에게서 신뢰하고 신앙하는 인간의 전형적인 모습을 보았고, 그래서 마리아 신심의 인간적 · 모범적 역할을 강조하면서 마리아 공경이 그리스도를 통한 하느님의 구원 활동을 침해하지 않도록 하는 데 주의를 기울였다. 루터의 변호론은 그리스도를 중심에 두고 마리아 신심을 주장하는 독일 루터파의 신앙고백서이다.

9_ Vgl. Wentzlaff-Eggebert, F. W., a. a. O., S. 41.

10_ Krolow, Karl: Deutsche Gedichte. 1, Auflage. Frankfurt a. M. 1982, S. 70, 71 u. 72.

11_ Ebeling, August, a. a. O., S. 322, 《Christliche Todesfreude》 Str. 18.

12_ Vgl. Wentzlaff-Eggebert, F. W., a. a. O., S. 51.

13_ Vgl. a. a. O., S. 51~53.

14_ Vgl. Hoffmann u. Rösch, dt. Literatur, S. 66.

15_ Gundolf, Friedrich: Martin Opitz. München 1923. S. 46. Auch Vgl. F. W. Wentzlaff-Eggebert, a. a. O., S. 59.

16_ 스토아학파는 '자연에 따르는 삶'을 살아야 한다고 주장한다. 자연에 따르는 삶은 곧 자연, 신, 우주와 인간을 연결하는 이성에 따르는 삶, 자연법에 따르는 삶, 덕 있는 삶이기 때문이다. 인간은 자연의 법칙을 수용할 수는 있어도 바꿀 수는 없기 때문에, 신이 정한 우주와 세계의 질서에 순응하고 복종하는 삶을 살아야 한다. 그래서 인간은 최대한 인간의 삶에서 비이성적이고 비자연적인 부분을 제거해야만 한다고 보았다. 자연 속에서 일어나는 모든 사건은 인과법칙에 따라 필연적으로 일어나는 것이므로, 만일 우리가 그러한 자연의 질서를 알게 되고 개개인의 이성이 보편적인 이성과 하나가 된다면, 우리는 슬픔, 공포, 욕구, 열망, 쾌락 등의 정념이 억제되어 모든 욕구나 고통을 이겨내는 정신상태, 소위 스토아학파가 말하는 '아파테이아' 경지에 이르게 된다. 이로써 스토아 철학은 영혼의 고통을 치유해주는 처방이 된다.

17_ Vgl. Rehm, Walter, Todesgedanke., S. 198~200.

18_ Gundolf, Fr.: Opitz, München 1923, S. 44f.

19_ Vgl. Wentzlaff-Eggebert, F. W., a. a. O., S. 183~184.

20_ Ermatinger, E.: Krisen und Probleme der neueren deutschen Dichtung. Zürich 1928, S. 81. 여기서 에르마팅거는 바로크시대의 비극적 상황을 자세히 설명하고 있다. Auch Vgl. Klein, Johannes: Geschichte der deutschen Lyrik. Wiesbaden 1960. S. 129: 클라인은 30년 전쟁의 경험을 그리피우스 서정시의 기본 음향으로 설명한다.

21_ Krolow, Karl: Deutsche Gedichte, a. a. O., S. 81. 이 시는 《폐허화한 독일에 대한 애

도Trauerklage des verwüsteten Deutschlands》란 제목으로도 발표되었다. Vgl. Killy, Walther(Hrsg): Epochen der deutschen Lyrik . Bd. 4. a. a. O., S. 81.

22_ Vgl. Grabert, W., dt. Literatur, a. a. O., S. 117.

23_ Vgl. Viëtor, Karl: Probleme der deutschen Barockliteratur. Leipzig 1928. S. 24.

24_ 허창운(역): 17세기 독일 시. 서울 1882. 74쪽.

25_ Vgl. Hippe, Robert: Der Tod im deutschen Gedicht. Hollfeld 1971. S. 9.

26_ Vgl. Trunz, Erich; Andreas Gryphius. In: Die deutsche Lyrik. Hrsg. V.Benno V.Wiese. Düsseldorf 1957, S. 145~151.

27_ Schopenhauer. Werke, hg, v, Deussen, S. 681. Auch vgl. Wentzlaff-Eggeberrt, F. W., a. a. O., S. 91.

28_ Krolow, Karl: Deutsche Gedichte. 1. Band. Frankfurt a. M. 1982. S. 86~87. Vgl. auch Killy, Walther(Hrsg): Epochen der deutschen Lyrik . Bd. 4. a. a. O., S. 187~188.

29_ Vgl. Dilthey, Wilhelm: Studien zur Geschichte des deutschen Geistes, Ges. Schr. III. 1927. S. 45 u. 49.

30_ Hier zitiert nach Rehm, Walter, Todesgedanke, S. 210.

31_ Ebd.

32_ Vgl. Ebd., S. 191.

33_ Vgl. Wentzlaff-Eggebert, F. W., a. a. O., S. 99.

34_ Vgl. Ebd. S. 97 u. 102.

35_ Vgl. Ebd. S. 174.

36_ Krolow, Karl: Deutsche Gedichte. 1. Band. Frankfurt a. M. 1982. S. 93~94. Und auch Killy, Walther(Hrsg): Epochen der deutschen Lyrik . Bd. 4., a. a. O., S. 299~300.

37_ Vgl. Hippe, Robert: Der Tod im deutschen Gedicht. In: Interpretationen motivgleicher Gedichte in Themengruppen. Bd. 5., Hollfeld 1972. S. 12~13.

38_ Vgl. Wentzlaff-Eggebert, F. W., a. a. O., S. 175.

39_ Krolow, Karl, a. a. O. S. 94. Und auch Killy, Walther(Hrsg), a. a. O., S. 324~325.

40_ Krolow, Karl, a. a. O., S. 87.

41_ Vgl. Rehm, Walter, Todesgedanke, S. 221.

42_ Krolow, Karl: Deutsche Gedichte, a. a. O., S. 94~95.

43_ 위의 시 《세상》의 11~12행 참조: "오라, 영혼이여, 오라, 이 세상의 원이 넓어지고 더 멀리 보는 것을 배워라!"

44_ Vgl. Wentzlaff-Eggebert, F. W., a. a. O., S. 180.

45_ Ebd. S. 182

46_ Vgl. Friebe, Karl: Chronologische Untersuchungen zu Hofmannswaldaus Dichtungen. Programm Greifswald 1895~96. S. 5; 여기서 호프만스발다우의 생애는 세 단계로 구분되었다.

47_ Vgl. Ibel, R.: Hofmann von Hofmannswaldau. Berlin 1928 (Germ. Stud. 59). S. 126ff.

Hier zitiert nach Wentzlaff-Eggebert, F. W., a. a. O., S. 183.

48_ Killy, Walther(Hrsg), a. a. O., S. 298~299.

49_ Wagenknecht, Christian(Hrsg): Gedichte 1600~1700, a .a. O., S. 303. Auch Krolow, Karl: Deutsche Gedichte, a. a. O., S. 112.

50_ Vgl. Wentzlaff-Eggebert, F. W., a. a. O., S. 187.

51_ Vgl. Rehm, Walter, Todesgedanke, S. 222.

52_ Klein, Johannes: Geschichte der deutschen Lyrik. Wiesbaden 1960. S. 189.

53_ Vgl. Wentzlaff-Eggebert, F. W., a. a. O., S. 199.

54_ Vgl. Rehm, Walter, Todesgedanke, S. 221. 호프만스발다우: "인간이여, 죽는 것을 배워라; 아 놀라운 예술이며 설명할 수 없는 작품을."

55_ Vgl. Wentzlaff-Eggebert, F. W., a. a. O., S. 198.

56_ Pascal, Blaise(1623~1662): 프랑스의 종교 철학자, 수학자, 물리학자. Gedanken. Reclam 18. Artikel: Gedanken über den Tod, bes. S. 324: 피조물은 죽음에 의한 삶의 파괴를 통해서 신에 귀의한다. 그래서 죽음은 인간 최후의 의식적 행위가 된다. Vgl. auch Rehm, Walter, Todesgedanke, S. 235,

6장 아름다운 죽음을 향한 계몽주의 정신

1_ Vgl. Grabert, W., dt, Literatur, S. 139~141.

2_ Vgl. Hoffmann, u. H Rösch, dt, Literatur, , S. 87.

3_ Böttcher, Kurt (Leitung): Aufklärung. Erläuterungen zur deutschen Literatur. Berlin 1986. S. 17.

4_ Vgl. Rehm, Walter, Todesgedanke, S. 245.

5_ Vgl. Grabert, W., dt. Literatur, S. 141~143.

6_ Vgl. Rehm, Walter, Todesgedanke, S. 248.

7_ Vgl. Köpie, Wulf u. Schmelz, Bern (Hrsg.): Das Gemeinsame Haus Europa. Handbuch zur europäischen Kulturgeschichte. Frankfurt a. M, 1999. S. 895~905.

8_ Vgl. Hoffmann, u. H Rösch, dt. Literatur., S. 92.

9_ Vgl. Rehm, Walter, Todesgedanke, S. 248~249.

10_ Hier zitiert nach Rehm, Walter, Todesgedanke, S. 257.

11_ Killy, Walter(Hrsg): Epochen der deutschen Lyrik 1700~1770. Bd. 5. a. a. O., S. 186.

12_ A. a. O., S. 172.

13_ Vgl. Rehm, Walter, Todesgedanke, S. 260.

14_ Krolow, Karl, a. a. O., S. 143~144.

15_ Klein, Johannes: Geschichte der deutschen Lyrik, a. a. O., S. 209.

16_ Vgl. Rehm, Walter, Todesgedanke, S. 258.

17_ Killy, Walter(Hrsg), a. a. O., S. 246.

18_ A. a. O., S. 304.

19_ Vgl. Rehm, Walter, Todesgedanke, S. 264.

20_ Lessings Werke in 3 Bde. Hrsg. v. Kurt Wölfel. Insel Verlag. Frankfurt a. M. 1967. Bd. I. S. 278. (이후 Lessings Werke, Insel, Bd. I.~III.로 표기)

21_ Lessings Werke, Insel, Bd. III. S. 467.

22_ Vgl. Rehm, Walter, Todesgedanke, S. 276.

23_ Hettner, Hermann: Literaturgeschichte des 18. Jh. (3. Teile. 1856~1870)

24_ Fittbogen, Gottfried: Lessings Religion, Berlin 1923, S. 27ff.

25_ Vgl. Rehm, Walter, Todesgedanke, S. 277~278.

26_ Lessings Werke, Insel, Bd. II. S. 208.

27_ Vgl. Thomas Anz: Der schöne und der häßliche Tod, a. a. O., S. 409.

28_ Uhlig, Ludwig: Der Todesgenius in der deutschen Literatur von Winckelmann bis Thomas Mann. Tübingen 1975. S. 1.

29_ Vgl. Lessings Werke, Insel, Bd. II. S. 177. 178, 180, 191.

30_ Lessings Werke, Insel, Bd. II. S. 9~10: 레싱은 그의 《라오콘Laokoon》에서 빙켈만이 그리스의 예술작품에 대한 우수한 특징을 말한 것을 직접 인용하고 있다.

31_ Vgl. Hoffmann, u. Rösch, dt. Literatur, S. 128.

32_ Winckelmann, Johann Joachim: Kunsttheorische Schriften. Bd. 1~9. Baden-Baden, Strassburg 1962~70. Bd. IX 156. Nr. 886f.

33_ Winckelmann, Johann Joachim, a. a. O., Bd. I., S. 138.

34_ Lessings Werke, Insel, Bd. II. S. 1: Lessing, Laokoon oder über die Grenzen der Malerei und Poesie.

35_ Lessings Werke, Insel, Bd. II. S. 65.

36_ Uhlig, Ludwig, a. a. O., S. 8.

37_ Vgl. Ebd.

38_ Lessings Werke, Insel, Bd. II. S. 172.

39_ Lessings Werke, Insel, Bd. II. S. 178 u. 191.

40_ Vgl. Reuter, Hans-Heinrich: Geschichte der deutschen Literatur. Bd. 6. Berlin 1979, S. 346.

41_ Lessings Werke, Insel, Bd. II. S. 175.

42_ Ebd., 이 인용문은 1장의 '아름다운 죽음, 추한 죽음'에서 인용된 바 있다. 이 장의 주해 48 참조.

43_ Lessings Werke, Insel, Bd. II. S. 177.

44_ Ebd.

45_ Lessings Werke, Insel, Bd. II. S. 179.

46_ Lessings Werke, Insel, Bd. II. S. 180.

47_ Lessings Werke, Insel, Bd. II. S. 181.

48_ Ebd.

49_ Vgl. Uhlig, Ludwig, a. a. O., S. 15.

50_ Lessings Werke, Insel, Bd. II. S. 205.

51_ Lessings Werke, Insel, Bd. II. S. 209.

52_ Lessings Werke, Insel, Bd. II. S. 206~207.

53_ Vgl. Hans-Heinrich Reuter, a. a. O., S. 346~347.

54_ Lessings Werke, Insel, Bd. II. S. 223.

55_ Lessings Werke, Insel, Bd. II. S. 222~223.

56_ Ebd. S. 223.

57_ Vgl. Uhlig, Ludwig, a. a. O., S. 15.

58_ Lessings Werke, Insel, Bd. II. S. 17.

59_ Hier zitiert nach Uhlig, Ludwig, a. a. O., S. 9.

60_ Wiese, Benno von(Hrsg.): Die deutsche Lyrik. Bd. 1. Düsseldorf 1975, S. 320.

61. Ebd. S. 322.

62_ Ebd. S. 324.

63_ Ebd. S. 328.

64_ Hier zitiert nach Rehm, Walter, Todesgedanke, S. 316.

65_ Vgl. Shaftesbury: Untersuchung über die Tugend. Deutsch von Ziertmann, Phil. Bibl. 110,
S. 41f. Und vgl. auch Rehm, W., Todesgedanke, S. 273.

66_ Lessings Werke, Insel, Bd. II. S. 465.

67_ Vgl. Hoffmann, u. Rösch, dt. Literatur, S. 99.

68_ Vgl. Böttcher, Kurt (Leitung): Aufklärung. Erläuterungen zur deutschen Literatur. 8.
Aufl. Berlin 1986. S.555~556

7장 감상주의와 질풍노도시대의 죽음

1_ Vgl. Hoffmann, u. Rösch, dt. Literatur, S. 114.

2_ Vgl. Pascal, Roy: Der Sturm und Drang. 2. Aufl., Stuttgart 1977. S. 2. 여기서 파스칼은 질
풍노도를 "19세기의 낭만주의와 사실주의의 선구자"라고 말했다.

3_ Vgl. Pascal, Roy, a. a. O., S. 4.

4_ Grabert, W, dt. Literatur, S. 167~168.

5_ Vgl. Lohmeier, Dieter: Herder und Klopstock. Bad Homburg V.d. H. Berlin, Zürich 1968.
S. 73.

6_ Goethe; HA. Bd. 6. S. 27. Die Leiden des jungen Werthers. Erstes Buch. Am 16. Junius 1771.

7_ Kindlers Literatur Lexikon in 25 Bde. dtV Münchem 1974. Bd. 1. S. 168.

8_ Vgl. Rehm Walter, Todesgedanke, S. 281.

9_ Kindlers Literatur Lexikon, a. a. O., Bd. 6. S. 2116.

10_ Vgl. Pascal, Roy, a. a. O., S. 3~4.

11_ Vgl. Rehm, W., Todesgedanke., S. 284~285.

12_ Vgl. Ebd.

13_ Vgl. Unger, Rudolf: Herder, Novalis und Kieist. Studien über die Entwicklung des Todesproblems in Denken und Dichten vom Sturm und Drang zur Romantik. Darmstadt 1968, S. 146.

14_ Vgl. Ebd. S. 280 u. 292. Und auch vgl. Höker-Herberg, Elisabeth: Der Tod der Mata Klopstock.; In: Der Tod in Dichtung, Philosophie und Kunst, a. a. O., S. 189.

15_ Albrecht, Günther (Hrsg.): Geschichte der deutschen Literatur. Vom Ausgang des 17. Jahrhunderts bis 1789. Berlin 1979. Bd. 6. S. 385.

16_ Gundolf, Friedrich.: Hutten, Klopstock, Arndt. Heidelberg 1924, S. 37.

17_ Killy, Walter, a. a. O., Bd. 5. S. 332.

18_ Vgl. Nägle, E.: Aus Schubarts Leben und Wirken, Stuttgart 1888, S. 91~101.

19_ Krolow, Karl, a. a. O., S. 208.

20_ Ebd. S. 204.

21_ Rehm, Walter, Todesgedanke, S. 294.

22_ Vgl. Trunz, Erich.: Meta Moller und das 18. Jahrhundert. In: Meta Klopstock geborene Moller. Briefwecksel mit Klopstock, ihren Verwandten und Freunden. Hrsg. von Hermann Tiemann. Bd. 3. Hamburg 1956. S. 955~974.

23_ Vgl. Höpker-Herberg, Elisabeth : Der Tod der Meta Klopstock, a. a. O., S. 189~201. Hier S. 191.

24_ Vgl. Höpker-Herberg, E., a. a. O., S, 192~193.

25_ Vgl. Trunz, Erich.: Meta Moller und das 18. Jahrhundert., In: Tiemann, Hermann (Hrsg.), a. a. O., S. 700~701.

26_ Vgl. Trunz, Erich, a. a. O., S. 717. Vgl. auch Höpker-Herberg, E., a. a. O., S. 195~196.

27_ Friedlich Gottlieb Klopstock: Oden. Auswahl und Nachwort von Kral Ludwig Schneider. Stuttgart 1966. Reclam 1991, S. 55.

28_ Vgl. Trunz, Erich, a. a. O., S. 715.

29_ Vgl. Höpker-Herberg, E.: Der Tod der Meta Klopstock, a. a. O., S. 197.

30_ 아바도나Abaddona: 히브리어로는 Abaddon으로 몰락을 의미한다. 구약성서에서는 지옥, 지하 세계를 말한다. 그리스어로는 아폴리온Apollyon이다. 요한 묵시록 9:11참조. 여기에선 파괴의

천사이다.

31_ Hier zitiert nach Rehm, Walter, Todesgedanke, S. 290.

32_ Krolow, Karl, a. a. O., Bd. 1. S. 172. 송시《죽음》의 제3연에 있는 시구이다.

33_ Ebd. S. 168.

34_ Ebd. S. 172.

35_ 이 테마와 연관된 시들로는《때 이른 무덤들》,《여름 밤》외에도《신부Die Braut》,《라인 포도 주Rheinwein》,《이별Trennung》,《죽음》,《에베르트 씨에게 보내는 송시Ode an den Herrn Ebert》등을 들 수 있다.

36_ Vgl. Trunz, Erich.: Meta Moller und das 18. Jahrhundert, a. a. O., S. 716.

37_ Krolow, Karl, a. a. O., Bd. 1. S. 174. 메타의 무덤은 함부르크 근방 오텐젠Ottensen에 있다.

38_ Vgl. E. Höpker-Herberg: Der Tod der Meta Klopstock, a. a. O., S, 198.

39_ Vgl. Friedlich Gottlieb Klopstock: a. a. O., XII Gesang 698.

40_ Höpker-Herberg, E.: Der Tod der Meta Klopstock, a. a. O., S, 199.

41_ Ebd. Und vgl. Trunz, E: Meta Moller und das 18. Jahrhundert, a. a. O., S. 955~974.

42_ Vgl. Pascal, Roy: Der STurm und Drang, a. a. O., S. 149~150.

43_ Vgl., a. a. O., S. 149.

44_ Ebd.

45_ Vgl. Lavater, Johann Kaspar: Ansichten I, 1790, S. 174ff. Hier zitiert nach Rehm, Walter, Todesgedanke, S. 307.

46_ Vgl. Rehm, W., Todesgedanke, S. 307.

47_ Vgl. Ebd.

48_ Vgl. Ebd. S. 308.

49_ Vgl. Ebd. S. 309.

50_ Vgl. Ebd.

51_ 이 세 개의 동기에 대한 것으로 클링거의《쌍둥이》외에 하인리히 레오폴드 바그너의《유아 살인 녀Kindermörderin》, 실러의《군도Die Räuber》, 괴테의《파우스트 1부》외에 많은 드라마들이 있다.

52_ Vgl. Kindlers Literatur Lexikon (dtv) in 25 Bden. München 1974. Bd. 23. S. 10421.

53_ Rehm, Walter, Todesgedanke, S. 310.

54_ Vgl. Kindlers Literatur Lexikon, a. a. O., S. 10421.

55_ 아나크레온풍의 문학형태: 그리스 서정시인 아나크레온(BC 580~495)을 따라 사랑, 술, 흥겨운 모임 등을 주제로 한 로코코시대의 서정시.

56_ Matthias Claudius: ASMUS OMNIA SUA SECUM PORTANS oder Sämtliche Werke des Wandsbecker Boten. Winkler -Verlag München. 1969. S. 217.

57_ Ebd., S. 11.

58_ Ebd., S. 86~87.

59_ Ebd. S. 473.

60_ Ebd. S. 182.

61_ Ebd. S. 474.

62_ Ebd. S. 473.

63_ Hier zitert nach Rehm W., Todesgedanke, S. 302.

64_ Ebd.

65_ Vgl Rehm, W., Todesgedanke, S. 323.

66_ Vgl. Unger, Rudolf.: Vierteljahresschrift IV (1926), S. 753. Auch vgl. Rehm W., Todesgedanke., S. 326~327.

67_ Vgl. Hoffmann u. Rösch, dt. Literatur, S. 118.

68_ Hier zitert nach Rehm W., S. 322.

69_ Vgl. Herders Sämtliche Werke. Hrsg. v. Bernhard Suphan 33 Bde. Berlin 1877~1914. Nachdr. Hildesheim 1994~1995. (이후 Herder, Suphan Bd. 1~33으로 표기) Bd. 7, S. 427. Auch vgl. Rehm, W., Todesgedanke, S. 322.

70_ Vgl. Rehm, Walter, Todesgedanke, S. 316.

71_ Herder, Suphan Bd. 28, S. 133, 142ff.

72_ Vgl. Rehm, Walter, Todesgedanke, S. 316. Vgl. auch Kühnemann, E.: Herder. München 1912, S. 447 u. 458.

73_ Vgl. Herder, Suphan Bd. 15, S. 429~485, besonders S. 448, 457ff, 481, 483ff.

74_ Herder, Suphan Bd. 28, S. 135. 《Des Einsamen Klage》.

75_ Ebd. S. 346. 《Elegie》

76_ Vgl. Rehm, Walter, Todesgedanke, S. 318.

77_ Vgl. Pascal, Roy: Der Sturm und Drang. a. a. O., S. 173. 시: 《오월의 축제》: "자연이 내게/ 이토록 아름다울 수 있던가!/ 태양이 눈부시게 빛나도다!/ 들도 웃고 있지 않은가! (…) 오, 소녀 여, 소녀여,/ 내 얼마나 그대를 사랑하는가!/ 그대의 눈 얼마나 반짝이며,/ 그대 얼마나 나를 사랑 하는가!" 《방랑자》: "(…) 자연이여! 영원히 싹트는 너는/ 모든 이에게 삶을 즐기도록 창조하고,/ 네 아이들 모두에게 어머니처럼/ 유산을, 오두막을 주었다./ (…) / 그리고 너는 과거 사이에서 숭 고한 파면들을/ 너의 욕구를 위해/ 한 오두막을 수리한다, 오 인간이여! -/무덤들 위에서 즐겨 라! -/ 안녕히, 너 행복한 여인이여! (…) Goethes Werke. HA. Bd. 1. 《Mailied》 S. 252, 《Der Wanderer》 S. 36.

78_ Herder, Suphan Bd. 29. S. 667. Dazu E. Hoffar:, Herders 'Gott'. Halle 1918, S. 54ff.

79_ Herder, Suphan Bd. 16, S. 122: 불멸의 문제와 특히 부활의 문제에 대해서 R. Unger의 중요한 설명이 비교될 수 있다. Herder, Novalis und Kleist, Frankfurt 1968, S. 1~23: 《헤르더와 부 활의 생각Herder und der Palingenesiegedanke》

1_ Vgl. Hoffmann u. Rösch, dt. Literatur, S. 125~126.

2_ Vgl. Grabert, W., dt. Literatur, S. 184f.

3_ Vgl. Hoffmann u. Rösch, dt. Literatur S., 128.

4_ Vgl. Göres, Jörn: Goethes Gedanken über den Tod. In: Der Tod in Dichtung, Philosophie und Kunst,, a. a. O., S. 202.

5_ Goethes Werke. HA. Bd. 6. S. 122.

6_ Vgl. Lamberg, Hanna Fischer (Hrsg.): Der junge Goethe. Neu bearbeitete Ausgabe in fünf Bänden. Berlin 1963. Bd. I, S. 252. (= Briefgedicht an Friederike Oeser vom 6. 11. 1768.)

7_ Goethes Werke. HA. Bd. 1. S. 142. Vgl. auch Göres, Jörn: Goethes Gedanken über den Tod, a. a. O., S. 203.

8_ Goethes Briefe. Hamburger Ausgabe in 4 Bänden. Hamburg 1965. Bd. 3. (Briefe der Jahre 1805~1821). S. 7. (An Zelter vom 1. 6. 1805.; "나는 나 자신을 잃었다고 생각했다네. 그리고 이제 한 친구를 잃었고, 그에게서 내 현존의 반을 잃었다네.")

9_ Goethes Werke. HA. Bd. 1, S. 256. Epilog zu Schillers Glocke.

10_ Zitat bei Hans Tümmler: Goethe der Kollege. Sein Leben und Wirken mit Christian Gottlob von Voigt. Köln u. Wien 1970, S. 237. Hier zitiert nach J. Jöres: Goethes Gedanken über den Tod, a. a. O., S. 205.

11_ Eckermann, Johann Peter: Gspräche mit Goethe in den letzten Jahren seines Lebens 1823~1832. Gespräche am 15. 2. 1830 S. 687~688. (이후 Eckermann, Gspräche mit Goethe로 표기)

12_ Eckermann, Gespräche mit Goethe, S. 402. Am 15. 6. 1828.

13_ Ebd.

14_ Vgl. Eckermann, Gspräche mit Goethe vom 15. 2. 1830. S. 687~688.

15_ Goethes Gespräche. Eine Sammlung zeitgenössischer Berichte aus seinem Umgang auf Grund der Ausgabe und des Nachlasses von Flodoard Freiherrn von Biedermann ergänzt und herausgegeben von Wolfgang Herwig. Zürich und Stuttgart 1965. (이하 Goethes Gespräche. Herwig로 표기) Bd. II, S. 9.

16_ Goethes Gespräche. Herwig. II. S. 768.

17_ Vgl. Göres, J: Friedrich Prellers Zeichnung "Goethe auf dem Totenbett". In: Goethe-Jahrbuch, Bd. 93 (1976), S. 221ff.

18_ Goethes Werke. HA. Bd. 2 .S. 504. 《헤르만과 도로테아Hermann und Dorothea》 9장 Urania. 혁명이라는 대 사건의 테두리 안에서 괴테는 시민사회의 질서를 묘사하고 있다. 여관주인의 아들인 헤르만은 라인 강변에서 온 이주민들 가운데 피난민 소녀 도로테아를 알게 되어, 하

녀가 아닌 신부감으로 그녀를 부모에게 데려간다. 호머를 전형으로 삼아 괴테는 이 서사시에서 소시민적 전원시를 창조했다. 시민계급에 속하는 인물들이 고전주의의 기법에 따라 순수한 유형으로 그려져 있다. 개인적 요소는 지양되고, 전형적인 요소가 이상화된 순수한 질서를 상정하고 있다.

19_ Vgl. Hippe, Robert: Der Tod im deutschen Gedicht. Hollfeld 1971. Interpretationen motivgleicher Gedichte im Themengruppen. Bd. 5. S. 18~19.

20_ Vgl. Ebner, Fritz (Hrsg.): "Den Fruenden Goethes gewidmet von der E. Merck AG, Darmstadt." Darmstadt 28. Aug. 1961. S. 11.

21_ Eckermann; Gespräche mit Goethe, a. a. O., S. 132, am 2. 5. 1824.

22_ Goethes Gespräche. Herwig. II, 772ff.

23_ 엔텔레케이아Entelecheia: 그리스어. 아리스토텔레스 철학의 중요개념으로서, 목적을 자체 내에 지니고 발전과 완성을 성취시켜주는 유기체 내부에 있는 힘 또는 질료가 그 목적하는 형상을 실현하려는 운동을 의미한다.

24_ Vgl. Koch, Franz: Goethe und Plotin. Leipzig 1925. S. 71ff.

25_ Vgl. Koch, Franz, a. a. O., S. 202.

26_ Eckermann, Gspräche mit Goethe, a. a. O., S. 452 u. 453. Am 15. 2. 1829.

27_ Goethes Werke. HA. Bd. 2.《서동시집West-östlicher Divan》(1819) 제1편《가인歌人의 서書 Buch des Sängers》. S. 18~19.

28_ Goethes Werke. HA. Bd. 9. S. 316~317.《시와 진리》2부 8권.

29_ Vgl. Rehm, Walter, Todesgedanke, S. 336.

30_ Ebd.

31_ Goethes Werke. HA. Bd. 7.《빌헬름 마이스터의 수학시대》8권, 8장. S. 578.

32_ Goethes Werke. HA. Bd. 9. S. 353.

33_ Goethes Werke. HA. Bd. 6. S. 14.

34_ Goethes Werke. HA. Bd. 1.《가뉘멧Ganymed》. S. 47.

35_ Vgl. Rickert, Heinrich: Fausts Tod und Verklärung, Vjsft III (1925) S. 1~74, bes. S. 4, 7, 14ff.

36_ Eckermann, Gspräche mit Goethe, S. 132. Am 2. Mai 1824.

37_ Eckermann, Gspräche mit Goethe, S. 389. Am 11. M ärz 1828.

38_ Eckermann, Gspräche mit Goethe, S. 504. Am 1. Sep. 1829.

39_ Eckermann, Gspräche mit Goethe, S. 445. Am Mittwoch, den 4. Feb. 1829.

40_ Goethes Werke. HA. Bd. 1. S. 147 u. 149.《신성Das Göttliche》

41_ Goethes Werke. HA. Bd. 3. S. 359. V.11936f.

42_ Vgl. Rehm, Walter, Todesgedanke., S. 366f.

43_ Eckermann, Gspräche mit Goethe, S. 96. Am 2. Jan. 1824.

44_ Eckermann, Gspräche mit Goethe, S. 97. Am 2. Jan. 1824.

45_ Ebd.

46_ Vgl. Reiss, Hans: Goethes Romane. München 1963. S.16.

47_ Vgl. Goethes Werke. HA. Bd. 6. S. 596.

48_ Staiger, Emil: Goethe in 3 Bden. Zürich 1952. 1. Bd. S. 150.

49_ Goethes Werke. HA. Bd. 6. S. 9. (Am 10. Mai 1771)

50_ Ebd.

51_ Goethes Werke. HA. 9. S. 585.

52_ Mattenklott, Gert: Die Leiden des jungen Werthers. In: Goethe-Handbuch. Bd. 3. S. 69.

53_ Vgl. Korff, Hermann A.: Geist der Goethezeit in 5 Teilen. Darmstadt 1974. 1. Teil , S. 303.

54_ Goethes Werke. HA. Bd. 6. S. 13. (Am 22. Mai 1771)

55_ Ebd. S. 14.

56_ Ebd.

57_ Vgl. Riess, Hans, a. a. O., S. 25.

58_ 오시안Ossian: 3세기경에 아일랜드·스코틀랜드의 고지지방에 살았던 고대 켈트족의 전설적인 시인이자 용사로서 1765년에 영국 시인 J. 맥퍼슨Mecpherson이 그의 시를 수집하여 영역본으로 발표함으로써 알려지게 되었다. 그의 시는 격조 높고 낭만적인 서사시에 속하는 것으로, 우울한 낭만적 정서를 담고 있으며 18세기 후반의 질풍노도시대에 많은 사람들이 애송하였고, 후일에 낭만파 시인들에게 큰 영향을 끼쳤다.

59_ Goethes Werke. HA. Bd. 6. S. 48. (12. Aug. 1771.)

60_ Goethes Werke. HA. Bd. 6. S. 76. (21. Aug. 1772.)

61_ Goethes Werke. HA. Bd. 6. S. 48. (12. Aug. 1771.)

62_ Vgl. Riess, Hans, a. a. O., S. 30.

63_ Goethes Werke. HA. Bd. 6. S. 97.

64_ Goethes Werke. HA. Bd. 6. S. 104.

65_ Goethes Werke. HA. Bd. 6. S. 108.

66_ Goethes Werke. HA. Bd. 6. S. 114.

67_ Goethes Werke. HA. Bd. 6. S. 116.

68_ Goethes Werke. HA. Bd. 6. S. 39. ((16. Julius 1771)

69_ Goethes Werke. HA. Bd. 6. S. 117.

70_ Goethes Werke. HA. Bd. 6. S. 123.

71_ Vgl. Korff, Hermann A., a. a. O., 1. Teil. S. 306.

72_ Goethes Werke. HA 6, S. 57.

73_ Koopmann, Helmut : Warum bringt Werther sich um? In: Festschrift für Manfred Windfuhr zum 60. Geburtstag. Hrsg. v. Gertrude Cepl-Kaufmann. Köln 1990. S. 29~50. Hier S. 32.

74_ Eckermann, Gspräche mit Goethe, S. 96. (4. Jan. 1824.)

75_ Goethes Werke. HA. Bd. 6. S. 48. (12. Aug. 1771.)

76_ Goethes Werke H.A. Bd. 6. S. 14.

77_ Goethes Werke. HA. Bd. 6, S. 62.

78_ Goethes Werke. HA. Bd. 6, S. 71. (16. 3. 1772.)

79_ Goethes Werke. HA. Bd. 6. S. 93.

80_ Goethes Werke. HA. Bd. 6, S. 54.. (28. Aug. 1771) "내 병이 나을 수 있다면 이 사람들이 한 번쯤 그 병을 치료해 보리란 생각은 사실이겠지."

81_ Goethes Werke. HA. Bd. 9. S 583.

82_ Vgl. Goethes Werke. HA. Bd. 9. S. 583.

83_ Vgl. Der neue Brockhaus in 5 Bde. Wiesbaden 1985, 5. Bd.; S. 559.

84_ Vgl. Lukács, Georg: Die Theorie des Romans. Ein geschichtsphilosophischer Versuch über die Formen der großen Epik. Berlin 1920. Neudruck Neuwied-Berlin 1971. S. 70. Vgl. auch Koopmann, Helmut, a. a. O., S. 34.

85_ Vgl. Koopmann, Helmut, a. a. O., S. 35.

86_ Vgl. Rose, William: Die Anfänge des Weltswchmerz in der deutschen Literatur. In: Germanisch-Romanische Monatsschrift,, 12. 1924. S. 140~155. Hier S. 140.

87_ Vgl. ebd., S. 141~142.

88_ Vgl. Koopmann, Hemmut, a. a. O., S. 42.

89_ Vgl. Rose, William, a. a. O., S. 142~143.

90_ Schings, Hans-Jürgen: Melancholie und Aufklärung. Melancholiker und ihre Kritiker in Erfahrungsseelenkunde und Literatur des 18. Jahrhunderts. Stuttgart 1977, S. 275.

91_ Scherpe, Klaus: Werther und Wertherwirkung. Zum Syndrom bürgerlicher Gesellschaftsordnung im 18 Jahrhundert. Bad Homburg 1970. Auch Schings, Hans-Jürgen, a. a. O., S. 425.

92_ Hohendahl, Peter Uwe : Empfindsamkeit und gesellschaftliches Bewußtsein. In: Jahrbuch der deutschen Schillergesellschaft. 16, 1972. S. 176~207. Hier bes. S. 201. Vgl. Goethes Werke. HA. Bd. 6. S. 13 (22. Mai 1771): "나는 내 자신 내면으로 되돌아가 하나의 세계를 발견한다네."

93_ Vgl. Mattenklott, Gert: Melancholie in der Dramatik des Sturm und Drang. Stuttgart 1968. S. 47.

94_ Goethes Werke. HA. 6. Bd. S. 521.

95_ Vgl. Eckermann, a. a. O., S. 96~97.

96_ Vgl. Eckermann, S. 96~97. Freitag, 2. Jan. 1824.

97_ Goethes Werke. HA. Bd. 6. S. 7.

98_ Eckermann, Gspräche mit Goethe, S. 96.

99_ Eckermann, Gspräche mit Goethe, S. 385. (11. März 1828.)

100_ Goethes Werke. HA. Bd. 6. S. 102. (20. Dez. 1772.)

101_ Vgl. Korff, Hermamnn, A., a. a, O., 1. Teil. S. 307.

102_ Vgl. Reiss, Hans: Goethes Romane. Bern u. München 1963. S. 14.

103_ Vgl. Hauptwerke, a. a. O., S.. 193.

104_ Goethes Werke. HA. Bd. 9. S. 583.

105_ Trunz, Erich im Kommentar der Hamburger Ausgabe, Bd. 6. S. 557.

106_ 조선일보. 2016. 9. 29. A 16 참조. (2015년 통계자료)

9장 현세를 넘어 내세로 나아가는 낭만주의적 죽음

1_ Vgl. Rehm, Walter, Todesgedanke, S. 369.

2_ Vgl. Grabert, W., dt. Literatur, S. 121~122.

3_ Vgl., ebd. 259~260.

4_ Vgl. Rehm, Walter, Todesgedanke, S. 369~370.

5_ Vgl. Hoffmann u. Rösch, dt. Literatur, S. 180.

6_ Vgl. Rehm, Walter, Todesgedanke, S. 369~370.

7_ Safranski, Rüdiger: Romantik. Eine deutsche Affäre. München 2007. 《낭만주의 판타지의 뿌리》: 임우영 외 옮김. 서울 2012. 한국외국어대학교 출판부. 140, 142쪽 참조.

8_ Vgl. Grabert, W., dt. Literatur, S. 260.

9_ Safranski, Rüdiger: Romantik, a. a. O., 《낭만주의 판타지의 뿌리》: 임우영 외 옮김. 147쪽.

10_ Vgl. Rehm, Walter, Todesgedanke, S. 372, Auch vgl. J. Petersen: Die Wesensbestimmung der deutschen Romantik. Leipzig 1926, S. 29. Bes. S. 37, 39, 44ff.

11_ Vgl. Schulz, Gerhard: "Mit den Menschen ändert die Welt sich. "Zu Friedrich von Hardenbergs" 5. Hymne an die Nacht. In: Gedichte und Interpreationen. Bd. 3. Klassik und Romantik. Recam. Stuttgart 1991. S. 214~215.

12_ Vgl. Safranski, Rüdiger: Romantik. 《낭만주의 판타지의 뿌리》: 임우영 외 옮김. 50쪽 참조.

13_ Vgl. Strich, Friedrich: Deutsche Klassik und Romantik. München 1919. S. 127.

14_ Vgl. Ebd. S. 373.

15_ Vgl. Rehm, Walter, Todesgedanke, S. 386.

16_ Vgl. Der neue Brockhaus in 5 Bdn. Wiesbden 1985. Bd. 4. S. 557. 그의 철학은 A. 쇼펜하우어, E. V.하르트만, H. 베르그송과 S. A. 키르케가아르트의 실존철학에 영향을 주었다.

17_ Kritische Friedrich Schlegel Ausgabe. 35 Bde. Hrsg. von Ernst Behler unter Mitwirkung Jean-Jaques u. Hans Eicher. München, Paderborn, Wien. 1958. Abt. I. Bd. 5. S. 10~13.

18_ Vgl. Behler, Ernst: Friedrich Schlegel: 《Lucinde》 (1799). In: Romanen und Erzählungen der deutschen Romantik. Neue Interpretationen. Hrsg. v. Paul Michael Lützeler.

Stuttgart 1981. S. 117.

19_ Kritische Friedrich Schlegel Ausgabe, a. a. O.

20_ Kusenberg, Kurt: Friedrich Schlegel. Rowohlt Taschenbuch. Reinbek bei Hamburg 1966.
S. 64.

21_ Kusenberg, Kurt: Friedrich Schlegel, a. a. O., S. 63

22_ Ebd. Vgl. auch Kritische Friedrich Schlegel Ausgabe, a. a. O., Bd. 5. S. 10~13. "아무것도
우리를 떼어놓을 수 없다."

23_ Vgl. Huptwerke, a. a. O., S 306.

24_ Vgl. ebd.

25_ Hoffmann u. Rösch, dt. Literatur, S.180.

26_ Vgl. Behler, Ernst: Friedrich Schlegel: 〈Lucinde〉, a. a. O., S. 110.

27_ Vgl. Rehm, Walter, Todesgedanke, S. 393.

28_ Schlegel, Friedrich: Philosophie des Lebens. In 15 Vorlesungen gehalten zu Wien im
Jahr 1827. Wien 1828. Auch Kritische Friedrich Schlegel Ausgabe, a. a. O., Bd. 10. 1969.

29_ Goethes Werke. HA. Bd. 6. S. 53.

30_ Schlegel, Friedrich: Philosophie der Geschichte. Vorlesungen gehalten zu Wien. Wien
1828. Auch Kritische Friedrich Schlegel Ausgabe, a. a. O., Bd. 9. 1971.

31_ Vgl. Rehm, Walter, Todesgedanke, S. 391~398.

32_ Hier zitiert nach Rehm, Walter, Todesgedanke, , S. 398.

33_ Vgl. Walzel, Oskar: Deutsche Romantik. 4. Aufl., Leipzig u. Berlin 1918. S. 37.

34_ Vgl. Safranski, Rüdiger: Romantik. 《낭만주의 판타지의 뿌리》: 임우영 외 옮김. 140~141쪽.

35_ Vgl. Walzel, Oskar: Deutsche Romantik, a. a. O., S. 37.

36_ Schleiermacher, F.: Über die Religion. 7. Aufl. Göttingen 1991. Uni-Taschenbücher 1655.
S. 49.

37_ Vgl. ebd. S. 51.

38_ Vgl. ebd. S. 97.

39_ Vgl. ebd. S. 64~65.

40_ Vgl. ebd. S. 73.

41_ 지명렬: 독일 낭만주의 총설. 서울대학교출판부. 서울 2000. 130~131쪽 참조.

42_ Sanfranski, Rüdiger: Romantik. Eine Afäre. München 2007. 임우영 외 번역. 153쪽 참조.

43_ Ebd.

44_ Vgl. Walzel, Oskar: Deutsche Romantik, a. a. O., S. 39. 지명렬: 독일 낭만주의 총설. 134쪽
참조.

45_ Hier zitiert nach Rehm, Walter, Todesgedanke, S. 401.

46_ Vgl. Sanfranski, Rüdiger: Romantik. Eine Afäre. München 2007. 임우영 외 번역. 154쪽 참조.

47_ Gerbert, W., dt. Literatur, S. 269~270.

48_ Vordtriede, Werner: Achim von Armin. In: Deutsche Dichter der Ronamtik. Hrsg. v.
Benno von Wiese. Berlin 1971. S. 253.

49_ Ebd. S. 254.

50_ Zitert nach Rehm, Walter, Todesgedanke, S. 410.

51_ Hans, Egon-Hass: Die deutsche Literaturtexte und Zeugnisse. Sturm und Drang,
Klassik, Romanatik. München 1966. Bd. V/1. S. 722.

52_ Ebd. S. 724.

53_ Ebd. S. 729.

54_ Karolow Karl: Deutsche Gedichte, a. a. O., Bd. 1. S. 429.

55_ Vgl. Rehm, Walter, a. a. O., S. 410.

56_ Vgl. Hauptwerke, a. a. O., S. 157.

57_ Vgl. Heine, Heinrich: Werke und Briefe in 10 Bden. Aufbau-Verlag Berlin 1961. 5. Bd. S.
114 u. 115.

58_ 막시밀리아네는 그 당시의 감상주의 문학의 여류 작가인 소피 폰 라 로슈의 딸이다. 괴테가 로테
를 단념하고 베츨라르를 떠나 여행할 때 소피 부인 집에 머무는 동안에 16세의 막시밀리아네를
알게 되어 그녀에게 이끌리게 되었다. 괴테는 자주 그녀를 방문했고, 신랑인 브렌타노와 격론을
벌리기도 했다. 이 논쟁은 《젊은 베르테르의 슬픔》 제2부의 소재가 되었다. 작품에 나오는 로테의
남편 알베르트는 브렌타노를 닮았다고 한다.

59_ Vgl. Schulz, Hartwig: Clemens Brentano. In: Reclam Nr. 8615. S. 189. Und auch vgl.
Grabert, W., dt. Literatur, a. a. O., S. 270.

60_ Kindlers Literatur Lexikon im dtv in 25 Bdn. München 1974. Bd. 10. S. 4160.

61_ Schulz, Hartwig: Clemans Brentano. In: Reclam Nr. 8615. S. 189.

62_ Hauptwerke, a. a. O., S. 164.

63_ 지명렬. 275쪽.

64_ Wiese, Benno von(Hrsg.): Deutsche Dichter der Romantik, a. a. O., S, 287.

65_ Vgl. Hoffman u. Rösch, dt. Literatur, S. 189.

66_ Brentano, Clemens: Romanzen vom Rosenkranz. Hrsg. v. Alphons M. von Steinle. Trier
1912. Romanze XIII: Tod der Rosarosa. S. 209.

67_ 실제로 브렌타노는 1819년 이래 베스트팔렌 주 뒬멘Dülmen에서 성흔을 받았다는 수녀 안나
카타리나를 그녀가 1824년에 죽을 때까지 6년간이나 간호했다.

68_ Brentano, Clemens: Romanzen vom Rosenkranz, a. a. O., Romanze XV: Meliore und
Biondetta – Biondettens hohes Lied. S .260.

69_ Zitiert nach Rehm, Walter, Todesgedanke, S. 419.

70_ Platen, August von: Lyrik. Bd. 1. München 1982. S. 69.

71_ 괴테의 《파우스트 Faust의 죽음》을 참조하라. "멈춰라, 그대는 참으로 아름답구나"에서 파우스트
는 자신의 목숨을 맡기는 것과 비교될 수 있다. 아름다움이 곧 죽음에로의 유혹인 것이다. 이 같

은 토포스는 니체, 플라텐, 릴케, 토마스 만 같은 작가들에게서도 흔히 발견된다.

72_ Godwi: Werke V, S.63; Zitiert nach Rehm, Walter, Todesgedanke, S. 419.

73_ Vgl. Liepe, W.: Das Religionsproblem im neueren Drama von Lessing bis zur Romantik. Halle 1914. S. 110ff. (Vgl. Rehm, Walter, Todesgedanke, S. 412.)

74_ Heine, Heinrich: Werke und Briefe in 10 Bänden. Berlin 1961. Bd. 5. Romantische Schule, S. 134.

75_ Hier zitiert nach Rehm, Walter, Todesgedanke, S. 415.

76_ Vgl. a. a. O., S. 415~416.

77_ Vgl. Hoffman u. Rösch, dt. Literatur, S. 188.

78_ Vgl. Rehm, Walter, Todesgedanke, S. 451.

79_ Vgl. Ebd., S. 401.

80_ Ebd., S. 402.

81_ Vgl. Schlegel, F.: Philosophie der Sprache und des Wortes. Wien 1830. S. 110.

82_ Solger, Karl Wilhelm Ferdinand: Vorlesungen über Ästhetik. Hrsg. v. K. W. Ludwig Heyse. Darmstdt 1969. S. 31.

83_ Vgl. Schlegel, F.: Philosophie der Sprache und des Wortes., a. a. O., S. 121. Vgl. Rehm, Walter, Todesgedanke, S. 452.

84_ Vgl. Minor, Jacob(Hrsg): Friedrich Schlegel. Seine prosaischen Jugendschriften. 2. Aufl. in 2 Bden. Wien, Kopenhagen 1906. Bd. II., S. 339. 시《죽어가는 가수의 이별Abschied des sterbenden Sängers》의 한 구절이다.

85_ Wiese, Benno von (Hrsg.): Die deutsche Lyrik. 2 Bde., Düsseldorf 1956. Bd. II. S. 40.

86_ Ebd. S. 43~44.

87_ 송동준(역): 독일 낭만주의 시. 서울 1980. 탐구당. 148쪽.

88_ Schlegel, Fr.: Jugendschriften II, a. a. O., S. 339. Vgl. Rehm, Walter, Todesgedanke, S. 456.

89_ Vgl. Schulz, Gerhard: Novalis. Hamburg 1996. Rowohlts Monographien Nr. 154. S. 47.

90_ 지명렬: 독일 낭만주의 총설. 212~213쪽 참조.

91_ Vgl. Korff, Hermann August: Geist der Goethezeit, a. a. O., Bd. III. S. 536.

92_ Novalis: Auswahl und Einleitung von Walter Rehm. 1956. Fischer Bücherei Nr. 121. S. 69~70.

93_ Vgl. Kluckhohn, Paul: Das Ideengut der deutschen Romantik. Tübingen 1966. S. 72.

94_ Vgl. Hoffman u. Rösch, dt. Literatur, S. 182.

95_ Vgl. Korff, Hermnn August: Geist der Goethezeit. a. a. O., Bd. III. S. 525.

96_ Hier zitert nach Hippe, Robert: Der Tod im deutschen Gedicht, Bd. 5. S. 27.

97_ Ibel, Rudolf: Weltschau deutscher Dichter. Frankfurt a. M. o J. (etwa 1959). S. 38.

98_ Böttcher, Kurt: Erläuterungen zur klassischen deutschen Literatur. Romantik. Berlin 1973. Redaktion: Johannes Mittenzwei. S. 171~172.

99_ Danke, Hans-Dietrich u. Hölle, Thomas (Hrsg): Geschichte der deutschen Literatur 1789~1830. Bd. 7. Berlin 1978. S. 428.

100_ Vgl. Schulz, Gerhard: "Mit den Menschen ändert die Welt sich". Zu Friedrich von Hardenbergs 5. Hymne an die Nacht. In: Segebrecht, Wulf: Gedichte und Interpretationen. Reclam Bd. 3. Klassik und Romantik. Stuttgart 1984. S. 204.

101_ Hippe, Robert: Der Tod im deutschen Gedicht, a. a. O., S. 23~29.

102_ Ibel, Rudolf: Weltanschau deutscher Dichter, a. a. O., S. 39.

103_ Vgl. Korff, Hermann August: Geist der Goethezeit, 3. Bd., S. 536~537.

104_ Ebd. S. 537.

105_ Vgl. Böttcher, Kurt: Erläuterungen zur klassischen deutschen Literatur, a. a. O., S. 173.

106_ Vgl. Klein, Johannes: Geschichte der deutschen Lyik, a. a. O., S. 427.

107_ Vgl. Danke, Hans-Dietrich: Geschichte der deutsche Literatur, a. a. O., S. 428.

108_ Klein, Johananes, a. a. O., S. 427.

109_ Hauptwerke, a. a. O., S. 272.

110_ Vgl. Böttcher, Kurt: Erläuterungen zur klassischen deutschen Literatur, a. a O., S. 173.

111_ Vgl. Schulz, Gerhard: "Mit den Menschen ändert die Welt sich", a. a. O., S. 204~205.

112_ Vgl. Böttcher, Kurt, a: a O., S. 174.

113_ Vgl. Kommerell, Max: Novalis: Hymnen an die Nacht. In: Gedicht und Gedanke. Auslegungen deutscher Gedichte. Hrsg. v. Heinz Otto Burger. Halle 1942. S. 227.

114_ Vgl. Böttcher, Kurt, a. a. O., S. 175.

115_ Vgl. Hauptwerke, a. a, O., S. 272.

116_ Ebd.

117_ Vgl. Schulz, Gerhard: "Mit den Menschen ändert die Welt sich", a. a. O., S. 209.

118_ Vgl. a. a O., S. 208.

119_ Uhlig, Ludwig: Der Todesgenius in der deutschen Literatur von Winkelmann bis Thomas Mann. Tübingen 1975. S. 74~75.

120_ Vgl. Kommerell, Max, a. a. O., S. 227f., 232.

121_ Vgl. Uhlig, Ludwig, a. a. O., S. 76.

122_ Vgl. Schulz, Gerhard: "Mit den Menschen ändert die Welt sich", a. a. O., S. 212.

123_ Vgl. Böttcher, Kurt, a. a. O., S. 175.

124_ Vgl. Hauptwerke S. 272.

125_ Vgl. Kommerell, Max, a. a. O. S. 202~236.

126_ Vgl. Danke, Hans-Dietrich: Deutsche Literaturgeschchte, a. a. O., Bd. 7. S. 430.

127_ Vgl. Schulz, Gerhard: "Mit den Menschen ändert die Welt sich", a. a. O., S. 210.

128_ Vgl., a. a. O., S. 213.

129_ Vgl. Hauptwerke, a, a, O., S. 272.

130_ Vgl. Danke, Hans-Dietrich: Deutsche Literaturgeschchte, a. a. O., Bd. 7. S. 430.

131_ Vgl. Schulz, Gerhard: "Mit den Menschen ändert die Welt sich" a. a. O., S. 214.

132_ Vgl. Rehm, Walter, Todesgedanke, S. 378.

133_ Vgl. Schulz, Gerhard: "Mit den Menschen ändert die Welt sich", a. a. O., S. 204.

134_ Vgl. ebd. S. 215.

135_ Vgl. Danke, Hans-Dietrich: Geschichte der deutschen Literatur. Bd. 7. a. a. O., S. 428.

136_ Vgl. Klein, Johannes: Geschichte der deutschen Lyrik, a. a. O., S. 427.

137_ Vgl. Hauptwerrke, S. 272.

138_ Vgl. Böttcher, Kurt: Erläuterungen, a. a. O., S. 176.

139_ Vgl. Rehm, Walter, Todesgedanke, S. 373~374.

140_ Ebd. S. 375.

141_ Vgl. Pfeiffer, Joachim: Einleitung. Zur Geschichte literarischer Todesdarstellungen. In: Der Deutschunterricht 54 (2002) 1. S. 2~8.

142_ Vgl. Rehm, Walter, Todesgedanke, S. 378.

143_ Vgl. Ebd. S. 380ff.

144_ Vgl. Ebd., S. 381.

145_ Vgl. Ebd., S. 383.

146_ Vgl. Ebd., S. 448~449.

147_ Ariès, Philippe: Geschichte des Todes. Aus dem Französischen V.Hans-Horst Henschen u. Una Pfau. München/Wien 1980 10. Aufl., München 2002. S. 521~602. 여기서 "아름다운 죽음의 시대"는 제10장의 제목이다.

148_ Ebd. S. 601.

149_ Vgl. Rehm, Walter, Todesgedanke, S. 384.

10장 상징주의와 릴케의 삶을 찬미하는 죽음의 노래

1_ Loock, Wilhem: Rainer Maria Rilke. Aufzeichnungen des Malte Laurids Brigge. München 1971. S. 53.

2_ Ebd.

3_ Rilke, Reiner Maria: Gesammelte Briefe in 6 Bänden. Hrsg. v. Ruth Sieber-Rilke und Carl Sieber. Leipzig 1936~1939. Bd. 5. Briefe aus Muzot 1921~1926. S. 359. (이후 Briefe Bd. 1~6으로 표기함)

4_ Vgl. Sigmund Freuds Gedenkworte zum Tode Lou Andreas-Salomés, 1937.

5_ Vgl. Thalheim, Hans-Günther: Geschichte der deutschen Literatur, Berlin 1974, Bd. 9. S. 205.

6_ Hier zitiert nach Holthusen, H. E.: Rainer Maria Rilke. Hamburg 1958. S. 75.

7_ Vgl. Mason, Eudo C.: Rainer Maria Rilke. Göttingen 1964. S. 70.

8_ Vgl. Hauptwerke der deutschen Literatur. S. 566~568.

9_ Hoffmann u. Rösch, dt. Literatur, S. 256.

10_ Rilke, Riner Maria: Sämtliche Werke. Insel Werkausgabe. in 12 Bänden. Frankfurt a. M. 1955~1966. Bd. 2. S. 651. (이후 Rilke. Insel. Bd. 1~12로 표기함)

11_ Rilke. Insel. Bd. 2. S. 653.

12_ Vgl. Vogt, Alfred: Ärzliche Betrachtung über 《Die Aufzeichnung des Malte Laurids Brigge》 von Rilke. In: Engelhardt, Hartmut (Hrsg): Materialien zu Rainer Maria Rilke 《Die Aufzeichnung des Malte Laurids Brigge》. Suhrkamp Taschenbuch 174. Frankfurt a. M. 1974. S. 151 u.153.

13_ Briefe aus Muzot. 1935. S. 102.

14_ Briefe, Bd. 5. Briefe 1921~1926. S. 195.

15_ Kunisch, Hermann: Rainer Maria Rilke. Sein und Dichtung. Berlin 1975. S. 189.

16_ Ebd. S. 205. 릴케 자신도 홀레비츠에게 1925년 11월 13일에 보낸 편지에서 "거의 기대하지 않았던 작품 내지 지류"라고 밝히고 있다.

17_ Vgl. Freienfels, R.: R. M. Rilke. In: Das literarische Echo. Jg. 9. 1906~1907. Sp. 1294.

18_ Vgl. Hoffmann u. Rösch, dt. Literatur, S. 257.

19_ Vgl. Rehm, Walter, Todesgedanke, S. 468. Und auch vgl. Rockenbach, Martin: Vom Tod in der Dichtung der Gegenwart, 1927, S. 33~61.

20_ Vgl. Kunisch, Hermann: Rainer Maria Rilke und die Dinge. Köln 1946. S. 269.

21_ Vgl. Klein, Johannes: Geschichte des deutschen Lyrik. S. 788.

22_ Vgl. Guite, Chinngaihkim: Das Motiv der Angst im Rainer Maria Rilkes "Die Aufzeichnungen des Malte Laurids Brigge". Hamburg 2015. S. 31.

23_ Rilke. Insel. Bd. 11. S. 715 u. S. 721.

24_ Rilke. Insel. Bd. 2. S. 720.

25_ Rilke. Insel. Bd. 1. S. 346~347.

26_ Vogt, Alfred: Ärzliche Betrachtung über 《Die Aufzeichnung des Malte Laurids Brigge》 von Rilke, a. a. O., S. 151.

27_ Rilke, Insel, Bd. 11. S. 709.

28_ Ebd. S. 713~714.

29_ 빈민병원으로 파리에서. 아마도 유럽에서 가장 오래된 병원이다. 660년에 수녀원으로 세워졌고, 1868~78년에 개축되어 근대화되었다.

30_ Vgl. Guite, Chinngaihkim, a. a. O., S. 31.

31_ Rilke. Insel. Bd. 11. S. 765.

32_ Vgl. Ebd. S. 766.

33_ Rilke. Insel. Bd. 11. S. 758.

34_ Vgl. Vogt, Alfred, a. a. O., S. 152.

35_ Rilke, Insel, Bd. 11. S. 811.

36_ Rilke, Insel, Bd. 11. S. 787.

37_ Rilke, Insel, Bd. 11. S. 789~790.

38_ Vgl. Engelhardt, Hartmut: Materialien zu Reiner Maria Rilke. 《Die Aufzeichnungen des Malte Laurids Brigge》. Suhrkamp Taschenbuch. Frankfurt a. M. 1974. S. 172.

39_ Rilke, Insel, Bd. 1. S. 345~346.

40_ Vgl. Kaufmann, Hans u. Schlenstedt, Silvia (Mitarbeiter): Geschichte der deutschen Literatur. Berlin 1974. Bd. 9. S. 206.

41_ Rilke, Insel, Bd. 2. S. 251 u. S. 653.

42_ Rilke, Insel, Bd. 2. S. 662.

43_ Rilke, Insel, Bd. 2. S. 659.

44_ Rilke, Insel, Bd. 2. S. 660.

45_ Vgl. Hippe, Robert: Der Tod im deutschen Gedicht, a. a. O., Bd. 5. S. 42~43.

46_ Rilke, Insel, Bd. 1. S. 347, 348.

47_ Bollnow, Otto Friedrich: Existenzphilosophie. 2 Aufl., Stuttgart o J., S. 74.

48_ Vgl. Rilke. Insel. Bd. 11. S. 713~714.

49_ Rilke. Insel. Bd. 11. S. 719.

50_ Vgl. Brief an Hulewicz, 10. 11. 1925.

51_ Rilke. Insel. Bd. 2. S. 748.

52_ Vgl. Ryan, Judith: Umschlag und Verwandlung. Poetische Struktur und Dichtungstheorie in R. M. Rilkes Lyrik der Mittleren Periode(1907~1914). München 1972. S. 140. 《소네트》 제I부 제15와 제25소네트, 그리고 제II부의 제18소네트에서 소녀는 무용수가 아니라 변용의 의미에서 묘사되고 있다.

53_ Vgl. Kaufmann, Hans u. Schiller, Dieter(Mitarbeiter): Geschichte der deutschen Literatur. a. a O., Bd. 10. S. 190.

54_ Rilke. Insel. Bd. 2. S. 544 u. 555.

55_ Vgl. Klein, Johannes, Geschichte der deutschen Lyrik, S. 789.

56_ Rilke. Insel. Bd. 2. S. 662.

57_ Rilke. Insel. Bd. 2. S. 664.

58_ Vgl. Steiner, Jacob: Rilkes Duineser Elegien. Bern 1969. S. 34.

59_ Vgl. Holthusen, Hans Egon: Rainer Maria Rilke. Hamburg 1965.

60_ Vgl. Kohlschmidt, Werner: Die entzweite Welt. Gladbeck 1953.

61_ Guardini, Romano: Rainer Maria Rilkes Deutung des Daseins. München 1961.

62_ Vgl. Kaufmann, Hans u. Schlenstedt, Silvia(Mitarbeiter): Geschichte der deutschen

Literatur. a. a. O., Bd. 9. S. 203.

63_ Vgl., a. a. O., Bd. 10. S. 190.

64_ Vgl. Kunisch, Hermann: Rainer Maria Rilke. Dasein und Dichtumng. Berlin 1975. S. 191.

65_ Rilke. Insel. Bd. 1. S. 347. "우리는 껍질이며 잎사귀에 지나지 않습니다."

66_ Rilke Insel. Bd. 11. S. 776: "공기의 모든 성분 속에는 끔찍한 존재가 들어 있다. 당신들은 그것
을 투명한 공기와 함께 들이마신다. 그것은 당신들의 몸속에 가라앉아 단단해지고, 몸의 기관들
사이에 뾰족한 기하학적 도형의 모습을 형성한다."

67_ Rilke. Insel. Bd. 1. S. 384.

68_ Rilke, Insel. Bd. 1. S. 266~267.

69_ Vgl. Katja, Grote: Der Tod in der Literatur der Jahrhundertwende. Der Wandel der
Thematik in den Werken Arthur Schnitzlers, Thomas Manns und Rainer Maria Rilkes.
Frankfurt a. M. 1996. S. 33ff.

70_ Vgl. Epikur: Von der Überwindung der Furcht. S. 45.

71_ Vgl. Der neue Brockhaus in 6 Bdn. Wiesbaden 1984. Bd. 2. S. 51.

72_ Vgl. Rasch, Wolfdietrich: Die literarische Décadence um 1900. München. S. 43ff.

73_ Schopenhuer, A.: Die Welt als Wille und Vorstellung 57. In: Schopenhuers Werke in 5
Bänden. Herg. v. Ludger Lückehaus. Zürich 1988. Bd. 1. S. 406.

74_ Der neue Brockhaus, a. a. O., Bd. 4. S. 607.

75_ Vgl. Hippe, Robert: Der Tod im deutschen Gedicht, a. a. O., S. 54.

76_ Vgl. Freud, S.: Zeitgemäßes über Krieg und Tod. 1915. StA. IX. S. 35~60. 이 강연은 1990년
7. 20자의 《Die Zeit》 신문에 처음으로 인쇄되었다.

77_ Heidegger, Martin: Sein und Zeit. 8. Aufl., Tübingen 1984. S. 259.

78_ Vgl. ebd. S. 263.

79_ Vgl. ebd. S. 240.

80_ Vgl. Guite, Chinngaihkim, a. a. O., S. 30~31.

81_ Rilke. Insel. Bd. 1. S. 477.

82_ Vgl. Hippe, Robert, a. a. O., S. 53.

83_ Heidegger, Martin, a. a. O., S. 265.

84_ Rilke. Insel. Bd. 2. S. 771.

85_ Rilke. Insel. Bd. 2. S. 759.

86_ Rilke. Insel. Bd. 2. S. 759.

87_ Rilke, Insel. Bd. 11. S. 710 u. 711.

88_ Ebd. S. 712.

89_ Ebd. S. 723.

90_ Vgl. Kaufmann, Hans u. Schlenstedt, Silvia (Mitarbeiter): Geschichte der deutschen
Literatur a. a. O., Bd. 9. S. 203.

91_ Rilke. Bd. 11. S. 715.

92_ Vgl. Guardini, Romano: Rainer Maria Rilkes Deutung des Daseins. S. 180.

93_ Rilke. Insel. Bd. 2. S. 748. "이제 우리는 듣는 자가 되고 자연의 입이 되고 있다."

94_ Rilke. Insel. Bd. 11. S. 1076. Kleine Schriften. Aus einem Brief an Lou Andreas-Salomé
vom 20. 2. 1914.

95_ Rilke. Insel. Bd. 2. S. 505.

96_ Vgl. Kaufmann, Hans, a. a. O., Bd. 9. S. 209.

97_ Rilke. Insel. Bd. 2. S. 503. 《시체 공시장Morgue》

98_ Vgl. Kaufmann, Hans, u. Schlenstedt, Silvia (Mitarbeiter), Bd. 9. S. 211.

99_ Rilke. Insel. Bd. 2. S. 557.

100_ Rilke. Insel. Bd. 9. S. 143.

101_ Rilke. Insel. Bd. 2. S. 557: "Du mußt dein Leben ändern."

102_ Vgl. Kaufmann, Hans, Schlenstedt, Silvia (Mitarbeiter), Bd. 9. S. 209.

103_ Rilke. Insel. Bd. 2. S. 758.

104_ Rilke. Insel. Bd. 11. S. 756.

105_ Rilke. Insel. Bd. 11. S. 724.

106_ Vgl. Steiner, Jacob: Rilkes Duineser Elegien. 2. durchgesehene Aufl., Bern 1969. S. 43.

107_ Huptwerke. S. 569.

108_ Vgl. ebd. S. 569.

109_ Rilke. Insel. Bd. 2. S. 688.

110_ Vgl. Langenfeld, Ludwin: Rainer Maria Rilke. In: Hermann Friedmann und Otto
Mann (Hrsg.): Deutsche Literatur in zwanzigsten Jahrhundert. 2 Auf. Heidelberg 1957. S.
330.

111_ Vgl. Hauptwerke. S. 569.

112_ Rilkes Brief an Witold Hulewicz. 13. NoV.1925. In: Reiner Maria Rilke: Briefe aus
Muzot, Leipzig 1935, a. a. O., S. 371.

113_ Rilke. Insel. Bd. 1. S. 237.

114_ Huptwerke. S. 569.

115_ Vgl. Rilke. Insel. Bd. 2. 688. Duineser Elegien. Die Erste Elegie. (이하 DE. 1.~10.으로 표
기)

116_ Vgl. Dieter Bassermann: Der späte Rilke. 2. Aufl., München 1948. S. 91.

117_ Rilke. Insel. Bd. 2. 685. DE. 1.

118_ Vgl. Steiner, Jocob: Rilkes Duineser Elegien, a. a. O., S. 17.

119_ Rilkes Brief an die Grafin Margot Sizzo-Grouy, 12. April 1923.

120_ Vgl. Hamburger, Käthe: Rilke. Eine Einführung, Stuttgart 1976, S. 102.

121_ Vgl. Guardini, Romano: Rainer Maria Rilkes Deutung des Daseins, a. a. O., S. 76.

122_ Rilke. insel. Bd. 2. 689. DE. 2.

123_ Vgl. Guardini, Romano, a. a. O., S. 79.

124_ Rilke. Insel. Bd. 2. 699. DE. 4.

125_ Rilke. Insel. Bd. 2. 699. DE. 4.

126_ Goethes Werke, HA. Bd. 3. S. 14.

127_ Vgl. Kreuz, Heinrich: Rilkes Duineser Elegien. Eine Interpretation. München 1950. S. 72.
    Und auch vgl. Steiner, Jacob, Rilkes Duineser Elegien. Bern 1969. S. 96.

128_ Rilke. Iinsel. Bd. 2. 699. DE. 4.

129_ Vgl. Guardini, Romano, a. a. O., S. 180.

130_ Vgl. Steiner Jacob: Rilkes Duineser Elegien, S. 99.

131_ Rilke. Insel. Bd. 2. 699~700. DE. 4. Vgl. auch Hauptwerke. S. 569.

132_ Vgl. Hamburger, Käthe: Die phänomenologische Struktur der Dichtung Rilkes. In:
    Rilke in neuer Sicht. Hrsg. v. Käthe Hamburger, Stuttgart 1971. S. 125.

133_ Rilke. Insel. Bd. 2. 710. DE. 7. "이승에 있다는 것은 멋진 일이다Hiersein ist herrlich."

134_ Vgl. Hauptwerke. S. 570.

135_ Vgl. Rilkes Brief an Witold Hulewicz, 13. NoV.1925.

136_ Ryan, Judith: Umschlag und Verwandlung, a. a. O., S. 14.

137_ Vgl. Kaufmann, Hans u. Schiller, Dieter, a. a. O., Bd. 10. S. 190.

138_ Vgl. Rilkes Brief an Witold Hulewicz, 13. NoV.1925.

139_ Rilke. Insel. Bd. 2. 711. DE. 7.

140_ Vgl. Rilkes Brief an Witold Hulewicz. 13. NoV.1925.

141_ Vgl. Langenfeld, Ludwig, a. a. O., S. 333.

142_ Buddeberg, Else: Rainer Maria Rilke. Eine innere Biographie. Stuttgart 1954. S. 442.

143_ Ebd. S. 447.

144_ Rilke. Insel. Bd. 11. S. 824.

145_ Rilke. Insel. Bd. 11. S. 825.

146_ Der neue Brockhaus, a. a. O., Bd. 4. S. 524.

147_ Rilke. Insel. Bd. 11. S. 897.

148_ Rilke. Insel. Bd. 11. S. 833.

149_ Vgl. Rilke. Insel. Bd. 11. S. 925.

150_ Rilke. Insel. Bd. 11. S. 899.

151_ Rilke. Insel. Bd. 11. S. 937.

152_ Vgl. Rilke. Insel. Bd. 11. S. 925.

153_ Rilke. Insel. Bd. 2. S. 697. DE. 4.

154_ Vgl. Steiner, Jacob, a, a, O., S. 78.

155_ Ebd. S. 79.

156_ Rilke. Insel. Bd. 2. S. 654.

157_ Rilke. Insel. Bd. 2. S. 718. DE. 9.

158_ Vgl. Rilkes Brief an Grafin Margot Sizzo-Grouy, 6. Jan. 1923.

159_ Vgl. Buddeberg, Else: Kunst und Existenz im Spätwerk Rilkes. Eine Darstellung nach seinen Briefen. Karlsruhe 1948. S. 179.

160_ Rilke. Insel. Bd. 11. S. 938.

161_ Rilke. Insel. Bd. 11. S. 940.

162_ Vgl. Rilke. Insel. Bd. 11. S. 940~941.

163_ Rilke. Insel. Bd. 11. S. 942.

164_ Vgl. Hauptwerke S. 566~568.

165_ Rilke. Insel. Bd. 11. S. 945.

166_ Rilke. Insel. Bd. 11. S. 945~946.

167_ Vgl. Vogt, Alfred, a. a. O., S. 153.

168_ Rilke, Bd. 1. S. 355~356.

169_ Vgl. Kaufmann, Hans u. Schlenstedt, Silvia, a. a. O., Bd. 9. S. 207.

170_ Rilke. Insel. Bd. 1. S. 338. 《기도시집 2부 순례의 서》

171_ Vgl. Kaufmann, Hans u. Schlenstedt, Silvia, a. a. O., S. 207.

172_ Vgl. Rilke. Insel. Bd. 11. S. 714.

173_ Rilke, Insel. Bd. 1. S. 361.

174_ Vgl. Rehm, Walter, Todesgedanke, S .437.

175_ Vgl. Hippe, Robert: Der Tod im deutschen Gedicht, a. a. O., S. 49.

176_ Vgl. Guardini, Romano, a, a, O., S. 375.

177_ Rilke. Insel. Bd. 2. S. 721. DE. 10.

178_ Rilke. Insel. Bd. 2. S. 722. DE. 10.

179_ Vgl. Hippe, Robert, a. a. O., S. 49.

180_ Ebd.

181_ Guardini, Romano, a, a, O., S. 386.

182_ Rilke. Insel. Bd. 2. S. 723~724. DE. 10.

183_ Guardini, Romano, a, a, O., S. 395.

184_ Rilke. Insel. Bd. 2. S. 725~726. DE. 10.

185_ Vgl. Guardini, Romano, a, a, O., S. 413.

186_ Rilke. Insel. Bd. 2. S. 726. DE. 10.

187_ Vgl. Guardini, Romano, a, a, O., S. 413.

188_ Hippe, Robert, a. a. O., S. 51.

189_ Vgl. Rehm, Walter: Orpheus. Der Dichter und die Toten. 2. durchgesehehne Aufl., Selbsdeutung und Totenkult bei Novalis-Hölderin-Rilke. Darmstadt 1972. S. 616.

190_ Rilke. Insel. Bd. 1. S. 350~351.

191_ Vgl. Hippe, Robert, a. a. O., S. 54.

11장 삶의 친화력을 강조하는 근현대의 죽음

1_ Hier zitiert nach Rehm, Walter, Todesgedanke, S. 470.

2_ Vgl. Ebd. S. 469.

3_ Thomas Mann: Gesammelte Werke. 13 Bde. Fischer Verlag, Frankfurt a. M. 1974, Bd. 8. S. 337.(이하 GW. Bd. 1.~13.로 표기)

4_ Ebd.

5_ Vgl. Rehm, Walter, Todesgedanke, S. 469.

6_ GW. Bd. 8, S. 337.

7_ Hauptwerke, a. a. O., S. 553.

8_ GW. Bd. 8, S. 338.

9_ Ebd.

10_ Vgl. Rehm, Walter, Todesgedanke, S. 471.

11_ Vgl. GW. Bd. 11. S. 1131.《독일과 독일 사람들Deutschland und die Deutschen》((1945)

12_ Vgl. GW. Bd. 10, S. 796~797.

13_ GW. Bd. 6, S. 676.

14_ Kurzke, Herrmann: Thomas Mann - Das Leben als Kunstwerk, Eine Biographie, Fischer Taschenbuch Verlag, Frankfurt am Main 2001. S. 46ff.

15_ Vgl. GW. Bd. 12. S. 728~729.

16_ Ebd.

17_ Vgl. Rehm, Walter, Todesgedanke, S. 469.

18_ GW. Bd. 8, S. 61.

19_ GW. Bd. 8, S. 252.

20_ Ebd.

21_ 안삼환 외 옮김: 토니오 크뢰거. 트리스탄. 민음사 세계문학 선집 8. 서울 1998. 535쪽 참조.

22_ GW. Bd., 8, S. 123.

23_ Vgl. GW. Bd. 8. S. 140.

24_ Ebd. S. 137.

25_ 이 장의 주해 7과 8 참조.

26_ GW. Bd. 8. S. 338.

27_ Vgl. Hauptwerke. S. 554.

28_ Vgl. Helle, Erich: Thomas Mann, der ironische Deutsche. Suhrkamp 1975, S. 19.

29_ Vgl. Wysling, Hans: In: Thomas Mann Handbuch, hrsg. von H. Koopmann, 3. Auflage. Stuttgart 2001, S. 363.

30_ GW. Bd. 1, S. 174: "네가 신경 쇠약이라는 말을 들으니, 내가 젊었을 때 생각이 나는구나. 내가 안트베르펜에서 일할 때 요양차 엠스에 가야 했던 적이 있었다."

31_ Vgl. GW. Bd. 1, S. 261.

32_ GW. Bd. 1, S. 431.

33_ Vgl. GW. Band 12, S. 24~25. 토마스 만은 《비정치인의 관찰Betrachtungen eines Unpolitischen》에서 하노를 "변질에 의해서 예술적으로 승화된, 하지만 오직 음악적인 시민세대의 늦둥이"로 표현했다.

34_ Vgl. GW. Bd. 8, S. 78~79 u. 83.

35_ Vgl. Ebd. S. 219.

36_ Vgl. GW. Bd. 1, S. 9.

37_ GW. Bd. 1, S. 319.

38_ GW. Bd. 1, S. 304.

39_ GW. Bd. 1, S. 396.

40_ GW. Bd. 1, S. 501.

41_ GW. Bd. 1, S. 18.

42_ GW. Bd. 1, S. 423~424.

43_ GW. Bd. 12, S. 25.

44_ Vgl. GW. Bd. 1, S. 9~12.

45_ GW. Bd. 1, S. 260.

46_ Gw. Bd. 1, S. 522.

47_ GW. Bd. 1, S. 506.

48_ GW. Bd. 1, S. 507.

49_ GW. Bd. 10, S. 804.

50_ Vgl. Der neue Brockhaus, Bd. 4. S. 607.

51_ GW. Bd. 1. S. 655.

52_ Vgl. Der neue Brockhaus, Bd. 4. S. 607.

53_ GW. Bd. 1. S. 656.

54_ GW. Bd. 1. S. 656~657.

55_ GW. Bd. 1. S. 658.

56_ GW. Bd. 1. S. 659.

57_ Vgl. Walter Rehm, Todesgedanke, S. 469.

58_ Hauptwerke, a. a. O., S. 546.

59_ Platen, August von: Lyrik. Bd. 1. München 1982. S. 69.

60_ Brief an Carl Maria Weber V. 4. Juli 1920.

61_ Lehnert, Herbert: Thomas Mann. Fiktion, Mythos, Religion. Stuttgart, Berlin, Köln, Mainz 1965, S. 103.

62_ Vgl. Grosse, Wilhelm : Thomas Mann. Der Tod in Venedig. Hollfeld 1996, S. 15.

63_ Vgl. GW. Bd. 8. S. 444.

64_ GW. Bd. 8. S. 525.

65_ Vgl. Bahr, Erhard: Erläuterungen und Dokumente zu Thomas Mann Der Tod in Venedig. Stuttgart 2005. S. 30~31. 토마스 만의 동성애적 성향은 여러 작품에서 나타나 있다. 《부덴브로크가의 사람들》의 하노가 동급생 카이에게 품은 연정, 《베니스에서의 죽음》에서 아셴바하와 타치오, 《토니오 크뢰거》에서 토니오가 16세 때 사랑했던 잉에보르크 홀름보다 더 사랑한 학우 한스 한젠, 《마의 산》에서 카스토르프가 쇼샤에 대한 사랑보다 초등학교 시절 동급생 히페에 대한 연정. 《파우스트 박사》에서 아드리안의 조카 네포무크에 대한 사랑. 이것들은 토마스 만의 동성애적 애착을 나타낸다.

66_ Vgl. Vaget, Hans Rudolf (Hrsg.), Thomas Mann, Kommentar zu sämtlichen Erzählungen, München 1984, (Der Tod in Venedig ab S. 130.)

67_ Vgl. Grosse, Wilhelm , a. a. O., S. 42.

68_ Vgl. Grosse, Wilhelm, a. a. O., S. 39.

69_ Vgl. Ohl, Hubert: Thomas Mann. In: Handbuch des deutschen Romanns. Hrsg. v. Helmut Koopmann. Düsseldorf 1983. S. 469.

70_ Thomas Mann und Karl Kerényi: Gespräche in Briefen. Zürich 1960. S. 51.

71_ Vgl. Wysling, Hans: Thomas Mann heute. Sieben Vorträge. Bern 1976. Darin Psychologische Aspekte von Thomas Manns Kunst. S. 7~24.

72_ Vgl. Hofmiller, Joseph: Thomas Manns neue Erzählung. In: Süddeutsche Monatshefte. 10. 1913. S. 172~194.

73_ GW. Bd. 8. 444~445.

74_ Vgl. ebd.

75_ Vgl. GW. Bd. 8. S. 445f.

76_ Vgl. GW. Bd. 8. S. 465f.

77_ Vgl. GW. Bd. 8. S. 463~466.

78_ Vgl. GW. Bd. 8. S. 459~460.

79_ Vgl. GW. Bd. 8. S. 508.

80_ Vgl. GW. Bd. 8. S. 463.

81_ Vgl. GW. Bd. 8. S. 523.

82_ GW. Bd. 8. S. 523 u. 524.

83_ Vgl. Jendreiek, Helmut: Thomas Mann. Der demokratische Roman. Düsseldorf 1977. S. 238.

84_ Vgl. GW. Bd. 8. S. 506.

85_ GW. Bd. 8. S. 475.

86_ GW. Bd. 11. S. 850.

87_ GW. Bd. 8. S. 446~447.

88_ GW. Bd. 8. S. 457~458.

89_ GW. Bd. 8. S. 458.

90_ Vgl. GW. Bd. 8. S. 525.

91_ GW. Bd. 8. S. 444.

92_ Dierks, Manfred: Studien zu Mythos und Psychologie bei Thomas Mann. An seinem Nachlaß orientierte Untersuchung zum Tod in Venedig', zum Zauberberg' und zur Joseph'-Tetralogie. Bern 1972. S. 19.

93_ GW. Bd. 8. S. 461.

94_ Vgl. Nicklas, Hans: Thomas Manns Novelle Der Tod in Venedig, a. a. O., S. 148~150.

95_ Vgl. Dierks, Manfred, a. a. O., S. 19.~20.

96_ GW. Bd. 8. S. 469.

97_ 플라톤 중기 〈대화편〉에 나오는 내용으로, 소크라테스는 그의 제자 파이드로스로부터 뤼시아스의 사랑에 대한 연설을 듣는다. 그 주제는 에로스에 대한 것으로, 사랑하는 사람에게보다는 사랑하지 않는 사람에게 더 호의를 베풀어야 한다는 것이다. 이로써 타치오에 대한 아셴바하의 사랑이 비유적으로 설명되고 있다.

98_ GW. Bd. 8. S. 519.

99_ GW. Bd. 8. S. 521~522.

100_ GW. Bd. 8. S. 521. Und vgl. auch S. 492.

101_ GW. Bd. 8. S. 503.

102_ Vgl. Der Neue Brockhaus, a. a. O., Bd. 2. S. 625.

103_ GW. Bd. 11. S. 850.

104_ GW. Bd. 8. S. 490.

105_ Ebd.

106_ GW. Bd. 8. S. 447 u. S. 512.

107_ GW. Bd. 8. S. S. 512.

108_ Vgl. Bahr, Erhard, Erläuterungen und Dokumente zu Thomas Mann Der Tod in Venedig. Stuttgart 2005. a. a. O., S. 15f.

109_ Vgl. Ebd.

110_ GW. Bd. 8. S. 515.

111_ Vgl. GW. Bd. 8. S. 515~516.

112_ GW. Bd. 8. S. 516.

113_ Vgl. Schneider, Norbert: Geschichte der Ästhetik von der Aufklärung bis zur Postmoderne. Stuttgart 2002, S. 116.

114_ Vgl. Baumann Barbara & Oberle Birgitta: Deutsche Literatur in Epochen. Ismaning 1996. S. 156.

115_ Vgl. Grosse, Wilhelm: Thomas Mann Der Tod in Venedig. Hollfeld 2003. S. 38.

116_ Vgl. Schneider, Norbert, a. a. O., S. 122.

117_ Vgl. Schneider, Norbert, a. a. O., S. 117.

118_ Vgl. Schneider, Norbert, a. a. O., S. 124.

119_ GW. Bd. 8. S. 517.

120_ GW. Bd. 8. S. 517.

121_ Vgl. GW. Bd. 8. S. 518.

122_ Vgl. Schneider, Norbert, a. a. O., S. 204.

123_ Vgl. Schneider, Norbert, a. a. O., S. 205~206. Vgl. auch Lohmann, Hans-Martin: Sigmund Freud zur Einführung. Hamburg 2002. S. 52~53.

124_ GW. Bd. 8. S. 525.

125_ Vgl. Grosse, Wilhelm, a. a. O., S. 105.

126_ Hauptwerke, a. a. O., S. 555.

127_ Hoffmann u. Rösch, dt. Literatur, S. 268.

128_ Vgl. GW. Bd. 11. Einführung in den 《Zauberberg》. S. 604.

129_ Vgl. Saueresig, Heinz: Die Entstehung des Romans Der Zauberberg. Biberach an der Riss. 1965. S. 24.

130_ Vgl. Sundheimer, Lena: Wandlungen der Unterwelt bei Thomas Mann und James Joyce. Diss. Bonn 2013. S. 34.

131_ Hoffmann u. Rösch, dt. Literatur, S. 268.

132_ Hauptwerke, a. a. O., S. 555.

133_ Vgl. GW. Bd. 3. S. 766. 한스 카스토르프는 그의 애인 클라우디아 소샤를 "병이 그렇게 큰 자유를 부여한 부인"이라고 말했다.

134_ Vgl. Hauptwerke, S. 555.

135_ Vgl. GW. Bd. 3. S. 984.

136_ Vgl. GW. Bd. 3. S. 78ff.

137_ GW. Bd. 3. S. 22.

138_ GW. Bd. 3. S. 77.

139_ Vgl. GW. Bd. 3, S. 80.

140_ Vgl. GW. Bd. 3. S. 428.

141_ Vgl. GW. Bd. 3, S. 431.

142_ Vgl. GW. Bd. 3, S. 435.

143_ GW. Bd. 3. S. 743.

144_ GW. Bd. 3. S. 745.

145_ GW. Bd. 3. S. 81.

146_ Vgl. GW. Bd. 3. S. 772. Rhadamanth; 그리스신화에 나오는 크레타섬의 왕으로, Minos의 형이다. 그가 죽은 후에는 저승의 망자에 대한 심판관이 된다.

147_ Prussian, Alexander: "Der Zauberberg." In: Heinz Saueresig. Die Entstehung des Romans Der Zauberberg. Biberach an der Riss 1965. S. 47.

148_ GW. Bd. 3. S. 43.

149_ Vgl. GW. Bd. 3. S. 406.

150_ Vgl. GW. Bd. 3. S. 406.

151_ GW. Bd. 3. S. 81.

152_ Vgl. GW. Bd. 3. S. 476. Vgl. auch Engelhardt, Dietrich von u. Weißkirchen, Hans: 《Der Zauberberg》, a. a. O., S. 23.

153_ Vgl. Sundheimer, Lena, a. a. O., S. 93.

154_ Vgl. Schoep, Joachim: Die pädagogischen Konzepte in Thomas Manns Zauberberg und ihre Wirkung auf die Hauptfigur Hans Castorp. Marburg 2001. S. 29.

155_ GW. Bd. 3. S. 310.

156_ GW. Bd. 3. S. 141.

157_ GW. Bd. 3. S. 142.

158_ 마지막 7장의 '하모니의 향연Fülle des Wohllauts' 장면에서 토마스 만은 상세하게 5개의 음악작품을 말한다. G. 베르디의《아이다Aida》, C. 드뷔시의 오케스트라 작품《목신의 오후에의 전주곡Prélude à l'après-midi d'un faune》, G. 비제의《카르멘Carmen》, Ch. 구노의《파우스트Faust》, 그리고 F. 슈베르트의《보리수Der Lindenbaum》이다. 무엇보다도 마지막에 언급된 가요《보리수》는 낭만적인 죽음에 대한 동경을 가장 잘 표현한 대표적인 작품이다. 낭만적인 죽음의 극복은 결국《마의 산》의 큰 테마이다. 한스 카스토르프가 이 책의 마지막 장면에서 세계 제1차 대전의 전쟁터에서《보리수》를 홀로 흥얼거린 것은 우연이 아니다. 리하르트 바그너의 오페라《트리스탄과 이졸데Tristan und Isolde》에서와 같은 낭만적인 죽음의 예찬을 노골적으로 패러디화하려는 토마스 만의 의도라 할 수 있다.

159_ GW. Bd. 3. S. 906.

160_ GW. Bd. 3. S. 905.

161_ GW. Bd. 3. S. 906.

162_ GW. Bd. 3. S. 160 u. 162.

163_ Vgl. Sundheimer, Lena, a. a. O., S. 93.

164_ Vgl. Sandt, Lotti: Mythos und Symbolik im Zauberberg von Thomas Mann. S. 141.

165_ GW. Bd. 3. S. 84.

166_ Vgl. Der Neue Brockhaus, a. a. O., Bd. 4. S. 62.

167_ Vgl. GW. Bd. 3. S. 84.

168_ GW. Bd. 3. S. 345.

169_ Dierks, Manfred: "Spukhaft, was?" "Über Traum und Hypnose im Zauberberg" In: Thomas Mann Jahrbuch 24. 2011. S. 73.

170_ Vgl. Bensch, Gisela: Träumerische Ungenauigkeiten. Traum und Traumbewusstsein im Romanwerk Thomas Manns: "Buddenbrooks" – "Der Zauberberg" – "Joseph und seine Brüder" Göttingen 2004. S. 62.

171_ GW. Bd. 3. S. 169.

172_ GW. Bd. 3. S. 321.

173_ GW. Bd. 3. S. 174.

174_ GW. Bd. 3. 476.

175_ Vgl. Sundheimer, Lena, a. a. O., S. 103.

176_ GW. Bd. 3. S. 473.

177_ Vgl. Seidlin, Oskar: Das hohe Spiel der Zahlen: Die Peeperkorn-Episode in Thomas Manns Zauberberg. S. 121.

178_ Vgl. Sundheimer, Lena, a. a. O., S. 102.

179_ GW. Bd. 3. S. 456.

180_ GW. Bd. 3. S. 568.

181_ Vgl. GW. Bd. 3. S. 142.

182_ Sundheimer, Lena, a. a. O., S. 108.

183_ GW. Bd. 3. S. 306.

184_ GW. Bd. 3. S. 477.

185_ GW. Bd. 3. S. 280.

186_ Ebd.

187_ GW. Bd. 3. S. 570.

188_ Ebd.

189_ GW. Bd. 3. S. 627~628.

190_ Vgl. GW. Bd. 3. S. 628.

191_ Vgl. GW. Bd. 3. S. 631.

192_ Vgl. GW. Bd. 3. S. 631.

193_ GW. Bd. 3. S. 632~633.

194_ GW. Bd. 3. S. 633.

195_ Vgl. GW. Bd. 3. S. 708.

196_ Vgl. GW. Bd. 3. S. 958. Und vgl. auch Dietrich von Engelhardt · Hans Weißkirchen: 《Der Zauberberg》, a. a. O., S. 23.

197_ Vgl. GW. Bd. 3. S. 959.

198_ GW. Bd. 3. S. 968~969.

199_ Vgl. Kristiansen, Borge: Thomas Manns Zauberberg und Schopenhauers Metaphysik.

Bonn 1986. S. 208.

200_ Vgl. Sera, Manfred: Utopie und Parodie bei Musil, Broch und Thomas Mann: Der Mann ohne Eigenschaften, Die Schlafwandler, Der Zauberberg. Bouvier 1969. S. 161.

201_ Mann, Thomas. Selbstkommentare: 《Der Zauberberg》 S. 89.

202_ Vgl. GW. Bd. 3. S. 659.

203_ GW. Bd. 3. S. 672.

204_ Vgl. Kristiansen, Borge, a. a. O., S. 225.

205_ Vgl. Wysling, Hans: "Der Zauberberg". In: Helmut Koopmann (Hrsg): Thomas Mann Handbuch. Kröner Verlag. Stuttgart. 2001. S. 413.

206_ Vgl. Nietzsche, Friedrich: "Versuch einer Selbstkritik" In: Nietzsche, Friedrich: Werke in zehn Banden. Die Geburt der Tragödie aus dem Geiste der Musik. München. 1999. S. 12ff. Vgl. auch Sundheimer, Lena, a. a. O., S. 104.

207_ GW. Bd. 3. S. 684.

208_ GW. Bd. 3. S. 685.

209_ GW. Bd. 3. S. 686.

210_ Vgl. Rutten, Thomas: "Sterben und Tod im Werk von Thomas Mann" In: Sprecher, Thomas (Hrsg.): Thomas Mann Studien 29. Lebenszauber und Todesmusik. Zum Spätwerk Thomas Manns. Frankfurt a. M. 2004. S. 21ff.

211_ Vgl. GW. Bd. 3. S. 686.

212_ Vgl. Hans Wysling. "Der Zauberberg", a. a. O., S. 415.

213_ Vgl. Dierks, Manfred: "Spukhaft, was?" A. a. O., S. 73.

214_ GW Bd. 3. S. 775~776.

215_ GW Bd. 3. S. 784.

216_ Vgl. Sundheimer, Lena, a. a. O., S. 92.

217_ GW. Bd. 3. S. 789.

218_ Seidlin, Oskar: Klassische und moderne Klassiker. Göttingen. 1972. S. 109.

219_ GW. Bd. 3. S. 776.

220_ GW. Bd. 3. S. 784.

221_ Vgl. Sundheimer, Lena, a. a. O., S. 93.

222_ Vgl. Kudszus, Winfried: "Understanding Media. Zur Kritik dualistischer Humanität im Zauberberg" In: Heinz Saueresig. (Hrsg.). Besichtigung des Zauberbergs. Biberach an der Riss. 1974. S. 66ff.

223_ Vgl. Sandt, Lotti . Mythos und Symbolik im Zauberberg von Thomas Mann. S. 24.

224_ Vgl. Walser, Martin . "Ironie als höchstes Lebensmittel oder: Lebensmittel des Höchsten" In: Heinz Saueresig: Besichtigung des Zauberbergs. Biberach an der Riss. 1974. S. 188f.

225_ Vgl. GW. Bd. 11. S. 851.

226_ GW. Bd. 11. S. 314. 《Meine Zeit》: "Ich werde nie etwas anderes tun (···) als die Humanität zu verteidigen."

227_ Vgl. Hauptwerke, S. 555.

228_ GW. Bd. 3. S. 985.

229_ GW. Bd. 3. S. 990.

230_ GW. Bd. 3. S. 993.

231_ GW. Bd. 3. S. 905.

232_ GW. Bd. 3. S. 472.

233_ 성배는 그리스도가 십자가에 매달려 죽임을 당하기 전에 최후의 만찬에서 자신의 마지막 피를 상징하는 포도주를 담은 잔을 말한다. 중세 기독교 전설의 하나로, 성배를 찾아다니는 기사들의 모험과 사랑이 예술작품의 주제로 많이 사용되었다. 그 대표적인 예로 성배의 기사 로엔그린과 왕녀 엘자와의 사랑을 노래한 13세기 독일의 서사시 《로엔그린Lohengrin》과 중세 유럽의 아서 왕 전설에서 성배를 찾아 나선 기사 《파르시팔Parsifal》이 있다. 이 두 작품은 리하르트 바그너가 낭만적 오페라로 작곡함으로써 더욱 유명해졌다.

234_ GW. Bd. 11. Einführung in den 《Zauberberg》. S. 616~617.

235_ Vgl. Sundheimer, Lena, a. a. O., S. 110.

236_ GW. Bd. 3. S. 994.

12장 생산력으로서의 죽음을 보여주는 현대극

1_ Schulz, Genia: Abschied von Morgen, Zu den Frauengestalten im Werk Heiner Mülers. In: Heiner Müller. Text + Kritik 73. München 1982. S. 59.

2_ Müller, Heiner: Germania Tod in Berlin. Berlin(W) 1997. Rotbuch. S. 7.

3_ Müller, Heiner: Gesammelte Irrtümer. Interviews und Gespäche. Fraunkfurt a. M. S. 32.

4_ Vgl. Schulz, Genia: Heiner Müller, Stuttgart 1980, S. 11.

5_ Müller, Heiner: Gesammelte Irrtümer, a. a. O., S. 71.

6_ Ebd. S. 186.

7_ Eckardt, Thomas: Der Herold der Toten. Geschichte und Politik bei Heiner Müller. Diss., Frankfurt a. M. 1992, S. 20.

8_ Müller, Heiner: Gesammelte Irrtümer 2, a. a. O., S. 86.

9_ Müller, Heiner: Ich bin ein Neger. Diskussion mit Heiner Müller, Darmstadt 1986, S. 21.

10_ Müller, Heiner: Mühlheimer Rede. In: Theater heute, H. 9, 1979, S. 14.

11_ Vgl. Müller, Heiner: Gesammelte Irrtümer 3. Interviews und Gespräche. Frankfurt a. M. 1994, S.157: "조화로운 세계에서는 글을 쓸 필요가 없다. (···) 언젠가는 더 이상 예술이 필요하

지 않은 사회가 존재할지도 모른다."

12_ A. a. O., S. 88.

13_ Domdey, Horst: Produktivkraft Tod. Das Drama Heiner Müllers. Köln Weimar Wien 1998. S. 332.

14_ Schulz, Genia: Heiner Müller, Stuttgart 1980, S. 15.

15_ Wittstock, Uwe: Der Mensch ist keine Maschine. Heiner Müllers Theater der Revolution. In: Ders: Von der Stalinallee zum Prenzlauerberg. Wege der DDR-Literatur 1949~1989, München 1989, S. 63.

16_ Müller, Heiner: Diskussionsbeitrag auf der 'Berliner Begegnung' von 13. u. 14. Dez. 1981. Rotwelsch. S. 199.

17_ Schulz, Genia, a. a. O., S. 11.

18_ Wieghaus, Georg: Heiner Müller. München 1981. S. 21.

19_ Ebd.

20_ 게르마니아Germania; 순결한 독일의 처녀 또는 독일민족의 어머니를 상징한다. 이 상징성은 독일 민족의식과 통일의식을 강화하는 민족의 성스러운 의미를 지닌다.

21_ Seibel, Wolfgang: Die Formenwelt der Fertigteile. Künstlerische Montagetechnik und ihre Anwendung im Drama, Diss., Würzburg 1988, S. 196.

22_ Müller, Heiner: Gesammelte Irrtümer, a. a. O., S. 90.

23_ Müller, Heiner: Gesammelte Irrtümer 3, a. a. O., S. 154.

24_ Vgl. Müller, Heiner: Theater Arbeit. Berlin 1975. S. 124: "파시즘이라는 테마는 당면문제이며 그것이 우리의 생애에 남아 있게 될 것이 두렵다."

25_ Müller, Heiner: Fatzer +- Keuner. In: Wolfgang Stroch(Hrsg.), EXPLOSION OF MEMORY. HEINER MÜLLER DDR. Ein Arbeitsbuch. Berlin 1988. S. 117.

26_ Müller, Heiner: Gesammelte Irrtümer, a. a. O., S. 186.

27_ Brecht, Bertolt: Gesammelte Werke in 20 Bdn, Suhrkamp Verlag. Frankfurt a. M. 1967. Bd. 13. S. 259.

28_ Vgl. Müller, Heiner: Gesammelte Irrtümer, a. a. O., S. 78.

29_ Vgl. Domdey, Hosrst : Produktivkraft Tod, a. a. O., S. 10.

30_ Müller, Heiner: Rottwelsch, Berlin (Merve) 1982. S. 81.

31_ Vgl. Domdey, Hosrst, Produktivkraft Tod, a. a. O., S. 4.

32_ Vgl. Müller, Heiner: Rottwelsch, Berlin (Merve) 1982. S. 81.

33_ Vgl. Greiner, Bernhard: "Jetzt will ich sitzen wo gelacht wird:, In: Jahrbuch zur Literatur in der DDR, a. a. O., Bd. 5. S. 39.

34_ Vgl. Müller, Heiner: Die Prosa. Hrsg. v. Frank Hornigk. Shurkamp Verlag. Frankfurt a. M. 1999. S. 101.

35_ A. a. O., S. 80 u. 83.

36_ Vgl. Domdey, Horst: Produktivkraft Tod. a. a. O., S. 12.

37_ Vgl. Domdey, Horst: Produktivkraft Tod. a. a. O., S. 13.

38_ Vgl. Domdey, Horst: Produktivkraft Tod. a. a. O., S. 3.

39_ Vgl. Müller, Heiner: Mauser. Berlin 1983. Rotbuch. S. 67.

40_ Müller, Heiner: Krieg ohne Schlacht. Leben in zwei Diktaturen, Köln 1992. S. 229.

41_ Müller, Heiner: Germania Tod in Berlin. Berlin(W) 1977. Rotbuch. S. 38.; "노인 (등에 아이를 업고 있다.) 여기가 우리의 베를린이다. (…) 황제의 창녀는 프롤레타리아의 신부였지/ 하룻밤을 위해서. 십일월의 눈 속에서도 벌거벗고/ 굶주림으로 퉁퉁 부어, 총동맹파업으로/ 이리저리 쫓겨 다니면서, 프롤레타리아의 피로 몸을 씻었지."

42_ Vgl. Müller, Heiner: Germania Tod in Berlin. Berlin(W) 1977. Rotbuch. S. 76.

43_ Vgl. Schulz Genia: Heiner Müller. a. a. O., S. 138.

44_ Vgl. Domdey, Horst: Produktivkraft Tod. a. a. O., S. 14.

45_ Vgl. a. a. O., S. 95.

46_ Vgl. Ebd.

47_ 레싱의 비극《에밀리아 갈로티Emilia Galotti》에서 에밀리아와 나탄은 부녀간이다. 나탄은 성주의 성희롱에 맞서 딸의 순결을 지키기 위해 에밀리아를 살해한다. 이 동기가 뮐러에 의해 변한 것이다.

48_ Vgl. Domdey, Horst: Produktivkraft Tod. a. a. O., S. 181.

49_ Vgl., a. a. O., S. 6.

50_ Vgl. Müller, Heiner: Mauser. S. 97.

51_ Müller, Heiner: Gesammelte Irrtümer 2. a. a. O., S. 26.

52_ Müller, Heiner: Germania Der Tod in Berlin. Berlin 1977. Rotbuch. S.102.

53_ Vgl. Müller, Heiner: Gesammelte Irrtümer. a. a. O., S. 72.

54_ Vgl. Müller, Heiner: Gesammelte Irrtümer 2. a. a. O., S. 56. "두려움과의 대결을 통한 두려움의 극복."

55_ Vgl. Müller, Heiner: Rotwelsch. Berlin 1982, S. 153. "환멸에서 벗어나는 길은 도피가 아니라 환멸에 대한 작업이다."

56_ Vgl. Müller, Heiner: Gesammelte Irrtümer. a. a. O., S. 23.

57_ Vgl. Domdey, Horst: Produktivkraft Tod. a. a. O., S 26~27.

58_ Vgl., a. a. O., S. 4.

59_ Vgl. Domedey, Hosrst: Produktivkraft Tod. S. 298. 체카Zscheka: 구소련 비밀경찰. 반혁명과 사보타주에 대한 싸움을 위해 조직된 특별 위원회이다. 체카는 1917년에 생겨서 전선 후방에서의 시민전쟁에 투입되었다. 이들의 테러는 소련체제를 견고하게 하는 데 이바지했다. 1922년에 체카는 해체되고, 그 임무와 조직은 내무부에 이관되었다.

60_ Müller, Heiner: Mauser. S. 68. "《마우저》는 (…) 브레히트의 학습극 이론과 실제를 전제하고 비판한다."

61_ Vgl. Bertolt Brecht: Gesammelte Werke in 20 Bde. Bd. 2. S. 663: 합창: "우리는 당신들에 동의하오."

62_ Vgl. 오제명: 《조처》. 실린 곳: 브레히트 연극세계. 브레히트 학회 편저, 서울 2001년, S. 164~173.

63_ Müller, Heiner: Mauser, S .56.

64_ Müller, Heiner: Mauser, S. 68.

65_ Heiner Müllers 'Mauser'-Entwurf: Fortschreibung der Brechtschen Lehrstücke? In: Judith R. Scheid (Hrsg.): Zum Drama in der DDR: Heiner Müller und Peter Hacks, Stuttgart 1981, S. 83.

66_ Müller, Heiner: Mauser, S. 55, 56, 57, 58, 59, 61, 65 u. 68.

67_ Vgl. Domedey, Hosrst: Produktivkraft Tod, a. a. O., S. 303.

68_ Müller, Heiner: Mauser, S. 58.

69_ Ebd.

70_ Müller, Heiner: Mauser, S. 63.

71_ Müller, Heiner: Mauser, S. 57, 60, 63.

72_ Müller, Heiner: Mauser, S. 59.

73_ Vgl. Profitlich, Ulich: "Nötiges "und "unnötiges" Töten. Zu Heiner Müllers "Versuchsreihe". In: Festschrift für Friedrich Kienecker zum 60. Geburtstag, hrsg. v. Gerd Michels, Heidelberg 1980, S. 229.

74_ Müller, Heiner: Mauser, S. S. 59.

75_ Vgl. Schivelbusch, Wolfgang: Sozialistisches Drama nach Brecht. Drei Modelle: Peter Hacks-Heiner Müller-Hartmut Lange, Darmstadt u. Neuwied 1974, S. 219.

76_ Müller, Heiner: Mauser, S. 56 u. 61: "이제 나는 적이 우리에게서 발견해서는 안 될/ 약점 자체 다."

77_ Ebd.

78_ Müller, Heiner: Mauser, S. 60.

79_ Ebd.

80_ Ebd.

81_ Ebd.

82_ Müller, Heiner: Mauser, S. 60~61.

83_ A. a. O., S. 63~64.

84_ A. a. O., S. 63.

85_ Vgl. Brenner, Hildegard: Heiner Müllers Mauser-Entwurf. Frostschreibung der Brechtschen Lehrstück? A. a. O., S. 91.

86_ Vgl. Profitlich, Ulrich, a. a. O., S. 245.

87_ Müller, Heiner: Mauser, S. 64.

88_ Schulz, Genia, Heiner Müller, S. 112.

89_ Müller, Heiner: Mauser, S. 65.

90_ A. a. O., S. 66.

91_ Ebd.

92_ Müller, Heiner: Mauser, S. 65.

93_ Vgl. Profitlich, Ulrich, a. a. O., S. 245.

94_ Müller, Heiner: Mauser, S. 67.

95_ A. a. O., S. 68.

96_ Ebd.

97_ Ebd.

98_ Müller, Heiner: Mauser, S. 56.

99_ A. a. O., S. 68.

100_ Vgl. Brenner, Hildegard: Heiner Müllers 'Mauser'-Entwurf, a. a. O., S. 82.

101_ Müller, Heiner: Mauser, S. 68.

102_ Ebd.

103_ Ebd.

104_ Müller, Heiner: Mauser, S. 69.

105_ Vgl. Domdey, Horst: Produktivkraft Tod, a. a. O., S. 54. Und vgl. Müller, Heiner, Gesamelte Irtümmer I. S. 102.

106_ Vgl. Domdey, Horst, a. a. O., S. 181.

107_ Vgl. Domdey, Horst, a. a. O., S. 26.

108_ Müller, Heiner: Mauser, S. 64.

109_ Vgl. Herzinger, Richard: Masken der Lebensrevolution. Vitalistische Zivilisations- und Humaismuskritik in den Texten Heiner Müllers, München 1992. S. 135: "폭력은 뮐러에게 있어서 혁명이 사용해야 할 수단이 아니다. 그것은 혁명의 본질이다."

110_ Müller, Heiner; Mauser, S. 64.

111_ Vgl. Domdey, Horst: Produktivkraft Tod, S. 300.

112_ Schuller, Alexander: Friß und Werde. In: Merkur, 50. Jg., H. 4 (1996). S. 292. Vgl. auch Domdey, Horst: Produktivkraft Tod, S. 301.

113_ Vgl. Domdey, Horst: Produktivkraft Tod, S. 301~302.

114_ Ebd.

115_ Vgl. Müller, Heiner: Krieg ohne Schlacht in zwei Diktaturen, Köln 1992. S. 295.

116_ Ebd.

117_ 이창복: 《하이너 뮐러 문학의 이해》, 108쪽, 113쪽 참조.

118_ Vgl. Genia Schulz: Abschied von Morgen, a. a. O., S. 62.

119_ Müller, Heiner: Die Prosa. Hrsg. v. Frank Hörnigk, a. a O., S. 99~100.

120_ Müller, Heiner: Mauser, S. 91.

121_ Müller, Heiner: Die Umsiedlerin oder das Leben auf dem Lande. Berlin 1975. S. 17.

122_ Genia Schulz, Abschied von Morgen, a. a. O., S. 63.

123_ Ebd. "Geschlechtsakt, Geburtsakt, Tötungsakt"

124_ Genia Schulz: Medea. Zu einem Motiv im Werk Heiner Müllers. In: Renate Bergen · Jage Stephan(Hrsg.): Weiblichkeit und Tod in der Literatur, Köln/Witu 1987. S. 249.

125_ Müller, Heiner: Die Umsiedlerin oder das Leben auf dem Lande. a. a. O., S. 50.

126_ Müller, Heiner: Germania Tod in Berlin. Berlin 1977. S. 73f.

127_ Müller, Heiner: Diskussionsbeitrag auf der 'Berliner Begegnung' von 13. u. 14. Dez. 1981. In: Rotwelsch, S. 199.

128_ Müller, Heiner: Herzstück, Berlin 1983. S. 22.

129_ Müller, Heiner: Geschichten aus der Produktion 1. Berlin 1974. S. 93.

130_ Müller, Heiner: Die Prosa. Hrsg. v. Frank Hörnigk, a. a. O., S.102~103.

131_ Müller, Heiner: Geschichten aus der Produktion, S. 102. 뉴질랜드에 사는 마오리 원시민족과 뉴기니의 키와이-파푸아족은 여성의 자궁을 "죽음의 집(Haus des Todes)"으로 보았고, 여성의 성기가 모든 마술의 원천이며 열려진 무덤처럼 위험하다고 생각했다: Vgl. Maltzan, Carlotta von: Zur Bedeutung von Geschichte, Sexualität und Tod im Werke Heiner Müllwers. Frankfurt a. M. Diss. 1988. S. 109.

132_ Müller, Heiner: Theater-Arbeit. Berlin 1975. S. 126.

133_ Maltzan, Carlotta von, a. a. O., S. 109.

134_ Müller, Heiner: Mauser. Berlin 1983. S. 90.

135_ Ebd, S. 91.

136_ Ebd.

137_ Vgl. Malzan, Carlotta von, a. a. O., S. 53.

138_ Vassen, Florian: Der Tod des Körpers in der Geschichte. Tod, Sexualität und Arbeit bei Heiner Müller. In: Heinz Ludwig Arnold(Hrsg.), Text + Kritik, Heft 73, München, 1982. S. 53.

139_ Müller, Heiner: Geschichten aus der Produktion 2. Berlin 1974. S. 74.

140_ Schulz, Genia: Abschied von Morgen, a. a. O., S. 62.

141_ Müller, Heiner: Geschichten aus der Produktion 2. S. 76.

142_ Vgl. a. a. O., S. 107.

143_ Vgl. Maltzan, Carlotta von, a. a. O., S. 134.

144_ Müller, Heiner: Geschichten aus der Produktion 2. S. 97.

145_ Benjamin, Walter: Gesammelte Schriften. Bd. III, Frankfurt a. M., 1972, S. 62. und Genia Schulz: Abschied von Morgen, a. a. O., S. 62.

146_ Müller, Heiner: Geschichten aus der Produktion 2. S.114.

147_ Müller, Heiner: Herzstück. Berlin 1983. S. 94 u. 96.

148_ A. a. O., S. 96.

149_ A. a. O., S. 95.

150_ A. a. O., S. 97.

151_ Schulz, Genia : Abschied von Morgen. a. a. O., S. 62.

152_ Medea의 이 같은 소망은 뮐러의 연극 《시멘트》에서 여자인 다샤가 남자가 되길 바라며, 《햄릿기계》에서 남자인 햄릿이 여자가 되길 바라고 기계가 되기를 바라는 것과 일치한다. "다샤: 전 여자가 되고 싶지 않아요. 전 남자였으면 했어요."(《시멘트》, S. 107 u. 109.) "햄릿: 난 여자이고 싶다. 기계이고 싶다." 이 같은 성 정체성에 대한 부정은 《사중주》에서 더욱 구체적으로 나타난다.

153_ Müller, Heiner: Geschichten aus der Produktion. S. 71.

154_ Müller, Heiner: Mauser, S. 91f.

155_ Vgl. Benjamin, Walter: Über den Begriff der Geschichte. In: Ders: Gesammelte Schriften Bd. I, 2, Frankfurt. a. M. 1980. S. 701.

156_ Müller, Heiner: Mauser, S. 97.

157_ Ebd.

158_ Vgl. Domdey, Horst, Produktivkraft Tod, a. a. O., S. 316.

159_ A. a. O., S. 333.

160_ Weber, Richard: Ich war, ich bin, ich werde sein! Versuch die politische Dimension der Hamletmaschine zu orten. In: Theo Girhausen (Hrsg.): Hamletmaschine. Heiner Müllers Endspiel, Köln 1978. S. 93.

161_ Vgl. Streisand, Marianne: Frau und Revolution bei Heiner Müller, a. a. O., S. 332.

162_ Vgl. Weber, Richard: Ich war, ich bin, ich werde sein!, a. a. O., S. 96.

163_ Maltzan, Carlotta von, a. a. O., S. 66, 151. u. 152.

164_ Streisand, Marianne: Frau und Revolution bei Heiner Müller, a. a. O., S. 336.

165_ Schulz, Genia: Abschied von Morgen, a. a. O., S. 58.

166_ Vgl. Müller, Heiner: Gesammelte Irrtümer, a. a. O., S. 23.

167_ Ebd.

168_ Schulz, Genia: Abschied von Morgen, a. a. O., S. 69.

찾아보기